CARAMBAIA

15

Herman Melville

Jaqueta Branca

ou
O mundo em um navio de guerra

Tradução
Rogério Bettoni

Posfácio
Priscilla Allen

Nota desta edição
Rogério Bettoni

Herman Melville (1819-1891) fez quatro viagens marítimas, que seriam relatadas em quatro livros: a primeira num paquete em 1839, aos 19 anos (*Redburn*); depois em dois navios baleeiros em 1840 (*Typee* e *Omoo*); e a maior delas, de Honolulu a Boston, numa fragata da Marinha americana chamada *USS United States*. A viagem de catorze meses, feita entre agosto de 1843 e outubro de 1844, serviu de inspiração para os relatos em *Jaqueta Branca ou O mundo em um navio de guerra*, publicado pela primeira vez em 1850 – e, até o lançamento desta tradução, inédito no Brasil.

O livro conta as experiências de um marujo, anônimo para o leitor, apelidado de Jaqueta Branca devido ao casaco que ele mesmo confecciona para se proteger do frio, a bordo do navio de guerra batizado de *Neversink*. O símbolo central da história é a jaqueta, que permeia a narrativa do início ao fim e serve como principal metáfora para expressar a relação de amor e ódio do autor com as condições de vida no mar.

Melville escreveu *Jaqueta Branca* em apenas dois meses, em meados de 1849, com o objetivo de ganhar dinheiro e sem saber muito bem que público atingiria. Acreditava ter dito mais sobre como se sentia em relação aos fatos do que ter criado e desenvolvido personagens e técnicas narrativas – incomodavam-lhe as condições de escrita do livro. Por se tratar puramente de uma escrita-trabalho, ele considerava que o mérito literário da obra e seu caráter autoral estariam prejudicados. No entanto, o afastamento consciente do que julgava ser autoria literária, em prol da descrição de seus sentimentos perante os fatos, se tornaria a marca característica de uma inovação de estilo, o que fez de *Jaqueta Branca* uma obra posteriormente enaltecida pela crítica literária.

Melville assinou contrato com a editora Harper & Brothers para a publicação do manuscrito e, munido das provas de impressão, em outubro de 1849, viajou para Londres, para apresentá-las a seu editor britânico. Aproveitou a viagem para fazer algumas alterações no texto, corrigindo-o, acrescentando vários parágrafos e redigindo um prefácio. Essa versão revista pelo autor foi publicada em Londres em janeiro de 1850 pela editora de Richard Bentley, em dois volumes. Em março, a Harper publicou, em Nova York, a primeira versão do texto, sem as correções e os acréscimos que entraram na edição inglesa – com uma breve nota no lugar do prefácio. Dado esse intervalo entre as edições, considerou-se tacitamente que a edição nova-iorquina seria uma revisão da inglesa, e não o contrário. Esta tradução baseia-se no texto editado em Londres, com a revisão do escritor.

No ano seguinte à publicação de *Jaqueta Branca*, Herman Melville entregaria, às mesmas editoras da Inglaterra e dos Estados Unidos, o manuscrito de *The Whale*, que depois seria renomeado como *Moby Dick* e se tornaria sua obra mais conhecida.

Imagine-o agora em um navio de guerra,
com cartas de marca, bem armado,
abastecido e equipado, e veja como se porta.

– *Good Sea-Captain*, Fuller

Prefácio do autor

O objetivo desta obra é dar uma ideia da vida no interior de um navio de guerra. Em 1843, o autor viajou como marinheiro comum a bordo de uma fragata dos Estados Unidos, na época ancorada num porto no oceano Pacífico. Depois de servir mais de um ano a bordo dessa embarcação, foi dispensado, com o restante da tripulação, à chegada do navio em sua pátria. Suas experiências e observações foram incorporadas neste livro, que não se apresenta, no entanto, como diário de viagem.

Como o objetivo desta obra não é retratar o navio de guerra específico em que o autor viajou nem seus oficiais e sua tripulação, mas sim, com cenas ilustrativas, relatar a vida geral na Marinha, o verdadeiro nome da fragata foi suprimido. Tampouco se afirma que as pessoas mencionadas nestes capítulos são indivíduos reais. Quaisquer declarações que de alguma maneira digam respeito às leis estabelecidas e ao uso da lei pela Marinha respeitam estritamente os fatos. Algumas vezes é feita alusão a eventos ou fatos na história das marinhas. Nesses casos, não se faz nenhuma declaração que não seja respaldada pelas melhores fontes. Para o relato até agora inédito das circunstâncias de uma ou duas ações navais bem conhecidas, o autor se põe em dívida para com os marinheiros a quem as atribui.

A obra começa no último porto em que a fragata esteve no Pacífico, pouco antes de levantar ferro para a torna-viagem, passando pelo cabo Horn.

Herman Melville
Nova York
Outubro de 1849

1. A JAQUETA

Não era uma jaqueta *muito* branca, mas branca o suficiente, para ser exato, como se verá a seguir.

Foi assim que cheguei a ela.

Quando nossa fragata atracou em El Callao, na costa do Peru – seu último porto no Pacífico –, encontrei-me sem nenhum *grego*, ou casaco de marinheiro; como, já no fim de uma viagem de três anos, seria impossível conseguir um capote de lã com o ajudante do comissário, e como nos dirigíamos ao cabo Horn, algum substituto era-me indispensável; dediquei-me então, durante vários dias, a fabricar uma peça exótica de minha própria lavra para proteger-me do temporal que logo enfrentaríamos.

Comecei com nada menos que um blusão de marinheiro feito de brim branco, ou melhor, um camisão inteiriço; esticando-o sobre o convés, dobrei-o ao meio na linha do peito e, seguindo o friso ali marcado, abri-o ao comprido – como se abririam duas páginas sem corte de um livro novo. Feito o corte, eis uma metamorfose, superando qualquer outra relatada por Ovídio. Ora veja, o camisão virou um capote! – um capote estranho, é verdade, da largura de uma indumentária quacre, com a gola flácida e desabada, os punhos desajeitados e sem volume; e branco, sim, branco como uma mortalha. E minha mortalha ele quase provou ser, como adiante descobrirá o leitor.

Mas por Deus, amigo, que tipo de paletó é esse que seria usado para suportar as intempéries do cabo Horn? Talvez parecesse uma peça branca de linho, bonita e de muito bom gosto; no entanto, é quase universal o hábito de usar peças de linho em contato direto com a pele.

Bem verdade; e esse pensamento ocorreu-me muito cedo, pois eu não tinha intenção de navegar pelo cabo Horn de camisa, o que *de fato* seria quase como navegar sem velas.

Então, com uma miscelânea de remendos – meias velhas, pernas de calças puídas e coisas do tipo –, forrei e estofei o interior da jaqueta até torná-la, de ponta a ponta, rígida e almofadada, como o gibão do rei Jaime, acolchoado em algodão e à prova de adagas; nenhuma entretela ou cota de malha seria tão firme.

Até aí, muito bem; mas me diga, por favor, Jaqueta Branca, como pretende se manter livre da chuva e da umidade neste seu *grego* acolchoado? Você não chama de capote impermeável esse chumaço de retalhos velhos, chama? Não pretende dizer que esse pedaço de estambre é à prova d'água, pretende?

Não, caro amigo; e este foi meu azar. À prova d'água é que não era, nada mais era que uma esponja. Na verdade, com tal imprudência remendei minha jaqueta que, sob as tempestades, me tornei absorvedor universal, secando por completo toda amurada em que me encostava. Em dias úmidos, meus desalmados companheiros costumavam se encostar em mim, tão forte era a ação capilar entre minha desafortunada jaqueta e as gotículas de umidade. Eu pingava como um peru assando; e muito depois de terem terminado as chuvas e de o sol ter mostrado a cara, eu ainda vivia envolto em bruma; enquanto para os outros fazia bom tempo, para mim, infelizmente, fazia tempo ruim!

Ah, pobre de mim! Que fardo era carregar aquela jaqueta ensopada e pesada, principalmente quando tinha de subir até a ponta dos mastros, arrastando-me passo a passo até o topo, como se puxasse uma âncora. Pouco tempo para despi-la e torcê-la debaixo de chuva, justamente quando não era permitido recuar ou atrasar. Não, isso não. Para cima! – gordo ou magro, Lambert[1] ou Edson[2]: esqueça quantas arrobas você pesa. E assim, por meio de minha própria pessoa, muitas e muitas chuvas reascenderam aos céus, em consonância com as leis naturais.

Aqui devo dizer que me decepcionei terrivelmente depois de ter executado meu plano original referente a essa jaqueta. Era minha intenção torná-la totalmente impermeável dando-lhe uma demão de tinta, mas o amargo destino sempre surpreende a nós, os desafortunados. Tanta tinta havia sido roubada pelos marujos para cobrir suas calças e seus chapéus alcatroados que quando eu, homem honesto, terminei de acolchoá-la, as latas de tinta haviam sido proibidas e trancafiadas a cadeado.

---

1 Daniel Lambert (1770-1809), natural de Leicester, chegou a pesar mais de 300 quilos. Exibia-se em público para ganhar dinheiro. [EXCETO MENÇÃO CONTRÁRIA, TODAS AS NOTAS SÃO DO TRADUTOR.]

2 Calvin Edson (1788-1832) era conhecido como "esqueleto vivo". Embora medisse 1,62 metro, chegou a pesar 27 quilos e gozava de plena saúde. Foi exibido em alguns circos e shows de horrores.

O velho Brush[3], capitão do *paiol de tintas*, disse-me: "Espia, Jaqueta Branca, não sobrou nada pra você".

Essa, então, era minha jaqueta: bem remendada, acolchoada e porosa; e, nas noites escuras, de uma brancura tão reluzente quanto a Mulher de Branco de Avenel[4]!

2. VOLTANDO PARA CASA

"Marinheiros, içar âncoras! Homens, ao cabrestante!"

"Vão com tudo, camaradas, a gente vai voltar pra casa!"

Voltar para casa! – que expressão mais sonora! Já esteve alguma vez voltando para casa? Não? Rápido, tome as asas da manhã, ou as velas de um navio, e voe aos recônditos mais remotos da Terra. Lá, passe um ou dois anos; depois ouça o mais rude dos contramestres, com os pulmões irritados, gritar aquelas palavras mágicas para você jurar que "a harpa de Orfeu não seria mais encantadora".

Estava tudo pronto: botes içados, varredouras amarradas, cabo-guia passado, barras do cabrestante encaixadas, escada de portaló recolhida; animados e bem-humorados, nos sentamos para almoçar. Na praça-d'armas, os tenentes deixavam circular o mais antigo vinho do Porto e bebiam à saúde dos amigos; no alojamento inferior, os *aspiras* ocupavam-se em fazer empréstimos para saldar as exigências das lavadeiras, ou, no linguajar náutico, preparavam-se para deixar os credores *a ver navios*. No tombadilho, o capitão olhava a barlavento; e em sua grandiosa e inacessível cabine estava sentado o altíssimo e poderoso comodoro, majestoso, em silêncio, como a estátua de Júpiter em Dodona.

Vestimo-nos da melhor maneira, com a maior elegância; sobre os ombros, os colarinhos azuis dos nossos casacos pareciam fitas arrancadas do céu; as bombas estavam tão ágeis e fortes que sacudíamos para cima e para baixo enquanto jantávamos.

---

3 Brocha. Melville nomeia muitos marinheiros de acordo com a função que desempenhavam a bordo ou com a personalidade de cada um.

4 Personagem do romance *The Monastery*, do escritor escocês Walter Scott (1771-1832), inspirado em Ondina, ser lendário que vive nos mares, rios e lagos.

Nosso almoço era servido no convés de canhões, em meio às armas; lá dentro, sentados de pernas cruzadas, tínhamos a sensação de estarmos próximos de uma centena de chácaras e várzeas, tais eram o cacarejar das galinhas, o grasnar dos patos e gansos, o mugir dos bois e o balir dos cordeiros, encurralados aqui e ali ao longo do convés para servir de repasto aos oficiais. Os sons eram mais rurais do que navais, lembrando continuamente, a cada um dos homens do antigo domicílio paterno na antiga região campestre, os velhos olmos arqueados, a colina onde cabriolávamos e os campos de cevada mais abaixo, às margens do riacho onde nos banhávamos.

"Marinheiros, içar âncoras!"

Quando a ordem foi dada, saímos correndo até as barras e giramos o cabrestante; cada homem um Golias, cada tendão uma espia! – girando e rodando, girando-o como uma esfera, marcando o ritmo dos passos junto ao ritmo do pífaro, até o cabo esticar por completo e o navio bater com o bico da proa na água.

"Levantar âncora! Desmontar as barras e zarpar!"

Ordens cumpridas: homens do cabrestante, do michelo, aducheiros, arriadores e desocupados, todos correram aos braços das vergas e às adriças, enquanto os que deveriam desfraldar as velas, como macacos em palmeiras, se apressaram nos galhos largos, nossas vergas. As velas então caíram como nuvens brancas do éter – gáveas, joanetes e mastaréus –, e rápido soltamos as adriças até estender todos os lençóis.

"Outra vez, às barras!"

"Girem, marujos, com força!"

Com um tranco e um solavanco iniciamos a suspensão, trazendo à proa milhares e milhares de quilos de sucata na forma de uma ponderosa âncora.

E Jaqueta Branca, onde estava?

Jaqueta Branca estava no lugar a que pertencia. Jaqueta Branca havia soltado o sobrejoanete do mastro grande, que lá nas alturas parecia a asa de um albatroz branco. E foi o próprio Jaqueta Branca tomado por um albatroz enquanto descia plainando no vertiginoso lais da verga.

3. UMA OLHADA NAS PRINCIPAIS CLASSES EM QUE SE DIVIDE A TRIPULAÇÃO DE UM NAVIO DE GUERRA

Tendo designado o lugar a que Jaqueta Branca pertencia, é necessário relatar como ele veio a ocupar essa posição.

Todos sabem que nos navios mercantes os marinheiros são divididos em turnos – a boreste e a bombordo – e assumem seus postos durante a noite. Esse plano é seguido em todos os navios de guerra. Mas em todos os navios de guerra há outras divisões além dessa, indispensáveis devido à grande quantidade de homens e à necessidade de precisão e disciplina. Grupos específicos são designados para cada uma das três *gáveas*, mas ao zarpar o navio, ou durante qualquer procedimento que exija a força de toda a tripulação, alguns homens desses grupos assumem uma função em cada verga dos mastros. Assim, quando é dada a ordem para soltar o mastaréu do sobrejoanete, ninguém menos que Jaqueta Branca sai voando para obedecer a ela.

Em tais momentos, além de esses grupos ocuparem postos nos três conveses do navio, tripulantes específicos também são designados para funções específicas. Ademais, ao mudar o curso do navio, rizar as velas ou "bolinar", cada homem de uma fragata de quinhentos tripulantes sabe qual é o seu lugar e infalivelmente será encontrado nele: não verá mais nada, não cuidará de mais nada e ocupará seu posto até ser destituído por uma morte implacável ou por alguma ordem de alta patente. Contudo, há momentos em que, pela negligência dos oficiais, encontramos algumas exceções. Uma circunstância bastante grave originada por um caso desse tipo será narrada em algum capítulo adiante.

Não fosse por essas regulamentações, a tripulação de um navio de guerra não seria mais que uma turba, desaparelhando a embarcação sob um temporal de maneira mais desgovernada do que quando lorde George Gordon destruiu o majestoso casarão de lorde Mansfield.[5]

---

5 Lorde George Gordon (1751-1793) foi um agitador político que em 1780 desencadeou uma série de motins em Londres para protestar contra a emancipação católica. Durante os protestos, a casa de William Murray, conhecido como lorde Mansfield (1705-1793), na época presidente do tribunal, foi incendiada.

Mas isso não é tudo. Apesar da função de Jaqueta Branca como responsável pelo mastaréu do sobrejoanete quando toda a tripulação era chamada para estender as velas – e apesar de suas funções especiais de mudar o curso do navio, soltar a âncora etc. – seu posto permanente era o de vigia de boreste, uma das duas principais divisões da tripulação. Nesse posto, ele era o gajeiro do mastro grande; ou seja, ocupava o cesto da gávea, junto com diversos marinheiros, sempre de prontidão para executar quaisquer ordens relacionadas a esse mastro, desde que acima da verga principal. Pois o mastro grande, dessa verga até o convés, pertence a outra divisão.

Os gajeiros encarregados da gávea do traquete, do mastro grande e da mezena – a bombordo e a boreste – são subdivididos no mar em turnos de vigilância, ou quartos, para que possam render a cada turno aquele que está no topo do mastro a que pertence enquanto, coletivamente, rendem toda a vigilância de bombordo.

Além da classe dos gajeiros, sempre composta por marinheiros ativos, há os proeiros da âncora de salvação – todos veteranos –, cujo lugar é no castelo de proa; a verga do traquete, as âncoras e todas as velas do gurupés são de sua responsabilidade.

Eles compõem um grupo de homens castigados pelo tempo, escolhidos entre os marujos mais experientes a bordo. São eles que cantam "*The Bay of Biscay Oh!*", "*Here a sheer hulk lies poor Tom Bowling!*" e "*Cease, rude Boreas, blustering railer!*"[6]; são eles que, na casa de pasto, quando em terra firme, pedem uma caneca de café com biscoitos. São esses os camaradas que contam histórias intermináveis sobre Decatur, Hull e Bainbridge[7] e carregam como amuletos pequenas lascas do *Old Ironsides*[8], assim como fazem os católicos com pedaços da verdadeira cruz. São esses os camaradas que alguns oficiais nunca pretendem criticar, por mais que censurem tantos outros. São esses os camaradas que faz bem à alma

6 "Ó, baía da Biscaia", "Nesta cábrea flutuante jaz Tom Bowling, puro esqueleto" e "Deixe de soprar, tempestuoso Bóreas!". Trechos de canções populares da época.

7 Stephen Decatur (1779-1820), Isaac Hull (1773-1843) e William Bainbridge (1774-1833), oficiais da Marinha dos Estados Unidos conhecidos por diversas vitórias em batalhas navais, em especial na Guerra Anglo-Americana, de 1812.

8 Nome pela qual ficou conhecida a fragata norte-americana *USS Constitution*, lançada ao mar em 1792 e ainda em atividade. Tornou-se lendária por ter afundado cinco navios da Marinha britânica durante a guerra de 1812.

observar – marujos corajosos, membros da velha guarda; granadeiros de águas austeras, que em momentos tempestuosos perderam tantos chapéus para o mar. São esses os camaradas cuja companhia tanto afeta alguns dos aspirantes mais jovens; é com eles que esses jovens aprendem o melhor da arte de navegar, a quem estes respeitam como veteranos – supondo que tenham alguma reverência na alma, o que não é o caso com todos os almirantes.

Em seguida, há os *guardas de popa*, posicionados no tombadilho, que, abaixo do quartel-mestre e do artilheiro ajudante, cuidam da vela mestra e da carangueja e ajudam a bracear a verga principal e a puxar outros cabos na popa do navio.

Sendo as tarefas atribuídas aos guardas de popa relativamente leves e fáceis, que exigem pouco conhecimento da arte de navegar, esse grupo é composto basicamente de homens de terra firme: os menos robustos, menos audaciosos e menos amarinhados da tripulação; e, por ocuparem posto no tombadilho superior, são geralmente selecionados pela aparência pessoal. Daí serem, em sua maioria, jovens esguios, de porte elegante e modos distintos; sua avaliação não se dá pelo cordame, mas consideravelmente pela estima das moças estrangeiras que porventura visitem o navio. São ociosos na maior parte do tempo, que passam lendo romances e novelas, falando de casos amorosos vividos em terra firme e trocando impressões sobre a melancolia e a carreira sentimental que os impulsionaram, pobres homens, à impiedosa marinha de guerra. Na verdade, muitos deles manifestam sinais de ter frequentado círculos respeitáveis da alta sociedade. Sempre mantêm a aparência asseada e demonstram aversão aos baldes de alcatrão, dentro dos quais eles nunca ou quase nunca metem os dedos. E, por se gabarem do corte de suas calças e do brilho de seus chapéus encerados, recebem o apelido, dado pelo resto da tripulação, de "*dândis do mar*" e "*burgueses-meia-de-seda*".

Em seguida, há os *marujos de meia-nau*, sempre posicionados no convés de canhões. São encarregados de casar as escotas do traquete e da vela mestra, além de estarem sujeitos a tarefas ignóbeis, ajudando na drenagem e no esgoto embaixo das escotilhas. Esses camaradas são todos uns pobres coitados – uns miseráveis que nunca botaram os pés num enfrechate nem nunca se aventuraram acima das amuradas. Inveterados "*filhos de agricultores*", ainda cheios de feno no cabelo, são despachados para a agradável fiscalização dos galinheiros, dos chiqueiros e dos depósitos de batatas. Geralmente ocupam a meia-nau, no convés de canhões de uma fragata, entre a escotilha de proa e a principal; isso abrange uma área tão extensa que lembra a praça de mercado de uma cidadezinha qualquer. Os sons melodiosos que dali ecoam continuamente arrancam lágrimas dos olhos dos marujos de meia-nau, lembrando-os dos antigos chiqueiros e canteiros de batata dos pais. São a ralé da tripulação; aquele que não é bom para mais nada é bom o suficiente para ser *marujo de meia-nau.*

Três conveses abaixo – espardeque, convés de canhões e coberta – e chegamos a uma parcela de trogloditas, ou "*homens do porão*", que se entocam como coelhos entre tanques de água, barris e cabos. Como mineiros da Cornualha, lavam a fuligem da pele e são todos pálidos como fantasmas. Exceto em raras ocasiões, eles quase não sobem ao convés para tomar sol. São capazes de circum-navegar o planeta cinquenta vezes e ver do mundo tanto quanto Jonas viu na barriga da baleia. São um grupo preguiçoso, indolente, apático; e, quando desembarcam depois de uma longa viagem, lançam-se à luz do dia como tartarugas ao saírem dos buracos ou ursos ao saírem do pé das árvores na primavera. Ninguém nunca sabe o nome desses caras; depois de uma viagem de três anos, eles continuam nos parecendo estranhos. Nas horas de tempestade, quando toda a tripulação é chamada para salvar o navio, eles se embrenham no meio da tormenta, como os misteriosos capitães de Paris durante o massacre dos Três Dias de Setembro[9]; todos estranham quem são e de onde vêm; depois desaparecem com o mesmo mistério da chegada e só são vistos de novo na próxima comoção geral.

Essas são as principais divisões da tripulação de um navio de guerra; mas as distribuições de tarefas ditas inferiores são infinitas e seria preciso um comentador alemão para dar conta de registrá-las.

Não falamos nada aqui sobre os segundos-contramestres, segundos-artilheiros, ajudantes de carpintaria, ajudantes de veleiro, ajudantes de armeiro, mestres-d'armas, cabos, timoneiros, quartéis-mestres, artilheiros ajudantes, chefes do castelo de proa, chefes do traquete, chefes da gávea, chefes da mezena, chefes de popa,

9 Período conturbado da Revolução Francesa, em 1792.

chefes do porão principal, chefes do porão de proa, faxineiros, tanoeiros, pintores, funileiros, criado do comodoro, criado do capitão, criado da praça-d'armas, criado dos alojamentos, cozinheiro do comodoro, cozinheiro do capitão, cozinheiro dos oficiais, taifeiros, rancheiros, pajens, mensageiros, camareiros, enfermeiros e muitos outros, cujas funções são fixas e peculiares.

É por causa dessa subdivisão infindável de tarefas em um navio de guerra que, depois de pisar em um, o marinheiro precisa de boa memória – e quanto mais inteligência aritmética ele tiver, melhor.

Jaqueta Branca, por exemplo, passava muito tempo absorto em cálculos referentes aos diversos "números" que lhe foram atribuídos pelo tenente naval, também conhecido como primeiro-tenente. Em primeiro lugar, Jaqueta Branca recebeu seu *número de rancho*; depois, seu *número de navio*, ou número a que deve responder na chamada de vigilância; depois, o número de sua maca; depois, o número do canhão ao qual foi designado – além de uma série de outros números; todos teriam tomado algum tempo de Jedediah Buxton[10], que para somá-los precisaria antes organizá-los. Todos esses números, além disso, devem ser muito bem memorizados – do contrário, ai de ti!

Imagine agora um marinheiro mercante desacostumado ao tumulto de um navio de guerra, pisando pela primeira vez a bordo e tendo de memorizar todos esses números. Antes de ouvi-los, seus pensamentos já estão aturdidos pelos sons estranhos tinindo-lhe os ouvidos, que para ele parecem campanários cheios de sinos. No convés de canhões parecem passar mil carros falcados; ele escuta os passos dos fuzileiros armados, o estrépito dos alfanjes e o rugir dos palavrões. Os segundos-contramestres assobiam à volta dele, como o crocitar de falcões na ventania, e os ruídos estranhos sob o convés são como ribombos vulcânicos numa montanha. Esquiva-se dos sons imprevistos como um recruta inexperiente se esquiva de projéteis em queda.

Quase inúteis para ele, desse modo, todas as circum-navegações feitas pelo globo terrestre; insignificantes suas experiências árticas, antárticas ou equinociais; as tempestades que enfrentou ao largo

---

10 Jedediah Buxton (1707-1772), inglês famoso por ser extremamente hábil com cálculos matemáticos e por ter uma memória excepcional.

de Beachy Head ou as vezes em que desmastreou no cabo Hatteras. Teria de começar tudo de novo, sem saber nada; nem grego nem hebraico poderiam ajudá-lo, pois a língua que teria de aprender não tinha nem gramática nem léxico.

Observe-o, enquanto avança ao longo das fileiras de velhos guerreiros do mar; observe sua postura de humilhado, seus gestos depreciativos, seu olhar simplório, como um escocês em Londres na época do rei Jaime; seu "*clamo por misericórdia, nobres senhores!*" está totalmente perplexo e desconcertado. E quando, para coroar a todos, o primeiro-tenente, cuja função é dar as boas-vindas aos recém-chegados e fixar-lhes seus quartos; quando esse oficial, não dos mais afáveis ou amáveis, diz-lhe número atrás de número para decorar – 246 – 139 – 478 – 351 –, o pobre sujeito tem vontade de decampar dali.

Estuda, então, sua matemática e cultiva todas as suas memórias, ó tu, que pensas em seguir viagem em um navio de guerra.

4. JACK CHASE

A primeira noite longe do porto foi clara, enluarada; com todas as suas baterias, a fragata deslizava pelo mar.

Eu cumpria meu turno no topo do mastro e lá me recostei da melhor maneira possível com meus companheiros de vigilância. Quaisquer que fossem os outros homens do mar, tínhamos ali um grupo nobre de marujos, digno de uma boa apresentação para o leitor.

Em primeiro lugar, havia Jack Chase, nosso nobre primeiro-chefe da gávea. Era um britânico dedicado, alto e bem constituído, de olhos claros e grandes, sobrancelhas largas e delgadas e barba castanha abundante. Homem nenhum tivera coração melhor que o dele ou fora mais corajoso que ele. Era adorado pelos marinheiros e admirado pelos oficiais; até o capitão falava-lhe com um leve tom de respeito. Jack era um homem franco e encantador.

Não havia melhor companhia no castelo de proa ou no refeitório; ninguém mais contava aquelas histórias, cantava aquelas canções ou, com tamanha vivacidade, saltava para cumprir suas tarefas. Na verdade, faltava-lhe apenas uma coisa: um dedo na mão esquerda, o dedo que perdera na grande batalha de Navarino.

Tinha em alta estima a profissão de marinheiro e, por ser profundamente versado em todas as coisas relacionadas a navios de guerra, era universalmente considerado um oráculo. O cesto da gávea, lugar que ocupava, era um tipo de oráculo de Delfos, ao qual muitos peregrinos subiam para resolver embaraços e diferenças.

Rondava-lhe uma atmosfera tal de boas vibrações e boas sensações que aquele que não o amasse o declararia um patife. Eu agradecia aos doces astros o bondoso destino ter me colocado perto dele na fragata, embora em posição inferior; eu e Jack somos bons amigos desde o início.

Onde quer que esteja agora, querido Jack, soçobrando vagas azuis, que todo o meu amor esteja com você; que Deus o abençoe aonde quer que você vá!

Jack era um cavalheiro. Embora suas mãos fossem calejadas, não o era seu coração, o que costuma acontecer com quem tem as mãos suaves. Era um homem de modos tranquilos e desenvoltos, sem a impetuosidade tão comum aos marinheiros; e tinha um jeito educado e cortês de nos cumprimentar, ainda que apenas para tomar emprestada uma faca. Jack havia lido todos os versos de Byron e todos os romances de Scott. Falava de Rob Roy, Don Juan e Pelham; Macbeth e Ulisses; sobretudo, era admirador fervoroso de Camões. Conseguia recitar partes de *Os lusíadas* no original. Não cabe a mim, seu humilde subordinado, dizer onde ele obteve seus prodigiosos talentos, bastando mencionar que eram muitos. As línguas em que podia conversar eram várias; isso fazia dele mais que um exemplo daquele dizer dc Carlos V: – "Qucm fala cinco línguas vale tanto quanto cinco homens". Mas Jack era melhor que cem meros mortais; Jack era uma falange completa, um exército inteiro; Jack tinha a força de mil homens; Jack seria motivo de honra na sala de estar da rainha da Inglaterra; Jack deve ter sido filho bastardo de algum almirante inglês do esquadrão azul. Um exemplar tão excepcional da raça insular dos ingleses não poderia ter sido escolhido nem na abadia de Westminster em dia de coroação.

Sua conduta contrastava fortemente com a de um dos chefes do traquete. Esse homem, apesar de bom marinheiro, era um exemplo daqueles britânicos intoleráveis que, embora preferissem outros países à sua pátria como local de residência, ostentavam com toda a pompa a combinação de duas vaidades: nacional e individual.

"Quando eu estava a bordo do *Audacious*" – durante muito tempo, esse foi praticamente o único preâmbulo das observações mais perfunctórias do chefe do traquete. Era costume entre os homens de um navio de guerra referir-se à última viagem ao julgar alguma coisa que estivesse dando errado a bordo do navio, quando, é claro, tudo estava *em ordem e dentro dos conformes*. E, ao se referir ao *Audacious* – um nome expressivo, a propósito –, o chefe do traquete se referia a um navio da Marinha inglesa, no qual tivera a honra de servir. Suas alusões a essa embarcação de nome afável eram tão contínuas que, por fim, o *Audacious* foi eleito um tédio pelos marujos. Numa tarde quente durante uma calmaria, quando o capitão do traquete, como muitos outros, estava quieto e bocejante no espardeque, Jack Chase, seu compatriota, aproximou-se dele e, apontando para sua boca aberta, perguntou educadamente se era daquele jeito que eles pegavam *moscas* no *Audacious*, o navio de Sua Majestade britânica. Depois disso, não ouvimos mais nenhuma palavra da tripulação.

Ora, o topo dos mastros de uma fragata é bem espaçoso e aconchegante. É balaustrado na parte de trás para formar uma espécie de balcão, bem aprazível para noites tropicais. De vinte a trinta ociosos podem se recostar ali agradavelmente, acolchoando-se com jaquetas e velas gastas. Tínhamos raros momentos lá no topo. Considerávamo-nos os melhores marinheiros do navio; e do nosso poleiro aéreo observávamos literalmente os ambulantes lá em baixo, esgueirando-se pelo convés, entre os canhões. Em grande medida, nutríamos um sentimento de "*esprit de corps*", sempre nos infiltrando, mais ou menos, nas várias seções da tripulação do navio de guerra. Nós, gajeiros do mastro grande, éramos todos irmãos e nos tratávamos com toda a liberdade do mundo.

Não obstante, fazia pouco tempo que eu era membro dessa fraternidade dos bons companheiros quando descobri que Jack Chase, nosso chefe, era – como todos os preferidos e oráculos entre os homens – um pouco ditador; não de maneira categórica ou irritante, mas com uma graciosa intenção de egoisticamente corrigir nossos modos e melhorar nosso gosto, para que ganhássemos crédito com nosso tutor.

Fez que todos usássemos chapéu inclinado em determinado ângulo, ensinou-nos a amarrar o lenço no pescoço e reclamou de usarmos calças azuis grosseiras de *dungaree*, além de nos dar aulas sobre marinhagem e de nos aconselhar a evitar sempre a companhia de qualquer marinheiro suspeito de ter trabalhado num baleeiro. Contra todos os baleeiros, na verdade, ele alimentava o ódio implacável de um verdadeiro marujo de navio de guerra. O pobre Tubbs pode atestar esse fato.

Tubbs era guarda de popa; um sujeito magro e comprido, de Martha's Vineyard, que só falava de tubos e bobinas de cabos, Nantucket, óleo de cachalote, botes baleeiros naufragados e Japão. Nada o silenciava, e suas comparações eram sempre injustas.

Pois bem, Jack, com toda a sua alma, abominava Tubbs. Dizia que era vulgar, um arrogante – que o diabo o carregue que esteve num baleeiro. Mas, como muitos homens que estiveram onde *você* não esteve ou viu o que *você* não viu, Tubbs, a bem de suas experiências baleeiras, aprazia-se absolutamente em olhar com desprezo para Jack, mesmo quando Jack fazia o mesmo; e isso era o que deixava tão enfurecido nosso nobre chefe.

Uma noite, com uma intenção peculiar nos olhos, Jack me mandou descer ao convés e convidar Tubbs para conversar lá em cima. Lisonjeado por uma honra tão notável – pois éramos um tanto exigentes e não estendíamos convites desse tipo a todo mundo –, Tubbs montou sobre o cordame, parecendo bastante envergonhado ao se ver na venerável presença dos gajeiros vigilantes. O embaraço de Jack, no entanto, logo deu lugar à cordialidade, embora não seja útil ser cortês com *certos* homens nesse mundo. Tubbs pertencia a essa categoria. Não tardou para que o cabotino se sentisse à vontade e se entregasse, como de costume, a formidávcis clogios aos pescadores de baleia, declarando que apenas eles mereciam o nome de marinheiros. Jack não reagiu durante algum tempo; mas quando Tubbs pôs-se a rebaixar os marinheiros de guerra, em seguida referindo-se especificamente aos gajeiros, seu senso de decoro foi tão ultrajado que ele se lançou para cima de Tubbs com a força de um pelouro de canhão.

"Por que, seu cafajeste de Nantucket, matador de baleias! Seu coador de sebo, carniceiro dos mares! *Por que* pretende difamar marinheiros de guerra? Ora, seu carne-seca vigarista, um marinheiro de guerra está para pescadores de baleia assim como uma metrópole está para cidades rurais e vilarejos isolados. *Aqui* é lugar de vida e comoção; *aqui* é lugar de ser alegre e distinto. E o que sabia, seu cabotino, antes de subir a bordo desse *Andrew Miller*[11]? O que sabia de um convés de canhões, ou de um bailéu, ou sobre se posicionar em volta do cabrestante, ocupar seu posto para uma passagem em revista ou responder ao apito que conclama para o almoço? Alguma vez já tomou uma caninha a bordo daquele caldeirão imundo dos infernos? Alguma vez passou o inverno em Maó? Já "*recolheu as macas*" fora daqui? Ora, o que são tristes aventuras de viagem de um marinheiro mercante à China em busca de latas de chá, ao Caribe em busca de barris de açúcar, a Shetland em busca de pele de foca – o que são tais aventuras comparadas à vida em um navio de guerra? Ora essa, seu peixe morto! Eu naveguei com capitães que eram lordes e marqueses; o rei das Duas Sicílias passou por mim enquanto eu estava aqui, posicionado em meu canhão. Ora, você está farto do bico da proa, farto do castelo; não conhece nada mais do que talhas e candeliças; sua ambição nunca foi maior do que matar porcos, o que, na minha pobre opinião, é a expressão correta para caça de baleias! Gajeiros! Não acham que Tubbs faz mau uso de nossas boas tábuas de carvalho, além de ser um vil profanador do mar três vezes bendito? – transformando seu barco, marujos, em tanque de gordura e o oceano em caneta de osso de baleia? Mande-se daqui, patife herege! Carregue-o para fora daqui, Jaqueta Branca!"

Não precisei fazer esforço. O pobre Tubbs, atordoado pelos insultos, já estava descendo rapidamente pelo cordame.

Essa explosão de meu nobre amigo Jack fez todo o meu corpo tremer, apesar do meu casaco acolchoado, e me fez agradecer devotamente por não ter divulgado, em nenhuma maldita hora, o fato de eu mesmo ter trabalhado num baleeiro; pois, tendo anteriormente notado o preconceito geral dos marinheiros de guerra em relação à difamada classe dos marujos caçadores, sabiamente fechei o bico quanto aos botes baleeiros na costa do Japão.

11 Apelido dado pelos marinheiros aos navios de guerra dos Estados Unidos em referência a um antigo oficial que recrutava marinheiros de forma muito eficaz, mas sem nenhum escrúpulo. Com o tempo, passou a designar a rígida disciplina típica dos navios de guerra.

5. JACK CHASE NO TOMBADILHO PERUANO

Devo agora relatar francamente uma história sobre Jack, a qual, embora esbarre em sua honra e integridade, tenho certeza de que não falará contra ele, segundo a opinião de qualquer sujeito caridoso. Nessa viagem da fragata *Neversink*[12], Jack desertou; depois de certo tempo, foi capturado.

Mas com que propósito Jack desertou? Para fugir da disciplina naval? Para fazer motim em algum porto abandonado? Por amor a alguma *signorita* sem valor? De jeito nenhum. Ele abandonou a fragata por motivos de fato mais elevados e mais nobres. Apesar de se curvar à disciplina naval a bordo do navio, ao desembarcar ele era defensor dos direitos humanos e das liberdades do mundo. Foi empunhar uma espada partidária nas guerras civis do Peru e se entregar, de corpo e alma, ao que considerava ser uma causa justa.

Na ocasião, seu desaparecimento despertou extrema perplexidade entre os oficiais, que jamais suspeitaram de uma conduta como o abandono de posto.

"Como? Jack, meu nobre dos mastros, partiu?", gritou o capitão. "Não acredito nisso."

"Jack Chase escamou!", gritou um aspirante compassivo. "Deve ter sido por amor. As *signoritas* viraram a cabeça dele."

"Jack Chase abandonou o barco?", gritou um velho proeiro, um daqueles maliciosos profetas de eventos passados. "Eu imaginava; eu sabia, seria capaz de jurar, o tipo de cara que zarpa às escondidas. Sempre suspeitei."

Meses se passaram e nada se ouviu de Jack; até que a fragata veio a atracar bem ao lado de uma corveta de guerra.

Bravamente vestido de uniforme peruano, com um andar que misturava passos de combate a passos de marinheiro, ele foi avistado – um sujeito alto e chamativo, exibindo-se no tombadilho do desconhecido navio, supervisionando as saudações que nessas ocasiões são trocadas entre navios nacionais.

---

12 *Neversink*, "Nuncafunda", foi o apelido dado por Melville à fragata *USS United States*, na qual ele percorreu os mares do Sul entre 1843 e 1844.

Esse encantador oficial levantou o chapéu cumprimentando cortesmente nosso capitão, que, depois de ter retribuído o cumprimento, fitou o marujo pela luneta, agora sem a menor cortesia.

"Céus!", gritou, finalmente – "é ele – impossível disfarçar aquele andar; é a barba dele; eu o reconheceria até na Cochinchina. Marujos, arriem o escaler na água! Tenente Blink, suba a bordo daquela corveta de guerra e traga-me aquele oficial".

Toda a tripulação se consternou – O quê? Quando a paz acaba de reinar entre os Estados Unidos e o Peru, mandar uma força armada para subir numa corveta peruana e capturar um de seus oficiais em plena luz do dia? – Que infração monstruosa à Lei das Nações! O que diria Vattel[13]?

Mas deve-se obedecer ao capitão Claret[14]. E com esse propósito partiu o escaler com todos os homens armados até os dentes, o tenente com instruções secretas e os aspirantes a bordo aparentando uma astúcia ameaçadora, embora, na verdade, não pudessem dizer o que estava por vir.

Ao alcançar a corveta, o tenente foi recebido com todas as honras habituais; o oficial alto e barbudo, no entanto, havia desaparecido do tombadilho. O tenente mandou chamar o capitão peruano; ao ser conduzido até a cabine, informou-lhe que a bordo daquela corveta havia um tripulante pertencente ao *USS Neversink* e que tinha ordens de levá-lo imediatamente.

Surpreso e indignado, o capitão estrangeiro enrolou a ponta do bigode; deu a entender algo sobre uma passagem em revista e uma punição ao ianque insolente.

Repousando a mão enluvada sobre a mesa e brincando com a borla da espada, o tenente, com uma branda solidez, repetiu o pedido. Por fim, com todos os argumentos esclarecidos e a pessoa em questão descrita de maneira tão precisa, tendo-se mencionado inclusive uma pinta no rosto, não restava outra opção exceto a obediência imediata.

---

13 Emer de Vattel (1714-1767), jurista suíço cujas teorias foram importantes para o desenvolvimento do direito internacional.

14 O nome também faz referência ao tipo de vinho, clarete, e é uma alusão ao hábito de beber do capitão, descrito mais adiante.

O oficial barbudo e elegante, que havia retirado o chapéu com tanta cortesia para nosso capitão, mas desaparecera à chegada do tenente, foi convocado à cabine, apresentando-se ao seu superior, que o abordou com as seguintes palavras:

"Don Juan, este senhor declara que, por direito, você pertence à fragata *Neversink*. Está correto?"

"Está correto, Don Sereno", disse Jack Chase, dobrando com orgulho, na frente do peito, o dourado das mangas do casaco – "e como não há resistência à fragata, eu obedeço. Tenente Blink, estou pronto. *Adieu*, Don Sereno, que Madre de Diós o proteja! O senhor foi o amigo e o capitão mais gentil que já conheci. Espero que derrote seus reles inimigos".

Dito isso, ele se virou; desceu até o escaler, retornou à fragata e adiantou-se ao tombadilho superior, onde se encontrava o senhor capitão Claret.

"A seus serviços, meu caro Don", disse o capitão, ironicamente erguendo o chapéu, mas ao mesmo tempo mirando Jack com um olhar de intenso desgosto.

"Eis-me aqui, senhor, seu mais dedicado e arrependido chefe da gávea; aquele que, com extrema humildade e contrição, ainda tem orgulho de chamar seu comandante de capitão Claret", disse Jack, arremessando tragicamente ao mar sua espada peruana, não sem antes fazer uma gloriosa mesura.

"Reintegre-o imediatamente", gritou o capitão Claret. "E agora, senhor, ao serviço; cumpra-o bem até o final da viagem e não ouvirá mais nenhuma palavra sobre sua fuga."

Jack avançou em meio a uma multidão de admiradores, confiantes naquela barba castanha, que em sua ausência havia crescido espantosamente e agora estava mais cheia. Seu casaco e seu chapéu foram divididos entre os marujos, que em triunfo o carregaram sobre os ombros ao longo do convés de canhões.

6. OFICIAIS DO TOMBADILHO, GRADUADOS, SUBOFICIAIS E SUBALTERNOS DA COBERTA DE UM NAVIO DE GUERRA: ONDE VIVEM NO NAVIO, COMO VIVEM, SUA POSIÇÃO SOCIAL A BORDO E QUE TIPO DE HOMENS ELES SÃO

Já foi dado um breve relato sobre as várias classes em que se dividia nossa tripulação; talvez seja válido dizer algo sobre os oficiais: quem são eles e quais são suas funções.

Nosso navio, que seja dito, era uma capitânia; ou seja, ostentávamos uma *flâmula de comando*, ou *bougee*, no mastro grande, sinalizando que a bordo havia um comodoro – mais alta patente dos oficiais reconhecida na Marinha americana. O *bougee* não deve ser confundido com a *bandeirola* ou a *flâmula comum*, uma bandeira comprida e sinuosa usada em todos os navios de guerra.

Devido a certos escrúpulos vagos e republicanos sobre a criação de nobres oficiais na Marinha, os Estados Unidos não tinham mais almirantes; no entanto, à medida que sua frota de navios de guerra aumenta, talvez se tornem indispensáveis – o que certamente acontecerá quando o país utilizar grandes esquadras, quando adotar o plano de ação inglês e introduzir três ou quatro classes de comandantes de esquadra acima do comodoro – almirantes, vice-almirantes e contra-almirantes, diferenciados pela cor de suas bandeiras – vermelha, branca e azul – correspondentes a centro, vante e ré. Essas patentes correspondem respectivamente aos generais, tenentes-generais e generais de divisão no Exército, assim como comodoro corresponde ao general de brigada. O mesmo princípio que impediu o governo americano de criar almirantes deve ter impedido a criação de todos os oficiais do Exército acima do brigadeiro.

O comodoro americano, assim como o comodoro inglês ou o *chef d'escadre* francês, nada mais é que um capitão experiente, em comando temporário de uma pequena quantidade de navios destacados com algum propósito específico. Não tem posto permanente, reconhecido pelo governo, acima de sua capitania; no entanto, uma vez empregado como comodoro, seu título pode ser prolongado pela união de costume e cortesia.

Nosso comodoro era um senhor destemido, de grande experiência. Serviu como tenente na última guerra com a Inglaterra. Durante as batalhas com canhoneira nos lagos perto de New Orleans, pouco antes dos combates por grandes terras na região, levou um tiro de mosquete no ombro – a bala, como os dois globos oculares, ele carrega no corpo até esta data.

Muitas vezes, quando olhava para o venerável guerreiro, contorcido pelo efeito da ferida, eu pensava como deveria ser curiosa, tanto quanto dolorosa, a sensação de ter uma mina de chumbo no ombro; é verdade, no entanto, que muitos de nós, mortais civilizados, transformamos nossa boca em minas de ouro.

Em função desse ferimento no ombro, nosso comodoro, além de seu salário regular, tinha um criado exclusivo a seu dispor. Não posso dizer muito do comodoro, pois nunca procurou minha companhia e nunca me ofereceu mais do que sua distinta cordialidade.

Mas, embora não possa dizer muito dele por opinião própria, posso mencionar algo de seu caráter geral como comandante de esquadra. Em primeiro lugar, não tenho plena certeza se, na maioria das vezes, ele era ou não mudo, pois meus ouvidos nunca ou quase nunca ouviam palavra de sua boca. Além de parecer mudo, sua presença continha o estranho poder de emudecer as pessoas durante um tempo. Sua aparição no tombadilho parecia travar a mandíbula de todos.

Outro fenômeno relacionado a ele era a estranha maneira com que todos o evitavam. Ao primeiro sinal de suas dragonas a barlavento na popa, os oficiais lá reunidos invariavelmente recuavam a sotavento, deixando-o sozinho. Talvez infligisse mau-olhado; talvez fosse o Judeu Errante dos mares. Mas a verdadeira razão talvez fosse que, como todo alto funcionário, ele considerasse religiosamente indispensável sustentar sua dignidade – uma das coisas mais problemáticas do mundo, um chamado à maior de todas as abnegações. A vigilância constante e a cautela multifacetada necessárias para sustentar a dignidade de um comodoro mostram com límpida clareza que, exceto pela dignidade comum de hombridade, os comodoros, em geral, não têm dignidade alguma. É aconselhável que cabeças coroadas, generalíssimos, lordes almirantes e comodoros mantenham o corpo aprumado e tomem cuidado com problemas de coluna, é verdade; mas é igualmente verdade que essa atitude é um tanto arrogante, extremamente desconfortável e ridícula para uma geração esclarecida.

Ora, quantos sujeitos raros não houve entre nós, gajeiros, que, convidados à sua cabine durante uma ou outra rodada de bebida, não alegrariam o coração do velho comodoro, fazendo curar sua antiga ferida de uma vez por todas.

Venha, comodoro, deixe essa amargura de lado, meu velho; suba aqui no topo da gávea que vamos lhe contar um caso.

Talvez uma das coisas que colaborasse, mais do que qualquer outra, para tornar nosso comodoro um homem tão melancólico e desolado fosse o fato de ele ter tão poucas atribuições. Pois a fragata tinha um capitão; é claro, no que se refere a *ela*, nosso comodoro era um supranumerário. Quão abundante não deve ter sido seu ócio durante um cruzeiro de três anos! Quão indefinidamente ele deve ter cultivado a própria mente!

Mas, como todos sabem que o ócio é a tarefa mais difícil do mundo, nosso comodoro recebia a ajuda especial de um empregado só dele, chamado *secretário do comodoro*. Um homem notavelmente urbano e polido, de aparência graciosa, parecendo mais um embaixador extraordinário de Versalhes. Ele humilhava os tenentes na praça-d'armas, onde tinha um camarote próprio, elegantemente mobiliado como a cabine particular de Pelham[15]. Seu camareiro costumava entreter os marinheiros com todo tipo de histórias sobre flautas e flajolés de prata, pinturas a óleo, livros de encadernação marroquina, peças de xadrez feitas na China, botões de camisa dourados, estojos de caneta esmaltados, extraordinárias e elegantes botas francesas com solado da espessura de um papel de carta perfumado, roupas bordadas, lacres de carta aromatizados, estatuetas de Vênus e Adônis de alabastro, caixinhas de rapé de casco de tartaruga, estojos de toucador marchetados, pentes de madrepérola e centenas de outros acessórios luxuosos espalhados nesse suntuoso camarote particular do secretário.

Desde longa data eu vinha descobrindo no que consistiam as obrigações desse secretário. Ao que constava, ele escrevia os despachos do comodoro para Washington e era amanuense de seu general. Não que essa tarefa fosse fácil demais, por vezes; pois alguns comodoros, embora não tenham muito a *dizer* a bordo de um navio, têm muito o que escrever. O mensageiro do navio, não raro, parado à porta da cabine do comodoro, levantava o chapéu para

15 Protagonista do romance homônimo do escritor inglês Edward Bulwer-Lytton (1803-1873), publicado em 1828, sobre a trajetória de um jovem dândi.

cumprimentar o primeiro-tenente e, com um ar misterioso, entregava-lhe um bilhete. Sempre imaginei que esses bilhetes tratavam de assuntos estatais da máxima importância; até que um dia, ao me deparar com um pedaço de papel úmido e amassado na boca do embornal, li as seguintes palavras:

> Senhor, hoje será servido picles à tripulação junto com a carne fresca.
> Para tenente Bridewell[16], por ordem do comodoro.
> ADOLPHUS DASHMAN, SEC. PRIV.

Foi uma nova revelação; pois eu supunha que o comodoro, de sua discrição quase imutável, nunca interferia diretamente nas questões do navio, deixando-as todas para o capitão. Quanto mais vivemos, contudo, mais aprendemos dos comodoros.

Voltemo-nos agora ao segundo oficial do escalão, quase supremo, no entanto, nas questões internas do navio. O capitão Claret era um homem largo, corpulento, um Henrique VIII dos mares, robusto e barrigudo, tão majestoso na cabine quanto Henrique no trono. Pois os navios são como um pedaço de *terra firma* recortado do continente; é um Estado em si, cujo rei é o capitão.

Não é uma monarquia limitada, em que o povo, indômito, tem direito ao pleito e vocifera se assim desejar, mas quase um despotismo, como o do grão-turco. A palavra do capitão é lei: ele nunca fala sem ser no modo imperativo. Quando se coloca no tombadilho em alto-mar, comanda absolutamente tudo, até onde o olhar pode alcançar. Apenas a lua e as estrelas estão além de sua jurisdição. Ele é senhor e mestre do sol.

Não é meio-dia até que ele diga que é. Pois quando o mestre de navegação, cujo dever é observar a posição do sol a pino, toca em seu chapéu e comunica o horário para o oficial do convés, esse funcionário manda um aspirante até a cabine do capitão para informá-lo humildemente da respeitosa sugestão do mestre de navegação.

"Meio-dia agora, senhor", diz o aspirante.

"Pois *anuncie*", responde o capitão.

O mensageiro então soa oito vezes o sino, instituindo meio-dia.

---

16 *Bridewell* também significa "cárcere" ou "prisão".

Quando o capitão visita o convés, seus oficiais subordinados geralmente batem em retirada para o outro lado – como no caso do comodoro; e, como regra geral, não pensariam em abordá-lo de novo, exceto ao se tratar de algo relacionado ao navio, do mesmo modo que um lacaio não pensaria em saudar o czar da Rússia no trono e convidá-lo para tomar um chá. Talvez nenhum outro mortal tenha mais motivos para sentir o caráter intenso de sua influência pessoal quanto o capitão de um navio de guerra no mar.

Em seguida, na ordem do escalão, vem o primeiro-tenente, o oficial executivo. Não tenho motivo nenhum para amar o sujeito que ocupava esse posto a bordo da nossa fragata, pois fora ele que rejeitara meu pedido de tinta preta suficiente para impermeabilizar minha jaqueta branca. Pesa-lhe nas costas a culpa por todas as vezes em que fico ensopado e encharcado. Não acho que algum dia poderei perdoá-lo; todas as pontadas de reumatismo que eu porventura sentir serão graças a ele. Os imortais[17] são conhecidos por ter clemência, *eles* podem perdoá-lo; pois que ele não me importune por misericórdia. Meus sentimentos pessoais em relação a ele, no entanto, não podem me impedir de lhe fazer justiça; ele era um excelente marinheiro em quase todos os aspectos: alerta, vistoso e direto ao ponto, características que faziam dele o sujeito ideal para ocupar o posto de primeiro-tenente de uma fragata, cargo que exige um homem enérgico e bom disciplinador. Respondendo ao capitão, é responsável por tudo; por ordens dele, na verdade, deve ser onipresente, seja no porão ou no topo dos mastros, sempre ao mesmo tempo.

Ele se senta na cabeceira da mesa da praça-d'armas, local em que os oficiais se reúnem para fazer as refeições e que, numa fragata, engloba a parte posterior da coberta. Às vezes recebe o nome de sala dos oficiais, mas quase sempre é chamada praça-d'armas. O espaço lembra um corredor largo e comprido de um grande hotel; diversas portas abrem-se dos dois lados para os apartamentos particulares dos oficiais. Na primeira vez que vi essa sala, o capelão estava sentado no centro da mesa, jogando xadrez com o tenente dos fuzileiros. Era meio-dia, mas o lugar estava iluminado por lamparinas.

17 Referência aos deuses da mitologia greco-romana.

Além do primeiro-tenente, os oficiais da praça-d'armas incluem os segundos-tenentes, sendo seis ou sete numa fragata, bem como mestre de navegação, comissário, capelão, cirurgião, oficiais fuzileiros e mestre-escola dos aspirantes, ou "o professor". Geralmente formam um clube bem agradável de bons companheiros, a julgar pela diversidade de personalidades, admiravelmente calculadas para formar um todo social aprazível. Os tenentes discutem batalhas no mar e contam historietas de lorde Nelson e *lady* Hamilton; os fuzileiros falam de ataques a fortalezas e do cerco de Gibraltar; o comissário participa dessa conversa turbulenta aludindo de vez em quando à regra de três; o professor sempre se encarrega de fazer alguma reflexão inteligente, ou de citar um verso dos clássicos, geralmente Ovídio; as histórias que conta o cirurgião sobre a mesa de amputação servem judiciosamente para sugerir a mortalidade de todos os seres humanos do grupo, enquanto o capelão está sempre pronto para fornecer conselho e consolo religioso.

É claro que todos esses homens estão em pé de perfeita igualdade social.

Em seguida temos os graduados ou "oficiais da mestrança", grupo composto de contramestre, oficial de artilharia, carpinteiro e veleiro. Embora esses sujeitos respeitáveis usassem longos casacos e um broche de âncora, na estima dos oficiais da praça-d'armas eles não são, tecnicamente falando, homens de patente. O primeiro-tenente, o capelão ou o cirurgião, por exemplo, jamais sonhariam em convidá-los a almoçar. Na gíria dos mares, "eles entram no navio pelos escovéns"; têm as mãos calejadas; e o carpinteiro e o veleiro entendem, em termos práticos, das tarefas que devem cumprir. Fazem as refeições sozinhos. Formado invariavelmente por quatro colegas, o grupo nunca precisa de um morto para jogar uíste.

Nessa parte da categoria temos os "rizadores", ou "aspiras", os aspirantes da Marinha. Esses jovens são mandados para o mar com o propósito de se tornar comodoros, e para se tornar comodoros muitos deles julgam indispensável começar de imediato a mascar tabaco, beber conhaque com água e xingar os marinheiros. Como são colocados a bordo de um navio de longo curso para estudar e aprender a função de tenente – e até que se qualifiquem para agir como tal têm poucas funções para cumprir, às vezes até nenhuma – esses aspirantes são praticamente excedentes a bordo. Por estarem eternamente cruzando o caminho de marujos e oficiais em fragatas superlotadas, costumam ser comparados a camaradas inúteis, dando origem ao provérbio "quem fica no meio do caminho é rizador".

Numa rajada de vento, quando toda a tripulação é convocada e o convés se torna um amontoado de homens, os pequenos "aspiras", sem ter muito o que fazer, correm distraídos de um lado para o outro e põem-se a praguejar e vociferar, dando vazão a xingamentos para todos os lados como fogos de artifício. Alguns deles são rapazes terríveis – levantam a ponta da boina de maneira arrogante e parecem ferozes como galos de rinha. Geralmente são grandes consumidores de óleo de Macassar e bálsamo da Colômbia, desejam ardentemente ter suíças no rosto e muitas vezes, depois de aplicarem seus unguentos, deitam-se ao sol para garantir a fertilidade dos pelos no queixo.

Como a única maneira de aprender a comandar é aprender a obedecer, a utilidade de um navio de guerra é tal que os aspirantes recebem ordens constantes dos tenentes; contudo, sem lhes destinar um local específico, estão sempre indo para algum lugar sem nunca chegar a lugar algum. Em certos aspectos, a vida a bordo é muito mais difícil para eles do que para os próprios marinheiros. Eles são mensageiros e garotos de recados de seus superiores.

"Sr. Pert"[18], grita um oficial do convés, chamando um dos jovens. O sr. Pert se aproxima, coloca a mão no chapéu e assume uma postura de respeitoso suspense. "Vá chamar o contramestre." Movido por essa arriscada incumbência, o aspirante sai apressado, orgulhoso como um rei.

Os aspirantes vivem sozinhos no alojamento inferior, onde, hoje em dia, fazem suas refeições sobre uma mesa coberta com uma lona alcatroada. Têm direito a usar o galheteiro no almoço, são servidos por outros garotos (escolhidos entre a tripulação) e às vezes tomam café em xícaras de porcelana. Mas, apesar de todos esses requintes, muitas vezes os utensílios do grupo vão de mal a pior: a porcelana está quebrada; o bule envernizado está amassado como uma caneca de estanho numa cervejaria; os garfos lembram palitos de dente (e por vezes são usados com este fim); as facas cortam pior que uma serra de mão sem dentes; e a lona é levada para o veleiro remendar.

18 Atrevido, ousado, impertinente.

Na verdade, eles parecem estudantes secundários e calouros universitários, especialmente no que se refere ao barulho que fazem no alojamento inferior. De lá se ouve um falatório, um murmúrio, um zumbido que mais parece uma colmeia, ou uma escola infantil em dia de verão, quando a professora adormece com uma mosca no nariz.

Nas fragatas, a praça-d'armas – retiro dos tenentes – e o alojamento inferior são imediatamente adjacentes. Frequentemente, quando os aspirantes, ao acordarem cedo pela manhã, como o faz a maioria dos jovens, se divertiam nas macas ou corriam de um lado para o outro com as camisolas ainda fechadas, brincando de *pique* entre as aranhas das macas, o primeiro-tenente irrompia entre eles dizendo: "Meus jovens, estou perplexo. Parem já com essa bagunça. Sr. Pert, o que faz à mesa sem suas pantalonas? Já para a maca, senhor. Que eu não veja isso outra vez. Se voltarem a incomodar a praça-d'armas, meus jovens, vocês vão se arrepender". Dito isso, o grisalho primeiro-tenente retornava para o catre de seu camarote, como o pai de uma família numerosa depois de se levantar de camisola e chinelos para apaziguar ao alvorecer uma confusão no quarto das crianças.

Tendo descido na escala desde o comodoro até o aspirante, chegamos finalmente ao grupo dos inclassificáveis, que por si próprios também formam um "rancho" separado dos marinheiros. Nesse rancho, a forma de tratamento em um navio de guerra se desdobra em vários subordinados, incluindo o mestre-d'armas, o ajudante do comissário, os cabos, os sargentos navais e os despenseiros, formando a primeira aristocracia acima dos marinheiros.

O mestre-d'armas é um tipo de condestável-mor e mestre-escola: usa roupas comuns e é conhecido por sua chibata oficial. Todos os marinheiros o odeiam. É dele o dever universal de informante universal e caçador de delinquentes. Na coberta ele reina supremo: espiona todas as manchas de gordura deixadas pelos diversos cozinheiros dos ranchos da marinhagem e conduz os retardatários pelas escotilhas quando toda a tripulação é convocada. É indispensável que ele seja como um Vidocq[19] na vigilância. É um oficial ingrato tanto quanto

19 François-Eugène Vidocq (1775-1857), ex-criminoso que fundou, na França, a Sûreté Nationale, polícia especializada em investigações criminais. É considerado o primeiro detetive particular da história e pai da criminologia moderna.

desumano. Nas noites escuras, a maioria dos mestres-d'armas fica alerta o tempo inteiro para se esquivar das bolas de canhão de 42 libras jogadas lá embaixo por ele, pelas escotilhas.

Os cabos são esses valiosos subordinados e substitutos.

Os sargentos navais, de modo geral, são sujeitos altos, de postura ereta, aparência fleumática e de gostos e preferências bastante singulares.

O despenseiro é um senhor que tem uma espécie de escritório no depósito lá embaixo, no porão de proa. Mais detalhes sobre ele serão dados adiante.

Além dos oficiais supracitados, não há mais ninguém que forme outro grupo separado dos marinheiros. Os *suboficiais*, por assim dizer, ou ajudantes de contramestre, de artilheiro, de carpinteiro e de veleiro, os chefes das gáveas, do castelo de proa e da popa, do porão de proa e do porão principal, além dos quartéis-mestres, se misturavam à tripulação para as refeições, e na Marinha americana só se diferenciam dos marinheiros comuns pelo salário um pouco maior. Mas, na Marinha inglesa, eles usam coroas e âncoras bordadas em distintivos oficiais na manga dos casacos. Na Marinha francesa, são conhecidos por tiras de estambre usadas no mesmo lugar, como aquelas que designam os sargentos e cabos no Exército.

Como ficará claro, a mesa de refeições é o critério de classificação no mundo dos navios de guerra. O comodoro almoça sozinho porque é o único homem de sua classe no navio. O mesmo acontece com o capitão. Já os oficiais da praça-d'armas, os graduados, os aspirantes, o rancho do mestre-d'armas e os marinheiros comuns, respectivamente, comem juntos – pois respectivamente estão todos em pé de igualdade.

Pela mesma razão, o comodoro tem os próprios criado e cozinheiro, que servem apenas a ele; também tem o próprio fogão, onde nada é cozido além de suas refeições. O mesmo também acontece com o capitão. Os oficiais da praça-d'armas têm igualmente seu fogão e cozinheiro, bem como os aspirantes. As refeições dessas duas classes são preparadas numa parte separada da cozinha geral, bem na ponta, onde há uma grelha larga, com vários metros de comprimento.

7. DESJEJUM, ALMOÇO E JANTAR

A mesa das refeições não é o único critério de classificação a bordo de um navio de guerra; também temos o horário de almoço. Os homens mais importantes comem mais tarde; os menos importantes comem mais cedo. Numa capitânia, o comodoro geralmente almoça às quatro ou cinco da tarde; o capitão, às três; os tenentes, às duas; enquanto *a ralé*[20] (expressão usada no tombadilho para se referir aos marujos) senta-se para comer sua carne salgada exatamente ao meio-dia.

Como será visto, enquanto o estamento dos reis dos mares e o estamento dos lordes dos mares almoçam em horários nobres – e com isso, a longo prazo, prejudicam suas funções digestivas –, o povo do mar, ou *a ralé*, mantém seus costumes adotando o bom e velho horário de almoço elisabetano, instituído por Franklin[21]: meio-dia.

Meio-dia! O centro natural, a chave de abóbada, o coração do dia. Nesse horário, o sol estava a pino; e enquanto parecia pairar por um instante, antes de começar a baixar do outro lado, não seria mais razoável supor que ele também parasse para almoçar, servindo de eminente exemplo para toda a humanidade? O resto do dia chamamos *afternoon*, o pós-meridiano, palavra que, em suas raízes saxãs, transmite a sensação das amuradas a sotavento e de uma soneca; do mar de verão, com brisas leves arrastando-se na superfície; de golfinhos etéreos singrando o mar à distância. *Pós-meridiano!* – a palavra já indica que se trata de uma peça secundária, iniciada depois da grande obra do dia; algo a ser apreciado sem pressa, com prazer. Mas como isso é possível quando se almoça às cinco? Afinal de contas, embora *Paraíso perdido* seja um poema nobre, e nós, marinheiros de guerra, decerto participemos em grande medida da imortalidade dos imortais, permita-nos confessar, colegas de bordo, que, a rigor, nossos almoços são o que há de mais significativo na vida que levamos sob o sol. O que seria do dia sem almoço? Um dia sem meio-dia! Melhor então que fosse noite.

---

20 Na nomenclatura comum, também são chamados de "os homens". [NOTA DO AUTOR]

21 Benjamin Franklin (1706-1790), um dos pais fundadores dos Estados Unidos, descreve, em sua *Autobiografia*, como divide suas tarefas ao longo do dia.

Repito: doze horas é o horário natural de almoço para nós, marinheiros de guerra, porque nesse instante os próprios relógios que inventamos chegam ao término; não podem marcar mais que doze, momento em que começam imediatamente a fazer de novo suas velhas voltas. Sem dúvida, Adão e Eva almoçavam às doze horas; e o patriarca Abraão, em meio a seu rebanho; e o velho Jó, com seus ceifadores ao meio-dia, na terra de Uz; e o velho Noé, na arca, deveria parar para comer exatamente às *oito badaladas*[22] (meio-dia), com sua família e fazenda flutuante.

Ainda que esse horário de almoço antediluviano seja rejeitado por comodoros e capitães modernos, ele ainda persiste entre "*a ralé*" comandada por eles. Muitas coisas sensatas proibidas na alta sociedade encontram asilo e lugar entre a turba.

Alguns comodoros são bastante exigentes em garantir que nenhum homem a bordo ouse almoçar depois que sua sobremesa (do comodoro) estiver servida. Nem mesmo o capitão. Diz-se, de fonte segura, que uma vez um capitão se aventurou a almoçar às cinco, sendo quatro o horário do comodoro. No dia seguinte, segundo consta, o capitão recebeu um comunicado; como consequência, passou a almoçar todos os dias às três e meia.

Em respeito ao horário de almoço a bordo de um navio de guerra, *a ralé* não tem motivos para reclamar; tem justa causa, no entanto, quase para fazer um motim, em relação às horas ultrajantes atribuídas para o desjejum e o jantar.

Oito horas da manhã para o desjejum; meio-dia para o almoço; quatro da tarde para o jantar; e mais nenhuma refeição depois disso: nada de lanche, nada de comidas leves. Devido a essa estrutura (e parcialmente ao fato de um turno sair para comer antes do outro, no mar), todas as refeições, num período de 24 horas, ficam confinadas a um intervalo de nada menos que oito horas! Dezesseis horas mortais se passam entre o jantar e o desjejum, incluindo, para um turno de vigilância, oito horas no convés! Isso é bárbaro; qualquer

22 Os turnos no navio de guerra são divididos da seguinte maneira: o sino toca a cada meia hora, sempre aumentando uma badalada, até completar oito badaladas, ou um ciclo de quatro horas. As 24 horas do dia, desse modo, seriam divididas em seis quartos, exceto o período das 16h às 20h, que é dividido em dois turnos. Os sete turnos de trabalho, desse modo, fazem a rotina dos marinheiros ser desigual.

cirurgião diria o mesmo. Pense nisso! Antes de o comodoro almoçar, você já jantou. Em altas latitudes, no horário de verão, você faz sua última refeição do dia quando ainda restam cinco horas ou mais para o dia acabar!

Sr. secretário da Marinha, em nome da *ralé*, o senhor deveria intervir nessa questão. Muitas vezes eu, gajeiro do mastro grande, já me vi a ponto de desmaiar numa vigilância matinal no meio de uma tempestade, quando precisei usar todas as minhas energias, devido a esse modo miserável e não filosófico de distribuir as refeições a bordo. Suplicamos, sr. secretário, não se deixe influenciar nessa questão pelo Honorável Conselho dos Comodoros, que sem dúvida dirá que oito, doze e quatro são as horas apropriadas para as refeições da *ralé*, uma vez que os turnos são rendidos nesses horários. Pois, embora esse arranjo mantenha tudo mais limpo e asseado para os oficiais e pareça finíssimo e agradabilíssimo no papel, é extremamente prejudicial à saúde; em tempos de guerra, está ligado a consequências ainda mais sérias para toda a nação. Se fossem realizadas as pesquisas necessárias, talvez ficasse comprovado que nas ocasiões em que os navios de guerra, sob esse regime de horário das refeições, encontraram um inimigo durante a noite, foram todos derrotados – isto é, nos casos em que o horário de refeição dos inimigos era razoável –, o que se explica apenas pelo fato de que *a ralé* das embarcações derrotadas lutava de estômago vazio ao invés de cheio.

8. O CONTRASTE ENTRE SELVAGEE E MAD JACK

Depois de olharmos as principais divisões de um navio de guerra, passemos agora para duas especialidades, particularmente dois segundos-tenentes, lordes e nobres, membros da Câmara dos Pares, a sala dos oficiais. Havia vários jovens tenentes a bordo, mas desses dois – que representam extremos de personalidade encontrados no departamento – devemos derivar a natureza dos outros oficiais de sua classe no *Neversink*.

Um desses dois lordes do tombadilho era conhecido entre os marinheiros por um nome que eles mesmos lhe deram: Selvagee. É claro, a intenção era ser autêntico; e assim o foi.

Nas fragatas, e em todos os grandes navios de guerra, no momento de zarpar, uma corda chamada *cabo-guia* é usada para transferir a tensão da amarra para o cabrestante, de modo que a âncora possa ser içada sem que a própria amarra, pesada e lamacenta, tenha de ser enrolada no cabrestante. À medida que a amarra entra no escovém, no entanto, é preciso fazer uso constante de um tipo de estropo para manter essa corrente em movimento ligada ao *cabo-guia* em movimento, algo que possa ser enroscado rapidamente aos dois para uni-los. Esse objeto chama-se *selvagee*. Que mais poderia cumprir melhor essa função? Trata-se de um pedaço de corda fina, chanfrado e destrançado, preparado com bastante cuidado, particularmente flexível, que cinge e se desloca sinuosamente em volta da amarra e do cabo-guia como uma serpente elegante enrolada nos caules retorcidos de uma videira. Na verdade, *Selvagee* é o símbolo exato para representar um sujeito delicado, comprido, refinado, ágil e sinuoso. Só isso explica o apelido dado pelos marinheiros ao tenente.

De qual alcova marinha, de qual recanto de sereia tu surgiras, Selvagee!, com essa cintura delgada e esse rosto apático? Que madrasta desalmada te mandou ao mar para que perdesses tua fragrância na salgada maresia?

Foste *tu*, Selvagee!, que rumo ao exterior, ao largo do cabo Horn, avistaste a ilha do Eremita com um binóculo? Foste *tu* que pensaste em propor ao capitão que, quando as velas estivessem ferradas durante uma tempestade, algumas gotas de lavanda fossem despejadas em seu bojo, para que, quando içadas de novo, tuas narinas não se irritassem com o cheiro de mofo? Não *digo* que foste tu, Selvagee; apenas pergunto respeitosamente.

A bem da verdade, Selvagee era um daqueles oficiais cativados na juventude pela visão de um capote naval bem ajustado ao corpo. Imaginara que se um oficial da Marinha se vestia bem e falava corretamente, ele então defenderia copiosamente a honra de seu emblema e imortalizaria o alfaiate que o confeccionara. Nessas águas, muitos jovens davam com os burros. Pois, no tombadilho de uma fragata, não basta exibir um casaco desenhado por um Stultz[23]; não basta ter as calças

23 Johann Georg Stultz (1771-1832) foi um famoso alfaiate alemão estabelecido em Londres.

bem armadas com presilhas e suspensórios; não basta ter doces lembranças de Lauras e Matildes. É uma vida de extremo desgaste, e o homem que não está muito bem preparado para ser um marujo comum jamais se tornará um oficial. Todos vocês, aspirantes da Marinha, levem isso a sério. Antes de se alistarem, enfiem os braços no piche até a altura do cotovelo e vejam se gostam. Preparem-se para enfrentar borrascas, tormentas e tufões; leiam relatos de naufrágios e de terríveis desastres; examinem as narrativas de Byron[24] e Bligh[25]; familiarizem-se com a história da fragata inglesa *Alceste* e da francesa *Medusa*.[26] Por mais que porventura venham a desembarcar, vez ou outra, em Cádis e Palermo, para cada dia entre moças e laranjas terão meses inteiros de chuvas e temporais.

Mesmo assim, Selvagee se submeteu à prova. Mas, com toda a intrépida afeminação de um verdadeiro dândi, ele continuava, sob forte tempestade, tomando seus banhos de colônia e usando seus lenços bordados. Pobre Selvagee!, nada lhe tirava o cheiro de lavanda.

Selvagee não era tolo, contudo. Teoricamente, entendia sua profissão; mas a mera teoria da marinhagem representa apenas a milésima parte do que faz um marinheiro. Não se pode salvar uma embarcação resolvendo um problema na cabine; o convés é nosso campo de ação.

Ciente de sua deficiência em alguns aspectos, Selvagee nunca pegou o porta-voz – emblema do oficial de convés – sem que seu lábio superior tremesse e sem dar uma olhada séria e circunspecta a barlavento. Ele encorajava aqueles velhos tritões, os quartéis-mestres, a conversar com ele sobre a possibilidade de uma borrasca, e amiúde seguia seus conselhos para guardar velas ou desfraldá-las. Os menores auxílios nesse sentido eram recebidos com gratidão. Algumas vezes, quando o norte parecia excepcionalmente anuviado, ele se esforçava para prolongar o turno de seu predecessor no convés

24 John Byron (1723-1786), navegador inglês, sofreu um naufrágio nas costas da Patagônia em 1740 e publicou um relato dessa aventura.

25 William Bligh (1754-1817) foi um oficial da Marinha Real Britânica. Estava a bordo do *HMS Bounty* quando sofreu um motim, durante viagem de regresso à Jamaica. Deixou por escrito um relato de suas experiências.

26 O *Alceste* se perdeu no mar de Java em 1817. O *Medusa* afundou na costa ocidental da África em 1816.

usando um excesso de palavras bajuladoras. Mas com o tempo firme e estável, quando o capitão saía da cabine, Selvagee podia ser visto andando no tombadilho a passos largos, confiantes e infatigáveis, mirando o topo dos mastros com a mais ostentosa fidelidade.

Mas ele não enganava ninguém: suas pretensões eram vãs. Selvagee!, tu sabes muito bem que quando começa o vento forte o primeiro-tenente decerto interfere com sua autoridade paterna. Todo homem e todo garoto na fragata, Selvagee, sabem que tu não és nenhum Netuno.

Nada invejável a situação dele! Seus irmãos oficiais não o insultam, sem dúvida; mas às vezes lançam-lhe olhares de adaga. Os marinheiros não riem para ele diretamente, mas em noites escuras o ridicularizam quando escutam aquela voz de costureira ordenando *puxem com força o cabo principal* ou *mãos nas adriças!* Às vezes, com o intuito de aterrorizar e assustar os marujos, Selvagee roga uma praga; mas as bombas doces recheadas com beijinhos de confeiteiro parecem explodir como um botão de rosa espremido para exalar seu aroma. Selvagee! Selvagee! Aceites o conselho de um gajeiro: finda esta viagem, não te aventures mais no mar.

Como é forte o contraste entre esse cavalheiro de lenço no pescoço e cabelo encaracolado e aquele outro, nascido na tormenta! Pois durante alguma tempestade, ao largo do cabo Horn ou do Hatteras, *Mad Jack* deve ter vindo ao mundo – essas coisas acontecem – não com uma colher de prata à boca, mas com um porta-voz; enrolado em âmnio como se fosse numa vela mestra – pois a sorte de nunca ter passado por um naufrágio é o que ele tem – e gritando: *Orçar! Orçar, virar a ló! – firme! – bombordo! – mundo à vista! – aqui estou!*

No mar, Mad Jack está no comando. *O mar* é sua casa; não se importaria muito se outro dilúvio inundasse toda a terra firme, pois nada faria senão elevar seu navio a alturas ainda maiores, carregando a bandeira de sua orgulhosa pátria pelo mundo, navegando sobre a capital de todos os Estados hostis! Os mastros encimariam pináculos, e toda a humanidade, como os barqueiros chineses no rio das Pérolas, viveria em frotas e flotilhas, provendo-se de víveres do mar.

Mad Jack foi expressamente criado e qualificado para ser marujo. Um metro e 75 de altura, pesando menos de 70 quilos antes do almoço. Como tantos ovéns do navio, seus músculos e tendões são todos fortes, firmes e bem distribuídos; era bracejado de vante a ré, como um navio ao vento. Seu peito largo é uma antepara para conter o vento; seu nariz é aquilino, o que o deixa dividido em dois, como uma quilha. Seus pulmões sonoros e vigorosos são dois campanários, cheios de toda sorte de melodias – mas só se escuta seu berro mais profundo no apogeu de alguma tempestade, como o grande sino da catedral londrina de St. Paul, que soa só quando o rei ou o diabo estão mortos.

Veja-o lá em cima, onde se põe no tombadilho – o pé sobre a balaustrada, a mão segurando o ovém, a cabeça inclinada para trás e o porta-voz à boca como uma tromba de elefante alçada no ar. Será que atira com o som para matar os companheiros na verga do mastro grande?

Mad Jack era um pouco tirano – dizem que todos os bons oficiais o são –, mas os marinheiros o adoravam em todos os aspectos e prefeririam muito mais dividir cinquenta turnos de vigilância com ele a dividi-lo com um marinheiro-água-de-rosas.

Mas o pobre do Mad Jack tem um terrível defeito – ele bebe. Todos nós bebemos, mas Mad Jack bebe *apenas* conhaque. Um vício inveterado; é claro que, como Ferdinand, conde de Fathom[27], deve ter sido amamentado num tonel. Com bastante frequência, o mau hábito o fazia passar sérios apertos. Foi afastado duas vezes pelo comodoro e numa ocasião quase foi expulso por causa de suas galhofas. No que se refere à sua eficácia como oficial da Marinha, pelo menos em terra firme Jack podia *marear-se* o quanto quisesse, mas não a bordo de um navio.

Ora, se seguisse o sábio exemplo dos navios do deserto, os camelos, e, enquanto atracado ao porto, bebesse pela sede passada, pela atual e pela por vir, de modo que cruzasse sóbrio o oceano, Mad Jack se daria muito bem, bebendo no mar apenas do límpido vinho branco dos rios e riachos.

---

27 Protagonista do romance *The Adventures of Ferdinand Count Fathom* (1753), do escritor britânico Tobias Smollett (1721-1777).

9. SOBRE OS BOLSOS DA JAQUETA

Devo mencionar mais uma vez aquela minha jaqueta branca.

A título de introdução ao relato a seguir, fique claro que, para um marinheiro comum, viver a bordo de um navio de guerra é como viver num mercado, onde você se veste nas escadas e dorme no porão. Não se tem privacidade nem isolamento por um momento sequer. Estar sozinho é quase uma impossibilidade física. Você almoça numa vasta *table d'hôte*, dorme em alojamentos compartilhados, faz suas necessidades apenas onde e quando pode. Impossível pedir costeleta de carneiro e um quartilho de clarete para tomar sozinho; não há como escolher onde dormir à noite, como pendurar as pantalonas nas costas de uma cadeira, muito menos tocar o sino numa manhã chuvosa para que alguém lhe sirva o café na cama. É como viver numa grande fábrica. O sino toca para o almoço e, com fome ou não, você deve almoçar.

Suas roupas são guardadas num saco grande de lona, geralmente pintado de preto, que você só pode tirar do "bagageiro" uma vez a cada 24 horas, na penumbra da coberta – isso durante um momento de completa confusão, em que outros quinhentos marinheiros, entre quinhentos outros sacos, buscam cada um o seu. Para evitar até certo ponto essa inconveniência, muitos marinheiros dividem seus pertences entre a maca e o saco, guardando naquela alguns casacos e calças compridas, caso queiram se trocar durante a noite, depois que todos se aquietam. Mas ganham muito pouco com isso.

Você não tem lugar nenhum além do saco ou da maca para colocar qualquer coisa em um navio de guerra. Se deixar algo no chão e virar as costas por um segundo, decerto não verá nem mais fumaça.

Ora, ao elaborar o plano inicial e preparar a base de minha memorável jaqueta branca, considerei com cuidado todas essas inconveniências e procurei evitá-las. Meu intuito era que, além de me manter aquecido, a jaqueta fosse confeccionada para conter uma ou duas camisas, uma calça e diversas ninharias – utensílios de costura, livros, biscoitos, coisas do tipo. Conferi ao meu objeto uma grande variedade de bolsos para diversas finalidades: despensa, armário para roupas e guarda-louças.

Os dois principais compartimentos estavam localizados abaixo da cintura, com uma entrada ampla e aconchegante por dentro; dois outros compartimentos, de menor capacidade, foram colocados no tórax, interligados por uma porta de duas folhas, de modo que, em caso de emergência, os dois bolsos pudessem se transformar em um só na frente do peito para acomodar artigos volumosos. Também havia diversos recônditos ocultos por trás do arrás, tanto que minha jaqueta, como um velho castelo, estava cheia de escadas de caracol e misteriosas criptas, gabinetes e retretes; e, como uma escrivaninha confidencial, estava repleta de pequenos covis e esconderijos, compactos e disfarçados, para guardar objetos preciosos.

Sobrepostos a esses havia quatro bolsos espaçosos do lado de fora; dois para guardar livros quando partisse de repente dos estudos para o mastaréu do sobrejoanete; os outros dois para luvas permanentes, daquelas inteiriças, para cobrir as mãos durante as frias vigilâncias noturnas. Essa última invenção foi considerada desnecessária por um dos gajeiros, que me apresentou um modelo de luvas de marinheiro que, segundo ele, eram muito melhores do que as minhas.

Seja dito que os marinheiros, mesmo nos climas mais frios, só cobrem as mãos quando estão desocupados; jamais usam luvas nos mastros, uma vez que lá em cima eles literalmente carregam a vida nas mãos e não querem que nada interfira no atrito entre as mãos e as fibras de cânhamo dos cabos. Mais ainda, é desejável que essas luvas possam ser guardadas rapidamente nas noites escuras e quando se está com pressa, tendo de ir para o leme, por exemplo – e que não sejam como um par de luvas de pelica, que não se encaixariam em outras mãos exceto naquelas para as quais foram confeccionadas.

A sugestão de meu colega de gávea merece um registro de patente – cada uma das luvas tinha dois dedões, um de cada lado, e tal conveniência não precisa ser comentada. Mas embora para marinheiros canhestros, cujas mãos não param quietas, a constituição dessas luvas possa dar muito certo, para Jaqueta Branca não foi muito agradável. Pois, quando estivesse com as mãos dentro do saco das luvas, o dedão vazio vez ou outra encostaria na palma da mão, confundindo as ideias sobre qual seria o local adequado do dedão; ou então, se preso com cuidado na mão, daria a estranha e contínua sensação de que o tempo todo se estava segurando o dedão de outra pessoa.

Não; disse ao meu caro colega de gávea para desistir da ideia de quatro dedões, não tenho nada que ver com eles; dois dedões eram suficientes para qualquer homem.

Durante algum tempo depois de terminar minha jaqueta e preenchê-la com mobília e artigos domésticos, pensei que nada poderia superá-la em termos de conveniência. Agora raramente eu precisava ir até meu saco e ser acotovelado pela multidão que tinha como guarda-roupa uma pilha única. Se eu precisasse de qualquer coisa no tocante a roupas, fios, agulhas ou literatura, provavelmente encontraria na minha jaqueta; até que, ai de mim, uma longa chuva levou embora meu contentamento. Eu, junto com todo o conteúdo de todos os compartimentos, fiquei completamente ensopado, e minha edição de bolso de Shakespeare se reduziu a uma omelete.

No entanto, aproveitando-me do dia aberto e ensolarado que se seguiu, esvaziei-me no cesto da gávea e espalhei todos os meus haveres para secar. Mas, apesar do sol claro, meu dia foi escuro. Os salafrários no convés me pegaram no ato, descarregando minha bagagem ensopada; agora sabiam que a jaqueta branca era usada como depósito. A consequência foi que, depois de secar e guardar meus bens novamente nos bolsos, na noite seguinte, enquanto cumpria meu turno no convés e não no topo do mastro (onde estavam eles, os homens honestos), notei que alguns marujos se escondiam atrás de mim aonde quer que eu fosse. Sem exceção, eram todos batedores de carteira empenhados em me roubar. Em vão, pus-me a bater nos bolsos como fazem senhores nervosos no meio de uma multidão. Naquela mesma noite, encontrei-me desprovido de diversos objetos de valor. Por fim, lacrei todos os compartimentos e deixei abertos apenas os dois usados para as luvas. Depois disso, não restaram bolsos na minha jaqueta branca.

10. DOS BOLSOS AOS LARÁPIOS

Como a última parte do capítulo anterior pode parecer estranha para marinheiros de primeira viagem, que se habituaram a noções românticas e elevadas do que é a personalidade de um marinheiro de guerra, será apropriado inculcar agora em sua cabeça alguns fatos que talvez sirvam para esclarecer o real sentido de tudo.

Tendo em conta a vida turbulenta que levam, além de diversas outras causas (cuja menção se faz desnecessária), os marinheiros, como classe, nutrem as noções mais liberais em relação à moral e ao Decálogo; ou melhor, eles têm sua própria visão do assunto, importando-se pouco com as definições éticas ou teológicas dos outros quanto ao que pode ser criminoso ou errado.

Suas ideias são muito influenciadas pelas circunstâncias. Secretamente, eles vão surrupiar algo de quem não gostam e insistir que, nesse caso, surrupiar não é roubar. Ou, quando o furto envolve algo engraçado, como no caso da jaqueta branca, eles só roubam pela brincadeira. Não obstante, tudo isso é digno de nota, isto é, o fato de que eles nunca estragam a brincadeira devolvendo os artigos roubados.

Uma boa brincadeira, por exemplo, muitas vezes feita a bordo de um navio, é conversar com alguém durante uma vigilância noturna enquanto lhe corta os botões do casaco. Uma vez arrancados, nunca mais crescem de novo. Botões não afloram espontaneamente.

Talvez seja inevitável, mas a verdade é que, entre a tripulação de um navio de guerra, é comum encontrar muitos facínoras, que não se furtam a cometer nem as maiores maldades. Não desconhecem o que seja assalto à mão armada. Uma *gangue* é informada de que o sujeito tal tem três ou quatro moedas de ouro no moedeiro, uma bolsinha de couro que muitos marinheiros carregavam escondido em volta do pescoço, fora da visão dos outros. Baseados nisso, eles bolavam seus planos e esperavam o momento ideal para executá-los. O sujeito que eles marcavam talvez estivesse andando pela coberta escura a caminho dos baús de bordo quando, de repente, um salteador se precipita de seu esconderijo e derruba o marujo no chão; enquanto dois ou três o amordaçam, imobilizando-o com força, outro arranca-lhe o porta-níqueis do pescoço e desaparece com ele, seguido por seus comparsas. Isso aconteceu mais de uma vez no *Neversink*.

Outras vezes, ao ouvirem dizer que um marinheiro tinha algo de valor escondido em sua maca, rasgavam-na por baixo enquanto o marujo dormia, fazendo da conjectura uma certeza.

Enumerar os pequenos furtos a bordo de um navio de guerra seria tarefa infinita. Com algumas exceções altamente louváveis, eles roubam uns dos outros, depois roubam de volta o que havia sido roubado de si até que, no que se refere a coisas pequenas, parece se estabelecer uma comunidade de bens. Por fim, como um todo, eles se tornam relativamente honestos, e praticamente cada homem torna-se o oposto do que era antes. É em vão que os oficiais, por ameaças de merecida punição, tentam incutir mais princípios virtuosos na tripulação. A turba é tão densa que um ladrão jamais é identificado.

11. A BUSCA DA POESIA NAS DIFICULDADES

A sensação de insegurança em relação aos próprios bens, gerada na mente de homens honestos pelo que acabei de narrar, teve um exemplo curioso no que aconteceu com meu pobre amigo Lemsford, jovem honrado, que fazia parte do grupo dos guardas de popa. Eu e Lemsford nos demos bem desde que nos conhecemos. É curioso como infalivelmente nos identificamos com outro espírito, de certa forma parecido com o nosso, mesmo na mais variada das multidões.

Lemsford era poeta; sua inspiração era tão profundamente divina que nem mesmo os marujos ou o tumulto de um navio de guerra faziam com que se dissipasse.

Como imediatamente se imagina, escrever versos no convés de canhões de uma fragata é algo muito diferente do que achava o doce e solitário Wordsworth em sua plácida morada de Rydal Mount, em Westmorland.[28] Numa fragata, você não pode se sentar e escrever sonetos em meandros quando o peito pede, mas apenas quando permitem tarefas mais importantes, como bracear as vergas ou rizar as gáveas de vante a ré. Não obstante, cada fragmento de tempo a seu comando era religiosamente dedicado por Lemsford às Nove Musas. Nas horas mais descabidas poderíamos encontrá-lo sentado, em algum canto entre os canhões, diante de si uma caixa de munição, caneta na mão e olhos "*em revolto frenesi*".

"Nasceu maluco esse aí?" – "Teve um ataque, teve não?", eram exclamações geralmente pronunciadas pelos colegas menos cultos. Alguns o consideravam feiticeiro, outros, um lunático, e os mais instruídos diziam que ele devia ser um metodista maluco. Mas sabendo por experiência a verdade daquele ditado, de que *a poesia por si só é sua extraordinária recompensa*, Lemsford continuava a escrever,

28 O poeta inglês William Wordsworth (1770-1850) morou na Rydal Mount, hoje transformada em museu, de 1813 a 1850.

produzindo sem demora epopeias inteiras, sonetos, baladas e acrósticos, com uma facilidade que, dadas as circunstâncias, me deixava fascinado. De vez em quando ele lia para mim suas efusões; e bem valia a pena escutá-las. Eram abundantes em sagacidade, imaginação, sentimento e humor; e do ridículo com o qual algumas pessoas o consideravam ele criava a métrica de versos perfeitos, dos quais desfrutávamos juntos ou compartilhávamos com alguns poucos amigos.

Mesmo assim, os insultos e escárnios ditos com tanta frequência para meu excelente amigo poeta de vez em quando o levavam à fúria, e nesses momentos o arrogante desprezo que ele lançava sobre seus inimigos era a prova definitiva de que ele possuía aquele atributo, a irritabilidade, quase universalmente atribuída aos devotos de Parnaso e das Nove Musas.

Meu nobre capitão, Jack Chase, muito protegia Lemsford, e posicionava-se com firmeza contra dezenas de adversários. Amiúde, depois de convidá-lo para subir à gávea, implorava que recitasse alguns de seus versos, aos quais prestava a mais zelosa atenção, como Mecenas a ouvir Virgílio com *Eneida* nas mãos. Tomando a liberdade de amigo e admirador, de vez em quando ele criticava gentilmente o poema, sugerindo pequenas alterações. E à fé de quem sou, o nobre Jack, com seu bom senso inato, seu bom gosto e sua humanidade, não estava pouco qualificado para desempenhar o verdadeiro papel de crítico de uma *Quarterly Review*, que consiste em dar quartel por mais severa que seja a crítica.

Ora, a grande preocupação de Lemsford, sua ansiedade e fonte infinita de atribulações, era a conservação de seus manuscritos. Ele tinha uma caixinha, mais ou menos do tamanho de um pequeno estojo de toucador, fechada a cadeado, em que guardava papéis e materiais de escrita. Essa caixa, é claro, ele não conseguia guardar na bolsa ou na maca, pois, nos dois casos, ele só conseguiria pegá-la uma vez a cada 24 horas. Era necessário tê-la acessível o tempo todo. Então, enquanto não a usava, era obrigado a escondê-la onde podia. E de todos os lugares do mundo, um navio de guerra, acima do porão, não é nada abundante de nichos secretos. Quase cada centímetro está ocupado; quase cada centímetro está totalmente exposto; e quase cada centímetro é visitado e explorado o tempo todo. Além de tudo, havia a hostilidade mortal de toda a tribo de subalternos navais – mestres-d'armas, cabos e segundos-contramestres – para com o poeta e sua caixa. Eles a odiavam, como se fosse de Pandora, abarrotada até a borda com furacões e vendavais. Caçavam os esconderijos do poeta como perdigueiros e não o deixavam em paz, fosse dia fosse noite.

Ainda assim, os longos canhões de 24 libras no convés principal ofereciam alguma promessa de esconderijo para a caixa, que era então alojada atrás dos reparos, entre as talhas laterais; sua cor negra mesclava-se ao ébano dos canhões.

Mas Quoin[29], um dos artilheiros ajudantes, tinha olhos de furão. Quoin era um marujo velhote de 1,5 metro de altura, cuja pele era como uma ferida de tiro depois de cicatrizada. Era infatigável no cumprimento de seus deveres, que consistiam em cuidar de uma seção das baterias, que compreendia dez dos supracitados canhões de 24 libras. Alinhados ao costado do navio em intervalos regulares, eles lembravam bastante uma coudelaria de cavalos de guerra em seus estábulos. No meio desse haras de cavalos de ferro, o pequeno Quoin corria para cima e para baixo o tempo inteiro, esfregando-os de vez em quando com um pano velho, ou espantando moscas com uma escova. Para Quoin, a honra e a dignidade dos Estados Unidos da América pareciam indissoluvelmente ligadas ao ato de manter seus canhões limpos e brilhantes. Ele mesmo estava preto como um limpador de chaminés de tanto cuidar deles e cobri-los com tinta preta. Às vezes saía pelas escotilhas e espiava suas bocas, como um macaco olhando dentro de uma garrafa. Ou, como um dentista, parecia concentrado em examinar-lhes os dentes. Com bastante frequência, escovava-lhes os ouvidos com um pedaço de estopa, como um barbeiro chinês de Cantão ao limpar a orelha dos clientes.

Tal era sua preocupação que era uma lástima o fato de ele não conseguir se apequenar ainda mais a ponto de infiltrar-se pelo ouvido dos canhões e, depois de examinar todo o interior do cano, sair pela boca. Quoin confiava plenamente em seus canhões e dormia ao lado deles. Ai de quem fosse surpreendido apoiando-se neles ou sujando-os de alguma maneira! Parecia possuído pela fantasia maluca de que seus queridinhos de 24 libras eram frágeis e poderiam quebrar como peças de vidro.

---

29 *Quoin* significa "cunha de mira", acessório usado para levantar a culatra das peças de artilharia.

Ora, como poderia meu pobre amigo poeta ter a esperança de escapar com sua caixa da vigilância de Quoin? Vinte vezes por semana via-se acometido pela exclamação "eis essa m–a de caixa de novo!", seguida da forte ameaça de lançá-la ao mar da próxima vez, sem aviso prévio ou cerimônia digna de nota. Como muitos poetas, Lemsford ficava nervoso, e nessas ocasiões tremia como uma folha. Uma vez, com o semblante inconsolável, aproximou-se de mim dizendo que sua caixeta não estava em lugar nenhum; ele havia procurado por ela em seu esconderijo, mas o lugar estava vazio.

Perguntei-lhe onde a havia escondido.

"Entre os canhões", respondeu.

"Então pode ter certeza, Lemsford, que Quoin deu cabo de sua caixa."

Diretamente a Quoin se dirigiu o poeta. Mas Quoin não sabia da caixa. Durante dez dias mortais nada consolava o poeta, que dividia seu tempo livre entre praguejar contra Quoin e lamentar sua perda. O mundo acabou, deve ter pensado; nenhuma calamidade semelhante se abateu sobre a Terra desde o Dilúvio – meus poemas destruídos.

Mas ainda que Quoin tivesse de fato encontrado a caixa, ao que se revelou, aconteceu de ele não a destruir, o que sem dúvida levou Lemsford a concluir que uma divina Providência interveio para preservar para a posteridade sua inestimável caixeta. Por fim foi encontrada, jogada no chão perto da cozinha.

Lemsford não era o único literato a bordo do *Neversink*. Havia três ou quatro pessoas que mantinham diários da viagem. Um desses jornalistas embelezava sua obra, escrita num grande livro contábil, com várias ilustrações coloridas dos portos e das baías em que a fragata havia atracado, e também pequenos esboços a giz de cera de incidentes cômicos ocorridos a bordo. De vez em quando, entre os canhões, ele lia passagens de seu livro para um círculo de admiradores formado pelos marinheiros mais cultos, que declaravam ser toda a façanha um milagre da arte. Como o autor lhes dizia que tudo seria impresso e publicado tão logo o navio voltasse para casa, eles competiam entre si na busca de assuntos interessantes que pudessem ser incorporados em capítulos adicionais. Mas tendo se espalhado o rumor de que esse diário receberia o ominoso título de "*A viagem de* Neversink*, ou um tiro de Paixhans*[30] *contra os abusos navais*", e tendo chegado aos ouvidos da praça-d'armas que a obra continha reflexões algo depreciativas para a reputação dos oficiais, o volume foi confiscado pelo mestre-d'armas, munido de uma ordem do capitão. Alguns dias depois, um prego imenso foi atravessado de capa a capa do livro e arrebitado nas extremidades; assim eternamente selado, o livro foi entregue às profundezas do mar. A justificativa dada pelas autoridades na ocasião foi que talvez o livro ofendesse determinada cláusula dos Artigos de Guerra, que proibiam qualquer membro da Marinha de Guerra de desrespeitar outro membro, o que o volume extinguido certamente fazia.

12. O BOM OU MAU TEMPERAMENTO DOS MARINHEIROS DE GUERRA, EM GRANDE MEDIDA ATRIBUÍDO A SEUS POSTOS E SUAS OBRIGAÇÕES A BORDO

Quoin, o artilheiro ajudante, era representante de uma classe a bordo do *Neversink* notável demais para ser deixada de lado, sem nenhum comentário adicional, no rápido trajeto destes capítulos.

Como já se viu, Quoin tinha inúmeras manias; era, ademais, um velhote mal-humorado, amargurado, genioso e inflamável. Assim também era toda a equipe de artilharia, incluindo os dois segundos-artilheiros e todos os ajudantes. Todos tinham a mesma pele amarronzada, o mesmo rosto parecido com presunto defumado. Continuamente rosnavam e resmungavam em meio às baterias e corriam de um lado para o outro entre os canhões, afastando os marinheiros de perto deles, xingando e praguejando como se suas consciências tivessem sido queimadas por pólvora e eles mesmos tivessem se tornado insensíveis por causa da profissão. Com efeito, formavam um grupo de sujeitos dos mais desagradáveis, especialmente Priming[31], o artilheiro ajudante de voz anasalada e lábio leporino, e Cylinder[32], seu coadjutor gago, de pés disformes. Mas

30 Canhão criado entre 1822 e 1823 pelo general francês Henri-Joseph Paixhans (1783-1854), primeira arma a disparar projéteis explosivos.

31 Um dos significados de *priming* em inglês é o ato de carregar uma arma de fogo.

32 Cilindro.

podemos observar que os membros da equipe de artilharia de todo navio de guerra são invariavelmente resmungões, feiosos e irascíveis. Em certa ocasião, quando visitei um navio de linha inglês, os marujos da artilharia estavam trabalhando de proa a popa, lustrando as baterias que, devido a um capricho do almirante, tinham sido todas pintadas de branco. Andando inquietos em volta dos grandes canhões de 32 libras, e dirigindo comentários pungentes para os marinheiros e para os outros canhoneiros, eles pareciam um enxame de vespas negras num cemitério, zumbindo entre as fileiras de lápides brancas.

Ora, não há dúvidas de que passar tanto tempo entre os canhões é justamente o que faz a artilharia ser tão mal-humorada e irascível. Na verdade, isso foi provado uma vez, para a satisfação de todos nós, gajeiros do mastro grande. Um excelente colega de mastro, sujeito dos mais alegres e sociáveis, teve a chance de ser promovido ao posto de artilheiro ajudante. Poucos dias depois, alguns de nós, gajeiros do mastro grande, seus velhos camaradas, fomos visitá-lo enquanto fazia sua ronda regular na divisão de canhões designada aos seus cuidados. Mas em vez de nos cumprimentar com sua cordialidade habitual e contar as piadas agradáveis de sempre, para nosso divertimento, ele não fez mais que franzir a testa; por fim, quando o retiramos do mau humor, ergueu sobre a cabeça um soquete comprido e nos conduziu até o convés, ameaçando nos delatar se ousássemos mais uma vez nos fazer de amigos íntimos.

Meus colegas de gávea pensaram que essa incrível metamorfose era o efeito produzido sobre um caráter fraco e inconsistente, elevado de repente de mero marujo à respeitável posição de *suboficial*. Mas apesar de ter visto, em casos semelhantes, efeitos desse tipo produzidos em alguns membros da tripulação, eu sabia que, no exemplo dele, havia algo diferente. Sua transformação se devia unicamente ao contato com aqueles canhoneiros ignóbeis, geniosos e resmungões, mais especialmente ao fato de estar sujeito às ordens de dois bacamartes deformados, Priming e Cylinder.

A verdade parece ser, com efeito, que todas as pessoas deveriam ser muito cuidadosas ao escolher sua profissão e ocupação, e com o mesmo cuidado assegurar-se de que se cerquem de objetos alegres e de aparência agradável, e de sons agradáveis e reconfortantes. Muitas pessoas de temperamento angelical têm visto seu lado liso se transformar nos dentes de um serrote, e muitas tiveram seu doce coração piedoso tomado por um sopro de amargura por escolher empregos desagradáveis e não se rodear de paisagens agradáveis. Jardineiros quase sempre são pessoas amáveis, com as quais é prazeroso conversar; mas é bom acautelar-se contra os artilheiros ajudantes, os guardas de arsenais e os faroleiros solitários. Todavia, geralmente há que se observar que quem vive em arsenais e faróis esforça-se por cultivar algumas plantas em vasinhos, e talvez alguns repolhos em canteiros, de modo a manter, se possível, alguma alegria de espírito; de nada adiantará, no entanto: a convivência com grandes canhões e mosquetes enche de mofo o desabrochar das flores; e de que maneira poderiam os repolhos prosperar num solo cuja marga provém das quilhas putrefatas de embarcações naufragadas?

Seria aconselhável que todo homem, tendo o azar de escolher mal a profissão e ser tarde demais para mudar de ofício, ao perceber seu caráter amargurado, se esforçasse por neutralizar esse infortúnio enchendo seus aposentos com paisagens e sons agradáveis e prazerosos. No verão, uma harpa eólica pode ser instalada na janela gastando uma ninharia; sobre o consolo da lareira pode-se colocar uma concha marinha, para levá-la ao ouvido sempre que tomado pela tristeza e ser apaziguado por seu som relaxante e contínuo. Para a vista, pode-se recomendar uma poncheira pintada com cores alegres ou uma jarra holandesa – não importa seu conteúdo –, a serem colocadas sobre uma prateleira da estante. Para espantar a melancolia, tampouco é ruim uma antiga concha de prata, um galheteiro cinzelado, um majestoso e elegante garrafão ou qualquer outra coisa que lembre comida e bebida. Mas talvez a melhor coisa de todas seja uma estante cheia livros alegremente encadernados, contendo comédias, farsas, canções e romances humorosos. Não é preciso sequer abri-los, basta manter os títulos bem à vista. Para tal propósito, *Peregrine Pickle*[33] é um ótimo livro, bem como *Gil Blas*[34], bem como Goldsmith[35].

---

33 *The Adventures of Peregrine Pickle* é um romance picaresco do escocês Tobias Smollett (1727-1771) publicado em 1751.

34 Referência ao romance picaresco *L'Histoire de Gil Blas de Santillane*, do francês Alain-René Lesage (1668-1747), publicado em diversos volumes entre 1715 e 1735.

35 Referência ao escritor irlandês Oliver Goldsmith (1728-1774), autor de *The Vicar of Wakefield*, romance satírico de 1766, que se tornou popular na Inglaterra vitoriana.

Mas, de toda a mobília do mundo, a melhor para curar o mau humor e fomentar o bom humor é a visão de uma adorável esposa. Se você tiver filhos, no entanto, cuja dentição esteja em fase de crescimento, é bom que o quarto das crianças seja no andar superior; no mar, deve ser montado no topo do mastro da mezena. Em verdade, crianças cujos dentes estão crescendo são um verdadeiro diabo para o humor dos maridos. Conheci três jovens e promissores maridos completamente arruinados na mão das esposas por conta de filhos nessa fase, e cujas preocupações foram agravadas na época por diarreia aguda. Com o coração partido e um lenço nos olhos, acompanhei os três jovens desafortunados, um depois do outro, aos seus túmulos prematuros.

Onde há alcovitagem, alcoviteiros se produzem. Quem haveria de tanto alcovitar quanto recepcionistas de hotel, vendedoras de mercados, leiloeiros, taberneiros, boticários, repórteres, enfermeiras de maternidade e todas aquelas pessoas que vivem em multidões agitadas, ou presenciam cenas de interesse para quem fala demais?

A solidão gera taciturnidade: *disso* todos sabem; quem haveria de ser tão taciturno quanto os escritores, tomados como uma raça?

A quietude forçada, interior, no meio de uma grande comoção externa, gera sorumbáticos. Quem haveria de ser tão sorumbático quanto guarda-freios, engenheiros de barco a vapor, timoneiros e aqueles que cuidam dos teares nas fábricas têxteis? Pois todas essas pessoas precisam manter a quietude enquanto trabalham e deixar que as máquinas falem por elas; não podem pronunciar uma sílaba sequer.

Ora, essa teoria acerca da assombrosa influência que sons e visões habituais exercem sobre o temperamento humano me foi revelada pelas experiências que vivi a bordo de nossa fragata. E, embora eu considere o exemplo dado pelos artilheiros ajudantes – especialmente por aquele que antes fora nosso colega de gávea – o argumento mais sólido em defesa dessa teoria geral, todo o navio estava repleto de ilustrações de sua veracidade. Quem haveria de ter o coração mais aberto e de ser mais grandioso, alegre, divertido, flexível, aventureiro, dado a brincadeiras e gracejos do que os gajeiros do mastro grande, do traquete e da mezena? A razão de sua liberalidade era o fato de terem de se mover livremente por todo o cordame. A razão de sua grandiosidade era o fato de estarem acima dos distúrbios insignificantes, das preocupações perniciosas e da sordidez dos conveses inferiores.

E em meu âmago estou convencido de que graças ao fato de eu ter sido gajeiro do mastro grande, e especialmente por ocupar meu posto na verga mais alta da fragata, a verga do mastaréu do sobrejoanete, é que hoje sou capaz de dar um relato livre, amplo, informal, panorâmico e, mais que isso, imparcial do que é o mundo em um navio de guerra, sem esconder nada, sem inventar nada, sem bajular nem caluniar ninguém, mas atribuindo a todos – sem distinção entre comodoro e mensageiro – suas precisas descrições e seus méritos.

A razão da jovialidade desses gajeiros era o fato de estarem sempre contemplando o mar azul, vasto, risonho, ensolarado, marcado pelas ondas. Não acredito que deponha contra essa teoria o fato de que em dias tempestuosos, quando a superfície do oceano se via escurecida e sobrecarregada, alguns deles ficassem mal-humorados e preferissem se isolar. Ao contrário, isso só prova o que sustento: mesmo em terra firme, há muitas pessoas, naturalmente alegres e bem-dispostas que, sempre que o vento outonal se põe a soprar nas esquinas e a rugir no topo das chaminés, de imediato tornam-se carrancudas, petulantes e irritadiças. O que haveria de ter um sabor mais aveludado que uma cerveja *old ale*? No entanto, o trovão é capaz de azedar até a melhor das cervejas escuras já fermentadas.

Praticamente todos os *homens do porão* da nossa fragata, os trogloditas, que viviam abaixo da coberta, eram sujeitos soturnos, com uma visão amargurada das coisas; um deles era calvinista fingido. Enquanto os velhos proeiros da âncora de salvação, que passam o dia tomando a revigorante brisa do mar e o sol difuso do castelo de proa, eram sujeitos livres, generosos, caridosos e cheios de boa vontade para com toda a tripulação, alguns deles, no entanto, para dizer a verdade, provavam-se tristes exceções; mas as exceções só confirmam a regra.

Os cozinheiros na coberta, os varredores e os limpadores de cuspideiras, em seus postos "fixos", em qualquer parte da fragata, de proa a popa, formavam um grupo tacanho, de espírito limitado, o que se atribui sem dúvida a suas obrigações servis. Mais especificamente, tal fato se evidenciava no caso dos responsáveis pela limpeza do chão e dos dejetos nas latrinas, os ignóbeis "marujos de meia-nau".

Os componentes da banda, cerca de dez ou doze no total, que não tinham nada para fazer exceto manter os instrumentos limpos, e tocar de vez em quando uma canção alegre para ativar a estagnada corrente sanguínea nas veias letárgicas de nosso velho comodoro, eram os caras mais exultantes que se poderia imaginar. Eram portugueses que haviam embarcado na passagem da fragata pelas ilhas de Cabo Verde. Faziam as refeições sozinhos, formando um grupo de comensais cuja alegria não era superada nem por um grupo de jovens recém-casados três meses depois da cerimônia, tão satisfeitos que estavam com o acordo fechado e posto em prática.

Mas o que os deixava tão cheios de alegria? O que haveria de ser senão sua doce, marcial e divertida profissão? Qual caipira seria capaz de tocar um flajolé? Que pessoa maldosa e de espírito tacanho seria capaz de evocar a alma de milhares de heróis usando uma trombeta de bronze? Talvez o que mais contribuísse para conservar a boa disposição da banda fosse o confortante pensamento de que sempre que o navio entrasse em ação eles seriam poupados dos perigos da batalha. Nos navios de guerra, os componentes da "música", como é chamada a banda, geralmente não são combatentes; e a maioria embarca com a condição expressa de que, tão logo o navio se encontre na linha de tiro do inimigo, eles tenham o privilégio de se enfurnar no paiol de cabos ou na carvoeira. Isso demonstra que são sujeitos ingloriosos, mas de uma sensatez excepcional.

Vejam os barões da sala dos oficiais – tenentes, comissários, oficiais fuzileiros, mestres de navegação –, todos cavalheiros sérios, de nariz aristocrático. Por qual razão? Haveria alguém de negar que por terem vivido tanto tempo imersos numa vida de luxos militares, servidos por um arsenal de humildes criados e camareiros, sempre acostumados a mandar a torto e a direito; haveria alguém de negar, digo, que por essa razão seus narizes se tornaram finos, pontudos, aquilinos e aristocraticamente cartilaginosos? Até mesmo Cuticle[36], o cirurgião, tinha nariz adunco, tipicamente romano.

Contudo, nunca consegui explicar como aconteceu de nosso grisalho primeiro-tenente ser um pouco assimétrico – ou seja, tinha um ombro desproporcionalmente caído. Quando eu reparei que quase todos os primeiros-tenentes que vi em outros navios de guerra, além de muitos segundos e terceiros-tenentes, eram

36 Cutícula.

similarmente assimétricos, soube que deveria haver uma lei geral por trás desse fenômeno; pus-me então a investigar, considerando-o um problema interessante. Por fim, cheguei à conclusão – que ainda hoje defendo – de que o fato de há tanto tempo usarem apenas uma dragona (pois seus postos dão direito a apenas uma) era a chave certeira desse mistério. Quando pensamos que muitos tenentes da Marinha notoriamente atingem a decrepitude sem exercer a capitania e sem usar *duas* dragonas, o que serviria para equilibrar-lhes os ombros, a razão que citei não parece nada ilegítima.

13. UM EREMITA PERDIDO NA MULTIDÃO DE UM NAVIO DE GUERRA

A alusão ao poeta Lemsford no capítulo anterior leva-me a falar de nossos amigos em comum, Nord e Williams, que, junto com o próprio Lemsford, Jack Chase e meus companheiros de gávea, formavam quase as únicas pessoas com as quais eu convivi sem reservas enquanto estive a bordo da fragata. Pois não demorei muito tempo para descobrir que não seria íntimo de todo mundo. A intimidade indiscriminada com todos os marinheiros resulta em diversos aborrecimentos e contrariedades, que muitas vezes chegavam ao fim com doze chicotadas no portaló. Ainda que eu estivesse fazia mais de um ano na fragata, havia muitos homens que, até o fim, continuaram sendo completos estranhos para mim: eu não sabia o nome deles e dificilmente os reconheceria hoje caso os encontrasse na rua.

Em alto-mar, durante os turnos de vigilância nas primeiras horas da noite, o convés principal geralmente costuma ficar abarrotado de pedestres, que passam de um lado para o outro entre os canhões, como quem sai para tomar ar na Broadway. Nesses momentos, é curioso observar os marinheiros cumprimentando uns aos outros com a cabeça (talvez estejam há uma semana sem se ver), trocando uma palavra agradável com um colega, marcando apressadamente um horário para se encontrar com ele em algum lugar no dia seguinte, ou passando de grupo em grupo sem se prestar à menor das saudações. Para dizer a verdade, eu não era o único a bordo a ter relativamente poucos conhecidos, embora certamente levasse minha exigência a um limite incomum.

Meu amigo Nord era um sujeito um tanto notável, e, se o romance faz parte do mistério, sem dúvida ele era um camarada romântico. Antes de pedir a Lemsford que o apresentasse a mim, eu já tinha reparado sua figura alta, esguia e aprumada, de andar altivo como um dom-quixote entre os pigmeus da guarda de popa, à qual ele pertencia. A princípio, considerei-o extremamente reservado e taciturno; tinha a fronte saturnina sempre franzida, e sua conduta era quase repulsiva. Em suma, parecia que seu desejo era dar a entender que sua lista de amigos de guerra estava sempre cheia, completa e fechada, sem espaço para mais ninguém. Mas ao notar que o único homem com quem ele se havia era Lemsford, em vez de me irritar por sua indiferença, fui tomado por uma generosidade grande demais para deixar que ele perdesse definitivamente a chance de conhecer um sujeito tão fundamental como eu. Além disso, vi nos olhos dele que o homem era leitor de bons livros; eu seria capaz de apostar minha vida que ele compreendia Montaigne corretamente. Vi que era um pensador sério, e fortemente suspeitei que ele havia sido criado num moinho de adversidades. Por tudo isso, meu coração se sensibilizou e decidi que deveria conhecê-lo.

Finalmente consegui. Foi durante uma vigilância noturna profundamente tranquila, quando notei que caminhava sozinho na meia-nau enquanto a maioria dos homens cochilava encostada no reparo das caronadas.

Naquela noite, percorremos todas as pradarias da leitura, mergulhamos no peito dos autores e arrancamos-lhes os corações; naquela noite, Jaqueta Branca aprendeu mais do que aprenderia em qualquer outra noite posterior.

Aquele homem era um prodígio. Ele me impressionava tanto quanto Coleridge aos recrutas que se alistavam. O que porventura teria induzido um homem como ele a embarcar em um navio de guerra estava além da minha sapiência. E como conseguia preservar sua dignidade, como o fazia no meio daquela ralé, era igualmente um mistério. Pois ele não era marinheiro; na verdade, sabia tão pouco sobre marinhagem quanto um nativo das fontes do Níger. Contudo, os oficiais o respeitavam e os homens o temiam. Era visível que cumpria fielmente quaisquer tarefas especiais que lhe fossem atribuídas, e tinha a sorte de nunca se expor a nenhum tipo de reprimenda. Sem dúvida, adotara a mesma postura que outro membro da tripulação e resolveu desde cedo que se portaria de determinado modo para nunca correr o risco de ser açoitado. E talvez isso – somado a qualquer sofrimento incomunicável que possa habitá-lo – tenha transformado Nord num errante recluso, mesmo entre a multidão de nosso navio de guerra. Não muito tempo depois de amarrar a bordo sua maca, ele deve ter descoberto que, para garantir sua segurança contra aquela única coisa que o assustava, deveria se contentar em ser um misantropo na maior parte do tempo, isolando-se socialmente de muitas coisas que tornariam sua situação mais tolerável. Além do mais, ele deve ter se apavorado com diversos acontecimentos a bordo, concebendo nessas ocasiões a ideia de que, por mais que se isolasse e se recluísse, a improbabilidade de ser surpreendido pelo que mais temia jamais alcançaria a infalibilidade do impossível.

Enquanto se deu minha amizade com Nord, ele nunca mencionou sua carreira anterior – assunto no qual a maioria dos proscritos em um navio de guerra tende a se estender, relatando suas aventuras à mesa de jogo, a imprudência com a qual desembolsaram as mais amplas fortunas numa única temporada, as doações e gorjetas dadas a porteiros e parentes pobres, e, acima de tudo, as leviandades cometidas quando jovens e as moças que deixaram para trás, todas de coração partido. Nenhuma dessas histórias Nord tinha para contar. Mantinha sua vida passada lacrada e trancada a sete chaves, como as caixas-fortes do Banco da Inglaterra. Nenhum de nós poderia ter certeza nem mesmo de sua existência, a julgar pelas coisas que deixava escapar de seu passado. No geral, era um sujeito notável.

Meu outro amigo, Williams, era um ianque do Maine cheio de energia que no passado havia sido mascate e pedagogo. Tinha toda sorte de histórias para contar sobre as pequenas folias que vivera no interior e recitava o nome de cada uma de suas noivas – uma lista infinita. Era honesto, arguto, sagaz, cheio de alegria e bom humor – um filósofo risonho. Era tão inestimável quanto uma pílula para a melancolia. Com o intuito de proporcionar ao saturnino Nord as vantagens de sua companhia, apresentei um ao outro, mas Nord fez como se não o conhecesse naquela mesma noite, quando saímos de entre os canhões para caminhar pelo convés.

14. A SECA EM UM NAVIO DE GUERRA

Fazia poucos dias que havíamos zarpado quando surgiu um boato que deixou muitos marujos terrivelmente preocupados. Vejamos: devido a um descuido noturno sem precedentes do comissário, ou a algum desleixo sem precedentes do fiel em El Callao, nosso estoque daquela deliciosa bebida chamada "grogue" estava quase esgotado.

Na Marinha americana, a lei permite um *gill*[37] de bebida alcoólica por dia para cada marinheiro, dividido em duas porções servidas antes do desjejum e do almoço. Ao rufar do tambor, os marinheiros se reúnem em volta de um grande barril, ou tonel, cheio de bebida; à medida que seus nomes são chamados pelo aspirante, eles se preparam e bebem com prazer usando um copinho de estanho apelidado de "trago". Sujeito nenhum que viva uma vida de luxos e se sirva de um vinho Tokaji num aparador bem lustrado estala os lábios com tanta satisfação quanto a de um marinheiro ao tomar seu *trago*. Para muitos deles, na verdade, o mero pensamento de seus *goles* diários forma uma perspectiva perpétua de paisagens encantadoras, que vão se distanciando indefinidamente no horizonte. É sua grande "perspectiva de vida". Retire deles o grogue e a vida deixa de ter qualquer encanto. Difícil duvidar que o estímulo controlador que mantém muitos homens na Marinha de Guerra é sua confiança desmedida na capacidade do governo dos Estados Unidos de supri-los, regular e infalivelmente, com uma ração diária dessa bebida. Conheci vários indivíduos desesperados que embarcaram como marinheiros inexperientes e me confessaram que haviam contraído uma verdadeira paixão pelas aguardentes, à qual não conseguiam renunciar, e depois de serem levados pela conduta insensata à mais abjeta pobreza, a ponto de não mais serem capazes de saciar sua sede em terra firme, entraram incontinentemente na Marinha, considerando-a o asilo dos bêbados, que ali prolongariam sua vida com a rotina e os exercícios regulares, e duas vezes ao dia matariam a sede com doses moderadas e constantes.

Quando numa ocasião protestei com um velho gajeiro ébrio sobre essa bebedeira diária; quando disse que a bebida o estava arruinando e o aconselhei a *largar os goles* e receber o equivalente em

---

37 Unidade de volume do sistema imperial britânico. Equivale a 142 mililitros nos Estados Unidos e 118 mililitros no Reino Unido.

dinheiro para aumentar seu salário, como previsto por lei, ele se dirigiu a mim com um olhar irresistivelmente jocoso e disse: "Largar os goles? Por quê? Porque está me destruindo? Não, não; sou um bom cristão, Jaqueta Branca, e amo demais meu inimigo para cortar relações com ele".

Pode-se imaginar prontamente, portanto, que choque e desalento se espalharam pelo convés de canhões quando foi dada a notícia de que o grogue havia acabado.

"Acabou o grogue!", vociferou um velho proeiro.

"Meu Senhor, que dor no estômago!", gritou um velho gajeiro.

"Isso é pior que cólera!", gritou um guarda de popa.

"Melhor que os barris de água tivessem secado!", disse um chefe do porão.

"Por acaso somos gansos, que vivem sem grogue?", perguntou um cabo dos fuzileiros navais.

"Agora vamos beber com os patos!", exclamou um quartel-mestre.

"Não restou nem um trago?", reclamou um marujo de meia-nau.

"Nem para tapar o buraco do dente!", disse um homem do porão com um suspiro tão profundo que pareceu alcançar-lhe a sola dos pés.

Sim, a fatídica informação provou-se verdadeira. O tambor não foi mais ouvido para conduzir os homens ao tonel; uma tristeza e um abatimento profundos puseram-se a pairar sobre todos como uma nuvem pesada. O navio era como uma grande cidade sobre a qual se abatera uma terrível calamidade. Os homens se isolavam em grupos para discutir seus infortúnios e se consolar mutuamente. Nas noites de luar não mais se ouvia o canto desde as vertiginosas gáveas, e pouquíssimas eram as histórias que se contavam.

Foi durante esse intervalo, tão sombrio para tantos, que, para a surpresa de toda a tripulação, o mestre-d'armas deu parte de dez homens embriagados. Eles foram levados ao pé do mastro grande, e a aparência deles sanou a dúvida dos mais céticos; mas onde haviam obtido a bebida ninguém pôde dizer. Observou-se, contudo, naquele momento, que os calhordas todos cheiravam a lavanda, como tantos outros dândis.

Depois de serem examinados, foram conduzidos ao "buque", um cárcere entre dois canhões no convés principal, onde são mantidos os prisioneiros. Ali permaneceram algum tempo, deitados com o corpo rígido, sem se mover, de braços dobrados sobre o peito como tantas efígies do Príncipe Negro em seu monumento na catedral de Canterbury.

Quando eles começaram a sair de seu estado de sonolência, a sentinela que montava guarda perto deles fazia o possível para afastar a multidão que ansiava por descobrir como, naquele momento de escassez, os prisioneiros conseguiram se embriagar até cair no esquecimento. O segredo foi revelado assim que foram liberados – tudo em seu devido tempo.

Parece que um deles, sujeito empreendedor, depois de sofrer duramente por causa da privação comum ao grupo, foi assaltado por uma ideia brilhante. Chegou ao seu conhecimento que o ajudante do comissário estava munido de uma grande quantidade de *eau de cologne*, posta clandestinamente a bordo com o propósito de vendê-la, por iniciativa própria, ao povo costeiro; mas o estoque provou-se maior do que a demanda e, sem nenhum consumidor a bordo da fragata além do tenente Selvagee, ele agora voltava para casa com mais de um terço do lote inicial. Para encurtar a história, esse funcionário, depois de convocado em segredo, foi persuadido sem dificuldade a se desfazer de doze garrafas, com cujo conteúdo o grupo alcoolizado se regalou.

A notícia se espalhou rapidamente entre os homens, mas continuou sendo segredo para os oficiais e subalternos. Naquela mesma noite, ouviu-se o tilintar das garrafas de água-de-colônia, largas e de gargalo alongado, ao serem retiradas de recônditos e recantos incomuns; depois de esvaziadas, foram arremessadas a bombordo. Acrescentando açúcar mascavo retirado das caixas da cozinha e água quente mendigada dos cozinheiros, os marujos prepararam toda sorte de bebidas, de ponches a coquetéis, despejando dentro delas uma gotinha de alcatrão, como se fosse um pedacinho de torrada, para dar gosto. É claro, tudo se deu no mais absoluto sigilo, e, como depois de suas orgias havia toda uma madrugada pela frente, os farristas se safaram, em grande medida, de serem descobertos; e aqueles que se excederam demais tiveram doze longas horas para ficar sóbrios antes de despontar a luz do sol.

No dia seguinte, de vante a ré, toda a fragata emanava a fragrância de um banheiro feminino: até os baldes de alcatrão estavam perfumados, e da boca de mais de um dos velhos e grisalhos artilheiros ajudantes exalava o hálito mais aromático. Os tenentes andavam de um lado para o outro farejando ao vento, e, pela primeira vez, Selvagee não precisou lançar mão de seu lenço perfumado. Era como se navegássemos ao longo de uma costa odorífera, na estação vernal das violetas. Perfumes da Arábia!

For many a league,
Cheered with the grateful smell, old Ocean smiled.[38]

Mas, lamentavelmente, todo esse perfume não poderia ser desperdiçado por nada: o mestre-d'armas e os cabos, ao juntarem os pontos, não demoraram a desvendar o segredo. O ajudante do comissário foi chamado às contas, e nunca mais ponches de lavanda ou coquetéis de colônia foram consumidos a bordo do *Neversink*.

15. UM CLUBE DE CARNE SALGADA EM UM NAVIO DE GUERRA, COM UM AVISO DE EXPULSÃO

Durante a agitação por causa da água-de-colônia, meu orgulho foi bastante ferido, e meu senso de delicadeza foi totalmente abalado, por uma educada sugestão feita pelo cozinheiro do rancho a que por acaso eu pertencia. Para entender a questão, é preciso apresentar algumas preliminares.

Nas grandes fragatas, os marinheiros comuns são divididos em cerca de trinta ou quarenta ranchos, descritos nos livros do comissário como *Rancho nº 1*, *Rancho nº 2*, *Rancho nº 3* etc. Os membros de cada rancho compartilham suas rações de provisões e fazem o desjejum, almoçam e jantam juntos, em intervalos predeterminados, entre os canhões do convés principal. Numa rotação inalterável, os membros de cada rancho (exceto os suboficiais) se revezam na execução das funções de cozinheiro e criado de mesa. Durante esse período, todas as questões da equipe ficam submetidas à sua inspeção e controle.

É também competência do cozinheiro cuidar dos interesses gerais de seu rancho: observar que, quando as porções integradas de carne, pão etc. forem servidas por um dos ajudantes do mestre de navegação, o rancho que preside receba toda a sua quota,

38 "Por léguas e léguas seguidas, / Envolvido por tão agradável aroma, o velho oceano sorriu." John Milton, *Paraíso perdido*, Livro IV.

sem redução ou subtração. Na coberta, ele mantém um baú onde guarda tigelas, caçarolas, colheres e pequenas quantidades de açúcar, melado, chá e farinha.

Mas, apesar de receber o título de cozinheiro, a rigor, o chefe do rancho não é cozinheiro nenhum; pois a comida da tripulação é toda preparada por um funcionário alto e poderoso chamado oficialmente de "*cozinheiro de bordo*", assistido por vários auxiliares. Na nossa fragata, esse personagem era um majestoso cavalheiro de cor, a quem os marujos apelidaram de *Old Coffee*, e seus assistentes, também negros, recebiam denominações poéticas do tipo *Sunshine*, *Rose-water* e *May-day*.[39]

Ora, a *cozinha de bordo* exigia poucos conhecimentos, embora Old Coffee nos garantisse ter se graduado no Astor House de Nova York, sob a supervisão imediata dos famosos proprietários Coleman e Stetson. Tudo que ele tinha de fazer era, em primeiro lugar, manter limpos e brilhantes três panelões ou caldeirões de cobre, nos quais centenas de quilos de carne eram cozidas diariamente. Para esse propósito, toda manhã Rose-water, Sunshine e May-day ocupavam seus postos, com o torso nu e munidos de uns bons pedaços de pedra-sabão e areia. Ao empregarem estes de maneira vigorosa, os três homens banhavam-se de suor e deixavam o interior dos caldeirões mais do que bem polido.

Sunshine era o bardo do trio; enquanto os três se mantinham ocupados esfregando ruidosamente as pedras-sabão contra o metal, ele os alegrava com notáveis melodias de São Domingos, sendo uma delas a seguinte:

Oh! I los' my shoe in an old canoe,
Johnio! come Winum so!
Oh! I los' my boot in a pilot-boat,
Johnio! come Winum so!
Den rub-a-dub de copper, oh!
Oh! copper rub-a-dub-a-oh![40]

---

39 Velho Café, Raio de Sol, Água de Rosa e Primeiro de Maio, respectivamente.

40 "Numa velha canoa perdi meu sapato, / Johnio, vem! Winum também! / Num barco-piloto perdi minha bota, / Jonhio, vem! Vinum também! / A esfregar e esfregar o caldeirão / Esfrega que esfrega o caldeirão!"

Quando eu escutava esses bem-humorados africanos, que alegravam seus afazeres com essas canções animadas, era-me impossível não reclamar daquela regra imemorável dos navios de guerra que proíbe marinheiros de cantarolar, como ocorre nos navios mercantes, enquanto puxam os cabos ou estão ocupados em outras tarefas do navio. Sua única música, nesses momentos, é o apito estridente do segundo-contramestre, que é quase pior do que não ouvir música nenhuma. E, se o segundo-contramestre não estiver por perto, devem-se puxar os cabos em silêncio, como os prisioneiros, ou então tentar conferir uma unidade ao esforço conjunto, cantando mecanicamente *um*, *dois*, *três* e em seguida puxando todos juntos.

Ora, depois de Sunshine, Rose-water e May-day polirem os panelões da cozinha, de modo que se poderia passar uma luva branca dentro deles e não encontrar nenhuma sujeira, eles saem de suas tocas e colocam água para esquentar e fazer café. Uma vez fervido o café e despejado em baldes até a borda, os cozinheiros dos ranchos passam com a carne salgada para o almoço, amarrada com barbantes e etiquetada; toda ela é colocada nos mesmos caldeirões, onde é cozida. Depois que a carne é espetada e retirada com um grande garfo, despeja-se nos panelões a água para o chá da tarde, que, consequentemente, guarda um sabor não muito diferente do de uma sopa de ossos.

Tudo isso nos permite concluir que, no que se refere à cozinha, o "cozinheiro de bordo" tem muito pouco a fazer além de carregar suas provisões até o grande fogão democrático e depois guardá-las de volta. Em alguns aspectos, todavia, seu cargo implica muitos aborrecimentos. Duas vezes por semana servem-se queijo e manteiga – um tanto para cada homem –, e o cozinheiro do rancho é o único responsável por essas iguarias. A grande dificuldade consiste em distribuir esses artigos de luxo de modo a agradar a todos. Alguns glutões são a favor de devorar a manteiga numa única refeição e acabar com todo o queijo no mesmo dia; outros defendem guardá-los para o *Dia dos Baneanes*[41], em que nada mais é servido além de carne e pão; outros

41 Termo relativo à casta hindu dos baneanes, que não comem carne. O termo era usado na Marinha para se referir ao dia da semana em que não se servia carne à tripulação – o contrário do que afirma Melville.

ainda preferem consumir um pedacinho de manteiga e queijo, a título de sobremesa, durante todas as refeições da semana. Tudo isso gera infindáveis debates, brigas e discussões.

Muitas vezes, estendida entre os canhões a toalha do rancho – um quadrado de lona pintada – e guarnecida com tigelas, caçarolas e bandejas, pode-se ver o cozinheiro do rancho sentado numa barrica numa das pontas, presidindo a refeição dos comensais, com a calça arregaçada e os braços nus.

"Muito bem, camaradas, hoje ninguém ganha manteiga. Estou guardando para amanhã. Vocês não sabem o valor da manteiga. Ei, Jim, tira a pata da toalha! Que o diabo me carregue se algum de vocês tiver mais modos do que os porcos! Rápido, homens, rápido, para a frente e avante, engulam isso logo. Ainda tenho o *pudim* de amanhã para fazer e vocês ficam aí, me ridicularizando como se eu estivesse à toa e pudesse ficar sentado aqui, nesta barrica, olhando para vocês. Vamos, andem logo, já se empanturraram demais; zarpem daqui e me deixem limpar os destroços."

Dessa maneira, apenas um dos cozinheiros rotativos do Rancho nº 15 falava conosco. Era um sujeito alto e resoluto, que havia sido guarda-freios numa estrada de ferro; isso quer dizer que ele nos mantinha muito bem na linha; suas ordens eram inquestionáveis.

O mesmo não se sucedia, no entanto, quando o turno calhava de ser dos demais. Nessas ocasiões, *todo cuidado era pouco*. Almoçar tornava-se um tédio, e a digestão era seriamente afetada pelas conversas nada agradáveis que tínhamos sobre a *carne salgada* que recebíamos.

Em determinadas ocasiões, pensei que os pedaços de porco sem gordura – que eram fervidos sem retirar os pelos e pareciam esquálidos e repugnantes, como se fossem o queixo avinagrado de cossacos imundos e meio mortos de fome – tinham alguma coisa a ver com a encrespada amargura que por vezes reinava no nosso rancho. Os homens arrancavam a pele dura dos pedaços de porco como se fossem índios escalpelando cristãos.

Alguns maldiziam o cozinheiro, chamando-o de vigarista, que nos privava de manteiga e queijo e se apoderava deles de modo sorrateiro, vendendo-os a uma exorbitância para outros ranchos, acumulando à nossa custa uma fortuna suntuosa. Outros o excomungavam por seu desleixo, lançando olhares hipercríticos para as tigelas e caçarolas enquanto as raspavam com a faca. Por fim, ele era criticado por seus pudins miseráveis e outros preparos malfeitos.

Por reparar nisso tudo desde o início, eu, Jaqueta Branca, me vi gravemente atormentado pela ideia de que em breve chegaria minha vez de cumprir com as mesmas obrigações. Como fugir delas eu não fazia ideia. Contudo, quando chegou o pavoroso momento, recebi com resignação as chaves do cargo (chaves do baú do rancho) e proferi uma devota exclamação a fim de enfrentar corajosamente a difícil tarefa. Resolvi, por Deus, mostrar-me à altura de um provedor irrepreensível, o mais imparcial dos serventes.

No primeiro dia havia *pudim* para fazer – atividade que recaía sobre os cozinheiros do rancho, embora seu cozimento coubesse a Old Coffee e seus ajudantes. Resolvi dedicar-me com afinco àquele *pudim*, concentrar todas as minhas energias nele, investindo a essência da arte para chegar a um *pudim* sem precedentes – um *pudim* que causasse inveja em todos os outros *pudins* e eternizasse minha memorável administração.

Obtive a farinha e as passas com o funcionário correto, a banha ou "sebo" com Old Coffee e a quantidade necessária de água no tonel. Procurei todos os cozinheiros para comparar as receitas de cada um; tendo avaliado todas elas e tomado de cada uma um ingrediente para fazer uma receita original, dei início aos preparativos com a devida cautela e seriedade. Depois de colocar os ingredientes numa forma de estanho, misturei-os durante uma hora, sem levar em conta questões pulmonares no que se refere à desastrosa perda de fôlego; depois de despejar a massa semilíquida num saco de pano, cerrei-lhe a boca, amarrei-o a uma etiqueta e entreguei-o a Rose-water, que colocou o precioso saco dentro da panela junto com outros vinte ou trinta.

Soaram oito badaladas. O contramestre e os segundos-contramestres chamaram todos para o almoço; a toalha foi estendida, os comensais se reuniram, faca na mão, todos prontos para se lançar ao consagrado *pudim*. Esperei na grande cozinha enquanto não chegava minha vez de servir, até que recebi o saco com o *pudim* e o levei cheio de imponência até o rancho, afrouxando o barbante.

Devo dizer que aquele foi um momento de tensão e ansiedade. Minhas mãos tremiam; todos os olhares estavam voltados para mim; minha reputação e meu crédito estavam em jogo. Desembrulhei lentamente o *pudim*, apoiando-o no joelho como fazem as babás ao colocar um bebê para dormir. A agitação aumentou enquanto eu retirava o saco que cobria o pudim e chegou ao ápice quando finalmente o depositei no recipiente que uma mão ansiosa havia erguido para recebê-lo. Bum! Caiu como um homem morto a tiros num motim. Que decepção! Estava mais duro que o coração de um pecador; sim, rijo como o galo que cantou na manhã em que o apóstolo Pedro mentiu.

"Companheiros de rancho, por Deus, permitam-me algumas palavras. Cumpri meu dever no preparo desse pudim – sim, cumpri..."

Mas eles interromperam minhas desculpas com uma avalanche de acusações. Um dos presentes propôs que o pudim fatal fosse amarrado ao meu pescoço, como uma pedra de moinho, e que eu fosse lançado ao mar. Era inútil, era inútil; eu havia fracassado; desde então, aquele pudim pesa no meu estômago e no meu coração.

Depois disso, me desesperei; desprezei a popularidade; devolvi escárnio por escárnio; até que enfim minha semana terminou e entreguei, dentro do saco de pudim, as chaves do cargo para o próximo homem da lista.

De alguma maneira, nunca houve um sentimento muito cordial entre os comensais desse rancho e eu; desde sempre eles alimentavam um preconceito contra minha jaqueta branca. Deviam ter nutrido a ideia estúpida de que com ela eu me dava ares de grandeza, e de que a usava para parecer importante, talvez até como capa para esconder o furto de lambiscos do rancho. Mas, para dizer a pura verdade, eles também não formavam um grupo tão irrepreensível. A considerar pelo que relato a seguir, essa declaração pode ser tomada como mera malícia; apesar disso, não posso me furtar a dizer o que penso.

Depois da semana que passei no cargo, o comportamento do rancho em relação a mim mudou gradualmente; afligiram meu coração; tornaram-se frios e reservados; raras vezes ou nunca se dirigiam a mim durante as refeições sem fazer alguma alusão odiosa ao meu *pudim*, bem como à minha jaqueta e ao modo como gotejava, nos dias úmidos, sobre a lona alcatroada que fazíamos de toalha. No entanto, eu não fazia ideia de que, da parte deles, alguma coisa séria tomava forma; mas, infelizmente!, assim aconteceu.

Uma tarde, enquanto estávamos reunidos para jantar, notei algumas piscadas e sinais silenciosos dirigidos ao cozinheiro, que presidia. Era um sujeitinho coberto de gordura, que em terra firme costumava vender ostras e guardava algum rancor de mim. Sem retirar os olhos da toalha, comentou que algumas pessoas nunca entendiam quando o espaço que ocupavam era melhor que sua companhia. Tratando-se de uma máxima de aplicação geral, naturalmente assenti em silêncio, como teria feito qualquer sujeito razoável. Mas tal observação foi seguida de outra, no sentido de que alguns colegas não só nunca entendiam quando o espaço que ocupavam era melhor do que sua companhia como também insistiam em continuar presentes mesmo quando sua companhia não era desejada, perturbando dessa maneira a tranquilidade de todo o convívio social. Também essa era uma observação geral que não podia ser refutada. Seguiu-se uma longa e fatídica pausa durante a qual percebi todos os olhos voltando-se para mim e minha jaqueta branca, ao mesmo tempo que o cozinheiro seguia falando de como era desagradável ter no rancho uma peça de roupa sempre úmida, principalmente quando tal peça era branca. Uma clara indireta.

Sim, eles iam me rechaçar; mas decidi prolongar-me ali um pouco mais, sem imaginar que o moralista chegaria a extremos na presença de todos os demais. Mas mudou de rumo ao perceber que se seguisse por aquele caminho jamais chegaria a seu objetivo, e me informou, em essência, que havia sido instruído por todos os membros do rancho, ali reunidos, para me aconselhar a ir em busca de outro clube, uma vez que não mais gostavam da minha companhia nem da minha jaqueta.

Para mim, um choque. Quanta falta de tato e delicadeza! A civilidade e o decoro sugeriam que um aviso de natureza tão categórica fosse dado em particular, ou, tanto melhor, por escrito. Imediatamente me levantei, envolvi a jaqueta no corpo, curvei-me e parti.

Agora, para ser justo comigo mesmo, devo acrescentar que, no dia seguinte, fui recebido de braços abertos por um grupo maravilhoso de colegas – o *Rancho nº 1*! – e, entre eles, meu nobre capitão Jack Chase.

Esse rancho consistia basicamente nos homens mais destacados do convés de canhões; movidos por uma perdoável presunção, chamavam a si mesmos de "*Clube dos Canhões de 42*", querendo dizer com isso que, todos juntos, formavam um grupo de alto calibre, físico e intelectual. A toalha que usavam para comer era bem localizada. A boreste ficava o *Rancho nº 2*, formado por boêmios e gracejadores nada comuns, que ostentavam alegria e epicurismo diante de suas salgadas rações e eram conhecidos como "*Sociedade para a Destruição da Carne Bovina e Suína*". A bombordo ficava o *Rancho nº 3*, composto inteiramente de gajeiros do traquete, um grupo de marinheiros arrojados e vaidosos que chamavam a si mesmos de "*Farejadores do cabo Horn e Invencíveis do* Neversink". Diante deles ficava um dos ranchos dos fuzileiros navais, reunindo a aristocracia da corporação – os dois cabos, o tamborileiro e o pífaro, e uns seis ou oito recrutas muito bem-educados, americanos de nascimento, que haviam servido nas campanhas da Flórida contra os indígenas seminoles e agora animavam suas refeições de carne salgada com histórias de emboscadas selvagens nos pântanos daquela região. Um deles relatou a surpreendente história de seu encontro com Osceola, o chefe da tribo, com quem lutou corpo a corpo uma manhã, desde o alvorecer até o desjejum. Esse mesmo mordaz também se vangloriou de que conseguia arrancar com um tiro um palito preso nos dentes de outra pessoa a vinte passos de distância; ofereceu apostar qualquer quantia, mas, como ninguém se mostrou disposto a segurar o alvo, seu desafio nunca pôde ser posto à prova.

Além de muitos outros atrativos oferecidos pelo *Clube dos Canhões de 42*, ele tinha uma vantagem especial: por ser formado por diversos *suboficiais*, todos os membros do rancho estavam dispensados das tarefas como cozinheiros e serventes. Um camarada chamado *cozinheiro fixo* cumpria esse dever durante toda a viagem. Era um criado alto, magro, pálido, que atendia pelo nome de Shanks[42]. Nos dias mais quentes, Shanks se sentava nos pés da lona alcatroada e, para se refrescar, fazia de leque a aba da frente de seu casaco ou camisa, que ele usava para fora da calça, sem a menor elegância. Jack Chase, presidente do clube, repreendia-o com frequência por causa dessa transgressão aos bons modos; mas de alguma maneira o *cozinheiro fixo* contraíra o hábito, que se mostrara incurável. Durante um tempo, Jack Chase, movido por um receio cortês no que se refere a mim, o mais novo membro do clube, desculpava-se pela

42 No jargão náutico, *shank* significa "verga" ou "haste" de âncora. Quando em referência a seres humanos, a palavra é usada para designar a tíbia ou a perna.

vulgaridade de Shanks. Certa vez concluiu suas observações com uma reflexão filosófica: "Mas, Jaqueta Branca, meu caro, o que se poderia esperar dele? Nosso maior azar é o nosso nobre clube ser obrigado a comer na companhia de seu cozinheiro".

Havia vários *cozinheiros fixos* no navio: homens sem nenhum reconhecimento ou consideração a bordo, indiferentes a quaisquer estímulos mais nobres, que não aspiravam conquistar mundo nenhum e se contentavam totalmente em preparar *pudins*, estender as toalhas do rancho e reunir suas tigelas e caçarolas, três vezes ao dia, durante três anos de viagem. Raríssimas vezes eram vistos no espardeque, pois se abrigavam nos conveses inferiores, longe da nossa vista.

16. TREINAMENTO GERAL EM UM NAVIO DE GUERRA

Para um caráter tranquilo e contemplativo, avesso a tumultos, a exercícios físicos em excesso e a todo tipo de confusão inútil, nada pode ser mais perturbador que um procedimento chamado "simulação de combate", comum em todos os navios de guerra. Por ser chamado em inglês de "*general quarters*", consiste na convocação geral e no aquartelamento de todos os envolvidos.

Como o objetivo específico com o qual os navios de guerra são construídos e postos em serviço é lutar e disparar canhões, considera-se indispensável, obviamente, que toda a tripulação esteja devidamente instruída na arte e no mistério que tais ações implicam. Daí a realização dessas "simulações de combate", que consistem na chamada para que todos ocupem seus postos nos canhões dos diversos conveses, e também numa espécie de combate fictício com um inimigo imaginário.

A chamada é feita pelo tamborileiro do navio, que percute um ritmo peculiar – curto, quebrado, retumbante, arrastado – parecido com o som dos granadeiros quando entram no campo de batalha, marchando com o salto das botas revestido em ferro. Trata-se de uma melodia regular, acompanhada de uma letra agradável; as palavras do refrão, compostas da maneira mais artística possível, podem dar uma ideia de toda a atmosfera:

Hearts of oak are our ships, jolly tars are our men,
We always are ready, steady, boys, steady,
To fight and to conquer, again and again.[43]

Nos dias quentes, esse passatempo junto aos canhões é extremamente desagradável, para dizer o mínimo, e lança qualquer homem tranquilo nas garras de uma emoção intensa e de uma transpiração violenta. Para início de conversa, eu o odiava.

Meu coração é como o de Júlio César, e em certas ocasiões eu lutaria como Caio Márcio Coriolano. Se meu amado e sempre glorioso país algum dia correr o risco de ser invadido, que o Congresso me coloque na vanguarda montado num cavalo de batalha *e então* observe como me comporto. Mas fatigar-me e suar numa luta fictícia, desperdiçar o precioso fôlego de meu precioso corpo num confronto ridículo de farsas e fingimentos, correr pelos conveses fingindo carregar mortos e feridos para o porão, ouvir dizer que preciso considerar a possibilidade de o navio explodir para exercitar minha presença de espírito e preparar-me para uma explosão real – tudo isso eu desprezo como indigno de um verdadeiro marujo e de um homem de valor.

Eram esses os meus sentimentos o tempo todo, e continuam sendo até agora; mas como, a bordo da fragata, minha liberdade de pensamento não ultrapassava minha liberdade de expressão, fui obrigado a guardar comigo esses sentimentos; no entanto, passou-me pela cabeça falar deles numa carta, com a indicação "particular e confidencial", endereçada a Sua Excelência, o Comodoro.

Meu posto nas baterias era numa das caronadas de 32 libras, a boreste do tombadilho.[44]

---

43 "Corações de carvalho são nossos navios, marinheiros felizes são nossos homens/ Estamos sempre prontos para o ataque, camaradas,/ Para lutar e vencer, lutar e vencer." Refrão da canção *Heart of Oak* (Coração de carvalho), de 1759, que se tornou marcha oficial da Marinha Real Britânica e de outras.

44 Para benefício de um possível leitor quacre, uma ou duas palavras que expliquem o que são as caronadas não serão de todo ruins. A caronada é um canhão relativamente curto e leve para seu calibre. Uma caronada que arremessa um projétil de 32 libras pesa consideravelmente menos do que um canhão longo que só atira projéteis de 24 libras. Ela difere também do canhão longo porque funciona com uma junta e uma cavilha por baixo dela, em vez dos braços curtos ou *munhões* nas laterais. Seu *reparo*, do

Não me agradava em nada esse posto; pois é bem sabido a bordo que, no momento da ação, o tombadilho é um dos pontos mais perigosos dos navios de guerra. O motivo é que lá estão situados os oficiais da mais alta patente, e o inimigo, sem a menor cortesia, tem o hábito de mirar em seus distintivos. Se por acaso travássemos batalha com outro navio, quem me garantiria que um atirador incompetente, de arma curta na mão, posicionado na gávea do inimigo, não cravaria uma bala *em mim* em vez de no comodoro? Se atirassem *nele*, decerto não sentiria muito, pois, além de estar acostumado a esse tipo de coisa, já carregava uma bala dentro de si. Ao passo que *eu* não estava nem um pouco acostumado com munições zunindo em volta da minha cabeça de forma tão indiscriminada. Além disso, nosso navio era uma capitânia, e todos sabem como o tombadilho da capitânia de Nelson, na batalha de Trafalgar, representou uma situação particularmente perigosa, e como as altas gáveas do inimigo estavam abarrotadas de soldados, prontos para crivar de balas o almirante inglês e seus oficiais. Muitos pobres marinheiros, posicionados nos canhões daquele tombadilho, devem ter levado tiros destinados a quem usava dragona.

Ao confessar francamente meus sentimentos em relação a esse assunto, de modo algum invalido minhas pretensões de ser considerado um homem de prodigioso valor. Simplesmente declaro minha insuperável repugnância de levar um tiro no lugar de outra pessoa. Se eu levar um disparo, que seja com o expresso entendimento, por parte do atirador, de que aquela bala se destinava a mim. Um ótimo exemplo que deveria servir para todos os guerreiros: aquele trácio que, com suas saudações, lançou uma flecha no rei da Macedônia

---

mesmo modo, é bem diferente daquele de um canhão longo, pois tem uma espécie de dispositivo deslizante semelhante a uma mesa de jantar extensível; mas as aves nela servidas, no entanto, são tenazes, abominavelmente recheadas com os ingredientes mais indigestos. O alcance das caronadas não ultrapassa 140 metros, muito menos que a distância alcançada pelos canhões longos. As de grande calibre, no entanto, arremessam com grande efeito, dentro desse limite, explosivos de Paixhans e toda sorte de projéteis e inflamáveis, sendo um instrumento muito destrutivo a curtas distâncias. Essa peça de artilharia costuma ser hoje encontrada nas baterias da Marinha britânica e dos Estados Unidos. Na maioria das fragatas modernas, todo o armamento do tombadilho consiste em caronadas. Seu nome deriva do vilarejo de Carron, na Escócia, em cujas célebres fundições esse Átila de ferro foi fundido pela primeira vez. [N.A.]

com a seguinte inscrição: "*Ao olho direito de Filipe*"[45]. A maneira apressada, precipitada, indiscriminada, imprudente e dissoluta como marinheiros e soldados lutam no presente é realmente penosa para qualquer cavalheiro experiente, sério e metódico, especialmente se por acaso ele tiver a mente tão sistematizada quanto a de um contador. Há pouca ou nenhuma habilidade e valentia nesse modo de combate. Dois grupos se envolvem numa nuvem de fumaça e lançam para todos os lados o chumbo e o ferro-velho de que estão munidos. Se acontecer de estarmos no meio, somos atingidos, talvez até mortos; do contrário, escapamos. Nas ações navais, se por boa ou má sorte, conforme for, um pelouro, disparado a esmo no meio da fumaça, acontecer de arrejeitar ao mar o mastro do traquete, e outro de desmontar o leme, eis que lá nos encontraremos inválidos, totalmente à mercê do inimigo, que, por conseguinte, se declara vencedor, ainda que essa honra pertença propriamente à lei da gravidade que agiu nos pelouros do inimigo em meio à fumaça. Em vez de arremessar nos ares todo esse ferro e chumbo velho, portanto, seria muito melhor atirar uma moeda para cima e decidir na cara ou coroa.

A caronada em que eu estava postado era conhecida como "Canhão nº 5", assim designada no rol de combate do primeiro-tenente. Entre nossa equipe, no entanto, recebera o apelido de *Negra Bet* – nome dado pelo chefe do canhão, um elegante homem negro, em homenagem à sua noiva, uma dama de cor que vivia na Filadélfia. Na Negra Bet, minha função era limpá-la e carregá-la – e com uma lanada e um soquete eu o fazia, como um bom rapaz. Não me restava dúvida de que, se eu e o canhão estivéssemos na batalha do Nilo, teríamos nos imortalizado mutuamente; meu soquete seria pendurado na abadia de Westminster, e eu, nobilitado pelo rei, receberia a ilustre honra de uma carta autografada de Sua Majestade, entregue a mim pela mão direita perfumada de seu secretário particular.

Mas ajudar a atravessar a escotilha de um lado para o outro carregando aquela espantosa massa de metal era uma tarefa terrível, principalmente porque tínhamos de cumpri-la num instante.

---

45 Referência ao rei Felipe II da Macedônia (382-336 a.C.), que teve o olho direito removido depois de atingido por uma flecha durante o cerco de Metone, na Grécia, entre 355-354 a.C.

Depois, chamados por um rufo horrendo e estridente de tambor, tocado pelo próprio capitão, éramos obrigados a abandonar correndo os canhões, apanhar lanças e pistolas e rechaçar um exército fictício de invasores que, por imaginação dos oficiais, supostamente acometiam o navio por todos os lados. Depois de os golpearmos e os ferirmos um pouco, corríamos de novo para os canhões e voltávamos a nos acotovelar.

Enquanto isso, ouve-se o grito de "Fogo! Fogo! Fogo!" vindo da gávea do traquete, e um mecanismo contra incêndios operado por um grupo de marujos rebeldes coloca-se imediatamente em posição para lançar jatos d'água para o alto. Agora é "Fogo! Fogo! Fogo!" no convés principal, e o navio inteiro passa por uma comoção gigantesca, como se o bairro de uma cidade estivesse em chamas.

Não seriam os oficiais da Marinha totalmente ignorantes das leis da boa saúde? Não sabem eles que esse exercício violento, realizado logo depois de um almoço pesado, como costumava ser, é altamente indicado para promover dispepsia? Não havia satisfação nenhuma durante o almoço; o sabor de cada bocado era destruído pela lembrança de que no momento seguinte retumbaria o tambor canhoneiro, convocando todos a ocuparem seus postos.

Nosso capitão era tão autocrático que muitas vezes éramos retirados das macas durante a noite, quando se seguia uma cena que a pena e a tinta seriam incapazes de descrever. Quinhentos homens levantam-se de sobressalto, vestem-se, recolhem a maca e a roupa de cama, depois correm até as redes no parapeito e as estivam lá; em seguida, atiram-se para seus postos – todos trombando uns nos outros –, alguns embaixo, alguns no topo dos mastros, alguns para um lado, alguns para o outro; e em menos de cinco minutos a fragata está pronta para o combate, tão quieta quanto uma tumba, com quase todos os homens justamente ali onde deveriam estar se tivessem de fato de enfrentar um inimigo. O oficial de artilharia, como se fosse um mineiro numa caverna da Cornualha, esconde-se num paiol de pólvora embaixo da praça-d'armas, iluminado por lanternas de emergência colocadas atrás de olhos de boi envidraçados, embutidos na antepara. Os *moleques da pólvora*, garotos responsáveis por buscar e carregar os cartuchos, correm de um lado para o outro entre os canhões, enquanto *o primeiro e o segundo carregadores* estão prontos para receber a munição.

Esses *moleques da pólvora*, como eram chamados, representam uma parte curiosa em tempos de ação. A entrada do paiol de pólvora na coberta, onde eles apanham a munição para os canhões, é resguardada por um anteparo de madeira; o segundo-artilheiro, posicionado do outro lado, passa a munição por uma abertura desse anteparo. Os projéteis do inimigo (talvez incandescentes) voam em todas as direções e, para proteger os cartuchos, os moleques rapidamente os embrulham em suas jaquetas; depois, com toda pressa, sobem correndo as escadas até seus canhões, como garçons de um restaurante açodados para servir bolos no café da manhã.

Nas *simulações de combate*, as caixas de munição ficam destampadas, mostrando dois tipos de metralhas – primeiro os "cachos de uva", que muito apropriadamente recebiam esse nome por causa da semelhança com uvas reais, embora as de ferro não constituíssem uma iguaria agradável se recebidas no abdômen; depois as lanternetas, contendo ferro-velho de vários tipos e formatos, embalados num cilindro de lata parecido com um pote de chá.

Imagine uma embarcação à meia-noite, lançando-se desse modo sobre o inimigo: canhões de 24 nivelados, pavios acesos e cada chefe de canhão ocupando seu posto!

Mas, se tivesse decerto de entrar em combate, o *Neversink* precisaria passar ainda por outros preparativos: por mais que sejam semelhantes em alguns aspectos, sempre existe uma grande diferença, se pararmos para analisar, entre a realidade e a ficção. Deixando de lado a opaca austeridade dos homens aos seus canhões nessas conjunturas e os pensamentos que sufocam seus corações, o próprio navio, aqui e ali, apresentava uma aparência muito diferente – algo parecida com a de uma gigantesca mansão preparada para um evento grandioso, com as portas de duas folhas recolhidas, as câmaras transformadas em salas de jantar e cada centímetro do espaço disponível convertido num todo contínuo. Pois, antes de uma ação, as anteparas dos navios de guerra são desmontadas; das janelas da cabine do comodoro precipitam-se grandes canhões; nada separa o alojamento dos oficiais da praça-d'armas do alojamento dos marinheiros, exceto uma bandeira usada como cortina. Os baús dos ranchos são arrastados para o porão e os catres da enfermaria – dos quais todo navio de guerra carrega uma grande provisão – são retirados do paiol de velas e empilhados onde fiquem à mão para receber os feridos; para cuidar do corpo dos feridos, as mesas de amputação são enfileiradas na *enfermaria* ou nos *conveses inferiores*. As vergas são lingadas em correntes, guarda-fogos são espalhados aqui e ali, montículos de balas de canhão são dispostos entre os canhões, os tampões ficam suspensos nas vigas, ao alcance das mãos, e buchas imensas, do tamanho de queijos holandeses, ficam presas às laterais do reparo dos canhões.

Também não seria pequena a diferença visível entre o guarda-roupa dos oficiais e o dos marinheiros. Os oficiais geralmente lutam como dançam os dândis, a saber, com meias de seda, uma vez que, no caso de ferimento na perna, a meia de seda pode ser retirada com mais facilidade pelo cirurgião; o algodão, por outro lado, gruda e penetra na ferida. Um capitão econômico, embora tome cuidado para cobrir as pernas com seda, pode considerar oportuno preservar seu melhor traje e lutar com roupas velhas. Pois, ademais do fato de um tecido velho ser rasgado com muito mais facilidade do que um novo, deve ser algo de extremo desagrado morrer usando um casaco justo e apertado no peito, cujo tecido ainda não cedeu e incomoda nas axilas. Nesses momentos, o homem precisa se sentir livre, desimpedido, totalmente à vontade no que se refere a alças e suspensórios. Nenhum aborrecimento sobre seu alfaiate deve interferir em seus pensamentos sobre a eternidade. Sêneca entendeu esse princípio, uma vez que escolheu morrer nu numa banheira. E os homens dos navios de guerra também o entendem, pois a maioria, durante uma batalha, despe-se até a cintura e usa nada mais do que uma calça de marinheiro e um lenço amarrado na cabeça.

Um capitão que combinasse a economia ao dedicado patriotismo provavelmente "envergaria" suas velhas gáveas antes de entrar em batalha, em vez de deixar suas melhores lonas expostas ao risco de serem destroçadas, pois costuma ser esse o caso quando os disparos do inimigo voam alto. A menos que se tenha em conta apontar o canhão antes de dispará-lo a longa distância, o menor balanceio do navio, no momento do disparo, pode mandar o projétil, destinado ao casco, acima da vela do joanete.

Mas, além dessas diferenças entre a batalha fictícia de uma *simulação de combate* e uma verdadeira canhonada, o aspecto do navio, na batida em retirada, seria, no segundo caso, muito diferente no que se refere à destreza e uniformidade vistas no primeiro caso.

Então nossas amuradas se pareceriam com as muralhas das casas de West Broadway, em Nova York, depois de serem invadidas e incendiadas por uma turba de homens negros[46]. Nossas vergas e mastros robustos estariam espalhados sobre o convés, como três troncos depois de passar um tornado por um pedaço de bosque; nossas cordas de suspensão, cortadas e soltas em todas as direções, gotejariam alcatrão por cada uma de suas fibras; e o convés de canhões, apinhado de lascas e estilhaços de tábuas danificadas, pareceria uma carpintaria. *Então*, quando tudo acabasse e toda a tripulação, ao sinal do apito, retirasse as macas das redes no parapeito (onde desempenham a mesma função que os fardos de algodão em New Orleans[47]), encontraríamos nos cobertores pedaços de projéteis estourados, parafusos e balas. E, apesar de todos sujos de sangue feito carniceiros, o cirurgião e seus auxiliares estariam amputando braços e pernas na coberta, um auxiliar de carpintaria estaria repondo braços e pernas de cadeiras e mesas quebradas na cabine do comodoro, enquanto o resto de sua *esquadra* estaria *samblando* e *chumbeando* vergas e mastros quebrados. Tendo o embornal expelido o último filete de sangue, os conveses seriam lavados, e os cozinheiros andariam de proa a popa borrifando vinagre quente para retirar o cheiro de açougue das tábuas, as quais, se não for usado nenhum artifício semelhante, exalam um odor extremamente repulsivo mesmo semanas depois da batalha.

Então, depois de convocarem os homens e chamarem os nomes do rol de combate à luz de uma lanterna, muitos marujos feridos, de tipoia no braço, responderiam por algum pobre companheiro que nunca mais poderia responder por si mesmo:

"Tom Brown?"

"Morto, senhor."

"Jack Jewel?"

"Morto, senhor."

"Joe Hardy?"

---

46 No original, *Negro Mob*. Alusão à revolta escravista de 1741 em Nova York, durante a qual diversas casas foram incendiadas.

47 Durante a batalha de New Orleans, ocorrida entre dezembro de 1814 e janeiro de 1815, o Exército dos Estados Unidos lutou atrás de fortificações feitas com fardos de algodão.

"Morto, senhor."

Junto ao nome desses pobres colegas, seriam acrescentadas ao rol de combate as marcas sangrentas de tinta vermelha – líquido que parece criado pelos assassinos e usado adequadamente nessas ocasiões.

17. ARRIAR! SEGUNDO, TERCEIRO E QUARTO ESCALER, ARRIAR!

Foi na manhã seguinte a uma dessas *simulações de combate* que recolhemos uma boia salva-vidas, avistada flutuando.

Era uma massa circular de cortiça, de uns 20 centímetros de espessura e pouco mais de 1 metro de diâmetro, coberta de lona alcatroada. De toda a sua circunferência pendiam pedaços de corda, terminando em extravagantes nós "cabeça de turco", que serviam de alças nas quais os náufragos deveriam se agarrar. No centro da cortiça estava inserido um bastão reto e entalhado, um pouco mais curto que a haste de uma lança. Toda a boia estava encrustada de cirrípedes, e das laterais pendiam algas marinhas. Os golfinhos brincavam e se exibiam em volta, e um pássaro branco pairava na ponta do bastão. Tempos atrás, essa coisa deve ter sido lançada ao mar para salvar algum pobre infeliz, que provavelmente se afogou enquanto a própria boia seguiu à deriva até se perder de vista.

Do castelo de proa, os homens a pescaram e os marujos se aglomeraram em volta dela.

"Má sorte, má sorte!", gritou o faxineiro. "Não tarda termos um a menos."

O tanoeiro do navio passou ali perto: ele, que pertence ao departamento responsável por manter em bom estado as boias salva-vidas do navio.

Nos navios de guerra, noite e dia, semana após semana, duas boias salva-vidas ficam penduradas na popa, e dois homens, com machadinho na mão, andam de um lado para o outro, prontos para cortar a corda e lançá-las na água ao primeiro grito. São rendidos a cada duas horas, como sentinelas em vigilância. Nenhuma precaução semelhante é adotada nos navios mercantes ou na pesca de baleias.

Desse modo, as regras para preservar a vida humana nos navios de guerra são profundamente cuidadosas, e dificilmente haveria exemplo melhor dessa preocupação do que a batalha de Trafalgar, quando, depois de "várias centenas" de marinheiros franceses serem exterminados, segundo lorde Collingwood[48], e, pelos números oficiais, 1.690 ingleses serem mortos ou ficarem feridos, os capitães dos navios sobreviventes ordenaram que as sentinelas das boias abandonassem os canhões mortais e assumissem seus postos de vigilância, como oficiais da Sociedade Humana.

"Olha aquilo, Bungs[49]!", gritou Scrimmage[50], um proeiro da âncora de salvação[51], "um ótimo modelo para você; faça um par de boias igual àquela para nós, alguma coisa que salve alguém de verdade, em vez de encher de água e afundar a vítima, como vai acontecer com seus barris avariados na primeira ocasião em que forem usados. Outro dia, por pouco não despenquei do gurupés e, quando consegui com muito esforço pisar de novo no convés, corri imediatamente à ré para dar uma olhada nos barris. E não é que estão todos abertos entre as tábuas, Bungs? Que vergonha! Imagine se você tivesse caído no mar e se visse afundando junto com as boias que construiu – e então?".

"Nunca subo até o topo dos mastros e não tenho a menor intenção de cair no mar", respondeu Bungs.

"Não esteja tão certo disso!", gritou o proeiro; "vocês que vivem andando a passos largos aqui no convés estão mais próximos do fundo do mar do que a mão ligeira que solta o mastaréu do sobrejoanete. Tome cuidado, Bungs, tome cuidado!"

"Vou tomar", retrucou Bungs. "E você também!"

No dia seguinte, bem ao amanhecer, sobressaltei da maca com o grito de "*Tripulação, cambar por davante e recolher as velas!*". Depois de subir correndo as escadas, descobri que um marinheiro

---

48 Lorde Collingwood (1750-1810), almirante da Marinha Real Britânica que assumiu o posto de primeiro-comandante durante a batalha de Trafalgar.

49 Batoque.

50 Rixa, briga, escaramuça.

51 Além das âncoras de leva colocadas na proa, as fragatas carregam âncoras grandes no castelo de proa chamadas âncoras de salvação ou de emergência. Daí os velhos marujos posicionados nessa parte dos navios de guerra serem chamados de *proeiros da âncora de salvação*. [N.A.]

não identificado havia caído das correntes no mar; quando olhei para a popa, vi, pelos gestos, que as sentinelas a postos tinham cortado as cordas e liberado as boias.

Soprava uma brisa leve; a fragata avançava rápido pelo oceano. Mas os mil braços dos quinhentos homens a bordo logo mudaram o curso do navio, refreando seu avanço.

"Alguém está vendo?", gritou o oficial de guarda pelo porta-voz, voltando-se para o topo do mastro grande. "Homem ou *boia*, alguém está vendo?"

"Nada, senhor", foi a resposta.

"Arriar os escaleres!", foi a próxima ordem. "Corneteiro! Vá chamar as equipes do segundo, terceiro e quarto escaleres. Mãos nas talhas!"

Em menos de três minutos, os três botes foram arriados. Um deles precisava de mais homens, e, junto com outros, saltei para suprir a carência.

"Atenção, homens, avante! Cada um pegue um remo e força!", gritou o oficial do nosso bote. Durante um tempo, em total silêncio, deslizamos para cima e para baixo no fluxo das ondas agitadas, mas nada vimos.

"Viram, é inútil", gritou o oficial. "Sumiu, quem quer que seja. Prossigam, marujos, remando! Logo estarão nos chamando."

"Que se afogue!", gritou o voga. "Ele já acabou com meu turno de descanso."

"Quem diabos é ele?", perguntou outro.

"Aquele que nunca terá um caixão!", respondeu um terceiro.

"Não, meus caros, dessa vez ninguém vai ser chamado para o velório", gritou um quarto.

"Silêncio", disse o oficial, "ocupem-se dos mastros". Mas os dezesseis remadores continuaram o papo; depois de um esforço de duas ou três horas, vimos o sinal de regresso no topo do mastaréu do joanete de proa e retornamos a bordo sem avistar o menor sinal das boias salva-vidas.

Os botes foram içados, as vergas foram braceadas e dali zarpamos – um homem a menos.

"Chamem toda a tripulação", foi a ordem seguinte. Depois de passada a revista, o tanoeiro era o único que faltava.

"Eu disse, companheiros", gritou o faxineiro. "Eu disse que perderíamos um homem muito em breve."

"Bungs, não é?", exclamou Scrimmage, o proeiro da âncora de salvação. "Eu falei para ele que aquelas boias não salvariam náufrago nenhum! Aí está a prova, por ele mesmo!"

18. UM NAVIO DE GUERRA COMPACTO E PLENO COMO UMA NOZ

Era necessário ocupar o lugar do tanoeiro; para tanto, espalhou-se o chamado para que todos que pertencessem a essa profissão se reunissem junto ao mastro grande para que apenas um fosse escolhido. Treze homens atenderam à convocação – circunstância que ilustra o fato de que muitos artesãos, ao servirem em um navio de guerra, estão perdidos para o ofício e para o mundo. Com efeito, na tripulação de uma fragata é possível encontrar homens de todas as profissões e vocações, desde um pároco abjurado a um comediante arruinado. A Marinha é o asilo dos perversos, o lar dos desafortunados. Aqui, os filhos da adversidade encontram a prole da calamidade, e a prole da calamidade encontra o rebento do pecado. Corretores, engraxates, batoteiros e ferreiros, falidos, aqui se reúnem; funileiros, relojoeiros, escrevedores, sapateiros, cirurgiões, agricultores e advogados, banidos da sociedade, comparam experiências e falam dos velhos tempos. Se naufragado um navio de guerra numa costa deserta, sua tripulação, por conta própria, fundaria facilmente uma Alexandria e a encheria de todas as coisas que constituem uma capital.

No convés é possível ver com frequência todos os ofícios em ação, ao mesmo tempo – tanoaria, carpintaria, alfaiataria, funilaria, ferraria, cordoaria, pregação, jogos de azar e previsão do futuro.

A bem da verdade, navios de guerra são cidades flutuantes, com longas avenidas ladeadas de canhões em vez de árvores, e veredas, vielas e ruelas escuras. O tombadilho é uma grande praça, um parque ou campo de paradas, com um imenso ulmeiro de Pittsfield em forma de mastro grande numa extremidade, e fronteado na outra extremidade pelo palácio que é a cabine do comodoro.

Ou melhor, navios de guerra são cidades altas, muradas e fortificadas, como Quebec, onde quase todas as ruas são bastiões e os cidadãos pacíficos encontram sentinelas armadas em todas as esquinas.

Ou são como as hospedarias de Paris, mas invertidas: o primeiro piso, ou convés, alugado por um senhor; o segundo, por um seleto grupo de cavalheiros; o terceiro, por multidões de artesãos; o quarto, por uma multidão de gente comum.

Pois o mesmo se dá numa fragata, onde o comandante tem uma cabine inteira para si próprio no espardeque, os tenentes têm a praça-d'armas um convés abaixo, e a massa dos marinheiros balança suas macas no pavimento inferior.

E com suas longas fileiras de portinholas, cada uma revelando a boca de um canhão, os navios de guerra lembram uma casa de três andares numa parte alta da cidade, com um porão de profundidade indefinida e uma série de sujeitos feiosos espiando pelas janelas.

19. A JAQUETA NO ALTO

Mais uma vez devo chamar atenção para minha jaqueta, que nessa época chegou perto de representar a morte para mim.

Sou um homem de humor meditativo; no mar, costumava subir até o topo dos mastros durante a noite e, sentando-me nas vergas superiores, agasalhava bem o corpo com minha jaqueta e me entregava à reflexão. Em alguns navios em que fiz isso, os marinheiros gostavam de pensar que eu estava estudando astronomia – o que, na verdade, fazia sentido até certo ponto – e que meu objetivo ao me sentar no topo dos mastros era ter uma visão mais próxima das estrelas, pois supunham, é claro, que eu era míope. Uma ideia muito tola, alguns diriam, mas não tão tola, no fim das contas, pois certamente a vantagem de se aproximar 60 metros de um objeto não pode ser subestimada. Desse modo, estudar as estrelas acima do mar vasto e ilimitado é algo tão divino quanto o era para os magos caldeus, que observavam suas revoluções a partir das planícies.

Era uma sensação muito agradável, que nos funde ao universo e às coisas, tornando-nos parte do Todo, pensar que onde quer que nós, navegantes do oceano, estivermos, teremos sempre as mesmas velhas e gloriosas estrelas como companhia; que elas sempre brilharão sobre nós, belas e resplandecentes, seduzindo-nos, com cada feixe de luz, a morrer e ser glorificados com elas.

Ah, sim! Nós, marinheiros, não navegamos em vão. Nós nos expatriamos para nos nacionalizar com o universo; e em todas as viagens ao redor do mundo somos acompanhados pelas velhas circum-navegadoras, as estrelas, nossas companheiras e colegas de bordo, navegando no azul do céu assim como nós no mar cerúleo. Que os da alta sociedade zombem de nossas mãos calejadas e de nossas unhas sujas de alcatrão – por acaso já apertaram mãos mais genuínas que as nossas? Que sintam nossos corações firmes, batendo como marretas em ferros incandescentes – nossos corações; com suas bengalas de castão de âmbar, que sintam nosso pulso generoso e jurem que palpita como um canhão de 32 libras.

Ó, dá-me de novo essa vida de vagabundo – a alegria, a emoção, o turbilhão! Deixa-me sentir isso de novo, velho mar! Deixa-me montar de novo em tua sela. Estou farto do trabalho e das preocupações da terra firme, farto da poeira e do cheiro das cidades. Deixa-me ouvir o estrépito do granizo nas geleiras, e não o som abafado dos passos pesados desses trabalhadores, que se arrastam morosos do berço ao túmulo. Deixa-me respirar-te, brisa marinha, e deliciar-me em teu frescor! Não permitais, deuses do mar! – intercede por mim com Netuno, ó, doce Anfitrite, para que nenhum punhado de terra lúgubre recaia sobre meu caixão! Que seja minha a tumba que devorou o faraó e todos os seus exércitos; deixa-me repousar com Drake[52], ali onde ele dorme, no fundo do mar.

Mas, quando Jaqueta Branca fala da vida de vagabundo, não se refere à vida em um navio de guerra, que, com suas formalidades marciais e vícios mil, é uma punhalada na alma de todos os vagabundos honráveis e despreocupados.

Eu disse que estava acostumado a subir no alto dos mastros e refletir, e foi isso que fiz na noite seguinte à perda do tanoeiro. Antes que terminasse meu turno de vigilância no topo, reclinei-me na verga do mastaréu do sobrejoanete, bem agasalhado pela jaqueta branca, como *sir* John Moore[53] em sua capa coberta de geada.

Haviam soado oito badaladas: meus companheiros de vigilância correram para as macas, e os marujos do quarto seguinte assumiram

---

52 *Sir* Francis Drake (1540-1596), célebre capitão inglês. Seu corpo foi lançado ao mar dentro de um caixão de chumbo.

53 John Moore (1761-1809) foi um general britânico.

seus postos; abaixo de mim, o *cesto da gávea* se encheu de desconhecidos; apesar disso, 60 metros acima *deles* eu permaneci arrebatado, ora cochilando, ora sonhando, ora pensando no passado e dali a pouco na vida por vir. Esse pensamento foi bem oportuno, pois a vida por vir acabaria me ocorrendo muito mais cedo do que eu poderia imaginar. Talvez eu tenha tido uma mínima consciência nesse momento de uma voz trêmula dirigida ao mastaréu do sobrejoanete vinda do *cesto da gávea*. Mas, se assim foi, a consciência se esvaneceu de mim e me deixou cair no rio Letes[54]. Mas quando, como um raio, a verga se soltou embaixo de mim e instintivamente eu me agarrei com as duas mãos na *ostaga*, voltei a mim mesmo de supetão e senti como se uma mão me estrangulasse. Por um instante, pensei que a corrente do Golfo me envolvera e me arrastava para a eternidade, mas no momento seguinte eu estava de pé: a verga havia deslocado para baixo até a *pega*. Estremecendo dentro da jaqueta, senti que estava ileso e vivo.

Quem fizera isso? Quem atentara contra minha vida?, pensei enquanto descia apressado pelo cordame.

"Olhem ali! Deus meu, lá vem, lá vem! Vejam, é branco igual a uma maca."

"Quem está vindo?", gritei, saltando para dentro do cesto. "Quem é branco feito maca?"

"Valha-me Deus, Bill, é só o Jaqueta Branca. De novo o Jaqueta Branca dos infernos!"

Parece que avistaram um vulto branco movendo-se no topo e, como é típico dos marinheiros, confundiram-me com o fantasma do tanoeiro; apavorados, depois de se dirigirem a mim mandando-me descer e não obterem resposta, baixaram as adriças para testar minha corporeidade.

Enfurecido, tirei a jaqueta e a joguei no convés.

"Jaqueta", gritei, "você precisa mudar essa aparência! Deve correr ao tintureiro e matar essa brancura para que eu possa viver. Tenho só uma vida miserável, Jaqueta Branca, e dela não posso me desfazer. Não posso admitir ser morto por *você*, mas sua brancura pode ser morta por mim. Você pode morrer em sua brancura muitas

54 Na mitologia grega, rio do esquecimento, cujas águas, se tocadas ou bebidas, faziam as pessoas cair em pleno esquecimento.

vezes sem sofrer nada, mas eu não posso morrer sem uma perda irreparável, sem incorrer no risco eterno".

Então, de manhã, jaqueta na mão, dirigi-me ao primeiro-tenente e relatei como havia escapado da morte por um triz na noite anterior. Detive-me nos perigos gerais que corri ao ser confundido com um fantasma, e implorei seriamente que fosse menos severo em suas ordens uma única vez e me autorizasse a pedir a Brush, chefe do paiol de tintas, um pouco de tinta preta para pintar minha jaqueta dessa cor.

"Veja isso, senhor", acrescentei, erguendo-a. "Já viu alguma coisa mais branca? Pense em como brilha durante a noite, como um pedaço da Via Láctea. O senhor não vai me negar um pouco de tinta..."

"O navio não tem tinta de sobra", disse ele. "Vai ter que passar sem ela."

"Senhor, sempre que chove eu fico ensopado; cabo Horn está logo ali; seis pinceladas bastariam para impermeabilizá-la, e nunca mais eu colocaria minha vida em risco!"

"Não posso fazer nada, agora saia!"

Temo que meu fim não seja muito bom; pois se meus pecados tiverem de ser perdoados do mesmo modo que perdoo o insensível e cruel primeiro-tenente, perdão é o que não terei.

Como pode? Negar um bocado de tinta que transformaria um fantasma num homem, uma rede de pesca num capote impermeável.

Estou farto. Nada mais posso dizer.

20. COMO SE DORME EM UM NAVIO DE GUERRA

Por ora, chega de falar de minha infeliz jaqueta; tratarei agora de minha maca e das adversidades que sofri por causa dela.

Dê-me bastante espaço para balançar sobre ela, deixe-me embalá-la entre duas tamareiras na planície árabe, ou estendê-la diagonalmente entre dois pilares mouriscos, sobre o mármore do amplo Pátio dos Leões na Alhambra, em Granada; deixe-me balançá-la sobre um alto penhasco do Mississippi – um balanceio no puro éter para cada balanceio sobre a grama verde; ou deixe-me nela oscilar embaixo da cúpula fresca de São Pedro, ou deixe-me cair sobre ela, como sobre um balão, desde o zênite, com todo o firmamento para embalar e vaguear; e eu não trocaria minha rústica maca de lona por uma grande cama cinzelada, daquelas parecidas com uma majestosa carruagem na qual se acomoda um rei quando passa a noite no palácio de Blenheim.

Quando dispomos do espaço necessário, sempre temos dois "esticadores" na maca – ou seja, dois bastões horizontais, um em cada extremidade, que servem para manter os dois lados separados e criar entre eles um espaço livre e amplo sobre o qual podemos virar o corpo, deitar de um lado, de outro, de costas, se quisermos, ou esticar as pernas – em suma, ficarmos à vontade na maca; pois de todas as hospedarias, sua cama é a melhor.

Mas quando, junto a outras quinhentas macas, a sua está abarrotada e obstruída por todos os lados na coberta de uma fragata, e é a terceira de cima para baixo; quando os "esticadores" são proibidos por ordem expressa vinda da cabine do capitão e cada homem ao seu redor observa desconfiado os direitos e privilégios de sua própria maca, conforme estabelecidos pela lei e pelo uso; *nessas situações*, sua maca é sua Bastilha, sua prisão de lona, onde é difícil entrar, da qual é difícil sair, e onde o sono não passa de uma farsa, uma mera palavra.

Quarenta e seis centímetros por pessoa é tudo que nos concedem; 46 centímetros de largura é o *espaço* em que devemos nos acomodar. Apavorante! Numa forca se tem mais espaço que isso para balançar.

Nas noites quentes tropicais, nossa maca parece uma caçarola na qual somos cozidos e cozidos até quase podermos escutar o som do vapor sendo expelido do corpo. Todas as tentativas de ampliar as acomodações são vãs. Que ninguém veja uma bota ou outros artigos sendo introduzidos na cabeceira das macas para servir de "esticador": sem demora, todos os marujos da fileira em questão, de uma ponta até a outra, sentem uma invasão e começam a reclamar até descobrir o culpado e retornar seu catre ao tamanho original.

Nos pelotões e esquadrões, todos deitam no mesmo nível; as *aranhas* das macas se cruzam e entrecruzam em todas as direções, até parecer uma vasta cama de campanha, a meio caminho entre o teto e o chão, espaço que mede cerca de 1,5 metro.

Uma noite extremamente quente, durante uma calmaria, quando estava tão quente que só um esqueleto conseguiria se refrescar (com a corrente de ar passando-lhe entre os ossos), depois de tomar um banho no meu próprio suor, consegui me arrastar para fora da maca; com as poucas forças que me restaram, fui baixando devagar até o convés. Deixe-me ver agora, pensei, se minha ingenuidade não é capaz de conceber um método para que eu tenha espaço para respirar e dormir ao mesmo tempo. Eu tenho espaço. Vou descer minha maca abaixo de todas as outras; depois, pelo menos nesse nível separado e independente, terei toda a coberta para mim mesmo. Consequentemente, baixei meu catre até o ponto desejado – a cerca de oito centímetros do chão – e rastejei-me de novo até ele.

Que tristeza! Essa disposição fez de minha maca um extenso semicírculo: minha cabeça e meus pés ficavam no mesmo nível, enquanto a lombar afundava indefinidamente; era como se um arqueiro gigante estivesse me usando como arco.

Mas ainda me restava um plano. Icei a maca com toda a minha força, de modo a suspendê-la bem *acima* das outras ao meu redor. Feito isso, meu último esforço foi subir até ela. Mas que coisa! Ficou muito pior do que antes. Minha maca infeliz ficara rígida e reta como uma tábua; lá estava eu, deitado sobre ela, de nariz contra o teto, como fica um morto contra a tampa do caixão.

Por fim, de bom grado voltei ao nível anterior e interpretei moralmente a tolice, em todos os governos arbitrários, de lutar para se colocar *acima* ou *abaixo* daqueles a quem a legislação colocou em pé de igualdade.

Por falar em macas, recordo-me do que ocorreu uma noite no *Neversink*. O evento se deu três ou quatro vezes repetidas, com vários resultados, mas nunca fatais.

Os marujos do turno de descanso dormiam profundamente na coberta, onde reinava um silêncio absoluto, quando um impacto repentino e um gemido acordaram toda a tripulação; em seguida, viu-se a bainha de uma calça branca desaparecer acima das escadas da escotilha de proa.

Corremos atrás do gemido e encontramos um homem deitado no convés; uma das extremidades de sua maca cedeu, fazendo-o cair com a cabeça próxima de três balas de canhão de 24 libras, que devem ter sido colocadas de propósito naquela posição. Quando se descobriu que o homem era suspeito havia bastante tempo de ser um *informante* infiltrado entre os marujos, sua salvação por um triz quase não surpreendeu ninguém, tampouco provocou algum prazer.

21. UMA DAS RAZÕES DE OS MARINHEIROS DE GUERRA GERALMENTE TEREM UMA VIDA CURTA

Não posso encerrar o assunto das macas sem mencionar uma injustiça entre os marinheiros que deve ser reparada.

No mar, a bordo de um navio de guerra, os marinheiros trabalham em *quartos*; ou seja, a cada 24 horas, eles entram de serviço ou de folga a cada quatro horas. Ora, as macas são retiradas das redes no parapeito (espaço aberto para guardá-las, que se estende no topo de toda a amurada) pouco depois do poente, e guardadas de novo quando começa o turno da manhã, às oito horas; durante o dia, portanto, elas não servem de cama. Muito boa seria essa solução se os marinheiros tivessem uma noite completa de descanso, mas de duas em duas noites no mar, os guardas passam apenas quatro horas em suas macas. Na verdade, descontando o tempo necessário para ser rendido pelo novo turno, arrumar a maca, deitar sobre ela e dormir razoavelmente, pode-se dizer que, noite sim, noite não, temos apenas três horas de sono na maca. Depois de dois turnos de quatro horas na ativa no convés, às oito da manhã começa o *turno de descanso*, durante o qual nos livramos de quaisquer tarefas até o meio-dia. Nessas circunstâncias, os marinheiros mercantes vão para seus *beliches* e têm o benefício de um longo e precioso sono. Nos navios de guerra, no entanto, não podemos fazer isso; as macas são impecavelmente guardadas nas redes do parapeito, e lá devem permanecer até o cair da noite.

Talvez até haja um cantinho em algum lugar junto das baterias no convés de canhões onde se possa desfrutar de uma rápida soneca. Mas, como ninguém tem permissão de recostar a bombordo do convés de canhões (que fica reservado como corredor para que os oficiais se dirijam ao fumódromo na *sala das amarras*), resta apenas boreste para os marinheiros. Mas boa parte desse lado também está ocupada – por carpinteiros, veleiros, barbeiros e tanoeiros. Em resumo, são tão poucos os cantos onde se pode tirar uma soneca durante o dia numa fragata que dez a cada dez marujos do grupo que passara oito horas no convés só podem dormir na noite seguinte. Repetidas vezes, depois de ter a sorte de arrumar um canto, fui retirado dele por algum funcionário encarregado de limpá-lo.

Perto do cabo Horn, o que antes havia sido muito desconfortável tornara-se um problema sério. Banhado dos pés à cabeça pelo respingar das ondas durante a noite, algumas vezes dormi de pé no espardeque – e tremi enquanto dormia – por falta de sono suficiente em minha maca.

Durante três dias de clima extremamente tempestuoso, concederam-nos o privilégio da *coberta* (estritamente interditada em outros momentos), onde podíamos estender nossas jaquetas e tirar um cochilo de manhã depois de passar oito horas expostos às intempéries da noite. Mas esse privilégio não podia ser mais miserável. Além de nossas jaquetas – usadas como cobertor – estarem ensopadas o tempo todo, o chuvisco das ondas, que entrava pelas escotilhas, mantinha as tábuas da coberta constantemente úmidas, ao passo que, se pudéssemos usar nossas macas, poderíamos nos manter secos com o embalo acima de todo esse dilúvio. No entanto, nos esforçávamos para nos manter aquecidos e confortáveis tanto quanto possível, principalmente nos acomodando bem perto um do outro para gerar um pouco de vapor, dada a falta de outra fonte de calor. Talvez todos já tenham visto como são encaixotados os cadáveres destinados a servir de ilustração nas aulas invernais dos professores de medicina. Pois assim nos deitávamos: dedos do pé com calcanhar, peito com costas, encaixados uns nos outros com as coxas e os joelhos. A umidade de nossas jaquetas, agora espremidas, logo começava a se dissipar. Era como despejar água quente sobre o nosso corpo para nos manter aquecidos. Era como estar numa terma, "embrulhado" entre lençóis ensopados.

Era impossível manter essa posição por um tempo considerável sem mudar de lado. Durante aquelas quatro horas, três ou quatro vezes acordei sobressaltado de meu úmido cochilo pelo grito rouco de um companheiro que fazia as vezes de cabo na ponta da fila: "*Atenção, dorminhocos! Preparar para a viragem!*", e, com um duplo movimento, todos virávamos em sincronia e agora olhávamos para a grinalda, não mais para o gurupés. Mas não importa como virássemos: nosso nariz sempre ficaria grudado às costas fumegantes de um ou de outro, tanto de um lado quanto de outro. Havia certo alívio na consequente mudança de cheiro.

Mas por qual motivo, depois de labutar a noite toda durante oito horas tortuosas no convés, os marinheiros de guerra não têm direito a tirar um pobre cochilo num lugar seco no dia seguinte? Por qual motivo? O comodoro, o capitão, o primeiro-tenente, o capelão, o comissário e muitos outros passam *a noite toda cobertos*, como se estivessem num hotel à beira-mar. Os segundos-tenentes também podem se deitar em seus catres a qualquer hora; além disso, apenas um deles é necessário para encabeçar a vigilância, e há tantos deles para dividir a tarefa que passam apenas quatro horas no convés para cada doze horas de descanso. Em alguns casos, a proporção é ainda maior, ao passo que para *a ralé* são continuamente quatro horas de trabalho, quatro horas de descanso.

Então por que os marinheiros comuns são tão mal distribuídos nesse aspecto? Parecia tão fácil deixá-los descansar em suas macas durante o dia. Mas não: tal procedimento desfiguraria a uniformidade dos eventos diários nos navios de guerra. Parece indispensável ao efeito pitoresco do espardeque que as macas estejam invariavelmente alojadas na rede junto ao parapeito entre o nascente e o poente. Mas o principal motivo – um motivo que tem encorajado muitos abusos nesse mundo – é este: *não havia precedentes*. Marinheiros dormirem em suas macas durante o dia, depois de oito horas expostos a uma tempestade noturna? Nunca ninguém ouvira falar disso na Marinha. Que seja dito, no entanto, para a honra imortal de alguns capitães: consta nos registros navais que, perto do cabo Horn, *eles concediam* o repouso matinal para a tripulação. Deus abençoe oficiais de tão bom coração, e que eles e seus descendentes – na terra ou no mar – durmam tranquila e agradavelmente enquanto viverem e descansem em paz quando morrerem.

É necessária uma atuação especial do Congresso no que se refere a assuntos como os mencionados neste capítulo. O conforto e a saúde – na medida em que possam ser devidamente obteníveis nessas circunstâncias – deveriam ser garantidos por lei para os marinheiros de guerra, e não entregues ao arbítrio ou capricho de seus comandantes.

22. DIA DE LAVAGEM E LIMPEZA EM UM NAVIO DE GUERRA

Além de outras adversidades relacionadas às nossas macas, temos a obrigação de mantê-las limpas e brancas como neve. Quem nunca reparou nas longas fileiras de macas imaculadas expostas no parapeito de uma fragata, onde, durante o dia, pelo menos, elas se arejam?

Por essa razão, existem manhãs destinadas à lavagem das macas, e essas manhãs são chamadas *esfrega-macas*; a esfregação que se produz é tenebrosa.

A operação começa antes de amanhecer. Toda a tripulação é chamada e responde prontamente. Todos os conveses são cobertos de macas, de proa a popa; sorte de quem conseguir espaço suficiente para esticar a sua. De joelhos se colocam quinhentos homens, todos esfregando com escovas e vassouras, acotovelando-se, amontoando-se e reclamando que o colega está usando sua água com sabão, dada pelo comissário, que acaba gerando uma única camada de espuma, indistinta.

De vez em quando você descobre que, no escuro, esteve o tempo todo esfregando a maca do marujo ao lado em vez de a sua. Mas é tarde demais para começar de novo, pois a ordem já foi dada para que cada homem se apresse com sua maca, que deve ser amarrada a uma estrutura reticular de cordas de varal e içada para secar.

Feito isso, juntamos sem demora nossos casacos e nossas calças e, sobre o convés já inundado, começamos a lavagem. Não temos um balde ou uma bacia especial – o navio se torna uma grande cuba, onde as mãos de toda a tripulação lavam e enxáguam, enxáguam e lavam, até que outra ordem seja dada para que as roupas, também, sejam esticadas para secar.

Nos três conveses, portanto, inicia-se a operação da pedra sagrada[55], assim chamada por causa do estranho nome dos principais instrumentos empregados. São pedras arenosas, achatadas e pesadas, com cordas presas nas duas pontas, usadas para esfregar,

55 Pedra sagrada era uma pedra arenosa usada para limpar o convés dos navios. A origem do nome "sagrada" tem três explicações possíveis: a limpeza era originalmente feita aos domingos; as pedras eram obtidas em túmulos saqueados; os marinheiros precisavam ficar de joelhos para usá-las.

de um lado para o outro, os conveses molhados e cobertos de areia – uma tarefa bastante cansativa, propícia para cães ou galeotes. Para os cantos e as passagens junto aos mastros e canhões são usadas pedras menores, chamadas *devocionários*, uma vez que o marujo devoto precisava se ajoelhar para usá-las.

Por fim acontece uma grande inundação, e os conveses são implacavelmente golpeados com lambazes secos. Depois disso, um instrumento extraordinário – um tipo de enxada de couro chamada "*rodo de convés*" – é usado para raspar e retirar as últimas gotas de água das tábuas. Sobre esse "rodo", penso em redigir uma memória e lê-la diante da Academia de Artes e Ciências. Trata-se de um objeto deveras curioso.

Quando todas essas operações são concluídas batem *oito badaladas*, e toda a tripulação é chamada pelo som do apito para desjejuar sobre os conveses ainda úmidos e, de todas as maneiras, desagradáveis.

Pois bem, contra essa inalterável e cotidiana inundação dos três conveses de uma fragata, Jaqueta Branca, como marinheiro de guerra, seriamente protesta. Quando o tempo está nublado, essa atividade mantém os alojamentos eternamente úmidos, tanto que mal podemos nos sentar sem correr o risco de ter uma lombalgia. Um dos velhos proeiros da nossa fragata, já reumático, teve de chegar ao extremo de costurar um pedaço de lona alcatroada nos fundilhos da calça.

Então que os oficiais alinhados e asseados, que tanto gostam de ver o navio lustroso e reluzente, que estabelecem uma busca rigorosa por aquele que por acaso deixe cair uma migalha de pão no convés quando o navio balança em mar aberto, sejam responsáveis pela limpeza; que todos oscilem suas macas junto com os marujos e logo ficarão fartos da constante umidade dos conveses.

Por acaso os navios são louças de madeira, que precisam ser esfregadas todos os dias de manhã antes do desjejum, mesmo que o termômetro marque zero grau e cada marinheiro tenha de pôr os pés descalços na água, encharcando suas frieiras? Não há momento algum em que não haja um cirurgião a bordo, plenamente ciente da grande máxima de Boerhaave[56]: "*mantenha os pés secos*". Ele

56 Herman Boerhaave (1668-1738), médico holandês considerado o pai da fisiologia e dos ensinamentos clínicos.

tem montes de pílulas para administrar quando nos prostramos de febre, mas não protesta desde o princípio – pois é sua obrigação fazê-lo – contra a causa da febre.

Durante as agradáveis vigilâncias noturnas, os oficiais que fazem a ronda calçando botas de salto caminham sobre o convés com a sola seca, como os israelenses; mas ao romper o dia a estrondosa maré retorna, e os pobres marinheiros quase se veem arrastados por ela, como os egípcios pelo Mar Vermelho.

Ah, os arrepios e calafrios que temos, os resfriados que pegamos! Não há fogão, nem estufa, nem lareira para nos esquentar: a única maneira de nos mantermos aquecidos é preservarmos em nós uma paixão incandescente e excomungar o costume que, todas as manhãs, faz do navio de guerra uma lavanderia.

Vejamos. Imagine-se a bordo de um navio de linha: você vê que tudo está escrupulosamente limpo; vê que os conveses estão livres e desobstruídos, como as calçadas de Wall Street numa manhã de domingo; não vê nem sinal dos dormitórios dos marinheiros; maravilha-se pela mágica que tornou tudo isso possível, e com razão. Pois pense que nessa estrutura desobstruída quase mil mortais têm de dormir, comer, se lavar, se vestir, cozinhar e realizar todas as funções ordinárias da humanidade. Em terra firme, a mesma quantidade de homens se espalharia num pequeno povoado. É verossímil, portanto, que esse asseio extraordinário e, especialmente, essa *desobstrução* dos navios de guerra possam ser realizados senão pelas ordens mais rigorosas e com o mais sério sacrifício, no que se refere aos marinheiros, dos confortos domésticos da vida? Para dizer a verdade, os próprios marinheiros não costumam reclamar dessas coisas: acostumaram-se a elas; mas o homem é capaz de se acostumar até ao trato mais duro. E é pelo fato de *ser* acostumado a ele que muitas vezes não reclama.

De todos os navios de guerra, os americanos são os mais excessivamente limpos e gozam de grande reputação por isso. E de todos os navios de guerra a disciplina geral dos americanos é a mais arbitrária.

Na Marinha inglesa, os homens comem generosamente em mesas que, entre uma e outra refeição, são içadas para não atrapalhar o caminho. Os marinheiros americanos comem no convés e bicam pedaços de biscoito, ou *nozes de aspirante*, como galinhas num galinheiro.

Mas, se é tão desejado manter a todo custo essa desobstrução nos navios de combate americanos, por que não imitar os turcos? Na Marinha turca, os ranchos não têm baús; os marinheiros embrulham seus utensílios numa manta e a guardam embaixo dos canhões. Eles tampouco têm macas: dormem em qualquer lugar nos conveses, vestindo seus *gregos*. Se pararmos para pensar, na verdade, de que mais precisam imprescindivelmente os marinheiros de guerra para viver do que a própria pele? Já é espaço suficiente; e se pelo menos soubessem como girar a espinha de um lado para o outro, seria espaço bastante para virar sem perturbar o vizinho, como um escovilhão.

Entre todos os marinheiros de guerra, circula a máxima de que barcos excessivamente limpos representam para a tripulação uma vida no tártaro; e talvez possamos dizer seguramente que, quando vemos um navio como esse, não estamos muito distantes de algum tipo de tirania.

No *Neversink*, como em outros navios nacionais, a operação da *pedra sagrada* nos conveses costumava ser prolongada como modo de punição aos marujos, particularmente nas manhãs frias e úmidas. É o tipo de punição que os tenentes da guarda podem facilmente aplicar à tripulação sem infringir o estatuto que coloca o poder do castigo apenas nas mãos do capitão.

A aversão que os marinheiros de guerra sentem por essa atividade prolongada em dias frios e desconfortáveis – com os pés descalços expostos a toda aquela água esparramada – é exemplificada por uma história estranha, comum entre eles, curiosamente salpicada por suas famosas superstições.

O primeiro-tenente de uma corveta de guerra inglesa, disciplinador severo, preocupava-se de maneira incomum com a limpeza do tombadilho. Uma manhã de inverno intenso, quando a equipe tinha acabado de lavar aquela parte do navio, como era costume, e guardado as pedras sagradas, esse oficial subiu ao convés superior e, depois de inspecioná-lo, mandou buscar de novo as *pedras sagradas* e os *devocionários*. Depois de retirar os sapatos dos pés congelados e arregaçar as calças, a tripulação se ajoelhou para cumprir sua tarefa e, naquela posição de súplica, desejou silenciosamente que uma maldição se abatesse sobre o tirano, rezando, enquanto ele descia para o convés inferior, que nunca mais saísse vivo da praça-d'armas. A oração foi atendida, ao que pareceu: pois na manhã seguinte, pouco tempo depois de ser acometido por um derrame à mesa de desjejum, o primeiro-tenente foi carregado para fora da praça-d'armas pelos pés, com as botas batidas. Diz a história que, enquanto o jogava ao mar, a sentinela que estava no portaló virou as costas para o corpo.

Em reconhecimento à parte humana e sensível do rol dos capitães da Marinha americana, devo acrescentar que *eles* não são tão minuciosos em manter os conveses imaculados o tempo todo, faça chuva ou faça sol, tampouco atormentam os homens, obrigando-os a esfregar a madeira até deixá-la brilhante e a polir as argolas de armação, mas cobrem esses ornamentos triviais com uma generosa camada de tinta preta, que, além de conferir uma aparência mais bélica, conserva melhor e isenta os marujos de um incômodo perpétuo.

23. CENAS TEATRAIS EM UM NAVIO DE GUERRA

O *Neversink* havia passado um Natal bem quente sob o equador, durante o verão; agora estava destinado a passar o inverno do dia Quatro de Julho[57] não muito longe das latitudes gélidas de cabo Horn.

É costume da Marinha americana comemorar esse feriado nacional dobrando a dose de bebida alcóolica permitida aos marinheiros – quer dizer, se naquele dia o navio estiver aportado. Os efeitos desse plano patriota são facilmente previsíveis: o navio inteiro se transforma numa taberna, e os marinheiros, embriagados, nos três conveses, andam aos cambaleios, cantando, uivando e brigando. É nessas horas que, devido à diminuição da disciplina a bordo, rixas antigas e quase esquecidas são revividas, estimuladas pela bebida. Protegendo-se entre os canhões – como que para se assegurarem de um espaço desimpedido com pelo menos três paredes –, os combatentes, de dois em dois, resolvem seu ódio às pancadas, confinados a um espaço mínimo, como soldados duelando numa guarita. Em poucas palavras, desenrolam-se cenas que não seriam toleradas pelos oficiais, nem por um segundo, em nenhuma outra circunstância.

57 Dia em que se comemora a Independência dos Estados Unidos, conquistada em 4 de julho de 1776.

É nesse momento que os mais veneráveis dos artilheiros ajudantes e dos quartéis-mestres, junto com os aprendizes mais jovens e os marujos que antes nunca foram vistos bêbados a bordo, se juntam todos no mesmo poço lamacento de embriaguez.

Imitando os potentados da Idade Média, alguns capitães aumentam o barulho autorizando a soltura de todos os prisioneiros que, nesse propício quarto dia do mês, porventura estivessem confinados à prisão do navio – "*o buque*".

Mas de cenas como essas, o *Neversink* felizmente estava livre. Além de estar se aproximando de uma parte perigosíssima do oceano – o que transformava em loucura embriagar os marinheiros –, sua completa destituição de *grogue*, mesmo para o consumo comum, era um obstáculo de todo insuperável, mesmo que o capitão se sentisse disposto a agraciar os homens do mar com as mais abundantes libações.

Durante vários dias antes do feriado, realizaram-se no convés de canhões diversas reuniões com respeito às tristes perspectivas que se impunham ao futuro do navio.

"Que horror, que horror!", gritou um gajeiro. "Pensem, companheiros: um Quatro de Julho sem grogue!"

"Vou içar o galhardete do comodoro só até a metade do mastro", suspirou o contramestre sinaleiro.

"E eu vou virar do avesso a melhor jaqueta do meu uniforme para acompanhar o galhardete, meu caro Ensign[58]", respondeu, simpático, um guarda de popa.

"Sim, façam isso!", gritou um gajeiro do gurupés. "Quase choro só de pensar."

"Nadica de grogue no dia que botou à prova a alma dos homens", berrou Sunshine, o cozinheiro.

"Quem ia querer ser ianque numa hora dessas?", vociferou um holandês da gávea do traquete, com um sotaque que o denunciava como mais holandês do que um chucrute.

"Esses são os frutos da liberdade?", perguntou comovido um irlandês, marujo de meia-nau, para um velho espanhol, proeiro da âncora de salvação.

58 *Ensign* pode significar "bandeira" ou "segundo-tenente".

Percebe-se que, de modo geral, de todos os americanos, os mais patriotas são os cidadãos nascidos no exterior, sobretudo quando se aproxima o Quatro de Julho.

Mas como poderia o capitão Claret, pai dessa tripulação, contemplar com indiferença o pesar de seus filhos do mar? Não podia. Três dias antes do aniversário – o clima agradável daquelas latitudes ainda reinava – foi anunciado publicamente que os marinheiros teriam permissão total para organizar qualquer tipo de espetáculo teatral que quisessem para honrar o Quatro de Julho.

Ora, poucas semanas antes de o *Neversink* zarpar de casa, quase três anos antes do momento que aqui relato, alguns dos marujos haviam se unido e juntado uma quantia considerável com o propósito de comprar figurinos, tendo em vista atenuar, com uma ou outra apresentação no palco, a monotonia de permanecer em portos estrangeiros durante semanas – contudo, se existir um teatro permanente no mundo, com apresentações durante o dia e a noite, sem intervalo entre os atos, esse teatro é o navio de guerra, e seus assoalhos já são, em si, *os palcos*.

Os marinheiros que deram início a esse esquema haviam servido em outras fragatas americanas, onde a tripulação tinha o privilégio de realizar apresentações teatrais. Qual então não foi seu desgosto quando, ao pedir permissão ao capitão, num porto peruano, para apresentar a tão admirada peça *O rufião*, sob o patrocínio do próprio capitão, o dignitário garantiu-lhes que já havia *rufiões* demais a bordo, sem que para isso eles tivessem de evocar ainda outros do camarim.

Os figurinos teatrais, portanto, foram guardados no fundo das bolsas dos marinheiros, que *na época* não imaginaram que algum dia as peças seriam retiradas de lá enquanto o capitão Claret estivesse no comando.

Mas imediatamente após o anúncio de suspensão do embargo deu-se início aos preparativos, com um entusiasmo nada comum, para comemorar o Quatro de Julho. A coberta de ré foi separada para o teatro, e o contramestre sinaleiro recebeu ordens para emprestar suas bandeiras para decorá-lo no estilo mais patriótico.

Como os tripulantes apaixonados pelo teatro muitas vezes ensaiavam a bordo partes de diversas peças para espantar o tédio nas noites de vigilância, não foi preciso muito tempo para aperfeiçoarem seus papéis.

Consequentemente, na manhã seguinte à ordem do capitão para suspender o embargo, foi afixado um grande cartaz no convés de canhões, junto ao mastro grande, escrito em letras maiúsculas decoradas e coloridas. Era como se um cartaz do Drury-Lane[59] tivesse sido afixado no Monumento ao Grande Incêndio de Londres:

TEATRO DO CABO HORN

Grande comemoração do Quatro de Julho.

ESPETÁCULO DIURNO.

ATRAÇÃO EXTRAORDINÁRIA.

A VELHA CARROÇA DESMANTELADA!

JACK CHASE ...... PERSEU MASTRO-REAL.

ESTRELAS DE PRIMEIRA MAGNITUDE.

Em única apresentação,

O VERDADEIRO MARINHEIRO IANQUE.

Os empresários do Teatro do Cabo Horn, com a permissão dos habitantes do oceano Pacífico e do oceano Antártico, informam que, na tarde de 4 de julho de 184_, terão a honra de apresentar o admirado espetáculo

A VELHA CARROÇA DESMANTELADA!

Comodoro Bougee .... *Tom Brown, da gávea do traquete.*
Capitão Spy-glass [Telescópio]........ *Ned Brace, da guarda de popa.*
Timoneiro do Comodoro .... *Joe Bunk, do lanchão.*
Old Luff [Velho Orça] .... *Coffin, quartel-mestre.*
Prefeito .... *Seafull, do castelo de proa.*
PERSEU MASTRO-REAL ....JACK CHASE.
Sra. Lovelorn [Amores] .... *Long-locks, da guarda de popa.*
Toddy Moll [Amigo Cana] .... *Frank Jones.*
Gin and Sugar Sall [Saulo Gim e Açúcar] .... *Dick Dash.*

59 Teatro mais antigo da Inglaterra, fundado em 1663.

Marinheiros, fuzileiros navais, taberneiros, recrutadores, conselheiros municipais, oficiais de polícia, soldados e marinheiros de primeira viagem.

Vida longa ao Comodoro! || Entrada franca.

O espetáculo terminará com a mui admirada canção de Dibdin, modificada para satisfazer todos os marujos americanos, chamada

O VERDADEIRO MARINHEIRO IANQUE.

Verdadeiro Marinheiro Ianque (uniformizado),
Patrick Flinegan, faxineiro.

A apresentação começará com o hino *Hail Columbia*[60], tocado pela banda. Os pavilhões serão içados às três badaladas PM. Não será permitida a entrada de marinheiros em mangas de camisa. Espera-se boa conduta de todos. O mestre-d'armas e os cabos estarão de plantão para manter a ordem.

Depois de muito rogarem e suplicarem, os marinheiros conseguiram convencer Lemsford, o poeta do convés de canhões, a redigir esse cartaz. E nessa única ocasião suas habilidades literárias deixaram de ser subestimadas, mesmo pela pessoa menos intelectual a bordo. Tampouco se deve omitir que, antes de o cartaz ser afixado, o capitão Claret, assumindo o papel de censor e grande camarista, passou os olhos por uma cópia manuscrita de *A velha carroça desmantelada* para ver se a peça continha alguma coisa que alimentasse o desafeto contra a autoridade legalmente estabelecida na tripulação. Reclamou de algumas partes, mas, por fim, deixou passar.

A manhã do Quatro de Julho – esperada ansiosamente – despontou limpa e agradável. A brisa era estável; o ar estava frio e revigorante; todos os marinheiros previam uma tarde exultante. Assim foram refutadas as profecias de certos resmungões, avessos ao teatro, que haviam previsto um vendaval que destruiria todos os preparativos.

60 *Hail Columbia* é uma canção patriótica considerada até 1931 um dos hinos nacionais não oficiais dos Estados Unidos.

Como não poderiam participar da celebração os homens cujo turno de serviço, no momento da apresentação, os obrigava a ocupar seus postos na gávea e nas adriças e a manejar os cabos no espardeque, durante a manhã, como era de esperar, sucederam-se muitas cenas de marujos ansiosos para encontrar substitutos para seus postos. Durante todo o dia, muitos olhares ansiosos dirigiram-se a barlavento; mas o tempo ainda prometia ser favorável.

Pelo menos *a ralé* foi chamada para almoçar; bateram duas badaladas; pouco depois, todos que podiam ser poupados de seus postos correram para a coberta de ré. As barras do cabrestante foram estendidas sobre caixas de munição, como acontecia durante as orações aos domingos, servindo de assento para o público, e um pequeno palco foi improvisado pela equipe de carpintaria numa extremidade do espaço livre. A cortina consistia em um pavilhão amplo, e as amuradas ao redor foram drapeadas com bandeiras de todas as nações. Os dez ou doze membros da banda de metais se dispuseram numa fileira ao pé do palco, com seus instrumentos reluzentes nas mãos, enquanto o líder da banda, figura importante, destacava-se sobre um reparo de canhão.

Precisamente às três badaladas, um grupo de oficiais da praça-d'armas surgiu da escotilha de popa e se sentou sobre bancos de campanha, em posição central, com as estrelas e listras da bandeira da pátria servindo de toldo. *Aquele* era o palco real. Os marujos olharam em volta, procurando o comodoro, mas nem comodoro nem capitão honraram *a ralé* com sua presença.

Ao toque do clarim a banda começou a tocar *Hail Columbia*, com toda a tripulação acompanhando o ritmo, como em Drury Lane, quando *God Save the King*[61] é executado depois de uma grande vitória nacional.

Ao som do disparo de um mosquete a cortina se levantou e quatro marujos, usando as vestes pitorescas de marinheiros malteses, entraram cambaleando no palco, fingindo estado de embriaguez. A veracidade da encenação foi favorecida pelo balanço do navio.

O "Comodoro", "Old Luff", o "Prefeito" e "Gin and Sugar Sall" foram representados com maestria e muito aplaudidos. Mas à

61 Hino nacional do Reino Unido.

primeira aparição do favorito universal, Jack Chase, no cavalheiresco personagem de "*Perseu Mastro-Real*", todo o público pôs-se de pé ao mesmo tempo e o cumprimentou com aplausos e três sonoros gritos de hurra, quase derrubando a vela da gávea.

O incomparável Jack, *de traje apurado*, fez uma mesura atrás da outra, com a graça e o esmero dignos do tombadilho; e quando, à falta de buquês, foram arremessados sobre ele cinco ou seis ramalhetes feitos com pedaços de estopa e fibras de corda desfiada, ele apanhou um por um e, galante, os pendurou nos botões da jaqueta.

De todos os lados ouviam-se gritos misturados de "Hurra! Hurra! Hurra! – Avante! Avante! – Silêncio! – Hurra! – Avante! – Silêncio! – Hurra!", até que, percebendo que o entusiasmo de seus admiradores fervorosos não teria fim, o Incomparável Jack deu um passo adiante e, mexendo os lábios em pantomima, mergulhou no papel que lhe cabia. Logo se deu o silêncio, que foi interrompido cinquenta vezes por incontroláveis salvas de palmas. Por fim, chegada a cena mais emocionante do espetáculo, quando Perseu Mastro-Real resgata quinze marinheiros oprimidos da casa da guarda, nas barbas de um bando de condestáveis, os marujos se levantaram, derrubando as barras do cabrestante e, sem exceção, atiraram os chapéus ao palco em um delírio de alegria. Ah, Jack, isso, sim, foi um verdadeiro rufar dos tambores!

A comoção agora era impressionante; toda a disciplina parecia ter virado poeira para sempre; os tenentes corriam entre os marujos, o capitão saiu como um raio de sua cabine e o comodoro, nervoso, perguntou à sentinela armada em sua porta que diabos havia acontecido com *a ralé*. No meio disso tudo, o porta-voz do oficial do convés, ordenando que as velas do joanete fossem recolhidas, estava quase totalmente ensopado. Um temporal acompanhado de nuvens escuras cobriu toda a proa, e os segundos-contramestres gritaram afônicos desde a escotilha principal. Não se sabe o que teria acontecido se ninguém tivesse ouvido de repente o toque do tambor, chamando todos a seus postos, uma convocação que não podia ser ignorada. Todos os marinheiros levantaram as orelhas, como cavalos ao ouvir o estalido de um chicote, e, confusos, subiram as escadas aos tropeços para ocupar seus postos. No momento seguinte, tudo era silêncio, a não ser pelo vento, que assobiava no cordame como mil demônios.

"Preparar para rizar as três gáveas! – Soltar as adriças! – Soltem, assim: rápido! – Ao topo, gajeiros! Rizar!"

Assim, em tormenta e tempestade, acabou o teatro daquele dia. Mas os marinheiros nunca se recuperaram da decepção de não ouvirem *O verdadeiro marinheiro ianque* cantada pelo faxineiro irlandês.

Nesse ponto, Jaqueta Branca tem de fazer algumas considerações morais. O raro espetáculo oferecido pela fileira de oficiais da praça-d'armas se misturando à "ralé" para aplaudir um mero sujeito como Jack Chase encheu meu peito de aprazíveis emoções. É doce, pensei, ver esses oficiais reconhecerem uma irmandade humana conosco, afinal; é doce perceber sua cordial apreciação dos méritos viris do meu incomparável Jack Chase. Ah, são todos camaradas muito nobres, e, quanto a mim, sei que os julguei mal algumas vezes em meus pensamentos.

Também me enchi de sentimentos aprazíveis ao testemunhar a temporária ruptura da dura disciplina do navio, derivada do tumulto gerado pelo espetáculo de teatro. Pensei comigo: assim tinha de ser. De vez em quando é bom se livrar do jugo de ferro preso no nosso pescoço. E depois de nós, marinheiros, termos a permissão de ser um pouco barulhentos – de modo inofensivo, porém alegremente turbulento –, os oficiais não podem, sem ter o mínimo de decoro, ser tão excessivamente duros e inflexíveis quanto antes. Comecei a pensar que um navio de guerra, afinal de contas, era um navio de paz e boa vontade. Infelizmente, a decepção não tardou a nos assolar.

Na manhã seguinte, a mesma velha cena se repetiu no portaló. Enquanto contemplava a fileira de oficiais de aparência intransigente lá reunidos com o capitão para testemunhar o castigo – os mesmos oficiais que, na noite anterior, estavam alegres e bem-humorados –, um velho marujo tocou meu ombro e disse: "Vê só, Jaqueta Branca, todos voltaram a vestir *suas caras de tombadilho*. Mas é sempre assim".

Logo aprendi que aquela era uma frase feita dos marinheiros de guerra, que expressa a facilidade com que os oficiais da Marinha voltam a recorrer a toda a severidade de sua dignidade depois de ser temporariamente suspensa.

24. INTRODUÇÃO AO CABO HORN

Agora, entre brumas, neblinas e chuviscos, e sob gáveas ensopadas a dois rizes, nossa fragata, com o convés molhado, chegava cada vez mais perto do tempestuoso cabo.

Quem nunca ouviu falar dele? Cabo Horn, cabo Horn, um *corno* de fato, que já fez chacoalhar muitos e muitos barcos. Será que a descida de Orfeu, Ulisses ou Dante ao inferno foi um pouco mais ousada e sublime do que a experiência do primeiro navegador que se pôs a barlavento nesse terrível cabo?

Obrigados a mudar bruscamente de rumo por um forte vento oeste, muitos navios que seguiam a portos estrangeiros foram levados a atravessar o oceano Antártico até o cabo da Boa Esperança – encontrando, *por esse caminho*, uma passagem para o Pacífico. E esse tempestuoso cabo, não duvido, mandou muitas boas embarcações para o fundo do mar sem deixar história para contar. Nesses extremos do planeta não há crônicas. O que significam os mastros quebrados e os ovéns que, dia após dia, são arrastados pela proa dos navios mais sortudos? Ou os mastros altos que vemos cravados nos icebergs à deriva? Nada mais que pistas de uma velha história – de navios que zarparam de seus portos e dos quais nunca mais se teve notícia.

Cabo impraticável! Podemos arrostá-lo nessa ou naquela direção, como quisermos – a leste ou oeste, com o vento a ré, pelo través ou pela alheta –, e mesmo assim o cabo Horn não deixará de ser o cabo Horn. É ele que arranca a presunção dos marinheiros de água doce e impregna os mais experientes numa salmoura ainda mais salgada. Pobres novatos! Que os céus cuidem dos temerários!

Há capitães mediterrâneos que, com uma carga de laranjas, têm feito alegres travessias pelo Atlântico sem ter de ferrar uma única vela do joanete, até que muitas vezes, ao se aproximar do cabo Horn, aprendem uma lição que levam consigo para o túmulo, embora o túmulo – como costuma ser o caso – seja uma consequência tão dura da lição de que nenhum benefício se extrai da experiência.

Outros estrangeiros que se acercam dessa terminação patagônica de nosso continente, com a alma cheia de naufrágios e desastres – velas da gávea cuidadosamente rizadas e todo o navio aparelhado para o pior –, esses estrangeiros, ao encontrarem a princípio um mar toleravelmente calmo, concluem apressados que o cabo Horn, afinal de contas, não passa de um bicho-papão, que eles foram enganados por fábulas e que todos os naufrágios naquelas águas são apenas histórias para boi dormir.

"Afrouxar os rizes, meus caros; içar as velas do joanete, de proa a popa; preparar os cutelos e as varredouras!"

Mas, capitão Rash[62], suas velas estavam muito mais seguras na oficina do veleiro. Pois agora, enquanto a descuidada embarcação ressalta sobre os vagalhões, uma nuvem negra surge do mar; o sol desaparece no céu; um nevoeiro espalha-se sobre a água e por todos os lados.

"Mãos nas adriças! Vamos lá, carregar!"

Tarde demais.

Pois, antes que se conseguisse soltar os cabos dos cunhos, o tornado já soprava no fundo de suas gargantas. Os mastros são salgueiros; as velas, trapos; o cordame, algodão; o navio inteiro fermenta na levedura da tempestade.

Ora, se o capitão Rash não é arrastado mar afora quando o primeiro vagalhão esverdeado quebra sobre ele, é porque sem dúvida não tem mãos a medir. É bem provável que os três mastros tenham caído ao mar, e as velas, transformadas em farrapos, flutuem no ar. Ou, talvez, o navio *ponha à capa* ou *largue pano e navegue por sotavento*. De um jeito ou de outro, que o céu ajude os marujos, suas esposas e seus pequenos; e que o mesmo céu ajude os agentes de seguros.

A familiaridade com o perigo torna o corajoso mais corajoso, mas menos ousado. Assim também se sucede com os marinheiros: aquele que com mais frequência contorna o cabo Horn o faz de maneira mais circunspecta. Um lobo do mar nunca se deixa enganar pelas brisas traiçoeiras que às vezes lhe sopram agradavelmente o rosto na latitude próxima ao Horn. Tão logo chega a certa distância do cabo – fixada previamente –, toda a tripulação ajusta as velas e prepara o barco para a tormenta e, por mais leve que seja a brisa, recolhe as velas do joanete. Ele "enverga" as velas de capa mais resistentes e amarra tudo com firmeza no convés. O navio, desse modo,

62 Imprudente, impetuoso.

está pronto para o pior; e se, ao contornar o promontório, o navio balançar e receber uma bordada, via de regra nada de mau lhe acontece. Do contrário, todos vão a pique com a consciência tranquila.

Entre os capitães navais, existem aqueles que parecem considerar o gênio do cabo Horn como uma mulher difícil e caprichosa, que para ser conquistada deve ser cortejada e adulada. Primeiro se aproximam com suavidade, sem avançar intrepidamente rumo ao promontório, mas manobrando aqui e ali, deslizando aos poucos. Depois cortejam Jezebel com os cutelos do joanete; em seguida, repreendem-na com as gáveas a dois rizes. Quando, por fim, sua fúria implacável é incitada por completo, e ao redor de todo o navio desmantelado a tempestade uiva sem parar durante dias, eles ainda preservam seus esforços. Primeiro tentam uma rendição incondicional, ferrando cada vela e *virando contra o vento*, flutuando como uma tora que a tempestade pode lançar para onde quiser.

Se nada disso funcionar, eles disparam uma *vela de carangueja* ou *mezena de capa* e mudam de rumo. Igualmente em vão! O temporal uiva com a mesma aspereza de antes. Por fim, o vento chega favorável; eles deixam cair a vela do traquete, cruzam as vergas e navegam de vento em popa, perseguidos pelo inimigo implacável que os ameaça com tornados, como se mostrasse até o último momento sua insensibilidade ante o temporal precedente.

Outros navios, sem enfrentar esses temporais terríveis, passam semana após semana tentando montar esse canto turbulento do mundo com um constante vento ponteiro. Cambando de um bordo para o outro, no linguajar dos marujos, eles vão *polindo* o Horn de tanto barlaventear em suas bordas.

Le Maire e Schouten, dois holandeses, foram os primeiros navegadores a dobrar o cabo Horn.[63] Antes disso, as passagens para o Pacífico eram feitas pelo estreito de Magalhães; naquela época não se sabia ao certo haver outra rota, tampouco se o território hoje conhecido como Terra do Fogo era uma ilha. Algumas léguas ao sul da Terra do Fogo se estende um aglomerado de ilhas pequenas chamado Diego; entre essas ilhas e a anterior está o estreito de Le Maire, assim

63 Jacob Le Maire (c. 1585-1616) e Willem Cornelisz Schouten (c. 1567-1625) transpuseram o cabo Horn em 1616.

chamado em homenagem ao seu descobridor, o primeiro a atravessá-lo para chegar ao Pacífico. Le Maire e Schouten, em suas embarcações pequenas e canhestras, encontraram uma série de vagalhões enormes, o prelúdio de uma sucessão de dificuldades semelhantes pelas quais passaria a maioria de seus seguidores. É significativo o fato de que a embarcação de Schouten, *Horne*, que deu nome ao cabo, foi quase perdida ao dobrá-lo.

O navegador seguinte a montar o cabo Horn foi *sir* Francis Drake, que, na expedição de Raleigh, ao contemplar pela primeira vez, desde o istmo de Darien[64], o "belo Mar do Sul", como um verdadeiro inglês, prometeu que, se quisesse Deus, levaria até lá um navio da Inglaterra, o que o valente marinheiro fez, para derrota e infelicidade dos espanhóis nas costas do Chile e do Peru.[65]

Mas talvez as maiores adversidades de que se tem notícia, relacionadas a essa célebre passagem, tenham sido as vividas pela esquadra de lorde Anson em 1736. Três relatos notáveis e interessantíssimos narram o sofrimento e os desastres que enfrentaram. O primeiro foi escrito em conjunto pelo carpinteiro e pelo oficial de artilharia do *Wager*; o segundo, pelo jovem Byron, aspirante da mesma embarcação; o terceiro, pelo capelão do *Centurion*. Jaqueta Branca tem todos eles; são ótimas leituras para as tempestuosas noites de março, em que o chacoalhar do batente das janelas ressoa nos ouvidos e o sopro das chaminés desce até o solo, irradiando-se com as gotas de chuva.

Mas, se quiser uma descrição melhor sobre o cabo Horn, procure o insuperável *A hiena dos mares*, do meu amigo Dana[66]. Como você sabe ler, é provável que já o tenha lido. Ele deve ter usado uma ponta de gelo, e não de pena, para escrever o capítulo sobre o cabo Horn.

---

64 Outra denominação para o istmo do Panamá.

65 As informações dadas pelo autor nesse trecho são imprecisas. Francis Drake (1540-1596) atravessou o estreito de Magalhães durante uma viagem realizada entre 1577 e 1580, e não na expedição de Raleigh. Além disso, não há registros históricos de que ele tenha dobrado o cabo Horn.

66 O livro *Two Years Before the Mast*, do advogado e escritor norte-americano Richard Henry Dana Jr. (1815-1882), foi lançado em 1840. Deu origem a um filme homônimo, em 1946, e foi publicado no Brasil como *A hiena dos mares: dois anos ao pé do mastro*, em 1954.

Hoje em dia, os horrores do cabo de algum modo se atenuaram, o que se deve a uma familiaridade cada vez maior com suas águas, mas também sobretudo a condições melhores dos navios em todos os aspectos, e aos meios geralmente usados agora para preservar a saúde da tripulação nos momentos de exposição severa e prolongada às intempéries do mar.

25. DIAS DE CANÍCULA AO LARGO DO CABO HORN

Está cada vez mais frio: estamos nos aproximando do cabo. Agora *gregos*, jaquetas de lã, jaquetas impermeáveis, jaquetas transpassadas, jaquetas de inverno, jaquetas de couro, jaquetas justas, jaquetas curtas, jaquetas longas e toda sorte de jaquetas são a ordem do dia, não deixando de mencionar a imortal jaqueta branca, que começa a ser firmemente abotoada até o pescoço e cuja barra é vigorosamente esticada abaixo da cintura, a fim de cobrir muito bem os quadris.

Mas ai de mim que a barra era lamentavelmente insuficiente: apesar de forrada e acolchoada sobre o peito, estufada como um peru de Natal, e por mais que essa região se mantivesse aquecida nos dias frios e secos, minha jaqueta era mais curta na altura dos quadris que um saiote de bailarina: enquanto meu peito estava numa zona temperada, quase tórrida, minhas miseráveis coxas estavam em Nova Zembla, um cubo de gelo de distância do Polo.

Além disso, vale lembrar, o fato de ela se encharcar e depois secar repetidas vezes fez com que, a essa altura, ela encolhesse de maneira deplorável, especialmente nos braços, de modo que os punhos foram pouco a pouco subindo para os cotovelos; era preciso força e energia para empurrar os braços pelas mangas e vestir a jaqueta.

Consegui amenizar essas desgraças costurando uma espécie de folho de lona de ponta a ponta da barra, como se complementasse ou continuasse o trabalho original, fazendo depois a mesma coisa nos punhos.

Esse é o momento de usar capas impermeáveis, casacos grossos e felpudos, calças e macacões alcatroados, botas de borracha, cachecóis, luvas, meias de lã, pulôveres, camisas de flanela, capas de pele de búfalo e ceroulas de pele de alce. A jaqueta de cada um é sua cabana, e o chapéu, sua cozinha.

Agora os homens têm toda liberdade no que se refere às roupas e vestem tudo que conseguem recolher e juntar – envolvem-se em velas velhas e enfiam meias também velhas na cabeça para servir de gorro. É o momento de golpear o peito com as mãos e falar alto para manter ativa a circulação.

E vai ficando mais frio, mais frio e cada vez mais frio, até finalmente avistarmos uma frota de icebergs à deriva, rumo ao norte. Depois disso, seguiu-se uma *onda de frio* incessante que quase congelou a ponta dos nossos dedos. Frio! Tão frio quanto *Blue Flujin*, onde o fogo congela, dizem os marinheiros.

Agora, nos aproximando da latitude do cabo, viramos a proa para o sul a fim de manter distância e, ao avançar, atravessamos uma calmaria; sim, uma calmaria diante do cabo Horn, o que é pior, muito pior, do que uma calmaria na linha do equador.

Ali passamos 48 horas de um frio intenso. Maravilhava-me o mar líquido, que se recusava a congelar naquela temperatura. O céu limpo e frio lá no alto parecia um címbalo azul-metálico capaz de soar se batêssemos nele. Nossa respiração entrava e saía dos pulmões como baforadas de fumaça de um cachimbo. De início, enfrentamos uma marejada de ondas longas e torpes, que nos obrigou a colher a maioria das velas, baixando inclusive as vergas do joanete, por medo de que fossem lançadas ao mar.

Sem terra à vista, no extremo do mundo habitável e inabitável, nossa populosa fragata, ecoando com a voz dos homens o balir dos cordeiros, o cacarejar das galinhas e o grunhir dos porcos, parecia a arca de Noé, em calmaria depois da ação do Dilúvio.

Não havia nada a ser feito exceto esperar pacientemente a vontade dos elementos e "assobiar para chamar o vento", prática comum dos marinheiros no remanso. Não era permitido acender fogo, exceto para o indispensável propósito de cozinhar e esquentar garrafas de água para manter aquecidos os pés de Selvagee. Quem gozava de maior vitalidade tinha melhores chances de não congelar. Foi terrível. Em condições assim, qualquer homem poderia ser amputado com grande facilidade e ainda ajudar a estancar as artérias.

Na verdade, essa situação não durou nem 24 horas, quando a frieza extrema do ar, aliada à nossa tendência cada vez maior à inatividade, não demoraria a nos transformar em pacientes do cirurgião e de seus assistentes, graças a uma iniciativa humanitária do capitão, que de repente nos obrigou a um exercício físico vigoroso.

E que seja dito neste instante que a aparição de um contramestre na escotilha do convés de canhões, com seu apito prateado na boca, é sempre vista pela tripulação com a maior curiosidade, pois significa que alguma ordem geral está prestes a ser promulgada no navio. "E agora?" é a pergunta que passa de homem para homem. O "Old Yarn"[67], que é como o conhecem, assopra levemente o apito, que serve de chamada preliminar dos quatro segundos-contramestres, cada um num posto diferente. Então Yarn, ou Pipes[68], como líder da orquestra, começa uma chamada peculiar, reunindo seus assistentes. Feito isso, a ordem, qualquer que seja, é dita em voz alta e demorada, até ser ouvida nos cantos mais remotos do navio. O contramestre e seus segundos são os pregoeiros públicos dos navios de guerra.

A calmaria havia começado à tarde; na manhã seguinte a tripulação foi eletrificada por uma ordem geral, assim anunciada e declarada: "*Atenção marujos, de proa a popa! Tripulação, armar alvoroço!*".

Essa intimativa, nunca usada hoje em dia, exceto em ocasiões muito raras, produzia nos homens o mesmo efeito que um gás hilariante teria produzido, ou uma dose extra de "grogue". Durante algum tempo, interrompia-se a disciplina habitual do navio, dando completa permissão para tudo. Era uma babel aqui, um manicômio ali, um pandemônio em todo lugar. O espetáculo de teatro não era nada perto disso. Então, os covardes e temerosos rastejaram para seus esconderijos, e os vigorosos e corajosos proclamaram aos berros sua alegria. Bandos de homens, com todo tipo de vestimentas exóticas, extravagantes como as usadas em algum carnaval maluco, começaram a correr para todos os lados, atacando quem encontrassem pela frente – menos os graduados e os pugilistas perigosos –, puxando e empurrando os pobres marinheiros, até sentirem um calor reconfortante. Alguns foram agarrados à força e levantados para o alto com vigor; outros, montados em remos

67 Literalmente, velho fio de corda, mas pode significar também uma velha história fantasiosa e meio duvidosa.

68 Nome dado ao apito usado pelos contramestres.

esticados sobre os ombros dos marujos, foram carregados de proa a popa, para a ruidosa hilaridade dos espectadores, quaisquer deles uma possível próxima vítima. Balanços com cordas foram montados nas gáveas, ou nos mastros, e os marujos mais relutantes eram escolhidos propositalmente, apesar de tentarem resistir, e balançados de leste a oeste, descrevendo arcos amplos no ar, até quase ficar sem fôlego. Bem embaixo do nariz do capitão mais poderoso, sobre o tombadilho e a popa, os homens dançaram todo tipo de dança: fandangos, gigas, quadrilhas, e danças folclóricas escocesas e irlandesas populares entre os marujos. O pugilismo e a luta livre também estiveram em voga nesse momento; os lutadores davam *mordidas de Kentucky*[69] e trocavam *abraços indianos*[70]. O barulho assustou as aves marinhas, que voavam agitadas em volta do navio.

Vale dizer que ocorreram várias baixas, das quais, no entanto, mencionarei apenas uma. No ápice do "*alvoroço*", um dos gajeiros do traquete, um português endiabrado e de péssimo temperamento, observando tudo aquilo, jurou que seria a morte de qualquer um que encostasse com mãos violentas em sua inviolável pessoa. Ao ouvir sem querer a ameaça, um grupo de malfeitores, vindos por trás, deu-lhe uma rasteira, e num piscar de olhos o português já estava em cima de um remo, erguido por uma multidão turbulenta, que correu com ele pelo convés a passos de galope. A massa viva de braços em volta e embaixo dele era tão compacta que toda vez que ele se inclinava para um lado era instantaneamente empurrado para cima, só para voltar a cair do outro lado e receber mais um empurrão na direção contrária. De repente, depois de se soltar daqueles que o seguravam, o marujo enfurecido retirou do peito uma malagueta e começou a dar golpes com ela indiscriminadamente para a direita e a esquerda. A maioria de seus perseguidores fugiu, mas cerca de oito ou dez mantiveram-se de pé e, enquanto o suspendiam, tentavam arrancar-lhe a arma da mão. Nessa tentativa, um homem foi atingido na cabeça e desmaiou. Foi dado

69 Morder a orelha do oponente era tática comum entre os lutadores de boxe de Kentucky, nos Estados Unidos.

70 Movimento em que um oponente envolve o outro de frente com os braços e finca o queixo com força em seu ombro, em cima da clavícula, provocando uma dor profunda.

como morto e levado para Cuticle, o cirurgião, no convés inferior, enquanto o português foi posto sob guarda. Mas o ferimento não foi nada sério e, dali a poucos dias, o homem já caminhava no convés, com a cabeça bem enfaixada.

Essa ocorrência pôs fim ao "*alvoroço*", e também foi estritamente proibido que houvesse mais cabeças rachadas. No devido tempo, o português pagou no portaló a pena por sua imprudência, enquanto os oficiais, mais uma vez, *vestiram suas caras de tombadilho*.

26. NA PASSAGEM DO CABO

Antes que a calmaria nos abandonasse, avistou-se da gávea do traquete uma embarcação à distância, provavelmente a 3 léguas ou mais. A princípio, tratava-se apenas de um pontinho, impossível de enxergar do convés. Pela força da atração, ou alguma outra coisa igualmente misteriosa, dois navios numa calmaria, igualmente afetados pelas correntes, quase sempre vão se aproximar. Por mais que o vento não soprasse, não demorou muito para que o navio desconhecido fosse avistado desde as amuradas; pouco a pouco, foi chegando ainda mais perto.

Que embarcação era aquela, e de onde? Não há objeto que desperte tanto interesse e especulação, e, ao mesmo tempo, frustre os dois quanto uma embarcação vista como um simples pontinho nas águas remotas próximas ao cabo Horn.

Uma brisa! Uma brisa! Vejam, agora o estranho perceptivelmente se aproxima da fragata; a luneta do oficial revela um navio armado em galera, com todas as velas içadas e vindo exatamente na nossa direção, embora a calmaria ainda reine ao nosso redor.

Ele traz o vento consigo! Urra, aí está ele! Vejam com que elegância ele avança no mar, agitando e encrespando suas águas.

Nossos gajeiros foram mandados imediatamente ao topo para soltar as velas, que na mesma hora começaram a esticar. No entanto, não tínhamos corrente de esteira. Quase ao anoitecer, o desconhecido avançou com a força do vento, uma verdadeira pirâmide de lona. Nunca antes, aventuro-me a dizer, o cabo Horn fora insultado com tanta audácia. Varredouras armadas; mastaréus, cutelos do sobrejoanete e tudo mais. Ela deslizou até se posicionar na frente da nossa popa, à distância de fala, e o contramestre sinaleiro hasteou nossa bandeira no penol da carangueja.

"Navio à vista!", gritou o tenente da guarda pelo porta-voz.

"Saudações!", berrou um velhote de jaqueta verde, levando uma mão à boca, enquanto segurava com a outra os ovéns de mezena.

"Que navio é esse?"

"*Sultan*, da Companhia das Índias Orientais, vindo de Nova York e rumo a El Callao e Cantão. Sessenta dias de navegação, tudo corre bem. Que fragata é essa?"

"*Neversink*, dos Estados Unidos, de torna-viagem."

"Urra! Urra! Urra!", gritou nosso empolgado compatriota, arrebatado pelo patriotismo.

Nesse instante o *Sultan* já havia nos ultrapassado com grande velocidade, mas o tenente da guarda não se omitiu de uma advertência de despedida.

"Estão ouvindo? É melhor vocês baixarem essas velas altas. Cuidado com o cabo Horn!"

Mas o aviso amigável se perdeu no vento cada vez mais forte. Com uma rapidez nada incomum nessas latitudes, a leve brisa se transformou numa sucessão de vendavais cortantes, e nosso orgulhoso fanfarrão da Companhia das Índias foi visto largando tudo por mão, soltando rapidamente das vergas os cutelos do joanete e a giba, que foi levada pelo vento, rodou nos ares alguns minutos e, como bola de futebol, foi jogada de um lado para o outro no vendaval. Mas o vento não pregou nenhuma peça nas velas do *Neversink*, estruturadas com mais prudência, o que não nos impediria de passar momentos difíceis dali a algumas horas.

Por volta da meia-noite, quando a guarda de boreste, à qual eu pertencia, estava de descanso, ouvimos o apito do contramestre, seguido do grito estridente de "*Tripulação, colher as velas! Rápido, homens, salvar embarcação!*".

Ao saltarmos das macas, percebemos que o navio estava inclinado de maneira tão acentuada que tivemos dificuldade para subir as escadas que levavam ao convés superior.

Lá, a cena foi terrível. O navio parecia navegar de costado. Vários dias antes, havíamos recolhido e guardado os canhões do convés principal e fechado as escotilhas, mas as caronadas do lado de sotavento, no tombadilho e no castelo de proa, arfavam todas no mar, que ondulava sobre elas formando massas de espuma branca como leite. Com cada guinada a sotavento, os lais das vergas pareciam mergulhar na água, enquanto mais adiante a quebra das ondas batia na proa em cataratas, ensopando os homens na verga do traquete. Nessa hora, o convés estava vivo com a força de toda a tripulação – quinhentos homens, incluindo oficiais, quase todos agarrados às amuradas, a barlavento. De vez em quando, a fosforescência do mar espumante projetava uma luz em seus rostos levantados, assim como um incêndio noturno numa cidade populosa ilumina a população tomada pelo pânico.

Em vendavais repentinos, ou quando muitas velas precisam ser colhidas de uma vez, é costume que o primeiro-tenente tome o porta-voz de qualquer que seja o oficial no convés. Mas Mad Jack estava com o porta-voz naquele turno, e o primeiro-tenente não esboçou intenção de tirá-lo das mãos dele. Mad Jack tinha todos os olhares voltados para si, como se o tivéssemos escolhido entre todos para resolver a batalha contra os elementos por meio de um duelo com o espírito do cabo; pois ele era o gênio salvador do navio, e assim se provou naquela noite. Devo a Mad Jack esta minha mão direita, que neste instante sobrevoa a folha de papel, e também toda a minha existência. A proa do navio agora batia, marrava, golpeava e retumbava contra as ondas que batiam na fragata, e com um estrondo estridente que ressoava na superfície, todo o casco balançava no meio da espuma. O vendaval atravessava o convés, e cada vela parecia rebentar com sua impetuosa projeção.

Todos os contramestres e vários gajeiros do gurupés estavam aglomerados em volta do leme duplo, no convés principal. Alguns saltavam para cima e para baixo, segurando nas malaguetas; pois todo o timão e a quilha galvanizada estavam fervorosamente agitados, movidos pela vida que lhes fora concedida pela tempestade.

"Girar a *barlavento*!", gritou o capitão Claret, precipitando-se de sua cabine como um fantasma de camisola.

"Pro inferno vocês", vociferou Mad Jack para os contramestres; "a *sotavento* – a *sotavento*, eu digo, e que o diabo os carregue!".

Ordens contrárias! Obedecidas, no entanto, apenas as de Mad Jack. Seu objetivo era lançar o navio ao vento como a melhor forma de rizar forte as velas da gávea. Mas ainda que se soltassem as adriças, era impossível descarregar as vergas devido a uma enorme pressão horizontal na lona. Agora soprava um furacão. A água batia no navio em enxurradas. Os mastros gigantescos pareciam prestes a rachar devido à enorme tensão das três velas da gávea.

"Arriar! Arriar!", gritou Mad Jack, com a voz rouca e cheio de furor, batendo o porta-voz contra um dos ovéns. Mas, devido à inclinação do navio, nada pôde ser feito. Estava claro que em pouquíssimo tempo alguma coisa teria de ceder – as velas, o cordame ou os mastros; talvez o próprio casco e, com ele, todos a bordo.

Imediatamente, uma voz do topo gritou que havia uma fenda na vela da gávea. No mesmo instante, ouvimos um estampido como se dois ou três mosquetes fossem disparados juntos; a vela larga rasgou de cima a baixo, como o véu do santuário[71]. Isso salvou o mastro grande, pois a verga pôde ser arriada com relativa facilidade, e os gajeiros se prepararam para ferrar a vela rasgada. Logo, as duas gáveas que restavam também foram arriadas e rizadas.

Destacando-se sobre o rugir da tempestade e os gritos da tripulação, ouviu-se a lúgubre badalada do sino de bordo – quase tão prolongada quanto a de uma igreja de vilarejo – ocasionada pelo violento balanço do navio. Está para além da imaginação conceber o horror desse som numa tempestade noturna em alto-mar.

"Parem esse fantasma!", bramiu Mad Jack; "rápido, um de vocês, e arranquem o badalo!".

Tão logo o fantasma foi silenciado, ouviu-se um som ainda mais estarrecedor: as balas de canhão haviam se soltado do armeiro e rolavam de um lado para o outro no convés de canhões, transformando aquela parte do navio numa imensa pista de boliche. Alguns homens foram enviados abaixo para segurá-las, colocando sua vida em risco. Vários ficaram gravemente feridos, e os aspirantes enviados para supervisionar a tarefa disseram que só seria possível realizá-la depois que a tempestade acabasse.

A tarefa mais terrível de todas era ferrar a vela mestra, que, no início do vendaval, havia sido carregada, domada e aquietada na medida do possível com brióis e carregadeiras. Mad Jack esperou um tempo por uma bonança antes de pedir a execução de uma tarefa tão perigosa. Pois ferrar essa vela enorme, numa tempestade

71 Referência à passagem bíblica (Mateus 27:51): "Nisso, o véu do Santuário se rasgou em duas partes, de cima a baixo, a terra tremeu e as rochas se fenderam".

como aquela, exigia pelo menos cinquenta homens na verga, cujo peso, acrescentado ao do próprio mastro ponderoso, colocava ainda mais em risco sua vida. Mas não havia perspectiva de cessar o vendaval, e a ordem acabou sendo dada.

Nesse instante, uma tempestade oblíqua de neve e granizo despencou sobre nós; o cordame estava coberto por uma fina camada de gelo, formada nos últimos minutos.

"Ao alto, homens da verga principal! E todos vocês, gajeiros do mastro grande! Aferrar a vela mestra!", gritou Mad Jack.

Arranquei meu chapéu da cabeça, tirei minha jaqueta acolchoada num instante, chutei para o alto os sapatos e, com uma multidão de outros gajeiros, escalei o cordame. Acima das amuradas (que, numa fragata, são bem altas para dar bastante proteção a quem está no convés), o vendaval era tenebroso. Enquanto subíamos, a mera força do vento nos esmagava contra as cordas, e cada mão parecia congelar grudada aos ovéns gélidos em que segurávamos.

"Acima! Acima, marujos valentes!", gritou Mad Jack; e acima fomos todos nós, de um jeito ou de outro, tateando às cegas enquanto avançávamos aos lais das vergas.

"Segure firme todo mundo!", gritou um velho artilheiro ajudante ao meu lado, vociferando a plenos pulmões; mas, no meio do vendaval, parecia estar sussurrando; só o escutei porque, em relação a mim, ele estava a barlavento.

Mas sua sugestão era desnecessária; cravei as unhas nos *vergueiros* e jurei que nada além da morte me separaria deles até que eu conseguisse virar e olhar a barlavento. Por enquanto, era impossível: eu mal conseguia escutar quem estava a sotavento, grudado a mim; o vento parecia sequestrar-lhe as palavras da boca e fugir com elas para o Polo Sul.

Tudo isso enquanto a própria vela esvoaçava de um lado para o outro, às vezes nos envolvendo por sobre a cabeça e ameaçando nos arrancar da verga, apesar do esforço para nos mantermos agarrados. Durante mais ou menos três quartos de hora ficamos presos desse modo, suspensos sobre as ondas furiosas, que encostavam suas cristas nos pés de quatro ou cinco de nós, agarrados ao lais da verga a sotavento, como se quisesse nos tirar do lugar.

Logo em seguida, os marujos foram passando a notícia ao longo da verga, desde o barlavento, de que havíamos recebido ordens para descer e deixar a vela solta, pois seria impossível amarrá-la. Um aspirante, parecia, foi mandado lá em cima pelo oficial do convés para dar a ordem, pois de onde estávamos não dava para escutar o porta-voz.

Quem estava no lais a sotavento conseguiu rastejar sobre a verga e descer rapidamente pelo cordame; mas para nós, que estávamos no outro extremo, essa proeza estava fora de questão; literalmente, seria como escalar um precipício para chegar a barlavento e alcançar os ovéns; além disso, a verga inteira estava revestida de gelo, e estávamos com os pés e as mãos tão dormentes que não ousaríamos confiar a vida a eles. Não obstante, ajudando uns aos outros, conseguimos nos lançar esticados ao longo da verga e agarrá-la com os braços e as pernas. Nessa posição, os paus da varredoura foram de grande ajuda para nos manter firmes. Por mais estranho que pareça, não imagino que, naquele momento, algum homem tenha sentido qualquer medo. Nós nos agarramos à verga com toda força, mas por instinto. A verdade é que, em circunstâncias como essa, a sensação de medo é aniquilada pelas visões indizíveis que invadem cada olho e pelos sons que penetram em cada ouvido. A gente se identifica com a tempestade; nossa insignificância se perde no tumulto do universo tempestuoso que nos rodeia.

Abaixo de nós, nossa nobre fragata parecia três vezes maior – uma cunha negra imensa, contrapondo sua extremidade mais distante à fúria combinada do mar e do vento.

Depois de um longo tempo, quando a fúria inicial da tempestade se pôs a diminuir, nós começamos a bater as mãos como operação preliminar ao trabalho; pois um bando de homens havia acabado de subir para ajudar a firmar o que restara da vela; de algum modo conseguimos carregá-la e, ao fim e ao cabo, descemos.

Por volta do meio-dia do dia seguinte, o temporal diminuiu tanto que conseguimos soltar dois rizes nas velas da gávea, fixar novos rumos e seguir a leste, com o vento batendo na popa.

Assim, todo aquele clima ameno que encontramos depois de levantar a âncora na agradável costa espanhola foi apenas um prelúdio para essa noite tenebrosa, sobretudo aquela calmaria traiçoeira que imediatamente a precedeu. Mas como chegaríamos a nossos lares havia tanto prometidos sem enfrentar o cabo Horn? Como haveríamos de evitá-lo? E, por mais que alguns navios o tenham dobrado sem passar por esses perigos, a maioria decerto terá de arrostá-los. Por sorte ele se encontra a meio caminho da passagem de torna-viagem, de modo que os marujos têm tempo de se preparar para ele, e tempo para se recuperar dele, uma vez ultrapassado.

Mas, homem do mar ou da terra, para todos há um tipo de cabo Horn. Rapazes, cuidado: preparem-se para ele. Veteranos, agradeçam a Deus por terem-no superado. E vocês, felizes mortais, para quem, por alguma rara fatalidade, o cabo Horn é tão plácido quanto o lago Léman, não se orgulhem por achar que a boa sorte equivale ao bom senso e à prudência; apesar de toda pompa e bala na agulha, poderiam ter afundado e ido a pique se assim o quisesse o Espírito do Cabo.

27. ALGUMAS REFLEXÕES SUSCITADAS PELA CONTRAORDEM DE MAD JACK À ORDEM DE SEU SUPERIOR

Em momentos de perigo, a obediência, não importa a patente, é como uma agulha em relação a um ímã: dirige-se para aquele mais apto a comandar. Essa verdade pareceu evidente no caso de Mad Jack durante a tempestade, especialmente naquele momento perigoso em que ele deu uma contraordem à ordem do capitão junto ao leme. Mas todos os marujos sabiam, naquele instante, que a ordem do capitão era extremamente insensata, talvez até pior do que isso.

Essas duas ordens, dadas pelo capitão e seu tenente, contrastavam com exatidão a personalidade de cada um. Ao girar o timão *a barlavento*, o capitão planejava *navegar de vento em popa*, ou seja, fugir do temporal. Mad Jack, por outro lado, planejava enfrentar o temporal de frente. Desnecessário dizer que, em quase todos os casos de tempestades e vendavais semelhantes, a segunda opção, ainda que pareça mais estarrecedora, é, na verdade, a mais segura e geralmente a mais adotada.

Fugir de vento em popa nos torna escravos da tempestade, que nos leva adiante de maneira desenfreada; mas *lançar-se diretamente contra o vento* nos permite, até certo ponto, evitar maiores danos. Fugir expõe a popa ao temporal, parte mais fraca do casco; a manobra contrária expõe a proa, parte mais forte. Acontece com os navios, acontece com os homens: quem vira as costas para o inimigo põe-se em desvantagem. O nosso peito, por outro lado, armado de costelas, assim como as costelas de proa da fragata, são como uma barragem contra os assaltos.

Aquela noite, junto à ponta do cabo, o capitão Claret teve sua máscara arrancada e, numa situação que pôs à prova sua hombridade, mostrou-se tal como era. Algo de que todos os homens a bordo havia muito suspeitavam provou-se verdadeiro naquela noite. Até ali, ao transitar pelo navio e repousar sobre os marujos aqueles olhos caracteristicamente sem brilho – sem falar do andar a passos lentos, desnecessariamente metódicos, e da firmeza forçada de sua postura –, ainda que para o observador ocasional pudessem parecer a expressão de sua consciência de comando e do desejo de subjugar a tripulação, para alguns haviam sido meras indicações do fato de que o capitão Claret, ao mesmo tempo que se abstinha cuidadosamente de determinados excessos, mantinha o tempo todo um equilíbrio incerto entre a serenidade e o seu oposto, um equilíbrio que poderia ser perturbado pela primeira mudança acentuada nos eventos.

Não obstante, por mais que isso seja apenas uma conjectura, tendo algum conhecimento sobre conhaques e humanidade, Jaqueta Branca se aventura a dizer que, se o capitão Claret fosse um sujeito de sobriedade plena, jamais teria dado uma ordem tão imprudente para girar o leme *a barlavento*. Ele teria mantido a calma e ficado em sua cabine, como Sua Graciosa Majestade, o comodoro, ou teria antecipado a ordem de Mad Jack, vociferando "Girar a sotavento!".

Para mostrar como é pequeno, em determinados momentos, o efeito real das leis mais restritivas, e como é espontâneo o instinto de discrição na mente de algumas pessoas, devo acrescentar que, embora Mad Jack, movido por um forte impulso, tenha contrariado a ordem de seu superior bem embaixo de seu nariz, os nossos Artigos de Guerra, que o teriam transformado num sujeito nocivo, nunca lhe foram aplicados. Tampouco o capitão, até onde sabiam os tripulantes, aventurou-se a reprimi-lo por sua temeridade.

Dizia-se que Mad Jack era amante de bebidas fortes. E era mesmo. Mas aqui vemos apenas a virtude de ser colocado numa situação que exigia constantemente cabeça fresca e nervos firmes, e o infortúnio de ocupar um posto que *não exige* o tempo todo essas qualidades. A disciplina da fragata era tão exata e metódica em tantos aspectos que, até certo ponto, o capitão Claret se isentava de interferir pessoalmente em muitos casos diários, e talvez por isso tenha tido a falsa sensação de segurança concedida pela sedutora proteção de uma garrafa.

Mas Mad Jack tinha de cumprir seus turnos regulares de vigilância, rondar o tombadilho durante a noite e ficar atento a barlavento. Por isso, no mar, Mad Jack fazia questão de se manter sóbrio, ainda que, em dias de tempo muito agradável, ele se deixasse seduzir por copos demais, envolvendo-se em problemas, como já mencionado. Mas, com o cabo Horn diante de si, manteve a promessa de permanecer sóbrio até que o perigoso promontório fosse deixado para trás.

O principal incidente da tempestade suscita inevitavelmente a questão: há oficiais incompetentes na Marinha americana? – isto é, incompetentes para a adequada execução de quaisquer tarefas que possam recair sobre eles. Nessa valente Marinha, que, durante a Guerra Anglo-Americana, obteve boa parte de sua chamada *glória*, pode haver, nesta data, oficiais incompetentes?

Se assim é em terra firme, assim é no tombadilho em alto-mar – as trombetas de uma vitória abafam os tambores de mil derrotas. Até certo ponto, isso vale para os eventos de guerra cuja natureza é neutra, que não resultam em renome, tampouco em desgraça. Além disso, assim como uma série imensa de algarismos, encabeçada por um número solitário, cresce e resulta numa soma aritmética gigantesca pela mera força da adição, também uma multidão de oficiais, em algumas ações brilhantes, cada um ineficaz por si só, agrega renome quando unida e encabeçada por um Nelson ou um Wellington. O renome desses heróis, ao sobrevivê-los, recai como herança em seus subordinados que continuarão vivendo. Uma grande mente e um grande coração têm virtudes suficientes para magnetizar uma frota inteira, ou um exército inteiro. E, se todos os homens que desde os primórdios contribuíram sobretudo para os sucessos e reveses bélicos das nações estivessem agora reunidos, ficaríamos surpresos ao ver apenas um punhado de heróis. Pois não há heroísmo nenhum em simplesmente correr de um lado a outro de um canhão numa portinhola, envolto em fumaça ou vapor, ou em disparar mosquetes nos pelotões seguindo voz de comando. Esse tipo de valor meramente manual surge amiúde de uma agitação no peito. Deve haver homens que, embora acovardados individualmente, demonstrem alguma temeridade quando unidos. Contudo, seria falso negar que, em alguns casos, os soldados mais rasos portam-se com ainda mais bravura do que seus comodoros. O verdadeiro heroísmo não está nas mãos, mas no coração e na mente.

Mas há oficiais incompetentes na valente Marinha americana? Para um americano, não é de bom tom formular essa pergunta. Jaqueta Branca deverá se esquivar mais uma vez, referindo-se a um acontecimento na história de uma marinha semelhante que, dada sua longa trajetória e magnitude, fornece muito mais exemplos de todos os tipos do que a nossa. E é só por esse motivo que me refiro a ela nesta narrativa. Agradeço a Deus por ser isento de todo ódio nacionalista.

Há registros indiretos nos livros do almirantado inglês de que, em 1808, depois da morte de lorde Nelson, quando lorde Collingwood comandava a frota do Mediterrâneo, e sua saúde debilitada o levou a pedir uma licença, de uma lista de mais de cem almirantes não se encontrou nem um oficial qualificado para substituí-lo de modo honroso para o país. Esse fato Collingwood selou com a própria vida, pois, sem esperanças de ser substituído, morreu logo depois, exausto, enquanto ocupava seu posto. Ora, se isso aconteceu numa marinha tão renomada como a inglesa, o que podemos inferir a respeito da nossa? Mas nisso não está implicada nenhuma desgraça. Pois a verdade é que para ser um generalíssimo naval habilidoso e insigne é preciso capacidades nada comuns. Além disso, pode-se dizer com segurança que comandar meritoriamente uma fragata requer um nível de heroísmo, talento, juízo e integridade naturais negado à mediocridade. Todavia, essas qualificações não são apenas necessárias, mas exigidas, e só quem as possui tem o direito de ser capitão naval.

Quanto aos tenentes, não são poucos os Selvagees e Paper Jacks[72] na Marinha americana. Muitos comodoros sabem que pouquíssimas vezes levaram um navio de linha ao mar sem sentir maior ou menor nervosismo quando algum dos tenentes se ocupa do convés durante a noite.

---

72 Marujos com pouca ou nenhuma experiência prática.

De acordo com o último Censo Naval (1849), hoje existem 68 capitães na Marinha americana, que juntos extraem cerca de 300 mil dólares por ano dos cofres públicos; além disso, 97 comandantes, que custam cerca de 200 mil dólares; 327 tenentes, que custam cerca de meio milhão; e 451 aspirantes (incluindo os aprovados em exame), que também extraem cerca de meio milhão. Sabendo-se que alguns desses oficiais quase nunca ou nunca são mandados ao mar, dado que o Departamento da Marinha sabe de sua ineficiência; sabendo-se que outros são destacados para serviços administrativos em observatórios e para resolver logaritmos no setor de Levantamento Costeiro, enquanto os oficiais de autêntica valia, que são marinheiros talentosos e experientes, são mandados de um navio a outro, com um pequeno intervalo de licença; sabendo-se disso tudo, não é exagero dizer que grande parte desse milhão e meio de dólares é paga anualmente para pensionistas disfarçados, que vivem da Marinha sem nela servir.

Nada disso pode ser insinuado contra os "*oficiais da mestrança*" – contramestres, oficiais de artilharia etc. – nem contra os *suboficiais* – chefes da gávea etc. –, tampouco contra os marujos qualificados da Marinha. Pois, se quaisquer *desses* são considerados insatisfatórios, eles são imediatamente rebaixados ou exonerados.

Decerto a experiência ensina que em toda grande instituição nacional que emprega uma grande quantidade de oficiais o povo deve se conformar em sustentar muitos homens incompetentes, pois tamanhos e constantes são o favoritismo e o nepotismo nos confins dessas instituições em que algumas pessoas incompetentes sempre são admitidas, para a exclusão de tantas outras dignas de valor.

No entanto, num país como o nosso, que ostenta a igualdade política de todas as condições sociais, é bastante vergonhoso que hoje em dia vejamos tão poucos marinheiros comuns chegarem à patente de oficial de carreira na nossa Marinha. No passado, contudo, os oficiais dessa patente geralmente manifestavam uma destacada utilidade no serviço e muitas vezes haviam dado grande honra ao país. Seria fácil mencionar alguns exemplos.

Não seria bom se todas as nossas instituições se guiassem pelos mesmos princípios? Qualquer cidadão americano, que vive em terra, gostaria de se tornar presidente da União – comodoro do nosso esquadrão de estados. E todo marinheiro americano deveria ter condições de desejar livremente comandar uma esquadra de fragatas.

Mas, se há boas razões para acreditar que em nossa Marinha há alguns oficiais incompetentes, temos razões ainda melhores e maiores para reconhecer que há outros oficiais nos quais se uniram natureza e arte para fazê-los altamente qualificados para a tarefa, e que honram o serviço com a mesma honra que sentem por executá-lo.

O único propósito deste capítulo é destacar que são poucos os merecedores da reputação geral que a maioria dos homens tende, talvez, a atribuir sem distinção a cada um dos membros de uma popular instituição militar.

28. DISTANCIANDO-NOS LENTAMENTE

A favor do vento! Isso, brisa, sopre, sopre; enquanto *tu* estiveres favorável e *nós* voltando para casa, o que poderia preocupar a alegre tripulação?

Vale a pena mencionar que, de dezenove a cada vinte casos, a passagem em volta do cabo Horn saindo do Pacífico quase certamente será mais curta, e realizada com menos dificuldade, do que a passagem a partir do Atlântico. O motivo é que a maioria das ondas parte do oeste, bem como as correntes.

No fim das contas, seguir de vento em popa numa fragata, enfrentando uma tempestade como essa, tem suas dificuldades e desvantagens, mas também tantas outras bênçãos. O peso desproporcional do metal sobre o espardeque e o convés de canhões induz um balanço violento que os navios mercantes desconhecem. Com vagalhões quebrando sobre o convés pelos dois lados, nossa velha fragata revolveu sem parar no caminho, como o planeta o faz em sua órbita, até mergulhar nas águas como um sino de imersão.

A proteção das escotilhas de algumas embarcações armadas é péssima para tempos desfavoráveis, justamente o que acontecia com as escotilhas do *Neversink*. Elas eram cobertas apenas com uma velha lona alcatroada, ressequida e rasgada em todas as direções.

Nos dias de bom tempo, a tripulação fazia as refeições no convés de canhões; mas agora, como ele estava inundado quase continuamente, éramos obrigados a comer na coberta, um convés abaixo.

Um dia, os ranchos da guarda de boreste se sentaram para comer formando pequenos grupos, de doze a quinze homens em cada um, que se inclinavam sobre as escudelas de carnes, tigelas e caçarolas, quando de repente o navio foi acometido por um balanço tão forte que, em um segundo, todas as coisas que estavam na coberta – tigelas, escudelas, marujos, pedaços de carne, sacos de pão, sacos de roupa e batelões – foram arremessadas indiscriminadamente de um lado para o outro. Era impossível ficar de pé; não havia nada a que se agarrar salvo a própria coberta, que agora escorregava por causa do conteúdo das escudelas e arfava sob nossos pés como se no porão da fragata houvesse um vulcão. Enquanto ainda deslizávamos em amontoados ruidosos – todos sentados –, as janelas do convés se abriram, deixando entrar um dilúvio de água salgada, ao mesmo tempo que o barco se inclinava com violência a sotavento. A pancada de água foi saudada pelos audaciosos marujos com um furacão de alaridos, embora eu, por um instante, tenha realmente acreditado que estávamos prestes a afundar no mar, tamanho o volume de água que entrava em cascatas.

Um ou dois dias depois, ganhamos uma boa distância a leste para poder seguir para o norte, o que fizemos, com o vento a nosso favor, empreendendo uma curva suave sem diminuir o ritmo do nosso avanço. Ainda que não tenhamos avistado nenhuma terra desde que saímos de El Callao, dizia-se que o cabo Horn estava em algum lugar a oeste de nós; e, por mais que não houvesse nenhuma evidência concreta desse fato, as condições climáticas que encontramos podiam ser consideradas uma boa prova dessa conjectura.

A terra próxima do cabo Horn, no entanto, merece ser vista, especialmente a ilha dos Estados. Numa ocasião, o navio em que por acaso eu navegava, vindo do norte, chegou perto desse lugar, sob um vento amplo favorável, que soprava firme, atravessando um dia radiante e translúcido, cujo ar frio e cintilante era quase melódico. A boreste, qual uma pilha de geleiras suíças, estendia-se a ilha dos Estados, cujas esterilidade e solidão brilhavam com a brancura da neve. Incontáveis albatrozes brancos plainavam sobre as águas costeiras, e nuvens de asas brancas menores caíam pelo ar como flocos de neve. Lá no alto, assomando-se com seus turbantes de neve, avultavam-se os picos da ilha como se fossem as fronteiras de outro mundo – muros vistosos e ameias de cristal, qual torres de vigilância feitas de diamante ao longo da mais remota fronteira do céu.

Depois de sairmos da latitude do cabo, enfrentamos diversas tempestades de neve; uma noite, uma quantidade considerável amontoou-se no convés e alguns marinheiros aproveitaram a diversão juvenil de jogar bolas de neve uns nos outros. Pobre do "aspira" que, naquela noite, aventurou-se além das antenas – um alvo fácil para as bolas de neve! Era impossível identificar os atiradores. Em razão de um curioso truque no arremesso dos projéteis, eles pareciam vindos da água, atirados a bordo por alguma nereida impetuosa.

Ao romper do dia, o aprendiz Pert procurou o cirurgião para que visse uma ferida alarmante, corajosamente recebida ao desempenhar sua perigosa função no castelo de proa. O oficial do convés dera-lhe a incumbência de chamar o contramestre à cabine do capitão. Enquanto realizava a façanha de transmitir a mensagem, o sr. Pert foi atingido no nariz por uma bola de neve de espantosa compacidade. Ao saberem do desastre, os malandros expressaram a mais espirituosa das condolências. Pert não era muito benquisto.

Depois de uma tempestade como essa, era curioso ver como os homens liberavam o convés principal daquele monte de neve. Era dever do chefe de cada canhão manter limpa a própria estação; por conseguinte, com uma velha vassoura, ou "rodo de convés", levava a cabo sua tarefa, muitas vezes discutindo com os colegas ao lado, acusados de descartar a neve no espaço do outro. Era como a Broadway no inverno, na manhã seguinte a uma tempestade de neve, quando os vendedores das lojas saem para limpar as calçadas.

De vez em quando, para variar, caía também granizo, em pedras tão grandes que tínhamos de desviar delas.

O comodoro tinha um servente polinésio a bordo, cujos serviços ele havia contratado nas ilhas da Sociedade. A despeito de seus compatriotas, Wooloo era um sujeito de temperamento tranquilo, sério e filosófico. Como nunca havia ido além dos trópicos, deparou-se no cabo Horn com muitos fenômenos que absorveram sua atenção e o fizeram conceber, como outros filósofos, teorias sobre as maravilhas que contemplou. No primeiro dia de neve, quando ele viu o convés todo coberto por um pó branco, por assim dizer, arregalou os olhos como se fossem duas frigideiras; depois de examinar a estranha substância, concluiu que deveria ser uma espécie de farinha superfina, como aquela usada nos "*pudins*" do mestre e em outros regalos. Em vão um experiente filósofo natural, gajeiro do traquete, afirmou diante de seus olhos que, naquela hipótese, Wooloo estava errado: a opinião do polinésio continuou inabalável durante um tempo.

Já as pedras de granizo o deixaram em êxtase; tomando-as por contas de vidro, ele saiu coletando-as com um balde, e recebeu colaborações, com o intuito de levá-las para casa e presentear suas namoradas; mas depois de deixar o balde de lado e voltar para pegá-lo, encontrou nada mais do que água e acusou os marujos que por ali estavam de roubar suas pedras preciosas.

Isso lembra outra história sobre ele. Quando ganhou pela primeira vez um pedaço de "pudim", vimos que ele catava todas as uvas-passas e as jogava fora, com um gesto de profunda repugnância. Descobrimos que ele achava que as uvas eram vermes.

No nosso navio de guerra, esse semisselvagem, que perambula pelo convés de canhões vestindo uma túnica tosca, parecia um ser de outro planeta. Abominávamos o que ele tinha por gosto; o que tínhamos por gosto, ele abominava. Nosso credo, ele rejeitava; nós rejeitávamos o dele. Se a situação fosse invertida, se fôssemos polinésios e ele americano, nossas opiniões recíprocas seriam as mesmas – fato que provava que ninguém estava errado: ambas as partes tinham razão.

29. A VIGILÂNCIA NOTURNA

Apesar de deixarmos o cabo Horn para trás, o frio severo continuou, e uma de suas piores consequências era o entorpecimento quase incurável induzido pelas longas vigilâncias noturnas. Ao longo de todos os conveses, aconchegados entre os canhões, estirados nos reparos das caronadas e em cada canto e recanto do navio, víamos os marinheiros embrulhados em suas jaquetas, num estado de torpor, semiconscientes, imóveis e congelando vivos, sem forças para se levantar e mexer o corpo.

"Levantem! Levantem, seus cães preguiçosos!", gritava nosso amigável terceiro-tenente, da Virginia, golpeando-os com o porta-voz. "Levantem-se e comecem a se movimentar."

Em vão. Eles se levantavam por um instante, e assim que o terceiro-tenente virava as costas todos despencavam de novo, como se atingidos por um tiro no coração. Muitas vezes, enquanto estava deitado desse jeito, o fato de que eu morreria congelado se continuasse ali durante muito mais tempo tomava conta de mim com uma força tão esmagadora que o feitiço gelado se rompia; levantando de sobressalto, eu começava a fazer o exercício combinado de mãos e pés para reativar a circulação. O primeiro solavanco do meu braço dormente quase sempre me atingia no rosto, em vez de me golpear no peito, seu verdadeiro destino. Mas, nesses casos, os músculos têm vontade própria.

Para movimentar as outras extremidades, eu era obrigado a me segurar em alguma coisa e saltar com os dois pés, pois minhas pernas pareciam destituídas de juntas, como se fossem uma calça de lona esticada no varal, dura de gelo.

Quando se dava a ordem para bracear as vergas – o que exigia a força de todos os membros daquele turno, cerca de duzentos homens –, quem observasse poderia supor que toda a tripulação havia sofrido um ataque de paralisia. Despertos de seu estado de encantamento, eles vinham claudicando e manquejando pelos conveses, caindo uns contra os outros e, por alguns momentos, eram quase incapazes de segurar os cabos. O mais leve esforço parecia insuportável; com frequência, um grupo de oitenta ou cem homens, reunidos para bracear a verga principal, pairava na frente do cabo durante vários minutos, esperando que algum colega mais ativo o colocasse na mão deles. Mesmo assim, ainda demorava algum tempo para que conseguissem fazer alguma coisa. Executavam todos os movimentos habituais para puxar o cabo, mas demorava muito para a verga sair um centímetro do lugar. Inutilmente os oficiais os xingavam, ou mandavam os aspirantes que estivessem entre eles descobrir quem eram os "*peixes fora d'água*" e os "*escamados*". Os marujos se embrulhavam tanto em suas jaquetas que, no escuro, não havia como distingui-los uns dos outros.

"Ei, *você*, senhor!", grita o sr. Pert, segurando com firmeza a aba da jaqueta de um velho lobo do mar, tentando virá-lo para si e ver o rosto por baixo do chapéu alcatroado. "Quem é você, senhor? Como se chama?"

"Advinha, seu Café com Leite", foi a impertinente resposta.

"Pro inferno, seu velho cafajeste! Vai se ver comigo por essa! Alguém me diz o nome dele!", dirigindo-se aos observadores.

"Vá esperando!", gritou uma voz à distância.

"Mas que droga! Eu conheço *você*, não perde por esperar!" Dizendo isso, o sr. Pert solta o insondável desconhecido e penetra na multidão atrás da voz sem corpo. Mas a tentativa de encontrar um dono para aquela voz é quase tão inútil quanto o esforço para descobrir o conteúdo da jaqueta.

Aqui devo mencionar com tristeza algo que, nessa situação, me afetou dolorosamente. Quase todas as jaquetas dos marinheiros eram azul-escuras; a minha, como já repeti cinquenta vezes, e repito de novo, era branca. Desse modo, naquelas longas noites escuras, enquanto eu cumpria o turno de vigilância no convés, e não na gávea, e os outros vinham se esquivando e "escamando" nos conveses, seguros de não serem detidos, pois era impossível descobrir-lhes a identidade, minha infeliz jaqueta eternamente denunciava o nome de seu dono. Isso já me sujeitou a muitas tarefas difíceis, das quais eu teria me safado não fosse pela jaqueta. Quando um oficial precisava de um homem para qualquer tarefa em particular – subir no mastro, digamos, para transmitir alguma ordem sem importância para os chefes da gávea –, era fácil, naquela multidão de incógnitos, distinguir "*aquele de jaqueta branca*" e incumbi-lo da missão. Desse modo, para mim nunca funcionava fazer corpo mole na hora de puxar os cabos.

Na verdade, em todas essas ocasiões eu era obrigado a demonstrar tanta vivacidade e entusiasmo que amiúde me tomavam como exemplo ilustre daquela atividade e pediam para os outros me imitarem. "Puxem, puxem, bando de preguiçosos! Olhem o Jaqueta Branca; puxem como ele!"

Ó, como eu execrava minha roupa branca. Quantas vezes não a usei para limpar o convés, tentando deixá-la marrom. Quantas vezes não implorei ao inexorável Brush, chefe do paiol de tintas, por uma única pincelada de seu inestimável pigmento. Com frequência eu pensava em atirá-la ao mar, mas nunca me decidia. Sem jaqueta no mar! Sem jaqueta tão perto do cabo Horn! A ideia me era insuportável. Pelo menos minha roupa tinha nome de jaqueta, quando não a utilidade.

Finalmente arrisquei uma "troca". "E aí, Bob", disse eu, tentando ser o mais suave possível ao abordar um companheiro de rancho com ares diplomáticos de superioridade: "Suponha que eu estivesse disposto a me desfazer desse meu 'grego' e ficar com o seu em troca, o que você me daria para completar?".

"O que eu daria para *completar*?", exclamou ele, horrorizado. "Nem de presente eu aceitaria essa jaqueta horrenda!"

Como eu saudava todas as nevascas; que Deus as abençoe, pois quando a neve caía muitos homens tornavam-se *jaquetas brancas* como eu; pulverizados com os flocos, todos parecíamos moleiros.

Tínhamos seis tenentes; todos eles, exceto o primeiro, revezavam para comandar os turnos de vigilância. Três desses oficiais, incluindo Mad Jack, tinham uma disciplina rígida e nunca permitiam que deitássemos no convés durante a noite. Mas, para dizer a verdade, por mais que isso gerasse inúmeras reclamações, era muito melhor para nossa saúde que nos mantivéssemos de pé. Passear no convés, portanto, era a última moda. Para alguns de nós, no entanto, era como caminhar numa masmorra; afinal, como tínhamos de nos manter em nossos postos – alguns nas adriças, outros nos braços das vergas etc. – e não tínhamos permissão para andar à toa indefinidamente, medindo toda a quilha do navio com nossos passos, nos contentávamos em ficar confinados a um espaço de poucos metros. Mas o pior disso logo chegou ao fim. As mudanças repentinas de temperatura, consequência da distância que tomávamos do cabo Horn enquanto nos dirigíamos ao norte, impulsionados por uma brisa de 10 nós, são dignas de nota. Num dia éramos acometidos por uma rajada de vento cortante que parecia ter se afiado na curva dos icebergs; pouco mais de uma semana depois, nossa jaqueta tornava-se supérflua.

Mais algumas palavras sobre o cabo Horn e não falarei mais nele.

Daqui a muitos anos, quando um canal navegável tiver penetrado o istmo de Darien, e o viajante tiver se sentado nos vagões em cabo Cod com destino a Astoria, será considerado algo quase incrível que, durante tanto tempo, os navios rumo à costa noroeste, saindo de Nova York, tivessem de estender sua viagem em milhares de milhas, contornando o cabo Horn.[73] "Naqueles dias incultos" (cito, por antecipação, a linguagem de algum filósofo futuro), "muitas

73 O cabo Cod fica na costa leste dos Estados Unidos, junto ao oceano Atlântico, enquanto Astoria fica em Oregon, costa oeste, junto ao Pacífico. Na época de Melville, ainda não existia linha férrea de costa a costa dos Estados Unidos. Como o canal do

vezes gastavam-se anos para fazer uma viagem de ida e volta às ilhas das Especiarias, hoje balneário da moda e da alta sociedade de Oregon" – tal será nosso progresso nacional.

Ora, senhor, qualquer dia desses o seu filho estará mandando o seu neto passar as férias de verão na salutar cidade de Edo[74].

30. UMA OLHADELA PELA PORTINHOLA NAS PARTES SUBTERRÂNEAS DE UM NAVIO DE GUERRA

Enquanto nos afastamos rapidamente da costa feroz da Patagônia, lutando com as vigilâncias noturnas – ainda frias – da melhor maneira que podemos, venha comigo, leitor, a sotavento de minha jaqueta branca, para que eu lhe fale das coisas menos dolorosas de ver numa fragata.

Já mencionei as profundezas subterrâneas do porão do *Neversink*. Mas não temos tempo aqui para falar do *paiol de espíritos*, uma adega no fundo do porão de proa onde se guarda o "grogue" dos marujos; ou do *paiol de cabos*, onde ficam empilhadas as espias e correntes, tal como se veem em terra nos grandes fornecedores de navios; ou do *paiol de víveres*, onde ficam confortavelmente armazenados o açúcar, o melado, o vinagre, o arroz e a farinha; ou do *paiol de velas*, cheio como a oficina de um veleiro em terra firme, onde se empilham grandes velas da gávea e do joanete, todas bem dobradas em seus devidos lugares, como roupas brancas no armário de um cavalheiro; ou do *paiol de pólvoras*, revestido e fechado com cobre, abarrotado de barris de pólvora e de cartuchos para grandes canhões e armas pequenas; ou dos imensos *paióis de projéteis*, ou arsenais subterrâneos, cheios, como um caixote de maçãs, de bolas de canhão de 24 libras; nem do *paiol de pão*, um compartimento amplo, revestido de estanho por todos os lados para evitar a entrada de ratos, onde se armazenam a jardas cúbicas o biscoito endurecido destinado ao consumo de quinhentos homens durante uma longa viagem; ou dos grandes *tanques* de ferro para armazenar água fresca no

---

Panamá só foi aberto para a navegação em 1914, os navios que saíam de uma costa a outra precisavam contornar a América do Sul.

74 Antigo nome de Tóquio, no Japão.

porão, como os reservatórios em Fairmount, Filadélfia; ou do *paiol de tintas*, onde ficam guardados os barris de alvaiade, os tonéis de óleo de linhaça e toda sorte de vasilhames e brochas; ou da *oficina do armeiro*, onde se ouve o ressoar das forjas e bigornas o tempo todo; digo que não tenho tempo para falar dessas coisas e de muitos outros lugares de importância.

Mas há um depósito bem extenso entre os outros que merece especialmente ser mencionado – o *paiol do despenseiro do navio*. No *Neversink*, ele ficava no subsolo, embaixo da coberta, e chegávamos a ele por meio de uma *passagem dianteira* – um corredor muito escuro e distante, na verdade. Ao entrarmos – ao meio-dia, digamos –, nos vemos dentro de um aposento sombrio, iluminado por um lampião solitário. De um lado estão as estantes, cheias de rolos de *merlim*, *cordas de enfrechate*, *cordas de amarração, mialhar* e diversos fios de diferentes tamanhos. Em outra direção, vemos caixas enormes contendo um monte de objetos que lembram uma loja de materiais para sapateiros: *macetes de forrar*, *cavirões*, *trambelhos* e *espeques*, todos de madeira; *sovelas* e *espichas* de ferro; numa terceira parte vemos uma espécie de loja de ferragens: prateleiras cheias de todo tipo de ganchos, cavilhas, pregos, parafusos e *sapatilhos*; e, ainda em outra direção, vemos uma loja de poleeiro, amontoada de roldanas e moitões de pau-santo.

Através dos arcos baixos, avistamos abóbodas e catacumbas distantes, vagamente iluminadas no outro extremo, exibindo rolos de corda nova e outros artigos volumosos, todos enfileirados e cheirando a alcatrão.

Sem dúvida, o departamento mais curioso desses misteriosos paióis era a armaria, onde lanças, alfanjes, pistolas e cinturões de munição, que constituem as armas dos abordadores no momento da ação, ficam pendurados na parede e suspensos em fileiras densas presas nas vigas. Aqui vemos também dezenas de revólveres Colt que, ainda que dotados de um único cano, multiplicam as balas mortais assim como o gato de nove rabos[75] que, com crueldade canibal, multiplica por nove, num único golpe, a chicotada do acusado, de modo que, quando o marujo é condenado a receber uma

75 O "gato de nove rabos" era um chicote de couro ou corda, com nove pontas e vários nós ao longo de cada tira, usado para açoitar os marinheiros.

dúzia de chicotadas, a sentença deveria ser de 108. Todas essas armas são mantidas na mais perfeita ordem, são muito bem polidas e pode-se dizer corretamente que *refletem* o mérito do despenseiro e seus ajudantes.

Entre as categorias inferiores dos oficiais de um navio de guerra, a de despenseiro não é a menos importante. Suas responsabilidades se refletem em seu pagamento. Enquanto os *suboficiais*, os artilheiros ajudantes, os chefes da gávea e outros recebem apenas 15 e 18 dólares por mês – pouco mais que um mero marujo qualificado –, o despenseiro, nos navios de linha americanos, recebe 40 dólares, e nas fragatas, 35 dólares por mês.

Ele é responsável por todos os artigos de seu cargo e em hipótese alguma deve entregar sequer 1 metro de fio de vela ou um prego ao contramestre ou carpinteiro sem uma requisição por escrito e uma ordem do primeiro-tenente. O despenseiro passa o dia todo entocado em seus compartimentos subterrâneos, pronto para servir aos clientes autorizados. Mas no balcão, atrás do qual ele geralmente se encontra, não há espaço para uma gaveta onde guardar os xelins, que ocupam bastante da parte mais agradável das obrigações de um armazenista. Tampouco entre os velhos e bolorentos livros contábeis sobre a mesa, onde ele registra todos os artigos que despende, há um livro-caixa ou talonário de recibos.

O despenseiro do *Neversink* era um tipo estranho de troglodita. Era um velhote de ombros caídos, careca, cujos olhos saltavam por trás de óculos redondos sinistros, que ele chamava de *lunetas*. Tinha um zelo maravilhoso pelo serviço naval e parecia pensar que, ao manter suas pistolas e alfanjes longe da ferrugem, mantinha imaculada a honra nacional.

Depois da *simulação de combate*, era divertido observar sua expressão de ansiedade quando os diversos *suboficiais* lhe devolviam as armas usadas nos exercícios marciais da tripulação. À medida que os montes sucessivos eram depositados no balcão, ele conferia as pistolas e os alfanjes como um velho mordomo inventariando garfos e colheres de prata numa copa antes de se recolher a seus aposentos. Muitas vezes podia ser visto segurando uma espécie de lanterna furta-fogo, espiando nas caves mais distantes para conferir os rolos de corda como se todos fossem barris de velho vinho do Porto e da Madeira.

Por causa de seu cuidado constante e de suas inexplicáveis estranhezas de homem solteiro, tinha muita dificuldade em reter em seus postos os vários marujos que, de tempos em tempos, eram-lhe enviados como subalternos. Em especial, ele sempre demonstrava o desejo de ter pelo menos um jovem aplicado e impecável, um tanto quanto literato, para cuidar de seus livros contábeis e limpar o arsenal todo dia de manhã. Era uma tarefa detestável ficar preso o dia todo naquele buraco insondável, no meio de cordas velhas alcatroadas e armas e pistolas ignóbeis. Foi com um temor peculiar que um dia notei os olhos esbugalhados de *Old Revolver*, como o chamavam, fixados em mim com um olhar fatídico de boa vontade e aprovação. De algum modo ele ouviu dizer que eu era uma pessoa bem letrada, capaz de ler e escrever com extraordinária facilidade; além disso, que eu era um jovem muito reservado, que mantinha em segundo plano méritos modestos e despretensiosos. Embora fosse verdade que eu me mantinha em *segundo* plano, pela mera consciência de minha situação como marujo de um navio de guerra, eu não tinha nenhuma pretensão de esconder meus méritos discretos em um plano *subterrâneo*. Os olhos arregalados do despenseiro me deixaram em alerta, pois eu temia que ele me arrastasse para a alcatroada perdição de seus paióis medonhos. Esse destino, no entanto, foi providencialmente evitado devido a causas misteriosas que eu jamais compreendi.

31. O OFICIAL DE ARTILHARIA SOB AS ESCOTILHAS

Entre a multidão de personagens notáveis como a que se encontrava a bordo de nossa fragata, a maioria dos quais se movia em círculos misteriosos embaixo do convés mais baixo e de tempos em tempos mostrava-se às nossas vistas como aparições, desaparecendo em seguida durante semanas a fio, havia alguns que despertavam sem medida minha curiosidade, e cujos nomes, funções e moradas eu procurava saber laboriosamente com o intuito de aprender alguma coisa satisfatória sobre eles.

Enquanto eu me ocupava dessas investigações, muitas vezes inúteis ou parcialmente recompensadoras, só tinha de lamentar o fato de não haver um catálogo impresso do *Neversink*, como há nas cidades grandes, contendo uma lista alfabética de todos a bordo e as indicações de seu paradeiro. Além disso, ao me perder nos recônditos escuros e remotos das entranhas da fragata, nas cercanias dos diversos paióis, depósitos e armazéns, lamentava que nenhum marujo empreendedor tivesse tido a ideia de compilar um *Manual do Neversink*, para que os turistas dispusessem de um guia confiável.

Na verdade, sob as escotilhas do navio havia várias partes envoltas em mistério e completamente inacessíveis aos marinheiros. Portas antigas espantosas, fechadas e trancadas por trás de anteparas desbotadas, deviam dar acesso a regiões de muito interesse para exploradores bem-sucedidos.

Pareciam as entradas sombrias de jazigos familiares; quando por acaso via algum funcionário desconhecido usando sua chave para entrar nesses compartimentos inexplicáveis com uma lanterna de emergência, como se cumprissem alguma missão oficial solene, eu quase tremia de vontade de segui-lo para verificar se aqueles jazigos de fato continham as relíquias em decomposição de comodoros e capitães de épocas remotas. Mas a habitação do comodoro e do capitão ainda vivos – suas cabines espaçosas e acortinadas – já eram quase um livro fechado, e eu passava pelas duas com a sensação de um assombro desesperançado, como um camponês diante do palácio de um príncipe. Dia e noite sentinelas armadas vigiavam seus portais sagrados, de alfanje em punho; ousasse eu cruzar seu caminho, seria infalivelmente atravessado pela lâmina, como se estivesse em batalha. Desse modo, embora por mais de um ano habitasse essa caixa de carvalho flutuante, ela ainda continha inúmeras coisas que, até o fim, permaneceram envoltas na obscuridade, ou sobre as quais eu podia apenas me perder em vagas especulações. Eu era como um judeu romano na Idade Média, confinado à judiaria da cidade e proibido de andar fora dos meus limites. Ou como um viajante moderno nessa mesma cidade, obrigado a abandoná-la sem ter obtido acesso a seus pousos mais misteriosos – o santuário íntimo do papa, os calabouços e as masmorras da Inquisição.

Mas, de todas as pessoas e coisas a bordo, quem mais me intrigava e me enchia das mais estranhas sensações de dúvida, receio e mistério era o oficial de artilharia – um sujeito baixinho, atarracado e carrancudo, de barba e cabelo grisalhos e chamuscados, como efeito de pólvora. Sua pele era amarronzada e manchada, como o cano sujo de uma espingarda de caça, e seus olhos fundos ardiam-lhe o rosto como duas chamas azuis. Era ele quem tinha acesso a muitos daqueles recônditos misteriosos dos quais falei. Muitas vezes o víamos atravessar suas portas no escuro, seguido de seus subalternos, os artilheiros ajudantes, como se tramasse acender um rastilho de pólvora para explodir o navio. Lembrei-me de Guy Fawkes[76] e do Parlamento inglês, e fiz uma investigação intensa para descobrir se o oficial de artilharia era católico. Senti alívio quando descobri que não.

Um pequeno incidente que um de seus *segundos* me contou intensificou o interesse sombrio que eu nutria pelo oficial. Disse-me que, em intervalos regulares, seu chefe, o oficial de artilharia, acompanhado de sua falange, entrava no grande paiol de pólvora embaixo da sala dos oficiais – do qual só ele tinha custódia e chave, quase tão grande quanto a chave da Bastilha – e, munido de lanternas, parecidas com aquelas inventadas por *sir* Humphry Davy para minas de carvão, começava a virar de cabeça para baixo todos os barriletes de pólvora e pacotes de cartuchos armazenados nesse recôndito explosivo, completamente revestido de folhas de cobre. Logo na entrada do paiol de pólvora havia vários ganchos com chinelos pendurados, presos no painel; antes de entrar, todos os homens da artilharia removiam silenciosamente os sapatos com medo de os pregos dos saltos criarem uma faísca pela fricção com o solado de cobre. Depois, de chinelo nos pés e entre sussurros abafados, entravam furtivamente no coração do lugar.

Eles viravam os barris de pólvora para preservar sua inflamabilidade. E sem dúvida era uma tarefa que possuía um atrativo lúgubre – estar enterrado tão longe do sol, manipulando barris cheios de pólvora, qualquer um dos quais, se atingido pela mais minúscula das faíscas, tinha força suficiente para mandar pelos ares todo o andar de paióis.

---

76 Guy Fawkes (1570-1606) foi um soldado inglês católico, responsável por guardar os barris de pólvora que seriam usados para explodir o Parlamento em Londres durante uma sessão em 1605, na chamada Conspiração da Pólvora. O objetivo era assassinar os membros da casa e o rei protestante Jaime I da Inglaterra, dando início a um levante católico.

O oficial de artilharia tinha o apelido de *Old Combustibles*[77], embora a mim parecesse um termo nada digno para um personagem tão monumental, que tinha nas mãos a vida de todos.

Enquanto estávamos em El Callao, recebemos do litoral diversos barris de pólvora. Assim que a *lancha* se aproximou com eles, ouvimos ordens de apagar todas as luzes e chamas do navio; em seguida, o mestre-d'armas e os cabos inspecionaram todos os conveses para ver se o mandado havia sido obedecido; uma precaução muito prudente, sem dúvida, mas que não era tomada na Marinha turca. Os marinheiros turcos se sentam no reparo dos canhões e fumam tranquilamente enquanto os barris de pólvora passam rolando por baixo dos cachimbos acesos. Isso mostra o grande bem-estar que existe na doutrina desses fatalistas e como tal doutrina, pelo menos em alguns aspectos, alivia os homens de tensões nervosas. Mas no fundo todos somos fatalistas. E não devemos nos maravilhar tanto com o heroísmo daquele oficial do exército que desafiou seu inimigo pessoal a montar com ele num barril de pólvora – entre os dois seria colocado o estopim – e voarem os dois pelos ares em boa companhia, pois está bem claro que a Terra inteira é uma grande barrica cheia de materiais inflamáveis sobre a qual estamos sempre montados; ao mesmo tempo, não devemos nos maravilhar com o fato de todo bom cristão acreditar que a qualquer momento chegará o último dia, seguido da terrível combustão de todo o planeta.

Como se tocado pela consciência exata do quão terrível era sua ocupação, nosso oficial de artilharia exibia sempre a mesma feição de seriedade, acentuada pelo gris da barba e do cabelo. Mas o que lhe concedia uma aparência sinistra, e o que tanto alimentava minha imaginação a respeito desse homem, era uma cicatriz assustadora que lhe atravessava a testa e a bochecha esquerda. Diziam que ele havia sido ferido quase mortalmente por um corte de sabre durante uma batalha entre fragatas na última guerra com a Grã-Bretanha.

De todos os oficiais da mestrança, ele era o mais metódico, exato e pontual. Entre suas tarefas, pertencia-lhe, enquanto estivéssemos atracados, o dever de observar que, durante certa hora da noite, um dos grandes canhões fosse descarregado desde o castelo

77 Velhos Combustíveis.

de proa, cerimônia cumprida apenas nas capitânias. E sempre no mesmo momento podíamos vê-lo riscando o fósforo para disparar o canhão; com aquele estrondo ressoando nos ouvidos e o cheiro da pólvora no cabelo, ele se recolhia em sua maca para descansar. Que sonhos devia ter!

A mesma precisão podia ser observada quando era dada a ordem de fazer um disparo de advertência para *fazer parar* algum navio; pois, fiéis à sua denominação e reservando-se o direito a aplicá-la mesmo em momentos de paz, todos os navios de guerra são valentões em alto-mar. Eles dominam os pobres navios mercantes e, com uma bala incandescente de canhão assoviando pelos ares sobre o oceano, obrigam-nos a deter o próprio avanço a seu bel-prazer.

Observar o oficial de artilharia supervisionando seus subalternos ao preparar as baterias do convés principal para uma grande salva nacional era o suficiente para nos transformar em homens metódicos para o resto da vida. Enquanto estávamos aportados, recebemos a notícia de uma lamentável desgraça que se abateu em certos altos funcionários do Estado, incluindo o próprio secretário da Marinha americana em exercício, algum outro membro do gabinete do presidente, um comodoro e outros, enquanto testavam uma novíssima máquina de guerra. Assim que recebemos essa triste notícia, chegaram ordens de disparar salvas a intervalos de um minuto em homenagem ao falecido do Departamento Naval. Nessa ocasião, o oficial da artilharia foi mais cerimonioso do que costumava ser, garantindo que os longos canhões de 24 libras fossem totalmente carregados e atacados e, depois, cuidadosamente marcados com giz para serem disparados, numa rotação constante, primeiro a bombordo, depois a boreste.

À medida que meus ouvidos zuniam, que todos os meus ossos dançavam dentro de mim com a reverberação daquele barulho, que meus olhos e nariz quase sufocavam com a fumaça, momento em que vi esse velho e austero oficial de artilharia disparando os canhões com tanta solenidade, pensei que aquele era um modo estranho de honrar a memória de um homem que havia sido morto por um canhão. Apenas a fumaça, que depois de deslizar pelas portinholas, rapidamente se dissipou a sotavento, perdendo-se de vista, parecia um verdadeiro emblema do personagem honrado, posto que a Bíblia, essa grandiosa não combatente, nos garante que a vida não passa de um vapor que logo se desfaz.

32. UM PRATO DE *DUNDERFUNK*

Nos navios de guerra, o espaço no convés superior, que se estende ao redor do mastro grande, funciona como delegacia de polícia, palácio de Justiça e pátio de execuções, onde todas as denúncias são apresentadas, as causas, julgadas e as punições, executadas. No linguajar das fragatas, ser *levado ao mastro* equivale a se apresentar diante de um júri para averiguar se a queixa contra você é verdadeira.

Dado o inclemente e inquisitório assédio que os marinheiros sofrem com frequência *ao pé do mastro*, acusados de alguma infração, o lugar é conhecido por eles como *praça de touros*.

O mastro grande, além disso, é o único lugar onde os marujos podem manter uma comunicação formal com o capitão e os oficiais. Se alguém foi roubado; se alguém foi maltratado; se alguém foi difamado; se alguém tem algum pedido a fazer; se alguém tem algo importante a dizer para o executivo do navio – basta se dirigir ao mastro grande e ficar lá, geralmente com o chapéu na mão, esperando a vontade do oficial do convés de se aproximar para uma conversa. Muitas vezes seguem-se as cenas mais ridículas, com os pedidos mais cômicos.

Uma manhã fria e de céu limpo, enquanto ainda nos distanciávamos do cabo Horn, um marujo de meia-nau, esquelético e descabeçado, natural do Maine, na Nova Inglaterra, apareceu junto ao mastro, com uma aparência triste e segurando uma assadeira escurecida contendo restos da crosta de algum tipo de torta preparada ali.

"O que foi, senhor?", perguntou o tenente do convés, aproximando-se.

"Alguém roubou todo o meu *dunderfunk*, senhor; fui roubado", lamentou com tristeza o marujo do Maine, suspendendo a assadeira.

"Roubaram seu *dundlefunk*? O que é isso?"

"*Dunderfunk*, senhor, *dunderfunk*; um prato tão cruel de bom que é quase um pecado de comer."

"Fale, senhor, qual é o problema?"

"Meu *dunderfunk*, senhor, o mais bonito que já vi, alguém roubou, senhor!"

"Anda logo, seu picareta!", gritou o tenente com raiva, "ou então para de reclamar. Fala logo, qual é o problema?".

"Então, senhor, foram dois caras, Dobs e Hodnose, eles roubaram meu *dunderfunk*."

"Vou perguntar mais uma vez, homem, o que é *dundledunk*? Fala!"

"Um prato tão cruel de bom..."

"Se manda daqui, agora!", e, enquanto murmurava alguma coisa sobre *non compos mentis*[78], o tenente saiu com um andar altivo, enquanto o nativo do Maine, tristonho, bateu em retirada, levantando a assadeira como se fosse um pandeiro e batucando uma melodia lastimosa enquanto saía.

"Aonde vai com essas lágrimas nos olhos feito um rato viajante?", gritou um gajeiro.

"Ah, está voltando para casa", disse outro; "a casa dele fica tão a leste que eles fazem o sol nascer alavancando-o com uma barra de cabrestante".

Para tornar essa piada mais compreensível, seja dito que, no mar, a monótona rotina da carne bovina e suína em conserva servida aos marujos nos ranchos – onde encontramos pouquíssimos produtos da estação – nos induz a adotar vários artifícios para diversificar nossas refeições. Daí os diversos pãezinhos, mexidos e tortas mediterrâneas, pratos bem conhecidos dos marinheiros de guerra – *cozido de boi ou de cordeiro com legumes*, *pão de levedura*, *pães macios e duros*, *mingau de aveia*, *mexidos*, *guisado de almôndegas*, *pudins*, *caldo de ervilha* e, finalmente, o menos conhecido *dunderfunk* –, todos eles classificados sob a denominação geral de *superfluidades*.

O dunderfunk é feito com biscoitos quebrados e triturados, misturados com gordura bovina, melado e água, e assado até dourar. Para quem está longe de quaisquer iguarias encontradas no litoral, esse *dunderfunk*, na expressiva linguagem do marujo do Maine, é certamente um prato "*cruel de bom*".

A única maneira de um marinheiro cozinhar um *dunderfunk* a bordo do *Neversink* era procurar Old Coffee às escondidas, o cozinheiro de bordo, e convencê-lo a colocar a travessa no forno. Como é bem sabido que sempre há um ou outro prato desse tipo no forno, um grupo de glutões inescrupulosos fica sempre de olho esperando a chance de roubá-lo. Geralmente dois ou três sujeitos agem juntos – enquanto um envolve Old Coffee em alguma

78 Expressão em latim que significa "mentalmente incapaz".

conversa interessante a respeito da esposa e da família que deixou em casa, outro surrupia do forno a primeira coisa que consegue apanhar e a passa imediatamente para um terceiro, que desaparece com ela na primeira oportunidade.

Desse jeito o marujo do Maine perdeu seu precioso prato, encontrando depois a assadeira vazia jogada no castelo de proa.

33. A FLAGELAÇÃO

Se começamos o dia com uma risada, podemos terminá-lo com um soluço e um suspiro.

Dos muitos que se divertiram aos montes com a cena entre o marujo do Maine e o tenente, ninguém riu com mais entusiasmo do que John, Peter, Mark e Antone – quatro vigias de boreste. Naquela mesma noite, os quatro acabaram presos no "buque", vigiados por uma sentinela, acusados de ter violado uma lei bastante conhecida no navio – envolveram-se numa daquelas lutas caóticas e generalizadas que costumam acontecer entre os marujos. Depois disso, não poderiam esperar nada menos que uma flagelação, a critério do capitão.

Ao anoitecer do dia seguinte, eles se surpreenderam pela temida chamada do contramestre e seus segundos na escotilha principal – uma chamada que sempre provoca arrepios na espinha de todos os homens a bordo da fragata:

"*Tripulação! Testemunhar castigo!*"

O grito rouco, de um prolongamento implacável, aliado ao fato de ser ouvido em diferentes pontos e transmitido aos compartimentos mais profundos do navio, produz um efeito sinistro em qualquer coração que já não esteja calejado de tanto escutá-lo.

Por mais que queiramos nos manter ausentes da cena decorrente, somos obrigados a contemplá-la – ou pelo menos estar por perto, uma vez que as regras impõem a presença de toda a tripulação, desde o capitão corpulento até o garoto mais insignificante que toca o sino.

"*Tripulação! Testemunhar castigo!*"

Para o marinheiro sensível, tal chamada soa como a própria destruição. Ele sabe que a mesma lei que a impele – a mesma lei pela qual sofrem os culpados do dia – pode julgá-lo e condená-lo a qualquer momento. A inevitabilidade de sua presença na cena, o braço forte que o arrasta em virtude do açoite e o segura ali até o fim, impondo-lhe à alma e aos olhos repugnados o sofrimento e os gemidos daqueles que se tornaram seus amigos, que comeram com ele e dividiram turnos de vigilância com ele – homens que lhe são afins –, tudo isso alude de modo terrível à autoridade onipotente que paira sobre sua vida. Na verdade, para esse homem, as chamadas navais para testemunhar castigos carregam uma sensação parecida com a que acreditamos experimentar os vivos e os mortos ao ouvir a trombeta do Juízo Final, que elevará todos para que contemplem as penas finais infligidas aos pecadores de nossa raça.

Mas não devemos pensar que para todos os marinheiros de guerra essa chamada desperte emoções comoventes. No entanto, é difícil concluir se devemos ficar alegres ou tristes quando esse não é o caso; se é gratificante saber que nos poupamos de tanta dor, ou se é mais triste pensar que, seja por uma insensibilidade basilar ou pelas marcas múltiplas do hábito, centenas de marinheiros de guerra se tornaram imunes aos sentimentos de degradação, compaixão e vergonha.

Como em solidariedade à cena prestes a acontecer, o sol, que no dia anterior se refletia radiante na assadeira do desolado marujo do Maine, agora se punha sobre as águas sombrias, velando-se por trás do vapor. O vento soprava rouco no cordame, as ondas quebravam firmes contra a proa, e a fragata, vacilando à medida que o vento batia nas gáveas, esforçava-se, qual agoniada, para avançar.

"*Tripulação! Testemunhar castigo!*"

Respondendo à chamada, a tripulação se aglomerava em volta do mastro grande; uma multidão lutava ansiosa para conseguir um bom lugar nas antenas e uma vista privilegiada; muitos riam e conversavam, outros analisavam em detalhe o caso dos culpados; alguns exibiam o semblante triste e ansioso, ou carregavam nos olhos uma indignação reprimida; uns poucos mantinham-se propositalmente à distância para evitar a cena; em suma, entre quinhentos homens havia personalidades de todos os tipos.

Todos os oficiais, inclusive os aspirantes, permaneciam reunidos num grupo a boreste do mastro grande; diante de todos estava o primeiro-tenente, e bem ao lado dele o cirurgião, cujo dever especial é estar presente nessas ocasiões.

Em seguida, o capitão saiu de sua cabine segurando um pequeno papel e parou no centro desse grupo solene. O papel continha o relatório diário das transgressões, regularmente deixado sobre sua mesa todos os dias de manhã ou à noite, do mesmo modo que, no horário do desjejum, um jornal diário é colocado junto ao guardanapo dos homens solteiros.

"Mestre-d'armas, traga os prisioneiros", disse ele.

Alguns minutos se passaram, período em que o capitão, agora munido de seus atributos mais terríveis, olhou fixa e severamente para toda a tripulação; imediatamente então abriu-se uma passagem entre a multidão de marujos, por onde os prisioneiros avançaram – de um lado o mestre-d'armas com uma chibata na mão, do outro um fuzileiro armado – e assumiram suas posições ao pé do mastro.

"Você, John; você, Peter; você, Mark; e você, Antone", disse o capitão, "ontem foram flagrados lutando no convés de canhões. Alguma coisa a dizer?".

Mark e Antone, dois sujeitos ajuizados de meia-idade, cuja sobriedade muitas vezes admirei, responderam que não deram o primeiro golpe e que aguentaram coisa demais antes de cederem às emoções; não obstante, como reconheceram que ao final se defenderam, sua justificativa foi rejeitada.

John – um valentão brutal que, ao que parece, provocou todo o tumulto – estava prestes a iniciar um longo discurso de desculpas quando foi interrompido e obrigado a confessar que, independentemente das circunstâncias, ele fizera parte da confusão.

Peter, um camarada bonito de cerca de 19 anos, gajeiro da mezena, estava pálido e trêmulo. Ele era um dos favoritos de sua função e em especial de seu rancho, formado basicamente por rapazes da sua idade. Naquela manhã dois de seus comensais procuraram sua bolsa, pegaram as melhores roupas e, com a permissão da sentinela a postos do "buque", levaram-nas para que as vestisse no momento de se apresentar ao pé do mastro. O objetivo era ganhar as boas graças do capitão, pois a maioria dos capitães adorava ver um marujo alinhado. Mas de nada adiantaria. Para todas as suas súplicas, o capitão se fez de surdo. Peter declarou que havia sido atingido duas vezes antes de devolver o golpe. "Não importa", disse o capitão. “Você acabou batendo em vez de relatar o caso a um oficial. Com exceção de mim, todos aqui estão proibidos de bater nos outros. *Eu* é que bato aqui.

“Pois bem, senhores”, acrescentou, “vocês admitiram a acusação e já conhecem a pena. Dispam-se! Quartel-mestre, os xadrezes estão prontos?”.

Xadrezes são armações quadriculadas de taliscas de madeira geralmente postas sobre as escotilhas. Uma dessas armações havia sido colocada no convés perto da amurada do navio e, enquanto se davam os últimos preparativos, o mestre-d’armas ajudava os prisioneiros a retirar a jaqueta e a camisa. Feito isso, suas camisas eram-lhes jogadas sobre os ombros.

A um sinal do capitão, John, com um olhar desavergonhado, avançou e se colocou passivamente sobre os xadrezes, ao que o quartel-mestre, com a cabeça descoberta e os cabelos grisalhos ao vento, prendeu-lhe os pés às barras transversais e esticou-lhe os braços sobre a cabeça, atando-os à rede de macas. Ele então recuou um pouco e permaneceu em silêncio, esperando.

Enquanto isso, o contramestre, solene, estava do outro lado, com uma bolsa verde na mão, da qual retirou quatro instrumentos de castigo e os entregou aos segundos-contramestres; pois um “gato” novo, aplicado por uma mão nova, é o cerimonioso privilégio concedido a cada culpado em um navio de guerra.

Respondendo a outro sinal do capitão, o mestre-d’armas deu um passo adiante e retirou a camisa do prisioneiro. Nesse momento, uma onda se quebrou contra o costado do navio, respingando-lhe nas costas nuas. Embora estivesse fazendo um frio cortante, John permaneceu imóvel, sem tremer um centímetro sequer.

O capitão levantou o dedo e um dos segundos-contramestres avançou, juntando com a mão as tiras do *gato*; depois, estendendo-as por trás do pescoço, desferiu o golpe com toda a sua força, acertando o alvo em cheio. De novo, de novo e de novo; a cada golpe, os vergões se avermelhavam um pouco mais nas costas do prisioneiro, que apenas baixou a cabeça e continuou imóvel. Enquanto isso, alguns tripulantes começaram a sussurrar entre si, elogiando a força do companheiro; a grande maioria, no entanto, permanecia em silêncio, quase sem respirar, enquanto o açoite mordaz sibilava no ar frio e atingia o alvo com um som metálico e cortante. Depois de doze chicotadas, o homem foi liberado e se uniu à multidão com um sorriso, praguejando: "Que se dane! Isso não é nada pra quem já está acostumado. Quem quer brigar?".

O seguinte foi Antone, o português. A cada golpe ele se debatia de um lado para o outro, despejando uma torrente de blasfêmias involuntárias. Nunca ninguém o ouvira xingar. Quando foi liberado, entrou no meio dos homens jurando que o capitão pagaria com a própria vida. É claro, os oficiais não o ouviram dizer nada.

Mark, o terceiro prisioneiro, não fez mais que se encolher e tossir durante o castigo. Sofria de alguma doença pulmonar. Passou vários dias sem trabalhar depois da flagelação, ainda que o afastamento se devesse parcialmente à sua extrema tormenta mental. Era sua primeira flagelação, que lhe doeu mais pelo ultraje do que pelos ferimentos. Passou o resto da viagem silencioso e taciturno.

O quarto e último foi Peter, gajeiro da mezena. Muitas vezes Peter se gabara de nunca ter sido aviltado no portaló. No dia anterior, suas bochechas estavam rosadas como de costume, mas agora nenhum fantasma seria mais pálido do que ele. Enquanto o prendiam aos xadrezes, e se faziam mostrar os tremores e as contrações de suas costas ofuscantes de tão brancas, ele virou a cabeça, implorando; mas suas súplicas lacrimosas e seus votos de arrependimento de nada adiantaram. O último segundo-contramestre avançou e, ao primeiro golpe, o rapaz, aos gritos de "*Meu Deus! Ó, meu Deus!*", debateu-se e contorceu-se a ponto de deslocar os xadrezes, deixando-se atingir por todo o corpo pelas nove tiras do açoite. Ao golpe seguinte ele berrou, saltou e se enfureceu em razão daquela tortura insuportável.

"Por que parou, segundo-contramestre?", gritou o capitão. "Desce a mão!", e uma dúzia de golpes foi dada.

"Não estou nem aí para o que possa me acontecer agora!", choramingou Peter entrando no meio da tripulação, com os olhos injetados em sangue, enquanto vestia a camisa. "Fui açoitado uma vez, e podem repetir a dose se quiserem. Que venham atrás de mim!"

"Dispersar!", gritou o capitão, e a multidão foi se desfazendo lentamente.

Sejamos caridosos e demos crédito a eles – como o fazemos – quando alguns capitães da Marinha dizem que o que lhes provoca mais repulsa, na rotina do que consideram seu dever, é a administração de punições corporais à tripulação; pois decerto quem não se sentir afetado até os ossos por essas cenas pode ser considerado não um homem, mas uma besta.

Vemos um ser humano despido como escravo e açoitado como se fosse pior do que um cão. E por qual motivo? Por coisas não necessariamente criminosas, mas consideradas como tais por leis arbitrárias.

34. ALGUNS DOS EFEITOS NOCIVOS DA FLAGELAÇÃO

Existem considerações secundárias a respeito do tema da flagelação que fazem desse mal uma grande monstruosidade. Muitos exemplos poderiam ser dados, mas nos contentaremos apenas com alguns.

Um dos argumentos defendidos pelos oficiais da Marinha a favor da punição corporal é este: ela pode ser infligida num instante, não consome um tempo valioso, e, quando o prisioneiro veste a camisa, o assunto *acaba ali*. Ao passo que, se outra punição fosse aplicada, provavelmente ocasionaria uma grande perda de tempo e seria um problema, além de gerar nos marinheiros uma ideia equivocada de sua importância.

Por mais absurdo, ou pior que absurdo, que isso pareça, é a mais pura verdade; e, se partirmos das mesmas premissas desses oficiais, teremos de reconhecer que eles defendem um argumento sedutor. Mas, de acordo com esse princípio, os capitães da Marinha, até certo ponto, fazem uso do açoite – que está sempre à mão – em praticamente todos os níveis de transgressão. Quase não são objeto de discriminação os delitos não reconhecidos por um conselho de guerra. Tudo isso concorda com as leis penais que vigoravam na Inglaterra havia uns sessenta anos, quando o código legal estabeleceu 160 diferentes delitos capitais, e a criada que havia apenas furtado um relógio foi enforcada junto do assassino de uma família inteira.

Uma das punições mais comuns para delitos triviais na Marinha é "cortar" o *grogue* dos marujos por um dia ou uma semana. Como a maioria dos marujos é muito apegada à bebida, perdê-la costuma ser considerado uma penalidade séria. Muitas vezes os ouvimos dizer: "Prefiro que acabem com o ar que respiro a que cortem meu grogue!".

Alguns marinheiros sóbrios preferiam receber o dinheiro equivalente à bebida em vez de consumi-la, como era previsto por lei; muitas vezes, no entanto, eram dissuadidos dessa alternativa por temerem o açoite provocado por algum delito insignificante, em substituição ao corte da bebida. Trata-se de um obstáculo muito sério à causa da temperança na Marinha. Mas, em muitos casos, mesmo o consumo da bebida depois de tanto relutar não isenta da desonra os marujos prudentes, pois, além do uso formal do "*gato*" no portaló devido a algum delito muito pequeno, eles estão sujeitos ao "calabrote", ou açoite feito com corda de enfrechate, aplicado indiscriminadamente – sem despir a vítima – a qualquer momento e em qualquer parte do navio, ao menor gesto do capitão. Por ordem expressa do dito oficial, a maioria dos segundos-contramestres carrega um calabrote enrolado no chapéu, à disposição para ser usado sem aviso prévio sobre qualquer infrator. Esse era o costume no *Neversink*. Até recentemente, na administração do presidente Polk, quando o historiador Bancroft, secretário da Marinha, tomou as rédeas da questão, era quase universal que os oficiais de guarda, por critério próprio, castigassem os marujos, apesar da ordenança que restringia o poder de flagelação apenas aos capitães e aos conselhos de guerra. Tampouco era raro que os tenentes, num rompante de emoções, talvez estimulados pelo álcool ou irritados pela sensação de serem malquistos ou odiados pelos marinheiros, ordenassem que toda uma vigília de 250 homens, na calada da noite, experimentasse a indignidade do calabrote.

Acredita-se que ainda hoje existam exemplos de comandantes que violam a lei, delegando o poder de usar o calabrote aos seus subordinados. Em qualquer caso, é certo que, quase unanimemente, os tenentes da Marinha critiquem com amargura a intromissão de Bancroft ao destituí-los tão substancialmente das funções que haviam usurpado, retirando-lhes das mãos o calabrote. Na época, eles acreditavam que essa interferência impetuosa e extremamente imprudente do secretário acabaria com toda a disciplina na Marinha, o que não aconteceu. *Hoje* esses oficiais acreditam que, se o "gato" for abolido, a mesma previsão antes frustrada logo será confirmada.

A respeito da liberdade com que muitos capitães violam as leis expressas declaradas pelo Congresso para o governo da Marinha, podemos citar um exemplo bem claro. Durante mais de quarenta anos, houve no código legal americano uma lei proibindo os capitães de infligir, por autoridade própria, mais de doze golpes por vez por um único delito. Se mais golpes se fizerem necessários, a sentença deverá passar por um conselho de guerra. Contudo, durante mais ou menos meio século, essa lei tem sido desprezada com frequência, e com uma impunidade quase perfeita, ainda que ultimamente, graças aos esforços de Bancroft e outros, tenha sido mais respeitada do que antes; na verdade, hoje em dia é geralmente respeitada. Ainda assim, enquanto o *Neversink* estava ancorado num porto da América do Sul, durante a viagem aqui descrita, os marinheiros de outra fragata americana nos contaram que seu capitão por vezes infligia, por autoridade própria, de dezoito a vinte açoitadas. Vale dizer que essa fragata era amplamente admirada pelas moças daquele lugar pela aparência muito bem-cuidada. Um dos gajeiros do gurupés me disse que havia gastado três canivetes (registrados em seu nome no livro do comissário) raspando as malaguetas e as braçolas das escotilhas.

É notável que, embora os tenentes da guarda nos navios de guerra americanos usurpassem havia tanto tempo o poder de infligir punições corporais com o *calabrote*, na Marinha inglesa havia pouquíssimos abusos semelhantes, quando havia. E, embora o capitão de um navio armado inglês tenha autorização para infligir, por critério próprio, *mais* de uma dúzia de açoitadas (acredito que sejam três dúzias), é duvidoso que haja atualmente na Marinha inglesa tantas flagelações quanto na Marinha americana. Enquanto ocupava uma cadeira no Congresso, John Randolph de Roanoke, cavalheiresco nascido na Virginia, declarou que a bordo de um navio de guerra americano, no qual viajara para a Rússia como embaixador, testemunhou mais flagelações do que as aplicadas durante dez anos em suas terras, onde trabalhavam mais de quinhentos escravos africanos. Considerando o que vi pessoalmente, é certo que os oficiais ingleses, como regra geral, parecem ser menos malquistos pelos tripulantes do que o são os oficiais americanos. O motivo é que provavelmente muitos deles, por sua posição social na vida, estejam mais acostumados a obedecer, portanto a autoridade a bordo lhes é mais natural. Um homem rústico e vulgar que por acaso alcance a alta patente naval por demonstrar talentos não incompatíveis com a vulgaridade prova que é um tirano para sua tripulação. Os marinheiros de guerra americanos têm observado muitas vezes que os tenentes dos estados do Sul, descendentes dos antigos habitantes da Virginia, são muito menos severos e muito mais gentis e corteses no comando do que os oficiais do Norte, considerados como uma classe.

De acordo com as leis e costumes atuais da Marinha, um marujo acusado dos delitos mais insignificantes e talvez inocente de todos eles pode sofrer, sem julgamento, uma pena cujos traços levará para o túmulo; pois, para o olhar experiente de um marinheiro de guerra, as marcas de uma flagelação naval com um "gato" são perceptíveis por toda a vida. Com essas marcas nas costas, essa imagem de seu Criador deve ascender no Dia do Juízo. No entanto, tão intocável é a verdadeira dignidade que existem casos em que ser flagelado no portaló não é uma desonra, ainda que às vezes o desejo de humilhar e rebaixar os últimos resquícios de orgulho de um marujo que o ofendeu seja o motivo secreto de algum oficial malicioso condenar esse marujo ao açoite. Mas esse sentimento de que a dignidade inata do ser humano deve permanecer intacta, ainda que externamente o corpo carregue cicatrizes até o fim do ciclo natural da vida, é uma das coisas caladas que permanecem ocultas nas profundezas mais sagradas da alma, uma coisa que diz respeito a Deus e a esse ser humano e que jamais poderá ser vista pelo outro, que considera uma degradação aquilo que o olho físico percebe como tal. Quantos tormentos não deve sofrer esse marinheiro que, enquanto suas costas sangram no portaló, sangra pela alma gotas agonizadas de vergonha! Não estamos certos em denunciar incomensuravelmente essa situação? Junte-se a mim, portanto; e em nome daquele Ser a cuja imagem é feito o marujo açoitado, vamos perguntar aos legisladores com que direito eles ousam profanar o que Deus mesmo considera sagrado.

É lícito açoitar um cidadão romano?[79], pergunta o corajoso apóstolo, sabendo perfeitamente, como cidadão romano, que lícito não era. Agora, 1.800 anos depois, é lícito que os senhores, meus concidadãos, açoitem um homem americano? É lícito que o açoitem ao redor do mundo em suas fragatas?

---

79 Palavras do apóstolo Paulo ao ser preso em Jerusalém (Ato dos Apóstolos, 22:25).

É inútil que os senhores apelem, como quem busca uma desculpa, à depravação geral do marinheiro de guerra. A depravação no oprimido não é desculpa para o opressor, mas sim um outro estigma, pois em grande medida ela é o efeito e não a causa e a justificativa da opressão.

35. A FLAGELAÇÃO É ILEGAL

Hoje em dia, é quase uma negligência limitar-se à mera denúncia de uma iniquidade. Que nossa tarefa então seja diferente.

Se existem três coisas opostas ao gênio da Constituição dos Estados Unidos, são elas: a irresponsabilidade de um juiz, a autoridade arbitrária sem limites do poder de execução e a união de juiz irresponsável e poder de execução ilimitado numa mesma pessoa.

Contudo, em virtude de uma disposição do Congresso, todos os comodoros da Marinha americana podem responder pelas três acusações, no que se refere à punição dos marinheiros por supostas contravenções particularmente não especificadas nos Artigos de Guerra.

Eis a disposição:

XXXII. *Dos Artigos de Guerra*. – “Todos os crimes cometidos por pessoas da Marinha, não especificados nos artigos precedentes, devem ser punidos de acordo com as leis e os costumes marítimos para tais casos.”

É esse artigo que, mais que qualquer outro, coloca o açoite nas mãos do capitão, exime-o de explicar seu uso e lhe dá amplos poderes de submeter o marinheiro comum a atos de crueldade que, para os homens de terra firme, seriam praticamente inacreditáveis.

Por esse artigo, o capitão se faz legislador, bem como juiz e executor. Até certo ponto, ele permite que o capitão julgue a seu critério o que deve ser considerado crime e o que merece punição, se uma pessoa acusada é culpada das ações que ele considera criminosas, e como, onde e quando a pena deve ser infligida.

Na Marinha americana, existe uma suspensão permanente do *habeas corpus*. Se houver uma simples alegação de má conduta, não há lei que proíba o capitão de prender um marujo e mantê-lo confinado a seu bel-prazer. Enquanto eu estive no *Neversink*, o capitão de uma corveta americana, sem dúvida por uma rixa pessoal, manteve um marinheiro preso no buque por mais de um mês.

Certamente as necessidades das marinhas exigem para seu governo um código mais rígido do que a lei que governa a terra, mas esse código deveria estar em conformidade com o espírito das instituições políticas do país que o promulga; não deveria converter em escravos alguns dos cidadãos de uma nação de homens livres. Tais objeções não podem ser feitas contra a Marinha da Rússia (não essencialmente diferente da nossa), porque as leis da Marinha americana, ao concentrarem todo o poder na pessoa única do capitão e conferirem-lhe a autoridade de açoitar, têm o mesmo espírito que as leis territoriais da Rússia, que é governada por um autocrata e cujos tribunais infligem o *cnute*[80] aos súditos do país. Mas conosco é diferente. Nossas instituições se dizem baseadas em princípios de igualdade e liberdade política. Apesar disso, a condição de bordo de um marinheiro de guerra americano não mudaria nada se ele fosse transferido para a Marinha da Rússia e convertido em súdito do czar.

Como marinheiro, não goza de nenhuma de nossas imunidades civis; em nenhum aspecto a lei da nossa terra acompanha as madeiras flutuantes que nela cresceram e às quais ele se agarra como se fossem sua casa. Para ele, nossa Revolução foi em vão; para ele, nossa Declaração de Independência é uma mentira.

Talvez não se tenha suficientemente em conta que, embora o Código Naval esteja sujeito à lei marcial, em tempos de paz e nas mil questões que surgem entre homem e homem a bordo de um navio, esse código, até certo ponto, poderia apropriadamente ser considerado municipal. Com uma tripulação de oitocentos ou mil homens, um navio de três conveses é uma cidade no mar. Mas, na maioria dessas questões entre homem e homem, o capitão, em vez de ser um magistrado, aplicando o que promulga a lei, é um governante autoritário que faz e desfaz as leis do jeito que quer.

Veremos que o Artigo XX dos Artigos de Guerra estabelece que, se qualquer pessoa na Marinha executar de maneira negligente as tarefas que lhe são atribuídas, deverá sofrer a punição determinada por um conselho de guerra; mas, quando o infrator é um

---

80 Tipo de chicote usado na antiga Rússia, feito de tiras de couro, com arame ou bolas de metal nas pontas.

soldado raso (marinheiro comum), ele pode, a critério do capitão, ser agrilhoado ou açoitado. Não é preciso dizer que nos casos em que um oficial viola trivialmente essa lei nunca ou quase nunca um conselho de guerra é convocado para decidir a questão; já o marinheiro é imediatamente condenado ao chicote. Desse modo, um grupo de cidadãos do mar fica isento de uma lei que paira pavorosamente sobre outros. O que pensariam nossos compatriotas de terra se o estado de Nova York aprovasse uma lei contra algum delito, fixando uma multa como pena, e depois acrescentasse a essa lei um artigo restringindo sua aplicação penal aos artífices e trabalhadores diaristas, deixando de fora todos os cavalheiros que recebem renda de mil dólares? Não obstante, é com esse espírito que se aplica boa parte das leis navais a que se referem as flagelações.

Mas uma lei deveria ser "universal" e incluir em sua possível aplicação penal o próprio juiz que profere a sentença, ou melhor, o próprio juiz que a interpreta. Tivesse *sir* William Blackstone violado as leis da Inglaterra, teria sido levado aos tribunais que ele mesmo presidiu e lá teria sido julgado, com um promotor que talvez leria para ele trechos de um exemplar de seus próprios *Comentários*.[81] E, se considerado culpado, teria sofrido como o mais desprezível dos súditos, "conforme a lei".

O que acontece numa fragata americana? Basta-nos um exemplo. Segundo os Artigos de Guerra, especialmente o Artigo I, um capitão americano pode, e com frequência o faz, infligir pena severa e degradante aos marinheiros, enquanto ele mesmo se isenta o tempo todo da possibilidade de sofrer desgraça semelhante, e muito provavelmente se isenta de sofrer qualquer tipo de punição, mesmo que seja culpado da mesma infração – como uma briga com seus iguais – pela qual ele pune o outro. No entanto, tanto marujo quanto capitão são cidadãos americanos.

Ora, usando novamente as palavras de Blackstone, existe uma lei "tão antiga quanto a humanidade, ditada pelo próprio Deus, superior em obrigação a qualquer outra, e nenhuma lei humana tem valor se a ela for contrária". Essa lei é a Lei da Natureza, e entre seus

81 *Sir* William Blackstone (1723-1780), jurista inglês cuja obra *Comentários às leis da Inglaterra* foi relevante no desenvolvimento do direito no Reino Unido e também nos Estados Unidos.

três grandes princípios Justiniano inclui o de que "a cada homem se dará o que lhe é devido". Mas temos visto que as leis envolvendo flagelação na Marinha *não* dão a cada homem o que lhe é devido, visto que em alguns casos elas excluem indiretamente os oficiais de quaisquer punições, e em todos os casos os protegem do açoite, que é infligido apenas aos marinheiros. Desse modo, de acordo com Blackstone e Justiniano, essas leis não têm força vinculativa, e cada marinheiro de guerra americano deveria ser moralmente justificado em resistir ao flagelo até o fim, e ao resistir estaria religiosamente justificado no que se denomina, em termos jurídicos, "ato de motim".

Se por qualquer motivo essas leis sobre a flagelação se fizerem necessárias, que sejam vinculantes para todos que, por direito, estejam sob sua influência, e que vejamos um comodoro honesto, devidamente autorizado pelo Congresso, condenando ao chicote um capitão transgressor ao lado de um marujo transgressor. E, se o próprio comodoro for um transgressor, que vejamos um de seus colegas comodoros aplicando-lhe o chicote, do mesmo modo que os segundos-contramestres, algozes da Marinha, costumam ser chamados para açoitar uns aos outros.

Você diria que um oficial naval é um homem, mas que um cidadão nascido nos Estados Unidos, cujo avô talvez o tenha enobrecido derramando sangue em Bunker Hill[82] – você diria, ao servir ao seu país como marinheiro comum e se preparar para combater seus inimigos, que ele perde sua hombridade no momento exato em que mais a afirma? Você diria que, ao agir assim, ele se rebaixa à imputabilidade do açoite, mas, se permanecer em terra em tempos de perigo, está a salvo dessa indignidade? Que nossos estados interligados, que os quatro continentes da humanidade, se unam contra esse pensamento.

Colocamos essa pergunta, então, no cerne de nosso argumento principal. Independentemente de considerações acidentais, afirmamos que a flagelação na Marinha é contrária à dignidade essencial do homem, a qual nenhum legislador tem o direito de violar; que é opressiva e descaradamente desigual em suas aplicações; que é

82 Confronto militar ocorrido em junho de 1775 entre defensores da independência dos Estados Unidos e soldados ingleses. O Exército inglês perdeu muitos homens, mas saiu vitorioso.

totalmente repugnante para o espírito de nossas instituições democráticas; e mais, envolve uma característica antiga dos piores tempos de uma aristocracia feudal bárbara; numa palavra, a denunciamos como religiosa, moral e imutavelmente *errada*.

Não importa, portanto, quais sejam as consequências de sua abolição; não importa se teremos de desguarnecer nossas frotas, e se nosso comércio, à falta de proteção, será uma presa para os saqueadores; as sublimes advertências da justiça e da humanidade, com uma voz que não deve ser confundida, exigem que a abolição seja feita sem procrastinar – exigem que seja feita agora. Não se trata de uma questão de conveniência material, mas sim do que é *certo e errado*. E, se algum homem ainda tiver coragem de colocar a mão no peito e dizer solenemente que a flagelação é correta, que esse apóstata sinta uma única vez a força do chicote em suas costas para depois, em sua agonia, pedir que o sétimo céu ateste que o flagelo é *errado*. Em nome da imortal natureza humana, Deus queira que todo homem que defende uma coisa assim seja açoitado no portaló até se retratar.

36. A FLAGELAÇÃO É DESNECESSÁRIA

Mas Jaqueta Branca está pronto para sair do topo de um princípio eterno e combatê-los, comodoros e capitães da Marinha, no tombadilho de vocês, com as armas de vocês e no ritmo de vocês.

Isentos do açoite, juram pela Bíblia que o castigo é indispensável para os outros; juram que, sem ele, não se pode manter a disciplina em nenhum navio armado. Mas agora, impressa diante da cara de vocês, oficiais, está a prova de que estão totalmente errados.

"Leve esses caras para o Collingwood", dizia lorde Nelson, "e *ele* vai dar um jeito neles". Palavras daquele renomado almirante, quando seus oficiais lhe relataram que alguns marinheiros da frota estavam totalmente fora do controle. "Leve esses caras para o Collingwood." E quem era Collingwood para transformar em sujeitos dóceis esses marujos rebeldes que não entraram nos eixos depois de serem presos e açoitados?

Quem era o almirante Collingwood, um herói histórico, a própria história dirá; e as bandeiras capturadas em Trafalgar, em qualquer salão triunfal em que estiverem penduradas, jamais deixarão de tremular ante a menção de seu nome. Mas quem era Collingwood como disciplinador a bordo dos navios que comandava talvez precise ser dito. Era, pois, um oficial que tinha aversão a todo tipo de punição corporal; um oficial que, apesar de passar mais tempo na ativa do que qualquer outro oficial naval da Marinha de sua época, governou durante anos sem encostar as mãos no açoite.

Mas seus marinheiros devem ter sido santos dos mais exemplares para se portarem com docilidade sob um governo tão clemente. Eram santos? Respondei vós, presídios e abrigos de toda a Grã-Bretanha, que, na época de Collingwood, foram varridos de todos os pobres e delinquentes para guarnecer de homens as frotas de Sua Majestade.

Ou mais, *aquele* foi um período em que todos os recursos da Inglaterra foram sobrecarregados de impostos; quando as árvores das florestas do país, agora erguidas ao mar, foram quase transplantadas para os mastros de suas frotas cada vez maiores; quando os recrutadores da leva inglesa abordavam não só os navios estrangeiros em alto-mar e a ponta dos molhes nos portos estrangeiros, mas também os próprios navios mercantes na embocadura do rio Tâmisa e as casas que ladeiam suas margens; quando os ingleses eram golpeados e arrastados para a Marinha, como gado ao matadouro, despertando-lhes uma irritação mortal e uma rebeldia feroz contra o serviço que punha assim suas cabeças relutantes na mira dos canhões inimigos. *Essa* era a ocasião e *esses* eram os homens que Collingwood comandava sem açoite.

Sei que se costuma dizer que lorde Collingwood começou infligindo punições severas e depois comandou seus marujos pela mera lembrança de um terror passado, que ele podia reanimar quando bem quisesse; e que seus marinheiros sabiam disso, daí o bom comportamento sob um comando leniente. Mas, reconhecendo que essa afirmação seja verdadeira, como é possível que *tantos* capitães americanos, depois de infligirem punições tão severas como as que Collingwood poderia ter autorizado, também não tenham sido capazes de manter a boa ordem sem flagelações posteriores, depois de mostrar para a tripulação os atributos terríveis que tinham em mãos? Mas é notório, e trata-se de algo que eu mesmo *sabia* ter acontecido em diversas ocasiões, que na Marinha americana a punição corporal era mais severa justamente onde era aplicada com mais frequência.

Mas é incrível que tripulações como as de lorde Collingwood – compostas, em parte, pelos sujeitos mais desesperados, a escória das cadeias – pudessem ser governadas pela simples *memória* do açoite. Alguma outra influência deve ter sido usada, sobretudo, é claro, a influência exercida por uma mente poderosa e uma forte projeção, intrépida e determinada, sobre uma multidão diversificada.

É sabido que o próprio lorde Nelson, por questões políticas, era contra a flagelação, até mesmo depois de testemunhar motins gerados por abusos de governo na Marinha – desconhecidos em nossa época – e que, para o terror de toda a Inglaterra, transformaram-se no grande motim de Nore, uma insurreição que, durante semanas, colocou em risco a própria existência da Marinha britânica.

Devemos, no entanto, retroceder nessa questão aproximadamente dois séculos antes, pois é uma dúvida histórica se na época de Robert Blake, o grande almirante de Cromwell[83], a flagelação acontecia no portaló de suas vitoriosas frotas. E, como não podemos retroceder além de Blake no que se refere a esse tema, tampouco podemos avançar para além de nossa época, que nos mostra o comodoro Stockton, durante a guerra recente com o México, comandando a esquadra americana no Pacífico sem fazer uso do açoite.

Se de três famosos almirantes ingleses, um abominava o açoite, o outro governava seus navios quase sem usá-lo e o terceiro supostamente não o conhecia, enquanto um comandante americano, mais ou menos no mesmo ano, conseguiu manter a boa disciplina de uma esquadra inteira, em tempos de guerra, sem usar o flagelo a bordo, que conclusões inevitáveis não podemos tirar, e quão desastrosas para a mentalidade de todos os defensores da flagelação naval que por acaso sejam oficiais da Marinha.

Não pode ter escapado ao discernimento de qualquer observador da humanidade que, na presença de seus inferiores convencionais, uma autoridade consciente de sua imbecilidade muitas vezes busca escondê-la recorrendo a uma severidade despótica. A quantidade de flagelações a bordo de um navio de guerra americano se dá, em

83 Robert Blake (1599-1657) foi um almirante inglês, um dos principais comandantes da Marinha do Commonwealth sob Oliver Cromwell (1599-1658).

muitos casos, em proporção direta à incapacidade profissional e intelectual dos oficiais no comando. Nesses casos, portanto, a lei que autoriza a flagelação apenas coloca um açoite nas mãos de um tolo, o que temos visto nos exemplos mais calamitosos.

Consta nos registros históricos que alguns navios de guerra americanos caíram nas mãos do inimigo por causa da insubordinação dos tripulantes, provocada pela crueldade insana de seus oficiais – homens tão amparados pela lei que podiam infligir sua crueldade sem nenhum limite. Também não faltam exemplos de marujos que fugiram com os navios, como no caso de *Hermione* e *Danae*, e se livraram para sempre dos castigos atrozes dos oficiais sacrificando suas vidas à fúria deles.

Acontecimentos desse tipo chamaram atenção do povo britânico na época. Mas era um assunto delicado, e o governo estava ansioso para silenciar a comoção pública. Não obstante, sempre que a questão era discutida em particular, esses terríveis motins, aliados à insubordinação, na época habitual, dos homens da Marinha, eram universalmente atribuídos ao sistema exasperante da flagelação. E a necessidade do flagelo, acreditava-se, era diretamente atribuída ao recrutamento forçado de uma multidão de homens insatisfeitos. Nos postos elevados, dizia-se que, se de todo modo a frota inglesa pudesse ser provida de homens sem recorrer a medidas coercitivas, a necessidade de flagelação acabaria.

"Se abolirmos o recrutamento forçado ou a flagelação, a abolição de uma ou outra será uma consequência natural." É o que dizia a *Edinburgh Review* num período posterior, 1824.

Ora, se a necessidade de flagelação na Armada britânica era atribuída somente ao recrutamento forçado dos marujos, que razão mais vaga pode existir para que essa barbaridade continue sendo exercida no serviço americano, que está totalmente isento da vergonha que é o recrutamento forçado?

É verdade que, durante um longo período em que não havia recrutamento forçado, e até a presente data, a flagelação era, e ainda é, legal na Marinha inglesa. Mas em assuntos como esse a Inglaterra não deveria representar nada para nós além de um exemplo a ser evitado. Tampouco deveriam os legisladores sábios se deixar influenciar por precedentes e concluir que, como o açoite é usado há tanto tempo, deve haver nele alguma virtude. Não. O mundo chegou a um momento em que é sábio homenagear os possíveis precedentes do futuro em detrimento daqueles do passado. O passado está morto, não tem ressurreição; já o futuro é dotado de tal vida que existe para nós mesmo na antecipação. O passado é, em muitos aspectos, inimigo da humanidade; o futuro é, em todos os aspectos, nosso amigo. No passado não há esperança; no futuro há tanto esperança quanto fruição. O passado é o manual dos tiranos; o futuro é a Bíblia dos homens livres. Quem se deixa governar apenas pelo passado é como a esposa de Ló, cristalizada no ato de olhar para trás, para sempre incapaz de olhar adiante.

Vamos então deixar que o passado dite as leis da inalterável China; vamos relegá-lo aos legitimistas chineses da Europa. Quanto a nós, teremos outro capitão para nos governar, esse capitão que sempre marcha na frente das tropas incitando-as a avançar, em vez de se demorar na retaguarda, impedindo que marchem devido ao peso da bagagem de antigos precedentes. *Isso* é o passado.

Mas em muitos aspectos nós, americanos, somos levados a rejeitar as máximas do passado ao vermos que em pouco tempo a vanguarda das nações será nossa por direito. Há ocasiões em que a América deve criar precedentes, e não obedecer a eles. Deveríamos, se possível, ser um professor para a posteridade, e não o aluno de gerações passadas. Depois de nós virão mais do que os que nos precederam; o mundo ainda não chegou à meia-idade.

Em tempos antigos, depois de escapar da escravidão, o povo de Israel não seguiu os costumes dos egípcios. A ele foi dado uma dispensa explícita, a ele foram dadas novas coisas sob o sol. E nós, americanos, somos o povo peculiar, o povo escolhido – somos Israel de nossa era; levamos a arca das liberdades do mundo. Setenta anos atrás escapamos da servidão, e além do nosso direito nato – abarcar um continente inteiro –, Deus nos deu, como herança futura, os amplos domínios dos pagãos políticos, que chegarão e se deitarão à sombra de nossa arca, sem que para isso se ergam mãos ensanguentadas. Deus predestinou grandes coisas de nossa raça – a humanidade as espera –, e grandes coisas nós sentimos na alma. O resto das nações logo ficará para trás. Somos os pioneiros do mundo; somos a vanguarda, enviada através da selva das coisas incólumes para abrir caminhos no Novo Mundo que nos pertence. Na nossa juventude está nossa força; na nossa inexperiência, nossa sabedoria. Num momento em que outras nações apenas ceceiam, nossa voz intensa é ouvida ao longe. Há muito tempo somos céticos quanto a nós mesmos e duvidamos se de fato havia chegado um messias político. Mas ele veio *em nós*, que só temos de expressar seus conselhos. Devemos sempre nos lembrar de que conosco, quase pela primeira vez na história da Terra, o egoísmo é uma filantropia sem limites; pois não podemos fazer um bem para a América, mas damos esmolas para o mundo.

37. UM "LONDON DOCK" ENVELHECIDO, DE QUALIDADE SUPERIOR, DIRETO DAS ADEGAS DE NETUNO

Acabávamos de entrar numa zona de clima agradável, mais perto dos trópicos, quando um acontecimento que atraiu eloquentemente o paladar de muitos marujos lançou toda a tripulação num estado de admirável agitação.

Um gajeiro na verga da gávea do traquete gritou que havia oito ou dez objetos escuros flutuando no mar, a cerca de três pontos da proa de sotavento.

"Desviar três pontos!", gritou o capitão Claret para o quartel-mestre que controlava o navio.

E assim, com todas as baterias e todos os paióis, e mais quinhentos homens e sua bagagem, camas e provisões, ao menor movimento de uma roda de mogno, nossa arca fortificada para a batalha afastou-se dos desconhecidos com a mesma facilidade que um garoto vira para a direita ou para a esquerda ao perseguir insetos no campo.

Logo depois, o gajeiro da gávea anunciou que os objetos escuros eram barris. Na mesma hora todos os gajeiros forçaram os olhos na esperança delirante de finalmente quebrar a longa *abstinência de grogue*, ainda mais pelo que parecia ser quase uma intervenção milagrosa. Era curioso que mesmo sem saber o conteúdo dos barris eles pareciam certos de que as aduelas continham o que desejavam.

As velas foram reduzidas, nosso avanço foi interrompido e um escaler foi arriado, seguindo ordens para rebocar para o costado a frota de desconhecidos. Os homens correram para os remos cheios de gana, e em pouco tempo havia cinco pipas flutuando junto às amarras. Lançamos as eslingas ao mar e içamos as pipas, retirando-as da água.

Era uma cena que despertaria volúpia nos olhos de Baco e seus adoradores. Os barris eram de um verde intenso e estavam tão encobertos por algas marinhas e minúsculos cirrípedes e crustáceos que demorou para encontrarmos os botoques; pareciam *tartarugas marinhas gigantes*, velhas e veneráveis. Ninguém poderia dizer quanto tempo estavam à deriva, navegando para melhorar o sabor de seu conteúdo. Devem ter caído ao mar enquanto alguém tentava desembarcá-los em terra ou transportá-los para algum navio mercante. É o que concluímos pelas cordas que os uniam ao comprido e que, de determinado ângulo, faziam-nos parecer um pedaço de uma serpente do mar. Foram *arriados* no convés de canhões, onde as sentinelas mantinham afastada a multidão curiosa enquanto chegava o tanoeiro com suas ferramentas.

"Vamos arrancar essa rolha e espichar isso aí!", gritou empolgado o tanoeiro, de talhadeira e martelo na mão.

Depois de retirados os crustáceos e o musgo, descobriu-se uma espécie de concha plana, parecida com uma ostra da Califórnia, grudada em cima de um dos botoques. É claro, aquele crustáceo havia se alojado ali, colocando o próprio corpo sobre o orifício, para preservar melhor o precioso conteúdo do barril. Os espectadores prenderam a respiração quando o tonel foi inclinado com a boca virada sobre um recipiente de latão. O que sairia dali? Água salgada ou vinho? Uma maré púrpura vibrante sanou todas as dúvidas, e o tenente encarregado de prová-lo, estalando os lábios satisfeito, disse que era do Porto!

"Do Porto!", gritou Mad Jack, "sem erro!".

No entanto, para surpresa, pesar e consternação dos marujos, chegou uma ordem do tombadilho para "levar os desconhecidos para o porão principal!". O procedimento gerou todos os tipos de crítica ao capitão, que, é claro, havia dado a ordem.

Devo dizer aqui que, na viagem de ida, o *Neversink* havia aportado na ilha da Madeira, e lá, como costuma acontecer nos navios de guerra, o comodoro e o capitão se abasteceram de um considerável estoque de vinhos, que seriam servidos em suas mesas e para os visitantes estrangeiros. Embora o comodoro fosse um sujeito pequeno e magro, que evidentemente esvaziava poucos copos, o capitão Claret era um homem corpulento, de pele avermelhada, cujo pai havia lutado na batalha de Brandywine[84] e cujo irmão comandara a famosa fragata de mesmo nome, em homenagem ao combate. Toda a sua aparência deixava evidente que o próprio capitão Claret havia lutado muitas batalhas de Brandywine em terra firme para honrar a memória de seu progenitor e comandado no mar, sem derramar sangue, muitas ações de Brandywine.

Foi com sinais de irritação, portanto, que os marinheiros discutiram a conduta mesquinha do capitão Claret ao se interpor entre eles e a Providência, por assim dizer, que por uma sorte inesperada, diziam, parecia inclinada a aliviar suas necessidades, enquanto o próprio capitão Claret, com uma adega inesgotável, esvaziava suas garrafas de madeira quando queria.

Mas no dia seguinte toda a tripulação foi arrebatada pelo velho e conhecido rufar do tambor – que há tanto tempo não se ouvia –, convocando todos os marujos para o grogue.

Depois disso, o vinho foi servido duas vezes ao dia até se esgotarem os barris.

38. O CAPELÃO E A CAPELA EM UM NAVIO DE GUERRA

O dia seguinte era domingo; um fato registrado no calendário, apesar da máxima dos marinheiros mercantes de que *não há domingos em alto-mar*.

Não há domingos em alto-mar, é verdade! Não há domingos a bordo! Poderíamos também dizer que não há domingos nas igrejas; afinal, os barcos não são inspirados nas igrejas? Eles não têm pináculos – três torres? Sim, e no convés de canhões, um sino e um campanário? E esse sino não repica alegremente todo domingo de manhã, convocando a tripulação às orações?

---

84 A batalha de Brandywine, ocorrida em 11 de setembro de 1877 na região do rio de mesmo nome, na Pensilvânia, fez parte da Guerra de Independência dos Estados Unidos e foi vencida pelos britânicos. Melville faz aqui vários trocadilhos com a palavra "*Brandywine*" (junção de *brandy*, um destilado de vinho, e *wine*, vinho) e os hábitos de consumo de bebida do capitão Claret.

Em qualquer caso, na nossa fragata havia domingos e também havia um clérigo. Um homem esguio, de meia-idade, conduta amável e fala impecável; mas eu diria que seus sermões não eram muito adequados para beneficiar a tripulação. Ele havia bebido da fonte mística de Platão, havia sido influenciado pelos alemães, e digo ainda que o próprio Jaqueta Branca o via com um exemplar do *Biographia literaria*, de Coleridge, nas mãos.

Imagine agora esse ser divino e transcendental no convés, atrás de um reparo de canhão, falando para quinhentos pecadores do mar sobre os fenômenos psicológicos da alma e sobre a necessidade de os marujos de salvá-la a todo custo. Prolongava-se na insensatez dos filósofos antigos; aludia em tom erudito ao *Fédon*, de Platão; expunha as loucuras do comentário de Simplício sobre *Do céu*, de Aristóteles, levantando contra aquele inteligente autor pagão argumentos do admirado tratado de Tertuliano – *De praescriptione haereticorum* –, e concluía com uma prece sânscrita. Era particularmente duro em relação aos gnósticos e marcionitas do segundo século da era cristã; mas nunca, nem da maneira mais remota, atacava os vícios cotidianos do século XIX, nitidamente ilustrados no mundo de nosso navio de guerra. Sobre as bebedeiras, as lutas, a flagelação e a opressão – coisas implícita ou explicitamente proibidas pelo cristianismo – ele jamais disse palavra. No entanto, o poderosíssimo comodoro e o capitão se sentavam diante dele; em geral, quando o Estado faz parte do público da igreja numa monarquia, pouca devoção evangélica será pregada. Desse modo, as obscuridades evasivas e inofensivas do capelão não eram de admirar. Ele não era um Massillon para vociferar como um trovão sua retórica eclesiástica, mesmo quando um Luís, o Grande, estava sentado no trono em sua congregação. Tampouco os capelães que pregavam no tombadilho de lorde Nelson aludiam ao culpado Félix, ou a Dalila, nem discutiam em termos práticos a justiça, a temperança e o juízo por vir quando aquele renomado almirante se sentava, de espada a tiracolo, diante deles.

Durante esses discursos de domingo, os oficiais sempre se sentavam em círculo ao redor do capelão e, com um ar sério e formal, mantinham com firmeza a máxima compostura. Nosso velho comodoro, em particular, fazia questão de parecer intensamente doutrinado, e não havia um único marujo que não acreditasse que o comodoro, sendo o mais elevado dos presentes, fosse o único capaz de compreender as frases místicas que saíam da boca de nosso pároco.

De todos os nobres senhores da praça-d'armas, esse lorde espiritual, com exceção do comissário, tinha a máxima consideração do comodoro, que conversava frequentemente com ele de maneira íntima e confidencial. Se pararmos para refletir, isso também não é de admirar; afinal, em todos os governos despóticos, é conveniente que trono e altar se deem as mãos.

As instalações de nossa capela eram muito simples. Não havia lugar para se sentar além dos soquetes de canhão e das barras do cabrestante, apoiadas horizontalmente sobre caixas de munição. Esses assentos eram extremamente desconfortáveis, pois desgastavam nossas calças e nosso humor, e sem dúvida impediam a conversão de muitas almas valiosas.

Para dizer a verdade, os marinheiros de guerra, em geral, constituem um péssimo público nessas ocasiões e usam de todos os meios para evitá-las. Muitas vezes os segundos-contramestres eram obrigados a mandar os homens para o trabalho, ocasiões em que, como em qualquer outra, esbravejavam violentos.

"Às orações, seus m–s! Às orações, seus inúteis, às orações!", exortação eclesiástica à qual o capitão Claret muitas vezes se juntava.

Nessas horas, Jack Chase costumava se divertir: "Vamos lá, rapazes, não demorem", dizia ele; "vamos lá ouvir o padre falar do lorde grande almirante Platão e do comodoro Sócrates".

Numa ocasião, no entanto, houve uma séria objeção a esses chamados. Um marinheiro notavelmente circunspecto, ainda que fanático, proeiro da âncora de salvação – a cujas devoções privadas devo me referir depois –, levantou o chapéu para o capitão e disse, respeitosamente: "Senhor, eu sou batista; o capelão é da Igreja Anglicana; nossa forma de culto é diferente, não temos a mesma crença e é contra meus princípios seguir seu ministério. Peço permissão, senhor, para *não* participar da cerimônia no tombadilho".

"Você tem permissão, senhor", disse o capitão, com arrogância, "para obedecer às leis do navio. Se não participar das orações aos domingos, sabe bem qual é o castigo".

De acordo com os Artigos de Guerra, o capitão estava certíssimo; mas, se uma lei que exige que um cidadão americano participe de uma cerimônia religiosa contra sua vontade é a mesma lei que respeita o estabelecimento da religião, isso quer dizer que os Artigos de Guerra são, nesse aspecto, opostos ao que diz a Constituição dos Estados Unidos, que expressa claramente: "O Congresso não poderá fazer nenhuma lei concernente ao estabelecimento de uma religião ou proibindo seu livre exercício". Mas esse é apenas um dos pontos em que os Artigos de Guerra divergem desse documento. Falaremos disso em outro momento da narrativa.

O motivo que impulsiona a introdução de capelães na Marinha não pode senão ser bem-recebido pelos cristãos. Mas o fato de os capelães serem encontrados nos navios de guerra não quer dizer que, no sistema atual, eles possam fazer algum bem, tampouco que o fariam em qualquer outro.

Como podemos esperar que a religião da paz floresça num castelo de guerra feito de carvalho? Como podemos esperar que o padre, cujo púlpito é um canhão de 42 libras, converta pecadores a uma fé que os incita a oferecer a face direita depois de levar uma pancada na esquerda? O que devemos esperar quando sabemos que, de acordo com o Artigo XXVII dos Artigos de Guerra, ainda em vigor no sistema legal, "uma recompensa de 20 dólares será paga" (a oficiais e tripulação) "pelo governo dos Estados Unidos a cada pessoa a bordo de um navio inimigo naufragado ou destruído por qualquer navio americano", e quando sabemos que um parágrafo posterior (7) dispõe que, entre outras partilhas, o capelão receberá "dois vigésimos" do valor pago por afundar e destruir navios cheios de seres humanos? Como podemos esperar que um padre, recompensado dessa maneira, seja eficaz ao falar da criminalidade de Judas, que traiu o próprio mestre por trinta moedas de prata?

Ainda que, em cumprimento às normas da Marinha, cada rancho a bordo do *Neversink* tivesse uma Bíblia, essas bíblias eram raramente ou nunca vistas, exceto aos domingos de manhã, quando o costume exige que sejam exibidas pelos cozinheiros dos ranchos, momento em que o mestre-d'armas faz sua inspeção na coberta. Nessas horas elas costumavam ser vistas em cima de uma caçarola polida e brilhante sobre a tampa do baú.

Apesar de tudo isso, costuma-se confiar no espírito cristão dos marinheiros de guerra, bem como em sua disposição para colaborar com iniciativas piedosas. Quando o *Neversink* estava aportado, e com o apoio direto do capelão, era comum que circulassem panfletos pedindo doações entre a tripulação. Um dos pedidos tinha o propósito de financiar a construção de uma capela de marinheiros na China, outro era para pagar o salário de um distribuidor de opúsculos religiosos na Grécia, e um terceiro para arrecadar fundos em prol de uma Sociedade Africana de Colonização.

Sendo o próprio capitão um homem ético, ele é um capelão muito melhor para seus marujos do que qualquer clérigo. Há exemplos desse tipo em corvetas e brigues armados, onde não é permitida a presença regular dos capelães. Conheci uma tripulação calorosamente apegada a um comandante naval digno de seu amor, cujos marujos se reuniam de boa vontade quando chamados à oração; e, quando o capitão lia para eles a liturgia da Igreja da Inglaterra, formavam uma congregação insuperável, no que se refere à dedicação e devoção, por qualquer igreja escocesa. Parecia uma oração em família em que o chefe da casa é o primeiro a se confessar diante do Criador. Nosso coração, no entanto, é nosso melhor santuário, e os capelães que mais podem nos ajudar somos nós mesmos.

39. A FRAGATA NO PORTO – OS BOTES – A MAGNÍFICA RECEPÇÃO DO COMODORO

Em boa hora atingimos o paralelo do Rio de Janeiro. Ao nos aproximarmos do litoral, a neblina logo se dissipou e avistamos lá no alto o famoso Pão de Açúcar, para o qual apontava diretamente nosso gurupés.

Enquanto deslizávamos para o ancoradouro, os músicos de vários navios de guerra aportados nos saudaram com seus hinos nacionais e educadamente baixaram suas bandeiras. Nada supera a etiqueta cortês desses navios, não importa quais sejam suas nacionalidades, ao cumprimentar seus irmãos, e o mais notável duelista costuma ser o mais educado.

Passamos várias semanas no Rio, munindo-nos demoradamente de provisões e preparando a viagem de volta. Mas ainda que o Rio seja uma das baías mais magníficas do mundo; ainda que a própria cidade contenha muitas coisas extraordinárias; e ainda que muita coisa possa ser dita do Pão de Açúcar e do morro dos Sinais[85]; da pequena ilhota de Lúcia[86]; da fortificada ilha das Cobras (embora as únicas víboras e serpentes encontradas hoje nos arsenais sejam grandes canhões e pistolas); o Nariz de Lorde Hood[87] – uma protuberância elevada que, segundo os marujos, lembrava o nariz em forma de concha desse nobre senhor; a praia do Flamengo – uma praia sublime que recebeu esse nome por ter sido, no passado, recanto desse suntuoso pássaro; a charmosa enseada de Botafogo, que, apesar do nome, é tão atraente quanto Laranjeiras, o bairro vizinho; o verde morro da Glória, encimado pelos campanários da majestosa igreja de Nossa Senhora da Glória; o convento beneditino nas redondezas, cinza-escuro; o Passeio Público, um parque encantador; os arcos sobre arcos do Aqueduto da Carioca; o Palácio Imperial; os Jardins da Imperatriz;[88] a encantadora igreja da Candelária; e o trono dourado sobre rodas, puxado por oito sedosas mulas com sinos de prata, no qual Sua Majestade Imperial é conduzida da cidade à vila mourisca de São Cristóvão – sim, ainda que muita coisa possa ser dita disso tudo, devo me conter, se me permitem, e me concentrar no devido assunto: *o mundo em um navio de guerra*.

Contemple agora o *Neversink* sob um novo aspecto. Com todas as suas baterias, é um navio tranquilo parado no porto, cercado por vasos de guerra ingleses, franceses, alemães, portugueses e brasileiros, todos de 74 canhões, ancorado em águas de um verde intenso, a sotavento dessa massa de rocha alongada e fortificada, a ilha das Cobras, que, com suas vigias e seus mastros altíssimos, parece outro navio de guerra bem ancorado na baía. Mas o que é uma fortaleza insular, afinal, senão uma porção de terra cercada de ameias, que penetra no mar desde os Gibraltares e Quebecs do mundo? E o que é uma fortaleza em terra firme senão alguns

---

85 *Signal Hill* aparece em relatos de viagem da época como um morro que ficava à direita do Pão de Açúcar.

86 Melville refere-se provavelmente a uma ilhota próxima ao Forte de Santa Cruz, na qual fora construído, segundo outros documentos da época, o Forte Lúcia.

87 *Lord Hood's Nose* era o nome dado por navegadores ingleses à pedra da Gávea, em referência ao proeminente nariz do almirante lorde Samuel Hood (1724-1816).

88 Palácio Imperial e Jardins da Imperatriz referem-se ao atual Palácio de São Cristóvão, na Quinta da Boa Vista.

conveses de um navio de linha transportados para a costa? São todas a mesma coisa – todas, como o rei Davi, navios de guerra desde a juventude.

Sim, contemple agora o *Neversink* fundeado no porto, com uma aparência em muitos aspectos diferente da que oferecia no mar. Nem a rotina da vida a bordo é a mesma.

No mar os marujos têm mais tarefas a cumprir e menos tentações para transgredir a lei. Já no porto, a não ser quando se envolvem com algum serviço particular, eles levam uma vida das mais ociosas, incitados por todos os fascínios da costa, ainda que talvez nunca venham a pisar naquelas terras.

A não ser que por acaso pertença a um dos diversos botes que, em um navio de guerra ancorado, transitam continuamente entre o litoral e a embarcação, você precisa contar com seus próprios recursos para matar o tempo. Dias inteiros muitas vezes se passam sem sermos chamados para levantar um dedo, pois, ainda que na marinha mercante eles façam questão de manter os homens sempre ocupados com uma tarefa ou outra, empregar quinhentos marujos quando não há nada específico para fazer supera por completo a criatividade de qualquer primeiro-tenente da Marinha.

Como acabei de mencionar os numerosos botes usados no porto, devo dizer algo mais sobre eles. Nossa fragata carregava um bote muito grande – tão grande quanto uma pequena corveta – chamado *lanchão*, geralmente usado para transportar madeira, água e outros artigos volumosos. Além disso, levava quatro botes cujo tamanho seguia uma progressão aritmética – o maior era chamado de primeiro escaler, o seguinte, de segundo escaler, depois o terceiro e o quarto escaleres. Levava também a lancha do comodoro, o escaler do capitão e um "barquinho" ou esquife com uma equipe de aprendizes. Todos esses botes, exceto os "barquinhos", tinham tripulações fixas, subordinadas a seus chefes ou timoneiros – *suboficiais* que recebiam um adicional ao salário de marinheiro.

O *lanchão* ficava a cargo dos tritões do tombadilho, que não se preocupavam em nada com as roupas que vestiam, enquanto os outros botes – destinados a tarefas mais elegantes – eram conduzidos basicamente por rapazes mais jovens, verdadeiros dândis quanto à aparência pessoal. Além disso, os oficiais fazem questão de que a lancha do comodoro e o escaler do capitão sejam conduzidos por jovens bem alinhados, que deem orgulho ao seu país e refresquem os olhos do comodoro ou do capitão enquanto seguem tranquilos sentados na popa, e os barqueiros e remadores, conforme o caso, os conduzem até a costa. Alguns marujos adoram se ocupar dos botes e consideram uma grande honra ser o *barqueiro do comodoro*; outros, ao perceberem que não há distinção nenhuma nessa função, não a cortejam tanto.

No segundo dia depois da chegada ao Rio, um dos barqueiros adoeceu e tive temporariamente de ocupar seu lugar, o que para mim não era motivo de preocupação.

"Vamos lá, Jaqueta Branca, ponha uma roupa branca, é o uniforme do bote. Agora você é barqueiro, meu camarada, abra essa cara!" Esse foi o primeiro anúncio que escutei; logo depois, minha nova função foi oficialmente ratificada.

Eu estava prestes a procurar o primeiro-tenente para tratar da escassez do meu vestuário, que me desqualificava completamente para ocupar uma posição tão distinta, quando escutei o corneteiro fazer a chamada ao bote. Sem mais preâmbulos, enfiei-me num casaco limpo, que um colega de rancho tirou do corpo para me emprestar, e pouco depois me vi conduzindo sua Alteza Suprema, o Capitão, a um navio inglês de 74 canhões.

Quando começamos a avançar, o chefe gritou "Remos!", ao que todos os remos foram suspensos no ar, enquanto a lancha do comodoro passou do nosso lado, levando a bordo o próprio dignitário. Ao vê-lo, o capitão Claret retirou o chapéu e o cumprimentou calorosamente, enquanto nosso bote pairava sobre as águas. Mas a lancha não parou, e o comodoro retribuiu com um leve gesto o cumprimento educado que recebeu.

Voltamos a remar e na mesma hora escutei "Remos!" de novo; dessa vez a ordem vinha de outro bote, o segundo escaler, que levava um tenente para a costa. Era a vez de o capitão Claret ser cumprimentado. O escaler parou e o tenente retirou o chapéu; o capitão apenas assentiu e seguimos nosso caminho.

Essa etiqueta naval era muito parecida com a etiqueta da Grandiosa Porta de Constantinopla[89], onde, depois de lavar os pés do

89 Antigo nome dado ao governo do Império Otomano em referência ao grande portão que dava acesso à corte imperial.

sublime sultão, o grande vizir se vinga da humilhação oferecendo os pés para serem lavados por um emir.

Quando subimos a bordo do navio inglês de 74 canhões, o capitão foi recebido com as honras usuais, e a tripulação do escaler foi levada para o convés inferior e recebida hospitaleiramente com algumas bebidas servidas por ordem do oficial do convés.

Pouco tempo depois, os tripulantes ingleses ocuparam seus postos; enquanto se posicionavam junto aos canhões ao longo de todo o convés principal – uma fileira de britânicos robustos, com músculos alimentados à base de carne –, fiquei impressionado com o contraste que havia entre eles e as cenas parecidas a bordo do *Neversink*.

Pois a bordo de nosso navio o que víamos nos "postos" era uma série de caras magros, de rosto esquelético. Por outro lado, não tive dúvida de que, numa batalha marítima, nossos escudeiros de queixo largo seriam como lâminas delgadas de damasco, ágeis e flexíveis, enquanto os britânicos seriam rígidos como espadas medievais. No entanto, todos se lembram da história de Saladino e Ricardo experimentando suas espadas e de como o valente Ricardo partiu em duas partes uma bigorna, ou alguma outra coisa igualmente pesada, enquanto Saladino, com toda elegância, partiu uma almofada, de modo que os dois monarcas ficaram quites – cada um demonstrando a própria excelência – ainda que, para a desgraça de minha analogia, de um ponto de vista patriótico, Ricardo tenha dizimado os exércitos de Saladino.[90]

Por acaso havia um lorde a bordo desse navio – filho mais novo de um conde, me disseram. Era um sujeito de ótima aparência. Aconteceu de eu estar por perto quando ele fez uma pergunta para um irlandês, chefe de canhão; quando o marinheiro respondeu chamando-o descuidadamente de "senhor", o lorde o fuzilou com o olhar, e o marinheiro, levando mil vezes a mão ao chapéu, disse: "Me perdoa, sua excelência, eu quis dizer *milorde*, senhor!".

Agradou-me muito um velho músico de cabeça branca, parado na escotilha principal atrás de um bumbo enorme, golpeando-o com força ao ritmo de *God Save the King!*, ainda que tivesse pouca compaixão para com o couro do instrumento. Dois garotos tocavam

90 Melville refere-se ao embate entre Ricardo Coração de Leão (1157-1199) e o sultão do Egito e da Síria Saladino (1138-1193), durante a Terceira Cruzada.

os pratos, e um terceiro soprava um pífaro, com as bochechas tão estufadas quanto o mais inflado dos pudins de ameixa de sua terra.

Quando voltamos dessa visita, repetiu-se aquela cerimoniosa recepção de nosso capitão a bordo do navio que ele comandava, o que sempre me parecia extremamente divertido.

Em primeiro lugar, enquanto estamos aportados, um dos quartéis-mestres sempre fica posicionado na popa, com uma luneta, para observar todos os botes que se aproximam e noticiá-los ao oficial do convés; além disso, ele também precisa dizer quem está chegando aos botes para que sejam tomadas as devidas providências da recepção. Desse modo, assim que o escaler do capitão tocou o costado, ouvimos o som estridente e vigoroso de um apito, como se alguns garotos estivessem celebrando o Quatro de Julho com uma flauta irlandesa. Quem apitava era um segundo-contramestre que, parado no portaló, fazia as honras pelo retorno do capitão depois de sua longa e perigosa ausência.

Em seguida o capitão subiu lentamente pela escada; avançando com passos firmes entre um "*corredor de marujos*", formado por homens muito bem-vestidos, que faziam caretas assim que o capitão passava, ele foi recebido pelo grupo inteiro de tenentes, todos de chapéu na mão direita e fazendo uma prodigiosa mesura com a mão esquerda sobre o abdômen, levando a perna direita para trás e a mão direita para a frente, como se tivessem acabado de se formar numa escola de dança francesa. Enquanto isso, mantendo uma postura ereta, rígida e inflexível, o capitão tocou levemente o chapéu e seguiu cerimoniosamente para sua cabine, desaparecendo nos bastidores como o fantasma de Hamlet feito em papelão.

Mas essas cerimônias não são nada quando comparadas às homenagens feitas na chegada do comodoro, mesmo que ele vá e volte vinte vezes no mesmo dia. Nessas ocasiões, toda a guarda de oficiais, salvo as sentinelas de plantão, reúne-se no tombadilho e apresenta armas à medida que o comodoro passa, enquanto o comandante faz a saudação militar com a espada, como se executasse gestos maçônicos. Enquanto isso, o contramestre em pessoa – não um *segundo-contramestre* – sopra continuamente seu apito de prata; pois o comodoro nunca é saudado com o apito rude de um subalterno do contramestre; *isso* certamente seria um insulto. Todos os tenentes e aspirantes, além do próprio capitão, formam uma falange e tiram juntos o chapéu; o *corredor de marujos*, agora formado por dez ou doze homens, faz uma imponente demonstração no portaló, enquanto toda a banda, reunida sobre a popa, começa a tocar *See! The Conquering Hero Comes!*[91] Pelo menos essa era a música que nosso capitão sempre pedia, com um gesto, para o chefe da banda, toda vez que o comodoro chegava da costa. Com ela o capitão transmitia seu apreço e reconhecimento ao heroísmo do comodoro durante a última guerra.

Voltando ao escaler do capitão: como não me agradava a ideia de ser um tipo de criado do capitão Claret – uma vez que seus barqueiros costumavam ser chamados para limpar o chão de sua cabine e realizar para ele outras tarefas –, tornou-se meu objetivo pessoal livrar-me o quanto antes da posição em seu bote, e um dia depois de ser chamado para o posto consegui um substituto, que ficou feliz com a oportunidade de assumir a tarefa que eu tanto subestimava.

E assim, com nossas preferências e aversões, a maioria de nós, marinheiros de guerra, nos entendemos harmoniosamente uns com os outros e, pelos nossos pontos de oposição, nos unimos formando um todo coerente, como as partes de um quebra-cabeça chinês. Mas assim como no quebra-cabeça chinês há diversas peças difíceis de encaixar, há alguns colegas infelizes que nunca se encaixam na posição correta, fazendo com que o quebra-cabeça se torne um verdadeiro enigma, pois essa é justamente a condição do maior quebra-cabeça que existe: o mundo dentro de um navio de guerra.

40. ALGUMAS DAS CERIMÔNIAS DESNECESSÁRIAS E INJURIOSAS EM UM NAVIO DE GUERRA

Os cerimoniais dos navios de guerra, alguns já descritos no capítulo anterior, merecem uma reflexão ou duas.

Os costumes gerais da Marinha americana são baseados nos costumes que predominavam na Marinha da monarquia inglesa há mais de um século e que não foram substancialmente alterados

91 "Veja! O herói conquistador vem!", coro que faz parte do oratório *Judas Maccabæus*, do compositor George Frideric Handel (1685-1759).

desde aquela época. E embora tanto a Inglaterra quanto os Estados Unidos tenham se tornado bastante liberais desde então; embora a pompa dos altos cargos agora seja considerada pelos homens mais inteligentes como algo característico do absurdo, do ridículo e do heroico-burlesco; embora a mais verdadeiramente venerável de todas as majestades da Terra, o presidente dos Estados Unidos, possa entrar em casa com o guarda-chuva debaixo do braço, sem que haja uma banda de metais em seu encalço, ou uma guarda militar, e possa se assentar discretamente ao lado do cidadão mais humilde num transporte público; embora esse seja o caso, ainda persistem nos navios de guerra americanos toda a etiqueta empolada e a ostentação infantil da antiquada corte espanhola de Madri. Na verdade, no que se refere ao que está diante de nossos olhos, um comodoro americano é de longe um homem muito mais grandioso do que o presidente de 20 milhões de homens livres.

Mas nós, gente simples da terra firme, ficaríamos muito contentes em deixar esses comodoros em paz com suas flautas irlandesas, seus chocalhos e suas bugigangas, uma vez que parecem ter tanto prazer com essas coisas, não fosse o fato de tudo isso gerar consequências altamente deploráveis para seus subordinados.

Embora praticamente ninguém conteste a obrigação de um oficial naval de se rodear de circunstâncias planejadas para transmitir uma dignidade indispensável à sua posição, não é menos certo que, graças à pompa excessiva que ele atualmente mantém, haja um sentimento, natural e inevitavelmente gerado, de servidão e humilhação no espírito da maioria dos marinheiros que contemplam continuamente um simples mortal como eles prosperando sobre suas cabeças como Miguel Arcanjo dotado de mil asas.

E como todos os oficiais de carreira, de acordo com sua posição hierárquica, incluindo os aspirantes, demonstram essa mesma pompa em relação a seus subordinados, o mal se multiplica proporcionalmente.

Em nada diminuiria o devido respeito dos marinheiros pelos oficiais e a subordinação à sua autoridade se toda essa ostentação inútil – que só contribui para a arrogância dos oficiais, sem beneficiar em nada o Estado – fosse completamente abolida. Mas para isso, nós, eleitores e legisladores, precisamos deixar de ser parciais e influenciáveis.

Aquele ditado sobre *igualar por cima e não por baixo* parece bastante apropriado para quem não consegue ver o absurdo que ele implica. Mas a verdade é que, para atingirmos o nível de igualdade, *devemos* cortar algumas coisas por baixo; afinal, como fazer de cada marinheiro um comodoro, ou como elevar os vales sem preenchê-los com os picos abundantes das montanhas?

Seria demais desejar alguma lei discreta e democrática a respeito dessa questão. E ao rebaixarmos os oficiais navais, pelo menos nesses aspectos, sem afetar sua dignidade e autoridade legítimas, estaremos consequentemente elevando o marinheiro comum sem relaxar sua subordinação, na qual decerto ele deveria se manter.

41. A BIBLIOTECA DE UM NAVIO DE GUERRA

Em nenhum lugar o tempo passa mais devagar do que entre os marinheiros de guerra a bordo de um navio aportado.

No Rio, um dos meus principais antídotos contra o *ennui*[92] era ler. Havia uma biblioteca pública a bordo, mantida pelo governo, e confiada à custódia de um dos cabos - um sujeito baixo, de pele ressecada, com inclinações literárias. Ele havia sido atendente de uma agência dos correios em terra firme, e, tendo se acostumado, por tanto tempo, a entregar cartas quando necessário, agora era o homem que entregava livros. Guardava-os num largo baú na coberta; para procurar um título específico, tinha de virá-lo de cabeça para baixo como um saco de batatas. Isso o deixava irritado e mal-humorado, como o é a maioria dos bibliotecários. Não sei quem selecionava os livros, mas alguns haviam sido escolhidos pelo capelão, que tanto se vangloriava da *alta cavalaria alemã*[93].

O *Livro da natureza*, de Mason Good - um livro muito bom, para dizer a verdade, mas não para o gosto dos marujos -, era um desses títulos; *A arte da guerra*, de Maquiavel, que tratava de uma batalha bem árida; um fólio com os *Sermões*, de Tillotson - a melhor leitura para os clérigos, na verdade, mas de pouco apelo para um

92 Enfado, tédio. Em francês no original.

93 Referência à influência da filosofia alemã no pensamento do inglês Samuel Taylor Coleridge (1772-1834).

gajeiro; os *Ensaios*, de Locke – ensaios incomparáveis, todos sabem, mas uma leitura miserável para ser feita em alto-mar; *Vidas*, de Plutarco – excelentes biografias que comparam gregos e romanos num estilo belíssimo, mas que, para um marujo, não se compara ao *Vidas dos almirantes*[94]; a edição acadêmica das *Lições*, de Blair – um excelente tratado sobre retórica, mas sem nada a dizer sobre expressões náuticas, como "entornar o barril", "passar a trinca do gurupés", "pôr a defensa na baderna" e "dar o nó de ajuste"; e muitos outros tomos valiosos, porém ilegíveis, que devem ter custado uma pechincha no saldão de algum professor universitário.

Mas eu me divertia bastante com alguns poucos autores e títulos antigos, com os quais eu topava em várias partes do navio entre os oficiais inferiores. Um deles era *A história da Argélia*, de Morgan, um velho in-quarto repleto de relatos pitorescos de corsários, prisioneiros, calabouços e batalhas navais que mencionava um velho rei que, no fim da vida, sentia tanto remorso por todas as crueldades e crimes cometidos que não conseguia continuar na cama depois das quatro da manhã, se levantava movido por uma grande tormenta e caminhava para apaziguar suas amarguras antes do desjejum. E outro venerável in-oitavo, contendo um certificado de autenticidade assinado por *sir* Christopher Wren, chamado *O cativeiro em Ceilão, 1681*, de Robert Knox, repleto de histórias supersticiosas sobre o diabo, que supostamente tiranizava aquela terra infeliz. Para o aplacarem, os sacerdotes ofereciam-lhe leitelho, galos vermelhos e linguiças. O diabo corria urrando pela floresta, apavorando tanto os viajantes que os insulares, contrariados, se lamentaram com Knox de que sua terra estava cheia de demônios, não havendo esperança para um eventual bem-estar. Knox jura que ele mesmo ouvira o demônio rugir, embora não lhe tivesse visto os chifres; um barulho terrível, diz ele, como o ladrar de um mastim faminto.

Havia também as *Cartas* de Walpole – sagazes, ousadas e polidas – e alguns volumes com peças, cada um deles guardando um precioso baú de pedras raras – uma vergonha para o que hoje se passa por teatro – contendo *O judeu de Malta*, *O velho Fortunatus*, *A dama da cidade*, *Volpone*, *O alquimista* e outras gloriosas peças da época de Marlowe e Ben Jonson; o Damão e o Pítias da literatura:

94 Referência a *Lives of the British Admirals* (1785), do inglês John Campbell.

os magníficos e adoráveis Beaumont e Fletcher, que, ao lado de Shakespeare, projetavam a longa sombra de sua reputação muito além do vale da posteridade. Que essa sombra jamais se dissipe! Quanto ao santo Shakespeare, que a sua não se estenda mais, pois temo que os comentaristas, como um enxame de gafanhotos, invistam sobre seu texto sagrado e o devorem por inteiro, sem deixar nem os pingos dos is.

Eu diversificava minhas leituras pegando emprestado *Amores dos anjos*, de Moore, com Rose-water, que o recomendava como "o mais encantador de todos", e um cancioneiro negro que continha *Sentado na balaustrada*, *Polpa de quiabo* e *Jim na companhia de Josey*, com Broadbit, um proeiro da âncora de salvação. O lamentável gosto desse lobo do mar ao admirar coisas tão vulgares era muito criticado por Rose-water, que preferia escritos de natureza mais elegante, como demonstrava ao exaltar os méritos literários de *Amores dos anjos*.

Eu não era o único leitor a bordo do *Neversink*. Muitos outros marujos eram leitores aplicados, ainda que seus estudos não fossem das belas letras. Seus autores prediletos podiam ser encontrados nas prateleiras de todo o Fulton Market; eram livros de natureza levemente fisiológica. Minhas experiências livrescas a bordo da fragata são o exemplo de um fato que todo amante de livros deve ter vivido antes de mim: embora as bibliotecas públicas tenham uma atmosfera imponente e sem dúvida contenham títulos inestimáveis, por algum motivo os livros mais agradáveis, gratificantes e que nos fazem mais companhia são aqueles que escolhemos por acaso, aqui e ali; aqueles que parecem colocados na nossa mão pela Providência; aqueles de poucas pretensões, mas que têm muito a oferecer.

42. MATANDO O TEMPO EM UM NAVIO DE GUERRA APORTADO

A leitura não era o único método adotado pelos marinheiros para passar as longas e tediosas horas no porto. A bem da verdade, muitos deles não podiam ler, por mais que quisessem: quando jovens, negligenciaram lamentavelmente suas cartilhas. Mas eles tinham outras ocupações; alguns tinham habilidade com costura e passavam horas confeccionando camisas trabalhadas, bordando no colarinho águias pitorescas, âncoras e todas as estrelas dos estados federados, de modo que, quando terminavam as camisas e as vestiam, podiam dizer que haviam içado as cores americanas.

Outros eram especialistas em *tatuar*, ou *agulhar*, como se dizia nos navios de guerra. Desses tatuadores, dois eram enaltecidos havia muito tempo como mestres exímios da arte. Tinham uma pequena caixa cheia de ferramentas e pigmentos, e cobravam tão caro por seus serviços que, no fim da viagem, dizia-se terem juntado mais de 400 dólares cada um. Sob encomenda, eles *agulhavam* uma palmeira, uma âncora, um crucifixo, uma mulher, um leão, uma águia, ou o que você quisesse.

Os marujos católicos romanos a bordo tinham pelo menos o crucifixo tatuado no braço, por esta razão: se por acaso morressem em terras católicas, teriam garantido um enterro decente em solo sagrado, pois o pároco certamente veria o símbolo da Mãe Igreja em seu corpo. Não acabariam como os marujos protestantes que morriam em El Callao, jogados sob a areia de San Lorenzo, uma ilha vulcânica e solitária perto do porto, cheia de répteis, pois seus corpos não podiam descansar sob a terra mais reconfortante de Lima.

Muitos marujos que não eram católicos desejavam ter o crucifixo pintado no corpo por causa de uma superstição. Dizem – alguns deles – que, se temos essa marca tatuada nos quatro membros, podemos cair no mar em meio a 775 mil tubarões-brancos, todos famintos, e nenhum deles ousaria sequer farejar nosso dedo mindinho.

Tínhamos um gajeiro a bordo que, durante toda a viagem, foi tatuando uma corrente sem fim em volta da cintura, de modo que, quando tirava a camisa, parecia um cabrestante com uma amarra enrolada ao redor. Ele pagou 18 centavos por cada elo da corrente e passou a viagem inteira sofrendo os efeitos das constantes agulhadas – o que quer dizer que pagou muito caro pelo trabalho.

Outra maneira de passar o tempo enquanto estávamos no porto era limpar e polir os *objetos metálicos*; pois devo dizer que, em um navio de guerra, todo marinheiro tem o dever de manter em ordem alguma peça de cobre ou de ferro, de um tipo ou de outro – como as criadas cuja tarefa é polir com mestria as maçanetas do portão frontal e as grades da lareira.

Com exceção dos arganéis, dos olhais e das malaguetas espalhados pelos conveses, essas *peças metálicas* se resumem principalmente aos canhões, incluindo os "rabos de macaco"[95] das caronadas, os parafusos, os diamantes, pequenos arremates e outras coisas.

A parte que me cabia limpar eu mantinha impecável, quase como se polisse as melhores lâminas Rodgers[96]. Recebi dos oficiais os maiores elogios; um deles sugeriu que eu competisse com qualquer caldeireiro ou polidor de metais da Armada de Sua Majestade britânica. Na verdade, eu me dedicava de corpo e alma a essa tarefa, e nenhum esforço me parecia excessivo, nenhum trabalho me parecia trabalhoso, para alcançar o polimento mais brilhoso possível para nós, pobres filhos perdidos de Adão.

Numa ocasião, aliás, quando não havia flanelas disponíveis e era impossível conseguir uma pedra de sabão com o despenseiro, tive de sacrificar as pontas de minha blusa de lã e usar dentifrício para substituir os materiais necessários. O dentifrício funcionou maravilhosamente, deixando as roscas da caronada brilhantes e reluzentes, como uma série de dentes postiços na boca de um ávido caçador de heranças.

Outro modo de passar o tempo consistia em vestir nossos melhores trajes e desfilar de um lado para o outro no convés de canhões, admirando a paisagem costeira através das escotilhas, o que, numa baía anfiteatral como a do Rio – cercada por um cenário encantador e multifacetado de montanhas, vales, musgos, prados, pátios, castelos, torres, bosques, videiras, vinhedos, aquedutos, palácios, praças, ilhas, fortes –, é quase como passear em volta de um cosmorama circular, espiando de vez em quando, aqui e ali, através do vidro. Ó, existe algo pelo que vale a pena viver, mesmo em um navio de guerra; e a satisfação de avistar um caramanchão cheio de uvas, mesmo que à distância de 1 cabo[97], é quase igual à de almoçar um pernil salgado.

---

95 Expressão utilizada pelos marujos para designar uma alavanca ou barra de ferro usada para apontar os canhões.

96 Referência à oficina de cutelaria inglesa Joseph Rodgers & Sons, fornecedora real de facas e outros produtos de corte desde o século XVIII.

97 Medida náutica equivalente a 185 metros.

Esses passeios eram feitos sobretudo pelos fuzileiros e particularmente por Colbrook, um cabo notavelmente bonito e muito atraente. Era um completo mulherengo; tinha olhos negros sedutores, pele corada, um bigode reluzente, preto como azeviche, e a postura refinada de um homem íntegro. Costumava vestir o uniforme de seu regimento e zanzar de um lado para o outro como um oficial da Colsdtream Guards[98] a caminho de um clube de cavalheiros na região de St. James. Toda vez que ele passava por mim, arfava no peito um suspiro sentimental e cantarolava para si mesmo *The Girl I Left Behind*[99]. Mais tarde, esse elegante cabo se tornou membro da Assembleia de New Jersey, pois vi seu nome noticiado cerca de um ano depois que retornei para casa.

No entanto, apesar de tudo, não havia muito espaço para passear enquanto estávamos aportados, pelo menos não no convés de canhões, pois todo o lado de bombordo fica desimpedido para o benefício dos oficiais, que apreciam as vantagens de caminhar folgados de proa a popa; sabem muito bem que é melhor ter os marinheiros amontoados do outro lado do que correr o risco de sujar a beirada de seus casacos encostando-os nas calças alcatroadas.

Uma outra maneira de matar o tempo no porto era jogando damas – quer dizer, quando era permitido, pois nem todo capitão da Marinha consentia com essa conduta infame. Mas, no que se refere ao capitão Claret, ainda que *gostasse* excepcionalmente de sua taça de vinho madeira e fosse sem dúvida um descendente do herói da batalha de Brandywine; ainda que às vezes exibisse um rubor suspeito no rosto ao supervisionar em pessoa a flagelação de algum marujo embriagado apesar de suas ordens, devo dizer que o capitão Claret, em geral, era bastante indulgente com sua tripulação, desde que seus membros fossem perfeitamente dóceis. Ele nos deixava jogar damas o quanto quiséssemos. Mais de uma vez eu o vi, caminhando para o castelo de proa, abrir passagem cuidadosamente entre dezenas de tabuleiros de lona estendidos no convés para não pisar em

98 Tropa de infantaria de elite do Exército britânico e o mais antigo regimento em ação na Inglaterra.

99 Canção popular, de autoria desconhecida, composta provavelmente no final do século XVIII. Foi usada como marcha pelo Exército dos Estados Unidos durante a Guerra Anglo-Americana, de 1812.

nada – nem nas peças nem nos marujos; mas, em certo sentido, todos eram uma coisa só: assim como os marujos usavam as peças no jogo, os oficiais usavam os marujos como peças em seus postos.

Mas a leniência do capitão Claret em permitir o jogo de damas a bordo de seu navio pode ter surgido da seguinte circunstância, confidenciada a mim. Logo depois que o navio zarpou de casa, as damas foram proibidas, ao que os marujos se exasperaram contra o capitão; numa noite, enquanto ele caminhava pelo castelo de proa, zin!, uma malagueta de ferro passou raspando-lhe a orelha; enquanto ele ainda se esquivava dela, zin!, veio mais uma do outro lado; como era tarde da noite, não dava para ver ninguém e era impossível descobrir os transgressores, pensou que seria melhor voltar o mais rápido possível para sua cabine. Algum tempo depois – como se as malaguetas não tivessem nada a ver com isso – correu o boato de que o jogo de damas seria liberado, o que mostrava que, como observou um marujo filosófico, o capitão Claret era um sujeito de entendimento imediato e compreendia um sinal tão bem quanto qualquer outro homem, mesmo se transmitido por vários quilos de ferro.

Alguns marinheiros eram muito exigentes em relação aos tabuleiros de lona, chegando a exigir que a gente lavasse as mãos antes de jogar, principalmente se tivéssemos acabado de alcatroar o cordame.

Outra forma de distração durante as tediosas horas é procurar um assento aconchegante qualquer e se entregar ao mais agradável devaneio. Se não houver assento disponível – o que acontece com frequência –, recostar-se de pé confortavelmente contra a amurada e pensar em casa e no pão com manteiga – coisas inseparavelmente conectadas a um viajante –, o que não tarda a umedecer os olhos com deliciosas lágrimas; pois todos sabem como a tristeza é um luxo quando temos um cantinho para apreciá-la sem a intromissão de algum abelhudo. Vários amigos meus em terra firme, na verdade, quando se veem tomados pela sensação de alguma desgraça, nunca deixam de correr até o primeiro bar de ostras que encontram para se isolar numa mesa mais afastada, sem nada mais do que um prato de ostras cozidas, algumas torradas, um galheteiro e um decantador de vinho do Porto.

Outra maneira ainda de passar o tempo aportado é inclinar-se sobre a amurada e pensar em que lugar desse planeta você estará naquele mesmo dia dali a um ano, assunto de grande interesse para qualquer alma viva; tanto que existe um dia específico de um mês específico que, desde a minha mais remota lembrança, eu sempre procurei observar, de modo que consigo dizer onde eu estava nesse dia exato de cada ano desde os meus 12 anos de idade. Quando estou completamente só, percorrer mentalmente esse almanaque é quase tão divertido quanto ler meu próprio diário e muito mais interessante do que estudar uma tabela de logaritmos numa tarde chuvosa. Eu sempre comemoro o aniversário desse dia com cordeiro e ervilhas e um quartilho de xerez, pois recai na primavera. Mas, quando aconteceu de eu estar no *Neversink*, não tive nem cordeiro nem ervilhas, muito menos xerez.

Mas talvez a melhor maneira de conduzir a galope as horas que não passam é escolher uma tábua bem lisa no assoalho do convés de canhões e dormir. Um remédio excelente, que raras vezes falha, a menos que, é claro, você tenha passado dormindo as 24 horas anteriores.

Sempre que me punha a matar o tempo no porto, apoiava-me sobre os cotovelos e olhava ao redor, via muitos dos meus camaradas na mesma situação: todos encarcerados a sete chaves; todos prisioneiros desanimados como eu; todos submetidos à lei marcial; todos, à dieta de carne salgada e biscoito; todos com o mesmo uniforme; todos bocejando, abrindo a boca e espreguiçando em uníssono. Era então que eu costumava sentir amor e carinho por eles, fundamentados, sem dúvida, num sentimento de solidariedade.

Embora em outro momento desta narrativa eu tenha mencionado que costumava me isolar um pouco da massa de marinheiros a bordo do *Neversink*, e embora eu tivesse pouquíssimos conhecidos verdadeiros, íntimos menos ainda, ainda assim, para dizer a verdade, é impossível viver tanto tempo com quinhentos congêneres, mesmo que não pertençam às melhores famílias e que seus modos não pudessem ser melhorados por uma boa educação; é de todo impossível, repito, viver com quinhentos congêneres, quem quer que sejam, sem sentir nesse momento alguma compaixão por eles e sem nutrir, depois disso, algum tipo de interesse em seu bem-estar.

Tal fato foi curiosamente corroborado por um conhecido meu, um sujeito bastante equívoco que, entre nós, respondia pelo nome de "*Shakings*"[100]. Ele pertencia ao porão de proa, de onde surgia nas noites escuras para conversar com os marujos no convés. Nunca gostei da aparência dele; digo que tive a honra de conhecê-lo por mero acidente, e geralmente fazia o meu melhor para evitá-lo quando vinha, como um cativo, esgueirando-se de seu calabouço para respirar o ar fresco a céu aberto. Não obstante, a história que esse *homem do porão* me contou é digna de ser preservada, em especial pela extraordinária franqueza que demonstrou ao narrar algo do tipo para um quase desconhecido.

O conteúdo da história era o seguinte: Shakings, parece, havia sido prisioneiro em Sing Sing, penitenciária do estado de Nova York, onde passou anos confinado por um crime do qual era totalmente inocente – disso ele me deu sua solene palavra de honra. Contou-me que, depois de cumprir sua pena e sair de novo ao mundo, nunca se deparava com seus antigos colegas de Sing Sing sem que acabassem numa taverna para falar dos velhos tempos. Quando passava por dificuldades do destino e se sentia aborrecido ou exasperado com alguma coisa, ele me disse que, nessas horas, quase desejava voltar para Sing Sing, onde não precisava se preocupar com o que teria de comer ou beber e vivia, como o presidente dos Estados Unidos e o príncipe Albert[101], à custa dos cofres públicos. Lá ele tinha uma cela pequena e razoável só para ele, disse-me, e nunca sentia medo dos ladrões, pois as paredes eram excepcionalmente grossas, a porta era bem cerrada e um vigia fazia a ronda o tempo todo pelo corredor, enquanto ele dormia e sonhava. Em essência, acrescentou o *homem do porão* que ele contava essa história porque a considerava aplicável aos navios de guerra, que para ele não passavam vergonhosamente de uma penitenciária em alto-mar.

A propósito dessa curiosa disposição para fraternizar e socializar, que Shakings mencionou como característica dos prisioneiros libertados de seu antigo domicílio em Sing Sing, cabe perguntar se essa disposição não seria um sentimento equivalente aos impulsos que os influenciavam, o mesmo que na vida futura reunirá

100 Tremores, sacudidas.

101 Albert de Saxe-Coburg e Gotha (1819-1861), nobre alemão que se casou com a rainha Vitória do Reino Unido, em 1840, tornando-se príncipe consorte em 1857.

fraternamente a todos nós, quando tivermos trocado o mundo de nossa penitenciária de guerra por outro que nos seja melhor.

Do precedente relato sobre a grande dificuldade que tínhamos para passar o tempo aportados, não se deve concluir que a bordo do *Neversink*, enquanto estávamos no Rio, não havia trabalho a ser feito. De tempos em tempos, o *lanchão* atracava-se ao navio cheio de barris de água, que deviam ser esvaziados em tanques de ferro no porão. Desse modo, quase 50 mil galões, como consta nos registros do ajudante do capitão, foram despejados nas entranhas do navio – uma reserva para noventa dias. Com esse enorme lago Ontário que carregávamos, podia-se dizer que o poderoso *Neversink* lembrava o continente unido do hemisfério oriental – flutuando ele mesmo num vasto oceano, levando dentro de si um Mediterrâneo flutuante.

43. CONTRABANDO EM UM NAVIO DE GUERRA

Principalmente devido à inatividade que acabo de descrever, o marinheiro de guerra, quando aportado, está exposto às tentações mais tentadoras e se mete nas situações mais lamentáveis. Pois ainda que seu navio esteja ancorado a 1 milha do litoral e seus costados sejam patrulhados dia e noite por sentinelas, nada disso impede que ele seja atingido pelas seduções da terra firme. A causa principal de suas desgraças no porto é seu velho arqui-inimigo, o sempre diabólico deus do grogue.

Amuralhado como está, obrigado a cumprir três anos de serviço num tipo de Newgate[102] marítimo do qual não há escape, nem pelo telhado, nem escavando o subsolo, o marinheiro de guerra muitas vezes recorre à garrafa para aliviar o intolerável enfado de não fazer nada e não ter nenhum lugar para ir. A dose habitual de álcool permitida pelo governo, um *gill* por dia, não basta para estimular seus sentidos apáticos; ele declara que sua bebida foi indignamente *aguada*, zomba dela, dizendo-a *mais rala que água de salsicha*; anseia por *molhar a goela* de novo, por *temperar a garganta* com algo mais forte; e, se a bordo houvesse ópio, muitos entrariam de braçadas nas densas nuvens de fumaça dessa droga do esquecimento. Diga-lhe

102 Antigo presídio londrino, fechado em 1880.

que o *delirium tremens* e o *mania-a-potu*[103] espreitam os beberrões e ele dirá: "Que me derrubem como o vento: qualquer coisa que se pareça com a vida é melhor do que estar travado até o pescoço no baú de Davy Jones[104]". É precipitado como uma avalanche e, embora sua queda provoque a sua ruína e a dos outros, uma comoção desastrosa é melhor do que se sentir congelado e imobilizado numa solidão insuportável. Não admira, portanto, que mova montanhas para conseguir o que deseja, ou que prefira pagar os preços mais exorbitantes, transgredir todas as leis e enfrentar a força do chicote a ser privado de seu estímulo.

Ora, nenhuma condenação é mais severa em um navio de guerra do que a punição relacionada ao contrabando de grogue ou à embriaguez a bordo. Para as duas infrações há uma única penalidade, irrevogavelmente imposta: a humilhação no portaló.

A maioria dos oficiais superiores de uma fragata toma todas as precauções imagináveis para evitar o ingresso clandestino de bebidas a bordo. Em primeiro lugar, é proibido que qualquer bote se aproxime de um navio de guerra em porto estrangeiro sem a permissão do oficial do convés, incluindo os *breus* – pequenos botes portuários autorizados pelos oficiais a levar frutas para que os marujos as comprem com o próprio dinheiro –, que são invariavelmente inspecionados antes de fazer qualquer contato com a tripulação. E não só esses, mas também cada um dos numerosos botes do navio – que fazem continuamente o trajeto entre a costa e a fragata – é inspecionado da mesma maneira, às vezes vinte vezes ao dia.

Assim acontece essa inspeção: depois que o quartel-mestre do tombadilho avista o bote, ele comunica sua chegada ao oficial de convés, que convoca o mestre-d'armas, chefe de polícia do navio. Esse funcionário se posiciona no portaló e, à medida que a tripulação do bote, um por um, sobe pela lateral, ele faz a revista pessoalmente, mandando todos os marujos tirarem o chapéu e colocarem as mãos na cabeça para que ele lhes apalpe lentamente todo o corpo até os pés, sentindo cuidadosamente todas as protuberâncias incomuns. Se

103 Estado de intoxicação alcoólica geralmente marcado por comportamento violento.
104 No folclore dos mares, Davy Jones é o espírito ou o diabo das águas, responsável por tempestades e desastres. O "baú de Davy Jones" é onde ele guarda a alma dos mortos em alto-mar, mas também pode representar o oceano como um todo.

não há nada de suspeito, deixa-se o homem passar e assim o seguinte, até que toda a tripulação do bote, geralmente de uns dezesseis homens, seja examinada. O chefe de polícia então desce até o bote e caminha de proa a popa inspecionando tudo, cutucando cada canto e cada fresta com a chibata. Concluída essa tarefa sem nada encontrar, ele sobe na escada, encosta a mão no chapéu em sinal ao oficial de convés e diz que o bote está *limpo*, liberando-os para serem içados.

Assim, vemos que homem nenhum vindo da costa entra no navio sem que lhe seja quase impossível, aparentemente, contrabandear alguma coisa. Os únicos que podem subir a bordo sem serem postos à prova são aqueles a quem seria ultrajante revistar – como o próprio comodoro, o capitão, os tenentes etc., além de cavalheiros e damas que chegam como visitantes.

Introduzir algo clandestinamente através das portinholas inferiores durante a noite é muito difícil, pois o quartel-mestre dá conta de avistar todos os botes que se aproximam bem antes de chegarem ao costado, e as sentinelas de vigília, a postos em plataformas suspensas sobre a água, têm ordens para disparar contra qualquer bote estranho que, depois de receber um alerta para se retirar, ainda insista em se aproximar. Além disso, algumas bolas de 32 libras ficam amarradas a cordas e suspensas sobre a proa, prontas para causar estrago e afundar qualquer embarcação pequena que, apesar de todas as precauções, consiga estrategicamente atracar junto à amura durante a noite com alguma bebida alcóolica. Na verdade, toda a força da lei marcial é aplicada nessa questão, e cada um dos diversos oficiais do navio, apesar do zelo geral na imposição das regras, colabora com um sentimento pessoal, pois a sobriedade dos homens diminui suas angústias e preocupações.

Podemos então perguntar como é possível que diante de uma polícia com olhos de lince, desafiando baionetas e balas, os marinheiros de guerra consigam contrabandear bebidas alcoólicas. Para não me alongar em estratagemas menores, que a cada poucos dias são detectados e neutralizados (como chegar num bote vindo da costa carregando enrolada no lenço de pescoço uma longa e delgada "tripa" de grogue, como se fosse uma salsicha; ou subir a bordo descaradamente com cocos e melões adquiridos de um breu nada confiável, recheados com bebida no lugar de água ou leite), mencionarei aqui apenas duas ou três formas que eu mesmo pude observar.

Enquanto estávamos no Rio, um gajeiro alocado no segundo escaler pagou e fechou negócio com uma pessoa que conheceu na costa junto ao palácio nos seguintes termos. Numa certa noite sem luar, ele levaria três galões de bebida *em tripas* e as amarraria à boia de âncora da fragata – a certa distância do navio – presas em alguma coisa pesada, para afundar e não serem vistas. No meio da vigília noturna, o gajeiro escapole de sua maca, passa rastejando nas sombras, despistando a vigilância do mestre-d'armas e seus segundos, chega até a portinhola e desce suavemente até a água sem gerar uma ondulação sequer, pois acima dele, na plataforma, as sentinelas rondam de um lado para o outro. É um nadador experiente; avança de costas embaixo d'água, colocando para fora apenas a ponta do nariz para respirar. Ao chegar à boia, ele corta as tripas à deriva, enrola-as em volta do corpo e, com a mesma habilidade, consegue retornar.

Tal façanha é realizada raras vezes, pois requer a maior cautela, agilidade e destreza; apenas um ladrão superexperiente, e um nadador impecável como Leandro[105], poderia realizá-la.

Graças aos maiores privilégios de que desfrutam, os "*oficiais da mestrança*" – ou seja, o contramestre, o oficial de artilharia etc. – têm muito mais oportunidades para contrabandear do que os marinheiros comuns. Chegando uma noite a bordo de um escaler, Yarn, nosso contramestre, de algum modo inexplicável conseguiu passar várias tripas cheias de bebida pela entrada de ar do seu camarote. A façanha, no entanto, deve ter sido percebida por um dos tripulantes do bote, que imediatamente depois de ganhar o convés desceu correndo as escadas, invadiu o quarto do contramestre e fugiu com o prêmio, nem três minutos antes de o legítimo dono aparecer para tomar posse do que era seu. Graças a certas circunstâncias, a parte prejudicada sabia quem era o ladrão, mas não podia dizer nada, uma vez que havia infringido a lei primeiro. No dia seguinte, na qualidade de chefe dos carrascos de bordo, Yard teve a satisfação (tal foi para ele) de intimidar o ladrão junto ao portaló: depois

105 Alusão ao mito grego de Leandro e Hero, sacerdotisa de Afrodite. Os dois se enamoram, mas moram em diferentes continentes (onde hoje seriam a Grécia e a Turquia). Apaixonado, todas as noites ele atravessava a nado o Helesponto (estreito de Dardanelos) só para vê-la.

de ser encontrado embriagado pela bebida contrabandeada pelo próprio contramestre, o homem foi condenado à flagelação.

Isso lembra outro exemplo, ainda mais ilustrativo, da vilania intricada que se acumula terrivelmente nos navios de guerra como se fosse uma teia de interesses. O timoneiro da lancha do comodoro desmonta sua tripulação e questiona cuidadosamente a fidelidade de cada um – não aos Estados Unidos, mas a ele mesmo. Três indivíduos que ele considera suspeitos – ou seja, fiéis aos Estados Unidos – são desligados do serviço na lancha e substituídos por três outros homens de sua escolha; afinal, ele é sempre um sujeito influente, esse timoneiro do comodoro. Antes disso, no entanto, fez de tudo para que nenhum homem da temperança – ou seja, marujos que não consomem sua dose de grogue dada pelo governo, mas recebem o dinheiro correspondente –, que nenhum desses *vacilões* figurasse em sua tripulação. Tirada a prova de seus homens, ele divulga o plano para o grupo reunido, obtendo deles um juramento solene de que guardarão segredo, e espera a primeira oportunidade para executar seus planos nefastos.

Finalmente a oportunidade se apresenta. Uma tarde, a lancha atravessa a baía com o comodoro até Praia Grande[106], um povoado cheio de casas nobres à beira-mar. O comodoro está visitando um marquês português, e os dois almoçam demoradamente sob uma pérgula no jardim. Enquanto isso, o timoneiro está livre para passear o quanto quiser. Procura um lugar onde possa obter um bom *mata-ratos* (conhaque), compra seis garrafas e as esconde entre as árvores. Com a desculpa de que vai encher o barrilete de água, que fica sempre na lancha para matar a sede da tripulação, ele o carrega até o bosque, retira-lhe o tampo, põe as garrafas dentro, fecha-o, enche-o de água pelo botoque, carrega-o de volta para a lancha e audaciosamente o recoloca em sua posição de destaque no meio da embarcação, com o botoque arrolhado para cima. Quando o comodoro aparece na praia e todos entram no barco, o timoneiro, em voz alta, ordena ao homem mais próximo do barril que o desarrolhe – senão vai estragar essa água tão valiosa! Uma vez junto à fragata, a tripulação da lancha passa pela revista de sempre e entra no navio.

---

106 Região hoje correspondente à orla do centro de Niterói, estendendo-se da Ponta d'Areia até São Domingos.

O mestre-d'armas desce até a lancha, não encontra nada suspeito e comunica que a embarcação está *limpa*, não sem antes enfiar o dedo no botoque do barril para provar a pureza da água. A lancha é içada, e o timoneiro espera a alta noite antes de retirar as garrafas do barril.

Mas, para a frustração e a infelicidade desse magistral contrabandista, um dos tripulantes é um sujeito de cabeça fraca que, depois de beber livremente na costa, chega ao convés de canhões meio embriagado e dispara sérias acusações, dizendo que um procedimento indescritível acontece às escuras no navio. Um velho proeiro da âncora de salvação, sujeito sem princípios, liga um pontinho aqui com outro ali, desvenda o mistério e resolve imediatamente colher os bons frutos semeados pelo timoneiro. Ele o procura, leva-o para um canto e diz:

"Ô, timoneiro, você contrabandeou uns *mata-ratos* que estão dentro da lancha no pau de carga. Botei dois camaradas de vigilância nas portinholas daquele lado; se eles me disserem que você, ou algum dos seus barqueiros, subiu na lancha de madrugada, denuncio você como contrabandista para o oficial do convés."

O timoneiro fica embasbacado; afinal, ser denunciado para o oficial de convés como contrabandista equivale a uma flagelação dura e certeira, uma ruína deplorável para um suboficial que recebe 4 dólares a mais por mês como marinheiro qualificado. Ele tenta subornar o outro para que não diga nada, prometendo metade dos louros, mas a integridade do proeiro é dura como rocha: ele não é mercenário para ser comprado a preço de banana. O timoneiro, então, é obrigado a jurar que nem ele nem ninguém de sua equipe vai entrar na lancha de madrugada. Feito isso, o proeiro procura seus confidentes e acerta o plano. Em suma, ele consegue trazer para dentro do navio as seis garrafas de bebida; vende cinco a 8 dólares cada uma, e com a sexta, entre dois canhões, delicia-se secretamente com seus cúmplices, enquanto o pobre timoneiro, contendo a raiva, observa-os de longe cheio de amargura.

Embora digam que existe honra entre os ladrões, há muito pouca entre os contrabandistas dos navios de guerra.

44. UM FUNCIONÁRIO CORRUPTO EM UM NAVIO DE GUERRA

A última história sobre contrabando que vou revelar agora também ocorreu enquanto estávamos no Rio. Vou apresentá-la com mais detalhes porque ela fornece a mais curiosa evidência de uma corrupção quase inacreditável que perpassa todos os níveis de alguns navios de guerra.

Durante alguns dias, a quantidade de marujos embriagados pegos pelo colarinho e levados ao pé do mastro pelo mestre-d'armas para serem entregues aos oficiais de convés – antes da flagelação no portaló – provocou surpresa e irritação no capitão e nos oficiais superiores. Tão rigorosas eram as regras do capitão para inibir o contrabando de grogue, e tão específicas foram as ordens dadas aos tenentes e a cada oficial subordinado na fragata, que ele estava perplexo com a quantidade de bebida alcóolica clandestina no navio, mesmo diante de tantas revistas, vigílias e precauções.

No entanto, medidas adicionais foram tomadas para identificar os contrabandistas; e Bland[107], o mestre-d'armas, junto com seus cabos, tomaram um sermão público do próprio capitão ao pé do mastro, que exigiu mais rigor para acabar com o tráfico. Uma multidão assistiu à cena e viu o mestre-d'armas levar a mão ao boné num gesto de desculpas, enquanto garantia de forma solene que continuaria fazendo o melhor que podia – na verdade como sempre fez, dissera. Concluiu com uma exclamação virtuosa, expressando sua aversão pessoal ao contrabando e à bebedeira, e com a firme resolução – que os céus o ajudem – de passar a noite inteira sem piscar, espiando tudo que se dava na escuridão.

"Confio em você, mestre-d'armas", disse o capitão. "Agora vá cumprir com o que deve."

O mestre-d'armas era queridinho do capitão.

Na manhã seguinte, antes do desjejum, quando o barco de provisões chegou (ou seja, um dos botes do navio usados para trazer provisões frescas para os oficiais), o mestre-d'armas, como sempre, depois de examinar cuidadosamente barco e tripulação, comunicou ao oficial de canhões que estava tudo limpo. As provisões foram

107 Gentil, meigo.

içadas, e entre elas havia uma grande caixa de madeira em nome de "Sr. – comissário do navio *Neversink* dos Estados Unidos". É claro, um objeto particular como esse, destinado a um cavalheiro da praça-d'armas, estava isento de qualquer revista, e o mestre-d'armas ordenou que um de seus cabos levasse a caixa para o camarote do comissário. Mas os acontecimentos recentes haviam aguçado o instinto de vigilância do oficial de convés e, ao ver a caixa passando pela escotilha, perguntou o que era e de quem era aquilo.

"Está tudo bem, senhor", disse o mestre-d'armas, levando a mão ao boné. "Suprimentos para o comissário."

"Deixe aí no convés", disse o tenente. "Sr. Montgomery!", chamou o aspirante, "pergunte ao comissário se ele está esperando alguma caixa agora de manhã".

"Sim, senhor", disse o aspira, tocando o boné.

Voltou logo em seguida, dizendo que o comissário estava em terra firme.

"Muito bem; sr. Montgomery, leve essa caixa para o 'buque' e diga para a sentinela não deixar ninguém encostar um dedo nela."

"Não é melhor levá-la para o meu rancho, senhor, até o comissário voltar?", discordou o mestre-d'armas.

"A ordem está dada, senhor!", disse o tenente, virando-lhe as costas.

Quando o comissário subiu a bordo, descobriu-se que ele não sabia nada a respeito da caixa. Nunca ouvira falar dela na vida. Desse modo, ela foi levada de novo para o oficial de convés, que mandou chamar imediatamente o mestre-d'armas.

"Pode abrir a caixa!"

"Claro, senhor!", disse o mestre-d'armas; ao retirar a tampa, 25 garrafões marrons, como uma ninhada de 25 porcos marrons, estavam confortavelmente aconchegadas numa cama de palha.

"Os contrabandistas, senhor", disse o mestre-d'armas, levantando a cabeça.

"Abra um garrafão e prove", disse o oficial.

O mestre-d'armas abriu; depois estalou os lábios, meio confuso, e disse não saber se era uísque americano ou gim holandês, pois não estava acostumado a beber.

"Conhaque; conheço pelo cheiro", disse o oficial. "Leve a caixa de volta para o buque."

"Sim, senhor", disse o mestre-d'armas, repetindo a tarefa.

O assunto foi levado ao capitão, que, enfurecido pela audácia da situação, tomou todas as medidas para identificar os culpados. Fizeram interrogatórios em terra, mas ninguém descobriu quem levou a caixa até o barco de provisões. E o assunto se encerrou assim durante um tempo.

Alguns dias depois, um dos garotos do mastro da mezena foi flagelado por embriaguez e, enquanto agonizava preso aos xadrezes, foi obrigado a revelar com quem havia conseguido a bebida. O sujeito foi chamado, na verdade um fuzileiro aposentado de nome Scriggs[108], que cozinhava para o rancho dos sargentos navais e do mestre-d'armas. Esse sujeito tinha uma das piores aparências do navio – um gatuno estrábico, de olhos cinzentos, e com um jeito de andar taciturno e patibular. Como um vagabundo tão amarcial conseguiu entrar no corpo de fuzileiros navais era o maior dos mistérios. Ele já tinha sido notado por sua falta de asseio, e entre toda a tripulação, de vante à ré, tinha a reputação de ser um velho avarento, que se negava os raros confortos e muitas das necessidades básicas da vida em um navio de guerra.

Sem escapatória, Scriggs se jogou de joelhos na frente do capitão e confessou a acusação do rapaz. Quando percebeu a agonia e o pavor do sujeito diante dos segundos-contramestres, todos de chicote na mão, e da plateia surpreendente que assistia à punição pública, o capitão deve ter pensado que aquela era uma excelente oportunidade para arrancar-lhe todos os segredos. O fuzileiro apavorado foi finalmente obrigado a revelar que havia algum tempo fazia parte de complicado esquema criminoso, cujo chefe era ninguém menos que o infatigável chefe de polícia, o próprio mestre-d'armas. Revelou-se que esse oficial tinha agentes de confiança em terra, que lhe forneciam as bebidas em várias caixas, pacotes e embrulhos, todos endereçados ao comissário e outros tripulantes, e colocados nos botes da fragata enquanto estava no cais. De modo geral, o surgimento dessas encomendas para o comissário e outros cavalheiros da praça-d'armas não surpreendia ninguém, pois quase todos os dias chegava algum pacote para eles, principalmente para o comissário; além disso, como o mestre-d'armas estava sempre presente nessas ocasiões, era muito fácil para ele passar com o

108 Desleal, ardiloso.

contrabando e escondê-lo em seus aposentos, sob a desculpa de levar a caixa ou o pacote até o quarto do comissário.

Scriggs, o fuzileiro avarento de olhar gatuno, era o responsável por vender clandestinamente as bebidas para os marujos, o que mantinha o mestre-d'armas apenas nos bastidores. A bebida era vendida a preços exorbitantes, chegando a custar 12 dólares em dinheiro a garrafa, ou 30 dólares em notas promissórias ao comissário, que deveriam ser pagas quando o navio voltasse para casa. Parece inacreditável que os marujos pagassem preços tão altos; mas, tomados pela vontade de beber algo tão difícil de conseguir, os marinheiros de guerra seriam capazes de negociar, se pudessem, dez anos da própria vida por um único "dedinho" de álcool.

Os marujos embriagados com a bebida contrabandeada pelo mestre-d'armas foram, em circunstâncias quase incontáveis, oficialmente apanhados por ele e flagelados no portaló. Já mencionei aqui o destacado papel que o mestre-d'armas representa nessa cena.

Os lucros enormes desse negócio perverso eram divididos entre as partes envolvidas: Scriggs, o fuzileiro aposentado, ficava com um terço. Seu baú de rancho foi levado para o convés, onde encontraram quatro sacos de lona cheios de moedas que somavam muitas centenas de dólares.

Os culpados foram açoitados, duplamente agrilhoados e confinados durante semanas no "buque", vigiados por uma sentinela; todos os culpados, menos o mestre-d'armas, que foi apenas desligado dos serviços e encarcerado por algum tempo, com algemas nos punhos. Ao ser libertado, foi demitido da corporação e realocado como *marujo de meia-nau*, a tarefa mais vergonhosa do navio, para sua maior humilhação.

Um dia, quando fui almoçar, encontrei-o tranquilamente sentado no meu rancho; a princípio, só pude sentir receio de almoçar com ele. No entanto, era um sujeito a quem estudar e assimilar; depois de refletir um pouco, sua presença não me desagradou. Fiquei surpreso, no entanto, que ele tenha se insinuado em nosso rancho, pois muitos outros haviam recusado a honra – por fim, imagino que ele tenha induzido um dos nossos companheiros, seu parente distante, a convencer o cozinheiro a aceitá-lo.

Para qualquer outro rancho seria difícil aceitar esse homem entre seus membros, pois causaria uma mancha em sua reputação.

Mas o nosso rancho, A. nº 1 – *Clube dos Canhões de 42* –, era composto por um grupo de camaradas tão distintos, com tantos chefes da gávea e quartéis-mestres – homens de inegável importância a bordo, de prestígio e consideração estabelecida havia tanto tempo no convés de canhões – que, com impunidade, podíamos fazer muitas coisas equívocas, totalmente inadmissíveis para os ranchos de posição inferior. Além disso, embora todos abominássemos o monstruoso Pecado, graças à nossa superioridade social, à educação altamente refinada com que nos brindavam as alturas da gávea e ao nosso amplo e generoso desdém ao que tudo isso representava, estávamos em grande medida livres daqueles preconceitos pessoais inúteis e dos ódios irritantes contra os evidentes *pecadores* – não ao *Pecado* –, sentimentos que tanto imperam entre os homens de entendimento torto e de coração pouco caridoso e nada cristão. Não: as superstições e os dogmas referentes ao Pecado não haviam estampado suas máximas destruidoras em nosso coração. Nós nos dávamos conta de que esse mal era apenas bem disfarçado, e de que um canalha podia ser um santo à sua própria maneira; de que talvez em outros planetas o que consideramos errado pode ser considerado certo; e de que até mesmo algumas substâncias, sem sofrer nenhuma mutação, mudam totalmente de cor dependendo da luz que incide sobre elas. Nós nos dávamos conta de que a virada do milênio que esperávamos deve ter começado na manhã em que se criaram os primeiros mundos, e de que, tomado em conjunto, nosso mundo em forma de navio de guerra era uma embarcação de popa arredondada tão conveniente quanto qualquer outra na Via Láctea. E pensávamos que embora alguns de nós, no convés de canhões, às vezes fossem condenados a sofrimentos e ofensas, e a todo tipo de adversidades e angústias, sem dúvida era apenas nossa percepção equivocada dessas coisas que nos fazia tomá-las por algo terrível e doloroso, e não como prazeres dos mais agradáveis. Sonhei com uma esfera, diz Pinzella, onde quebrar um homem na roda é considerado o mais requintado dos prazeres que se pode conferir a ele; onde o fato de um cavalheiro de algum modo derrotar um outro é considerado uma desonra eterna; onde jogar alguém numa cova depois de morto e atirar punhados frios de terra sobre seu rosto é uma espécie de injúria infligida apenas aos criminosos mais famigerados.

Mas o que quer que nós, companheiros de rancho, pensássemos, em quaisquer circunstâncias em que estivéssemos, nunca nos esquecíamos de que nossa fragata, ruim do jeito que era, estava de torna-viagem. Pelo menos eram esses os nossos devaneios, ainda que gravemente afetados, de vez em quando, por acontecimentos que surpreendiam nossa filosofia. Afinal de contas, a filosofia – ou seja, a melhor sabedoria que nunca havia sido revelada, de modo nenhum, ao mundo do nosso navio de guerra – não passa de um lamaçal, de um atoleiro, com pouquíssimos tufos de mato aqui e ali onde podemos pisar.

Mas havia um homem no rancho que não tinha nada a ver com nossa filosofia – um velho artilheiro ajudante, bronco, robusto, nada filosófico e supersticioso, que acreditava em Tofé[109], lugar para o qual estava se preparando. O nome dele era Priming, mas acho que já falei dele antes.

Além disso, esse Bland, o mestre-d'armas, não era um corrupto vulgar e desprezível. Nele, para modificar a frase de Burke, o vício *parecia*, mas só parecia, perder metade de seu mal aparente ao perder toda a sua visível vulgaridade.[110] Era um canalha elegante, com modos de cavalheiro, que quebrava o biscoito com um gesto delicado. Toda a sua pessoa era de uma polidez refinada; ele tinha um estilo de falar dócil e insinuante, o que, socialmente, era quase irresistível. Com exceção de Jack Chase, meu nobre capitão, ele se mostrou o sujeito mais divertido, e eu quase disse o mais agradável, do nosso rancho. Nada denunciava o canalha que guardava dentro de si, exceto sua boca, de uma malvada delicadeza, relativamente pequena e curva como um arco mouro, e seus olhos negros traiçoeiros, que às vezes brilhavam como uma lanterna furta-fogo na escuridão noturna de uma joalheria. Mas em seu jeito de falar não havia traço nenhum de maldade, não havia nada de duvidoso; ele evitava atentamente qualquer indelicadeza, nunca praguejava, e abundava em dizer trocadilhos e ditos espirituosos, alternados com

---

109 Inferno. No Antigo Testamento (Jeremias, 14:9), é uma terra ligada ao sofrimento, que simboliza as tormentas do inferno.

110 A frase de Edmund Burke (1729-1797), filósofo anglo-irlandês, foi publicada em *Reflexões sobre a Revolução Francesa* (1790): "O vício em si perde metade de sua maldade quando perde toda sua vulgaridade".

comparações humorísticas entre a vida no mar e em terra, e muitas historietas agradáveis e animadas, narradas com muito bom gosto. Em suma – de um ponto de vista meramente psicológico, pelo menos –, ele era um trapaceiro encantador. Em terra firme, um homem como ele teria sido um vigarista irrepreensível, circulando entre a culta sociedade.

Mas ele era ainda mais que isso. Na verdade, reivindico para esse mestre-d'armas um nicho elevado e de honra no *Newgate Calendar*[111] da história. Sua intrepidez, frieza e impressionante controle de si ao se resignar tranquilamente ao destino que o arrancara de um cargo em que havia tiranizado mais de quinhentos mortais, muitos dos quais o odiavam e o abominavam, superavam toda crença; sua intrepidez, digo, para agora circular sem medo entre eles, como um peixe-espada desarmado no meio de ferozes tubarões-brancos, revelava que não estávamos diante de um homem comum. Quando no cargo de mestre-d'armas, vários marujos que ele havia levado ao portaló atentaram secretamente contra sua vida. Em noites escuras, deixaram cair balas de canhão pelas escotilhas "para estragar seu pimenteiro", como diziam eles. Trançaram cordas de forca e tentaram *enlaçá-lo* nos cantos escuros. E agora que estava à deriva entre eles, devido a atos de extrema vilania finalmente revelados, ele abria um sorriso delicado, oferecia educadamente sua cigarreira a um completo estranho, ria e conversava à direita e à esquerda como uma pessoa ágil, animada e sem amarras, de consciência angelical, certo de contar com amigos queridos onde quer que fosse, tanto nesta vida quanto na que viria pela frente.

Enquanto estava agrilhoado no "buque", ouviam-se de vez em quando alguns homens cochichando sobre a terrível recepção que dariam a ele quando fosse libertado. Não obstante, quando libertado, eles pareceram se confundir com sua autoconfiança sólida e cordial, com sua sociabilidade distinta e com sua camaradagem destemida. De um policial implacável, vigilante, cruel e sem remorso no desempenho de seu cargo, embora educado no modo de se expressar, ele passou a ser um sujeito descontraído e despretensioso, que fazia careta para qualquer impropriedade, pronto

111 Publicação ilustrada surgida em 1773, descrevendo grandes criminosos e suas ações no século XVIII.

para rir e se divertir com qualquer um. Mesmo assim, de início, os marujos tomaram distância dele e retribuíam seus sorrisos com cara feia; mas quem é capaz de resistir ao próprio demônio na pele de um homem gentil, liberal, encantador e franco? Ainda que a devota Margarida de Goethe[112] odeie o diabo, com seus chifres e cauda bipartida, ela sorri e acena com a cabeça para o atraente Mefistófeles, o demônio sedutor, cativante, dócil e totalmente inofensivo. No entanto, fosse ele quem fosse, meus sentimentos por esse mestre-d'armas era uma mescla de ódio, pena, admiração e algo contrário à hostilidade. Não podia senão abominá-lo quando pensava em sua conduta; mas me compadecia do martírio contínuo que, por baixo de todas as máscaras que vestia com primor, eu via no fundo de sua alma. Admirava seu heroísmo ao suportar tão bem todas aquelas reviravoltas. E quando eu pensava no quanto eram arbitrários os Artigos de Guerra ao definir o que é um criminoso em um navio de guerra, em quanta culpa podia se esconder sob o toldo aristocrático do tombadilho, em quantos comissários floridos, ornamentos da praça-d'armas, haviam desfrutado de proteção legal para enganar *a ralé*, não podia senão dizer para mim mesmo: muito bem, afinal de contas, embora esse homem seja dos mais perversos, ele é ainda mais azarado do que depravado.

Ademais, ao observar Bland com mais atenção, convenci-me de que ele era um canalha nato e inveterado, que fazia maldades de um jeito tão natural quanto gado na pastagem, porque suas maldades pareciam um ato legítimo de todo o seu infernal modo de ser. Frenologicamente, ele era um corpo sem alma. Há de se espantar que demônios sejam irreligiosos? Ora, pensava eu, a quem devemos culpar? Eu é que não vou assumir a posição de autoridade do Dia do Juízo e declarar a criminalidade essencial de nenhum marinheiro de guerra. Aprendi com o cristianismo que, no último dia, os marinheiros de guerra não serão julgados pelos *Artigos de Guerra* nem pelo *Código dos Estados Unidos*, mas sim por leis imutáveis que estão muito além da compreensão do Conselho dos Comodoros e membros da Comissão Marítima.

---

112 Personagem de *Fausto*, de Johann Wolfgang von Goethe (1749-1832). Margarida é seduzida pelo demônio Mefistófeles a mando do herói, Fausto, que se encanta pela beleza da garota.

Mas, ainda que eu ficasse ao lado de um ladrão no navio e o defendesse contra a flagelação no portaló, se pudesse – lembrando que meu Salvador uma vez foi pendurado entre dois ladrões e prometeu a um deles a vida eterna –, eu jamais permitiria que um criminoso convicto voltasse a atormentar marinheiros honestos, de proa a popa, em nenhum dos três conveses. E foi isso que fez o capitão Claret. Ainda que talvez pareça inacreditável, vou contar o que aconteceu.

Passadas várias semanas desde que o mestre-d'armas havia se juntado à tripulação do navio, e faltando poucos dias para chegarmos à nossa casa, ele foi chamado ao mastro e reintegrado publicamente ao seu cargo de chefe de polícia do navio. Talvez o capitão Claret tivesse lido *Memórias de Vidocq* e acreditasse naquele velho ditado: *olho por olho, dente por dente*. Ou talvez fosse um homem de sentimentos delicados, altamente suscetível às doces emoções da gratidão, e não suportasse deixar à desgraça uma pessoa que, por pura generosidade, tivesse lhe presenteado cerca de um ano antes com uma rara caixinha de rapé, fabricada em marfim de cachalote, dotada de uma curiosa dobradiça de prata e habilmente talhada na forma de uma baleia; também uma bengala montada em ouro, feita de uma valiosa madeira brasileira, com uma placa de prata gravada com o nome e a patente do capitão, local e data de nascimento e um espaço embaixo, deixado propositalmente em branco para os herdeiros registrarem seu falecimento.

A verdade é que, alguns meses antes da desgraça se abater sobre o mestre-d'armas, ele havia dado esses objetos de presente para o capitão, com amor e saudações; além de aceitá-los, o capitão raras vezes ia a terra firme sem a bengala e nunca cheirava rapé sem ser daquela caixinha. Outros capitães talvez tivessem se sentido impulsionados, por civilidade e decoro, a devolver os presentes, uma vez que o generoso doador se provou ele mesmo indigno de tê-los; mas não caberia ao capitão Claret ferir tão incisivamente a sensibilidade de nenhum oficial, ainda que os consolidados costumes navais lhe tivessem criado o hábito de açoitar *a ralé* em caso de emergência.

Ora, tivesse o capitão Claret se considerado constitucionalmente obrigado a recusar todos os presentes de seus subordinados, o senso de gratidão não teria atuado em prejuízo da justiça. Além disso, como alguns subordinados do capitão de um navio de guerra tendem a evocar sua boa vontade e aplacar sua consciência oferecendo-lhe presentes amistosos, talvez seria excelente para ele ter seguido a atitude do presidente dos Estados Unidos quando recebeu leões e corcéis árabes como presente do sultão de Mascate. Proibido pelos lordes e mestres soberanos – o povo imperial – de aceitar quaisquer presentes de potências estrangeiras, o presidente os mandou para um leilão, e o dinheiro apurado foi depositado no Tesouro. Da mesma maneira, quando o capitão recebeu a bengala e a caixinha de rapé, deveria tê-las aceitado gentilmente, depois tê-las vendido a quem pagasse mais, talvez para o próprio doador, que nesse caso jamais voltaria a tentá-lo.

Ao voltar para casa, Bland recebeu seu salário completo, sem descontar o período de suspensão. E foi reintegrado ao serviço naval na mesma posição de antes.

Como não farei mais alusão a esse assunto, devo dizer agora que, durante o breve período entre sua reintegração e o recebimento do salário pago pelo comissário, o mestre-d'armas se portou com infinita discrição, navegando habilmente entre qualquer relaxamento disciplinar – o que provocaria o desagrado dos oficiais – e qualquer severidade insensata – o que reavivaria, com uma força dez vezes maior, todos os velhos rancores dos marujos sob seu comando.

Ele nunca havia tido tanto talento e tato quanto demonstrara nesse momento, em que precisava manter o equilíbrio numa situação delicadíssima, e não lhe faltavam motivos para exercer suas habilidades mais astutas; afinal, depois da dispensa dos marinheiros de guerra quando o navio aportasse em casa, *aí sim* ele seria considerado um inimigo por eles, que na qualidade de cidadãos livres e independentes o emboscariam na rua para vingar as injustiças cometidas no passado, no presente e talvez no futuro. Não são raros os casos de mestres-d'armas que, uma vez em terra, foram cercados na calada da noite por uma tripulação exacerbada, que lhes deu o mesmo trato que Orígenes deu a si mesmo, ou que Abelardo recebeu das mãos de seus inimigos.[113]

---

113 Orígenes de Alexandria (185-254) foi teólogo e um dos primeiros padres da Igreja Católica; Pedro Abelardo (1079-1142), filósofo e teólogo francês. Os dois foram castrados – Orígenes pelas próprias mãos, com o intuito de melhor servir ao evangelho; Abelardo a mando do tio de sua amada, Heloísa.

Mas ainda que, sob provocações extremas, *a ralé* de um navio de guerra tenha sido culpada das mais insensatas vinganças, em outras ocasiões demonstra ser muito plácida e tolerante, mesmo com aqueles que lhe cometeram os abusos mais ultrajantes. Muito poderia ser dito a esse respeito, mas me abstenho.

Esse relato sobre o mestre-d'armas não poderia ser concluído de melhor maneira senão chamando-o, na eloquente linguagem do chefe do traquete, de um "*maldito desgraçado, da unha do pé à ponta do cabelo, três vezes virado do avesso*", frase que pretendia ser uma afirmação concisa, bem elaborada e completa, sem omissões ou ressalvas. Também costumávamos dizer que, mesmo se passássemos um pente-fino no inferno, jamais encontraríamos um canalha igual a ele.

45. A PUBLICAÇÃO DE POESIA EM UM NAVIO DE GUERRA

Um ou dois dias depois de chegarmos ao Rio, um incidente bastante divertido aconteceu a um especial conhecido meu, o jovem Lemsford, bardo do convés de canhões.

Os grandes canhões de um navio armado têm blocos de madeira, chamados *tampões*, pintados de preto, que são inseridos em suas bocas para impedir que a espuma do mar salpique dentro deles. Esses tampões entram e saem com facilidade, como se fossem tampas de barriletes de manteiga.

Seguindo o conselho de um amigo, Lemsford, alarmado pelo destino que teve sua caixa de poesia, usara recentemente um canhão específico do convés principal para guardar seus manuscritos: esgueirando-se um pouco para fora da portinhola, ele removia o tampão, inseria os manuscritos bem enrolados e voltava com o tampão para seu devido lugar. O pequeno Quoin, artilheiro ajudante, estava na lista de enfermos na época.

Terminado o desjejum, eu e Lemsford estávamos reclinados no cesto da gávea – para onde, com a permissão de meu nobre mestre, Jack Chase, eu o convidara – quando, de repente, ouvimos uma canhonada. Era no nosso navio.

"Ah!", disse um gajeiro, "é a resposta à salva que deram ontem pra gente".

“Senhor!”, gritou Lemsford, “meus *Cantos das sirenes!*” – e desceu correndo pelos cordames até as baterias, mas assim que pisou no convés de canhões o canhão nº 20 – sua caixa-forte literária – foi disparado com um estrondo atemorizante.

“Então, meu Virgílio da guarda de popa”, disse Jack Chase para ele, depois que voltou ao topo, subindo lentamente pelo cordame, “conseguiu pegá-los? Não precisa responder, vejo que não deu tempo. Não se importe, rapaz; nenhuma prensa no mundo faria melhor que isso. É assim que se publica, Jaqueta Branca”, disse, voltando-se para mim, “lançando a mensagem a grandes tiros de canhão; para cada canto, uma bala de 24 libras; *furando o casco* desses cabeças-duras, quer queiram quer não. E lembre-se, Lemsford, quanto mais eficaz for o seu tiro, menos se ouve do inimigo. Um homem morto não pode sequer balbuciar”.

“Glorioso Jack!”, gritou Lemsford enquanto corria para lhe apertar a mão, “diga isso de novo, Jack, olhando nos meus olhos! Por todos os Homeros, Jack, você fez minha alma se elevar como um balão! Jack, sou apenas um pobre poeta dos infernos. Nem dois meses antes de embarcar, publiquei um livro de poemas muito agressivo com o mundo. Deus sabe o que me custou. Depois de publicá-lo, Jack, o maldito editor me processou por perdas e danos; meus amigos sentiram vergonha; um ou dois que gostaram preferiram não se comprometer; e toda aquela gentalha confusa e desmiolada achou que eu era um idiota. Que se explodam, Jack. O que chamam de público é um monstro, como a imagem que vimos no Havaí, com cabeça de burro, corpo de babuíno e cauda de escorpião!”.

“Não gostei disso”, disse Jack; “quando estou em terra firme, eu mesmo faço parte do público.”

“Com seu perdão, Jack, não faz, não. Lá você faz parte do povo, como o faz aqui, a bordo da fragata. O público é uma coisa, Jack, o povo é outra.”

“Você está certo”, disse Jack, “tem toda razão. Virgílio, você é um ás, uma joia rara, meu rapaz. O público e o povo! Sim, meus camaradas, odiemos um e sejamos fiéis ao outro”.

46. O COMODORO NA POPA E ALGUÉM DA "RALÉ" NAS MÃOS DO CIRURGIÃO

Um ou dois dias depois da publicação de *Cantos das sirenes*, de Lemsford, aconteceu um triste acidente com um companheiro de rancho, um dos chefes da mezena. Era um jovem escocês que, por causa da perda prematura de cabelos no topo da cabeça, era sempre chamado de *Baldy*[114]. Essa calvície, sem dúvida, era atribuída em grande parte à mesma causa que raleava as madeixas da maioria dos marinheiros de guerra – o duro, inflexível e pesado chapéu alcatroado, de uso obrigatório na Marinha, que, quando novo, é tão duro que dá para sentar em cima dele; na verdade, muitas vezes serve de banco para o marinheiro comum, que normalmente não tem nada para se sentar além do próprio dedão.

Ora, nada deixa o comodoro de uma esquadra mais orgulhoso do que a celeridade com que seus homens conseguem manejar as velas e executar todas as manobras relacionadas a elas. Isso se manifesta sobretudo no porto, quando a fragata está próxima de outras embarcações de sua esquadra, e talvez de navios armados de países rivais.

Nessas ocasiões, cercado de seus capitães, que são verdadeiros sátrapas – cada um deles um rei em sua própria ilha flutuante –, o comodoro domina tudo: é o imperador de um arquipélago de madeira, magistral e magnífico como o sultão da ilha de Sulu.

Mas, do mesmo modo que um imperador, e ainda por cima César, tão poderoso quanto o grande dom da Alemanha, Carlos V, costumava se divertir na velhice observando o giro das molas e engrenagens de uma longa fileira de relógios, um velho comodoro passa suas horas livres no porto fazendo o que chamamos de "*exercício de canhões*", ou ainda "*exercício de mastros e velas*" – quando várias vergas e antenas de todos os navios sob seu comando são "braceadas", "içadas" e "encurvadas" em harmonia, enquanto o próprio comodoro fica sentado, como o rei Canuto[115], sobre um baú de armamento na popa de sua capitânia.

---

114 Carequinha.

115 Canuto (995-1035) foi rei da Dinamarca, da Inglaterra e da Noruega.

No entanto, muito mais régio que qualquer descendente de Carlos Magno, mais altivo que qualquer mogol do Oriente, e quase tão misterioso e silencioso em sua autoridade quanto o Grande Espírito das Cinco Nações[116], o comodoro não se digna de verbalizar seus comandos, que são transmitidos por bandeiras de sinais.

Voltando ao velho Carlos V, assim como os naipes coloridos dos baralhos foram criados para distraí-lo em sua senilidade, sem dúvida esses bonitos e pequenos pavilhões salpicados de azul e vermelho foram inventados para alegrar a velhice de todos os comodoros.

Ao lado do comodoro fica o aspirante-sinaleiro, com uma bolsa verde-mar pendurada no ombro (do modo como os caçadores carregam seus bornais), o livro de sinais em uma das mãos e a luneta de sinais na outra. Como o livro contempla os símbolos e sinais maçônicos da Marinha e por isso seria inestimável para um inimigo, sua encadernação contém bordas de chumbo para garantir que afunde no caso de o navio ser capturado. Esse não é o único livro que poderia ser adequadamente encadernado em chumbo, embora haja muitos cujo autor, e não o encadernador, finaliza com esse metal.

No entendimento de Jaqueta Branca, esses sinais consistem em bandeiras de variadas cores, cada uma representando determinado número. Digamos que haja dez bandeiras representando os números cardinais – a vermelha, nº 1; a azul, nº 2; a verde, nº 3, e assim por diante; colocar a bandeira azul sobre a vermelha representaria o nº 21; se a verde fosse colocada em baixo das duas, representaria 213. É fácil, então, por infinitas transposições, multiplicar os vários números que podem ser mostrados desde a ponta da mezena, mesmo que seja usando apenas três ou quatro bandeiras.

Cada número tem um significado particular. O nº 100, por exemplo, pode significar "*Bater em revista*". O nº 150, "*Todos ao grogue*". O nº 2.000, "*Arriar as vergas do joanete*". O nº 2.110, "*Avista algo a barlavento?*". O nº 2.800, "*Não*".

Uma vez que todos os navios de guerra dispõem de um livro de sinais, onde todas essas figuras estão impressas em ordem, se duas fragatas americanas – totalmente desconhecidas uma para a outra – se encontrarem vindo de polos opostos, poderão manter

116 O Grande Espírito é uma das deidades dos povos indígenas da América do Norte que constituem as Cinco Nações, também chamada de Confederação Iroquesa.

uma conversa bastante ampla pelo ar, até mesmo a uma distância de mais de 1 milha.

Quando diversos navios de guerra de uma mesma nação estão fundeados num único porto, formando um amplo círculo em volta de seu amo e senhor, a capitânia, é muito interessante vê-los todos obedecendo às ordens do comodoro, que durante sua execução não chega a abrir a boca.

Foi assim que aconteceu conosco no Rio, e o que se segue é uma história ocorrida com o pobre Baldy, meu companheiro de rancho.

Uma manhã, em obediência a um sinal vindo da capitânia, as várias embarcações pertencentes à esquadra dos Estados Unidos que estavam aportadas soltaram simultaneamente as velas para que secassem. Ao anoitecer, foi dado o sinal para recolhê-las. Nessas ocasiões, existe uma grande rivalidade entre os primeiros-tenentes dos diferentes navios; eles competem para ver quem consegue estivar primeiro todas as velas nas vergas. E essa rivalidade é compartilhada por todos os oficiais de cada embarcação, que por sua vez comandam os diferentes gajeiros, de modo que o mastro grande morre de vontade de vencer o do traquete, e o da mezena, os outros dois. Incitados pelos gritos dos oficiais, os marujos de toda a esquadra se esforçam ao máximo.

"Ao alto, gajeiros! Desfraldar! Despregar!", gritava o primeiro-tenente do *Neversink*.

Ao seu comando, os homens se jogavam ao cordame e logo começavam a escalar as vergas, com destemida prontidão, para executar as ordens.

Ora, ao colher as gáveas ou as velas maiores, a questão de honra e o trabalho mais difícil estão no *bojo*, ou no meio da verga; esse posto pertence ao primeiro chefe da gávea.

"Tão fazendo o quê aí em cima, gajeiros da mezena?", gritou o primeiro-tenente pelo porta-voz. "Mas que droga, vocês são mais desajeitados do que os ursos da Rússia! Não estão vendo que os gajeiros do mastro grande já estão quase fora da verga? Me ajudem aí, senão vou cortar o grogue de todo mundo. Você, Baldy! Vai dormir em cima do bojo?"

Enquanto as palavras eram ditas, o pobre Baldy, sem chapéu e com o rosto banhado em suor, estava se esforçando ao máximo, empilhando as enormes pregas de lona no meio da verga, olhando de vez em quando para o vitorioso Jack Chase, que estava concentrado na verga do mastro grande diante de si.

Por fim, depois que a vela estava bem dobrada, Baldy saltou com os dois pés sobre o *bojo*, agarrando-se à ostaga com uma das mãos, e desse jeito pisou violentamente sobre a lona, deixando-a mais compacta.

"Mas que m–a, Baldy, por que não vai mais rápido, seu lesma?", gritou o primeiro-tenente.

Baldy jogou todo o seu peso sobre a vela rebelde e, por um descuido fatídico, se soltou da ostaga.

"Está com medo de cair, Baldy?", berrou o primeiro-tenente.

Nesse momento, com toda a sua força, Baldy saltou sobre a vela; a gaxeta se soltou e uma forma escura despencou lá de cima. Bateu na beirada do cesto e rolou para o outro lado; no momento seguinte, com um estalo atroz de todos os seus ossos, Baldy bateu como um raio sobre o convés.

A bordo da maioria dos grandes navios de guerra, de cada lado do tombadilho há uma plataforma de carvalho bem firme, de mais ou menos 1,5 por 1,5 metro. Chegamos até ela pisando em três ou quatro degraus, e ela é cercada nas laterais por barras horizontais de bronze. Ela é chamada de *apeadeira*, onde geralmente o oficial do convés se posiciona ao dar ordens em alto-mar.

Foi uma dessas apeadeiras, naquele momento sem ninguém, que interrompeu a queda do pobre Baldy. Ele caiu estendido sobre as barras de bronze, dobrando-as quase em ângulo reto e arrebentando toda a plataforma, com degraus e tudo, que se desfez em mil estilhaços ao bater no convés.

Ele foi apanhado como se estivesse morto e levado até o cirurgião. Seus ossos pareciam os de um homem quebrado na roda, e ninguém pensou que sobreviveria àquela noite. Mas, com o habilidoso tratamento do cirurgião, ele deu sinais de melhora. O cirurgião Cuticle empregou toda a sua ciência ao caso.

Numa curiosa estrutura de madeira feita especialmente para ele, Baldy foi colocado com as pernas e os braços estendidos e nela permaneceu, esticado no chão da enfermaria, durante várias semanas. Quando aportamos em casa, ele conseguiu desembarcar usando muletas; mas de um homenzinho robusto e bem-disposto ele se transformou num mero esqueleto deslocado, branco como espuma. Talvez nesse instante seus ossos quebrados estejam curados e inteiros no derradeiro repouso do marinheiro de guerra.

Poucos dias depois do acidente de Baldy, ao recolher as velas – do mesmo modo frenético, sob a incitação dos gritos de um oficial –, um marujo despencou da verga do sobrejoanete grande de um navio de linha inglês perto de nós, enterrando os calcanhares no convés, deixando ali duas reentrâncias, como se esculpidas pela goiva de um carpinteiro.

A verga do sobrejoanete grande forma uma cruz com o mastro, e cair dessa elevada cruz em um navio de linha é quase como cair da cruz da catedral de St. Paul, quase como a queda de Lúcifer desde a fonte do amanhecer ao Flegetonte da noite.

Há casos de marujos que, ao despencarem assim de uma verga, caem sobre os companheiros posicionados no topo e os carregam consigo rumo à destruição comum.

Dificilmente ouvimos dizer de marinheiros de guerra que voltam para casa depois de uma viagem sem perder alguns tripulantes devido a quedas do topo dos mastros, enquanto na marinha mercante, considerando a grande quantidade de homens a bordo, acontecem pouquíssimos acidentes semelhantes.

Por que medir palavras? A morte da maioria desses marinheiros de guerra pesa na consciência dos oficiais que, enquanto se mantêm seguros no convés, sacrificam sem escrúpulos uma ou duas almas imortais para exibir a disciplina exemplar do navio. E assim, para que o comodoro na popa seja glorificado, quem sofre é *a ralé* do convés de canhões.

47. UM LEILÃO EM UM NAVIO DE GUERRA

Alguma coisa já foi dita sobre o enfado vivido pelos marinheiros de guerra quando o navio está ancorado; mas de vez em quando existem cenas que colaboram para espantar o tédio. As principais são os leilões do comissário, que acontecem com o navio aportado. Semanas, ou talvez meses depois que um marujo morre a bordo de uma embarcação armada, sua bolsa de roupas é vendida dessa maneira, e o dinheiro apurado é transferido para a conta de seus herdeiros ou testamenteiros.

Um desses leilões foi realizado no Rio, pouco depois do triste acidente de Baldy.

Era uma tarde onírica e tranquila, a tripulação estava dispersa pelos cantos quando de repente se ouviu o apito do contramestre, seguido do anúncio: "Atenção, de proa a popa! Leilão do comissário no espardeque!".

Imediatamente os marujos saíram em disparada e se juntaram em volta do mastro grande. Em seguida chegou o ajudante do comissário, conduzindo diante de si três ou quatro subordinados, carregando diversos sacos de roupas, que foram depositados ao pé do mastro.

Nosso ajudante do comissário, à sua maneira, era um camarada cortês. Como muitos jovens americanos de sua classe, em diversos momentos da vida havia assumido funções opostas para sobreviver, transitando entre uma e outra com a facilidade de um aventureiro alegre e talentoso. Havia sido empregado de um vapor no rio Mississippi, leiloeiro em Ohio, ator de repertório no Olympic Theatre em Nova York e agora era ajudante do comissário na Marinha. No decorrer dessa carreira diversificada, sua sagacidade e gracejo naturais foram altamente exercitados e melhorados em todos os aspectos, levando-o a adquirir a dificílima arte de fazer piadas com gracejo, a arte de fazer uma cara triste enquanto o rosto dos ouvintes desabrocha, a arte de preservar a mais séria fisionomia enquanto os outros se dobram de tanto rir. Ele era muito querido pelos marinheiros, o que se devia basicamente ao seu humor, mas também à sua maneira informal, romântica e teatral de tratá-los.

Com um ar digno, ele subiu ao pedestal formado pelas abitas da escota da gávea, impondo silêncio com um aceno teatral; enquanto isso, seus subordinados vasculhavam os sacos e colocavam seus conteúdos diante dele.

"Muito bem, nobres valentes", começou ele, "abrimos este leilão oferecendo à vossa imparcial competição um par de botas velhas de altíssima qualidade", e, ao dizer isso, balançou no ar um objeto cilíndrico e canhestro de couro, quase tão largo quanto um balde usado para apagar incêndios, como amostra do par completo. "Quem dá mais, nobres marujos, por esse excelente par de botas marinhas?"

"Cadê o outro pé?", gritou um marujo de meia-nau, desconfiado. "Eu me lembro dessas botas. Eram do velho Bob, artilheiro ajudante; e eram duas, quero ver o outro pé."

"Meu caro e bom companheiro", disse o leiloeiro em tom ameno, "o outro pé não está à mão, mas dou-lhe minha palavra de honra de que corresponde exatamente a este que você está vendo aqui. Sim, garanto a vocês, nobres milicianos", acrescentou ele, dirigindo-se a todos, "que a outra bota é o par exato desta aqui. Agora digam, caros companheiros. Quem dá mais? Dez dólares, alguém disse?", perguntou, inclinando-se para uma pessoa indeterminada no fundo da multidão.

"Não. Dez centavos", respondeu uma voz.

"Dez centavos! Dez centavos, valentes marinheiros, por esse nobre par de botas", exclamou o leiloeiro, simulando espanto. "Queridos marinheiros de Columbia, vou fechar o leilão; desse jeito não vai dar certo. Deem mais um lance", acrescentou, de modo tranquilo e lisonjeador. "Como é? Um dólar? Um dólar, então, um dólar. Vou fechar a um dólar; dou-lhe uma, dou-lhe duas... Vejam como vibra", disse, balançando a bota de um lado para o outro, "vejam como essa bota de altíssima qualidade vibra com o som da palavra dólar; não paga nem as tachas do salto. Dou-lhe uma, dou-lhe duas, *vendido*!".

E a bota caiu no convés.

"Ah, que sacrifício! Que sacrifício!", suspirou ele enquanto contemplava com os olhos lacrimejantes o solitário balde de incêndios, depois olhava ao redor em busca de aprovação.

"Um sacrifício mesmo!", exclamou Jack Chase, que estava por ali; "Ajudante, está parecendo Marco Antônio sobre o corpo de Júlio César."

"É verdade, é verdade", disse o leiloeiro, sem mover um músculo. "Vejam só!", exclamou ele, suspendendo a bota e exibindo-a no alto, "vejam, nobres marujos, e, se têm lágrimas, preparem-se para derramá-las. Todos vocês conhecem essa bota. Eu me lembro da primeira vez em que Bob a vestiu. Foi numa noite de inverno, perto do cabo Horn, entre as caronadas de boreste, no dia em que suspenderam seu precioso grogue. Vejam! Bem aqui mordiscou um rato; vejam o rasgo que esse rato invejoso deixou; por aqui passou outro, e, enquanto ele o puxava pelo rabo, vejam como o cano se abriu. Esse foi o corte mais cruel de todos. Mas quem vai ficar com as botas?", perguntou, assumindo uma feição de negociante. "Você? Você? Você?"

Mas por ali não havia nenhum amigo do pranteado Bob.

"Marinheiros de Columbia", disse o leiloeiro, imperativo, "essas botas precisam ser vendidas; se eu não conseguir vendê-las de um jeito, terei de vendê-las de outro. Quanto *por libra* vocês dão por esse nobre par de botas velhas? Agora estamos vendendo pelo peso, valentes marujos! Quem dá mais? Um centavo, eu ouvi? Um centavo por libra – dou-lhe uma, dou-lhe duas, dou-lhe três, *vendido*! Quem ficou com elas? Você, chefe de meia-nau? Meu caro amigo, vou pesá-las pra você assim que o leilão terminar".

De maneira semelhante, todo o conteúdo das sacolas foi vendido, incluindo meias velhas, calças e jaquetas, e todos os valores foram anotados, em nome dos licitantes, nos livros contábeis do comissário.

Estando presente nesse leilão, embora sem comprar nada, e vendo a facilidade com que as mais desmanteladas peças de roupas foram vendidas, graças à mágica esperteza do exímio leiloeiro, uma coisa me passou pela cabeça: se algum dia eu decidir, com tranquilidade e categoricamente, me desfazer de minha famosa jaqueta branca, esse será o modo de fazê-lo. Fiquei pensando na questão durante um longo tempo.

O clima no Rio era quente e agradável, e parecia quase impossível que eu fosse voltar a usar uma coisa tão pesada quanto uma jaqueta acolchoada, ainda mais uma jaqueta como a branca. No entanto, lembrei-me da costa americana e de que provavelmente chegaríamos lá durante o outono. Sim, pensei nisso tudo, para dizer a verdade; não obstante, fui tomado pelo desejo desgovernado de sacrificar minha jaqueta, sem pensar muito nas consequências que teria de aguentar. Além disso, a jaqueta era ou não era horrível? Quantos aborrecimentos me causara? Por quantos apertos me fizera passar? Pior, não tinha colocado minha vida em risco? Tive o leve pressentimento de que, se insistisse em continuar com ela, teria minha existência posta em risco de novo. Chega! Vou vendê-la, murmurei, e, ao murmurar essas palavras, levei as mãos à cintura e comecei a andar pelo cesto da gávea, seriamente concentrado e inflexível em meu propósito. No dia seguinte, quando soube que aconteceria outro leilão, dirigi-me à sala do ajudante do comissário, com quem eu mantinha uma relação bem amigável. Depois de mencionar de modo vago e delicado o objetivo de minha visita, fui direto ao ponto e perguntei se ele poderia colocar minha jaqueta num daqueles sacos de roupa e se desfazer dela durante o leilão. Ele concordou gentilmente e assim fechamos o negócio.

No devido momento, toda a tripulação se reuniu em volta do mastro grande; o ajudante do comissário montou seu posto e a cerimônia começou. Enquanto isso, me afastei para o convés de canhões – longe da visão de todos, mas num lugar onde podia acompanhar a cena sem ser percebido.

Como já passou muito tempo, confesso com franqueza que requeri os serviços de um amigo – Williams, o ianque mascate e pedagogo –, cuja função seria fazer hora no local do leilão esperando alguma oferta; se não houvesse nenhuma, ele daria o primeiro lance e, se os ânimos se animassem, participaria do leilão com ofertas mais pertinazes e acaloradas para levar a concorrência a fazer as ofertas mais malucas e extravagantes.

Depois que diversos artigos foram apresentados, a jaqueta branca apareceu lentamente; o leiloeiro a suspendeu lá no alto, segurando-a entre o polegar e o indicador, para submetê-la à inspeção do público exigente.

Cabe descrever mais uma vez minha jaqueta; pois, assim como um retrato retirado numa época da vida não condiz com a realidade de uma época posterior, posso dizer o mesmo, com propriedade, da minha jaqueta, que, depois de passar por tantas mudanças, precisa ser retratada de novo para que se tenha ideia de sua verdadeira aparência naquele momento.

Minha jaqueta dava sinais de velhice prematura; toda ela carregava cicatrizes melancólicas dos bolsos costurados que antes a entrincheiravam em várias direções. Algumas partes haviam mofado por causa da umidade; de um lado faltavam vários botões, e outros estavam quebrados ou rachados; além disso, minhas muitas tentativas exasperadas de escurecê-la esfregando-a nos conveses agora conferiam-lhe uma aparência extremamente desleixada. Tal como era, com todas as suas falhas, o leiloeiro a exibiu.

"Vocês, veneráveis proeiros da âncora de salvação; e vocês, corajosos gajeiros do traquete; e vocês, meus nobres marujos de meia-nau! O que me dizem dessa velha jaqueta de excelentíssima qualidade? Botões e mangas, forro e barra na cintura, deve ser vendida hoje e sem demora. Quem dá mais, valentes marujos de Columbia? Digam, quanto?"

"Caramba!", exclamou um gajeiro do traquete, "aquele trapo ali não é do queridinho de Jack Chase? Não é *a jaqueta branca*?".

"*A jaqueta branca!*", gritaram cinquenta vozes em resposta; "*a jaqueta branca!*".

O grito percorreu todo o navio, de proa a popa, como uma palavra de ordem, abafando completamente a voz solitária do meu amigo Williams, enquanto toda a tripulação a fitava com o olhar tenso, perguntando-se como ela tinha ido parar no saco dos marinheiros mortos.

"Sim, nobres marujos", disse o leiloeiro, "olhem bem para ela; vocês jamais verão outra jaqueta como essa em lado nenhum do cabo Horn, isso eu garanto! Olhem bem, quem dá mais? Uma oferta, mas não se precipitem; sejam prudentes, marujos, sejam prudentes; lembrem-se das contas que têm com o comissário e não se traiam dando lances exorbitantes".

"Ajudante", gritou Grummet[117], um dos artilheiros-ajudantes, passando lentamente seu tabaco de mascar de um lado para o outro da boca, como uma pedra de lastro. "Só dou algum lance nesse monte de trapos se você acrescentar 10 libras de sabão."

"Não se preocupe com isso, meu velho", disse o leiloeiro. "Quem dá mais pela jaqueta, nobres marujos?"

"Jaqueta!", gritou um afetado *polidor de ossos*[118] do paiol de pólvoras. "O alfaiate então foi o veleiro. Quantas braças de lona tem nisso daí, ajudante?"

"Quem dá mais pela *jaqueta*?", insistiu o leiloeiro, enfaticamente.

"E ainda chama de *jaqueta*!", gritou um chefe do porão. "Por que não chamá-la de escuna de guerra caiada de branco? Vejam só as portinholas, por onde passa o ar nas noites frias."

"Uma rede de arenque, isso aí", disse Grummet.

"Me dá *febre terçã* só de olhar pra ela", manifestou-se um gajeiro da mezena.

"Silêncio!", gritou o leiloeiro. "Vamos lá, rapazes, deem um lance, essa jaqueta *precisa* ser vendida. E então, quanto vão dar por ela?"

---

117 Bracelete ou elo de uma corrente.

118 O termo pode significar "empregado"; mas, no linguajar dos marujos, era usado também para se referir a quem empunhava o gato de nove rabos, apesar de somente os oficiais terem a autorização para usar o açoite.

“Ora essa, ajudante”, gritou um marujo de meia-nau, “antes de tentar empurrá-la para algum novato, você devia trocar as mangas, o forro e também o corpo da jaqueta”.

“Para que tanta discussão sobre essa roupa?”, gritou um velho proeiro da âncora de salvação. “Não estão vendo que é um ‘uniforme de revista’ – três botões de um lado e nenhum do outro.”

“Silêncio!”, gritou novamente o leiloeiro. “Quem dá mais, milicianos do mar, por esta excelente jaqueta?”

“Bom”, disse Grummet, “fico com ela por um centavo para fazer de pano de chão”.

“Ah, qual é, falem algo que preste, columbianos!”

“Pois então”, disse Grummet, de repente se mostrando genuinamente indignado, “se quer mesmo que a gente diga alguma coisa, jogue esse monte de pano velho no mar, *digo eu*, e nos mostre alguma coisa que valha a pena”.

“Ninguém vai dar um lance, então? Muito bem, deixo-a de lado. Vejamos alguma outra coisa.”

Enquanto se dava essa cena e os marujos vilipendiavam minha jaqueta branca, meu coração batia forte no peito! Três vezes cheguei a ponto de sair correndo de meu esconderijo para salvá-la do escárnio. Mas me contive, convencido de que tudo daria certo e a jaqueta finalmente encontraria um comprador. Mas não, infelizmente não havia como me livrar dela, salvo enrolando-a numa bala de 42 e entregando-a às profundezas. Mas ainda que, em meu desespero, eu tivesse contemplado uma ideia parecida, agora ela causava-me uma aversão explicável apenas pelas superstições. Se eu afundasse minha jaqueta, pensava eu, certamente ela se estenderia num leito no fundo do mar, sobre o qual, mais cedo ou mais tarde, eu também me deitaria, homem morto. Sendo assim, incapaz de torná-la propriedade de outra pessoa, e impedido de sepultá-la para sempre, longe da minha visão, minha jaqueta se aderiu a mim como a túnica fatal de Nesso[119].

---

119 Na mitologia grega, Nesso foi um centauro que morreu devido a um ferimento provocado por Héracles. Antes de morrer, no entanto, entregou a Dejanira, esposa de Héracles, um frasco de sangue envenenado, convencendo-a de que se tratava de um unguento com poderes milagrosos, que deveria ser passado nas vestimentas do marido para que ele a amasse para sempre. Após vestir a túnica, o veneno queimou a carne de Héracles, levando-o à morte.

48. COMISSÁRIO, AJUDANTE DO COMISSÁRIO E CHEFE DOS CORREIOS EM UM NAVIO DE GUERRA

O notável papel executado pelo ajudante do comissário no infrutífero leilão de minha jaqueta lembrou-me de como é importante, a bordo de todos os navios de guerra, a figura desse oficial. Ele é o braço-direito do comissário, seu secretário de confiança, a quem o comissário confia as contas de toda a tripulação enquanto, na maioria das vezes, confortável e aconchegado em seu camarote, folheia uma pilha de jornais em vez de cuidar da contabilidade.

De todos os não combatentes de um navio de guerra, o comissário talvez seja o de maior importância. Embora seja apenas um membro do rancho da praça-d'armas, o costume parece atribuir a ele uma posição algo superior à de seus iguais na hierarquia naval: capelão, cirurgião e professor. Além disso, ele é visto constantemente em conversas secretas com o comodoro, que, no *Neversink*, foi visto mais de uma vez tratando nosso comissário de maneira levemente jocosa. Em diversas ocasiões, ele também era chamado à cabine do comodoro e lá ficava com ele, trancado a sete chaves, durante vários minutos. Não me recordo de alguma vez ter acontecido uma reunião privada dos barões da praça-d'armas, os tenentes, na cabine do comodoro, sem que o comissário participasse. Sem dúvida, o fato nada trivial de o comissário ter o controle de todas as questões financeiras do navio de guerra concede a ele a grande importância de que desfruta. Na verdade, em todos os governos – monarquias ou repúblicas –, a personalidade que cuida das finanças ocupa invariavelmente uma posição de comando. Assim, no que se refere ao posto, o secretário do Tesouro dos Estados Unidos é considerado superior aos outros chefes de departamento. Também na Inglaterra, o verdadeiro cargo ocupado pelo primeiro-ministro é, como todos sabem, o de primeiro-lorde do Tesouro.

Muito bem, subordinado a esse alto funcionário do Estado está o oficial conhecido como ajudante do comissário, que é o chefe de todos os assuntos fiscais da fragata. Ele ocupa um escritório comum sobre a coberta cheio de livros contábeis, registros e diários. Sua mesa ficava tão cheia de papel quanto a de qualquer comerciante de Pearl Street, e a maior parte de seu tempo era dedicada às contas. Através da janela de seu escritório subterrâneo, podíamos vê-lo durante horas a fio escrevendo sob a luz de uma lamparina que nunca se apagava.

Ex officio, o ajudante do comissário da maioria dos navios é um tipo de chefe dos correios, e seu escritório, uma agência. Quando os sacos cheios de cartas para a esquadra, quase tão grandes quanto aqueles do correio dos Estados Unidos, chegavam a bordo do *Neversink*, era o ajudante do comissário que se sentava junto à sua janelinha na coberta e nos entregava nossas cartas ou papéis – se houvesse algo em nosso nome. Alguns solicitantes decepcionados se ofereciam para comprar as epístolas dos colegas mais afortunados, mas o selo permanecia intacto, dado que a leitura solitária e particular de uma carta doméstica, longa e afetuosa, vinda da casa de um homem qualquer, era muito melhor do que nenhuma carta.

Nas cercanias do escritório do ajudante do comissário ficam os principais paióis do comissário, onde são encontradas grandes quantidades de produtos de todo tipo. A bordo dos navios em que se permite oferecer produtos à tripulação para que sejam vendidos em terra com o intuito de arrecadar dinheiro, são feitas mais transações no escritório do ajudante do comissário durante a manhã de um único dia de licença do que seriam feitas durante uma semana em todas as mercearias de um vilarejo de tamanho considerável.

Uma vez ao mês, com uma regularidade infalível, esse funcionário tem suas mãos mais do que ocupadas. Pois, uma vez ao mês, circulam entre a tripulação certos folhetos, chamados de "róis do rancho", e o que quiséssemos obter com o comissário – fosse tabaco, sabão, brim, *dungaree*, agulhas, linha, facas, cintos, calicô, fitas, cachimbos, papel, canetas, chapéus, tinta, sapatos, meias ou qualquer outra coisa – deveria ser marcado no rol do rancho, que era devolvido ao escritório do ajudante no dia seguinte, para que em seguida os "petrechos", como são chamados, fossem entregues aos marujos e anotados em suas contas.

Sorte dos marinheiros de guerra que as ultrajantes imposições às quais eles estavam sujeitos, até poucos anos atrás, devido aos abusos nesse departamento do serviço naval, e a inescrupulosa cupidez de muitos comissários *agora* praticamente não existem mais. Os comissários, em vez de terem a liberdade de ganhar o que quiserem com a venda de seus artigos, hoje recebem um ordenado regular estabelecido por lei.

No sistema passado, os lucros de alguns desses oficiais eram quase inacreditáveis. Fontes confiáveis dizem que, durante uma viagem pelo Mediterrâneo, o comissário de um navio de linha americano cavou a quantia de 50 mil dólares, ao que abandonou o serviço e se retirou para o campo. Pouco tempo depois, suas três filhas – não muito encantadoras – tiveram casamentos promissores.

A ideia que os marinheiros têm dos comissários está resumida numa frase pouco elegante, mas bastante expressiva, muito usada por eles: "O comissário é um feiticeiro: consegue fazer um morto mascar tabaco", dando a entender que as contas de um homem morto às vezes são submetidas a encargos pós-morte. Entre os marinheiros, os comissários costumam ser chamados de "*rói-queijos*".

Não é de admirar que, a bordo da velha fragata *Java*, ao retornar de uma viagem que se estendeu por mais de quatro anos, mil dólares tenham sido suficientes para pagar oitenta tripulantes, embora a soma dos salários desses oitenta, para toda a viagem, possa ter superado os 60 mil dólares. Mesmo no sistema atual, o comissário de um navio de linha, por exemplo, é muito mais bem pago do que qualquer outro oficial, com exceção do capitão ou do comodoro. Enquanto o tenente costuma receber não mais do que 18 mil dólares, o cirurgião de uma esquadra, 15 mil, e o capelão, 12 mil, o comissário de um navio de linha recebe 35 mil dólares. Tendo em conta esse salário, no entanto, não podemos negligenciar suas responsabilidades, pois de modo algum são insignificantes.

Há comissários na Marinha a quem os marinheiros eximem das insinuações mencionadas, e hoje em dia, considerados como um todo, eles não são tão odiosos quanto antigamente; por exemplo, o velho e viçoso comissário do *Neversink*, por nunca se envolver em questões disciplinares com os marinheiros e ser um camarada bem-disposto e aparentemente de bom coração, era muito querido entre nossos tripulantes.

49. COMO OS RUMORES DE UMA GUERRA FORAM RECEBIDOS PELA POPULAÇÃO DO *NEVERSINK*

Enquanto estávamos parados no porto de El Callao, no Peru, ouvimos alguns rumores a respeito de uma guerra com a Inglaterra, relacionada à antiga e controversa questão das fronteiras do noroeste. Esses rumores aumentaram quando chegamos ao Rio, e essa perspectiva de hostilidades levou nosso comodoro a autorizar procedimentos que fizessem todos os homens a bordo do *Neversink* compreenderem a possibilidade de serem mortos junto a seu canhão.

Entre outras coisas, muitos homens foram destacados para subir com as balas de canhão enferrujadas, armazenadas no paiol de projéteis no porão, e deixá-las limpas e prontas para o uso. O comodoro era um homem absolutamente asseado e jamais dispararia uma bala suja em seu inimigo.

Uma ocasião interessante para um observador tranquilo, e não passou de todo despercebida. Para não repetir os comentários exatos dos marujos enquanto passavam as bolas de mão em mão pela escotilha, como colegiais que jogassem bola em terra firme, basta dizer que, do sentido geral de seu discurso, de certo modo jocoso, ficou claro que quase todos os homens repudiavam a ideia de entrar em ação.

E por que desejariam uma guerra? Receberiam aumento de salário? Nem um centavo. As gratificações, no entanto, deveriam servir de incentivo. Mas, de todas as "recompensas da virtude", a gratificação é a mais incerta, e disso os marinheiros de guerra sabem. O que, então, haveriam de esperar de uma guerra? O que mais haveriam de esperar além de trabalho duro e de um trato mais pesado do que em momentos de paz, uma perna ou um braço de pau, feridas mortais e morte? Basta dizer, no entanto, que a grande maioria dos marinheiros comuns do *Neversink* estava claramente preocupada com a perspectiva de guerra e se opunha claramente a ela.

Mas com os oficiais do tombadilho acontecia justamente o contrário. Nenhum deles, para ser exato, pelo menos naquilo que escutei, expressou verbalmente sua satisfação, mas ela se revelava inevitavelmente pela crescente alegria com que se tratavam, por suas frequentes reuniões fraternais e por sua animação incomum durante vários dias quando tinham que dar ordens. A voz de Mad Jack – que soava sempre como um campanário – agora ecoava como aquele famoso sino da Inglaterra, o Great Tom de Oxford. Quanto a Selvagee, usava sua espada com ares de ostentação, e seu criado polia a lâmina diariamente.

Mas por que esse contraste entre o castelo de proa e o tombadilho, entre os marinheiros de guerra e seus oficiais? Porque, embora a vida de todos fosse igualmente comprometida pela guerra, o marinheiro não esperava dela nenhuma promessa de promoção, muito menos o que chamamos de *glória*, mas as duas coisas ardiam dentro do peito dos oficiais.

Não é tarefa agradável, nem gratificante, mergulhar na alma de certos homens; mas há ocasiões em que trazer à tona a lama depositada no fundo nos revela em que água estamos mergulhados e junto a qual costa.

Como esses oficiais obteriam a glória senão pela afamada carnificina de seus companheiros? Como seriam promovidos senão sobre a cabeça enterrada de seus camaradas e companheiros de rancho?

O contraste hostil entre o sentimento dos marinheiros comuns e o dos oficiais do *Neversink* em relação àquela guerra mais do que possível é um dos muitos exemplos que poderiam ser citados para mostrar o antagonismo de seus interesses, o antagonismo incurável em que vivem. Mas será que homens cujos interesses são diversos podem ter a esperança de conviver numa harmonia que não seja imposta? Será que existe esperança de que a irmandade da raça humana prevaleça em um navio de guerra, onde a ruína de um é quase a bênção de outro? Ao abolirmos o açoite, será que eliminaremos a tirania – *essa* tirania que deve sempre prevalecer, dado que de duas classes essencialmente antagônicas, e em contato permanente, uma é imensuravelmente mais forte? Decerto parece quase impossível. E como a finalidade mesma de um navio de guerra, como implica seu nome, é travar batalhas tão naturalmente repugnantes para os marujos, enquanto existirem navios de guerra eles sempre serão um retrato do quanto há de tirânico e repulsivo na natureza humana.

Sendo uma instituição muito maior do que a Marinha americana, a Marinha armada inglesa nos fornece um exemplo ainda mais impressionante dessa questão, sobretudo porque a existência da guerra produz um aumento vastíssimo de sua força naval em comparação ao que é em momentos de paz. É bem sabida a alegria que a notícia do retorno repentino de Napoleão Bonaparte da ilha de Elba provocou na multidão de oficiais navais britânicos, que antes esperavam ser mandados para terra firme com o pagamento de meio soldo. Desse modo, o que causou a lamúria de todos foi motivo de agradecimento para esses oficiais. Não os critico como *homens* – tais sentimentos se devem à sua profissão. Não fossem eles oficiais navais, não se alegrariam em meio ao desespero.

Quando chegará o momento – até quando Deus o adiará – em que as nuvens, que às vezes se reúnem sobre os horizontes das nações, deixarão de ser aclamadas pela humanidade para que explodam como uma bomba? As marinhas permanentes, assim como os exércitos permanentes, servem para manter vivo o espírito de guerra mesmo no humilde coração da paz. Em suas brasas e cinzas alimentam o fogo fatal, e os oficiais a meio soldo, como os sacerdotes de Marte, continuam guardando o templo mesmo que lá dentro não haja deus nenhum.

50. A BAÍA DE TODAS AS BELEZAS

Eu disse que deveria passar pelo Rio sem maiores descrições, mas neste instante sou invadido por uma torrente de lembranças tão aromáticas que só posso ceder e me retratar enquanto inalo essa atmosfera almiscarada.

Um cinturão de mais de 150 milhas de montanhas verdejantes cinge uma vastidão translúcida, tão cravejado de serras de relva, que entre as tribos indígenas o lugar era conhecido como "A Água Oculta". Por todos os lados, à distância, erguem-se picos cônicos que, ao alvorecer e ao luar, ardem como círios acesos; lá de baixo, desde o interior, atravessando vinhedos e florestas, fluem regatos radiantes, todos desaguando no porto.

Não falo da *Bay of All Saints* – a Baía de Todos os Santos; pois, embora seja uma enseada gloriosa, o Rio é a Baía de Todos os Rios – Baía de Todos os Deleites – Baía de Todas as Belezas. Das encostas de morros circunjacentes, o verão incansável pende perpetuamente em terraços de vívido verdor; e incrustados por um musgo antigo, convento e castelo aninham-se nos vales e entremontes.

Por toda a costa, angras profundas adentram-se no verde das terras montanhosas e, rodeadas de bravias terras altas, lembram mais o lago Katrine do que o lago Léman. Ainda que o lago Katrine tenha sido cantado pelo emboinado Scott, e o lago Léman pelo coroado Byron, aqui, no Rio, tanto lago quanto lagoa são duas flores silvestres numa perspectiva quase ilimitada. Contempla, pois! Lá longe, muito longe, estende-se o amplo azul da água, para além dos morros verde-claros que se avolumam suavemente, respaldados pelo purpúreo dos picos e tubos da serra dos Órgãos, nome mais que apropriado, pois, durante as trovoadas, derramam canhonadas sobre a baía, abafando a mistura de graves de todas as catedrais do Rio. Gritem a plenos pulmões, exaltem suas vozes, batam os pés, regozijem-se, picos da serra dos Órgãos!, e derramem pelo mundo seu *Te Deums*!

Que importa se esse grande porto do Rio permaneceu oculto entre as montanhas, por mais de 5.500 anos, desconhecido dos católicos portugueses? Séculos antes de Haydn se apresentar diante de imperadores e reis, a serra dos Órgãos tocava seu oratório *A criação* diante do próprio Criador. Mas o nervoso Haydn não teria suportado o coro dessa salva de canhões, pois esse compositor de raios e trovões morreu, afinal, sob a estrondosa comoção do bombardeio de Napoleão em Viena.

Mas todas as montanhas são montanhas da serra dos Órgãos: os Alpes e o Himalaia; a cordilheira dos Apalaches, os montes Urais, os Andes, as Montanhas Verdes e as Brancas. Todas executam hinos sem cessar: o *Messias*, *Sansão*, *Israel no Egito*, *Saul*, *Judas Macabeu*, *Salomão*.

Arquipélago Rio! Antes de Noé ancorar sua arca no velho Ararate, ancoraram em ti todas essas ilhas verdes e rochosas que agora vejo. Mas Deus não construiu em vós, ilhas, aquelas longas linhas de baterias, tampouco nosso abençoado Salvador foi padrinho de batismo da carrancuda fortaleza de Santa Cruz, ainda que nomeada em homenagem a ele, o Príncipe da Paz!

Anfiteatro Rio! Em sua ampla expansão poderiam acontecer a Ressurreição e o Dia do Juízo dos navios de guerra do mundo todo, representados pelas capitânias das frotas – as capitânias das galés armadas fenícias de Tiro e Sidon; das esquadras do rei Salomão que todo ano navegavam rumo a Ofir, de onde, tempos depois, talvez zarparam as frotas de Acapulco dos espanhóis, cheias de lingotes de ouro como lastro; de todas as embarcações gregas e persas que trocaram o abraço bélico na ilha de Salamina; de todas as galés romanas e egípcias que, como águias, escorrendo sangue pelas proas, bicaram-se em Áccio; de todas as quilhas dinamarquesas dos vikings; dos rápidos torpedeiros de Abba Thule, rei do Palau, quando partiu para conquistar Artingall; de todas as frotas venezianas, genovesas e papais que se uniram na batalha de Lepanto; dos dois cornos do crescente da Armada Espanhola; da esquadra portuguesa que, sob o comando do galante Gama, castigou os mouros e descobriu as Molucas; de todas as frotas holandesas lideradas por Van Tromp e naufragadas pelo almirante Hawke; dos 47 navios de linha franceses e espanhóis que, durante três meses, tentaram tomar Gibraltar; de todos os navios de 74 canhões de Nelson, que bombardearam São Vicente, o Nilo, Copenhague e Trafalgar; de todos os navios mercantes da Companhia das Índias Orientais; dos brigues de guerra, corvetas e escunas de Perry que dispersaram as forças britânicas no lago Erie; de todos os corsários berberes capturados por Bainbridge; das canoas de guerra dos reis polinésios, Tammahammaha e Pomare – sim!, todos juntos, com o comodoro Noé como seu lorde grande almirante; nessa abundante baía do Rio, todas essas capitânias poderiam ancorar e balançar em harmonia até chegar a primeira onda do dilúvio.

O Rio é um pequeno Mediterrâneo; e o que se fabulou sobre a entrada daquele mar se faz parcialmente verdade no Rio; pois aqui, na boca, eleva-se um dos pilares de Hércules, o Pão de Açúcar, com mil pés de altura e um pouco inclinado, como a Torre de Pisa. Em sua base, agachados como mastins, estão as baterias de José e Teodósia, e do lado oposto nos ameaça um forte cimentado sobre as rochas.

A largura do canal – único acesso à baía – parece ser nada mais que a distância de um arremesso; nada se vê do mar cercado de terra até que se adentre no estreito. Mas, depois, que paisagem se contempla! Diversificada como o porto de Constantinopla, mas mil vezes maior. Quando o *Neversink* ali se embrenhou, ouvimos a ordem: "Ao alto, gajeiros! Colher os joanetes e sobrejoanetes!".

Ao som das palavras, corri para o cordame e logo ocupei meu posto. E com que enlevo me ergui sobre a verga do sobrejoanete grande! Lá no alto, equilibrado sobre aquela magnífica baía, um mundo novo para meus olhos arrebatados, senti-me o primeiro de uma revoada de anjos, vindos de alguma estrela da Via Láctea, que acabara de pousar sobre a Terra.

51. UM HOMEM "DA RALÉ" PARTICIPA DE UMA REUNIÃO COM O COMODORO E O CAPITÃO NO TOMBADILHO

Estávamos havia pouco tempo no Rio quando, nos recantos mais íntimos da alma imensa do meu nobre chefe da gávea – o incomparável Jack Chase –, se formou a opinião, robusta e deliberada, de que a tripulação do navio devia ter pelo menos um dia de "*licença*" para ir à costa antes de levantar ferro e zarpar para casa.

Devo dizer que, no que se refere a assuntos desse tipo, nenhum marinheiro de guerra se atreveria a desempenhar papel de agitador, a não ser que pertencesse a uma patente superior ao mero marujo qualificado; e ninguém, exceto os suboficiais – ou seja, chefe da gávea, artilheiro ajudante ou segundo-contramestre –, sonha em se dirigir à suprema autoridade da embarcação como porta-voz para solicitar qualquer tipo de favor para si ou para seus companheiros.

Depois de discutir detalhadamente a questão com diversos quartéis-mestres e outros digníssimos milicianos do mar, Jack, chapéu na mão, apareceu uma tarde ao pé do mastro e, esperando o capitão Claret se aproximar, curvou-se em reverência e se dirigiu a ele com seu estilo informal, polido e poético. Em suas interações com o tombadilho, Jack sempre presumia ser o predileto de todos.

"Senhor, esse porto do Rio é encantador, e nós somos pobres marinheiros – seus fiéis guerreiros do mar! Pensando *no senhor*, valente capitão, acostaríamos o rochedo de Gibraltar e o tomaríamos de assalto – nós, pobres camaradas, valente capitão, já contemplamos tanto essa paisagem arrebatadora que não aguentamos mais. Capitão Claret, poderia nos conceder um dia de licença? Garantindo assim sua eterna felicidade, pois, em nossas taças transbordantes, nunca será esquecido."

Enquanto concluía desse modo com uma citação de Shakespeare, cumprimentou o capitão com um gesto floreado e elegante de seu chapéu e depois, levando a aba até a boca, com a cabeça inclinada e uma formalidade distinta, colocou-se imóvel numa postura de apelo eloquente, porém passivo. Parecia dizer: magnânimo capitão Claret, nós, nobres camaradas, corações de carvalho, nos submetemos a sua bondade excepcional.

"E vocês querem fazer o que em terra firme?", perguntou o capitão, evasivo, tentando esconder sua admiração por Jack simulando certa arrogância.

"Ah, senhor", suspirou Jack, "por que os camelos sedentos do deserto desejam beber as águas da fonte e rolar na relva verde do oásis? Não acha que acabamos de chegar de um Saara oceânico? E o Rio não é um terreno verdejante, nobre capitão? É claro que o senhor não vai nos manter presos à âncora o tempo todo, quando um pouco mais de cabo nos permitiria pastar naquela grama! E é muito maçante, capitão Claret, ficarmos presos meses e meses no convés de canhões sem poder sentir o aroma sequer de um limão. Ah, capitão Claret, é como canta o doce Waller:

But who can always on the billows lie?
The watery wilderness yields no supply.[120]

Comparado com esse prisioneiro, nobre capitão:

Happy, thrice happy, who, in battle slain,
Prest, in Atrides' cause the Trojan plain![121]

Na versão de Pope, senhor, não o original grego."

Dito isso, Jack levou de novo à boca a aba do chapéu e, inclinando-se levemente para a frente, calou-se.

Nesse momento, o sereníssimo comodoro em pessoa surgiu do portaló de popa; seus botões dourados, suas dragonas e os cordões de ouro de seu chapéu brilhavam, banhados pelo pôr do sol. Atraído pela cena entre o capitão Claret e um cidadão tão conhecido e admirado como Jack Chase, ele se aproximou; assumindo por um

120 "Sobre as ondas revoltas, quem pode sempre navegar? / A imensidão das águas tem poucos recursos para nos dar." *Instructions to a Painter*, de Edmund Waller (1606-1687).

121 "Felizes, três vezes felizes aqueles que, findados na batalha, / Jazem nos campos de Troia à causa dos Átridas!" *Odisseia*, de Homero, na tradução de Alexander Pope (1688-1744), de 1726.

instante o ar de agradável complacência – jamais demonstrado aos seus nobres barões, os oficiais da praça-d'armas –, ele disse, com um sorriso:

"Muito bem, Jack, você e seus companheiros estão atrás de algum favor, imagino – um dia de licença, não é isso?"

Impossível dizer se o gesto do nobre Jack se deveu ao sol poente horizontal que se derramava pelo convés e o cegou, ou se foi em homenagem e respeito ao poderoso comodoro; nesse momento, Jack levou respeitosamente o chapéu à testa, como um homem que estivesse com a vista fraca.

"Valente comodoro", disse ele, por fim, "essa reunião, na verdade, é uma honra que não mereço. Quase sucumbi sob seu peso. Sim, valente comodoro, sua mente sagaz adivinhou nosso objetivo. Licença, senhor; uma licença, na verdade, é nosso humilde pedido. Acredito, valente comodoro, que seu honroso ferimento, recebido em gloriosa batalha, deve hoje lhe doer menos do que o comum".

"Ah, astuto Jack!", gritou o comodoro, de modo algum insensível à audaciosa incursão de sua lisonja, mas tampouco insatisfeito com ela. Em muitos aspectos, a ferida do nosso comodoro era seu ponto fraco.

"Acho que devemos dar a licença a eles", acrescentou, virando-se para o capitão Claret, que fez um gesto para Jack se afastar e começou a conversar em segredo com seu superior.

"Vamos cuidar disso, Jack", gritou por fim o comodoro, avançando os passos. "Dispensado."

"Volte para o seu posto, chefe da gávea!", gritou o capitão, friamente. Queria neutralizar de alguma maneira o efeito da condescendência do comodoro. Além disso, preferia que o comodoro estivesse em sua cabine, pois sua presença, naquela circunstância, afetara a supremacia do capitão no navio. Mas Jack não se mostrou abatido pela frieza do capitão. Sentia-se seguro o suficiente, então prosseguiu para manifestar sua gratidão.

"Gentis cavalheiros", suspirou, "'sua diligência encontra-se nas páginas que viro e leio todos os dias' – Macbeth, valente comodoro e capitão! – é o que diz o guerreiro aos nobres senhores, Rosse e Angus".

Fazendo uma lenta e demorada reverência aos dois nobres oficiais, Jack se retirou, sem deixar de cobrir os olhos com a aba do chapéu.

"Viva Jack Chase!", gritaram seus companheiros no castelo de proa quando Jack lhes deu a grata notícia da licença. "Quem mais pode falar com os comodoros como nosso incomparável Jack?"

52. ALGUMAS PALAVRAS SOBRE OS ASPIRANTES

Na manhã seguinte, depois da conversa do incomparável Jack com o comodoro e o capitão, ocorreu um pequeno incidente, logo esquecido por quase toda a tripulação, mas muito bem lembrado pelos poucos marujos que tinham o hábito de examinar com atenção os procedimentos diários. À primeira vista, era um acontecimento corriqueiro – pelo menos em um navio de guerra – a flagelação de um homem junto ao portaló. Mas as circunstâncias de fundo desse caso eram de uma natureza tal que ampliou essa flagelação específica a uma questão de importância nada pequena. A história em si não pode ser relatada aqui; narrá-la não cairia bem: basta dizer que a pessoa flagelada era um homem de meia-idade, marujo de meia-nau – um sujeito lastimável, arruinado e miserável, um daqueles homens de terra desprezíveis que às vezes são mandados para a Marinha por não servir para mais nada, do mesmo modo que outros são mandados para o hospício. Foi flagelado por causa da reclamação de um aspirante, e aí está o quê da questão. Pois, embora esse marujo de meia-nau fosse tão ignóbil, ser flagelado nessa ocasião foi o resultado indireto da malevolência desumana e da falta de escrúpulos do aspirante em questão – um jovem sujeito a se entregar às vezes a amizades indignas com alguns homens que, mais cedo ou mais tarde, quase sempre sofriam por causa de suas caprichosas preferências.

Mas o principal fundamento envolvido nessa questão é demasiado prejudicial para ser descartado tão levianamente.

Na maioria dos casos, pareceria um princípio cardinal que um capitão da Marinha considerasse seus subordinados como partes desagregadas de si mesmo, separadas do corpo principal para desempenhar serviços especiais, e que a ordem do aspirante mais insignificante devesse ser obedecida respeitosamente pelos marujos como se tivesse sido dada pelo comodoro posicionado no tombadilho. Esse princípio foi enfatizado certa vez, de modo memorável, pelo valente e vistoso *sir* Peter Parker[122] – por ocasião de sua morte durante uma expedição criminosa às margens da Baía de Chesapeake, em 1812 ou 1813, lorde Byron escreveu suas famosas estrofes. "Pelo deus da guerra", disse *sir* Peter para os marujos, "vou fazê-los cumprimentar até o casaco dos aspirantes que porventura estiver esticado numa vassoura para secar!".

Que o rei, aos olhos da lei, não pode cometer erros, é a famosa ficção dos Estados despóticos; mas, nas marinhas das monarquias constitucionais e das repúblicas, permaneceu o uso de engrandecer essa ficção, estendendo-a indiretamente a todos os subordinados do tombadilho do principal magistrado de um navio armado. Ainda que não seja reconhecido juridicamente e que os próprios oficiais não o admitam, esse é o princípio que permeia toda a frota, o princípio que influencia tudo a cada hora; para o sustentarem, milhares de marujos foram açoitados no portaló.

Por mais infantil, ignorante, estúpido ou idiota que seja um aspirante, se ele ordena que um marinheiro execute até a ordem mais absurda, este tem a obrigação de obedecer a ela imediatamente e sem discussão; caso se recuse, o faz por sua conta e risco. Se, depois de obececer a ela, o marinheiro reclama com o capitão, e o capitão, por juízo próprio, se convence por completo de alguma impropriedade, talvez da ilegalidade da ordem, mesmo assim, em nove de dez casos, ele não repreenderia publicamente o aspirante, tampouco admitiria diante do reclamante que, nesse fato específico, o aspirante fizera algo totalmente incorreto.

Depois de receber de um aspirante a reclamação a respeito de um marujo, lorde Collingwood, na época capitão de um navio de linha, ordenou que o homem fosse punido; no intervalo, chamou o aspirante no canto e lhe disse:

"Segundo todas as possibilidades, a culpa é sua, você sabe, não é? Portanto, quando o homem for levado ao mastro, é melhor que você peça que ele seja perdoado."

Consequentemente, depois da intervenção pública do rapaz, Collingwood, virando-se para o culpado, disse: "Esse jovem cava-

122 Peter Parker, 2º Baronete (1785-1814) foi um jovem capitão naval morto na Guerra Anglo-Americana, de 1812. Lorde Byron o homenageou no poema *Elegiac Stanzas*, de 1814.

lheiro intercedeu por você de forma tão humana que, na esperança de que sinta a devida gratidão pela benevolência dele, vou desconsiderar seu delito dessa vez". Essa história é contada pelo editor da *Correspondência* do almirante com o intuito de demonstrar seu bom coração.

Ora, Collingwood foi, na realidade, um dos almirantes mais justos, humanos e benevolentes a içar uma bandeira. Como oficial naval, Collingwood era um em um milhão. Mas se um homem como ele, influenciado por velhos costumes, podia desse modo violar o princípio mais básico de justiça – por melhores que fossem os motivos –, o que deveríamos esperar de outros capitães que não fossem tão claramente dotados de características nobres como o era Collingwood?

E se o corpo dos aspirantes americanos é composto basicamente de crianças que acabaram de sair do berço e do seio de casa, onde recebiam mimos sem limites, e se pelo menos a maioria deles, por sua incapacidade como oficiais de realizar todas as funções importantes no mar, por sua arrogância infantil e presunçosa que inspiram seus passamanes dourados, por seu jeito dominador de tratar os marinheiros e por sua aptidão peculiar de interpretar as mais simples trivialidades de comportamento como afrontas à sua dignidade; se por tudo isso, eles por vezes despertam a má vontade dos marujos; e se, de inúmeras formas, os marujos não puderem disfarçá-la – quão fácil é para qualquer um desses aspirantes, que calha de não serem controlados por nenhum princípio moral, recorrer a práticas rancorosas para se vingar de seus ofensores, chegando em muitos casos ao extremo do açoite; pois, como vimos, o princípio tácito da Marinha parece ser que, em sua relação cotidiana com os marujos, os aspirantes não podem fazer nada de desagradável que possa gerar a censura pública de seus superiores.

"Ei, vou lhe dar uma *açoitada* quando você menos esperar", costumamos ouvir um aspirante dizer para um marujo que, de algum modo não exposto à ação judicial do capitão, por acaso o tenha ofendido.

De vez em quando podemos ver um desses caras, de no máximo 1,50 metro de altura, observando com olhos fumegantes algum venerável marujo de 1,80 metro, pertencente ao castelo de proa, maldizendo-o e insultando-o com cada um dos epítetos considerados mais escandalosos e insuportáveis entre os homens. No entanto, a língua indignada do marujo está amarrada com um nó triplo pela lei, que o ameaça com a sombra da morte se, movido pela paixão, levantar a ponta do dedo contra o verme humano que cospe em seus pés.

Mas como, para a maioria dos efeitos práticos, nós sabemos muito bem o que a natureza humana é e o que continuará sendo, não é preciso um exemplo especial para mostrar que ali, onde os mais simples garotos, arrancados indiscriminadamente de suas famílias, ganham autoridade sobre homens maduros, os resultados terão uma monstruosidade proporcional à dos costumes que autorizam esse absurdo mais do que cruel.

Tampouco é impróprio mencionar que embora os oficiais navais mais nobres e heroicos – homens da maior estatura, incluindo o próprio lorde Nelson – tenham considerado a flagelação na Marinha com a mais profunda preocupação, não sem fortes dúvidas sobre sua necessidade geral, ainda assim, quem convive bastante com os aspirantes pode dizer com convicção que pouquíssimos deles não são admiradores e defensores entusiastas da flagelação. Talvez pudéssemos quase dizer que, tendo escapado tão recentemente da disciplina familiar e da escola infantil, eles mesmos estão impacientes para se recuperar dessas dolorosas lembranças abrindo feridas nas costas de cidadãos americanos adultos e livres.

Não posso omitir que, na Marinha inglesa, os aspirantes não têm permissão de serem tão imperiosos quanto nos navios americanos. Eles são divididos em três (acho eu) classes probatórias de "voluntários", em vez de receberem de imediato uma garantia de posto. Também não podemos deixar de observar que, quando vemos um escaler inglês comandado por um desses voluntários, o rapaz não caminha empertigado, dando tapinhas no cabo de seu punhal com ares de Bobadil[123], passando a mão no lugar onde ainda vai crescer um bigode belicoso e cuspindo xingamentos aos homens, como costuma acontecer com os garotos da Marinha americana, que usam âncoras de proa presas na lapela.

No entanto, devo confessar que de vez em quando vemos aspirantes que são nobres rapazes, de modo nenhum malquistos pela tripulação. Havia um desses no *Neversink*, mais especificamente um

123 Referência ao capitão Bobadil, velho soldado prepotente, mas covarde, personagem da peça *Every Man in His Humour* (1598), do dramaturgo inglês Ben Jonson (1572-1637).

rapaz de olhos negros, além de três jovens galantes. Por ser muito baixo, foi apelidado de *tampinha* entre os marujos. Embora não tivesse muita intimidade com eles, acabou se tornando o preferido do general por causa de seu jeito afável e por nunca os insultar. Era divertido ouvir alguns dos mais velhos tritões rogarem as bênçãos dos céus para esse rapazinho quando sua voz suave lhes acariciava as orelhas castigadas pelo tempo. "Passe muito bem, senhor!", diziam, levando a mão ao chapéu para cumprimentar o rapaz; "Sua alma é digna de salvação, senhor!" Há uma riqueza imensa de sentidos nessa última frase. *Sua alma é digna de salvação* é a expressão que os marinheiros de guerra usam, de maneira peculiar, para os oficiais humanitários e de bom coração. Quer dizer também que os marinheiros veem a maioria dos oficiais do tombadilho numa perspectiva que lhes nega a posse de uma alma. Ah, mas esses plebeus às vezes têm uma vingança sublime contra os patrícios. Imagine um velho marujo desterrado apreciando com seriedade a ideia meramente especulativa de que um valentão qualquer, que de suas dragonas o ordene a ir de um lado para o outro como se fosse um escravo, e que pertence a uma categoria incomensuravelmente inferior à sua, vai perecer com os selvagens, enquanto ele terá sua imortalidade no céu.

Mas, pelo que foi dito neste capítulo, não se pode inferir que os aspirantes levam vida de nobreza em um navio de guerra. Longe disso. Dominam quem está abaixo deles, mas são dominados por seus superiores. É como se um colegial golpeasse um cachorro com uma mão e ao mesmo tempo recebesse na outra a disciplina da palmatória de um mestre. E por mais que, pelos Artigos de Guerra americanos, um capitão da Marinha não possa, por autoridade própria, punir legalmente um aspirante, exceto suspendendo-o de suas funções (o mesmo no caso dos oficiais da praça-d'armas), trata-se de um daqueles estatutos navais que o capitão, até certo ponto, cumpre ou desacata a seu bel-prazer. Há muitos exemplos de pequenas humilhações e insultos infligidos por alguns capitães aos seus aspirantes, muito mais severos, em certo aspecto, do que a antiga punição de mandá-los ao topo do mastro, embora não tão arbitrária quanto mandá-los ao pé do mastro, para substituir os marinheiros comuns – costume, em tempos antigos, praticado pelos capitães da Marinha inglesa.

O próprio capitão Claret não tinha nenhuma predileção especial pelos aspirantes. Quando um jovem aspirante, alto e corpulento, de uns 16 anos de idade, incorreu em seu desagrado, ele interrompeu as humildes desculpas que pedia o rapaz dizendo-lhe:

"Nem uma palavra, senhor! Não quero ouvir nem uma palavra! Suba no parapeito e fique lá até que alguém o mande descer!"

O aspirante obedeceu; e, diante de toda a tripulação do navio, o capitão Claret começou a caminhar de um lado para o outro, na frente do rapaz empoleirado, passando-lhe um duro sermão a respeito de sua suposta má conduta. Para um rapaz sensível, tal tratamento deve ter sido quase tão doloroso quanto o açoite teria sido.

Em outra ocasião, um aspirante tentou levar a melhor numa conversa com seu superior, mas pagou a pena por sua indiscrição da maneira mais inesperada.

Ao ver a maca de um rizador no parapeito e reparar que estava descolorida de modo suspeito, o capitão exigiu saber qual aspirante específico era dono da maca. Quando o rapaz apareceu, o capitão lhe perguntou:

"O que você acha que é isso?", apontando para o descolorido.

"Capitão Claret", disse o rizador, olhando direto nos olhos dele. "O senhor sabe o que é aquilo, tanto quanto eu."

"Sim, eu sei, senhor. Quartel-mestre? Jogue essa maca no mar."

O aspirante levou um susto e, correndo até ela, virou-se e disse:

"Capitão Claret, tenho um moedeiro amarrado na maca; é o único jeito de guardá-lo em segurança."

"Você me ouviu, quartel-mestre?", disse o capitão; e ao mar foram atirados maca e moedeiro.

Naquela mesma tarde, esse aspirante reclamou que seu *camareiro* havia descuidado da limpeza de uma maca idêntica, apesar de receber diversas ordens de seu mestre para limpá-la direito. Embora esses rapazes fossem chamados de *meninos do catre*, o sujeito que ocupava essa função por acaso era um homem crescido. Depois de o caso ser apresentado para o capitão ao pé do mastro e de a acusação do aspirante ser ouvida, esse camareiro, apesar de suas alegações, e simplesmente por causa da intervenção do aspirante, foi condenado à flagelação.

Assim vemos que embora o capitão se permita dominar um aspirante e, em casos de conflito pessoal com ele, não tenha escrúpulos na hora de declará-lo absolutamente culpado e tratá-lo como tal, em *outros* casos que envolvem a relação imediata entre o aspirante e o marinheiro ele continua sustentando o princípio de que o aspirante não pode dizer nem fazer nada de errado.

Vale dizer que, nos momentos em que me referi aos aspirantes, não me refiro aos oficiais conhecidos como aspirantes aprovados. Na Marinha americana, esses oficiais formam uma classe de jovens que, depois de cumprirem um tempo de serviço suficiente no mar como aspirantes para serem aprovados num exame diante do Conselho dos Comodoros, são promovidos ao posto de aspirantes aprovados, abaixo dos tenentes. Espera-se que se qualifiquem para ocupar a categoria de tenentes e, em alguns casos, sirvam temporariamente como tais. A diferença entre um aspirante aprovado e um aspirante comum também pode ser deduzida do salário que recebem. O primeiro, quando em serviço no mar, recebe 750 dólares por ano; o segundo, 400. Não havia aspirantes aprovados no *Neversink*.

53. SOBRE COMO OS NAVEGADORES ESTÃO ESPECIALMENTE SUJEITOS À AÇÃO DO CLIMA E QUAIS SÃO SEUS EFEITOS NO CAPITÃO DE UM NAVIO DE GUERRA

Costuma-se dizer que os aspirantes, em certos casos, são culpados de ações rancorosas contra os marujos dos navios de guerra. Mas, como esses aspirantes supostamente tiveram uma criação liberal e elevada, típica dos cavalheiros, pode parecer quase inacreditável que algum deles se rebaixe a algo tão sórdido quanto promover maldades pessoais contra um ser tão tradicionalmente desprezado quanto um marinheiro. Assim pareceria, na verdade. Mas, quando se levam em consideração todas as circunstâncias, não parece extraordinário que alguns deles desonrem as garantias que ostentam. Títulos, patentes, riqueza e educação não podem desfazer a natureza humana, que é idêntica no camareiro e no comodoro – sua única diferença consiste em diferentes modos de desenvolvimento.

Em alto-mar, uma fragata serve de lar e abrigo para quinhentos mortais, num espaço tão reduzido que eles mal conseguem se mover sem encostar uns nos outros. Privados de todas aquelas coisas superficiais e passageiras que em terra distraem os olhos, a língua e os pensamentos das pessoas, os ocupantes de uma fragata se veem abandonados a si próprios e aos demais, e todos os seus pensamentos são introspectivos. Uma morbidez mental costuma ser a consequência, principalmente em longas viagens, acompanhadas de mau tempo, calmarias ou ventos contrários. Nenhum cargo a bordo do navio está isento de sua má influência. Na verdade, postos mais altos só contribuem para que ela aumente, pois, quanto mais elevado é o cargo em um navio de guerra, menos companhia se tem.

É odioso, desagradável e repugnante insistir num assunto como esse; não obstante, devo dizer que, graças a essas influências amarguradas, até o capitão de uma fragata, em alguns casos, se vê indiretamente impelido a infligir punição corporal aos marinheiros. Jamais embarque sob as ordens de um capitão da Marinha se você suspeitar que ele sofre de indisposições digestivas ou tem uma tendência natural à hipocondria.

A manifestação dessas coisas às vezes é notável. Na primeira parte da navegação, enquanto fazíamos uma longa e tediosa travessia de Mazatlán até El Callao, atormentados por leves ventos contrários e calmarias frequentes e intermitentes, quando toda a tripulação estava esgotada por causa do mar monótono e tórrido, um bondoso gajeiro, de nome Candy[124] – à sua maneira, um verdadeiro personagem –, parado à meia-nau entre uma multidão de marujos, tocou em mim e disse:

"Jaqueta Branca, está vendo aquele velho do mar ali, andando na popa? Não parece que está querendo flagelar alguém? Olha lá."

Mas, ao menos para mim, o comportamento do capitão não sugeria isso, ainda que parecesse um pouco suspeito o fato de bater no baú de armamentos com a parte solta do cabo da carangueja. Mas qualquer pessoa faria aquilo para matar o tempo numa calmaria.

"Pode acreditar", disse o gajeiro, "ele deve ter pensado que há algum tempo eu estava gozando da cara dele, mas na verdade eu só estava imitando Priming, o segundo-artilheiro. Olha lá, Jaqueta Branca, enquanto eu finjo que enrolo essa corda; se na cabeça dele não tiver pelo menos uma dúzia de chibatadas, pode me chamar de

124 Doce, confeito.

cavalo-marinho[125]. Se eu o cumprimentasse agora e jurasse com a mão na Bíblia que eu não estava imitando *ele*, mas o Priming, ele não pensaria nada de mau sobre mim. Mas não posso fazer isso; ele ia achar que quero insultá-lo. Bom, não tem como evitar; acho que vou receber uma dezena de açoitadas logo, logo".

Soltei uma risada incrédula nessa hora. Mas, dois dias depois, enquanto içávamos a varredoura maior e o tenente da guarda chamava a atenção dos marujos nas adriças por causa da lentidão – pois a vela se arrastava até o seu lugar, devido à languidez dos homens, induzida pelo calor –, o capitão, que caminhava impaciente pelo convés, parou de repente, virou-se na direção dos marujos, olhou fixamente para eles e exclamou:

"Mas que droga, Candy, você não está fazendo força nenhuma, seu salafrário! Vá agora para aquele canhão! Vou lhe ensinar como se ri desse jeito na corda, sem fazer nenhum esforço. Segundo-contramestre, onde está seu *calabrote*? Uma dúzia nesse aqui."

Retirando o chapéu, o segundo-contramestre olhou horrorizado para seu interior; a corda enrolada, que ele costumava guardar ali dentro, não estava lá; mas no instante seguinte ela escorregou do topo de sua cabeça e caiu no convés. Depois de pegá-la e esticá-la, avançou na direção do marinheiro.

"Senhor", disse Candy, levando a mão ao chapéu duas vezes seguidas, "eu estava puxando, senhor, tanto quanto os outros; eu estava puxando, senhor, é verdade".

"Encoste no canhão", gritou o capitão. "Segundo-contramestre, faça o que tem de fazer."

Depois de três golpes, o capitão levantou um dedo.

"Você, --,[126] ainda se atreve a ser açoitado de chapéu na cabeça! Retire-o imediatamente!"

Candy jogou o chapéu no convés.

"Continue, segundo-contramestre."

E o marujo recebeu doze chicotadas.

---

125 Termo usado pelos marujos para descrever uma pessoa desajeitada, esquisita ou desprezível, despreparada para a marinhagem.

126 A frase que ele usou eu nunca vi escrita ou impressa, e não gostaria de ser a primeira pessoa a levá-la a público. [N.A.]

Levando a mão às costas ele se aproximou de mim, que estava junto de outros observadores, e disse:

"Meu Deus, meu Deus! Aquele segundo-contramestre também tinha uma rixa comigo. Ele sempre pensou que *eu* espalhei aquele boato sobre a esposa dele, em Norfolk. Meu Deus! Passa a mão embaixo da minha camisa, Jaqueta Branca, devagar, por favor. Aí! Não acha que ele tinha alguma coisa contra mim, para deixar essas marcas? Minha camisa está toda cortada, não está, Jaqueta Branca? Que o diabo me carregue, mas essas chicotadas enchem o bolso do comissário. Meu Deus, parece que alguém enfiou uma grelha em brasa nas minhas costas. Mas eu disse, e agora rogo uma praga de viúva – ele achou que eu estava imitando a *ele*, não o Priming."

54. "A RALÉ" GANHA "LICENÇA"

Cada vez que, em períodos de compassiva benevolência, ou por cederem a meros ditames políticos, os reis dos comodoros relaxam o jugo da servidão, eles devem se esforçar para que a concessão não pareça demasiado arbitrária ou inadequada; afinal, na opinião do comodoro, isso poderia demonstrar debilidade ou medo.

Mas por acaso aconteceu que, embora o nobre Jack tenha se dado bem na reunião ao pé do mastro, só ouvimos a notícia oficial da tão desejada "licença" mais de 36 horas depois. Algumas pessoas começaram a resmungar e a reclamar.

"Já virou lenda essa licença, Jack", disse um.

"Que se exploda o comodoro!", gritou outro. "Ele te enganou, Jack."

"Vamos descansar os remos um pouco", respondeu Jack, "daí vemos o que acontece; reivindicamos licença e a licença nós teremos! Sou seu tribuno, rapazes; ou seu Rienzi[127]. O comodoro vai cumprir com o prometido".

No dia seguinte, mais ou menos na hora do desjejum, ouviu-se o som vigoroso de apitos e assobios na escotilha principal, e logo depois a voz do contramestre:

---

127 Cola di Rienzo (1313-1354) liderou uma revolta popular em 1347 contra a aristocracia romana.

"Atenção, de proa a popa! Todos da guarda da alheta de boreste! Preparem-se para desembarcar, estão todos de licença!"

Em um acesso de entusiasmo, um jovem gajeiro da mezena, que nesse momento estava por ali, arrancou o chapéu da cabeça e o atirou sobre o convés, achatando-o como se fosse uma panqueca.

"Licença", gritou ele, correndo de sobressalto até a coberta para pegar sua bolsa.

Na hora marcada, a guarda se reuniu em volta do cabrestante, onde estava nosso primeiro-lorde do tesouro e contador-geral, o comissário, com várias bolsas de couro cheias de dólares, amontoadas diante de si. Depois que entregou a todos nós um punhado de moedas, os botes foram preparados e, como tantos outros Esterhaázys[128], fomos levados à praia por nossos colegas. Os grandes senhores podem viver a vida toda apáticos e indiferentes, mas dê um dia de folga aos plebeus e eles vão superar em orgulho o próprio comodoro.

A tripulação do navio foi dividida em quatro partes ou turnos, e só um deles pisava em terra firme por vez, enquanto os outros permaneciam para guarnecer a fragata. Cada grupo dispunha de 24 horas de licença.

Com Jack Chase e alguns outros gajeiros discretos e cavalheirescos, desembarquei no primeiro dia junto com o primeiro turno. Nosso pequeno grupo teve um momento maravilhoso: vimos belíssimas paisagens e nos entregamos, como devem todos os marujos, a aventuras emocionantes. Mas, embora eu pudesse escrever alguns capítulos excelentes sobre o assunto, devo mais uma vez me contentar; porque neste livro nada mais tenho a fazer com o litoral a não ser observá-lo, de vez em quando, desde o mar; somente o meu mundo no navio de guerra servirá de matéria-prima para minha escrita; dei minha palavra de que me manteria sobre as águas até a última letra de minha narrativa.

Tivessem sido todos tão pontuais quanto o grupo de Jack Chase, todos os homens que saíram em turnos de licença estariam seguros a bordo da fragata ao término das 24 horas. Mas não foi o que aconteceu, e, durante todo o dia seguinte, os aspirantes e outros oficiais tiveram de arrancá-los de seus esconderijos em terra e levá-los para o navio aos poucos, separados em pequenos grupos.

---

128 Família de aristocratas húngaros cujas origens remontam ao século XII.

Eles chegaram a todos os níveis imagináveis de intoxicação, alguns com os olhos escurecidos e a cabeça quebrada, outros com ferimentos ainda mais severos, pois haviam sido apunhalados em brigas com soldados portugueses. Outros ainda, ilesos, se jogaram imediatamente no chão do convés, entre os canhões, onde roncaram durante o resto do dia. Como é garantida uma liberdade considerável aos marinheiros de um navio de guerra que acabaram de "sair de licença", e como os marinheiros já sabem como tudo funciona, costumam se dar o privilégio de conversar abertamente com os oficiais assim que cruzam o portaló, tomando cuidado para entrar cambaleando com a maior diligência, de modo que não haja dúvidas sobre seu sério estado de embriaguez e seu completo *non compos*[129] nesse momento. E, por mais que pouquíssimos tivessem motivos para fingir embriaguez, podemos suspeitar que alguns representassem um papel forçado nessas ocasiões. Na verdade, a julgar por certos sintomas, mesmo quando realmente inebriados, alguns marujos devem ter decidido de antemão sua conduta, assim como algumas pessoas que, antes de usarem gás hilariante, decidem em segredo cometer certos atos insensatos sob sua influência, atos que, consequentemente, acontecem como se os agentes não fossem responsáveis por eles.

Durante vários dias, enquanto os outros turnos saíam de licença, o *Neversink* presenciou uma cena triste. O navio parecia mais um manicômio do que uma fragata; o convés de canhões ressoava com lutas ferozes, gritos e canções. Todos os visitantes vindos de terra eram mantidos à distância de um cabo.

Essas cenas, no entanto, não são nada se comparadas àquelas que se repetem nos navios de guerra americanos ancorados em outros portos. Mas o costume de levar mulheres a bordo quase não se pratica mais, tanto na Marinha inglesa quanto na americana, a não ser que um navio comandado por algum capitão dissoluto por acaso esteja em algum porto remoto e exótico, no Pacífico ou no oceano Índico.

O *Royal George*, navio de linha britânico que, em 1782, naufragou em Spithead, levava a bordo trezentas mulheres inglesas entre as mil almas que se afogaram naquela memorável manhã.

---

129 Expressão latina que significa "não em são juízo", "não em sã consciência".

Quando, passado todo tumulto e controvérsia da "licença", a reação se deu por fim, nossa fragata presenciou uma cena muito diferente. Os homens pareciam exauridos e abatidos, letárgicos e preguiçosos; e muitos lobos do mar, com a mão sobre o abdômen, passaram pelo pé do mastro para testemunhar que ali, no convés do *Neversink*, havia *gargantas muito mais secas* do que a boca dos fogões na cozinha.

São esses os efeitos lamentáveis de quando se libera da disciplina, de forma repentina e completa, "*a ralé*" de um navio de guerra. Isso demonstra que, para essas pessoas, a "licença" deve ser concedida, a princípio, em quantidades pequenas e moderadas, e ir aumentando de acordo com a capacidade do paciente de fazer bom uso dela.

É claro, enquanto estávamos acostados no Rio, nossos oficiais frequentemente desembarcavam por prazer e, de modo geral, se comportavam com propriedade. Mas é triste dizer que, quanto ao tenente Mad Jack, ele teve tanto desfrute durante três dias consecutivos na cidade que, ao retornar para o navio, mandou um recado escrito ao cirurgião, com seus cumprimentos, implorando-lhe que passasse em seu camarote tão logo se dirigisse à praça-d'armas.

No entanto, quem deve ter causado a impressão mais forte entre os fidalgos do Rio foi um dos cirurgiões assistentes – um jovem médico de família distinta, mas fortuna escassa. Ele havia lido *Dom Quixote*, que em vez de curá-lo de seu quixotismo, o que deveria ter acontecido, apenas o deixou ainda mais quixotesco. Na verdade, existem algumas naturezas a cujas enfermidades morais não se aplica a máxima do sr. Similia Similibus Curantur Hahnemann[130], pois, no caso delas, *semelhantes* não *curam semelhantes*, apenas *os* agravam. No entanto, por outro lado, as enfermidades morais dessas pessoas são tão incuráveis que a máxima oposta, *contratia contrariis curantur*[131], muitas vezes mostra-se igualmente falsa.

Nos dias tropicais quentes, esse cirurgião assistente necessariamente ia à costa com sua capa azul impermeável, jogada sobre

---

130 Referência ao médico alemão Christian Hahnemann (1755-1843), fundador da homeopatia. Melville incorpora ao nome do médico o princípio do tratamento – *similia similibus curantur*, que significa "semelhantes se curam por semelhantes".

131 "Opostos se curam por opostos", em latim.

os ombros altivos com uma pompa típica dos espanhóis. Ao meio-dia ele transpirava abundantemente; mas sua capa atraía todos os olhares, o que era uma grande satisfação. No entanto, o fato de ele ter os joelhos para dentro e mancar de uma perna enfraquecia o efeito de sua capa de fidalgo, que, a propósito, estava um pouco desbotada na frente, onde raspava o queixo, e bastante suja, pois ele a havia usado como cobertor perto do cabo Horn.

Quanto aos aspirantes, não sabemos o que suas mães teriam dito de sua conduta no Rio. Três deles beberam demais; quando voltaram para o navio, o capitão ordenou que fossem amarrados a suas macas para que parassem com o barulho e o alvoroço.

Isso mostra como é imprudente permitir que rapazes ainda adolescentes viajem para tão longe de casa. Mais especificamente, ilustra a tolice de lhes conceder folgas muito longas em país estrangeiro, cheio de distrações sedutoras. Vinho do Porto para os homens, clarete para os rapazes, gritou o dr. Johnson. Mesmo assim, só os homens deveriam experimentar dessa forte bebida que é a viagem; os garotos deviam ficar em casa, tomando leite e água. Aspiras!, vocês podem até desprezar as andadeiras que suas mães lhes colocavam, mas são elas, meus caros, os *guarda-mancebos* pelos quais muitos rapazes curaram as vertigens da juventude e se salvaram de quedas lamentáveis. Aspiras!, saibam que assim como os bebês que são colocados de pé muito cedo e crescem com as pernas tortas e sem as justas proporções, queridos aspiras, o mesmo acontece moralmente com alguns de vocês quando são mandados muito cedo para o mar.

Essas advertências são direcionadas somente à classe mais diminuta dos aspirantes – aqueles com menos de 1,50 metro de altura e não mais que 45 quilos de peso.

É verdade, os registros dos alojamentos inferiores dos navios de guerra estão cheios dos mais melancólicos exemplos de devassidão precoce, doenças, desgraças e morte. Respondam, ó sombras de encantadores rapazes, que dormem muito longe de casa, no solo de todos os países ao redor do mundo.

Mães dos homens! Se sentiram o coração apertar quando seus filhos cederam às tentações em terra firme, quanto mais dolorosa seria sua tristeza se descobrissem que seus filhos, longe de seu seio, estavam cercados e à mercê de toda sorte de injustiças. Mas nisso muitas de vocês não acreditam – talvez seja melhor assim.

Não deixem, porém, que se soltem – todos aqueles que ainda não levantaram suas âncoras e zarparam para a Marinha –, prendam-nos em todos os cantos, com nó sobre nó, amarrem neles as andadeiras e, fixando um arganéu à coluna da lareira, aferrem seus filhos ao melhor dos portos, o lar.

Mas se a juventude é leviana, a velhice é serena; quando árvores jovens, seus ramos maleáveis se agitam até a raiz com a brisa fresca da manhã; quando árvores rígidas e inflexíveis na velhice, seus troncos cobertos de musgos nunca se curvam. Com orgulho e prazer, diga-se que, quanto ao nosso comodoro, ainda que se permitisse tirar quantos "*dias de licença*" quisesse, durante toda a nossa permanência no Rio ele se comportou com a maior discrição.

Mas era um velho comodoro; fisicamente, um homem de baixíssima estatura; sua espinha era como um cano de mosquete descarregado – não só delgada, mas destituída de um solitário cartucho, e suas costelas eram como as costelas de uma doninha.

Ademais, ele era comodoro da frota, senhor supremo do povo de azul. Convinha-lhe, portanto, se apresentar como um exemplo de virtude e mostrar ao convés de canhões o que era a virtude. Mas infelizmente, quando a Virtude reside no alto do tombadilho de uma fragata, quando a Virtude é coroada comodoro na cabine, quando a Virtude governa por coerção e domina o Vício como a um escravo, então a Virtude, ainda que suas ordens sejam aparentemente obedecidas, tem pouca força interior. Para ser eficaz, a Virtude deve vir lá de cima, do mesmo modo que nosso abençoado Redentor desceu para redimir todo esse mundo do nosso navio de guerra, misturando-se igualmente com seus marinheiros e pecadores.

55. DOS ASPIRANTES QUE ENTRAM MUITO CEDO NA MARINHA

A alusão no capítulo anterior à idade precoce com a qual alguns aspirantes entram para a Marinha sugere que precisamos refletir sobre algumas considerações mais importantes.

Parece existir a ideia geral de que, para aprenderem a profissão de oficial naval, os garotos devem ser enviados para o mar o quanto antes. Mas isso pode ser um erro, de certo modo. Outras profissões que envolvem o conhecimento de técnicas e coisas restritas a um campo específico de ação são dominadas por homens que começam depois dos 21 anos, talvez até mais tarde. Foi somente em meados do século XVII que os serviços navais e o Exército britânico se separaram. Antes disso, os oficiais do rei comandavam indistintamente na terra ou no mar.

Robert Blake, talvez um dos almirantes mais exímios, e certamente um dos mais bem-sucedidos a hastear uma bandeira, tinha mais de meio século de idade (51 anos) quando entrou para o serviço naval ou teve alguma coisa a ver, em termos profissionais, com um navio. Tinha uma forte inclinação para os estudos e, depois que saiu de Oxford, viveu tranquilo em sua propriedade como cavalheiro rural até os 42 anos, quando começou a manter relações com o Exército parlamentar.

Sobre ele, diz o historiador Clarendon: "Ele foi o primeiro homem a deixar claro que a ciência (marinhagem) podia ser adquirida em menos tempo do que se imaginava". Sem dúvida, a conhecida humanidade e a gentileza que Blake demonstrava na sua relação com os marinheiros devem ser atribuídas, em grande medida, a suas afinidades em terra.

Os aspirantes enviados para a Marinha quando ainda muito jovens são expostos ao acolhimento passivo de todos os preconceitos do tombadilho em favor de costumes antigos, por mais inúteis ou perniciosos que sejam; esses preconceitos crescem com eles e se solidificam em seus ossos. À medida que sobem na hierarquia, naturalmente carregam consigo esses preconceitos, daí a inveterada repugnância de muitos comodoros e capitães às mais simples inovações no serviço, por mais salutares que pareçam aos homens de terra.

Não resta dúvida de que, nos assuntos relacionados ao bem-estar geral da Marinha, o governo tem prestado um respeito demasiado às opiniões dos oficiais navais, considerando-os como homens quase nascidos para o serviço e, portanto, mais bem qualificados para julgar toda e qualquer questão referente a esse bem-estar do que qualquer pessoa em terra firme. Mas, num país sob o comando de uma constituição liberal, será sempre uma insensatez tratar como distinta e peculiar a profissão dos militares, qualquer que seja cada um de seus ramos. É verdade que, num país como o nosso, não temos de temer, neste momento, o fato de obterem poder político; mas muito devemos temer a criação e perpetuação de abusos entre seus subordinados, a menos que os civis tenham plena ciência de seus assuntos administrativos e se considerem competentes para supervisioná-los e controlá-los por completo.

Cometemos um erro quando, de algum modo, contribuímos para a mistificação predominante que se criou em torno das questões internas do serviço naval. Até então, esses assuntos têm sido considerados, até mesmo por alguns altos funcionários do Estado, como algo além de sua compreensão – algo técnico e misterioso demais para ser compreendido por homens de terra firme. Por isso se perpetuaram na Marinha muitos males que, em outras circunstâncias, teriam sido abolidos junto da melhoria geral de outras coisas. O Exército às vezes é remodelado, mas a Marinha continua, de geração em geração, praticamente intocável e incontestada, como se seu código fosse infalível e ela mesma fosse um exemplo de perfeição que nenhum estadista seria capaz de melhorar. Quando o secretário da Marinha se arrisca a renovar os costumes estabelecidos, ouvimos alguns oficiais dizendo: "Mas o que esse marinheiro de primeira viagem sabe das nossas coisas? Por acaso já liderou uma vigilância? Não sabe distinguir boreste de bombordo, andarivelo de brandal".

Embora respeitosa e alegremente deixemos para os oficiais navais a competência única de desfraldar ou recolher as velas, cambar o navio e realizar outras manobras náuticas, pois as consideram tarefas mais oportunas, tomemos o cuidado de não deixar a critério deles as regras municipais gerais relativas ao bem-estar da maioria dos homens ao pé do mastro; tomemos o cuidado de não sermos influenciados demais pelas opiniões deles a respeito de assuntos dos quais é natural supor que sejam defendidos por preconceitos antigos.

56. IMPERADOR A BORDO DE UM NAVIO DE GUERRA

Enquanto estivemos no Rio, de vez em quando recebíamos visita da costa; no entanto, uma honra imprevisível nos aguardava. Um dia, o jovem imperador dom Pedro II com seu séquito – fazendo um circuito pelo porto, visitando por turnos todos os navios de guerra – finalmente deu os ares de sua digna presença no *Neversink*.

Ele chegou numa barcaça esplêndida, remada por trinta escravos africanos que, ao modo brasileiro, se erguiam em harmonia sobre seus remos a cada pancada, depois voltavam para seus assentos com um gemido simultâneo.

Estava reclinado sob um dossel de seda amarela, adornado por borlas verdes – as cores nacionais. Na popa ostentava a bandeira brasileira, que tinha um enorme losango no centro, emblema, talvez, das minas de pedras preciosas no interior do país, ou talvez de um retrato ampliado do famoso "diamante português", encontrado no Brasil no distrito de Tejuco, às margens do rio Belmonte.

Nós o recebemos com uma grande salva, o que quase fez as *abertonas* de carvalho do navio se chocarem com a força do impacto violento. Subimos às vergas e demos início a um longo cerimonial de prestar homenagem ao imperador. Os republicanos costumam ser mais corteses com a realeza do que os próprios realistas. No entanto, isso nasce de uma nobre magnanimidade.

O imperador foi recebido no portaló pelo nosso comodoro em pessoa, que vestia seu capote mais resplandecente e suas dragonas francesas mais elegantes. Naquela manhã, seu criado dedicara-se a polir cada botão usando panos e trípoli – a maresia é inimiga declarada de objetos metálicos, por isso as espadas dos oficiais navais ficam tão enferrujadas na bainha que é difícil sacá-las.

Foi encantador ver o imperador e o comodoro se cumprimentando. Os dois usavam *chapeaux-de-bras*[132] e o agitavam continuamente. Por instinto, o imperador sabia que a venerável figura diante de si era em alto-mar tão monarca quanto ele em terra firme. Afinal, nosso comodoro não carregava a espada de Estado presa no corpo? Pois, ainda que não a levasse na frente do corpo, devia ser uma espada de Estado, já que parecia muito mais reluzente do que sua espada de combate, que não era mais do que uma lâmina de aço flexível, com empunhadura lisa e resistente, como o cabo de um cutelo de açougueiro.

Quem nunca viu uma estrela no céu ao sol do meio-dia? No entanto, é raro ver um rei sem satélites. No séquito do jovem imperador havia um verdadeiro cortejo de príncipe, tão carregado de joias que as pessoas pareciam ter vindo diretamente das minas do rio Belmonte.

---

132 Chapéu de dois bicos, que pode ser dobrado e colocado sob o braço.

Você já viu cones de sal cristalizado? Do mesmo modo reluziam aqueles barões, marqueses, viscondes e condes portugueses. Não fosse por seus títulos ou por serem vistos no séquito de seu senhor, poderíamos jurar que todos eram primogênitos de joalheiros, fugidos de casa com os estojos do pai pendurados nas costas.

Em contraste com a luminosidade desses barões do Brasil, como empalideceram os cordões dourados dos barões da nossa fragata, os oficiais da praça-d'armas! E comparados com os longos floretes dos marqueses, cujos cabos eram cravados de pedras preciosas, os punhais de nossos cadetes de famílias nobres – os aspiras – pareciam pregos dourados presos na cintura.

Mas ali estavam! Comodoro e imperador, tenentes e marqueses, aspiras e pajens! A banda de metais começou a tocar na popa; a guarda de oficiais apresentou armas; e lá do alto, observando a cena, toda *a ralé* deu vivas. Um gajeiro que estava ao meu lado na verga do sobrejoanete grande retirou o chapéu e, com diligência, inclinou a cabeça como sinal de honra ao acontecimento; mas ele estava tão longe da vista de todos, lá no alto, entre as nuvens, que sua cerimônia não valeu de nada.

Uma pena que, além de todas essas honras, aquele admirador de literatura portuguesa, o visconde Strangford, da Grã-Bretanha – que, acredito, viajou uma vez aos Brasis como embaixador extraordinário –, não estivesse presente nessa ocasião para oferecer seu tributo de "Uma estrofe a Bragança!". Pois nosso visitante real era sem dúvida um Bragança, aparentado de quase todas as grandes famílias da Europa. Seu avô, João VI, havia sido rei de Portugal; sua irmã, Maria, era agora sua rainha. Na verdade, ele era um jovem distinto e cavalheiro, digno de altíssima consideração, a qual lhe era alegremente concedida.

Usava uma casaca verde, com uma majestosa estrela-d'alva no peito, e pantalonas brancas. No chapéu havia uma única pena brilhante, em tons de dourado, de um tucano imperial, uma ave de rapina magnífica, onívora e de bico largo, nativa do Brasil. O tucano faz de poleiro as árvores mais altas, de onde observa lá embaixo as aves mais humildes e, como um falcão, voa e as ataca diretamente no pescoço. Os tucanos outrora faziam parte das selvagens regalias dos caciques do país e, com o estabelecimento do império, foram simbolicamente preservados pelos soberanos portugueses.

Sua Majestade Imperial ainda era jovem; bastante corpulento, na verdade, tinha o rosto agradável e despreocupado e demonstrava polidez, neutralidade e delicadeza de trato. Seus modos, na verdade, eram mais que impecáveis.

Eis aqui, pensei, um rapaz esplêndido, com um futuro esplêndido pela frente. É imperador supremo de todos esses Brasis; não tem vigilâncias noturnas tempestuosas para cumprir; pode continuar deitado de manhã o quanto quiser. Qualquer cavalheiro no Rio teria orgulho de conhecê-lo, e as moças mais belas da América do Sul se sentiriam honradas de receber dele um simples olhar de soslaio.

Sim: esse jovem imperador terá uma vida de maravilhas, enquanto se dignar de existir. Todo mundo corre de sobressalto para obedecer a ele; e veja, que surpresa, há um velho aristocrata de uniforme – marquês d'Acarty, como o chamam, velho o bastante para ser seu avô – que, sob o sol quente, permanece diante dele com a cabeça descoberta, enquanto o imperador usa chapéu.

"Imagino que esse velho cavalheiro", disse um jovem marujo da Nova Inglaterra ao meu lado, "consideraria uma grande honra calçar as botas de Sua Majestade Real; e imagine só, Jaqueta Branca, se eu e esse imperador saltássemos nus para dar um mergulho no mar, seria difícil dizer quem tem sangue real enquanto estivéssemos na água. Você, dom Pedro II", acrescentou, "como é que se tornou imperador? Me diga. Duvido que consiga fazer tanta força quanto eu nas adriças da gávea; não é tão alto quanto eu; seu nariz é achatado, o meu é um quebra-mar; e como é que se tornou um '*bargante*', com essas duas varetas no lugar das pernas? É um *bargante* mesmo!".

"*Bragança*, você quer dizer", disse eu, querendo corrigir a retórica de um republicano tão fervoroso e, com isso, criticar sua censura.

"Bragança! *Arrogância* é o que ele tem", respondeu. "A verdadeira arrogância. Olha aquela pena no chapéu! Olha como anda empertigado naquele casaco! Podia ser verde esse casaco, gajeiros – ele é no máximo um lambaz esverdeado."

"Quieto, Jonathan", disse eu. "O tenente naval está olhando aqui para cima. Fique quieto! O imperador vai escutar", completei, cobrindo-lhe a boca com minha mão.

"Tire essa mão daqui, Jaqueta Branca", gritou ele. "Aqui em cima não tem lei. E repito, você aí, imperador, fruta verde de casaco verde, que não tem nem barba na cara ainda, veja que belo par de costeletas estou levando para casa nas bochechas! *Dom Pedro*, não é? Que nome é esse, afinal de contas, senão um mero Peter – nome ordinário no meu país. Dane-se, Jaqueta Branca, eu não chamaria nem o meu cachorro de Peter!"

"Por que você não cala essa sua boca com uma rolha?", gritou Ringbolt[133], marujo que estava do outro lado. "A gente vai acabar nos grilhões por sua causa."

"Não vou calar a boca por causa de ninguém", respondeu Jonathan. "Então é melhor você me deixar sozinho e levar todo mundo com você, Ringbolt, senão vou dar um soco tão forte na sua fuça que você vai achar que um cavalo de carga de Long Wharf, no porto de Boston, lhe deu um coice com as quatro patas de uma vez! E você, imperador, tendeiro filho da mãe, levante a cabeça e olhe seus superiores aqui em cima! Estou falando, gajeiros, ele não é imperador – o verdadeiro imperador aqui *sou eu*. Sim, juro pelas botas do comodoro, eles me tiraram do meu trono no palácio aqui do Rio e colocaram essa fruta verde no meu lugar. Você, cabeça de vento, eu sou dom Pedro II, e você deveria ser o gajeiro aqui em cima, com os braços enfiados num balde de alcatrão. Você aí, essa coroa devia estar na minha cabeça; se não acredita, jogue-a no chão e vamos ver quem é mais homem."

"Mas que zorra é essa aqui em cima?", gritou Jack Chase, subindo no cordame do joanete desde a verga da gávea. "Será que não conseguem se comportar, gajeiros, com um imperador a bordo?"

"É o Jonathan que está praguejando aquele bacana ali, de casaco verde", respondeu Ringbolt. "Ele disse que dom Pedro roubou seu chapéu."

"Como?"

"Ele quis dizer coroa, nobre Jack", disse um gajeiro.

"Jonathan não está dizendo que é imperador, está?", perguntou Jack.

"Sim", gritou Jonathan, "aquele fruta verde ali, perto do comodoro, está navegando com bandeira falsa; é um impostor, está usando minha coroa".

---

133 Cavilha com olhal. [Ver Glossário, p. 435.]

"Rá! Rá!", riu Jack, entrando na brincadeira e disposto a fazer graça. "Embora eu tenha nascido britânico, rapazes, juro pelo mastro que esses dons Pedros são todos Perkin Warbecks[134]. Veja bem, caro Jonathan, não se meta a chorar agora pela coroa perdida; afinal, todos nós usamos coroas, desde o berço até o túmulo, e, por mais que estejamos *algemados* no *buque*, nem o comodoro pode nos destronar."

"Sua fala é um mistério, nobre Jack."

"Ao contrário; todo homem que tem sola nos pés leva uma coroa na cabeça. Aqui está a minha." Ao dizer isso, Jack, retirando o chapéu alcatroado, mostrou uma pequena careca, do tamanho de uma moeda de coroa, bem no topo de sua cabeça clássica e encaracolada.

57. O IMPERADOR PASSA "A RALÉ" EM REVISTA

Peço perdão a Suas Altezas reais de todos os lugares, mas quase me esqueci de contar que junto com o imperador vieram vários outros príncipes reais – reis, pelo que sabíamos –, pois acabavam de celebrar as núpcias de uma irmã mais jovem do monarca brasileiro com algum membro da realeza europeia. Na verdade, o imperador e seu séquito formavam um tipo de grupo nupcial, só que sem a presença da noiva.

Terminada a primeira recepção, depois que a fumaça da salva de canhões se dissipou e as rajadas sonoras e marciais da banda de metais também se dirigiram a sotavento, o tambor convocou todos a descer dos mastros para uma revista.

E assim ocupamos nossos postos, parados junto aos nossos buldogues de ferro, enquanto nossos nobres e reais visitantes passeavam ao longo das baterias, deixando escapar exclamações frequentes sobre nossa formação bélica, a exagerada limpeza de nossos uniformes e, sobretudo, o *polimento* extraordinário do metal dos grandes canhões e o maravilhoso asseio dos conveses.

"Que gosto!", gritou um marquês, com o peito coberto por várias tiras de tecido presas por botões brilhantes.

---

134 Ou seja, charlatões. Perkin Warbeck (c. 1474-1499) se fez passar por filho do rei da Inglaterra Eduardo IV (1442-1483) para reivindicar o trono. Depois de confessar ser impostor, foi enforcado em 1499.

"Que glória!", gritou um visconde cor de café, de costas arqueadas, estendendo a palma das mãos.

"Que alegria!", gritou um pequeno conde, circum-navegando, com o andar afetado, uma caixa de munições.

"Que contentamento é o meu!", gritou o próprio imperador, cruzando os braços de forma complacente e observando serenamente nossas fileiras.

Pleasure, *glory* e *joy* – foi o que disseram os três nobres cortesãos, sempre em português. *De fato muito agradável* – é o que significa o comentário imperial de dom Pedro.

"Sim, sim", resmungou um limpador de artilharia atrás de mim, "para vocês, homens nobres, uma maravilha de se ver; mas o que diriam se tivessem de limpar o convés com as próprias mãos, machucando os cotovelos de tanto polir esse maldito ferro-velho, e depois receber doze chicotadas no portaló se deixasse cair uma gota de gordura no piso do rancho? Sim, para vocês uma maravilha de se ver, para nós uma maravilha dos infernos!".

No momento devido, os tambores anunciaram a retirada e toda a tripulação se espalhou pelos conveses.

Alguns oficiais assumiram o papel de cicerones para mostrar aos distintos estranhos as entranhas da fragata, sobre as quais vários deles demonstraram uma boa dose de curiosidade inteligente. Um guarda de honra, separado do corpo de fuzileiros navais, os acompanhou enquanto faziam o circuito da coberta, de onde, a uma distância sensata, o imperador espiou o paiol dos cabos, um recinto muito subterrâneo.

O chefe do porão principal, que lá presidia, fez uma reverência cortês a meia-luz e expressou respeitosamente sua vontade de que Sua Majestade Real descesse e o honrasse com uma visita; mas, com o lenço encostado no nariz imperial, Sua Majestade recusou. O grupo então começou a subir para o espardeque, o que, partindo da grande profundidade de uma fragata, é como subir do porão ao topo do monumento Bunker Hill.

Enquanto uma multidão de gente se juntava a vante do navio, ouviu-se um grito repentino vindo lá de baixo; quando um tenente saiu correndo para ver o que havia acontecido, um velho proeiro da âncora de salvação, que estava por ali, levou a mão ao chapéu e disse:

"Não sei bem, senhor, mas acho que um daqueles reis caiu pela escotilha."

Aconteceu algo parecido, na verdade. Ao subir por uma das escadas estreitas que levava da coberta ao convés de canhões, o nobilíssimo marquês da Silva, ao suspender a cauda do casaco imperial para evitar que encostasse na recém-pintada braçola da escotilha, prendeu entre as pernas sua espada extraordinariamente longa e caiu de ponta-cabeça no corredor da frente.

"Onde ides?"[135], perguntou seu mestre real, em português, contemplando tranquilamente a queda do marquês; "e por que soltastes a cauda do meu casaco?", acrescentou com raiva, olhando em volta do corpo para ver se sua roupa havia sofrido por causa da infidelidade de seu caudatário.

"Meu Deus!", suspirou o chefe do traquete, "quem gostaria de ser um marquês da Silva?".

Depois de ser assistido até o espardeque, descobriu-se que o azarado marquês não sofrera ferimentos graves; no entanto, dada a notável frieza de seu nobre mestre, quando o marquês se aproximou para pedir desculpas pela falta de jeito, ficou claro que ele estava condenado a padecer durante um tempo por causa do desagrado real.

Logo depois, o grupo imperial se retirou ao som de mais uma grande salva nacional.

58. UM OFICIAL DO TOMBADILHO AO PÉ DO MASTRO

Como estávamos com uma relativa falta de pessoal enquanto aportados no Rio, recebemos um pequeno destacamento de homens de uma corveta de guerra dos Estados Unidos, cujos três anos de serviço acabariam mais ou menos no momento em que chegássemos à América.

Sob a guarda de um tenente armado e quatro aspirantes, eles subiram a bordo durante a tarde. Foram imediatamente passados em revista no portaló de boreste para que o sr. Bridewell, nosso primeiro-tenente, tomasse nota de seus nomes e determinasse seus postos.

135 Em português no original.

Eles permaneceram numa fila muda e solene; o oficial avançou com lápis e caderno na mão.

Meu colega Shakings, homem do porão, por acaso estava presente nesse momento. Segurando meu braço, disse:

"Jaqueta Branca, isso aqui me lembra Sing Sing, quando um grupo de presos algemados chegou da prisão estadual de Auburn para uma mudança de ares, sabe?"

Depois de anotar quatro ou cinco nomes, o sr. Bridewell abordou o homem seguinte, uma pessoa de boa aparência, mas, a julgar pelo rosto magro e pelos olhos fundos, ele parecia ter passado toda a vida como refém do triste hábito de tresnoitar; e, embora todos os marinheiros certamente se mantenham acordados até de madrugada por causa dos turnos de vigilância da meia-noite, há uma grande diferença entre ficar acordado no mar e ficar acordado em terra firme.

"Qual o seu nome?", perguntou o oficial a esse recruta de aparência dissoluta.

"Mandeville, senhor", respondeu ele, levando educadamente a mão ao chapéu. "Talvez se lembre de mim, senhor", acrescentou, com a voz baixa e reservada, estranhamente carregada de servilismo; "nós navegamos juntos no velho *Macedonian*, senhor. Eu usava uma dragona; tínhamos o mesmo camarote, senhor. Sou Mandeville, seu velho amigo, senhor", disse ele, tocando mais uma vez o chapéu.

"Eu me lembro de um *oficial* com esse nome", disse o primeiro-tenente, enfático, "e conheço *você*, camarada. Mas a partir desse momento eu o considero um marinheiro comum. Não posso ter favoritismos aqui. Se alguma vez você violar as regras do navio, será flagelado como qualquer outro marujo. Você fica no traquete, vá cumprir com seus deveres".

Parece que esse Mandeville entrou muito jovem para a Marinha e, com o tempo, acabou se tornando tenente, como ele mesmo explicou. Mas o conhaque foi sua perdição. Uma noite, no Mediterrâneo, enquanto comandava o convés de um navio de linha, foi acometido por uma crise de *mania-a-potu* ou algo do tipo; sentindo-se mentalmente desnorteado, desceu e se deitou, deixando o convés sem o comando de nenhum oficial. Por essa ofensa imperdoável, ele acabou arruinado.

Sem ter nenhuma fortuna e nenhuma profissão que não fosse o mar, depois da desgraça ele entrou para a marinha mercante como imediato. Mas o amor pelas bebidas fortes continuava a persegui-lo; com isso, ele foi mais uma vez expulso dos mares e aviltado ao pé do mastro pelo capitão. Depois disso, em estado de embriaguez, voltou a ingressar na Marinha em Pensacola como marinheiro comum. Todas essas lições, no entanto, tão duras e amargas de aprender, não poderiam curá-lo de seu pecado. Não havia nem uma semana que estava no *Neversink* quando o encontraram embriagado de bebida contrabandeada. Eles o amarraram nos xadrezes e o chicotearam sob o olhar de seu velho amigo e camarada, o primeiro-tenente.

Isso aconteceu enquanto estávamos no porto, o que me lembra das circunstâncias: quando alguma punição é exercida com o navio aportado, pede-se que todos os estranhos desembarquem, e sentinelas são colocadas dos dois lados do navio para que mandem se afastar quaisquer embarcações que se aproximem.

59. UM BROCHE DE NAVIO DE GUERRA SEPARA DOIS IRMÃOS

A conduta de Mandeville ao reivindicar a amizade do primeiro-tenente em circunstâncias tão degradantes contrastou fortemente com o comportamento de outra pessoa a bordo, que durante algum tempo se viu numa situação mais ou menos semelhante.

Entre os jovens elegantes da guarda de popa havia um rapaz de uns 16 anos, muito bonito, de olhar radiante, cabelos dourados encaracolados e pele brilhante e vistosa; devia ser o filho de algum ourives. Ele era um dos poucos marinheiros – que não pertenciam ao cesto da gávea – que eu costumava escolher para conversar de vez em quando. Depois de vários encontros amigáveis, ele foi ficando mais franco e começou a me contar detalhes de sua história. Existe certo charme em alto-mar, que induz a maioria das pessoas a ser bastante comunicativa a respeito de si própria.

Estávamos aportados havia menos de um dia no Rio quando reparei que esse rapaz – que chamarei aqui de Frank – carregava uma expressão incomum de tristeza misturada com apreensão. Perguntei-lhe o que estava acontecendo, mas ele preferiu não dizer nada.

Menos de três dias depois, ele me abordou abruptamente no convés de canhões, onde por acaso eu dava um passeio.

"Não consigo mais guardar isso comigo", disse ele; "preciso de um confidente, senão vou enlouquecer!".

"O que está acontecendo?", perguntei alarmado.

"Uma coisa grave – olha isso!", disse ele, entregando-me a metade de uma página rasgada de um antigo exemplar do *New York Herald*, colocando o dedo sobre uma palavra específica de um parágrafo específico. Era a notícia da partida, saindo do estaleiro do Brooklyn, de um navio de suprimentos dos Estados Unidos, com provisões para a esquadra no Rio. O dedo de Frank apontava para um nome específico na lista de oficiais e aspirantes.

"Esse aqui é meu irmão", disse Frank; "depois que parti, ele deve ter conseguido entrar para a Marinha como aspirante. E agora, Jaqueta Branca, o que vou fazer? Pelos meus cálculos, esse navio deve chegar aqui a qualquer momento; meu irmão vai me ver – ele um oficial, eu um marujo miserável que pode ser flagelado a qualquer hora no portaló, e na frente dele. Deus! Jaqueta Branca, o que vou fazer? Você fugiria? Acha que existe alguma chance de desertar? Não vou me encontrar com ele, Jaqueta Branca, usando esse casaco de marinheiro, enquanto ele usa um broche de âncora!"

"Qual o problema, Frank?", disse eu. "Não vejo motivo para esse desespero todo. Seu irmão é oficial, ótimo; você é apenas um marinheiro, mas isso não é uma desgraça. Se ele subir a bordo, vá até ele e o cumprimente com um aperto de mão; acredite em mim, ele vai ficar feliz em ver você!"

Frank relaxou sua postura desesperada, olhou fixamente nos meus olhos e exclamou, com as mãos entrelaçadas:

"Jaqueta Branca, estou fora de casa há quase três anos; nesse tempo todo não recebi nenhuma notícia da minha família. Ainda que Deus saiba o quanto eu os amo, eu juro que, embora meu irmão possa me dizer se minhas irmãs ainda estão vivas, eu prefiro passar mil anos sem notícias da minha família do que me aproximar dele usando esse casaco acolchoado."

Impressionado com a seriedade dele, e sem conseguir entendê-la muito bem, fiquei em silêncio por um instante; depois disse:

"Mas, Frank, esse aspirante é seu irmão, como diz; você acha mesmo que alguém do seu próprio sangue vai tratar você com ares de superioridade simplesmente por que ostenta broches de patente no casaco? Não acredito. Se ele fizer isso, é porque não é seu irmão e merece ser enforcado – pronto!"

"Não diga isso de novo nunca mais", disse Frank ressentido; "meu irmão tem coração nobre; gosto dele como gosto de mim mesmo. Você não me entendeu, Jaqueta Branca; não percebe que, quando meu irmão chegar, terá de ser mais ou menos amigável com os rizadores estúpidos do nosso navio? Daí tem o Stribbles, aquela mariazinha afetada, com a cara branca, que outro dia mesmo, quando Mad Jack virou as costas, me ordenou que lhe desse a luneta, como se fosse um comodoro. Você acha que eu quero que meu irmão me veja sendo feito de lacaio aqui no barco? Meu Deus, é o suficiente para deixar alguém maluco! O que vou fazer?", exclamou furioso.

Conversamos muito mais do que isso, mas toda a minha filosofia foi em vão; por fim, Frank partiu desanimado, com a cabeça baixa.

Durante vários dias, sempre que o quartel-mestre anunciava um navio chegando ao porto, Frank era o primeiro a escalar o cordame para observá-lo. Finalmente, uma tarde, informaram que uma embarcação que se aproximava era o tão esperado navio de suprimentos. Procurei Frank no espardeque, mas ele não estava em lugar nenhum. Devia estar lá embaixo, espiando por alguma portinhola. O navio foi saudado de nossa popa e ancorou à distância de um arremesso das nossas baterias.

Naquela noite, ouvi dizer que Frank havia tentado inutilmente ser retirado de seu posto como remador do primeiro escaler – um barco que, pelo tamanho, costuma ser usado junto com o *lanchão* para carregar os provimentos navais. Quando pensei que no dia seguinte esse barco provavelmente estaria transitando entre o navio de provisões e a nossa fragata, não tive dificuldade em entender por que Frank tentou se livrar do remo e lamentei profundamente seu fracasso.

Na manhã seguinte, o corneteiro chamou a tripulação do primeiro escaler e Frank subiu no barco com a aba do chapéu curvada sobre os olhos. Quando voltou, eu estava curioso para saber o que tinha acontecido; como comunicar os próprios sentimentos o deixava bastante aliviado, ele despejou toda a história nos meus ouvidos.

Ao que parece, junto com seus camaradas, ele subiu pelo costado do navio e foi direto para o castelo de proa. Depois, olhando ansioso para o tombadilho, avistou dois aspirantes inclinados na amurada, conversando. Um deles era o oficial do escaler – e o outro, seria seu irmão? Não; era alto demais, largo demais. Graças a Deus!, *não* era ele. Talvez seu irmão não tivesse nem embarcado, no fim das contas; pode ter havido algum erro. Mas de repente o aspirante soltou uma risada, e aquela risada Frank havia escutado milhares de vezes antes. Era uma risada sincera e animada – a risada de um irmão, o que teve o efeito de uma punhalada no coração do pobre Frank.

Mandaram-no descer ao convés principal para ajudar a apanhar as provisões. Depois que o escaler foi carregado, recebeu a ordem para embarcar e, ao olhar para o portaló, percebeu os dois aspirantes parados um de cada lado, de modo que não havia como passar sem encostar neles. Cobrindo mais uma vez os olhos com o chapéu, Frank passou rapidamente entre eles e agarrou o remo.

"Como meu coração palpitou", disse ele, "quando realmente *senti* meu irmão tão perto de mim; mas não olhei para ele, de jeito nenhum! Eu teria morrido antes!".

Para alívio de Frank, o barco de provisões se moveu para mais adiante na baía, e felizmente ele não voltou a ver o irmão enquanto estivemos no Rio; e durante aquele período tampouco se fez avistar para o irmão.

60. UM MARUJO DE GUERRA LEVA UM TIRO

Havia um marujo da gávea do traquete – meu colega de rancho, mas não de mastro, e não muito benquisto pelo capitão – que, devido a algumas transgressões leves, foi proibido de tirar licença em terra firme quando a tripulação do navio desembarcou. Enfurecido por causa da privação – pois não pisava em terra firme havia mais de um ano –, ele, algumas noites depois, desceu pelo costado com o objetivo de subir numa canoa que estava presa por uma corda a uma galeota holandesa a uma distância de poucos cabos. Uma vez na canoa, sua intenção era remar até a costa. Como não era um nadador experiente, a agitação armada na água chamou atenção da sentinela naquele lado do navio, que, dando meia-volta, percebeu um ponto branco indistinto onde o fugitivo nadava à sombra da fragata. A sentinela tentou uma saudação, sem resposta.

"Responda ou eu atiro!"

Nenhuma palavra foi ouvida.

No momento seguinte produziu-se um clarão avermelhado e, antes que sua luz deixasse de iluminar a noite, o ponto branco se transformou em carmesim. Alguns oficiais, ao retornarem de uma festa na praia do Flamengo, por acaso se aproximavam do navio em um dos escaleres. Eles viram o clarão e o corpo que se deslocava na água. Num instante, a tripulação puxou o gajeiro para dentro do barco e usou um lenço como torniquete; pouco depois, o fugitivo ferido estava a bordo da fragata para receber os cuidados necessários, chamado o cirurgião.

Parece que, no momento em que a sentinela disparou, o gajeiro – que, para evitar ser descoberto, ficou completamente imóvel – estava boiando na água, com o corpo esticado e horizontal, como se deitado numa cama. Como não estava tão distante do navio, e a sentinela estava logo acima dele – patrulhando de um lado para o outro na plataforma, na altura da parte superior da rede no parapeito –, a bala o atingiu com muita força, de maneira oblíqua, e depois de entrar na coxa direita bem acima do joelho, penetrou alguns centímetros e resvalou para cima ao longo do osso, alojando-se ali em algum lugar, de modo que não dava para senti-la mediante manipulação externa. Não havia uma coloração escura que indicasse seu rastro interno, como acontece quando uma bala parcialmente sem força atinge a pele numa trajetória oblíqua e penetra logo abaixo da superfície. Também não havia marca na parte oposta da coxa que indicasse seu lugar, como acontece quando a bala atravessa o corpo com força e se aloja perto da pele do outro lado. Não havia nada visível além de uma perfuração pequena e irregular, arroxeada nas bordas, como se alguém tivesse cravado na carne a ponta grosseira de um prego e depois puxado. Parecia quase impossível que, por um orifício tão pequeno, pudesse ter penetrado uma bala de mosquete.

O sofrimento extremo e o abatimento geral do homem, causados pela grande perda de sangue – por mais estranho que seja ele ter dito que, no início, não sentiu dor por causa do ferimento em si –, convenceram o cirurgião, muito relutantemente, a não procurar a bala de imediato para extraí-la, pois para isso precisaria dilatar a ferida usando uma faca – operação que, naquela conjuntura, quase certamente teria consequências fatais. Desse modo, um ou dois dias se passaram com a aplicação de um curativo simples.

Os cirurgiões de outros navios de guerra americanos atracados no porto visitaram o *Neversink* para examinar o paciente e, a propósito, ouvir as explicações do nosso próprio cirurgião, seu superior hierárquico. Mas Cadwallader Cuticle[136], ao qual até agora só me referi de passagem, merece um capítulo todo seu.

61. O CIRURGIÃO DA FROTA

Cadwallader Cuticle, doutor em medicina e membro honorário das mais destacadas faculdades de cirurgia da Europa e da América, era o cirurgião de nossa frota. Tinha plena consciência da dignidade de sua posição, para a qual estava particularmente apto, desde que merecesse a reputação da qual desfrutava. Era considerado o principal cirurgião da Marinha, um cavalheiro de conhecimentos notáveis, além de profissional veterano.

Era um sujeito baixinho e mirrado, de uns 60 anos ou mais. Tinha o peito raso, os ombros arqueados, as calças meio soltas em volta das pernas esqueléticas e o rosto singularmente magro. Na verdade, esse homem parecia ter perdido toda a sua vitalidade corporal. Uma curiosa mescla de vida e morte, viajava o mundo com uma peruca, um olho de vidro e uma dentadura postiça, enquanto sua voz era grave e rouca; seu espírito, no entanto, parecia tão vigoroso quanto em sua juventude e reluzia com o brilho reptiliano de seu único olho bom.

Como a maioria dos velhos médicos e cirurgiões que já serviram durante muito tempo e foram promovidos a cargos mais altos devido a suas conquistas científicas, Cuticle era um entusiasta de seu ofício. Uma vez ouviram-no dizer, de maneira confidencial, que preferia amputar o braço de um homem a desmembrar a asa do mais delicado pavão. Em especial, a anatomia patológica era sua área de preferência, e em sua cabine ele mantinha uma desagradável coleção de modelos anatômicos parisienses, em gesso e cera, representando todas as deformações imagináveis de membros e órgãos humanos, tanto

136 Cadwallader é um nome de origem galesa que significa organizador de batalha.

orgânicas quanto provocadas por doenças. Destacava-se uma peça que se via muito nos museus de anatomia da Europa, sem dúvida uma cópia quase perfeita de um original autêntico: a cabeça de uma mulher idosa, com o semblante gentil e meigo, mas ao mesmo tempo expressando uma tristeza profunda e inconsolável. Poderíamos até pensar que aquele era o rosto de alguma abadessa que por vontade própria se retirou da sociedade por causa de algum crime inominável, para levar uma vida de penitência, angustiada e sem esperança – tão maravilhosamente triste e digna de pena era a tal cabeça. Mas ao contemplá-la pela primeira vez, nenhuma dessas emoções nos vinha à mente. Nossos olhos e nossa alma apavorada eram rapidamente atraídos e capturados pela visão de um chifre horrendo e espiralado, como de um carneiro, que lhe brotava da testa e descia na frente do nariz, projetando uma sombra no rosto. Mas, depois desse primeiro olhar, o fascínio provocado por seu horror desaparecia gradualmente e nosso coração explodia de tristeza enquanto contemplávamos as rugas daquele semblante pálido e doentio. O chifre parecia a marca da maldição de algum pecado misterioso, concebido e cometido antes de o espírito encarnar. Mas esse pecado parecia algo imposto, não procurado voluntariamente; um pecado nascido da necessidade desumana da predestinação das coisas; um pecado sob o qual o pecador se afunda numa angústia sem pecado.

Mas o peito de Cuticle nunca era atingido pela menor pontada de dor, ou pelo menor traço de preocupação, quando ele olhava para esse modelo. A peça ficava presa a um suporte, encostada na divisória de sua cabine; quando abria os olhos de manhã, era a primeira coisa que via. E não era para ocultar o rosto que, ao recolher-se, sempre pendurava seu boné da Marinha sobre a ponta curvada do chifre, pois o boné escondia muito pouco.

O camareiro do cirurgião, rapaz que arrumava sua cama e cuidava do quarto, de vez em quando falava sobre o pavor que costumava sentir quando ficava sozinho nos aposentos de seu patrão. Às vezes era tomado pela ideia de que Cuticle era uma criatura sobrenatural, e uma vez, ao entrar em sua cabine no meio da vigilância noturna, levou um susto ao encontrá-la envolvida numa névoa densa e azulada, dominada pelo odor asfixiante de enxofre. Ao ouvir um gemido baixinho no meio da fumaça, deu um berro e saiu correndo de lá como uma flecha; depois de acordar os tripulantes das cabines vizinhas, descobriu-se que o vapor vinha da lenta combustão de alguns fósforos que queimaram por descuido do cirurgião. Cuticle, quase morto, foi retirado da cabine sufocante e demorou vários dias para se recuperar totalmente dos efeitos da fumaça. Esse acidente aconteceu no lugar imediatamente acima do paiol de pólvoras; mas como Cuticle, enquanto esteve doente, pagou um preço muito alto por transgredir a lei que proibia combustíveis na sala dos oficiais, o capitão se contentou em adverti-lo privativamente.

Sabendo do gosto do cirurgião por todo tipo de espécimes de anatomia patológica, alguns dos oficiais da praça-d'armas costumavam brincar com sua ingenuidade, embora Cuticle não demorasse a descobrir seus enganos. Uma vez, quando foi servido pudim de sagu no almoço e Cuticle por acaso estava em terra firme, eles pegaram uma boa quantidade desse preparado consistente e gelatinoso, branco-azulado, e colocaram numa latinha, fechando-a cuidadosamente com cera; depois a deixaram sobre a mesa da sala dos oficiais junto com um bilhete, como se o remetente fosse um importante médico do Rio, ligado ao Museu Nacional da Praça da Aclamação, pedindo permissão para entregar de presente ao científico sr. Cuticle – com os cumprimentos do doador – uma amostra raríssima de um câncer.

Ao descer à praça-d'armas, Cuticle leu o bilhete, abriu imediatamente a lata e exclamou:

"Maravilha! Que esplêndido! Nunca vi um espécime mais admirável dessa doença tão interessante."

"O que é isso, cirurgião Cuticle?", perguntou um tenente, avançando em sua direção.

"Olhe isso, senhor; já viu alguma coisa mais primorosa?"

"Primorosa mesmo; posso pegar um pedaço, Cuticle?"

"Pegar um pedaço?", gritou o cirurgião, afastando-se. "Eu daria um dos meus órgãos, mas não isso! Não estragaria um espécime tão grande nem por mil dólares. Mas por que você quer um pedaço? Não tem nenhuma coleção!"

"Gosto muito desse produto", disse o tenente; "serve de ótimo acompanhamento para bacon ou presunto. Você sabe, Cuticle, eu estive na Nova Zelândia na última viagem e me entreguei à triste devassidão dos canibais; venha, me dê um pedaço pequeno, só para encher a boca."

“Está maluco, fijiano dos infernos?”, gritou Cuticle, olhando confuso para o tenente; “você não vai comer um pedaço de câncer, vai?”.

“Me dê a lata para ver se não como”, foi a resposta.

“Meu Deus, tome!”, gritou o cirurgião, entregando a latinha ao tenente, afastando-se em seguida com as mãos levantadas.

“Ajudante!”, gritou o tenente, “passe o galheteiro, rápido! Eu sempre uso muita pimenta com esse prato, cirurgião; parece ostra. Ah, como é delicioso”, acrescentou, estalando os lábios depois de comer um bocado. “Experimente, cirurgião, e nunca mais terá um prato excelente como esse nas mãos, sem comê-lo, como mera curiosidade científica.”

Todo o semblante de Cuticle mudou; ele caminhou devagar até a mesa, levou o nariz bem perto da lata, encostou o dedo em seu conteúdo e provou. Foi suficiente. Depois de abotoar o casaco, com todo o tremor provocado pela fúria de um homem mais velho, saiu num rompante da praça-d’armas, chamou um bote e desapareceu pelas 24 horas seguintes.

Mas embora, como todos os mortais, Cuticle às vezes estivesse sujeito a esses acessos – pelo menos quando sofria alguma provocação ultrajante –, nada superava sua frieza de quando estava realmente envolvido em sua eminente profissão. Mesmo rodeado de gritos e lamentos, de feições deformadas pela angústia que ele mesmo infligia, mantinha o semblante calmo, quase sobrenatural. Exceto quando um forte interesse pela operação corava momentaneamente seu rosto pálido com um entusiasmo profissional, ele trabalhava duro, impassível diante da dor mais aguda que se apresenta aos olhos de um cirurgião naval. Na verdade, estar havia muito tempo habituado à sala de dissecação e à mesa de amputação aparentemente o tornara insuscetível às emoções comuns da humanidade. No entanto, não poderíamos dizer que Cuticle fosse essencialmente um homem de coração cruel. Sua aparente falta de coração devia ter uma origem puramente científica. Tampouco podemos imaginar que Cuticle teria feito mal a uma mosca, a não ser que conseguisse um microscópio poderoso o suficiente para ajudá-lo a fazer experimentos com os minúsculos órgãos vitais da criatura.

Mas apesar de sua maravilhosa indiferença ao sofrimento de seus pacientes, e a despeito até mesmo do entusiasmo que depositava em sua profissão – um entusiasmo que não esfriava nem com as geadas da velhice –, Cuticle, em algumas ocasiões, alimentava certo dissabor pela profissão e protestava contra a necessidade que obrigava um homem da sua humanidade a realizar operações cirúrgicas. Isso tendia a acontecer principalmente quando o caso tinha um interesse maior que o comum. Ao discutir o caso antes de iniciar o trabalho, ele escondia sua avidez por trás de um semblante circunspecto, curiosamente afetado, no entanto, por acessos contínuos irreprimíveis de impaciência. Mas, uma vez com a faca na mão, era o incompassivo cirurgião, sem disfarces, que aparecia diante de nós. Assim era Cadwallader Cuticle, o cirurgião da nossa frota.

62. UMA JUNTA DE CIRURGIÕES DA MARINHA

Ao que parece, é costume que o cirurgião da frota, quando alguma operação importante está sendo discutida e não há nada que retire dela sua atenção profissional, convide seus companheiros cirurgiões, caso estejam disponíveis no momento, para uma cerimoniosa troca de informações sobre o caso. Como cortesia, é isso que eles esperam.

Seguindo esse costume, portanto, os cirurgiões dos navios de guerra americanos que estavam aportados foram chamados para visitar o *Neversink* em conjunto para dar conselhos sobre o caso do gajeiro, cujo estado geral havia se agravado. Eles se reuniram na coberta de ré e não demorou para que Cuticle, seu respeitado superior, se juntasse a eles. O grupo fez uma mesura quando Cuticle se aproximou e todos se dirigiram a ele com o devido respeito.

"Cavalheiros", disse Cuticle, sentando-se, sem a menor cerimônia, num banco de campanha que seu ajudante havia lhe entregado, "temos aqui um caso muito interessante. Todos vocês já viram o paciente, imagino. No início, tive esperanças de que conseguiria fazer uma incisão até chegar à bala e removê-la; mas o estado do paciente não me permitiu. Depois, a inflamação e o ferimento começaram a produzir muito pus, gerando grande perda de substância, debilidade extrema e emagrecimento. Por causa disso, estou convencido de que a bala estilhaçou o osso e está comprimida no canal medular. Na verdade, não há dúvida de que a ferida é incurável, e o único recurso é a amputação. Mas vejam bem, cavalheiros, me encontro numa situação muito delicada. Posso lhes garantir que não sinto desejo profissional nenhum de realizar essa operação. Gostaria de ouvir a opinião de vocês, e, se forem agora visitar o paciente comigo, podemos voltar para cá e decidir o melhor a ser feito. Devo repetir que não sinto desejo pessoal nenhum de usar a faca".

Os cirurgiões reunidos ouviram o relato com atenção e seriedade; depois, atendendo ao desejo de seu superior, desceram à enfermaria onde o paciente padecia. Concluído o exame, voltaram para a coberta de ré e retomaram a discussão.

"Cavalheiros", começou Cuticle, sentando-se novamente, "vocês acabaram de examinar a perna do paciente; viram que a única solução é amputá-la; então, o que me dizem? Cirurgião Bandage[137], do *Mohawk*, poderia me dizer sua opinião?".

"O ferimento é muito grave", disse Bandage – um homem corpulento, de testa larga –, balançando solenemente a cabeça.

"Alguma coisa pode salvá-lo além da amputação?", perguntou Cuticle.

"A debilidade constitucional do paciente é extrema", observou Bandage, "mas já vi casos mais perigosos".

"Cirurgião Wedge[138], do *Malay*", disse Cuticle com a cara fechada, "sinta-se à vontade para dar *sua* opinião; e que seja definitiva, por favor", disse ele, dessa vez olhando seriamente para Bandage.

"Se eu achasse", começou Wedge, um sujeito bem magro e alto, elevando-se um pouco mais na ponta dos pés, "que a bala tivesse destroçado e partido o *fêmur*, incluindo o *trocanter maior* e o *menor*, incluindo a *linha áspera*, a *cavidade digital* e a *linha intertrocantérica*, com certeza eu seria a favor da amputação; mas, permita-me dizer, senhor, essa não é minha opinião".

"Cirurgião Sawyer[139], do *Buccaneer*", disse Cuticle aflito, mordendo o lábio inferior enquanto se dirigia a um homem de rosto arredondado, corado, de aparência sincera e sensata, cujo casaco de uniforme, adornado com uma quantidade incomum de cordões dourados, lhe assentava de modo muito elegante; "diga-nos agora a *sua* opinião, por favor. O senhor acha que a amputação é o único recurso?".

---

137 Bandagem, atadura.

138 Cunha, mas também pode se referir ao osso do crânio com formato semelhante.

139 Serrador.

"Perdoe-me", disse Sawyer, "mas sou terminantemente contra; se o paciente não teve força suficiente para ser submetido à extração da bala, não vejo como poderia aguentar uma operação ainda mais severa. Como não há perigo imediato de gangrena, e o senhor diz que é impossível chegar até a bala sem grandes incisões, eu o trataria, por ora, à base de tônicos e de antiflogísticos leves, de uso tópico. De modo nenhum eu realizaria uma amputação sem o aparecimento de outros sintomas".

"Cirurgião Patella[140], do *Algerine*", disse Cuticle com um furor que mal conseguia disfarçar, virando-se abruptamente para o cirurgião, "teria a *gentileza* de dizer se para *você* a amputação é o único recurso?".

Patella era o mais jovem da equipe, um homem modesto que mantinha uma reverência profunda pela ciência de Cuticle, interessado em obter seu apreço, mas sem nenhuma vontade de se comprometer com uma resposta objetiva, embora, como o cirurgião Sawyer, fosse claramente contra a operação, ainda que apenas em pensamento.

"Seus argumentos, sr. Cirurgião da Frota", disse Patella, em tom reverente, "a respeito da perigosa condição da perna parecem-me bastante óbvios; a amputação certamente seria a cura para a ferida; mas como o paciente, apesar de sua debilidade, parece ser de uma constituição forte, penso que poderia se recuperar do jeito que está, e com o seu tratamento científico, senhor cirurgião", acrescentou, fazendo uma vênia, "ficar totalmente curado sem a necessidade de amputação. No entanto, trata-se de um caso muito crítico, e a amputação pode ser indispensável; mas, *se tiver* de ser feita, que seja feita sem demora. É como vejo o caso, sr. Cirurgião da Frota".

"Pois então, cirurgião Patella, cavalheiros", disse Cuticle, olhando triunfante ao redor, "está claro que a amputação deve ser feita imediatamente. Por minha parte, pessoalmente, digo, e sem considerar a vontade do paciente, que lamento ter chegado a essa decisão. Mas isso resolve a questão, cavalheiros – na minha mente, no entanto, ela já estava resolvida. Amanhã de manhã, às dez horas, será realizada a operação. Ficarei feliz em tê-los todos comigo, e também

140 Rótula, patela.

seus aprendizes", disse ele, referindo-se aqui aos ausentes *cirurgiões assistentes*. "Bom dia, cavalheiros; às dez horas, lembrem-se."

Dito isso, Cuticle se retirou para a praça-d'armas.

63. A OPERAÇÃO

Na manhã seguinte, na hora marcada, os cirurgiões chegaram em conjunto. Estavam acompanhados de seus aprendizes, homens jovens cuja idade variava de 19 a 30 anos. Como os cirurgiões titulares, esses jovens cavalheiros usavam uniforme azul da Marinha, exibindo uma profusão de botões brilhantes e barras largas de bordados dourados nos punhos. Como para honrar a ocasião, colocaram seus melhores casacos; estavam extraordinariamente radiantes.

Todo o grupo desceu imediatamente à coberta de ré, onde se davam os preparativos para a cirurgia. Uma grande bandeira da guarnição foi estendida de um lado a outro do navio junto ao mastro principal, encobrindo por completo o que havia por trás. Esse espaço incluía toda a extensão da popa até a antepara da cabine do comodoro, em cuja porta havia uma sentinela de guarda, andando de um lado para o outro, com um alfanje na mão.

Sobre dois reparos de canhão arrastados até meia-nau foi estendida uma prancha funerária (usada para sepultamentos no mar), coberta com uma velha varredoura. Nessa ocasião, para servir de mesa de amputação, a prancha foi ampliada com outra tábua. Duas barricas, colocadas ali perto uma em cima da outra, sustentavam outra tábua, separada da mesa, onde havia uma série de serras e facas de tamanhos e formatos peculiares e variados; além disso, havia uma espécie de bastão de ferro, parecido com uma haste usada para afiar as lâminas, e também agulhas compridas, curvadas na ponta para puxar as artérias; para costurar a ferida, grandes agulhas de cerzir, linha e cera de abelha.

No extremo mais próximo da mesa maior havia uma bacia de água rodeada de pequenas esponjas, dispostas a uma distância matemática umas das outras. Uma série de toalhas com as iniciais dos Estados Unidos bordadas nos cantos pendia da longa haste horizontal de um soquete de canhão, fixado em seu lugar habitual – acima da altura da cabeça.

Todos os preparativos foram feitos pelo "ajudante do cirurgião", pessoa cujas importantes funções em um navio de guerra serão abordadas detalhadamente em outro capítulo. Na presente ocasião, ele estava correndo de um lado para o outro, ajustando e reajustando bisturis, agulhas e serras, como um mordomo dedicado que arrumasse a mesa de jantar pouco antes da chegada dos convivas.

Sem dúvida, o objeto mais impressionante por trás da bandeira divisória era um esqueleto humano cujas juntas estavam todas articuladas com arames. O motivo de essa peça estar ali será esclarecido daqui a pouco; mas por que havia sido colocado junto ao pé da mesa de amputação é algo que apenas o cirurgião Cuticle pode dizer.

Enquanto se davam os últimos preparativos, Cuticle conversava com os cirurgiões e assistentes, seus convidados.

"Cavalheiros", disse ele, pegando uma das lâminas reluzentes e passando-a artisticamente no afiador, "embora essas cenas sejam muito desagradáveis, e em alguns aspectos até repulsivas, eu diria, será muito melhor para nosso paciente ter as contusões e lacerações de sua ferida, com todos os seus perigosos sintomas, transformadas numa incisão limpa, livre desses inconvenientes, e provocando nele e no cirurgião uma preocupação muito menor. Sim", acrescentou ele, testando delicadamente a afiação da lâmina, "a amputação é nosso único recurso. Não é mesmo, cirurgião Patella?", perguntou, virando-se para o cavalheiro, como apoiando-se numa espécie de aprovação, por mais que carregada de ressalvas.

"Certamente", disse Patella, "a amputação é nosso único recurso, sr. Cirurgião da Frota; quer dizer, se o senhor estiver plenamente convencido de sua necessidade".

Os outros cirurgiões não disseram nada, mantendo uma postura reservada, como se soubessem não ser donos de uma autoridade positiva no caso, independentemente de suas opiniões particulares; mas eles pareciam dispostos a observar e, se chamados, assistir à operação, uma vez que agora não podia ser evitada.

Os jovens, seus assistentes, pareciam muito nervosos e dirigiam olhares respeitosos o tempo todo para o distinto profissional que era o venerável Cuticle.

"Dizem que ele pode remover uma perna um minuto e dez segundos depois de encostar a faca no paciente", sussurrou um para o outro.

"Vamos ver", foi a resposta, e o que falava levou a mão ao bolso para garantir que o relógio estaria disponível quando precisasse.

"Todos prontos?", perguntou Cuticle, dirigindo-se ao seu assistente; "esses camaradas não terminaram ainda?", disse, apontando para três homens da carpintaria que colocavam pedaços de madeira sob o reparo dos canhões que sustentava a mesa central.

"Estão quase acabando, senhor", respondeu respeitosamente o assistente, levando a mão à testa, como se estivesse de chapéu.

"Tragam o paciente, então", disse Cuticle. "Jovens cavalheiros", acrescentou, virando-se para a fileira de cirurgiões assistentes, "vê-los aqui me lembra das aulas que eu ministrava na Faculdade de Medicina e Cirurgia da Filadélfia. Ah, que dias felizes!", suspirou, levando a ponta do lenço ao olho de vidro. "Perdoem as emoções deste senhor de idade, jovens cavalheiros; mas, quando penso na quantidade de casos raros dos quais tratei naquela época, não consigo não dar vazão aos meus sentimentos. A vila, a cidade, a metrópole, jovens cavalheiros, é o lugar de vocês, estudantes; pelo menos nestes monótonos dias de paz, em que Exército e Marinha não dão estímulo nenhum aos jovens ambiciosos que querem ascender em nossa honrável profissão. Ouçam o conselho deste velho aqui, e, se a guerra que ameaça eclodir entre os Estados Unidos e o México for travada, troquem seus cargos na Marinha por cargos no Exército. Por não ter uma marinha própria, o México é um país retrógrado no sentido de proporcionar sujeitos para as mesas de amputação de marinhas estrangeiras. A causa da ciência padece nas mãos deles. O Exército, jovens cavalheiros, é sua melhor escola; acreditem. Você pode não acreditar, cirurgião Bandage", disse, dirigindo-se a ele, "mas essa é minha primeira cirurgia importante em quase três anos de viagem. Neste navio, estou praticamente confinado à prática de doutor, prescrevendo receitas para febres e fluxos. É verdade, outro dia um gajeiro caiu da verga da mezena; mas não foi nada mais que um caso complicado de destroncamentos, trincas e fraturas nos ossos. É impossível realizar uma amputação sem ter a consciência gravemente afetada. E a minha – devo dizer, cavalheiros, sem ostentação nenhuma – é peculiarmente suscetível".

Ao dizer isso, relaxou as mãos ao lado do corpo, segurando a faca e a serra, e se deteve por um instante, entregue a uma tenra lembrança. Mas, ao ouvir uma comoção atrás da cortina, se assustou e começou a entrechocar a faca com a serra.

"Ah, aí está nosso paciente; cirurgiões, fiquem deste lado da mesa, por gentileza; jovens cavalheiros, um pouco mais para trás, por favor. Assistente, retire meu casaco – isso; agora o lenço do pescoço; não consigo fazer nada se tiver alguma coisa prendendo meu corpo, cirurgião Patella."

Retiradas essas peças de roupa, Cuticle arrancou a peruca e a pendurou no cabrestante do convés de canhões; depois retirou a dentadura e a colocou ao lado da peruca; por fim, inserindo o indicador no canto do olho cego, puxou para fora o globo de vidro com uma destreza profissional, colocando-o também perto da peruca e da dentadura.

Assim despido de quase todos os acessórios inorgânicos, o que restou do cirurgião sacudiu-se levemente para ver se ainda havia algo de que prescindir para seu benefício.

"Ajudantes de carpintaria", gritou agora, "não vão acabar isso nunca?".

"Quase lá, senhor, quase lá", responderam, olhando em volta à procura da voz estranha e misteriosa que os abordou, pois a ausência dos dentes não melhorava em nada o timbre de voz do cirurgião da frota.

Com uma curiosidade natural, esses homens se demoraram de propósito, para ver tudo que pudessem; mas agora, sem ter outra desculpa, recolheram os martelos e cinzéis, e, como os construtores de palanque que terminam de construir uma tribuna no último momento, ainda a tempo de o primeiro orador da assembleia começar a falar, a equipe do carpinteiro se retirou.

A grande bandeira foi levantada, revelando rapidamente uma multidão de marinheiros de guerra do outro lado; o paciente, carregado nos braços de dois companheiros de rancho, entrou no recinto. Estava muito magro, fraco como um infante, e todas as partes de seu corpo tremiam, ou melhor, chacoalhavam, como a cabeça de alguém que sofre de paralisia agitante. Como se uma apreensão orgânica e involuntária da morte tivesse tomado posse da perna ferida, seus movimentos nervosos eram tão violentos que um dos colegas foi obrigado a segurá-la com a mão.

O gajeiro foi colocado imediatamente sobre a mesa, e os ajudantes estavam esticando-lhe os braços e as pernas quando, ao abrir lentamente os olhos, ele viu o brilho das lâminas e serras, as toalhas e esponjas, a sentinela armada na porta da cabine do comodoro, a fileira de alunos curiosos, a cabeça pelada e cadavérica de Cuticle, que havia arregaçado as mangas da camisa sobre os braços mirrados e segurava uma faca; por fim, seus olhos fitaram horrorizados o esqueleto, que tremulava e tilintava levemente ao seu lado com o lento e delicado balanço da fragata sobre as águas.

"Caro amigo, aconselho que relaxe por completo todos os seus músculos", disse Cuticle, olhando para o gajeiro; "a precisão de uma cirurgia costuma ser prejudicada por movimentos imprudentes do paciente. Mas se pensar, meu camarada", acrescentou em um tom paternalista e quase simpático, pressionando levemente a mão sobre sua coxa, "em como é melhor viver com uma perna só do que morrer com duas, principalmente se souber dos tormentos a que marujos e soldados estavam sujeitos antes da época de Celso[141], devido à lamentável ignorância sobre cirurgias que imperava até então, com certeza você agradeceria a Deus, de todo coração, o fato de *sua* cirurgia ter sido adiada até o período desta iluminada era, abençoada por um Bell, um Brodie e um Larrey[142]. Caro amigo, antes da época de Celso, a ignorância geral de nossa nobre ciência era tanta que, para evitar a efusão excessiva de sangue, era considerado indispensável operar com uma lâmina em brasa", disse, fazendo um gesto profissional sobre a coxa, "e depois despejar azeite quente sobre a pele", completou, levantando o cotovelo, como se segurasse um bule na mão, "para cauterizar a ferida após a amputação".

"Ele vai desmaiar!", disse um dos companheiros de rancho. "Um pouco de água, rápido!"

Segurando uma bacia, o ajudante correu imediatamente até o gajeiro.

---

141 Aulo Cornélio Celso (25 a.C.-50 d.C.) foi um médico romano. Publicou um tratado chamado *De medicina*.

142 Charles Bell (1774-1842) foi um cirurgião que atuou na batalha de Waterloo (1815) e deu aulas de anatomia; *sir* Benjamin Collins Brodie (1783-1862) serviu como médico nos reinados de Guilherme IV e Vitória, do Reino Unido. Dominique Jean Larrey (1766-1842) foi cirurgião do Grande Exército de Napoleão.

Cuticle segurou o paciente pelo punho e, depois de tomar-lhe o pulso durante um tempo, observou:

"Não se preocupem, homens", dirigindo-se aos dois companheiros de rancho; "ele vai voltar a si num instante; esse desmaio acontece com frequência." E ali ficou durante um momento, observando-o tranquilamente.

Agora o cirurgião da frota e o gajeiro apresentaram um espetáculo que, para um espírito refletido, foi melhor do que um sermão sobre a mortalidade do homem proferido num cemitério.

Lá estava um marinheiro que, quatro dias antes, se punha ereto – um pilar de vida –, com um braço que parecia um mastro real e uma coxa que parecia um molinete. Mas o mais frágil toque concebível de um dedo num gatilho curvo aconteceu de deixá-lo estirado, mais indefeso que um recém-nascido, com a coxa destruída, agora sem nenhuma força muscular. E quem nesse instante se erguia sobre ele qual uma criatura superior e, como se vestido com os atributos da imortalidade, falava indiferente em destrinchar sua carne machucada e com isso estender seus abreviados dias? Quem era aquele que, na capacidade de cirurgião, parecia representar o papel de regenerador da vida? O magriço, miúdo, caolho, desdentado e careca Cuticle, com um tronco semimorto – um *memento mori*[143] digno de ser contemplado!

E enquanto, naquelas premonições deprimentes e apavorantes de morte rápida que quase sempre acompanham um ferimento severo provocado por uma bala, mesmo nos espíritos mais valentes; e enquanto, definhando e morrendo desse jeito, os olhos desse marujo antes robusto agora minguavam em sua cabeça como uma lua da Lapônia eclipsada pelas nuvens – Cuticle, que havia anos ainda vivia naquele tabernáculo mirrado que era seu corpo; Cuticle, sem dúvida vivendo a autoilusão comum da velhice; Cuticle, ele, deve ter sentido que seu apego à vida era tão forte quanto o abraço implacável que um urso-cinzento dá em sua presa. Em verdade, a Vida é mais terrível que a Morte; e que nenhum homem, ainda que seu coração lhe bata forte no peito como um canhão, se apegue demais à própria vida; pois, na necessidade predestinada das coisas, essa vida de apego não é em nada mais segura do que a vida de um homem

143 "Lembra-te de que és mortal", em latim.

em seu leito de morte. Hoje inspiramos o ar com pulmões que se expandem e a vida flui dentro de nós como mil Nilos; mas amanhã podemos desmoronar junto à morte e todas as nossas veias podem murchar como o vale do Cédron durante uma seca.

"Agora, jovens cavalheiros", disse Cuticle, dirigindo-se aos cirurgiões assistentes, "enquanto o paciente recupera os sentidos, permitam-me descrever a operação extremamente interessante que estou prestes a realizar".

"Sr. Cirurgião da Frota", disse o cirurgião Bandage, "se o senhor vai dar uma aula, peço que por favor use seus dentes; eles deixarão seu discurso mais claro e compreensível". Ao dizer isso, Bandage, inclinando-se, colocou os dois semicírculos de marfim nas mãos de Cuticle.

"Obrigado, cirurgião Bandage", disse Cuticle, encaixando a dentadura em seu devido lugar. "Primeiramente, jovens cavalheiros, deixem-me chamar a atenção para esse excelente espécime que vocês estão vendo. Eu o desembalei e o coloquei aqui, no meu camarote, onde ocupa um catre vazio; tudo isso para o benefício de vocês, jovens cavalheiros. Obtive pessoalmente esse esqueleto no Departamento Hunteriano da Faculdade Real de Cirurgia em Londres. Uma verdadeira obra-prima. Mas não temos tempo para examiná-lo agora. A delicadeza me proíbe de me estender numa situação como essa", disse ele, olhando de maneira quase bondosa para o paciente, que agora começava a abrir os olhos; "mas permitam-me falar sobre esse fêmur", disse, desmembrando-o do esqueleto com uma leve torção, "o lugar exato onde pretendo realizar a operação. *Aqui*, jovens cavalheiros, *aqui* é o lugar. Vejam que está bem próximo do ponto de articulação com o tronco".

"Sim, jovens cavalheiros", interpôs o cirurgião Wedge, levantando-se na ponta dos pés, "o *acetabulum*[144], ou ponto de articulação do *os innominatum*[145]".

"Onde está seu *Manual de anatomia óssea*, Dick?", sussurrou um dos assistentes para o aluno perto dele. "Wedge passou a manhã inteira debruçado sobre suas páginas, decorando os nomes difíceis."

---

144 Acetábulo, cavidade do osso do quadril na qual se articula a cabeça do fêmur.
145 Osso do quadril, formado a partir de três ossos: ísquio, o púbis e o ílio.

"Cirurgião Wedge", disse Cuticle, olhando ao redor com seriedade, "dispensamos seus comentários neste momento, se não se importa. Agora, jovens cavalheiros, vejam que, estando o ponto da operação tão perto do tronco e dos órgãos vitais, ela adquire uma beleza pouco comum, pois exige uma mão firme e um olhar atento; afinal, o paciente pode morrer nas minhas mãos".

"Rápido, ajudante! Água, água! Ele está desmaiando de novo!", gritaram os dois companheiros de rancho.

"Não se preocupem com seu amigo, rapazes", disse Cuticle, olhando ao redor. "É comum que o paciente revele alguma emoção nesses momentos, quase sempre manifestada pelo desmaio. É natural que seja assim. Mas não podemos atrasar a operação. Steward, aquela faca ali – não, a outra –, esta, isso mesmo. Ele está recuperando os sentidos, acredito", disse, sentindo o pulso do gajeiro. "Tudo pronto, senhor?"

Essa última pergunta foi dirigida para um dos cirurgiões assistentes do *Neversink*, um jovem alto, magro e cadavérico, vestido com uma espécie de manto de lona branca, preso por alfinetes em volta do pescoço, envolvendo por completo todo o seu corpo. Estava sentado numa barrica – o esqueleto balançava perto de sua cabeça – aos pés da mesa, pronto para segurar a perna do paciente, como quando uma tábua é serrada por um carpinteiro e seu aprendiz.

"Esponjas, ajudante", disse Cuticle, retirando a dentadura pela última vez e arregaçando ainda mais as mangas. Depois, segurando o paciente pelo punho, disse: "Atentos, companheiros; segurem-no pelos braços e prendam-no na tábua. Ajudante, coloque a mão sobre a artéria; vou começar assim que o pulso começar a... *agora*, *agora*!".

Deixando cair o punho do paciente, Cuticle apalpou a coxa com cuidado, curvou-se um pouco sobre ela e atravessou-lhe a carne de uma única vez com a faca. Quando o instrumento encostou na pele, todos os cirurgiões olharam imediatamente para o relógio que tinham em mãos, enquanto o paciente, com os olhos horrivelmente distendidos, jazia numa espécie de transe consciente. Não se ouvia respiração nenhuma; mas, à medida que a carne trêmula se separava num talho comprido e prolongado, um manancial de sangue brotou entre as paredes vivas da ferida, e dois enxurros grossos, em direções opostas, deslizaram pela coxa. As esponjas encharcaram-se imediatamente na piscina púrpura; o rosto de cada um dos presentes se contraiu em suspense; a perna tremeu; o homem gritou; seus companheiros de rancho o seguraram – enquanto o corte impiedoso dava a volta em toda a perna.

"A serra!", disse Cuticle, e num instante a recebeu em mãos.

Totalmente envolvido na operação, ele estava a ponto de aplicá-la quando olhou para cima, virou-se para os cirurgiões assistentes e perguntou:

"Algum jovem cavalheiro gostaria de aplicar a serra? Uma cobaia esplêndida!"

Vários se ofereceram; Cuticle escolheu um deles, entregou-lhe o instrumento e disse:

"Não se precipite; seja preciso."

Como os outros assistentes olharam com inveja para o escolhido, ele ficou tímido para executar a tarefa; Cuticle, que o observava seriamente, arrancou-lhe a serra da mão.

"Afaste-se, carniceiro! Você desonra a profissão. *Olhe aqui* como se faz!"

Por alguns instantes, todos ouviram o ruído arrepiante da serra raspando o osso; até que o gajeiro pareceu se dividir em dois no quadril, quando sua perna lentamente deslizou para os braços do pálido e esquelético homem do manto branco, que a retirou imediatamente dali e a escondeu embaixo de um dos canhões.

"Cirurgião Sawyer", disse Cuticle, virando-se educadamente para o cirurgião do *Buccaneer*, "poderia cuidar das artérias? Estão à sua disposição".

"Ande logo, Sawyer; não pense duas vezes", disse o cirurgião Bandage.

Sawyer obedeceu; enquanto conduzia modestamente a operação, Cuticle, virando-se para a fileira de assistentes, disse:

"Jovens cavalheiros, agora procederemos com nossa ilustração. Passe-me aquele osso, ajudante."

Tomando o fêmur nas mãos ainda ensanguentadas, o cirurgião da frota o segurou ostensivamente diante da plateia e começou:

"Jovens cavalheiros, percebam que exatamente neste ponto *aqui*, para o qual chamei a atenção de vocês, precisamente neste ponto correspondente, a operação foi realizada. Mais ou menos aqui, jovens cavalheiros, *aqui*", disse ele, levantando a mão alguns centímetros acima do osso, "estava a grande artéria. Mas vocês viram que eu não usei o torniquete; eu nunca uso. O dedo indicador de meu assistente é muito melhor que um torniquete, pois é muito mais manejável e não comprime as outras veias menores. Mas me disseram, jovens cavalheiros, que um certo Seignior Seignioroni, cirurgião de Sevilha, inventou recentemente um substituto admirável para o antiquado e rudimentar torniquete. Pelo que entendi, parece um par de *paquímetros* com um pequeno parafuso de Arquimedes – uma invenção muito inteligente, segundo todos os relatos. Pois as pontas acolchoadas no final dos arcos", disse, formando um arco com o indicador e o polegar, "podem se aproximar assim, até... – mas vocês não estão prestando atenção em mim, jovens cavalheiros", acrescentou de sobressalto.

Estando mais interessados no procedimento ativo do cirurgião Sawyer, que agora usava uma agulha para costurar a pele sobreposta ao coto, os jovens cavalheiros não hesitaram nem por um segundo em desviar sua atenção do orador.

Alguns instantes depois e o gajeiro, desmaiado, foi levado para a enfermaria. Quando a cortina voltou para o lugar depois que o paciente desapareceu, Cuticle, ainda segurando a coxa do esqueleto nas mãos ensanguentadas, continuou com suas observações; ao concluí-las, disse:

"Agora, jovens cavalheiros, uma das consequências mais interessantes dessa operação será encontrar a bala, que, no caso da não amputação, teria se escondido da busca mais cuidadosa. Essa bala, jovens cavalheiros, deve ter percorrido uma rota sinuosa. Quando sua direção é oblíqua, não é algo incomum. Na verdade, o sábio Hennen nos oferece um caso muito notável, para não dizer inacreditável, do pescoço de um soldado, onde a bala, depois de entrar naquela parte chamada pomo de adão..."

"Sim", disse o cirurgião Wedge, elevando-se, "o *pomum Adami*".

"Depois de entrar no ponto chamado *pomo de adão*", continuou Cuticle, dando bastante ênfase às três últimas palavras, "deu uma volta completa no pescoço, saiu pelo mesmo orifício por onde entrou e atingiu o próximo homem da fileira. Quando a bala foi extraída do segundo homem, diz Hennen[146], havia pedaços da pele

146 John Hennen (1779-1828), cirurgião militar irlandês que atuou nas Guerras Napoleônicas.

do primeiro grudados nela. Mas o que não falta, jovens cavalheiros, são exemplos de substâncias estranhas que entram no corpo junto com as balas. Por servir naquela época em um navio dos Estados Unidos, por acaso estive próximo de onde aconteceu a batalha de Ayacucho, no Peru. Um dia depois da ação, vi nas barracas de feridos um soldado que, gravemente ferido no cérebro, enlouqueceu e se matou com a própria pistola no hospital. A bala carregou para dentro um pedaço do gorro de lã...".

"Na forma de um *cul-de-sac,* sem dúvida", disse o intrépido Wedge.

"Pelo menos dessa vez, cirurgião Wedge, está usando o único termo que pode ser empregado; aproveitando o ensejo, devo dizer, jovens cavalheiros, que os homens de verdadeira ciência", disse, arqueando um pouco o peito, "usam poucas palavras difíceis, e somente quando nenhuma outra serve a seu propósito; já os falsos eruditos da ciência", disse, olhando rapidamente para Wedge, "pensam que, ao pronunciar palavras difíceis, provam que compreendem coisas difíceis. Que isso se assente profundo na mente de vocês, jovens cavalheiros; quanto ao senhor, cirurgião Wedge", disse, fazendo uma mesura, "permita-me dedicar a você essa reflexão. Bem, jovens cavalheiros, a bala depois foi extraída puxando-se as partes externas do *cul-de-sac* – uma operação simples, mas belíssima. Há um ótimo exemplo, um tanto quanto parecido, relatado em Guthrie[147]; mas, é claro, vocês já devem conhecê-lo, pois está em seu famoso *Tratado sobre ferimentos à bala*. Quando, há mais de vinte anos, estive com lorde Cochrane[148], na época almirante das frotas deste país", disse, apontando para a costa, através de uma portinhola, "um marinheiro do navio em que eu viajava, durante o bloqueio da Bahia, teve a perna–". Mas nesse momento seus ouvintes já estavam todos inquietos, principalmente os cirurgiões veteranos; voltando-se bruscamente para eles, acrescentou: "Mas não vou segurá-los mais, cavalheiros, o almoço já deve estar pronto em seus navios. Cirurgião

147 George James Guthrie (1785-1856), cirurgião inglês que atuou nas Guerras Napoleônicas.

148 Thomas Cochrane (1775-1860), décimo conde de Dundonald e primeiro marquês do Maranhão, serviu na Marinha britânica durante a guerra contra a França; serviu também na Marinha do Chile (1817-1820) e na Armada Imperial Brasileira (1823-1825) em suas lutas pela independência.

Sawyer, talvez queira lavar as mãos antes de sair. Aqui está a bacia, senhor; há uma toalha limpa no soquete. Quanto a mim, raramente as uso", disse, pegando seu lenço. "Vou deixá-los agora, cavalheiros", fazendo uma mesura. "Amanhã, às dez horas, a perna estará sobre a mesa, e ficarei feliz em vê-los todos de novo. Quem está aí?", perguntou, virando-se para a cortina, que farfalhou.

"Com licença, senhor", disse o ajudante, entrando. "O paciente morreu."

"O corpo também, cavalheiros, às dez em ponto", disse Cuticle, dirigindo-se mais uma vez aos convidados. "Eu previ que a operação poderia ser fatal; seu estado era muito crítico. Bom dia."

E Cuticle desapareceu.

"Ele não quis dizer que vai tocar no corpo, não é?", perguntou agitado o cirurgião Sawyer.

"Não, não!", disse Patella, "é só o jeito dele. Com certeza ele quis dizer que o corpo será inspecionado antes de ser levado para enterrar na costa".

A assembleia de cirurgiões bordados em ouro subiu ao tombadilho; o corneteiro chamou o segundo escaler e, um por um, eles foram deixados a bordo de seus navios.

Na noite do dia seguinte, os companheiros de rancho do gajeiro conduziram seus restos mortais até a costa e o enterraram no sempre vernal cemitério protestante, bem perto da praia do Flamengo, com plena vista da baía.

64. TROFÉUS DE UM NAVIO DE GUERRA

Quando o segundo escaler avançou para deixar os cirurgiões a bordo dos navios de guerra americanos aqui e ali – como uma lancha de praticagem que distribui pilotos na boca do porto –, passou por diversas fragatas estrangeiras; duas delas, uma inglesa e uma francesa, haviam suscitado muitos comentários a bordo do *Neversink*. Essas embarcações geralmente soltavam as velas e manobravam as vergas ao mesmo tempo que nós, como se desejassem comparar a eficácia de suas tripulações.

Quando estávamos quase prontos para nos lançar sobre as águas, a fragata inglesa, ao levantar a âncora, zarpou com a brisa do mar e exibiu sua velocidade deslizando entre todos os navios de guerra que estavam no porto, sobretudo passando bem embaixo da popa do *Neversink*. Cada vez que se aproximava, nós a saudávamos baixando um pouco nosso pavilhão, e ela sempre respondia cortesmente o cumprimento. Estava nos convidando para uma regata, e corria o boato de que, quando saíssemos da baía, nosso capitão não se posicionaria contra o desafio; afinal, seja dito que o *Neversink* era considerado a embarcação aquilhada mais ligeira das que carregavam um galhardete americano. Talvez por isso a desconhecida fragata tenha nos desafiado.

Pode ser que parte da nossa tripulação estivesse mais ansiosa para uma disputa com essa fragata por causa de um pequeno incidente que alguns marujos consideravam muito irritante. A poucos cabos de distância da cabine do nosso comodoro estava a fragata *President*, com uma cruz vermelha de São Jorge fraldejando em seu ponto mais alto. Como indicava seu nome, essa elegante embarcação era americana de nascimento, mas havia sido capturada durante a última guerra com a Grã-Bretanha e agora navegava pelas águas salgadas como um troféu.

Pensem nisso, valentes compatriotas, todos vocês, ao longo da costa marítima e das margens infindáveis dos rios Ohio e Columbia – pensem nas pontadas dolorosas que nós, patriotas do mar, não sentíamos ao contemplar o carvalho das Flóridas e os pinheiros do verdejante Maine convertidos nos muros de madeira da Velha Inglaterra! Mas, para alguns marujos, havia um pensamento que nos servia de contrapeso, tão gratificante quanto o outro era doloroso: em algum lugar, navegando sob as estrelas e listras da bandeira americana, estava a fragata *Macedonian*, uma embarcação inglesa que, em outras épocas, ostentava a bandeira de batalha da Grã-Bretanha.

Sempre foi costume gastar quase qualquer quantia de dinheiro para reparar os navios capturados com o intuito de que sobrevivessem o máximo para comemorar o heroísmo do conquistador. Assim, na Marinha inglesa, há muitos Monsieurs de 74 canhões conquistados na Gália. Mas nós, americanos, podemos ostentar poucos troféus semelhantes, embora sem dúvida tivéssemos muita vontade de exibi-los.

No entanto, eu nunca contemplava nenhum desses troféus flutuantes sem me lembrar de uma cena que testemunhei num vilarejo de pioneiros na margem oeste do Mississippi. Não muito longe desse vilarejo, onde os cepos de árvores nativas ainda são encontrados no mercado, viveu há alguns anos uma parte do que restou das tribos dos *sioux*, que visitavam com frequência os assentamentos dos brancos para comprar quinquilharias e roupas.

Numa noite florida e carmesim de um mês de julho, enquanto o sol incandescente se punha esplendoroso, e eu estava encostado num canto vestido com meu traje de caçador, eis que surge a passos firmes, do poente carmesim, um gigantesco pele-vermelha, ereto como um pinheiro, com seu reluzente *tomahawk*, tão grande quanto um machado de lenha, apoiado contra o peito em repouso marcial. Envolvido taciturnamente numa manta e caminhando a passos largos como um rei sobre um palco, ele passou para cima e para baixo pelas ruas rústicas, exibindo nas costas da manta um monte de mãos humanas, traçadas de maneira rude em vermelho; uma delas parecia bem recente.

"Quem é esse guerreiro?", perguntei, "e por que está andando por aqui? O que são essas mãos sangrentas?".

"Esse guerreiro é o *Carvão Incandescente*", disse um pioneiro em mocassins ao meu lado. "Ele desfila por aqui para exibir seu troféu mais recente; cada uma daquelas mãos representa um inimigo que ele escalpou com o *tomahawk*. Ele acabou de sair da casa de Ben Brown, o pintor, que desenhou a última mão vermelha; pois ontem à noite o fogo de *Carvão Incandescente* foi mais forte que o de *Tocha Amarela*, chefe de uma tribo dos *fox*."

Pobre selvagem, pensei. Será esse o motivo de teu andar imponente? Engrandece-te pensar que cometeras um assassinato, quando uma pedra rolada ao acaso muitas vezes faz a mesma coisa? Será motivo de orgulho derrubar 1,80 metro de humanidade imortal, embora essa alta torre viva talvez precisasse de trinta bons e frutíferos verões para amadurecer? Pobre selvagem! Consideras mesmo tão glorioso mutilar e destruir aquilo que o próprio Deus demorou mais de um quarto de século para construir?

Não obstante, amigos cristãos, o que é a fragata americana *Macedonian*, ou a fragata inglesa *President*, além de duas mãos sangrentas pintadas na manta desse pobre selvagem?

Estaria a Lua livre dos morávios, já que nenhum missionário visitou esse pobre planeta pagão que habitamos para civilizar nossa civilização e cristianizar a cristandade?

65. UMA REGATA DE NAVIOS DE GUERRA

Estivemos tanto tempo no Rio, por razões que só o comodoro conhece, que circulou entre os impacientes marinheiros o comentário de que nossa fragata acabaria presa nos ossos de boi que os cozinheiros jogavam diariamente no mar.

Até que um dia foram dadas as boas notícias:

"Marinheiros, içar âncora!"

Bem cedo, enquanto o sol nascia a oeste, eis que foi erguido nosso velho ferro.

A brisa terrestre do Rio, sem a qual os navios não poderiam deixar a baía, é sempre lânguida e tênue. Ela surge de jardins de cidra e cravos, carregando o aroma de todas as especiarias do Trópico de Capricórnio. E como Maomé, aquele primoroso senhor que tanto gostava de sentir o aroma de perfumes e essências, e costumava sair de seu descanso nas estufas de Cadija, sua esposa, para dar combate aos robustos filhos de Koriesh, essa brisa terrestre chega saturada de fragrâncias adocicadas para combater as selvagens brisas tártaras do mar.

Pouco a pouco fomos saindo da baía, deslizando pela passagem como um cisne majestoso, e nos vimos gradualmente levados pelas ondas suaves e corrediças até o mar aberto. Em nossa esteira víamos avançar o mastro principal da fragata de guerra inglesa, coroada, como a torre de uma catedral, pela bandeira com uma cruz da religião da paz; logo depois dela surgia o pavilhão arco-íris da França, ostentando o sinal de Deus de que a guerra nunca mais seria feita em terra.

Tanto o navio inglês quanto o francês haviam combinado uma regata; nós, ianques, juramos por nossas gáveas e sobrejoanetes que, naquela noite, afundaríamos seus fulgurantes estandartes no meio das constelações do sul, que se apagariam cada vez mais atrás de nós à medida que seguíssemos viagem rumo ao norte.

"Isso mesmo", disse Mad Jack, "a bandeira de São Jorge ficará como o *Cruzeiro do Sul*, longe da nossa visão, a muitas léguas de nós no horizonte, enquanto nossas estrelas heroicas, meus valentes, arderão sozinhas no norte, como a Ursa Maior no Polo! Vamos lá, Arco-íris e Cruz!"

Mas o vento continuou lânguido e tênue durante muito tempo, pois não havia se recuperado da noite de devassidão em terra firme; chegou então o meio-dia, com o Pão de Açúcar ainda à vista.

Ora, com navios não acontece o mesmo que com cavalos; se um cavalo caminha com agilidade e rapidez, geralmente dá a entender que não é ruim de galope; já um navio que é ultrapassado numa brisa leve pode superar todas as apostas tão logo uma brisa nos joanetes lhe permita navegar a galope. Assim aconteceu conosco. Primeiro, a fragata inglesa deslizou adiante, ultrapassando-nos sem cerimônia; depois a fragata francesa nos mandou educadamente um *adieu*, enquanto o velho *Neversink* ficava para trás, queixando-se na brisa afeminada. Em determinado momento, as três fragatas estavam mais ou menos alinhadas, formando uma linha diagonal; estavam tão próximas que os majestosos oficiais nas popas se cumprimentavam formalmente levando a mão ao chapéu, porém evitando maiores civilidades. Nessa conjuntura, as esplêndidas fragatas ofereciam um belíssimo espetáculo, com suas rodas de proa espalhando água enquanto mergulhavam e emergiam em uníssono; suas vergas e antenas, junto da imensidão dos cordames, pareciam formar gigantescas e intricadas teias de aranha estendidas sob o céu.

Quando o sol começou a se pôr, o casco branco do oceano respondeu ao comando das esporas de seu apressado cavaleiro, uma forte rajada vinda do leste e, dando vivas ao passar pelos conveses, pelas vergas e pelas gáveas, nos empurrou a todo pano sobre São Jorge e São Dinis.

Mas é mais difícil ultrapassar do que deixar para trás; a noite caiu sobre nós enquanto ainda estávamos na retaguarda – ali onde havia um barquinho que, no último momento, seguindo uma tradição rabínica, se esforçava para acompanhar a arca do velho Noé.

Fazia uma noite brumosa e com muitas nuvens; embora nossos vigias conseguissem observar a perseguição no meio da bruma, a atmosfera ficou tão densa de repente que não vimos mais sinal das vergas estrangeiras. O pior foi que, quando finalmente enxergamos alguma coisa, os franceses seguiam folgados a barlavento, enquanto os ingleses lideravam elegantes na dianteira.

A brisa soprava cada vez mais fresca; no entanto, com até mesmo o sobrejoanete do mastro grande desfraldado, seguimos esparrinhando um oceano de coloração bege por causa da espuma iluminada. Jaqueta Branca estava no cesto da gávea; era extraordinário olhar lá para baixo e ver nosso casco negro golpeando o mar branco com sua proa larga, como um aríete.

"Vamos ultrapassá-los com essa brisa, meu caro Jack", disse eu para nosso nobre chefe da gávea.

"Mas não se esqueça que a mesma brisa sopra para John Bull[149]", respondeu Jack, que, por ser um bretão, talvez torcesse mais para os ingleses do que para o *Neversink*. "Mas veja só como avançamos entre as ondas!", gritou Jack, olhando acima da balaustrada. Depois, estendendo o braço, recitou:

> Desta arte despedida a forte armada,
> As ondas de Anfitrite dividia.[150]

"Camões, Jaqueta Branca, Camões! Já leu Camões alguma vez? *Os lusíadas*, quero dizer. É a maior epopeia do mundo sobre um navio de guerra, meu caro. Dê-me Gama por um comodoro, digo – nobre Gama! E Mickle, Jaqueta Branca, já o leu alguma vez? William Julius Mickle, tradutor de Camões? Um homem frustrado, Jaqueta Branca. Além de sua versão de *Os lusíadas*, escreveu muitas coisas desprezadas. Já ouviu falar de sua balada de Cumnor Hall? Não? Pois foi ela que deu a *sir* Walter Scott a pista para *Kenilworth*. Meu pai conheceu Mickle quando navegou a bordo do velho navio de guerra *Romney*. Quantos homens grandiosos já foram marinheiros, Jaqueta Branca! Dizem que o próprio Homero foi um lobo do mar, assim como seu herói, Ulisses, foi tanto marinheiro quanto carpinteiro naval. Sou capaz de jurar que Shakespeare já foi chefe do castelo de proa. Lembra da primeira cena de *A tempestade*, Jaqueta Branca? E o descobridor dos mundos, Cristóvão Colombo, era marinheiro! E também Camões, que saiu ao mar com Gama, pois do contrário não teríamos *Os lusíadas*, Jaqueta Branca. Sim, eu percorri a mesma rota em que Camões navegou, montando o cabo da Boa Esperança

---

149 Personagem do século XVIII que se tornou o símbolo e a personificação da Grã-Bretanha.

150 *Os lusíadas*, Canto I, 96: 1-2, de Luís de Camões (c. 1524-1580). No original em inglês, a partir da tradução do poeta escocês William Julius Mickle (1734-1788) publicada em 1775.

até entrar no oceano Índico. Também estive no jardim de dom José, em Macau, e banhei os pés no bendito orvalho dos passos que Camões percorreu antes de mim. Sim, Jaqueta Branca, também vi a caverna no final do caminho florido e sinuoso e me sentei nela, a caverna onde Camões, conta a tradição, compôs algumas partes de *Os lusíadas*. Sim, Camões foi marinheiro! Depois, temos Falconer[151], cujo poema *Naufrágio* não se afundará jamais, embora ele, pobre homem, tenha se perdido em alto-mar na fragata *Aurora*. O velho Noé foi o primeiro marinheiro. E São Paulo também sabia muito bem como ler a rosa dos ventos, meu camarada! Lembra daquele capítulo de Atos?[152] Eu não saberia contar melhor a história. Já esteve em Malta? Eles a chamavam de Melita na época do apóstolo. Estive lá na gruta de São Paulo, Jaqueta Branca. Dizem que carregar um pedacinho dela é bom como amuleto contra naufrágios, mas eu nunca tentei. E também temos Shelley, excelente marinheiro. Shelley, pobre homem!, era também um Perseu, mas eles deviam tê-lo deixado descansar em seu túmulo de marinheiro – ele se afogou no Mediterrâneo, você sabe, perto de Livorno – e não queimado seu corpo, como fizeram, como se fosse um maldito turco.[153] Mas muita gente pensava que ele era turco, Jaqueta Branca, porque não ia à missa e porque escreveu *Rainha Mab*. Trelawny participou da cremação, e ele também era um explorador dos mares! Sim, e Byron ajudou a colocar um pedaço de quilha na fogueira, pois foi feita de destroços de um naufrágio, dizem: um naufrágio queimando outro! E Byron, não era marinheiro? Era gajeiro do gurupés, Jaqueta Branca! De que outro modo ele conseguiria descrever o arfar das ondas do oceano desse modo magnífico e majestoso? Está me ouvindo, Jaqueta Branca? Pois digo que nunca houve um grande homem que tenha passado toda a sua vida em terra firme. Uma lufada do mar, meu amigo, é inspiração; e perder alguma vez a terra de vista é o que cria verdadeiros poetas e destrói muitos pretendentes; veja bem, não há enganos no oceano; ele arranca de repente a falsa quilha da

151 William Falconer (1732-1769), poeta escocês, autor de *Shipwreck* (1762).
152 Em Atos dos Apóstolos, capítulo 27, há a descrição da viagem marítima de São Paulo e de como naufragou na ilha de Malta.
153 Percy Bysshe Shelley (1792-1822), poeta inglês. O nome "Persy" costumava ser usado para se referir a Perseu. Shelley se afogou em 1822 enquanto navegava perto de Spezia, na costa da Itália.

proa dos pretendentes; ele diz a eles o que são e faz com que assim se sintam. A vida de marujo, estou dizendo, é o que nos faz, meros mortais, revelar o que somos. O que diz a Bíblia Sagrada? Não diz que apenas nós, gajeiros da gávea, somos capazes de contemplar as maravilhas e os esplendores do mundo? Você não vai contradizer a santa Bíblia, não é? – não faça isso. Como balança aqui em cima, meu caro!", disse, agarrando-se a um ovém; "mas isso só prova o que venho dizendo: o mar é feito para embalar gênios! Arfe com o quebrar das ondas, velho mar!"

"E também *você*, nobre Jack", disse eu, "o que seria senão um marinheiro?".

"Você é engraçado, meu rapaz", disse Jack, olhando para o céu com o olhar de um arcanjo sentimental fadado a se arrastar por toda a eternidade na própria desgraça. "Veja bem, Jaqueta Branca, há muitos notáveis no mundo além de comodoros e capitães. Aqui tenho aquilo, Jaqueta Branca", disse, levando a mão à testa, "que sob céus mais felizes – talvez naquela estrela solitária ali, que nos observa daquelas nuvens – poderia ter feito de mim um Homero. Mas destino é destino, Jaqueta Branca; e nós, Homeros, que por ventura somos chefes da gávea, devemos escrever nossas odes em nosso coração e publicá-las na cabeça. Olha lá! O capitão está na popa".

Era meia-noite, mas todos os oficiais estavam no convés.

"Você aí, no pau da bujarrona!", gritou o tenente da guarda, avançando enquanto chamava o vigia mais adiante. "Está vendo algum dos nossos camaradas?"

"Não vejo nada, senhor."

"Nada, senhor", disse o tenente, aproximando-se do capitão enquanto levava a mão ao boné.

"Chamem toda a tripulação!", gritou o capitão. "Essa quilha não será vencida enquanto eu pisar nela."

Todos os homens foram chamados e as macas foram guardadas na rede do parapeito pelo resto da noite, para que ninguém se metesse embaixo dos lençóis.

Agora, para explicar os meios usados pelo capitão para nos garantir a vitória, é preciso dizer que o *Neversink*, alguns anos depois de ser lançado, foi considerado um dos navios mais lentos da Marinha americana. Mas aconteceu uma vez que, numa viagem pelo Mediterrâneo, ele por acaso zarpou do porto de Maó durante o que parecia ser uma péssima condição de navegabilidade. Sua popa chafurdava na água, e a proa dava coices com os calcanhares no ar. Mas, o que é maravilhoso dizer, logo se descobriu que, nessa postura cômica, o *Neversink* navegava como uma estrela cadente, superando todas as embarcações que zarparam de lá. Desde então, todos os seus capitães, em todas as viagens, *o estivavam pela proa, abicado*; assim o *Neversink* ganhou a reputação de verdadeiro clíper.

Retornando: depois de chamados todos os homens, o capitão Claret os usou como contrapeso para equilibrar cientificamente o navio, segundo os padrões mais adequados. Alguns foram mandados para o espardeque com balas de 24 libras nas mãos, espalhando-se criteriosamente aqui e ali, com ordens expressas de não se mover um centímetro de seu posto por medo de frustrar os planos do capitão. Outros foram distribuídos ao longo do convés de canhões e da coberta, com ordens similares. E, para terminar, diversas caronadas foram desmontadas de seus reparos e penduradas nas vigas do convés principal para conferir à fragata uma espécie de energia vibratória e um poder maior de flutuação.

E foi assim que nós, quinhentos sobrepesos, passamos aquela noite, alguns expostos a uma chuva torrencial, para que o *Neversink* não fosse derrotado. Mas o conforto e o consolo de todos os contrapesos são como pó na balança dos que governam o mundo do nosso navio de guerra.

A longa e apreensiva noite finalmente chegou ao fim, e ao primeiro despontar do dia nosso vigia no pau da bujarrona foi interrogado; não havia nada à vista. Por fim, com o dia claro, atrás de nós não se via proa, na nossa frente não se via popa.

"Onde eles estão?", gritou o capitão.

"Nada a ré, senhor", disse o oficial do convés.

"Nada a *vante*, senhor", resmungou Jack Chase, no cesto da gávea.

Assim precisamente se resolveu a questão: se nós os derrotamos, ou se eles nos derrotaram, até hoje ninguém sabe dizer, pois nunca mais os vimos; Jaqueta Branca, no entanto, colocaria as duas mãos na peça da proa do *Neversink* e juraria que nós, ianques, levamos a melhor.

66. DIVERSÃO EM UM NAVIO DE GUERRA

Depois da regata (nosso *derby* marinho), tivemos vários dias de bom tempo, e durante esse período seguimos avançando rumo ao norte impulsionados pelos ventos alísios. Entusiasmados com a ideia de voltar para casa, muitos marujos se sentiam alegres, e a disciplina do navio, quando havia, foi relaxada um pouco. Muitos passatempos serviam para matar o tempo, principalmente nos *turnos intermédios*. Esses períodos (que abarcavam duas horas no final da tarde) constituem o único horário de diversão permitido para a maioria das tripulações em alto-mar.

Entre outras diversões nesse momento permitidas pelas autoridades do *Neversink* estavam as de luta com bastão, pugilato, martelo e bigorna e cabeçada. Tudo isso acontecia com o apoio direto do capitão; do contrário – tendo em vista as eventuais consequências –, decerto estariam estritamente proibidas. É uma coincidência curiosa que, quando acontece de um capitão naval não ser admirador do *mundo do boxe*, sua tripulação raras vezes se entretinha dessa maneira.

A *luta com bastão*, como todos sabem, é um ótimo passatempo que consiste em dois homens, separados a alguns pés de distância, batendo um na cabeça do outro com bastões compridos. É muito divertida, desde que você não seja atingido; mas basta um golpe, na opinião das pessoas prudentes, para estragar totalmente a brincadeira. Quando esse passatempo é praticado por conhecedores em terra firme, eles usam capacetes metálicos pesados para amortecer o impacto dos golpes. Mas os únicos capacetes de nossos marujos são os que a natureza lhes deu. Eles lutavam com grandes soquetes de canhão.

O *pugilato* é semelhante à luta com bastão, mas aqui ele é de osso, não de madeira. Dois homens ficam de frente um para o outro e se golpeiam com os punhos (um monte de tiras com protuberâncias é preso às mãos numa forma globular, ou estendido em forma de palma, como prefira o lutador) até que um deles grite "basta" quando achar que apanhou o suficiente.

O *martelo e bigorna* é praticado da seguinte maneira por amadores: o paciente nº 1 é colocado de quatro e permanece nessa posição; o paciente nº 2 é levantado pelos braços e pelas pernas, e balançado para que suas nádegas batam contra as do paciente nº 1, até que este, com a força do golpe final, é lançado aos ares no convés.

A *cabeçada*, tal como autorizada pelo capitão Claret, consiste em dois negros (os brancos não o praticam) que dão marradas um no outro como carneiros. Esse passatempo era o predileto do capitão. Durante os turnos intermédios, para o bem da saúde do capitão, Rose-water e May-day eram repetidamente chamados à meia-nau para se enfrentar.

May-day era um "touro negro" puro-sangue, como os marinheiros o chamavam, e tinha um crânio que parecia uma chaleira de ferro, motivo pelo qual esse esporte tanto lhe agradava. Mas Rose-water era um mulato esguio muito bonito e detestava o passatempo. No entanto, o capitão deve ser obedecido: quando se dava a ordem, o pobre Rose-water era obrigado a se colocar em postura de defesa; do contrário, May-day, sem o menor comedimento, o lançava ao mar através de uma portinhola. Eu costumava sentir pena por Rose-water, do fundo do coração. Mas minha pena quase se transformou em indignação por causa das tristes consequências de uma dessas cenas gladiatórias.

Parece que, estimulado pelo aplauso do capitão – um aplauso sincero, mas que ele não expressava verbalmente –, May-day começou a menosprezar Rose-water por considerá-lo um poltrão – um sujeito de puro cérebro e nenhum crânio –, enquanto ele era o grande guerreiro de puro crânio e cérebro nenhum.

Por conseguinte, depois de se enfrentarem uma tarde para a alegria do capitão, May-day confidenciou a Rose-water que o considerava um "*preto*", o que, entre alguns negros, é tido como termo extremamente ofensivo. Sentindo-se provocado com o insulto, Rose-water fez May-day entender que ele estava totalmente errado, pois a mãe dele, uma escrava negra, havia sido uma das amantes de um agricultor da Virginia, membro de uma das famílias mais antigas do estado. Outro comentário insultante seguiu essa inocente conclusão, uma réplica seguiu outra réplica – em resumo, terminaram enfrentando-se num combate mortal.

O mestre-d'armas os pegou em flagrante e os levou ao pé do mastro. O capitão se aproximou.

"Por favor, senhor", disse o pobre Rose-water, "é tudo por causa dessas cabeçadas aí; o May-day ficou me provocando".

"Mestre-d'armas", disse o capitão, "você os viu brigando?".

"Sim, senhor", disse o mestre-d'armas, levando a mão ao boné.

"Preparem os xadrezes", disse o capitão. "Vou ensinar a vocês dois que, embora eu permita que vocês *brinquem* de vez em quando, não permito que *briguem*. Cumpra seu dever, segundo-contramestre." E os negros foram flagelados.

A justiça manda que não se omita o fato de o capitão não ter tido a menor tolerância para com May-day – um de seus nítidos prediletos, pelo menos durante as lutas. Ele flagelou os dois acusados da maneira mais imparcial.

Como na questão da cena que se deu no portaló, logo depois da apresentação teatral no cabo Horn, quando voltei minha atenção para o fato de os oficiais terem *vestido suas caras de tombadilho* – nessa ocasião, digo, viu-se com que facilidade um oficial naval volta a adotar sua conduta severa de sempre depois de relaxá-la de maneira informal. Justamente isso aconteceu com o capitão Claret na presente ocasião. Pois qualquer homem da terra firme que o tivesse visto na meia-nau, durante um agradável turno intermédio, com um semblante sorridente e bem-humorado a contemplar os gladiadores no ringue, fazendo um ou outro comentário jocoso, teria considerado o capitão Claret o pai indulgente de sua tripulação, alguém que talvez permitisse que o excesso de sua bondade tomasse as rédeas da dignidade própria de sua posição. Esse homem teria considerado o capitão Claret um excelente exemplo daquelas duas comparações poéticas famosas entre um capitão naval e um pai, e entre um capitão naval e um mestre de aprendizes, instituídas por aqueles eminentes juristas navais, os nobres lordes Tenterden[154] e Stowell[155].

Mas é certo que não existe nada mais odioso do que essa *cara de tombadilho* usada depois de um semblante alegre e amigável. Como conseguem? Parece-me que se alguma vez eu sorrisse para alguém, não importa quão abaixo de mim essa pessoa estivesse, eu não seria capaz de condená-la ao sofrimento traumático do chicote. Ó, oficiais de todo o mundo, se chegaram a vestir essa cara de tombadilho, jamais a troquem por outra, nem que seja para mostrá-la

---

154 Charles Abbott (1762-1836), barão de Tenterden, escreveu um tratado sobre marinha mercante chamado *Law Relative to Merchant Ships and Seamen.*

155 William Scott (1745-1836), barão de Stowell, grande conhecedor do direito internacional, também contribuiu para o direito naval.

um instante. De todos os insultos, a complacência temporária do senhor para com o escravo é o mais ultrajante e vexatório. Aquele potentado mais condescendente, observem-no bem; pois esse potentado, se tiver oportunidade, vai se revelar seu maior tirano.

67. JAQUETA BRANCA É ACUSADO AO PÉ DO MASTRO

Quando, junto de quinhentos homens, fui um dos espectadores forçados da flagelação do pobre Rose-water, pouco imaginava o que o destino havia reservado para mim no dia seguinte. Pobre mulato!, pensei, membro de uma raça oprimida, eles tratam você como se fosse um cachorro. Graças a Deus que sou branco, embora eu tivesse visto homens brancos serem açoitados – afinal, branco ou negro, todos os meus companheiros estavam sujeitos a isso. Mesmo assim, existe algo em nós que, de algum modo, nas condições mais degradantes, nos faz aproveitar qualquer oportunidade para nos enganar a nós mesmos e adotar uma superioridade fictícia em relação a quem consideramos inferiores a nós.

Pobre Rose-water, pensei; pobre mulato! Que o céu te liberte dessa humilhação!

Para esclarecer o que será relatado a seguir, é preciso repetir o que foi antes mencionado, que, para *cambar por davante*, cada marujo em um navio de guerra ocupa um posto específico. O primeiro-tenente é responsável pela designação desses postos, e, quando é dada a ordem para *cambar por davante* ou *virar em roda*, é dever de cada marujo estar em seu posto. Mas, entre os vários *números* e *postos* que o primeiro-tenente me dera quando pisei na fragata pela primeira vez, ele não havia me dito qual lugar eu deveria ocupar nessas condições, e até o momento preciso do qual escrevo, eu mal sabia que deveria ter um lugar específico a ocupar. Pois me parecia que o resto dos homens segurava a primeira corda que via, como acontece nos navios mercantes em situações semelhantes. Na verdade, descobri posteriormente que o estado de disciplina era tal – pelo menos nesse momento específico – que pouquíssimos homens saberiam dizer quais eram seus postos corretos na hora de *cambar o navio* ou *virar em roda*.

"Tripulação, cambar por davante!", foi o anúncio dado pelos segundos-contramestres nas escotilhas na manhã seguinte ao duro destino de Rose-water. Tinha acabado de dar oito badaladas – meio-dia; levantando-me rapidamente da minha jaqueta, que eu havia estendido, a modo de cama, entre dois canhões no convés principal, subi correndo as escadas e, como de costume, segurei o cabo principal que já estava sendo puxado por cinquenta mãos. Quando a ordem *bracear a vela da gávea!* foi dada no porta-voz, segurei esse braço com tanta determinação e boa vontade que quase me gabei pensando que minha instrumentalidade ao cambar o navio de um bordo para o outro merecia um agradecimento público e uma caneca de prata do Congresso.

No entanto, alguma coisa se interpôs nas alturas quando as vergas giraram; seguiu-se uma pequena confusão e, com uma expressão de fúria, o capitão Claret se aproximou para ver o que havia acontecido. Que ninguém solte o amantilho de barlavento da verga principal! No entanto, o cabo havia sido abandonado por uma mão, e as vergas, sem nada que as prendesse, deram a volta.

Quando a última corda foi recolhida, o capitão quis saber do primeiro-tenente quem deveria ter ocupado o posto no amantilho da verga principal (agora a boreste). Um tanto quanto irritado, o primeiro-tenente mandou um aspirante pegar a lista dos postos e, ao passar os olhos no papel, meu nome foi citado como atribuído ao posto em questão.

Nesse momento eu estava embaixo, no convés de canhões, e não soube desses procedimentos; pouco depois ouvi os segundos-contramestres gritando meu nome em todas as escotilhas e nos três conveses. Era a primeira vez que ouvia meu nome ecoar pelos recônditos mais distantes do navio, e, conhecendo muito bem o que isso costumava significar para os outros marinheiros, meu coração veio-me à garganta e perguntei apressado para Flute[156], o segundo-contramestre que estava na escotilha de proa, o que queriam comigo.

"O capitão está chamando você no mastro", respondeu. "Vai ter flagelo, imagino."

"Por quê?"

"Caramba! Andou passando giz na cara?"

"Mas o que querem comigo?", repeti.

---

156 Flauta. Designa, ainda, navio de guerra que também serve para transporte, carregando, assim, apenas metade de seu armamento.

Nesse instante, meu nome foi vociferado mais uma vez pelo outro segundo-contramestre e Flute me apressou, dizendo que eu logo descobriria por que o capitão mandara me chamar.

Engoli o coração que me saía pela boca quando pisei no espardeque, aprumei o corpo o melhor que podia e depois, totalmente ignorante do que seria alegado contra mim, avancei até o temido tribunal da fragata.

Enquanto passava pelo portaló, vi o quartel-mestre montando os xadrezes, o contramestre com sua sacola verde de flagelos, o mestre-d'armas pronto para ajudar a retirar a camisa de alguém.

Mais uma vez, engoli desesperado toda a minha alma e me vi diante do capitão Claret. Seu rosto corado denunciava seu péssimo humor. Entre o grupo de oficiais ao seu lado estava o primeiro-tenente; ele olhou para mim de tal jeito quando me aproximei que percebi de imediato seu aborrecimento comigo por ter sido eu o inocente responsável por suscitar uma reflexão sobre seu modo de manter a disciplina no navio.

"Por que não estava ocupando seu posto, senhor?", perguntou o capitão.

"A que posto se refere, senhor?", disse eu.

É costume geral que os marinheiros de guerra toquem levemente o chapéu a cada frase dita para o capitão. Mas, como isso não era obrigatório de acordo com os Artigos de Guerra, não levei a mão ao chapéu nessa ocasião, e antes disso eu não tivera a perigosa honra de ser interrogado pessoalmente pelo capitão Claret.

Ele reparou rapidamente que eu havia me furtado à homenagem habitual, e o instinto me disse que, até certo ponto, isso o predispôs contra mim.

"A que posto o senhor se refere?", disse eu.

"Você finge ignorância", respondeu; "não vai ajudar em nada."

Olhando para o capitão, o primeiro-tenente pegou a lista de postos e leu meu nome relacionado ao amantilho de boreste.

"Capitão Claret", disse eu, "é a primeira vez que ouço meu nome ligado a esse posto".

"Como isso é possível, sr. Bridewell?", perguntou ele, olhando para o primeiro-tenente, com uma expressão crítica no rosto.

"É impossível, senhor", disse o oficial, tentando esconder a irritação, "mas esse homem deveria saber qual é seu posto".

"Só estou sabendo disso agora, capitão Claret", disse eu.

"Está desmentindo meu oficial?", perguntou. "Vou flagelar você."

Eu já estava a bordo da fragata havia mais de um ano e nunca tinha sido açoitado; o navio estava de torna-viagem e dali a no máximo algumas semanas eu seria um homem livre. Agora, depois de me converter em um eremita em relação a algumas coisas para evitar a possibilidade do açoite, pairava sobre mim algo totalmente imprevisível, e por um delito do qual eu era totalmente inocente. Mas tudo isso era o mesmo que nada. Vi que meu caso estava perdido; minha solene ressalva foi esfregada na minha cara, e o segundo-contramestre acariciava com os dedos as tiras do *gato*.

Há momentos em que pensamentos indômitos atravessam o coração dos homens, momentos em que parecemos quase irresponsáveis por nossos atos e ações. O capitão estava no lado de barlavento do convés. Bem ao lado dele, em linha reta, estava a abertura do portaló de sotavento, onde as escadas laterais são suspensas no porto. Nada além de um pedaço de gaxeta servia de cerca nessa passagem, que se abria ao nível dos pés do capitão, exibindo o mar aberto do outro lado. Eu estava um pouco a barlavento dele e, embora fosse um homem corpulento e forte, era certo que uma rápida acometida contra ele, ao longo do convés inclinado, seria infalível para lançá-lo de ponta-cabeça no oceano, ainda que quem o empurrasse corresse o risco de cair junto. Meu sangue parecia coagular nas veias; senti a ponta dos meus dedos congelar e minha visão ficou turva. Mas, apesar dos olhos embaçados, eu via com uma nitidez pavorosa o vulto do segundo-contramestre se agigantar de flagelo na mão, bem como o capitão Claret e o mar azul que se mostrava pela abertura do portaló. Não posso analisar meu coração, que naquele momento havia parado dentro de mim. Mas o que me influenciava nesse propósito não era a ideia de que o capitão Claret estava prestes a me açoitar, e que eu havia jurado pela minha alma que ele não o faria. Não – eu sentia minha hombridade tão enraizada dentro de mim que nenhuma palavra, nenhum golpe, nenhum flagelo do capitão Claret me atingiria tão profundamente. Apenas me prendi a um instinto meu, o instinto dissipado por toda a natureza viva, o mesmo que motiva até mesmo os vermes a dar meia-volta. Entrelaçando minha alma com a dele, eu queria arrancar o capitão Claret desse tribunal terreno que ele presidia e arrastá-lo ao de

Jeová para que Ele decidisse entre nós. Não havia outro modo de escapar do flagelo.

A natureza não deu ao homem nenhum poder que não pudesse ser exercido em algum momento, embora com muita frequência cometamos alguns abusos. O privilégio inato e inalienável que todo homem tem de matar a si próprio e ao outro não nos foi dado sem um propósito. Esses são os últimos recursos de uma existência ultrajada e insuportável.

"Aos xadrezes, senhor", disse o capitão Claret; "você me ouviu?"

Meus olhos mediam a distância entre ele e o mar.

"Capitão Claret", disse a voz de alguém que avançava no meio da multidão. Virei para ver quem poderia ter se intrometido com tanta audácia em uma situação como aquela. Era Colbrook, o mesmo cabo dos fuzileiros navais, notavelmente bonito e cavalheiresco, a quem aludi anteriormente no capítulo em que descrevi as formas de matar o tempo em um navio de guerra.

"Conheço esse homem", disse Colbrook, levando a mão ao boné e falando de maneira firme e cortês, mas extremamente respeitosa; "sei que ele não se ausentaria de seu posto se soubesse qual era."

Era uma fala quase inaudita. Raras vezes ou nunca um fuzileiro ousara se dirigir ao capitão de uma fragata em nome de um marujo ao pé do mastro. Mas havia uma imponência tão modesta no tom tranquilo daquele homem que o capitão, embora surpreso, não o repreendeu. A própria singularidade dessa interferência era a proteção de Colbrook.

Encorajado, talvez, pelo exemplo de Colbrook, Jack Chase interveio: de modo sério, mas cuidadosamente respeitoso, ele repetiu a mesma essência do comentário do fuzileiro, acrescentando que eu nunca deixara a desejar no cesto da gávea.

O capitão Claret olhou de Chase para Colbrook e de Colbrook para Chase – um o mais destacado entre os marinheiros, o outro o mais destacado entre os soldados –, depois olhou ao redor para a tripulação amontoada em silêncio; como se fosse um escravo do destino, ainda que capitão supremo de uma fragata, virou-se para o primeiro-tenente e fez um comentário qualquer, em seguida disse "pode ir" para mim e se recolheu ao seu camarote, enquanto eu, que no desespero de minha alma tinha acabado de escapar da condição de assassino e suicida, quase me debulhei ali mesmo em lágrimas de agradecimento.

68. A FONTE DE UM NAVIO DE GUERRA E OUTRAS COISAS

Vamos deixar um pouco de lado o açoite e o portaló e anotar em nossa memória algumas coisas que pertencem ao mundo do nosso navio de guerra. Não deixo nada passar, por menor que seja; e me sinto movido pelo mesmo impulso que motivou muitos cronistas respeitáveis a registrar as menores trivialidades relacionadas a coisas que estão fadadas a desaparecer totalmente da Terra, e que, se não forem preservadas no momento exato, podem perecer infalivelmente na memória dos homens. Quem sabe se esta humilde narrativa não provará no futuro a história de uma barbárie obsoleta? Quem sabe se, quando não houver mais navios de guerra, *Jaqueta Branca* não será citado para mostrar às pessoas do milênio o que era um navio de guerra? Que Deus apresse o tempo! Ó, anos vindouros, escoltai até nós o milênio e abençoai nossos olhos antes que morramos.

Não existe parte de uma fragata onde veremos um ir e vir maior de desconhecidos, e ouviremos mais cumprimentos e tagarelices de conhecidos, do que nas proximidades do bebedouro, logo depois da escotilha principal, no convés de canhões.

O bebedouro é um barril bem grande, redondo e pintado, colocado num canto, com a parte superior destampada, deixando à mostra em seu interior uma prateleira estreita e circular, onde há vários copos de estanho para a comodidade dos bebedores. No centro, dentro do próprio bebedouro, há uma bomba de ferro que, conectada a imensos tanques de água no porão, fornece uma quantidade inesgotável da tão admirada cerveja clara, fermentada primeiro nos riachos do Jardim do Éden e armazenada com a *marca* do nosso pai, Adão, que nunca soube o que era o vinho. Temos uma dívida com o velho vinicultor Noé por causa deste. O bebedouro é a única fonte do navio, e somente dele se pode beber fora das refeições. Dia e noite há uma sentinela armada diante dele, de baioneta na mão, para garantir que dali não se leve água nenhuma, exceto como dispõe a lei. Admira-me que não existam sentinelas nas portinholas para garantir que não se respire ar exceto de acordo com as leis navais.

Posto que quinhentos homens bebem desse bebedouro; posto que ele costuma estar sempre cercado dos criados dos oficiais que dali retiram água para o banho de seus patrões; por causa dos cozinheiros principais, que dali retiram água para encher suas cafeteiras; e por causa dos cozinheiros dos ranchos, que dali retiram água para seus *pudins*, o bebedouro pode ser denominado o manancial da cidade. Quisera eu que meu digníssimo compatriota, Hawthorne, de Salem, tivesse servido em um navio de guerra na sua época para nos dar sua leitura do "regato" desse manancial.[157]

—

Do mesmo modo que acontece nas vastas instituições – abadias, arsenais, colégios, tesouros, correios metropolitanos e mosteiros –, há muitos nichos pequenos e aconchegantes onde se escondem certos oficiais aposentados ou pensionistas, e, mais especialmente, do mesmo modo que na maioria das instituições eclesiásticas encontramos aposentos reservados para alguns cônegos, mobiliados com manjedouras e prateleiras bem abastecidas, também existe uma variedade de recantos confortáveis nos navios de guerra para o benefício de lobos do mar decrépitos ou reumáticos. O melhor desses recantos é o do *homem do mastro*.

No convés principal, aos pés de cada mastro, há um tipo de amurada resistente onde uma série de *cabos*, *amantilhos* e *brióis* é amarrada aos cunhos. É tarefa única do homem do mastro verificar se esses cabos estão sempre desembolados, preservar seu posto no maior capricho possível e, a cada domingo de manhã, aduchar os cabos *em pandeiro*.

O *homem do mastro principal* do *Neversink* era um senhor de idade bem avançada, que mais que merecia seu leito confortável. Havia servido ativamente durante mais de meio século e, durante todos esses anos, provara-se um homem bom e fiel. Representava um dos raríssimos exemplos de jovialidade nos lobos do mar, pois, para a maioria dos marinheiros, a velhice chega quando ainda são jovens, e o martírio e o vício os conduzem prematuramente ao túmulo.

---

157 O escritor Nathaniel Hawthorne (1804-1864) era amigo e vizinho de Melville na época em que *Jaqueta Branca* foi escrito. O regato a que Melville se refere é de um conto de Hawthorne chamado *A Rill from the Town Pump*, publicado em *Twice-Told Tales* (1837).

Assim como no anoitecer da vida e no final do dia o velho Abraão se sentava na entrada de sua tenda esperando a hora da morte, também se senta nosso velho homem do mastro no *tamborete que cobre a enora*, olhando ao seu redor com uma benevolência patriarcal. Essa suave expressão realçava de modo estranho um rosto quase negro de tão queimado pelos tórridos sóis que ardiam sobre sua pele havia mais de cinquenta anos – um rosto sulcado por três cortes de sabre. Se olhássemos apenas para a testa, o queixo e as bochechas escurecidas e marcadas, diríamos que esse velho homem do mastro foi esculpido pelo Vesúvio. Mas ao olharmos em seus olhos, ainda que todos os flocos do tempo tenham se acumulado cada vez mais sobre suas sobrancelhas, vemos lá no fundo uma mirada pueril e inocente, a mesma que respondeu ao olhar de sua velha mãe quando ela chorou pela primeira vez em que se emocionou com o bebê deitado ao seu lado. Essa mirada é a imortalidade perene e sempre pueril que ele carrega dentro de si.

—

Os lordes Nelsons do mar, ainda que não sejam mais do que simples barões no Estado, muitas vezes se mostram mais fortes do que suas majestades reais; em cenas como as de Trafalgar – quando se destronou um imperador para reintegrar o outro – desempenham no oceano o orgulhoso papel do poderoso fazedor de reis Richard Neville[158], conde da terra firme. Assim como Richard Neville se entrincheirou em seu velho castelo de Warwick, um navio de guerra rodeado por um fosso, atravessado no subterrâneo por câmaras abauladas no teto, escavadas em rocha sólida e intricadas como os dentes das chaves de Calais que foram entregues a Eduardo III, do mesmo modo esses reis-comodoros se alojam em suas fragatas rodeadas de água, guardadas por canhões e escavadas em carvalho, convés sob convés, como cela sob cela. E assim como os guardas medievais de Warwick, que depois do toque de recolher patrulhavam

158 Richard Neville (1428-1471), conde de Warwick, conhecido como "Fazedor de Reis". Como membro destacado dos York durante as Guerras das Rosas, foi responsável pela subida ao trono de Eduardo IV em 1461 e depois pela retomada da Coroa por Henrique VI em 1470.

toda noite as ameias e desciam até as câmaras para ver se todas as luzes estavam apagadas, os mestres-d'armas e os cabos de uma fragata percorrem todos os conveses do navio de guerra, apagando todas as velas, exceto as autorizadas, acesas nas lanternas de emergência. Sim, nesses assuntos, tão forte é a autoridade dos guardas navais que, embora quase sejam os subalternos mais inferiores do navio, se encontrassem o próprio primeiro-tenente velando até tarde em seu camarote, lendo *O navegador de Bowditch* ou *Tratado sobre pólvora e armas de fogo*, sem dúvida apagariam a vela diante do nariz dele, e não se atreveria esse grão-vizir a se queixar dessa indignidade.

Sem querer, no entanto, acabei enobrecendo, com grandes comparações históricas, esse irlandês intrometido, trapaceiro e delator que é o mestre-d'armas.

Você já deve ter visto alguma dona de casa, magra e de chinelos gastos, vagando pelos aposentos de uma casa ampla e antiga no campo, assustando-se com bruxas e assombrações imaginárias, mas decidida a cerrar cada porta, extinguir cada brasa incandescente nas lareiras, mandar para a cama cada criado que esteja acordado e apagar cada luz que esteja acesa. Assim se comporta o mestre-d'armas ao fazer suas rondas noturnas numa fragata.

—

Talvez se pense que pouco se viu do comodoro nestes capítulos e que, como raras vezes aparece em cena, não pode ser um personagem tão venerável, afinal de contas. Mas os potentados mais poderosos são os que mais se escondem atrás das cortinas. É possível passar um mês em Constantinopla e não avistar o sultão nem de relance. O Grande Lama do Tibete, de acordo com alguns relatos, nunca é visto pelo povo. Mas, se alguém duvida da majestade do comodoro, saiba que, segundo o Artigo XLII dos Artigos de Guerra, ele é dotado de uma prerrogativa que, segundo juristas monárquicos, é inseparável do trono: o poder pleno de perdoar. Ele pode perdoar todos os delitos cometidos na esquadra sob seu comando.

Mas tal prerrogativa só lhe cabe enquanto estiver no mar, ou em porto estrangeiro – circunstância especialmente significativa para explicar a grande diferença entre o imponente absolutismo de um comodoro entronado em seu tombadilho num porto estrangeiro e um comodoro com os cordões desatados, reclinado preguiçosamente numa poltrona em sua casa, no seio familiar.

—

Nas histórias de alguns Estados antigos, lemos a respeito de *provadores* nomeados para a corte como precaução contra envenenamentos. A tarefa do provador consistia em experimentar todos os pratos antes que Sua Majestade Real os consumisse. Nas marinhas modernas, esse costume se inverteu. Todos os dias, precisamente às sete badaladas do turno da manhã (onze e meia), o cozinheiro de bordo do *Neversink* passava lentamente pela escotilha principal carregando uma fôrma de estanho com um pouco da carne de porco ou de boi – conforme o caso – preparada naquele dia para os ranchos do navio. No meio da carne fumegante havia um garfo e uma faca cravados verticalmente. Avançando até o mastro grande, o cozinheiro colocava a fôrma sobre a balaustrada e, tocando solenemente o chapéu, esperava a vontade do oficial do convés. Era uma cerimônia que atraía todos os olhares; pois, de todas as pessoas do mundo, os marinheiros de um navio de guerra são os mais ansiosos pela hora do almoço; a aparição inevitável de Old Coffee com essa fôrma, exatamente às sete badaladas, era sempre saudada por eles com muito gosto. Para mim, ela era melhor do que um relógio. Old Coffee tinha plena ciência da dignidade e da importância da cerimônia, na qual representava um papel evidente: mantinha uma postura de retidão suprema, e quando era "dia de pudim" ele avançava carregando lá no alto seu triunfo de ferro, exibindo um pudim pálido e redondo, coroando a massa avermelhada de carne; parecia-se um pouco com a figura na antiga pintura do algoz exibindo a cabeça de São João Batista numa bandeja.

No devido tempo, o oficial do convés se aproxima, afasta as pernas junto à balaustrada e se prepara para a inspeção. Depois de puxar o garfo e a faca da carne, serve-se de um pedaço e mastiga-o rapidamente enquanto olha nos olhos do cozinheiro; se o sabor lhe parece agradável, ele finca o garfo e a faca de volta na carne e exclama: "Muito bom, pode servir". Sendo assim, em um navio de guerra, pode-se dizer que os lordes são os provadores dos plebeus.

A razão aparente dessa cerimônia é esta: o oficial do convés deve estar certo de que o cozinheiro de bordo preparou fielmente a refeição. Mas como apenas parte da comida é inspecionada, e o cozinheiro pode escolher o melhor pedaço para inspeção, o teste não é nada meticuloso. Um pedaço escolhido e amaciado do peito não é uma amostra justa de um ganso radicalmente duro.

69. PRECES NOS CANHÕES

Já descrevi os dias de treinamento, ou a simulação de combate que acontecia de vez em quando na nossa fragata, bem como as devoções de domingo na coberta de ré; mas nada ainda foi dito sobre os turnos de vigilância matutinos e noturnos, em que os homens se posicionam em silêncio nos canhões e o capelão simplesmente faz uma prece.

Vamos tratar melhor desse assunto. Temos muito tempo; a ocasião nos convida a isso, pois veja bem: o *Neversink*, de volta para casa, segue seu rumo num mar jubiloso.

Logo depois do café da manhã o tambor convoca todos a seus postos; entre quinhentos homens, espalhados pelos três conveses e ocupados de diferentes maneiras, aquela marcha retumbante é tão mágica quanto o chamado ao qual todo bom muçulmano, quando o sol se põe, prostra-se no chão, independentemente do que tiver nas mãos, e, em toda a Turquia, o povo se ajoelha em harmonia na direção de sua santa Meca.

Os soldados correm de um lado para o outro – alguns sobem as escadas, outros descem – para ocupar seus postos no menor tempo possível. Em três minutos, tudo está pronto. Então os vários oficiais, situados em partes separadas do navio, se aproximam do primeiro-tenente no tombadilho, um de cada vez, e informam que seus homens estão em seus postos. É curioso observar o semblante deles nesse momento. Prevalece um profundo silêncio; pela escotilha, vindo de um dos conveses inferiores, eis que surge um jovem e esguio oficial, de espada presa à cintura, e avança pelas longas veredas de marinheiros nos canhões, com os olhos sérios fixados o tempo todo nos olhos do primeiro-tenente – sua estrela polar. Às vezes ensaia um andar solene e compassado, um porte ereto e marcial, e parece tomado pela imensa importância nacional do que está prestes a comunicar.

Quando ele finalmente chega a seu destino, você se surpreende ao perceber que tudo o que ele tem de dizer é transmitido pelo gesto maçônico de levar a mão ao boné e fazer uma mesura. Depois ele dá meia-volta e retorna à sua seção, talvez cruzando com vários colegas tenentes, todos fadados a cumprir a mesma tarefa que ele acabara de realizar. Durante cerca de cinco minutos, esses oficiais vêm e vão, portando informações emocionantes de todos os postos da fragata, que são recebidas, no entanto, com o maior estoicismo pelo primeiro-tenente. Com as pernas afastadas uma da outra, como se para reforçar a superestrutura de sua dignidade, esse cavalheiro permanece no tombadilho, rígido e imóvel como uma haste de pique. Com uma das mãos segura o sabre – um pertence totalmente desnecessário no momento, e que ele mantém adequadamente preso embaixo do braço, com a ponta para trás, como um guarda-chuva num dia ensolarado. A outra mão ele leva sem parar para cima e para baixo, tocando a frente de couro do boné, em resposta aos relatos e cumprimentos de seus subordinados, a quem ele não se digna de dirigir uma única palavra; limita-se a fazer os gestos de quem recebeu as notícias, sem dar o menor agradecimento por seus esforços.

Essa troca contínua de toques no boné entre oficiais a bordo dos navios de guerra explica o fato de a frente brilhosa dessa peça parecer sempre desgastada e opaca, às vezes levemente oleosa – embora, em outros aspectos, o boné tenha de parecer novo e polido. No entanto, o primeiro-tenente mereceria um pagamento extra devido aos gastos extraordinários nesse sentido, pois é a ele que se dirigem os segundos-tenentes com informações de todos os tipos o dia inteiro, e nada é comunicado, por mais trivial que seja, sem que a mão seja levada ao boné. É evidente que esses cumprimentos individuais se multiplicam e recaem, em grande medida, no primeiro-tenente, que deve responder a todos. Na verdade, quando um oficial subordinado é promovido a essa patente, ele costuma reclamar do mesmo cansaço no ombro e no cotovelo do qual se lamentou La Fayette[159]

159 Gilbert du Motier (1757-1834), marquês de La Fayette, aristocrata e militar francês que deu assistência militar aos colonos americanos durante a Guerra da Independência dos Estados Unidos.

quando, ao visitar a América, pouco fez além de apertar a mão forte dos patriotas agricultores, do amanhecer ao anoitecer.

Depois que os vários oficiais prestam seus cumprimentos e retornam devidamente a seus postos, o primeiro-tenente dá meia-volta e, encaminhando-se à ré, procura olhar nos olhos do capitão para também cumprimentá-lo levando a mão ao boné, sem acrescentar uma palavra de exclamação para explicar o fato de toda a tripulação estar em seus postos. É uma espécie de receptáculo ou receptor geral, que concentra toda a informação que lhe é transmitida e a retransmite a seu superior simplesmente levando a mão à frente do boné.

Mas às vezes o capitão está aborrecido, ou mal-humorado, ou sente vontade de ser um pouco caprichoso, ou tem desejo de exibir uma pontinha de sua supremacia onipotente; ou quiçá acontece de o primeiro-tenente tê-lo provocado ou ofendido de algum modo e não lhe faltar vontade de fazer uma breve demonstração de seu poder sobre ele, mesmo aos olhos de toda a tripulação; em qualquer caso, apenas levando em consideração algumas dessas suposições, é possível explicar esta singular circunstância: com frequência, o capitão Claret põe-se a passear de um lado para o outro da popa, evitando de propósito olhar para o primeiro-tenente, que permanecia parado no convés no mais estranho suspense, esperando a primeira piscadela dos olhos de seu superior.

"Agora ele olhou para mim!", devia dizer para si mesmo quando o capitão virava na sua direção; "agora, sim!", e levava a mão ao boné; ah!, o capitão virou de novo para o outro lado; os homens aos canhões davam piscadinhas uns para os outros enquanto o envergonhado tenente mordia os lábios com uma reprimida irritação.

Em algumas ocasiões, essa cena se repetia diversas vezes, até que o capitão Claret, pensando que aos olhos de toda a tripulação sua dignidade já devia estar bem fortalecida, se aproximava silenciosamente de seu subordinado, olhando direto nos olhos dele, ao que o tenente leva a mão à frente do boné e o capitão, depois de assentir com a cabeça, desce de sua elevada posição.

Nesse momento, o majestoso comodoro surge lentamente de seu camarote e logo se reclina solitário contra a balaustrada de ferro da escotilha de popa. Ao passar por ele, o capitão faz uma solene saudação, à qual responde seu superior, em sinal de que o capitão tem toda liberdade para prosseguir as cerimônias do momento.

O capitão Claret avança até chegar perto do mastro grande, onde há um grupo de oficiais da praça-d'armas, junto do capelão. A um sinal de seu dedo, a banda de metais começa a tocar o hino português. Feito isso, de comodoro a pajem, todos tiram o chapéu e o capelão lê uma oração. Concluída, o tambor anuncia a retirada e os tripulantes desaparecem de seus canhões. No mar ou no porto, essa cerimônia se repete toda manhã e toda noite.

Quem está no tombadilho escuta claramente o capelão, mas a seção de artilharia que abarca parte do tombadilho representa um décimo da tripulação, e muitos desses homens estão abaixo, no convés principal, onde não se ouve uma sílaba sequer da prece. Isso era uma grande desgraça, pois eu mesmo sabia muito bem como era reconfortante e abençoado se unir duas vezes ao dia a essas pacíficas devoções, e, com o comodoro, o capitão e os rapazes mais humildes, congregar-se no reconhecimento de Deus Todo-Poderoso. Ademais, havia nisso um toque da igualdade temporária que a Igreja promove, algo de extrema gratidão para um marinheiro de guerra como eu.

Minha caronada ficava exatamente em frente à balaustrada em que o comodoro costumava se apoiar durante as orações. Estando assim tão perto, duas vezes ao dia, durante mais de um ano, era impossível não nos tornarmos intimamente familiarizados com o rosto do outro. A essa feliz circunstância devo atribuir o fato de que, algum tempo depois de voltarmos para casa, fomos capazes de nos reconhecer quando nos encontramos por acaso em Washington durante um baile oferecido pelo ministro russo, o barão de Bodisco. E embora, enquanto estivemos a bordo da fragata, o comodoro nunca tivesse me abordado pessoalmente – nem eu a ele –, *naquele* encontro social promovido pelo ministro nos mostramos muitíssimo loquazes; e não deixei de observar, entre aquela multidão de dignitários estrangeiros e magnatas de todas as partes da América, que meu valoroso amigo não parecia tão elevado como quando se apoiava solitário na balaustrada de ferro do tombadilho do *Neversink*. Como muitos outros cavalheiros, demonstrava seu melhor aspecto e era tratado com a maior consideração no seio de seu lar, a fragata.

Nossos turnos da manhã e da noite foram agradavelmente diversificados durante algumas semanas por uma pequena circunstância que, pelo menos para alguns de nós, sempre parecia muito prazerosa.

Em Callao, metade do camarote do comodoro havia sido concedida hospitaleiramente para a família de certo magnata de aparência aristocrata, que viajava como embaixador do Peru para a corte do Brasil, no Rio. Esse digno diplomata usava um bigode comprido e retorcido, que praticamente envolvia sua boca. Os marujos diziam que ele parecia um rato que exibia os dentes atrás de um chumaço de estopa, ou um macaco-verde espiando por detrás de um cacto.

Ele estava acompanhado de uma esposa muito bonita e uma filha ainda mais bonita, de uns 6 anos de idade. Entre essa ciganinha de olhos castanhos e nosso capelão não demorou a brotar um amor cordial e uma amizade afetuosa, tanto que os dois raramente se separavam. E, sempre que o tambor tocava nos chamando aos nossos postos, essa *signorita* corria mais rápido que todos para ocupar seu próprio posto ao cabrestante, onde se colocava ao lado do capelão, segurando a mão dele e olhando manhosa para seu rosto.

Era um doce alívio da imperiosa rigidez de nossa disciplina marcial – uma rigidez que não era aliviada nem durante nossa devoção diante do altar de Deus, comum ao comodoro e ao camaroteiro – ver aquela garotinha adorável de pé entre os canhões de 32 libras, de vez em quando olhando maravilhada e compadecida para o grupo de marinheiros austeros ao seu redor.

70. REVISTA MENSAL EM VOLTA DO CABRESTANTE

Além das simulações de combate e da chamada diária às orações a bordo do *Neversink*, no primeiro domingo de cada mês somos submetidos a uma grande "*revista em volta do cabrestante*", na qual nos apresentamos de forma solene diante do capitão e dos oficiais, que inspecionam em detalhe nossas camisas e calças para ver se estão de acordo com o padrão de corte da Marinha. Em alguns navios, pede-se que todos os homens levem também seu saco e sua maca para inspeção.

Essa cerimônia adquire sua maior solenidade e chega a ser terrível para os novatos, por causa da leitura dos Artigos de Guerra feita pelo secretário do capitão, que, em testemunho de seu forçado respeito pelo código, permanece com a cabeça descoberta até que a última palavra seja pronunciada.

Para o simples leitor aficionado, a leitura cuidadosa desses Artigos de Guerra já seria acompanhada por algum nervosismo. Imagine, então, quais eram os *meus* sentimentos quando, respeitosamente de chapéu na mão, diante de meu senhor e mestre, o capitão Claret, eu ouvia os artigos como se fosse a leitura da lei e do evangelho: a revelação e o código infalíveis e inapeláveis que conduziam meu modo de viver, de me comportar e que mantinham meu ser a bordo do navio *Neversink* dos Estados Unidos.

De uns vinte delitos – passíveis de pena – que um marinheiro pode cometer, e que estão especificados nesse código, treze são punidos com a morte.

"*Será condenado à morte!*" – era esse o refrão de quase todos os artigos lidos pelo secretário do capitão, pois parece que ele havia sido instruído para omitir os artigos mais longos e apresentar somente aqueles mais breves e que iam direto ao ponto.

"*Será condenado à morte!*" – o repetido anúncio entra nos nossos ouvidos como a descarga intermitente da artilharia. Depois de repetido diversas vezes, prestamos atenção no leitor quando ponderadamente começa um novo parágrafo; nós o ouvimos recitar o arranjo intricado, porém claro e compreensivo de cada frase, detalhando os possíveis pormenores do delito descrito, e esperamos, sem respirar, para ver se *aquela* disposição também será concluída pela descarga do terrível canhão. Eis que de repente ela explode no seu ouvido – *será condenado à morte!* Sem reservas, sem contingências; sem a mais remota promessa de perdão ou alívio, sem o menor vislumbre de substituição da pena; toda esperança e consolo estão eliminados – *será condenado à morte!* é o simples fato que temos de digerir, e é um pouco mais duro, acredite em Jaqueta Branca quando o diz, do que uma bala de canhão de 42 libras.

Mas há um lampejo de uma alternativa ao marinheiro que infringe esses artigos. Alguns deles terminam assim: "*Será condenado à morte, ou à punição que determinar o conselho de guerra*". Mas essa não poderia ser uma punição ainda mais severa? Talvez signifique "*morte, ou uma punição pior*".

Loyola e Torquemada, eminências da Inquisição espanhola, mostrai, reverendos cavalheiros, vosso código mais secreto e igualai, se puderdes, aos nossos Artigos de Guerra. Jack Ketch[160], *tu* também tens experiência nessas coisas! Tu, o mais benévolo dos mortais, que estás ao nosso lado e te agarras ao nosso pescoço quando todo o resto do mundo está contra nós – diga-nos, carrasco, que punição é essa, que se insinua como pior do que a morte? Consiste em ler toda manhã os Artigos de Guerra, ainda de estômago vazio, para o resto dos nossos dias? Ou consiste em ficar preso numa cela, com as paredes cobertas do chão ao teto por páginas dos Artigos de Guerra, impressos em itálico?

Não é necessário nos estendermos aqui sobre o leite puro e borbulhante da bondade humana, a caridade cristã e o perdão das ofensas que perpassam esse fascinante documento, imbuído tão completamente, como código cristão, do espírito benigno do Sermão da Montanha. No entanto, como ele é muito parecido nos Estados mais destacados da cristandade e como é promulgado nacionalmente por esses Estados, torna-se indiretamente um indicador da verdadeira condição da civilização atual do mundo.

Quando, mês após mês, eu me juntava aos meus companheiros com a cabeça descoberta e ouvia a leitura desse documento, pensava comigo mesmo: Ora, ora, Jaqueta Branca, veja só onde você se meteu. Tape os ouvidos que lá vem mais uma canhonada. Ela agora faz um alerta para que você tome como algo bom qualquer mau tratamento e nunca participe de uma reunião pública no convés de canhões que busque reparar alguma queixa ou injustiça. Escuta:

Artigo XIII: "*Qualquer pessoa que na Marinha realizar, ou tentar realizar, reunião amotinada, será, após sentença proferida pelo conselho de guerra, condenada à morte*".

Por Deus, Jaqueta Branca, não será você mesmo um grande canhão que ricocheteia lá atrás com uma descarga desse tipo?

Mas escute de novo porque já vem mais um disparo, dessa vez aconselhando a permanecer impassível depois de receber o insulto mais grosseiro:

Artigo XIV: "*Nenhum marujo da Marinha deverá desobedecer às ordens legítimas de seu oficial superior, ou golpeá-lo, ou sacar,*

---

160 Jack Ketch (?-1686) foi um carrasco inglês conhecido por sua incompetência (ou crueldade), cujas vítimas demoravam muito tempo para morrer.

ou tentar sacar alguma arma contra ele, enquanto na execução das funções de seu posto, sob pena de morte".

Não se demore aí nas amuradas, Jaqueta Branca; ponha-se de novo de ouvidos atentos, pois lá vem mais um disparo, dessa vez alertando para não sermos flagrados num cochilo:

Parte do Artigo XX: "*Se qualquer pessoa da Marinha dormir durante a guarda, será condenada à morte*".

Isso é assassinato! Mas será que essas leis sanguinárias são aplicadas em tempos de paz? Não, correto? O que aconteceu com aqueles três homens a bordo de um navio armado americano alguns anos atrás, ainda nítido na memória, Jaqueta Branca, enquanto você servia a bordo dessa mesma fragata, o *Neversink*? O que aconteceu àqueles três americanos, Jaqueta Branca – aqueles três, que como você estiveram vivos uma vez, mas agora estão mortos? "*Serão condenados à morte!*", são essas as quatro palavras que enforcaram aqueles três homens[161].

Tome cuidado, então, tome cuidado para que não tenha um final triste, até mesmo o final da corda; tome cuidado para não se tornar um mergulhador mudo, com o pescoço roxo de hematomas, condenado a caçar pérolas no fundo do mar, para sempre preso em sua própria maca. Lá será seu jazigo, Jaqueta Branca, e sobre ele as marinhas hostis jogarão bilhar com bolas de canhão.

Então é junto ao mastro grande que eu, em momentos de profunda paz, estou sujeito à impiedosa e degoladora lei marcial! E enquanto meu próprio irmão, que por acaso esteja em terra firme e não sirva a seu país como estou fazendo agora – enquanto *ele* tem a liberdade para procurar pessoalmente o presidente dos Estados Unidos e expressar suas críticas a toda a administração nacional, aqui estou *eu*, sujeito o tempo inteiro a ser içado no lais da verga, com um colar no pescoço que não é obra de nenhum joalheiro!

Uma situação difícil, Jaqueta Branca, é verdade; mas não há como evitá-la. Sim, você vive sujeito à mesma lei marcial. Tudo que lhe cerca não ressoa essa verdade nos seus ouvidos? Duas vezes por dia você não salta direto para seu posto quando escuta o som de um

161 Em 1842, três marinheiros americanos que serviam no *Somers* foram executados sem julgamento sob suspeita de motim. A ordem foi dada pelo capitão Alexander Mackenzie. Essse evento serviu de inspiração ao livro *Billy Bud*, de Melville.

tambor? Toda manhã, no porto, não é arrancado de sua maca pelo *toque da alvorada*, e à noite é mandado de volta para ela pelo *de recolher*? Todo domingo você não recebe ordens relacionadas até mesmo à trivialidade do que deve vestir para passar esse abençoado dia? Por acaso seus companheiros de bordo conseguem beber um "dedo de grogue" sequer, ou melhor, conseguem beber até um copo de água no bebedouro sem que haja uma sentinela armada perto deles? Você vive e se movimenta entre canhões de 24 libras, Jaqueta Branca; as próprias balas de canhão são consideradas ornamento ao seu redor, servindo para embelezar as escotilhas; acaso morresse em alto-mar, Jaqueta Branca, duas balas de canhão ainda lhe fariam companhia quando fosse entregue às profundezas. Sim, por todos os métodos, dispositivos e invenções, você é, a todo momento, lembrado do fato de que vive submetido aos Artigos de Guerra. E é em virtude deles, Jaqueta Branca, que, sem audiência e sem julgamento, você pode, com uma piscada do capitão, ser condenado ao açoite.

Isso é verdade? Então me deixe fugir!

Não, Jaqueta Branca, um horizonte sem terra o rodeia.

Que uma tempestade, então, assome todo o mar contra nós! Rochas e recifes ocultos sublevem-se e reduzam a fragata a migalhas! Não nasci servo e não viverei como escravo! Rápido! Agitados redemoinhos, aspirem-nos para o fundo! Fim do mundo, venha nos emborcar!

Não, Jaqueta Branca, ainda que essa fragata deposite os próprios ossos quebrados na costa antártica da Terra de Palmer; ainda que não restassem duas tábuas juntas; ainda que todos os seus canhões fossem inutilizados pelas lâminas de peixes-espada, e por suas escancaradas escotilhas nadassem tubarões de escancaradas mandíbulas; e ainda que você escapasse do naufrágio e lutasse para chegar à praia, essa lei marcial estaria à sua espera e o agarraria pelo pescoço. Escute!

Artigo XLII, parte da seção 3 – "*Em todos os casos em que a tripulação de navios ou embarcações dos Estados Unidos deles se separe no caso de serem naufragados, perdidos ou destruídos, todo o comando, poder e autoridade dados aos oficiais desses navios ou embarcações continuarão válidos e em pleno vigor, e serão tão efetivos quanto se os navios ou embarcações não tivessem sido naufragados, perdidos ou destruídos*."

Ouça, Jaqueta Branca! Digo-lhe que não há escapatória. A lei marcial não afrouxa suas garras, seja sobre as águas, seja abaixo delas. E ainda que, em virtude dessa mesmíssima autoridade, por algum delito que ela estabelece, você fosse "condenado à morte", mesmo assim a lei marcial iria caçá-lo impiedosamente no outro mundo, sair outra vez em outro extremo e segui-lo por toda a eternidade, como uma linha infinita no curso interminável de sua própria ponta, que passa pelo buraco de uma infinidade de agulhas.

71. A GENEALOGIA DOS ARTIGOS DE GUERRA

Como os Artigos de Guerra formam a arca e a constituição das leis penais da Marinha americana, será excelente dar uma olhada em suas origens, com toda sobriedade e seriedade. De onde vieram? E como é possível que um dos braços da defesa nacional de uma república seja regido por um código turco, cujas seções, quase em sua totalidade, como cada um dos cilindros de um revólver, não disparam nada além de morte no coração do ofensor? Como é possível que, em virtude de uma lei solenemente ratificada por um Congresso de homens livres, que representam os homens livres, milhares de americanos estejam sujeitos ao trato mais despótico e, desde os estaleiros de uma república, sejam lançadas ao mar monarquias absolutas carregando como bandeira as "gloriosas estrelas e listras"? Graças a qual anomalia sem paralelos, graças a qual enxerto monstruoso da tirania sobre a liberdade esses Artigos de Guerra chegaram aos ouvidos da Marinha americana?

De onde vieram? Não poderiam ser a produção própria das instituições políticas que se baseiam na Declaração da Independência do arquidemocrata Thomas Jefferson? Não; eles são importados do exterior, na verdade da Grã-Bretanha; e nós, americanos, apesar de rejeitarmos as leis britânicas como tiranas, acabamos conservando a mais tirânica de todas.

Mas não paramos por aí; pois a origem congênita desses Artigos de Guerra remonta a um período da história da Grã-Bretanha em que a república puritana deu lugar a uma monarquia restaurada; em que o carrasco juiz Jeffreys condenou à guilhotina um campeão mundial como Algernon Sidney[162]; em que um Stuart estava no trono, membro de uma estirpe que muitos consideravam maldita por Deus; e também em que um Stuart era chefe da Marinha como lorde grande almirante – um, filho de um rei decapitado por usurpar os direitos do povo, e o outro, seu irmão, mais tarde rei Jaime II, destronado por sua tirania. Essa é a origem dos Artigos de Guerra, e ela carrega consigo uma pista inconfundível de seu despotismo.[163]

Também não deixa de ser significativo que na época democrática de Cromwell, em que os homens provaram pela primeira vez para as nações a dureza do carvalho britânico e a coragem do marinheiro britânico; em que as frotas de Cromwell espalharam o terror pelos navios de França, Espanha, Portugal e Holanda, e pelos corsários de Argélia e Levante; em que, quando Robert Blake varreu dos canais britânicos todas as quilhas de um almirante holandês que, de modo insultuoso, levava uma vassoura no mastro

---

162 Algernon Sidney (1622-1683), político inglês de visões republicanas, foi preso e decapitado depois de ser acusado de participar de uma conspiração contra o rei Carlos II. George Jeffreys (1645-1689) foi o juiz que conduziu seu julgamento.

163 Os primeiros Artigos Navais de Guerra escritos em língua inglesa foram aprovados no 13º ano do reinado de Carlos II, sob o título de *Lei para estabelecer os artigos e as ordens para a regulamentação e o bom governo das armadoras de Sua Majestade, dos navios de guerra e das forças marítimas*. Essa lei foi revogada e, no que se refere aos oficiais, substituída, no 22º ano do reinado de Jorge II, por uma versão modificada, pouco depois do Tratado de Paz de Aix-la-Chapelle, há um século. Essa última lei, acredita-se, abarca, em substância, os Artigos de Guerra hoje em vigor na Marinha britânica. É bastante curioso e significativo que nenhuma dessas duas leis confira poderes explícitos para os oficiais infligirem o açoite. Quase parece que, nesse caso, os legisladores britânicos quisessem eliminar esse estigma de um estatuto orgânico e conferir o poder do açoite de alguma maneira menos solene e talvez menos pública. Na verdade, as únicas disposições amplas que sancionam diretamente a flagelação naval em alto-mar são encontradas no código legal dos Estados Unidos e nas "leis marítimas" do monarca absoluto Luís, o Grande, da França. Sobre esse último (*L'Ord. de la Marine*), vide *Tratado sobre os direitos e deveres dos marinheiros mercantes, de acordo com o Direito Marítimo Geral*, de George T. Curtis, Parte II, c. I. [N.A.]

Tomando como base o Código Naval britânico antes mencionado, e enxertando nele as leis categóricas de flagelação, as quais a Grã-Bretanha se recusou a reconhecer como orgânicas, nossos legisladores americanos, em 1800, elaboraram os Artigos de Guerra hoje vigentes na Marinha americana. Podem ser encontrados no segundo volume do *Código de lei completo dos Estados Unidos*, no capítulo XXXIII – "Lei para um melhor governo da Marinha dos Estados Unidos".

do traquete[164]; – não deixa de ser significativo que, num período considerado tão glorioso para a Marinha britânica, esses Artigos de Guerra fossem desconhecidos.

Não obstante, é certo que umas ou outras leis tenham regido os marinheiros de Blake naquele período; mas devem ter sido muito menos severas do que as estabelecidas no código escrito que as substituiu, pois, de acordo com o sogro de Jaime II, historiador da rebelião,[165] a Marinha inglesa, antes de impor o novo código, estava cheia de oficiais e marinheiros que, entre todos os homens, eram os mais republicanos. Além disso, o mesmo autor nos diz que a primeira tarefa empreendida por seu respeitado genro, então duque de York, ao assumir as obrigações de lorde grande almirante, foi promover um novo batismo dos navios de guerra, que ainda carregavam na popa nomes democráticos demais para seus ouvidos ultraconservadores.

Mas se esses Artigos de Guerra eram desconhecidos na época de Blake, e também durante o período mais brilhante da carreira do almirante Benbow[166], o que podemos concluir? Que essas disposições tirânicas não são indispensáveis – mesmo durante a guerra – para a mais alta eficácia de uma Marinha militar.

---

164 Segundo relatos sobre a Primeira Guerra Anglo-Holandesa (1652-1654), o comandante da frota holandesa carregava uma vassoura no mastro do traquete como sinal de sua intenção de varrer os ingleses do canal da Mancha.

165 Referência a Edward Hyde (1609-1674), conde de Clarendon, que na década de 1640 deixou de apoiar os parlamentaristas e passou a apoiar os realistas.

166 John Benbow (1650-1702), almirante inglês, entrou na Marinha em 1678 e comandou a frota durante as batalhas no final do século XVII.

72. "ESTAS SÃO AS BOAS ORDENANÇAS DO MAR, QUE CONSTITUEM OS LIVROS DA CIÊNCIA E DOS BONS COSTUMES E QUE FORAM DADAS A NOSSOS ANCESTRAIS POR HOMENS SÁBIOS QUE VIAJARAM AO REDOR DO MUNDO." – CONSULADO DO MAR[167]

Os costumes atuais da Marinha americana são tais que, embora não haja uma disposição governamental com esse fim, em muitos aspectos seus comandantes parecem praticamente dotados do poder de observar ou violar, do jeito que acharem melhor, vários dos Artigos de Guerra.

De acordo com o Artigo XV, "*Nenhuma pessoa da Marinha disputará com outra pessoa da Marinha, nem fará uso de palavras, ameaças ou gestos de provocação ou acusação, sob pena de punição conforme julgar o conselho de guerra*".

"*Palavras de provocação ou acusação!*" Oficiais da Marinha, respondam-me! Muitos de vocês já não violaram essa lei milhares de vezes, dirigindo-se aos homens, cujas línguas estavam amarradas por esse mesmo artigo, com uma linguagem que nenhum homem da terra firme teria ouvido sem se jogar na garganta do ofensor? Sei que palavras piores do que as que *vocês* já chegaram a usar são ouvidas da boca de um capitão da marinha mercante quando se dirige à sua tripulação; mas o capitão da marinha mercante não vive sujeito ao Artigo XV dos Artigos de Guerra.

Não para dá-lo como exemplo, tampouco para recompensar qualquer sentimento pessoal, mas sim para fornecer uma ilustração incontestável do que afirmo aqui, declaro honestamente que o capitão Claret, do *Neversink*, violou ele mesmo repetidas vezes essa lei.

De acordo com o Artigo III, nenhum oficial, ou outra pessoa da Marinha, será culpado de "opressão, fraude, juramento profano, embriaguez ou qualquer outra conduta escandalosa".

Pergunto-lhes mais uma vez, oficiais da Marinha, se algum de vocês já não violou essa lei, repetidas vezes e em mais de um aspecto.

---

167 Citação extraída de *Consolat de mar*, compilação de usos e costumes navais baseada nas práticas dos portos mediterrâneos na Idade Média, na região da Coroa de Aragão. Esse compêndio, que teve sua primeira versão impressa publicada entre 1436 e 1484, teve valor legal, no que se refere a questões de navegação, durante séculos.

E aqui, mais uma vez como exemplo incontestável, cito o capitão Claret como ofensor, especialmente na questão dos juramentos profanos. Também devo citar quatro tenentes, uns oito aspirantes e praticamente todos os marinheiros.

Outros artigos poderiam ser citados como habitualmente violados pelos oficiais, embora quase todos que se referem *exclusivamente* aos marujos sejam forçados de maneira inescrupulosa. Esses artigos, no entanto, pelos quais o marujo é flagelado no portaló, não têm poder de lei nem um pouco maior do que aqueles *outros* artigos, impostos aos oficiais, que se tornaram obsoletos por causa de um desuso imemorial, enquanto ainda outros artigos, que se aplicam apenas aos marujos, são cumpridos ou violados de acordo com o capricho do capitão. Ora, se o que nos dissuade de uma transgressão não é tanto a severidade, mas a certeza do castigo, esse desrespeito a seus estatutos deve ser fatal para o devido respeito às leis do Congresso.

E não paramos por aqui. Essa violação da lei pelos oficiais envolve em muitos casos a opressão do marujo. Mas em todo o Código Naval, que tanto restringe o marinheiro com uma lei em cima da outra e que confere ao capitão uma autoridade judicial e administrativa exorbitante – na maioria dos casos totalmente arbitrária –, não encontramos uma única cláusula que, de algum modo, dê meios para que o marinheiro que se considere prejudicado obtenha alguma reparação. Na verdade, as leis da Marinha americana, tanto as escritas quanto as tácitas, são tão desprovidas de garantias individuais para a grande massa de marinheiros como o código legal do despótico império da Rússia.

Quem abriu esse abismo gigantesco entre o capitão americano e o marinheiro americano? Ou será que o capitão é uma criatura de paixões semelhantes às nossas? Ou talvez um arcanjo infalível, incapaz da sombra do erro? Ou será que os marinheiros não têm a marca da humanidade, nenhum atributo de hombridade e, de pés e mãos atados, são jogados numa fragata americana, privados de todos os direitos e defesas, enquanto o notório desrespeito à lei pelo comandante é representado por um provérbio conhecido dos marinheiros de guerra, *a lei não foi feita para o capitão*?! Na verdade, pode-se quase dizer que ele se despe do cidadão quando põe os pés no tombadilho, e ele mesmo, quase isento das leis da terra, reprime os outros com uma severidade sentenciosa desconhecida em solo nacional. Com os Artigos de Guerra em uma mão e o gato de nove rabos na outra, ele se transforma numa indigna paródia de Maomé impondo o maometismo com a espada e o Corão.

As últimas seções dos Artigos de Guerra tratam dos conselhos de guerra navais diante dos quais tanto marujos quanto oficiais são julgados por delitos graves. O juramento a que se submetem os membros desses tribunais – que muitas vezes versam sobre questões de vida ou morte – prescreve explicitamente que os membros não "*divulgarão, em nenhum momento, o voto ou a opinião de qualquer membro específico do tribunal, a menos que se exija fazê-lo diante de um tribunal de justiça no devido processo legal*".

Eis o que temos aqui, um Conselho dos Dez[168] e uma Star Chamber[169]! Lembre-se também de que, embora o marinheiro tenha muitas vezes sua vida ameaçada por um julgamento diante de um tribunal como esse, de modo nenhum seus companheiros, seus iguais, participam do tribunal. No entanto, um homem ser julgado por seus semelhantes é princípio fundamental de toda jurisprudência civilizada. E, além de ser julgado por seus semelhantes, o veredito tem de ser unânime, enquanto no conselho de guerra o único requisito é o acordo de uma maioria de superiores ao acusado em termos sociais e convencionais.

Dizem que na Marinha inglesa existia uma lei que autorizava o marinheiro a apelar da decisão do capitão, se assim o quisesse – mesmo em casos comparativamente triviais –, a um tribunal superior do conselho de guerra. Um marinheiro inglês me relatou esse fato. Quando eu disse que uma lei desse tipo poderia ser um golpe fatal para o exercício do poder penal do capitão, ele, em essência, contou-me a seguinte história.

Depois de ser enviado aos xadrezes e estar prestes a ser açoitado, um gajeiro acusado de embriaguez virou-se para os presentes e exigiu um conselho de guerra. O capitão sorriu e ordenou que ele

---

168 Tribunal veneziano encarregado da segurança do Estado que funcionou de 1310 até 1797.

169 Tribunal de justiça inglês, extinto em 1641, responsável pelo julgamento, sem júri e sem possibilidade de apelação, de casos em que a segurança da Coroa estava em jogo.

fosse levado para o "buque". Depois de passar algumas semanas agrilhoado, na ansiedade de ser libertado, ofereceu-se para trocar a pena por duas dúzias de chibatadas.

"Cansou da barganha, não é?", disse o capitão. "Não, não! Se pediu um conselho de guerra, é um conselho de guerra que você vai ter!"

Quando finalmente foi julgado diante dos oficiais do tombadilho, foi condenado a duzentas chibatadas. Por quê? Por estar bêbado? Não! Por ter a insolência de apelar da decisão de uma autoridade, uma vez que mantê-la era de profundo interesse dos homens que o julgaram e o condenaram.

Se essa história é ou não totalmente verdade, ou se essa lei específica ainda está em vigor, ou já esteve alguma vez em vigor na Marinha inglesa, não importa; a questão pelo menos ilustra as ideias que os próprios marinheiros de guerra têm a respeito dos tribunais em questão.

O que podemos esperar de um tribunal cujos atos se realizam na mesma escuridão dos tribunais ocultos da Inquisição espanhola? Quando essa escuridão é solenizada por um juramento sobre a Bíblia? Quando uma oligarquia de dragonas compõe a bancada, e um gajeiro plebeu, sem júri, se senta judicialmente nu no banco dos réus?

Em vista disso tudo, e principalmente em vista do fato de que, em diversos casos, o nível de punição infligida a um marinheiro de guerra é absolutamente deixado nas mãos do tribunal, que vergonha não recai sobre os legisladores americanos quando, com total sinceridade, podemos aplicar ao conjunto de marinheiros de guerra da Marinha americana aquele princípio infalível de *sir* Edward Coke: "*Uma das marcas genuínas da servidão é que a lei esteja oculta ou seja precária*"? Talvez seja melhor adotarmos os dizeres de *sir* Matthew Hale em seu *História do direito consuetudinário*: "*A lei marcial, por não se basear em nenhum princípio estabelecido, não é, em verdade e realidade, nenhuma lei, mas algo mais tolerado do que permitido como lei*".

Sei que se pode dizer que toda a natureza desse Código Naval é propositalmente adaptada para as exigências bélicas da Marinha. Mas, deixando de lado a séria questão que poderíamos levantar sobre a legalidade moral, não judicial, desse código arbitrário, mesmo em tempos de guerra, podemos perguntar: por que está em vigor em tempos de paz? Os Estados Unidos hoje existem como país há mais de setenta anos e durante todo esse tempo a suposta necessidade para a operação do Código Naval – em casos considerados capitais – existiu apenas durante um período de dois ou três anos, no máximo.

Alguns poderiam dizer que as operações mais severas do código são tacitamente anuladas em tempos de paz. Mas, embora isso seja verdadeiro em relação a vários dos Artigos de Guerra, todos e cada um podem ser aplicados legalmente em qualquer momento. Também não faltam exemplos recentes que ilustrem o espírito desse código, mesmo nos casos em que sua letra não foi totalmente observada. O famoso caso de um brigue dos Estados Unidos serve de exemplo memorável, e pode acontecer de novo a qualquer momento. Três homens, em tempo de paz, foram enforcados no lais da verga simplesmente porque, no juízo do capitão, fez-se necessário enforcá-los. Até hoje a culpabilidade total dos três é questionada socialmente.

Como caracterizaríamos uma ação semelhante? Blackstone[170] nos diz: *Se em tempos de paz alguém dotado de autoridade marcial enforcar ou executar qualquer pessoa sob o pretexto da lei marcial, será culpado de assassinato, pois vai contra a Carta Magna.*[171]

Carta Magna! Nós, modernos, quiçá homens de terra firme, podemos nos gabar merecidamente das imunidades civis que nossos antepassados não tinham; mas nossos antepassados mais remotos, que por ventura foram marinheiros, devem revirar no caixão só de pensar que seus legisladores eram mais sábios e mais humanos na geração deles do que na nossa. Comparem as leis marítimas da nossa Marinha com as ordenanças oceânicas romanas e ródias. Comparem-nas com o *Consulado do Mar*; comparem-nas com as leis das cidades hanseáticas; comparem-nas com as antigas leis de Visby[172] – no fim, descobrimos que nossos ancestrais eram democratas dos oceanos naquela época. "Se golpeia, deverá receber

170 William Blackstone (1723-1780) foi um jurista inglês, autor de *Commentaries on the Laws of England*, publicado entre 1765 e 1769.

171 *Commentaries*, B, I, C, XIII [N.A.].

172 Código de leis marítimas do século XIII com o nome de Visby, porto na ilha báltica de Gotlândia.

golpe por golpe": assim nos dizem as leis de Visby a respeito de um capitão de navio de Gotlândia.

Em referência final a tudo o que foi dito nos capítulos anteriores sobre o caráter severo e insólito das leis da Marinha americana, e à vasta autoridade conferida a seus oficiais de comando, devo dizer que Jaqueta Branca não ignora que a responsabilidade de um oficial que comanda em alto-mar – seja na marinha mercante ou na armada nacional – não se compara à responsabilidade de qualquer outra relação que se estabeleça entre um e outro ser humano. Jaqueta Branca não ignora também que tanto a prudência quanto a humanidade ditam que, dada a peculiaridade de sua posição, um oficial naval no comando deveria ser dotado de um grau de autoridade e discrição inadmissíveis em qualquer senhor em terra firme. Mas, ao mesmo tempo, esses princípios – reconhecidos por todos os que escrevem sobre leis marítimas – têm servido de justificativa para dotar muitos comandantes e conselhos de guerra navais de poderes que excedem os devidos limites da razão e da necessidade. E esse não é o único exemplo em que princípios acertados e salutares, quase infalíveis e evidentes por si mesmos, são usados para justificar coisas que em si mesmas são tão evidentemente equivocadas e perniciosas.

Entenda-se aqui, de uma vez por todas, que nenhum amor sentimental e teórico pelo marinheiro comum, nenhuma crença romântica na nobreza de coração e na exagerada generosidade de disposição imputadas a ele ficcionalmente nos romances, e nenhum desejo imperioso de ser considerado seu amigo me influenciaram em qualquer coisa que eu tenha dito, em qualquer parte deste livro, sobre a opressão flagrante que sofre o marinheiro nos navios. Indiferente a quais possam ser as partes implicadas, meu único desejo é que os erros sejam remediados e que a justiça seja feita igualmente para todos.

Ademais, como já disse em outro lugar, a ignorância geral ou a depravação de certa categoria de homens não podem ser usadas como desculpa para a tirania que os subjuga. Ao contrário, uma pessoa sensata, que conheça a vida no interior de um navio de guerra, não pode admitir a menor dúvida de que a maioria das injustiças praticadas lá dentro tem de ser atribuída indiretamente aos efeitos moralmente aviltantes das leis injustas, despóticas e degradantes a que estão submetidos os marinheiros de guerra.

73. JOGOS DE AZAR EM UM NAVIO DE GUERRA

Já mencionei que era permitido jogar damas a bordo do *Neversink*. No momento a que me referi, quando havia pouco ou nenhum trabalho a ser feito e toda a tripulação, de excelente humor, navegava de volta para casa sobre as águas cálidas e tranquilas dos trópicos, os jogadores se tornaram tão numerosos, espalhados pelos conveses, que nosso primeiro-tenente costumava dizer ironicamente que era uma pena eles não terem sido enxadrezados com quadrados de mármore branco e preto, para o benefício e a conveniência dos jogadores. Tivesse esse cavalheiro tomado seu rumo, nossos tabuleiros teriam sido rapidamente arremessados pela amurada. Mas como o capitão – que tinha uma leniência pouco comum em alguns aspectos – permitia o jogo, o sr. Bridewell era obrigado a segurar a língua.

Mas, ainda que esse jogo fosse permitido na fragata, todos os outros tipos de jogos de aposta eram estritamente proibidos, sob pena de açoite no portaló; nem os jogos de cartas ou de dados eram tolerados. Essa regra era indispensável, pois, de todos os seres humanos, os homens de guerra talvez sejam os mais propensos aos jogos de azar. A razão pode ser óbvia para qualquer um que reflita sobre a condição deles a bordo de um navio. E os jogos de azar – o mais nocivo de todos os vícios – em um navio de guerra funcionam de modo tão pernicioso quanto em terra firme. No entanto, com a mesma frequência com que marujos inescrupulosos transgridem a proibição do contrabando de bebidas, eles também conseguem burlar as disposições contra as cartas e os dados.

A noite escura, que desde o início dos tempos pisca seus olhos e observa tantas injustiças, costuma ser o momento preferido para as apostas no navio de guerra. O lugar escolhido é quase sempre a coberta, onde as macas são penduradas, e que é parcamente iluminada para que o sono dos marujos não seja perturbado por clarões. Em uma área tão espaçosa, dois lampiões que pendiam das escoras espalhavam uma luz difusa e suave, como uma vela mais fraca no apartamento de um enfermo. Na posição em que ficavam, esses lampiões estavam longe de emanar uma luz imparcial, por mais que branda, então difundiam longos raios angulares aqui e ali, como as lanternas furta-fogos dos ladrões dos cofres de 50 acres localizados nas docas das Índias Ocidentais, às margens do Tâmisa.

Podemos imaginar como o salão subterrâneo de Éblis[173] é bem-adaptado aos procedimentos clandestinos dos apostadores, principalmente porque, além de estarem amontoadas, muitas macas são penduradas num nível muito baixo, a 2 pés do chão, formando entre as lonas inumeráveis e pequenos vales, grutas, recantos, esconderijos e brechas, onde os temerosos podem praticar suas perversidades com uma impunidade considerável.

Agora o mestre-d'armas, assistido por seus segundos, os cabos, reina supremo nessas entranhas do navio. Durante toda a noite, esses policiais se revezam para vigiar o recinto; exceto quando as guardas são chamadas, eles se sentam rodeados por um silêncio profundo, invadido apenas por roncos que soam quase como cornetas, ou pelos murmúrios de algum velho proeiro da âncora de salvação.

Os dois cabos eram conhecidos entre os marinheiros pelo apelido de Leggs[174] e Pounce[175]. Dizem que Pounce havia sido policial em Liverpool; Leggs, carcereiro das "Tumbas"[176] em Nova York. Desse modo, sua educação o preparou apropriadamente para essa função; e Bland, o mestre-d'armas, arrebatado com a destreza dos dois para descobrir os ofensores, costumava chamá-los de braços direitos.

Quando os marinheiros de guerra querem jogar, eles combinam um horário e escolhem um canto, protegido pela sombra, atrás de alguma maca. Depois contribuem com uma pequena quantia para um fundo conjunto, que será usado como propina para algum marujo com olhos de lince, que deverá espionar o mestre-d'armas e os cabos enquanto o jogo estiver rolando. Em nove de dez casos, esse esquema é tão astuto e abrangente que os jogadores, esquivando-se de toda vigilância, concluem os jogos sem serem perturbados. Mas de vez em quando, por algum descuido ou pela sovinice de não querer contratar os serviços de um espião, são surpreendidos de repente pela luz dos condestáveis, arrastados impiedosamente pelo colarinho e jogados no *buque*, onde esperam pelas doze chicotadas da manhã seguinte.

---

173 Nome do diabo no Corão.

174 Pernas.

175 Garras.

176 Como era conhecida a prisão de Nova York, originalmente Hall of Justice.

Diversas vezes, à meia-noite, fui despertado de um sono profundo por uma movimentação repentina e violenta embaixo da minha maca provocada pela explosão de um ninho de jogadores, que se espalhavam em todas as direções, metendo-se por baixo dos fios que seguravam as macas, provocando uma agitação generalizada.

No entanto, é quando estamos aportados que os jogos de azar mais acontecem nos navios de guerra. Então os homens muitas vezes praticam seus atos obscuros à luz do dia, e são dignos de nota os guardas complementares que, nesses momentos, são considerados indispensáveis. Além disso, suas precauções adicionais para mobilizar os serviços de vários espiões exigem gastos consideráveis, tanto que, no porto, a diversão dos jogos de azar é elevada à dignidade de luxo dos nababos.

Durante o dia, o mestre-d'armas e seus cabos rondam constantemente os três conveses, ansiosos por descobrir iniquidades. Em um momento, por exemplo, vemos Leggs balançando sua chibata ameaçadora, à espreita nas cercanias do mastro do traquete; no momento seguinte, talvez ele esteja três conveses abaixo, longe da visão, rondando entre os paióis dos cabos. O mesmo se passa com seu chefe, e Pounce, seu coadjutor; eles estão aqui, ali e em todo lugar, aparentemente dotados do poder da onipresença.

Para terem sucesso em seus esquemas durante o dia, os jogadores precisam se assegurar de que cada um desses condestáveis seja implacavelmente seguido onde quer que vá, de modo que, no caso de algum deles se aproximar do local onde se ocupam dos jogos, eles sejam avisados a tempo de escapar. Consequentemente, é preciso escolher olheiros rápidos e ativos para seguir os condestáveis; por causa de sua vivacidade e agilidade, os rapazes do mastro da mezena costumam ser os escolhidos para esse propósito.

Mas isso não é tudo. A bordo da maioria dos navios de guerra há um grupo de sujeitos astutos e matreiros no meio da tripulação, destituídos de todo princípio de honra e de conluio com os delatores irlandeses. No linguajar dos marujos, são chamados de *queridinhos* e *ratos brancos*. São *queridinhos* porque, em função do zelo que têm para delatar maliciosamente os infratores, supostamente gozam de grande estima entre alguns oficiais. Ainda que raras vezes esses informantes possam ser identificados com certeza, tão secretos e sutis eles são em comunicar suas informações, suspeita-se de que certos membros da tripulação, em especial certos marinheiros, sejam *queridinhos* e *ratos brancos*, e por isso são mais ou menos odiados por seus camaradas.

Ora, além de ficarem de olho no mestre-d'armas e seus ajudantes, os jogadores diurnos precisam ficar atentos para que cada pessoa suspeita de ser *rato branco* ou *queridinho* seja igualmente seguida aonde quer que vá. Olheiros adicionais são contratados constantemente para seguir seus rastros. Mas os mistérios do vício nos navios de guerra são maravilhosos, e é preciso deixar registrado que, devido ao antigo hábito, à observação e à familiaridade com os *truques de vigilância* e as *manobras* das fragatas, o mestre-d'armas e seus ajudantes podem quase invariavelmente dizer quando algum jogo vai acontecer durante o dia, ainda que, na embarcação lotada, com muitos conveses, gáveas, lugares escuros e cantos remotos de todos os tipos, nem sempre possam determinar o local exato em que os jogadores se escondem.

Durante o período em que Bland foi suspenso de suas atividades como mestre-d'armas, uma pessoa que, entre os marinheiros, era conhecida pelo apelido de Sneak[177], havia muito tempo suspeito de ser um *rato branco*, foi colocada no lugar de Bland. Demonstrou ser um caça-bandidos astuto e desprezível, mas dotado de uma perseverança maravilhosa para descobrir os culpados, seguindo seus rastros como um verdadeiro cão de caça, usando seu faro silencioso. Quando se atrapalhava, no entanto, era possível ouvi-lo ladrar.

"Os dados acolchoados devem estar por aqui", dizia Sneak para seus ajudantes; "tem três caras me seguindo há uma meia hora. Diz aí, Pounce, alguém andou te rondando hoje de manhã?"

"Uns quatro", diz Pounce. "Sabia que eu tinha ouvido o barulho desses dados!"

"Leggs!", diz o mestre-d'armas para seu outro ajudante, "e você, algum espião?".

"Uns dez", diz Leggs. "Ali um deles, ó – aquele ali costurando o chapéu."

"Ei, você aí!", grita o mestre-d'armas, "vai puxando o barco e zarpa daqui. Se eu te encontrar me rodeando de novo, te levo direto pro mastro".

177 Dedo-duro, traiçoeiro.

"O que estou fazendo de mais?", diz o costurador, com a cara mais amarrada que os cabos nos olhais. "Camarada não pode nem trabalhar sossegado aqui sem vocês acharem que a gente 'tá mocando ou é escamão?"

"Conheço bem tuas artimanhas, senhor, já fiz muita ronda em navio de recruta. Puxa teu barco e zarpa daqui, senão vou fazer te içarem numa talinga com duas cordas por cima da verga principal, sem nenhuma faca para cortar o nó. Anda, senão te apanho mais rápido que um batedor de carteira."

É muito comum que, nos navios de todo tipo, os homens que mais utilizam a linguagem dos mares são os menos marinheiros. Muitas vezes ouvimos até os fuzileiros soltarem mais expressões marítimas do que o próprio chefe do castelo de proa. Por outro lado, quando não está no exercício de seu ofício, poderíamos tomar por homem de terra firme o melhor dos marinheiros. Se algum dia você vir um camarada que boceja nas docas como um mercante que está voltando para casa, com uma longa fita preta presa na cabeça como se fosse um galhardete de comodoro, entrando de supetão num botequim com um balanço do casco, como se um almirante atracasse o batelão ao lado de um navio de três conveses, pode apostar que esse cara é o que chamamos nos navios de guerra de *marujo-paga-embuste*, ou seja, um impostor. E são muitos os impostores paga-embuste nesse nosso mundo dos navios de guerra.

74. O CESTO DA GÁVEA DURANTE A NOITE

Toda a navegação do Rio até a linha do equador foi deliciosa, no que se refere ao tempo bom e à desenvoltura do navio. Era especialmente agradável quando todo o turno de vigília descansava no cesto da gávea, e nos divertíamos de muitas maneiras aprazíveis. Afastados da presença imediata dos oficiais, lá em cima nós nos entretínhamos inofensivamente, mais do que em qualquer outra parte do navio. Durante o dia, muitos de nós não parávamos um segundo, costurando chapéus ou remendando roupas. Mas durante a noite tínhamos uma tendência mais romântica.

Geralmente Jack Chase, admirador entusiasta das paisagens marinhas, voltava nossa atenção para o luar sobre as ondas, citando trechos de seu catálogo de poetas. Nunca me esquecerei da toada lírica com que, uma manhã, ao alvorecer, quando todo o leste ruborizava em tons de vermelho e dourado, ele reclinou sobre os ovéns do mastro grande e, estendendo a mão confiante sobre o mar, exclamou:

"Eis que surge a Aurora, gajeiros, vejam!"

Depois, em um tom fluido e pausado, recitou estes versos:

Mas assim como a Aurora marchetada
Os formosos cabelos espalhou
No céu sereno, abrindo a roxa entrada.[178]

"Comodoro Camões, Jaqueta Branca, Camões! Mas dê uma mão aqui; precisamos armar o pau da varredoura – o vento está mudando."

De nossa elevada posição, naquela noite enluarada a própria fragata era uma visão gloriosa. Avançava gigantesca de vento em popa, com as varredouras desfraldadas nos dois lados, de modo que as velas do mastro grande e do traquete pareciam duas pirâmides majestosas e afiladas, com mais de 100 pés de base, e terminando nas nuvens com a pedra leve dos mastaréus. Aquela área imensa de velas alvas deslizando pelo mar era um espetáculo magnífico. Os três mastros cobertos pareciam a aparição de três emires turcos gigantescos caminhando a passos largos sobre as águas.

Também não faltava, em algumas ocasiões, o som da música para potencializar a poesia da cena. A banda inteira se reunia no tombadilho para o deleite dos oficiais, consequentemente o nosso, e tocava suas velhas melodias, ao som das quais alguns de nós de vez em quando dançavam no *cesto*, quase tão amplo quanto uma salinha comum. Quando não havia a melodia instrumental da banda, nossos rouxinóis exibiam suas vozes e nos ofereciam uma canção.

Nessas ocasiões, Jack Chase costumava ser requisitado, e nos alegrava, em seu próprio estilo livre e nobre, com *Spanish Ladies* (Damas espanholas) – uma das canções prediletas dos marinheiros de guerra britânicos – e muitas outras baladas e cantigas de marinheiro, incluindo

178 Camões, *Os lusíadas*, I, 59, 1-3.

Sir Patrick Spens was the best sailor
That ever sailed the sea.[179]

E também:

And three times around spun our gallant ship;
Three times spun she;
Three times around spun our gallant ship,
And she went to the bottom of the sea,
The sea, the sea, the sea,
And she went to the bottom of the sea![180]

Essas canções se alternavam com os vários *casos* e *aventuras* dos gajeiros. Nessas horas eu sempre tentava convencer os tritões mais velhos a narrar as histórias de guerra que viveram. É verdade que poucos deles estiveram na ativa, mas isso só tornava seus casos ainda mais valiosos.

Havia um velho negro que atendia pelo nome de Tawney[181], proeiro da âncora de salvação, que sempre convidávamos para subir ao cesto nas noites tranquilas, pois gostávamos de ouvir suas histórias. Era um homem sério e sóbrio, muito inteligente, de postura elegante e franca, um dos melhores homens a bordo, muito estimado por todos.

Parece que, durante a última guerra entre a Inglaterra e os Estados Unidos, ele havia sido "recrutado" para o alto-mar enquanto servia em um navio mercante da Nova Inglaterra. O navio que o recrutou foi uma fragata inglesa, o *Macedonian*, posteriormente capturado pelo *Neversink*, navio em que navegávamos.

Era um sábado de descanso, segundo Tawney, e quando o navio britânico se lançou contra o americano – cada homem em seu posto – Tawney e seus compatriotas, que por acaso estavam na bateria do tombadilho, respeitosamente abordaram o capitão – um senhor

179 "*Sir* Patrick Spens era o melhor marinheiro / Que no mar já navegou."
180 "Três vezes girou nosso garboso navio / Três vezes nosso navio girou
Três vezes girou nosso garboso navio / E ao fundo do mar se lançou / O mar, o mar, o mar, / Ao fundo do mar se lançou!"
181 Bronzeado, moreno.

de nome Cardan – quando ele passou por eles, a passos corridos, com a luneta debaixo do braço. Mais uma vez asseguraram que não eram ingleses e que para eles era muito doloroso levantar as mãos contra a bandeira do país que acolheu as mães que os trouxeram ao mundo. Imploraram para que ele os liberasse dos canhões e lhes permitisse permanecer neutros durante o conflito. Mas, quando um navio de qualquer país entra em ação, o momento torna-se inoportuno para discutir, ruim para a justiça e péssimo para a humanidade. Depois de sacar uma pistola do cinto de um abordador que estava por perto, o capitão a ergueu à altura da cabeça dos marinheiros e os mandou instantaneamente para seus postos, sob pena de tomarem um tiro ali mesmo. Assim, lado a lado com os inimigos de seu país, Tawney e seus companheiros deram duro nos canhões e levaram a batalha até o final – com exceção de um deles, que foi morto em seu posto por uma bala do próprio país.

Por fim, perdido o mastaréu da gávea, com o mastro da mezena derrubado no convés e a verga do traquete partida em dois pedaços sobre o castelo despedaçado, e *descascado* em uma centena de lugares por balas de canhão, a fragata inglesa foi reduzida ao último extremo. O capitão Cardan deu a ordem para que o contramestre sinaleiro arriasse a bandeira.

Tawney foi um dos que, por fim, ajudaram a colocá-lo a bordo do *Neversink*. Quando pisou no convés, Cardan cumprimentou Decatur, o comandante hostil, e ofereceu-lhe sua espada, mas a cortesia não foi aceita. Talvez o vitorioso tenha se lembrado dos jantares de que ele e o inglês haviam desfrutado juntos em Norfolk, pouco antes de começarem as hostilidades, quando ambos estavam no comando das mesmas fragatas agora mutiladas no mar. O *Macedonian*, parece, havia ido para Norfolk com despachos. *Então* eles riram e fizeram piada enquanto bebiam vinho, e dizem que apostaram um chapéu de pele de castor sobre a possibilidade de um encontro hostil de seus navios.

Olhando para as pesadas baterias diante de si, Cardan disse para Decatur:

"Isso aqui é um 74 canhões, não uma fragata; não me admira que a vitória seja tua!"

Esse comentário era baseado na superioridade de canhões do *Neversink*. As baterias do convés principal do *Neversink*, como agora, consistiam em canhões de 24 libras; as do *Macedonian*, de 18. Ao todo, o *Neversink* tinha 54 canhões e 550 homens; o *Macedonian*, 49 canhões e trezentos homens; uma disparidade imensa que, somada a outras circunstâncias dessa ação, priva a vitória de toda reivindicação à glória além da que poderia ser obtida por um hipopótamo que vencesse uma foca.

Mas, se Tawney dizia a verdade – e ele era um sujeito verdadeiro –, esse fato parece contrabalançado por uma circunstância relatada por ele. Quando os canhões do mercante inglês foram examinados, depois do encontro, em mais de um exemplo a bucha estava comprimida contra o cartucho, sem interceptar a bala. Ainda que, numa batalha naval frenética, tal coisa pudesse ser imputada à pressa e à negligência, Tawney, defensor de sua tribo, sempre a atribuiu a uma causa diferente e menos honrosa. No entanto, mesmo reconhecendo essa causa como verdadeira, ela não diminuía em nada o valor geral demonstrado pela tripulação britânica. No entanto, de tudo que podemos aprender com pessoas sinceras que estiveram em batalhas navais, não há dúvidas de que, a bordo de todos os navios, de qualquer país, em tempos de guerra, não são poucos os homens que se sentem nervosos ao extremo, para dizer o mínimo, diante dos canhões, carregando-os e limpando-os a esmo. E que interesse patriótico especial poderia sentir, por exemplo, um homem recrutado forçosamente para uma luta para a qual ele foi arrancado dos braços da esposa? Ou temos de nos admirar que os marinheiros ingleses recrutados à força não têm o menor escrúpulo, em tempos de guerra, de aleijar o braço que os escravizou?

Durante a mesma guerra geral que imperava e antes do período da ação naval a que me refiro aqui, um comandante de esquadra inglês, ao escrever para o almirantado, disse: "Tudo parece tranquilo na frota; mas, ao nos prepararmos para a batalha na semana passada, descobrimos que vários canhões na parte posterior do navio estavam encravados" – ou seja, inutilizados. Quem os encravou? Os marinheiros insatisfeitos. Será de todo improvável, portanto, que os canhões a que Tawney se referia tenham sido manejados por homens que, propositalmente, se recusaram a descarregá-los sobre o inimigo; que, nessa ação específica, a vitória dos americanos tenha se dado parcialmente por causa da ressentida insubordinação do próprio inimigo?

Durante esse mesmo período de guerra geral, costumava acontecer de os canhões dos navios armados ingleses amanhecerem com os bragueiros cortados. Essas mutilações dos canhões, que os inutilizavam temporariamente, só podiam ser imputadas ao secreto espírito de ódio contra o serviço naval, que havia induzido a cravação antes mencionada. Mas, mesmo nos casos em que não parecia haver uma insatisfação profunda enraizada na tripulação, e em que um marinheiro, em tempos de guerra, impelido pelo puro medo, "escamava de seu canhão", parece-me que é um insulto contra Ele, que criou esse marinheiro tal como ele é, rotulá-lo de *covarde* e aviltá-lo e fazer sofrer o já temeroso pobre coitado de várias outras maneiras. Tampouco parece uma prática respaldada pelo Sermão da Montanha o oficial de uma bateria, em tempos de batalha, vigiar os homens com a espada desembainhada (como era feito no *Macedonian*) e atravessá-la no primeiro marinheiro que demonstrasse qualquer sinal de medo. Tawney me contou que ouviu claramente essa ordem ser dada pelo capitão inglês aos oficiais das divisões. Fosse escrita a história secreta de todas as batalhas navais, os louros dos heróis navais se transformariam em cinzas sobre sua testa.

E como é nacionalmente deplorável, de qualquer ponto de vista concebível, o Artigo IV dos Artigos de Guerra americanos: "*Se qualquer pessoa da Marinha pedir quartel covardemente, será condenada à morte*". Desse modo, com a morte diante de si e nas mãos do inimigo, e com a morte atrás de si nas mãos de seus concidadãos, o melhor valor de um marinheiro de guerra jamais pode ser assumir o mérito de uma nobre espontaneidade. Nesse caso, tanto quanto em qualquer outro, os Artigos de Guerra não preveem recompensa pela boa conduta, mas apenas obrigam o marujo a lutar, como um matador de aluguel, pelo que lhe pagam, cavando ainda a própria cova se por acaso hesitar.

Mas esse Artigo IV é aberto a objeções ainda mais sérias. A coragem é a mais comum e a mais vulgar das virtudes, a única que os animais selvagens compartilham conosco, a mais suscetível de se tornar violência caso seja praticada em excesso. E, como a natureza costuma roubar com uma das mãos para compensar o que deu com a outra, a coragem animal excessiva, em muitos casos, só encontra lugar em um caráter privado de dons mais elevados. Mas nos oficiais navais essa coragem é exaltada à qualidade de mérito mais elevado e muitas vezes proporciona a eles uma ilustre autoridade.

Desse modo, se durante uma ação de guerra o capitão de uma fragata se mostra um corajoso desmiolado, pode colocar a fragata para lutar contra obstáculos invencíveis e buscar a coroa para si com a glória das ruínas, permitindo que sua tripulação desesperada seja massacrada diante de seus olhos, ao mesmo tempo que seus tripulantes devem consentir ser dizimados pelo inimigo, sob pena de serem assassinados pela lei. Tomemos o combate entre a fragata americana *Essex* e os dois cruzadores ingleses, *Phoebe* e *Cherub*, perto da baía de Valparaíso, durante a última guerra.[182] Todos reconhecem que o capitão americano continuou investindo seu navio mutilado contra uma força muito superior; quando por fim se tornou fisicamente impossível obter outro resultado senão a derrota; e quando, devido a circunstâncias peculiarmente infelizes, seus homens não fizeram nada além de se posicionar em suas baterias quase inúteis para serem desmembrados e despedaçados pelos disparos incessantes dos longos canhões inimigos. E, ao continuar lutando desse modo, essa fragata americana não promove nem um pouco os verdadeiros interesses de seu país. Não pretendo subestimar qualquer reputação que o capitão americano possa ter obtido com essa batalha. Ele foi um homem corajoso; *isso* nenhum marinheiro pode negar. Mas o mundo inteiro está repleto de homens corajosos. Que não se entenda, no entanto, que eu esteja pondo em questão seu bom nome. Também não se pode duvidar de que, se houvesse marinheiros ajuizados junto aos canhões do *Essex*, por mais valentes que pudessem ser, esses marinheiros ajuizados teriam preferido arriar a bandeira ao ver que a batalha estava totalmente perdida a adiar esse ato inevitável até que restassem poucos braços americanos para ajudar a baixá-la. Tivessem esses homens, contudo, sob tais circunstâncias, "pedido quartel covardemente", teriam sido legalmente enforcados nos termos do Artigo IV dos Artigos de Guerra.

De acordo com o negro Tawney, quando o capitão do *Macedonian*, vendo que o *Neversink* havia se apoderado totalmente da embarcação, deu ordens para arriar a bandeira, um homem odiado

---

182 O combate ocorreu em 1814, quando o *Essex* era comandado pelo capitão David Porter (1780-1843).

pelos marinheiros por ser tirano vociferou as queixas mais terríveis, jurando que, de sua parte, não desistiria, mas que estava disposto a naufragar o *Macedonian* junto com o inimigo. Sem dúvida o faria fosse ele capitão, ganhando o título de herói neste mundo – mas de que o chamariam no próximo?

Porém, como toda a questão da guerra é um insulto que fere o senso comum e o cristianismo, tudo o que tem a ver com ela é totalmente estúpido, anticristão, bárbaro e brutal, além de ter um sabor fijiano de canibalismo e salitre – um sabor do diabo.

Quando um navio de guerra arria sua bandeira, toda a disciplina costuma cair por terra, e os homens, durante algum tempo, tornam-se incontroláveis. Assim ocorreu a bordo da fragata inglesa. O paiol de espíritos foi arrombado e baldes de grogue foram carregados até os conveses, onde havia muitos feridos deitados entre os canhões. Esses marujos confiscaram os baldes e, apesar de todos os protestos, engoliram o ardente líquido até que, como disse Tawney, o sangue começou a jorrar de suas feridas e assim caíram mortos no convés.

O negro tinha muitas outras histórias para contar sobre esse combate, e muitas vezes me acompanhava pelas baterias do convés principal – que ainda exibia os mesmos canhões usados na batalha – mostrando-me suas cicatrizes e marcas indeléveis. Cobertas pela tinta acumulada de mais de trinta anos, eram quase invisíveis a olho nu; mas Tawney sabia todas de cor, pois voltara para casa no *Neversink* e contemplara suas cicatrizes pouco depois da batalha.

Uma tarde, enquanto caminhávamos juntos pelo convés de canhões, ele parou diante do mastro grande.

"No *Macedonian*", disse ele, "a gente chamava essa parte do navio de *matadouro*. Os homens caíam aqui, cinco ou seis de cada vez. O inimigo sempre aponta os tiros para cá com o intuito de derrubar o mastro. Os vaus e as vigas no teto do *matadouro* do *Macedonian* ficaram salpicados de sangue e cérebro. Perto das escotilhas, o navio mais parecia o balcão de um açougue: dos arganéus pendiam pedaços de carne humana. Um porco que correu pelos conveses escapou ileso, mas sua pele estava tão coberta de sangue, por ter o animal chafurdado nas poças de restos coagulados, que, quando o navio se rendeu, os marujos o jogaram na água jurando que seria canibalismo comê-lo".

Outro quadrúpede, uma cabra, perdeu as patas dianteiras na batalha.

Os marujos mortos, de acordo com o costume e as ordens dadas, foram lançados ao mar assim que caíram; sem dúvida, como disse o negro, a visão de tantos cadáveres no chão poderia perturbar os sobreviventes aos canhões. Entre outros casos, ele me relatou o seguinte. Um tiro que entrou por uma das portinholas vitimou dois terços da equipe de um canhão. O capitão do canhão ao lado, soltando a trava que tinha acabado de puxar, dirigiu-se à pilha de corpos para ver de quem eram; ao identificar um velho companheiro de rancho, que havia navegado com ele em muitas viagens, levantou o corpo nos braços e caiu em prantos; em seguida foi até a beirada, segurou o corpo sobre as águas um instante, e exclamou:

"Misericórdia, Tom!"

"Mas que diabos ainda está rezando sobre essa carcaça! Jogue logo isso na água e volte para o seu canhão!", gritou um tenente ferido. A ordem foi obedecida, e o marujo, de coração partido, voltou para seu posto.

Os relatos de Tawney foram suficientes para guardar na bainha a espada desse mundo em um navio de guerra. Pensando em toda a glória carnal obtida cruelmente por heróis navais em cenas como essa, eu me perguntava, na verdade, se aquele caixão em que enterraram lorde Nelson era ou não glorioso – caixão com que o capitão Hallowell o presenteou ainda em vida; ele havia sido esculpido na madeira do mastro grande do navio de linha francês *L'Orient*, que, depois de arder com fogo britânico, vitimou centenas de franceses na batalha do Nilo.

Que lorde Nelson descanse em paz onde repousa em seu mastro modelado! – prefiro eu ser sepultado no tronco de alguma árvore verdejante, para que até na morte tenha a seiva vital circulando ao meu redor, entregando meu corpo inerte à folhagem viva que dará sombra à minha tumba serena.

75. "AFUNDAR, QUEIMAR, DESTRUIR." – *ORDENS IMPRESSAS DO ALMIRANTADO EM TEMPOS DE GUERRA*

Entre os inúmeros "*casos e aventuras*" contados na gávea durante nossa agradável viagem rumo ao norte, nenhum se equiparava aos de Jack Chase, nosso capitão.

Não havia companhia melhor do que a do nosso sempre glorioso Jack. Ele havia visto e vivido as coisas com que a maioria dos homens apenas sonha, ou das quais apenas ouve falar. Nos seus tempos, havia sido um contrabandista espirituoso e contava casos de um longo canhão de 9 libras abarrotado com rolos de seda francesa; de cartuchos recheados com o melhor chá verde; de lanternetas cheias de guloseimas das Índias Ocidentais; de casacos e calças de marinheiro acolchoados por dentro com rendas caríssimas; e de pés de mesa, ocos como o cano dos mosquetes, estivados, carregados com drogas e especiarias raras. Contava casos também de uma viúva malvada – uma bela receptora de produtos contrabandeados na costa inglesa – que sorria com grande doçura para os contrabandistas quando lhe vendiam sedas e rendas a preço de fitas e pano de algodão. Ela os chamava de destemidos e valentes, e os incitava a levar outros produtos.

Contava de lutas desesperadas com os escaleres de Sua Majestade britânica, nas enseadas de uma costa tormentosa à meia-noite; da captura de um bando de temerários e de como foram recrutados para o serviço em um navio de guerra; de como juraram que seu chefe estava morto; de uma ordem de *habeas corpus* enviada a bordo para reclamar a dívida de um deles – um sujeito reservado e bonito –, de como ele desembarcou em terra firme sob fortes suspeitas de ser o capitão morto e de como aquele havia sido um plano de sucesso para sua fuga.

Mas Jack podia sobretudo contar da batalha de Navarino, pois servira como capitão de um dos canhões do convés principal a bordo da capitânia do almirante Codrington, o *Asia*. Ainda que eu tivesse o estilo do velho e robusto Homero de Chapman[183], me atreveria apenas a dar a versão de Jack sobre essa luta, em que, no dia 20 de outubro de 1827, 32 velas inglesas, francesas e russas atacaram e

183 Referência aos poemas de Homero traduzidos por George Chapman (1559-1637).

venceram no Levante uma frota otomana de três navios de linha, 25 fragatas e um verdadeiro enxame de brulotes inimigos.

"Não víamos a hora de nos jogar em cima deles", disse Jack. "Quando *finalmente* abrimos fogo, éramos como golfinhos no meio de peixes-voadores. 'Cada um mire no seu pássaro' era a ordem de quando treinávamos nos canhões. E aqueles canhões, meus camaradas, fumegaram como fileiras de cachimbos holandeses! Os homens da minha equipe carregavam bandeirolas no peito para fincar no mastro caso alguma bandeira fosse levada pelos tiros. Despidos da cintura para cima, lutamos como tigres despelados e derrubamos as fragatas turcas como se fossem pinos de boliche. Sobre seus ovéns – abarrotados de homens com armas portáteis nas mãos, como uma revoada de pombos empoleirados nos galhos de um pinheiro – nossos fuzileiros mandaram suas ervilhas e groselhas de chumbo como uma chuva de granizo no Labrador. Tempos de tormenta, meus camaradas! Os turcos, arruinados, lançaram no casco do velho *Asia* uma mina inteira de bolas de mármore, cada uma pesava 150 libras – transformaram três portinholas em uma só! Mas nossa resposta foi muito melhor do que o ataque. 'Pra cima deles, meus buldogues!', eu disse, dando tapinhas na culatra do canhão; 'abrir escotilhas nesses costados muçulmanos!' Jaqueta Branca, meu caro, você tinha de estar lá. A baía ficou coberta de mastros e vergas, como uma balsa de troncos que vi uma vez no rio Arkansas. Uma tempestade de azeitonas e arroz queimado dos navios inimigos que explodiam caiu sobre nós como um maná no deserto. Gritos de '*Alá! Alá! Maomé! Maomé!*' atravessavam o ar; alguns gritavam das portinholas turcas, outros urravam das águas em que se afogavam, e por cima das cabeças raspadas flutuavam seus topetes, como cobras negras sobre rochas reveladas pelo movimento das ondas. Eles acreditavam que o Profeta os pegaria pelos cabelos para levá-los ao Paraíso, mas afundaram 50 braças, meus camaradas, até o fundo do mar. 'Esses malditos maometanos não vão se render de uma vez?', gritou meu primeiro carregador, vindo de Guernsey, enfiando o pescoço pela portinhola para ver o navio de linha turco que nos acercava. Nesse momento, sua cabeça explodiu ao meu lado como um tiro de Paixhans, e a bandeira de Ned Knowles foi arriada para sempre. Jogamos seu corpo na água e o vingamos carregando nosso canhão com a bigorna do tanoeiro;

um companheiro de rancho usou a boina escocesa do colega morto como bucha e mandou tudo voando na direção do navio de linha. Pelo deus da guerra!, rapazes, a madeira que restou desse navio mal daria para queimar e ferver uma panela de água. Foi um dia muito duro – um dia muito triste, meus caros. Naquela noite, depois que tudo acabou, fiz de travesseiro uma caixa de lanternetas e dormi profundamente! Vocês tinham de ter visto o carregamento de bandeiras turcas que um dos nossos capitães levou para casa; ele jurou que as usaria para enfeitar o pomar de seu pai, do mesmo jeito que enfeitamos os mastros em dias de festa."

"Embora tenha atormentado os turcos em Navarino, nobre Jack, parece que saiu perdendo apenas uma lasca", disse um gajeiro, olhando para a mão mutilada do nosso capitão.

"Sim; mas eu e um dos tenentes escapamos por muito pouco. Um tiro acertou bem na lateral da minha portinhola e mandou estilhaços para todo canto. Um deles atravessou meu chapéu bem em cima da testa, outro *rasgou* a bota esquerda do tenente, cortando fora o salto; um terceiro matou o moleque da pólvora sem encostar nele."

"Mas como, Jack?"

"O garoto morreu só com o *zunido*, coitado. Estava sentado num *monte de buchas* na hora, e, depois que o pó das amuradas destruídas se dissipou, percebi que ele continuava parado, com os olhos abertos. '*Meu pequeno herói!*', gritei, dando-lhe um tapinha nas costas; ele caiu com a cara nos meus pés. Senti seu coração e vi que estava morto. Não havia uma única marca nele."

O silêncio tomou conta dos ouvintes por algum tempo; por fim, foi quebrado pelo segundo-chefe da gávea.

"Nobre Jack, eu sei que você nunca se vangloria, mas o que fez naquele dia?"

"Ora, meus caros, não fiz mais do que meu canhão. Mas sinto orgulho por ter sido aquele canhão que derrubou o mastro grande do almirante turco; e o toco que restou foi tão pequeno que não daria para fazer nem uma perna de madeira para lorde Nelson."

"Mas como? Imagino que, pelo modo como puxa a trava por aqui e mira lá na frente, você consiga direcionar o tiro, não é?"

"Foi o almirante da frota, Deus Todo-Poderoso, que direcionou o tiro que derrubou o mastro do almirante turco", disse Jack; "eu só apontei o canhão."

"Mas como se sentiu, Jack, quando a bala de mosquete arrancou um dos seus ganchos?"

"Como eu me senti? Um dedo mais leve. Ainda tenho outros sete, além dos polegares, e me serviram muito bem, um dia depois do combate, no cordame arrebentado. Vocês devem saber, camaradas, que o trabalho mais difícil vem depois que os canhões param de atirar. Durante três dias ajudei nos cordames com uma mão só, vestindo a mesma calça que usei durante a batalha; o sangue secou e endureceu, o tecido ficou parecendo um marroquim vermelho brilhante."

Ora, Jack Chase tinha um coração de mastodonte. Já o vi chorar quando um homem foi flagelado no portaló; no entanto, ao relatar a história da batalha de Navarino, demonstrou claramente que, para ele, o Deus da Bíblia Sagrada havia sido o comodoro britânico no Levante, naquele sangrento 20 de outubro de 1827. Pareceria então que a guerra transforma os melhores homens em blasfemos, rebaixando-os todos ao nível fijiano da humanidade. Alguns marinheiros de guerra me confessaram que, à medida que as batalhas se intensificavam, seus corações endureciam numa regularidade infernal e, como se fossem canhões, lutavam sem pensar.

Soldado ou marujo, o combatente não é senão um demônio; e o Estado-maior e o guarda-costas do demônio passam em revista muitos bastões de comandante. Mas às vezes a guerra é inevitável. Deve a honra nacional ser pisoteada por um inimigo insolente?

Digam o que quiserem, mas saibam disso e guardem no seu coração, bancada de bispos que votou a favor da guerra: *Ele mesmo*, em quem acreditamos, nos ordena a dar a face esquerda se a direita é golpeada. O que se sucede depois não importa. Essa passagem não se pode apagar da Bíblia; essa passagem nos é tão obrigatória quanto qualquer outra; essa passagem representa a alma e a substância da fé cristã; sem ela, o cristianismo seria como qualquer outra fé. Essa passagem, com a bênção de Deus, ainda transformará o mundo. Mas em alguns aspectos precisamos primeiro nos tornar quacres[184].

Mas ao contrário da maioria das carnificinas, que não passam de assassinatos inúteis, a vitória do almirante Codrington sem dúvida conseguiu a emancipação da Grécia e pôs um fim às atrocidades

184 Os quacres são pacíficos, negam o direito à legítima defesa e se recusam a portar armas.

turcas nesse Estado manchado pela guerra; quem haverá, no entanto, de erguer a mão direita e jurar que a divina Providência liderou a combinação de frotas da Inglaterra, França e Rússia na batalha de Navarino? Pois, se foi assim, então também liderou a perseguição contra os próprios eleitos da Igreja – os valdenses, na Suíça – e acendeu as fogueiras de Smithfield na época de Maria, a Sanguinária[185].

Mas todos os acontecimentos são misturados numa fusão indistinguível. Aquilo a que chamamos de Destino é invariável, imparcial e insensível; não é um demônio que ateia chamas fanáticas, tampouco um filantropo que defende a causa da Grécia. Podemos nos enfurecer, soltar fogo e guerrear; contudo, o que chamamos de Destino sempre conservará uma neutralidade armada.

Ainda que seja assim, em nosso coração moldamos o porvir de todo o mundo, e em nosso coração criamos nossos próprios deuses. Cada mortal vota por quem deseja que governe o mundo; eu tenho uma voz que ajuda a dar forma à eternidade, e minhas vontades fazem estremecer as órbitas dos sóis mais distantes. Em cada caso, somos justamente aquilo que adoramos. Nós somos o Destino.

76. AS ENXÁRCIAS

Quando me cansava do tumulto e das controvérsias ocasionais no convés de canhões da nossa fragata, eu costumava me retirar a uma portinhola e me acalmar olhando lá para fora, contemplando as águas plácidas. Depois do ruído bélico dos dois últimos capítulos, façamos o mesmo e, nas isoladas enxárcias do traquete do *Neversink*, tentemos nos tranquilizar.

Apesar da vida comunitária a que os marujos em um navio de guerra estão condenados, e do fato de as ações mais modestas e reservadas serem feitas em público, existem um ou dois recantos para onde podemos fugir de vez em quando e, por alguns momentos, ter uma relativa privacidade.

O principal desses lugares são as *mesas das enxárcias*, para onde eu corria de vez em quando durante nossa agradável torna-viagem

---

185 Referência a Maria I (1516-1558), rainha da Inglaterra e da Irlanda. Por questões religiosas, condenou mais de trezentas pessoas à fogueira.

naquelas latitudes tropicais tão propícias aos devaneios. Depois de ouvir uma fartura de histórias fantásticas no cesto da gávea, ali eu me reclinava – desde que não fosse perturbado – e serenamente transformava informação em sabedoria.

A mesa das enxárcias é uma pequena plataforma projetada para fora do casco, junto à base dos grandes ovéns que descem do topo dos três mastros até as amuradas. Atualmente parecem ter caído em desuso nos navios mercantes, assim como os alforjes, pequenas dependências a modo de torre que, na época dos antigos almirantes, realçavam os ângulos da popa de um navio armado. Aqui um oficial naval podia descansar durante uma hora depois de uma ação, fumando um cigarro, para expulsar de seus bigodes a fumaça desprezível da pólvora. Também parece ter caído em desuso a pitoresca e encantadora galeria de popa, uma sacada ampla projetada sobre o mar, cujo acesso se dava pelo camarote do capitão, do mesmo modo que entraríamos numa pérgula desde o quarto de uma dama; essa charmosa sacada, onde, navegando durante o verão na época dos vice-reis do Peru, o cavaleiro espanhol Mendaña[186], vindo de Lima, se deitava com a dama Isabela, enquanto viajavam em busca das ilhas Salomão, a fabulosa Ofir[187], as Grandes Cíclades; onde a sra. Isabel, ao ocaso, ruborizava-se como o Oriente e observava sobre as águas os peixes-voadores, em tons de prata e ouro, que com a trama e a urdidura de seus rastros iam tecendo mantas e xales brilhosos e cheios de escamas abaixo de onde a senhora se reclinava; essa charmosa sacada – um requintado retrete – foi eliminada com as inovações vandálicas. Sim, essa antiga galeria, de base côncava, não está mais em voga; aos olhos do comodoro, deixou de ser elegante.

Para o inferno com todas as modas de mobiliário, exceto as do passado! Deem-me a velha poltrona do meu avô, plantada sobre quatro sapos esculpidos, tal como os hindus conceberam o mundo apoiado sobre quatro tartarugas; deem-me sua bengala, com o punho cheio de ouro – uma bengala que, como o mosquete do pai do

186 Álvaro de Mendaña de Neira (1542-1595), navegador espanhol que descobriu as ilhas Salomão em 1567-1568.

187 Terra imaginária de onde supostamente se extraía o ouro do templo de Salomão.

general Washington e a espada de William Wallace[188], arrebentaria as costas desses dândis, donos da chibata, nesses dias alongados; deem-me seu colete de peito largo, que cai ousadamente sobre os quadris, adornado com dois bolsos - verdadeiros cofres - para guardar guinéus; joguem ao mar esse cilindro de pele de castor, que só faz escorregar na cabeça, e me deem o elegante tricórnio de meu avô.

Mas, embora os alforjes e as galerias de popa não existam mais nos navios de guerra, as *enxárcias* continuam lá; impossível imaginar um retrete mais agradável. Os enormes blocos e colhedores que formam os pedestais dos ovéns dividem as enxárcias em diversas pequenas capelas, alcovas, nichos e altares, onde nos acomodamos preguiçosamente - fora do navio, mas ainda a bordo. Por outro lado, há muitas pessoas com quem dividir coisas boas no mundo desse navio de guerra. Muitas vezes, enquanto me sentava comodamente em uma dessas pequenas alcovas, fitando o horizonte e pensando em Catai[189], assustei-me com a chegada de algum artilheiro ajudante que, tendo acabado de pintar uma série de barricas, queria colocá-las para secar.

Em outras ocasiões, um dos artistas tatuadores se arrastava sobre as amuradas, seguido por seu modelo; estendia-se então um braço ou uma perna despida para o início das desagradáveis "agulhadas" bem diante dos meus olhos; ou alguns lobos do mar invadiam meu retiro, carregando sacos, bugigangas e pilhas de calças velhas para cerzir; formavam então uma roda de costura e me deixavam de fora da conversa.

Mas uma vez - era um domingo à tarde - eu estava agradavelmente reclinado num pequeno nicho isolado entre dois colhedores, sob uma sombra bem particular, quando ouvi uma voz baixinha, em tom de súplica. Espiando no estreito espaço entre as cordas, vi um marinheiro idoso de joelhos, com o rosto virado para o mar, de olhos fechados, entregue à oração. Levantando-me lentamente, infiltrei-me por uma portinhola e deixei a sós o venerável devoto.

Ele era um proeiro da âncora de salvação, um batista fervoroso, e era conhecido em sua parte do navio pela regularidade de suas

188 William Wallace (1274-1305), patriota escocês que comandou uma revolta contra os ingleses.

189 Nome pelo qual era conhecida a China na Idade Média.

solitárias orações junto às *enxárcias*. Ele me lembrava Santo Antônio, que se dirigia ao deserto para rezar.

Esse homem era chefe da peça de proa de boreste, um dos dois longos canhões de 24 libras do castelo de proa. Em tempos de guerra, o comando desse Thalaba, o Destruidor[190], de ferro, recaía sobre *ele*. Era tarefa sua "apontá-lo" apropriadamente; garantir que estivesse carregado e que as metralhas e lanternetas estivessem bem encaixadas; além disso, "furar o cartucho", "calcular a elevação" e dar a ordem para que o encarregado do pavio usasse sua varinha mágica, disparando pela boca do canhão a morte e o fogo na forma de um lampejo súbito e infernal.

Ora, esse chefe da peça de proa era um lobo do mar aprumado, fiel, sincero e humilde, e que ao se encarregar daquele canhão não fazia mais do que ganhar o próprio pão; mas, com as mãos enegrecidas de pólvora, como poderia partir *o outro pão*, o pão mais pacífico e penitente da ceia? – ainda que, ao que parecia, participasse com frequência desse santo sacramento em terra firme. A omissão desse rito em um navio de guerra – embora haja um capelão para conduzi-lo, e pelo menos alguns comungantes dispostos a participar – deve ser atribuída ao cumprimento de certas convenções religiosas, que devem ao máximo ser enaltecidas.

Ah! No fim das contas, a justiça deste mundo em um navio de guerra parece um ideal distante da realidade; e todas aquelas máximas que ensinamos ativamente aos pagãos na esperança de suscitar o milênio, nós mesmos, os cristãos, as ignoramos. Em vista do atual quadro social do nosso mundo, tão inadequado à adoção prática da docilidade cristã, parece quase haver motivos para pensar que, embora nosso Santo Redentor tivesse plena ciência do paraíso, seu evangelho parece carecer da sabedoria prática da Terra, de uma devida apreciação das necessidades das nações que, por vezes, travam massacres e guerras sanguinárias, e de uma estima adequada dos valores atribuídos a hierarquia, títulos e dinheiro. Mas tudo isso só faz coroar ainda mais a divina consistência de Jesus, pois, como

190 Herói de um poema de Robert Southey (1774-1843), cuja tarefa era destruir uma raça de feiticeiros.

demonstram Burnet[191] e os melhores teólogos, sua natureza não era meramente humana – não era a de um simples homem do mundo.

77. O HOSPITAL EM UM NAVIO DE GUERRA

Depois de navegarmos impulsionados por uma brisa leve e estável até o equador, tivemos uma calmaria e ali passamos três dias, enfeitiçados pelo mar. Éramos um navio de guerra poderosíssimo, sem dúvida, com quinhentos homens a bordo, comodoro e capitão, respaldados por nossas longas baterias de 32 e de 24 libras; apesar de tudo, lá estávamos nós, balançando, impotentes como um bebê deitado no berço. Tivesse sido apenas um vendaval em vez de uma calmaria, nós o enfrentaríamos felizes com nosso nobre gurupés, como uma lança robusta em repouso. Mas, assim como a humanidade, esse sereno e passivo inimigo – irresistível e sem oferecer resistência – não cedeu, invicto até o fim.

Nesses três dias, o calor foi excessivo; o sol derretia o alcatrão das costuras do navio; os toldos foram abertos a vante e a ré; os conveses eram borrifados constantemente com água. Foi durante esse período que aconteceu algo triste, embora não incomum a bordo de um navio. Mas, a modo de preparação para essa narrativa, é preciso descrever uma parte do navio chamada "*ala dos enfermos*".

A "*ala dos enfermos*" é a parte do navio de guerra onde são colocados os marujos doentes; em muitos aspectos, corresponde a um hospital público em terra firme. Como na maioria das fragatas, a ala dos enfermos do *Neversink* ficava na coberta – o terceiro convés de cima para baixo –, no extremo da parte dianteira, abarcando uma área triangular na proa do navio. Tratava-se, portanto, de um recinto subterrâneo, onde raramente entrava um raio da alegre luz solar, mesmo ao meio-dia.

Numa fragata em alto-mar, com todo o seu armamento e suprimentos a bordo, o piso da coberta fica parcialmente abaixo da superfície da água. Mas em um porto tranquilo, o ar circula um pouco quando se destampam alguns orifícios largos na parte alta

191 Burnet é uma provável referência ao filósofo e historiador escocês Gilbert Burnet (1643-1715). Foi nomeado capelão real e bispo de Salisbury por Guilherme III.

dos costados, abertos com um trado, chamados "respiradouros", não muito acima do nível do mar. Antes de zarparem, no entanto, esses respiradouros precisam ser fechados e calafetados, e as costuras, hermeticamente seladas com piche. Com essas entradas de ar fechadas, a ala dos enfermos fica totalmente isolada do acesso livre e natural do ar fresco. No *Neversink*, algumas lufadas chegavam lá em baixo por meios artificiais. Mas, como o único método adotado era o *duto de ventilação*, a quantidade de ar enviada lá para baixo era regulada pela força do vento. Numa calmaria, não havia vento nenhum, e em vendavais mais fortes era preciso fechar essa entrada por causa das fortes correntes que batiam diretamente sobre os catres dos doentes. Uma divisória com aberturas talhadas separava nossa ala dos enfermos do resto do convés, onde eram penduradas as macas da vigilância; portanto, ela estava exposta a todo alvoroço produzido pela troca de turnos.

Um oficial, chamado ajudante do cirurgião, assistido por subordinados, presidia o lugar. Era o mesmo indivíduo que atuou na amputação do gajeiro. Dia ou noite, estava sempre ocupando seu posto.

O ajudante do cirurgião merece uma descrição. Era um jovem baixo, de pele clara, de olhos fundos, e tinha aquela expressão peculiar de Lázaro vista com tanta frequência nos enfermeiros dos hospitais. Raramente o víamos no convés, e quando *surgia* à luz do sol estava sempre com o aspecto pesaroso e um pestanejo de irritação nos olhos. O sol não havia sido feito para *ele*. Seu sistema nervoso se alterava quando via aqueles robustos lobos do mar no castelo de proa e o tumulto geral do espardeque, então basicamente se enterrava lá embaixo, numa atmosfera que o hábito tornara aceitável.

Esse jovem nunca se envolvia em conversas frívolas; só falava das prescrições do cirurgião; cada uma de suas palavras já era uma pílula. Nunca era visto sorrindo, tampouco tinha o que costumamos entender por aspecto sóbrio; mas seu semblante carregava sempre um peso de resignação cadavérica ao seu destino. Estranho que tantas pessoas que se dediquem a cuidar da nossa saúde tragam sempre esse semblante de doente.

Anexa à ala dos enfermos em que presidia o ajudante do cirurgião – mas um pouco separada dela, ao lado do escritório de contabilidade do ajudante do comissário –, havia uma verdadeira botica, da qual ele guardava a chave. Estava equipada tal qual uma botica em terra firme, com várias prateleiras nas quatro paredes, cheias de frascos e garrafas verdes; mais abaixo havia uma multiplicidade de gavetas, todas identificadas com inscrições abreviadas em latim, com letras douradas incompreensíveis.

Geralmente ele abria a botica durante uma ou duas horas toda manhã e no fim da tarde. Havia uma veneziana na parte de cima da porta, que ele recolhia quando entrava para circular um pouco de ar. E por ali o víamos lá dentro, com um brilho verde nos olhos, sentado num tamborete e macerando algum composto de raízes de jalapa num grande pilão de ferro. Uma lamparina esfumaçada projetava uma luz cintilante sobre seu rosto e sobre uma miríade de frascos, muito próximos uns do outros, conferindo-lhe uma aparência de quem tinha febre amarela.

Diversas vezes, quando precisava de algum medicamento, mas não estava tão doente assim para me consultar com o cirurgião, procurava pela manhã o seu ajudante, ao sinal do morteiro, e implorava para que me desse o que desejava, ao que, sem dizer uma palavra, esse jovem cadavérico misturava para mim uma poção numa canequinha de estanho e me entregava pela pequena abertura na porta, como o atendente trancado num cubículo devolvendo nosso troco na bilheteria de um teatro.

Mas na porta havia uma pequena prateleira a modo de balcão, onde eu colocava a caneca e a observava durante algum tempo; pois eu não era nenhum Júlio César na hora de tomar remédios, e tomá-lo desse jeito, sem o menor intento de dissimulá-lo, sem nenhum pedacinho de qualquer coisa para fazê-lo descer mais rápido; em suma, apresentar-me pessoalmente ao boticário e ali mesmo, no balcão, engolir minha dose como se fosse um delicioso *mint julep* no bar de um hotel – *aquilo* sim era uma pílula amarga. Acontece que esse jovem e pálido boticário não cobrava nada pela mistura, e *isso* não era uma satisfação insignificante – pois não é notável, para dizer o mínimo, que um boticário de terra firme devesse cobrar alguns dólares e centavos para nos provocar uma náusea desagradável?

Minha canequinha esperava um longo tempo sobre a prateleira; no entanto, "Pills"[192], como o chamavam, não dava a menor importância para minha demora, apenas continuava, com uma tristeza

192 Pílulas.

séria e silenciosa, socando seu pilão ou guardando os pós em saquinhos, até que outro cliente aparecia, e, tomando uma decisão súbita e frenética, engolia de uma vez meu coquetel e carregava na boca seu sabor indescritível até o cesto da gávea. Não sei se era por causa do balanço do navio potencializado naquela vertiginosa altura, mas eu sempre ficava enjoado depois de tomar remédio e subir à gávea. Raras vezes ou nunca sentia um bem-estar duradouro.

O ajudante do cirurgião era apenas um subordinado de Cuticle, que vivia na praça-d'armas entre os tenentes, o mestre de navegação, o capelão e o comissário.

Por lei, o cirurgião é encarregado de cuidar das questões sanitárias gerais do navio. Se em alguma de suas dependências acontece qualquer coisa que ele julgue prejudicial à saúde da tripulação, tem ele o direito de reclamar formalmente com o capitão. Quando um homem está sendo flagelado no portaló, o cirurgião presencia a cena; se achar que a punição está excedendo o que a compleição do culpado pode suportar, tem direito de interferir e exigir que seja suspensa temporariamente.

Mas, embora as leis da Marinha lhe confiram esse alto poder irrestrito sobre o próprio comodoro, como é raro que ele o exerça quando a humanidade o exige! Três anos é muito tempo para se passar em um navio, e se colocar em pé de guerra com o capitão e os tenentes durante esse período deve ser muito pouco sociável e, de todo modo, irritante. Pelo menos não há como explicar de outra maneira a negligência de alguns cirurgiões em protestar contra a crueldade.

Para não falar de novo da contínua umidade dos conveses depois de serem inundados por uma torrente de água salgada, quando navegávamos perto do cabo Horn, preciso mencionar apenas que, a bordo do *Neversink*, homens conhecidos por estarem com tuberculose padeceram sob o flagelo do segundo-contramestre enquanto o cirurgião e seus dois assistentes presenciavam a cena sem nunca intervir. Mas, quando a falta de escrúpulos da disciplina marcial é mantida, é inútil tentar amenizar seu rigor mediante o decreto de leis humanitárias. Seria mais fácil dominar o urso-cinzento do Missouri do que humanizar algo tão essencialmente cruel e desumano.

Mas o cirurgião ainda tem outros deveres. Nenhum marinheiro entra para a Marinha sem passar por um exame para atestar sua saúde física e mental.

Um dos primeiros lugares que me apresentaram quando pisei pela primeira vez no *Neversink* foi a ala dos enfermos, onde encontrei um dos cirurgiões assistentes sentado a uma mesa coberta por uma baeta verde. Era seu dia de serviço no local. Depois que o oficial de convés mandou eu me apresentar a esse funcionário agora diante de mim, pigarreei para chamar sua atenção e depois, olhando em seus olhos, disse-lhe educadamente que estava ali para ser examinado.

"Tire a roupa!" foi a resposta, e, arregaçando os punhos com bordados dourados, começou a mexer no meu corpo. Deu golpes nas minhas costelas, apertou-me no peito, mandou que eu ficasse de pé numa perna só e segurasse a outra na horizontal. Perguntou se eu tinha algum familiar tuberculoso, se o sangue costumava me subir pela cabeça, se eu sofria de gota, quantas vezes sangrei durante a vida, quanto tempo eu tinha passado em terra firme, quanto tempo tinha passado em alto-mar, além de várias outras perguntas que agora me fogem totalmente da memória. Concluiu o interrogatório com uma pergunta incomum e sem fundamento:

"É religioso?"

Era uma pergunta tendenciosa que, de algum modo, me fez titubear, mas eu não respondi; então, enquanto apalpava minhas panturrilhas, ele olhou para cima e inacreditavelmente disse:

"Temo que não seja."

Por fim, me declarou um animal são e escreveu-me um atestado, que levei de volta ao convés.

Esse cirurgião assistente revelou-se um personagem muito singular, e, quando me familiarizei mais com ele, deixei de me admirar com a curiosa pergunta que ele me havia feito no final daquele exame.

Era um homem magro, genuvalgo, com uma expressão soturna e amargurada, que se tornava ainda mais peculiar porque ele se barbeava de modo tão implacável que seu queixo e suas bochechas sempre pareciam azuladas, como se machucadas pelo frio. Sua longa convivência com doentes navais parece tê-lo enchido de hipóteses teológicas sobre o estado de suas almas. Era ao mesmo tempo o médico e o padre dos doentes, que ministrava suas pílulas junto de conselhos espirituais, e entre os marinheiros era conhecido como Pelicano, ave cujo papo pendurado lhe confere uma expressão lúgubre e entristecida.

O privilégio de tirar folga do serviço e ficar deitado quando se está doente é um dos poucos aspectos em que os navios de guerra são muito melhores para os marinheiros do que os navios mercantes. Mas, como acontece com todas as outras questões na Marinha, tudo depende da disciplina geral da embarcação, e tudo se conduz com uma regularidade e um método severos e irredutíveis, que não permitem exceções à regra.

Durante a meia hora que precede os turnos matutinos, o cirurgião da fragata é encontrado na ala dos enfermos, onde, depois de visitar os doentes, começa a consultar todos os novos candidatos à lista de enfermos. Se considerar que um candidato está doente depois de examinar-lhe a língua e sentir-lhe o pulso, o secretário o acrescenta na lista, o enfermo é dispensado de suas tarefas e terá um tempo de descanso considerável para recuperar a saúde. Que o contramestre apite; que o oficial de convés urre; que o chefe de artilharia cace você; no entanto, se seus companheiros de rancho puderem dizer "*o nome dele tá na lista*", você passa por tudo impune. O próprio comodoro não terá autoridade nenhuma sobre você. Mas não se alegre demais, pois sua imunidade só dura enquanto você estiver confinado às paredes do hospital escuro lá em baixo. Caso se aventure a tomar ar fresco no espardeque e seja descoberto por um oficial, em vão poderá reivindicar que está doente, pois é praticamente impossível, parece, que qualquer enfermo em um navio de guerra tenha energia suficiente para se arrastar pelas escadas. Além de tudo, o ar cru do mar, como diriam, não é bom para os doentes.

Mas, apesar disso, apesar da escuridão e do claustro da ala dos enfermos, na qual se espera que os doentes fiquem felizes trancados até que o cirurgião diga que estão curados, há muitos exemplos, principalmente quando o mau tempo se prolonga, de supostos enfermos que se submetem a esse encarceramento deplorável para poder escapar do trabalho duro e das jaquetas úmidas.

Conta-se em algum lugar a história de como o Demônio, ao anotar as confissões de uma mulher numa tira de pergaminho, se viu obrigado a esticá-la cada vez mais com os dentes para abrir espaço para tudo o que a moça tinha a dizer. Algo muito parecido aconteceu com o nosso assistente do cirurgião, que teve de alongar sua lista manuscrita para caber o nome de todos que se apresentaram enquanto dobrávamos o cabo Horn. O que os marinheiros chamavam de "*febre do cabo Horn*" se espalhou de modo alarmante, mas desapareceu por completo tão logo o tempo melhorou, o que, como com todos os outros enfermos, só poderia se explicar pelos efeitos maravilhosos de uma mudança total de clima.

Parece muito estranho, mas é verdade que nas proximidades do cabo Horn muitos "*escamões*" prefiram se submeter a sangrias e vesicantes antes de assumir que não estão doentes. Por outro lado, há casos de homens realmente doentes, que precisavam de medicamento, e se recusaram a entrar na lista de doentes porque seu consumo de *grogue* seria interrompido.

A bordo de cada navio de guerra americano com destino ao mar, há uma boa provisão de vinhos e várias iguarias postas no navio – de acordo com a lei – para o benefício dos doentes, sejam oficiais ou marujos. Além disso, um dos galinheiros está sempre reservado para as aves da administração, destinadas a propósito semelhante. Mas, a bordo do *Neversink*, as únicas iguarias dadas aos marinheiros enfermos era um pouco de sagu ou araruta, e só se estivessem muito doentes; mas, pelo que eu saiba, vinho nenhum, em nenhuma quantidade, era prescrito para eles, ainda que as garrafas do governo continuassem chegando na praça-d'armas para o proveito dos oficiais indispostos.

E, embora o galinheiro administrativo fosse reabastecido a cada porto, nem quatro pares de coxas de galinha chegaram a ser usadas para preparar o caldo para os marujos doentes. Alguém devia saber aonde iam parar as galinhas; no entanto, como não posso responder por isso pessoalmente, não apoiarei aqui a dura afirmação dos homens de que o piedoso Pelicano – fiel a seu nome – gostava muito de aves. Minha tendência é acreditar ainda menos nesse escândalo devido à magreza do Pelicano, que raramente se daria se ele estivesse acostumado a se alimentar de um prato tão nutritivo quanto coxas de galinha, dieta prescrita para pugilistas em treinamento. Mas quem não suspeitaria de uma pessoa altamente suspeitosa? Pelicano!, ainda suspeito de você.

78. TEMPO RUIM NO RANCHO

No primeiro dia da longa e quente calmaria que passamos no equador, um dos meus colegas de rancho, chamado Shenly, que vinha reclamando havia algumas semanas, acabou entrando na lista dos doentes. Um segundo-artilheiro do rancho – Priming, senhor de lábio leporino que, como todos de sua tribo, era carregado de bile até a boca, encimado por uma dose de superstição marinheira – entregou-se a alguns comentários críticos e sombrios, estranhamente matizados de uma sensibilidade e uma tristeza genuínas, quando soube da doença de Shenly, que começou pouco depois do acidente quase fatal que sofreu o pobre Baldy, chefe da mezena, e do destino terrível do gajeiro amputado que enterramos no Rio, também nosso companheiro de rancho.

Estávamos sentados de pernas cruzadas entre os canhões quando recebemos a triste notícia sobre Shenly, no meio do almoço.

"Eu sabia, eu sabia", disse Priming com a voz anasalada. "Que caia um raio aqui se eu tiver mentindo, eu falei pra ele; pobre amigo! Eu sabia, eu falei. Isso é porque tem *treze* no rancho. Tomara que não seja perigoso, né não? Pobre Shenly! Essas coisas começaram a acontecer depois que Jaqueta Branca entrou pro rancho, e duvido que ainda restem três pessoas quando avistarmos nosso país. Mas como ele está agora? Alguém foi lá embaixo? Mas que droga, Jonas[193]! Não entendo como pode dormir sabendo que, por ter deixado o rancho com um número ímpar, provocou a morte de um colega, acabou com a vida do Baldy e agora está lá o Shenly, derrubado. Pro inferno, você e sua jaqueta."

"Caro colega", exclamei, "pare de me maldizer, pelo amor de Deus. Amaldiçoe minha jaqueta e eu me junto a você, mas não amaldiçoe *a mim*, porque desse jeito não acharia estranho se eu fosse o próximo a ser derrubado".

"Segundo-artilheiro", disse Jack Chase, servindo-se de um pedaço de carne e colocando-o entre dois biscoitos grandes. "Jaqueta

---

193 Por desobedecer a Deus, o profeta Jonas foi o causador de uma grande tempestade a bordo de um navio e acabou sendo lançado ao mar pelos tripulantes (Jonas, 1:2-15); por analogia, é considerado viajante que traz má sorte.

Branca é meu amigo particular, e você estará me fazendo um favor também particular se parar de praguejá-lo. É de mau gosto, rude e indigno de um cavalheiro."

"Desencosta do reparo, Jack Chase", gritou Priming, como resposta, no momento exato em que Jack Chase se reclinou contra o canhão. "Por isso tenho que ficar limpando depois que vocês saem? Pro inferno! Passei uma hora nesse reparo hoje de manhã. Mas é tudo culpa do Jaqueta Branca aí. Se não fosse por um a mais, não ia ter esse aperto aqui no rancho, essa falta de espaço. Vai dizer que não está abarrotado isso aqui? Chega pra lá, estou sentado na minha perna!"

"Pelo amor de Deus, segundo-artilheiro", gritei, "se você vai ficar feliz, eu e minha jaqueta vamos abandonar o rancho".

"É o que eu gostaria, e -- você!", respondeu ele.

"Se ele fizer isso, você vai comer sozinho, segundo-artilheiro", disse Jack Chase.

"Vai mesmo!", gritaram todos.

"Imploro a Deus que me deixem sozinho!", resmungou Priming irritado, coçando a cabeça com o cabo do punhal embainhado.

"Você é um cavalo velho, segundo-artilheiro", disse Jack Chase.

"Sou um turco velho", respondeu, passando a lâmina do punhal entre os dentes, provocando um rilhar agudo.

"Deixem ele aí, camaradas", disse Jack Chase. "Mantenham distância do rabo da cascavel que ele para de chacoalhar."

"Só tomem cuidado para ele não morder", disse Priming, batendo os dentes; e com essas palavras ele saiu resmungando.

Embora eu tenha feito o melhor para disfarçar minha irritação com um ar de indiferença, devo dizer que tanto praguejei minha jaqueta que ela pareceu se tornar o meio de me culpar pelo assassinato de um dos meus colegas e do provável assassinato de outros dois. Mas, não fosse pela minha jaqueta, sem dúvida eu ainda seria membro de meu velho rancho e teria assim evitado o desafortunado número ímpar entre meus atuais companheiros.

Nada do que eu pudesse dizer para Priming em particular teve efeito; no entanto, procurei-o algumas vezes para convencê-lo de como era filosoficamente impossível que eu tivesse colaborado para a desgraça de Baldy, o enterro do marinheiro no Rio e a doença de Shenly. Mas Priming tinha opinião formada e nada o faria mudá-la;

depois disso, passou a me olhar como fazem os cidadãos virtuosos diante de algum canalha desonesto que a Justiça foi incapaz de punir.

Jaqueta! Jaqueta! Tu és a culpada de tudo, jaqueta!

79. COMO OS MARINHEIROS DE GUERRA MORREM NO MAR

Shenly, meu colega de rancho que estava doente, era um marujo de meia-idade, bonito e inteligente, que deve ter entrado para a Marinha levado por alguma grande catástrofe, ou talvez por algum excesso infeliz. Disse-me que tinha esposa e dois filhos em Portsmouth, New Hampshire. Quando foi examinado por Cuticle, o cirurgião, levou uma bronca, com fundamentos puramente científicos, por não ter ido antes a seu consultório, e foi imediatamente destinado a um dos catres como doente grave. Sua reclamação vinha de longa data; um problema pulmonar, agora agravado por uma prostração geral.

Naquela mesma noite ele piorou tanto que, seguindo os costumes de um navio de guerra, nós, seus companheiros de rancho, fomos oficialmente notificados de que deveríamos nos revezar em turnos para ficar com ele durante a noite. Combinamos imediatamente os horários em turnos de duas horas. Meu turno só chegou na terceira noite. No dia anterior, ouvimos dizer no rancho que nosso pobre companheiro estava completamente derrubado; o cirurgião já havia desistido dele.

Quando tocaram quatro badaladas (às duas da manhã), desci para render um dos meus companheiros de rancho junto ao catre do doente. A profunda quietude da calmaria invadia toda a fragata, passando por todos os conveses. A guarda de plantão cochilava nos reparos das caronadas, justo acima da ala dos enfermos, e a guarda rendida dormia profundamente nas macas, no mesmo convés que os enfermos.

Abrindo caminho às cegas no meio desses duzentos adormecidos, entrei no hospital. Um lampião fraco queimava sobre a mesa, aparafusada no chão. A luz projetava sombras lúgubres nas paredes caiadas do lugar, fazendo-o parecer um sepulcro subterrâneo. O duto de ventilação havia se soltado e jazia imóvel no chão. O único som que se ouvia eram os gemidos dos doentes; à medida que eu avançava, alguns lançavam sobre mim seus olhares insones, silentes e atormentados.

“Abane-o e mantenha a testa molhada com essa esponja”, sussurrou meu companheiro de rancho, que eu estava rendendo, enquanto me aproximava do catre de Shenly; “e limpe a espuma da boca. Não podemos fazer mais nada por ele. Caso morra antes do seu turno acabar, chame o ajudante do cirurgião; ele dorme naquela maca ali”, disse ele, apontando-a. “Tchau, tchau, companheiro”, sussurrou ele, parando diante do doente; dito isso, deixou o lugar.

Shenly estava deitado de costas; seus olhos fechados formavam dois fossos arroxeados no rosto; sua respiração ia e vinha com uma precisão mecânica e lenta. Diante de mim havia apenas o casco de um homem prestes a ir a pique; e, por mais que apresentasse as características conhecidas do meu companheiro de rancho, eu sabia que a alma viva de Shenly nunca mais olharia através daqueles olhos.

O dia tinha sido tão quente que até o cirurgião, ao visitar a ala dos enfermos, entrava de manga curta; tão quente estava agora, durante a noite, que mesmo nas alturas da gávea eu usava apenas uma camisa fina de linho e calças. Mas na ala dos enfermos subterrânea, enterrada nas entranhas do navio e destituída de qualquer ventilação, o calor da noite calma era intenso. O suor escorria-me pelo corpo como se eu tivesse acabado de sair do banho; despido da cintura para cima, sentei-me ao lado do catre e, com um pedaço de papel dobrado – colocado na minha mão pelo marinheiro que eu rendera –, comecei a abanar o rosto pálido e imóvel diante de mim.

Enquanto olhava para ele, era-me impossível não pensar se o destino desse homem não havia sido acelerado pelo confinamento naquela fornalha infernal, e se muitos dos doentes ao meu redor não melhorariam se pudessem se deitar em suas macas nos lugares vazios e arejados da coberta de ré acima de nós, com as portinholas abertas, mas reservada como lugar de passeio para os oficiais.

Por fim, a pesada respiração foi ficando cada vez mais irregular e extinguindo-se pouco a pouco, até abandonar para sempre a forma imóvel de Shenly.

Chamei o ajudante do cirurgião e ele me mandou acordar na mesma hora o mestre-d’armas, mais quatro ou cinco dos meus companheiros de rancho. O mestre-d’armas se aproximou e exigiu a bolsa do falecido, que foi levada imediatamente à ala dos enfermos.

Depois de ser esticado no chão e lavado com um balde de água que apanhei do oceano, o corpo foi vestido com um blusão branco, calças e um lenço no pescoço, tudo retirado de sua bolsa. Enquanto se davam esses preparativos, o mestre-d'armas – que presidia a operação com sua chibata e dava ordens a mim e meus companheiros – entregou-se a uma leviandade discursiva com o intuito de demonstrar seu destemor perante a morte.

Pierre, que era "*chegado*" de Shenly, passou bastante tempo fazendo um nó elaborado no lenço do pescoço e ajustando-lhe afetuosamente a blusa e a calça; mas o mestre-d'armas acabou com isso ordenando que carregássemos o corpo até o convés de canhões. Ele foi colocado sobre a prancha funerária (usada para esse fim) e o carregamos até a escotilha principal, arrastando-nos pesadamente sob as fileiras de macas, onde dormia todo o turno de descanso. Como era inevitável não balançar as macas, os marinheiros começaram a nos xingar; entre um e outro resmungo, chegamos com o corpo à escotilha; deslizamos a prancha por ela e passamos um tempinho arrumando o corpo de novo. Por fim, o colocamos no convés entre dois canhões; depois de o cobrirmos com uma bandeira com emblema britânico a modo de sudário, deixaram-me ali para que eu voltasse a velar do seu lado.

Não fazia nem três minutos que eu estava sentado numa caixa de munição quando o mensageiro passou por mim a caminho da proa; na mesma hora ouviu-se o toque lento e regular do grande sino de bordo, anunciando na calmaria o final do turno; eram quatro horas da manhã.

Pobre Shenly!, pensei, o sino soa como dobre de finados, e aqui você jaz, paralisado pela derradeira calmaria.

Mal havia se extinguido o tinido metálico quando o contramestre e seus segundos se reuniram ao redor da escotilha, a 1 ou 2 jardas do corpo, e se ouviu a estrondosa chamada para que o turno de descanso pegasse no serviço.

"Atenção, vigias de boreste! No convés abaixo, acordar!"

Mas aquele que agora dormia ao meu lado sem sonhar, que tantas vezes havia saltado de sua maca ao ouvir os chamados, não mexeu um dedo; o lençol azul que o cobria nem sequer buliu.

Um companheiro de rancho do turno seguinte chegou para me render, mas eu lhe disse que preferia ficar ali até o dia amanhecer.

80. O ÚLTIMO PONTO

Pouco antes de amanhecer, dois marujos da equipe do veleiro se aproximaram, cada um com um lampião, carregando algumas lonas, duas balas de canhão, agulhas compridas e fio de vela. Eu sabia quais eram suas tarefas; pois em um navio de guerra, o veleiro é também sepultador.

Depositaram o corpo no convés, ajustaram a vela em volta dele, sentaram-se com as pernas cruzadas – como fazem os alfaiates – e, um de cada lado, com uma lanterna diante de si, começaram a costurar, como se emendassem uma vela gasta. Os dois eram senhores: tinham barba e cabelos grisalhos, e o rosto marcado por rugas; pertenciam àquela pequena classe de marinheiros idosos que, por prestarem um serviço fiel há tanto tempo, são mantidos na Marinha mais como pensionistas, por efeito de sua merecida generosidade, do que qualquer outra coisa. São designados para tarefas leves e acessíveis.

"Esse aí não é o Shenly, gajeiro do traquete?", perguntou o primeiro, olhando diretamente para o rosto gélido diante de si.

"É sim, velho Ringrope[194]", disse o outro, puxando lá atrás um longo fio de vela, "acho que é ele sim; e agora deve estar lá nas alturas, muito mais alto do que já esteve lá no topo, na borla do traquete. Mas é só esperança minha, a gente ainda vai ouvir falar muito dele!".

"Mas o casco dele daqui a pouco desce lá para o fundo, longe da nossa vista, velho Thrummings[195]", respondeu Ringrope, colocando duas bolas pesadas de canhão na parte inferior da mortalha de lona.

"Sei não, velho marujo; nunca costurei um cara que não voltasse pra me assombrar depois. Vou te dizer, Ringrope, esses defuntos são astutos. Você acha que eles afundam, mas eles sobem assim que a gente navega por cima deles. Perdem o número do rancho e os companheiros botam as colheres deles na prateleira; mas não adianta nada, meu velho, eles não morreram ainda, não. Tô falando, dez âncoras de leva não iam afundar esse gajeiro aqui, não. Ele vai voltar assombração que nem as outras 39 que vão na minha maca de madrugada, quando começa o turno da meia-noite. E nem

194 Boça, cabo.

195 Cadilho, mialhar.

agradecem o esforço, só chegam com aquela cara amarrada, com a agulha atravessada no nariz. Tô pensando aqui, Ringrope, é muito errado esse último ponto aqui que a gente dá. Acredita em mim, eles não gostam disso não, nenhum deles."

Eu estava encostado num canhão, observando os dois. O último comentário me lembrou uma superstição geralmente praticada pela maioria dos sepultadores navais nessas ocasiões. Decidi que, se pudesse evitá-la, não aconteceria em relação aos restos mortais de Shenly.

"Thrummings", disse eu, aproximando-me dele, "você está certo. Certeza que a última coisa que você faz na lona é o motivo de os fantasmas virem atrás de você, como diz. Vou pedir pra você não fazer dessa vez para ver o que acontece".

"Ô, lobo do mar, o que responde pro jovem aqui?", disse Thrummings, segurando a lanterna na frente do rosto enrugado de seu camarada, como se decifrasse um pergaminho antigo.

"Sou contra inovações", disse Ringrope; "é costume antigo esse último ponto pra eles ficarem confortáveis, entendeu, jovem? Vai que eles não conseguem dormir direito por causa disso? Não, Thrummings, sem inovação; não quero nem ouvir falar. Eu dou o último ponto!"

"Se o corpo costurado na vela fosse o seu, velho Ringrope, você ia gostar dessa agulha atravessada no nariz? Você é um velho canhão, Ringrope; não consegue passar muito tempo olhando pela portinhola", disse Thrummings, enquanto suas mãos entrevadas tremiam sobre a lona.

"Melhor falar isso pra você mesmo, meu velho", respondeu Ringrope, inclinando-se sob a luz para passar o fio na agulha, que tremulava em suas mãos fracas como a agulha da bússola de um navio groenlandês perto do Polo. "Você não dura muito mais no serviço. Bem que eu podia dar pra você um pouco do sangue das minhas veias, velho marujo!"

"Não tem nem uma colherinha de sangue nessas veias", disse Thrummings. "Vai ser difícil, não vou querer fazer, mas temo que daqui a pouco eu mesmo é que vou te costurar."

"*Me* costurar? Eu morto e você vivo?", berrou Ringrope. "Olha, o pároco do velho *Independence* dizia que a velhice era enganosa, mas só agora tô me dando conta disso. Sinto por você, meu velho, aí tão inocente, com a morte indo te visitar toda noite como se dormisse contigo no catre."

"Seu velho mentiroso", gritou Thrummings, tremendo de raiva. "É *você* que é amigo da morte; *você* que vai fazer faltar duas bolas de canhão no paiol."

"Retira o que disse!", gritou Ringrope, com a voz rouca, inclinando-se sobre o corpo, e, de agulha na mão, ameaçando seu companheiro com o punho trêmulo. "Retira o que disse ou eu vou te estrangular, seu saco de vento!"

"Que diabo vocês dois, não têm vergonha de ficar brigando em cima de um homem morto?", gritou um dos ajudantes de veleiro, vindo do espardeque. "Sem escamar, sem escamar, acabem logo com isso aí!"

"Só falta uma agulhada", murmurou Ringrope, chegando bem perto do rosto.

"Então larga esse '*repuxo*' e deixa o Thrummings cuidar disso; vem comigo – a gente precisa remendar a base da vela mestra antes de bater uma brisa. Escutou, camarada? Larga esse *repuxo* e vem comigo."

Depois da ordem duplicada de seu superior, Ringrope se levantou e, olhando para o companheiro, disse:

"Retiro tudo o que disse, Thrummings, me desculpa. Mas não deixe de dar o último ponto; senão nem podemos imaginar as consequências."

Quando os dois saíram, me aproximei de Thrummings e disse:

"Não faça isso, Thrummings, não faça isso! Confie em mim, isso não é certo!"

"Muito bem, jovem, dessa vez vou deixar sem para ver o que acontece, e, se depois disso ele não me assombrar, nunca mais deixo ninguém dar o último ponto ou não me chamo Thrummings."

Assim, sem mutilação, os restos mortais foram recolocados entre os canhões, cobertos com a bandeira, e eu voltei a me sentar na caixa de munição.

81. COMO OS MARINHEIROS SÃO SEPULTADOS NO MAR

Finalizados os turnos da manhã, o contramestre e seus quatro segundos se posicionaram junto da escotilha principal, depois de soarem o apito, e fizeram o anúncio de costume:

"Tripulação, sepultar os mortos!"

Em um navio de guerra, tudo, inclusive o funeral e o sepultamento de alguém, acontece de acordo com a agilidade implacável do código marcial. Não importa se a ordem for *tripulação, sepultar os mortos!* ou *tripulação, emendar o braço da verga principal!* – ela é dada sempre com o mesmo tom rouco.

Oficiais e homens se juntaram na meia-nau, a sotavento; no meio da multidão de cabeça descoberta, os companheiros de rancho de Shenly passaram levando seu corpo até o mesmo portaló em que ele estremeceu três vezes aos golpes do açoite. Mas há algo nos mortos que enobrece o corpo até mesmo dos indigentes; o próprio capitão estava lá, com a cabeça descoberta, diante dos restos mortais de um homem que, de chapéu na cabeça, havia sido condenado por ele aos ignóbeis xadrezes enquanto ainda era vivo.

"*Eu sou a ressurreição e a vida!*", começou solene o capelão, de vestes sacerdotais, com o devocionário na mão.

"Que inferno, vocês! Desçam daí!", gritou um segundo-contramestre para uma multidão de gajeiros que havia escalado o cordame para ter uma visão melhor da cena.

"*Entregamos este corpo às profundezas!*" Ao ouvir essas palavras, os companheiros de Shenly inclinaram a prancha, e o marujo morto afundou no mar.

"Lá em cima, olhem", murmurou Jack Chase. "Estão vendo aquele pássaro? É o espírito de Shenly."

Olhando para cima, todos contemplaram um pássaro solitário, branco como a neve, que – vindo de onde ninguém saberia dizer – pairou sobre o mastro grande durante a cerimônia, e agora planava lá no alto, rumo às profundezas do céu.

82. O QUE RESTA DE UM MARINHEIRO DE GUERRA DEPOIS DE SEU SEPULTAMENTO NO MAR

Quando a bolsa de Shenly foi examinada, encontrou-se um testamento, rascunhado a lápis numa folha branca colocada no meio de uma Bíblia; ou, para usar a expressão de um dos marujos, à meia-nau, entre o Antigo e o Novo Testamento, onde costumam ficar os Apócrifos.

O testamento consistia em uma única frase, além da data e assinaturas: "*Se porventura eu morrer em viagem, que por favor o comissário pague meus salários para minha esposa, que vive em Portsmouth, New Hampshire*".

Além da assinatura do testador, havia as de duas testemunhas.

Depois que o documento lhe foi apresentado, o comissário, que antes havia sido notário, substituto ou algum tipo preguiçoso de profissional de cartório, declarou que o testamento precisava ser "validado". Para tanto, as testemunhas foram chamadas e, depois de terem suas assinaturas reconhecidas no papel, para atestar mais uma vez sua honestidade, foram interrogadas sobre o dia em que assinaram o documento – se era *Dia dos Baneanes*, *Dia de Pudim* ou *Dia de Arrozada*; pois as palavras usadas em terra firme para designar os dias – *segunda*, *terça*, *quarta* – são quase desconhecidas entre os marujos a bordo de um navio de guerra. No lugar delas, eles usam termos náuticos, alguns aludindo ao cardápio diário do almoço.

As duas testemunhas ficaram um pouco confusas com as perguntas insidiosas do comissário, até que chegou uma terceira, um dos barbeiros do navio, e declarou que, segundo lhe constava, Shenly havia escrito o documento no *Dia da Barbeação*; pois o falecido marujo havia lhe contado do feito quando o procurou para fazer a barba na manhã do referido dia.

Na opinião do comissário, isso resolvia a questão; e espera-se que a viúva tenha recebido devidamente os salários pela morte do marido.

Shenly estava morto; e qual foi seu epitáfio?

– D.D. –

escrito na frente de seu nome no livro do comissário, na "*melhor tinta preta*" – uma marca fúnebre em tom de luto –, que significa: "Dispensado por Decesso".

83. O COLÉGIO DE UM NAVIO DE GUERRA

No mundo do nosso navio de guerra, a vida entra por um portaló e a morte sai pelo outro. Sob o flagelo do navio de guerra, as maldições se misturam às lágrimas, e o suspiro e o soluço são como o baixo para a oitava estridente daqueles que riem para abafar as próprias dores. Durante o funeral de Shenly, os marujos jogavam xadrez à meia-nau; enquanto o corpo mergulhava na água, um jogador varria o tabuleiro. As bolhas mal tinham acabado quando toda a tripulação *foi chamada pelo apito* do contramestre, e voltamos a ouvir as mesmas pilhérias, como se o próprio Shenly estivesse ali para escutá-las.

Essa vida em um navio de guerra me deixou calejado. Não posso agora parar para chorar a morte de Shenly, pois seria o mesmo que trair a vida que descrevo; sem vestir nenhum traje de luto, retomo a tarefa de retratar o mundo de nosso navio de guerra.

Entre as várias profissões exercidas a bordo do *Neversink*, havia a de mestre-escola. Nossa fragata tinha duas academias. Uma formava os aprendizes, que, em certos dias da semana, eram doutrinados nos mistérios da cartilha por um cabo inválido dos fuzileiros navais, um sujeito esguio, de bochechas enrugadas, que havia recebido uma educação primária liberal.

A outra escola era muito mais pretensiosa – um tipo de mistura de seminário do Exército e da Marinha, onde os aspirantes resolviam problemas matemáticos misteriosos, pilotavam grandes navios de linha sobre baixios imaginários, utilizando-se de observações imagináveis da Lua e das estrelas, e onde tinham aulas sobre canhões grandes, armas pequenas e as linhas curvilíneas traçadas pelas bombas no ar.

"*O professor*" era o título concedido ao erudito cavalheiro que conduzia esse seminário, e apenas por esse título ele era conhecido em todo o navio. Era domiciliado na praça-d'armas e por lá convivia socialmente com o comissário, o cirurgião e outros *não combatentes* e quacres. Ao ser elevado à dignidade de uma nobreza na praça-d'armas, a ciência e o saber eram enobrecidos na pessoa desse professor, do mesmo modo que a divindade era honrada no fato de o capelão desfrutar da posição de nobre espiritual.

Noite sim, noite não, enquanto estávamos no mar, o professor reunia seus pupilos na coberta de ré, perto dos longos canhões de 24 libras. Sua mesa era a superfície de um bumbo, e em volta dele os alunos formavam um semicírculo, sentados em barricas e caixas de munição.

Estavam na flor da idade, e esse douto professor despejava em seus suscetíveis corações todas as doces e explosivas máximas de guerra. Presidentes das sociedades pela paz e superintendentes das escolas dominicais, não acham que essa é uma visão das mais interessantes?

Mas o próprio professor era uma pessoa notável. Era alto, magro, de óculos, devia ter uns 40 anos de idade e uma inclinação nos ombros típica dos estudantes; usava pantalonas excepcionalmente curtas, deixando à mostra boa parte de suas botas. Na juventude havia sido cadete na academia militar de West Point, mas depois de ficar com a vista muito fraca e por isso desqualificado em grande medida para o serviço ativo no campo, foi dispensado do Exército e aceitou o cargo de professor na Marinha.

Seus estudos em West Point lhe proporcionaram uma base sólida de conhecimentos sobre artilharia; posto que não era nem um pouco pedante, muitas vezes era surpreendente, quando os marinheiros estavam em seus postos, ouvi-lo criticar suas evoluções nas baterias. Ele citava os tratados do dr. Hutton[196] sobre o assunto e também, no original, o *Le bombardier français*, arrematando com passagens em italiano do *Prattica manuale dell' artiglieria*.

As regulamentações da Marinha não exigiam instruir os alunos em outra coisa que não a aplicação da matemática à navegação; apesar disso, e apesar de instruí-los na teoria da artilharia, ele também tentava dar a eles os fundamentos da teoria das táticas de frota e fragata. Para dizer a verdade, ele mesmo não sabia emendar um cabo ou ferrar uma vela e, por causa de sua predileção por café forte, tendia a se irritar quando disparávamos salvas; nada disso, no entanto, o impedia de dar aulas sobre canhonadas e sobre como "romper a linha do inimigo".

Todo o seu conhecimento tático foi obtido pelo estudo solitário e silencioso e pela intensa reflexão no retiro isolado de seu camarote. Seu caso era algo semelhante ao do escocês John Clerk, de

---

196 Charles Hutton (1737-1823), matemático inglês que se tornou professor da Royal Military Academy, em Woolwich.

Eldin, que, apesar de nunca ter estado no mar, compôs um tratado in-quarto sobre batalhas navais, que continua até hoje sendo usado como manual; ele criou também uma manobra náutica que deu à Inglaterra muitas vitórias sobre os inimigos.

O professor dispunha de um quadro-negro grande, parecido com um alvo para treinamento com canhões – só que quadrado –, que durante suas aulas era colocado no convés de canhões, apoiado atrás de três lanças de abordagem. Nesse quadro, ele desenhava a giz diagramas de grandes combates navais, fazendo sinais para os navios como solas de sapato, e desenhando um cata-vento num dos cantos para representar a suposta direção do vento. Feito isso, usava um alfanje para apontar cada ponto de interesse.

"Muito bem, cavalheiros, vocês estão vendo no quadro a disposição do esquadrão das Índias Ocidentais Britânicas comandado por Rodney[197], quando, nas primeiras horas da manhã de 9 de abril, no ano de Nosso Senhor 1782, ele descobriu parte da frota francesa, comandada pelo conde de Grasse, no extremo norte da ilha de Dominica. Foi nessa conjuntura que o almirante deu o sinal para a linha britânica se preparar para a batalha, e seguiu adiante. Entenderam, cavalheiros? Pois então, a vanguarda britânica, depois de quase alcançar o centro do inimigo – que, vale lembrar, estava a boreste da embarcação –, e estando o centro e a retaguarda de Rodney paralisados e protegidos pela terra –, a pergunta que lhes faço é: o que Rodney deveria fazer?"

"Disparar ininterruptamente, sem dúvida!", respondeu um rizador confiante, sr. Pert, que observava o diagrama com atenção.

"Mas, senhor, ele tem o centro e a retaguarda paralisados, e sua vanguarda ainda não se encontrou com o inimigo."

"Então *primeiro* esperar a proximidade e *depois* disparar ininterruptamente", disse o aspirante.

"Sr. Pert, permita-me observar que 'disparar ininterruptamente' não é uma expressão muito técnica; permita-me também dizer, sr. Pert, que seria melhor pensar mais no assunto antes de dar uma resposta apressada."

Essa reprimenda não só envergonhou o sr. Pert como também intimidou durante um tempo o restante dos alunos; o professor

197 George Brydges Rodney (1718-1792), almirante inglês.

então se viu obrigado a prosseguir e a desenredar ele mesmo a frota britânica. Concluiu dando a vitória ao almirante Rodney, que deve ter sido extremamente gratificante para o orgulho familiar dos parentes e conhecidos desse distinto herói.

"Posso limpar o quadro, senhor?", perguntou o sr. Pert, animando-se.

"Não, senhor; só depois que você salvar esse navio francês estropiado ali no canto. Aquele navio, cavalheiros, é o *Glorieuse*; veja que está separado de seus consortes e que toda a frota britânica o persegue. Seu gurupés já era; seu leme foi destruído; tem uma centena de buracos redondos no casco e dois terços de seus homens estão mortos ou morrendo. O que fazer, se o vento sopra a nordeste por norte?"

"Bem, senhor", disse o sr. Dash[198], um jovem cavalheiresco de Virginia, "eu não atacaria ainda; cravaria minha bandeira no mastro-real, isso sim, por Júpiter!".

"Isso não salvaria o navio, senhor; além disso, seu mastro-real já caiu na água."

"Eu acho, senhor", disse o sr. Slim[199], jovem tímido, "que eu baixaria o velacho".

"E isso serviria *de quê*, sr. Slim? Eu gostaria de saber."

"Não sei dizer exatamente, mas acho que ajudaria um pouco", foi a tímida resposta.

"Nem um pouco, senhor, nem um bocadinho; além disso, não dá para baixar o velacho – seu mastro do traquete está derrubado no castelo de proa."

"Recolheria a vela da gávea, então", sugeriu outro.

"Impossível; o mastro principal também foi derrubado na água!"

"E a mezena?", sugeriu humildemente o Boat-plug[200].

"Seu mastro da mezena, permita-me dizer, senhor, foi a primeira coisa derrubada no combate!"

"Então, senhor", gritou o sr. Dash, "eu ia cambar por davante; mandar tchauzinho com uma bordada e cravaria minha bandeira na

---

198 Acometido, pancada.

199 Magro, esbelto.

200 Tampinha.

quilha, se não houvesse outro lugar; depois explodiria meus miolos no tombadilho!".

"Mas isso seria inútil, senhor! Mais do que inútil! Está se deixando levar, sr. Dash, por seu temperamento fervoroso de quem vem do Sul! Permitam-me dizer, cavalheiros, que esse navio", disse, tocando-o com o alfanje, "*não tem* salvação".

Então, deixando cair o alfanje:

"Sr. Pert, tenha a bondade de me trazer uma das balas de canhão ali da estante."

Balançando a esfera de ferro em uma mão, o douto professor começou a tocá-la com a outra, como Colombo ilustrando a esfericidade do globo diante da Comissão Real de Eclesiásticos Castelhanos.

"Cavalheiros, vou retomar agora meus comentários sobre a passagem de uma bala *in vacuo*, interrompidos ontem pela simulação de combate. Depois de citar aquela admirável passagem de *British Gunner* de Spearman, expliquei, como se lembram, que o caminho de uma bala *in vacuo* descreve uma curva parabólica. Agora acrescento que, em consonância com o método seguido pelo ilustre Newton ao tratar o tema do movimento curvilíneo, considero que a *trajetória* ou curva descrita por um corpo em movimento no espaço consiste numa série de linhas retas, descritas em sucessivos intervalos de tempo, e que constituem as diagonais de paralelogramos formados num plano vertical entre as deflexões verticais causadas pela gravidade e a produção da linha do movimento que foi descrito em cada intervalo precedente. Isso deve ser óbvio; pois, se dissermos que a passagem *in vacuo* dessa bala de canhão que agora seguro descreve algo que não seja uma série de linhas retas etc., chegaremos a uma *reductio ad absurdum*, ou seja, as diagonais dos paralelogramos são..."

"Tripulação, rizar gáveas!" foi a ordem dada nesse instante pelos segundos-contramestres. A bala caiu da mão do professor, seus óculos deslizaram-lhe pelo nariz e os alunos se dispersaram num tumulto, trepando pelas escadas com os marinheiros, que por acaso entreouviam a aula.

84. BARBEIROS DO NAVIO DE GUERRA

A alusão a um dos barbeiros num capítulo anterior, junto com a lembrança do quão distinto foi o papel que representaram em um trágico drama que logo será relatado, leva-me a apresentá-los ao leitor.

Entre as diversas pessoas que exercem profissões artísticas e liberais na Marinha, ninguém goza de maior estima ou operam um negócio mais rentável do que esses barbeiros. Podemos imaginar que as quinhentas cabeças e as quinhentas barbas de uma fragata não seriam um mau negócio para aqueles cujos fiéis cuidados podem ser contratados. Como todas as coisas relacionadas aos assuntos domésticos de um navio de guerra passam pela supervisão do executivo militar, certos barbeiros são formalmente licenciados pelo primeiro-tenente. Para que possam melhor cumprir os lucrativos deveres de seu ofício, eles estão isentos de todos os serviços do navio, salvo as guardas noturnas em alto-mar, as passagens em revista e a presença no convés quando toda a tripulação é chamada. São classificados como *marinheiros qualificados* ou *marinheiros comuns* e recebem seus salários como tais; mas, além disso, são recompensados de maneira abundante por seus serviços profissionais. Nesse sentido, sua remuneração é fixada para cada marinheiro atendido – uma quantia tal por trimestre –, que é cobrada do marinheiro e creditada ao barbeiro nos registros do comissário.

Vemos que, enquanto o barbeiro de um navio de guerra barbeia seus clientes a uma quantia tal por rosto, seu salário como marinheiro continua vigente, o que o transforma numa espécie de *marinheiro comanditário*; mas também não podemos considerar o salário que recebe de marinheiro como rendimentos. Considerando as circunstâncias, no entanto, não podemos nos opor demasiado aos barbeiros nesse sentido. Mas já vimos casos de homens no *Neversink* recebendo dinheiro do governo como pagamento parcial por trabalhos feitos para particulares; entre eles, podemos citar diversos alfaiates talentosos, que passaram praticamente toda a viagem sentados de pernas cruzadas na coberta de ré fazendo casacos, pantalonas e coletes para os oficiais da praça-d'armas. Alguns desses marujos, embora soubessem pouco ou nada sobre as tarefas navais, e raramente ou nunca as realizassem, figuram nos registros do navio como marinheiros comuns, com direito a receber 10 dólares por mês. Por quê? Antes de embarcarem já haviam se declarado alfaiates. Sim, os oficiais que os faziam trabalhar em seu vestuário pagava-lhes pelo trabalho, mas alguns o faziam de tal modo que suscitava muitas reclamações dos alfaiates. De toda forma, esses criadores e cerzidores de roupas não recebem desses oficiais uma quantia igual à que poderiam ganhar de maneira justa fazendo o mesmo trabalho em terra firme. Para os oficiais, era uma economia considerável fazer suas roupas a bordo.

Os homens da equipe do carpinteiro são outro exemplo. Havia uns seis ou oito homens nessa seção. Durante toda a viagem, trabalhavam duro. Fazendo o quê? A maioria criando cômodas, bengalas, barcos e escunas em miniatura, carretéis e outras ninharias elaboradas, principalmente para o capitão. E o que o capitão pagava por seus esforços? Nada. Mas o governo dos Estados Unidos, sim. Dois deles (os ajudantes) recebiam 19 dólares por mês, e o resto, o mesmo salário que os marinheiros qualificados, 12 dólares.

Voltando.

Os dias em que os barbeiros exercem regularmente sua profissão são determinados no calendário de bordo e conhecidos como *dias da barbeação*. A bordo do *Neversink*, esses dias são quarta-feira e sábado, quando as barbearias eram abertas imediatamente após o desjejum. Elas ficavam em diferentes partes do convés de canhões, entre os longos canhões de 24 libras. Seu mobiliário, no entanto, não era muito elaborado, dificilmente equiparável ao equipamento suntuoso dos barbeiros metropolitanos. Na verdade, consistia apenas em uma barrica colocada sobre uma caixa de munição, o que servia de cadeira para o cliente. Nada de espelhos móveis, nada de espelho de mão, nada de bacia e jarro de água, nada de apoios acolchoados para os pés – nada, em suma, que faz desses lugares em terra firme algo luxuoso.

Tampouco os utensílios desses barbeiros do navio de guerra destoam da aparência rude de seus locais de trabalho. As navalhas são do tipo mais simples e, dada sua denteação, pareceriam mais apropriadas para preparar e rastelar o solo do que para ceifar a colheita. Mas isso não é de admirar, pois há rostos demais para barbear, e no estojo de navalhas só cabem duas. Pois apenas duas navalhas têm os barbeiros de um navio de guerra, e, assim como com as sentinelas de plantão nos portalós enquanto o navio está aportado, acontece uma rotatividade com essas navalhas. Há só um pincel para todos os rostos, e uma única espuma para ensaboá-los todos. Nada de pincéis e caixas particulares; nada de privacidade.

Como seria muito problemático os marinheiros de guerra terem seus próprios utensílios para se barbear a bordo, e como, portanto, quase toda a tripulação do navio banca os barbeiros, e como os marinheiros devem estar barbeados nos turnos vespertinos dos dias destinados a isso, podemos imaginar a cena de bagunça e confusão que acontece enquanto as lâminas estão sendo usadas. Quem chega primeiro é atendido primeiro, esse é o lema; muitas vezes é preciso esperar durante horas sem sair do lugar (como uma fila indiana de caixeiros para apanhar cartas no correio) até ter a chance de ocupar o pedestal da barrica. Às vezes a multidão de candidatos irascíveis discute e briga para ter prioridade, enquanto os intervalos são usados pelos tagarelas para toda variedade de fofocas navais.

Como os dias de barbeação são inalteráveis, às vezes caem em dias de mar agitado e ventos tempestuosos, quando o navio arfa e balança de modo assustador. Como consequência, muitas vidas valiosas são colocadas em risco pelo fato de a navalha ser usada em circunstâncias tão inconvenientes. Mas esses barbeiros do mar se orgulham de suas pernas do mar, e muitas vezes os vemos inclinados sobre os clientes, com as pernas afastadas e gingando o corpo cientificamente ao movimento do navio, ao mesmo tempo que lhes passam a lâmina pelos lábios, narinas e jugular.

Enquanto observava barbeiro e cliente nessas horas, era-me impossível pensar que, se o marinheiro tivesse algum seguro de vida, ele certamente seria anulado se o presidente da empresa passasse por ali e o visse naquele perigo iminente. Quanto a mim, considerava aquilo um excelente preparo para o combate naval, quando a firmeza para se manter de pé junto ao seu canhão e a exposição aos estilhaços são parte das qualidades práticas que deve ter um marinheiro de guerra eficiente.

Ainda é preciso relatar que esses barbeiros tiveram seu trabalho consideravelmente reduzido por uma moda que imperava entre muitos marinheiros: usar suíças bem grossas, de modo que, na maioria das vezes, era preciso barbear apenas o lábio superior e em volta do queixo. Esse foi mais ou menos o costume durante os três anos de viagem; mas, durante um período antes de dobrarmos o cabo Horn, muitos marinheiros redobraram sua assiduidade no cultivo das barbas, preparando-se para retornar à América. Esperavam criar uma boa impressão graças aos espanta-mosquitos compridos e suntuosos que lhes cresciam no queixo. Em particular, os marinheiros mais velhos, incluindo a velha guarda de granadeiros marinhos do castelo de proa, e os segundos-artilheiros ostentavam barbas mais veneráveis, brancas e imensas, como musgos compridos que se formam nos galhos de um carvalho antigo. Sobretudo o chefe do castelo de proa, o velho Ushant – exemplar esplêndido de um sexagenário naval –, usava uma barba larga e cheia, toda grisalha, que lhe caía sobre o peito e muitas vezes ficava embaraçada e salpicada de alcatrão. Esse Ushant, em qualquer tempo, estava sempre alerta ao seu dever; em pleno vendaval, montava intrepidamente na verga do traquete, com sua barba longa ondulando como a de Netuno. Nas proximidades do cabo Horn, ela parecia com a barba de um moleiro, toda coberta pela geada: às vezes brilhava com minúsculos sincelos nas noites pálidas, frias e enluaradas da Patagônia. Mas, embora fosse muito ativo em tempos de tempestade, quando suas obrigações não exigiam nenhum esforço, ele agia como um ancião notadamente sisudo, reservado, silencioso e majestoso, mantendo-se afastado das diversões barulhentas, sem nunca participar dos esportes turbulentos da tripulação. Resoluto, interpunha sua barba contra essas brincadeiras de menino e muitas vezes dissertava como um oráculo a respeito da futilidade desses divertimentos. Na verdade, estava acostumado a filosofar com seus vetustos companheiros – os velhos proeiros da âncora de salvação –, bem como com os imprudentes frequentadores da gávea do traquete e os jovens levianos da mezena.

Sua filosofia não era de depreciar: abundava em sabedoria. Pois esse Ushant era um lobo do mar dotado de uma forte lucidez natural, que já havia conhecido quase todo o planeta e podia falar sobre civilizados e selvagens, judeus e gentios, cristãos e muçulmanos. As longas noites de vigília dos marinheiros são altamente apropriadas para trazer à tona as faculdades reflexivas de qualquer homem sério, por mais humilde ou ignorante. Pensemos, então, no que meio século de vigílias no oceano não fez nesse digníssimo lobo do mar. Ele era um tipo de Sócrates dos mares, em sua velhice "derramando sua vida e sua última filosofia", nas doces palavras de Spenser. Eu nunca conseguia olhar para ele e examinar sua barba perfeita e venerável sem atribuir-lhe o título que, em uma de suas sátiras, Persius dá ao imortal engolidor de cicuta – *Magister Barbatus* –, o maestro barbado.

Muitos membros da tripulação também dedicavam esforços ao cabelo, que alguns deles – principalmente os jovens e bem-educadinhos recrutas da guarda de popa – deixavam crescer até os ombros, como os cabelos cacheados dos antigos realistas. Muitos marujos que tinham delicados cachos naturais se orgulhavam do que chamavam de *cachos do amor*, que mantinham ao lado da cabeça, bem na frente da orelha – um costume peculiar entre os marujos e que parecia ter ocupado o lugar vazio deixado pelo antiquado rabicho de lorde Rodney, que eles costumavam usar fazia uns cinquenta anos.

No entanto, havia outros tripulantes que lutavam com a infelicidade de mechas longas e escorridas, ao estilo dos índios americanos, ou com tufos de cabelo parecidos com uma cenoura, ou ainda com mechas rebeldes em tom arenoso. Desejosos de uma cabeleira abundante, estes ainda deixavam a cabeleira crescer sem medo do ridículo. Pareciam uns hunos e escandinavos; um deles, um jovem do Maine, proprietário nada invejado de uma densa plantação de bambus amarelos e inflexíveis, ganhara o apelido de *Peter, o Selvagem*[201], pois, assim como Peter, o Selvagem, da França, era provável que tivesse sido encontrado como um gato selvagem nos pinhais do Maine. Mas havia muitas cabeleiras elegantes e maleáveis para contrastar com as lamentáveis exibições do cabelo de Peter.

Assim, então, com suíças longas e barbas veneráveis, de todos os tipos de corte – à moda de Carlos V e Aureliano –, intermináveis *barbichas* e *cavanhaques* em estilo imperial, além de cachos abundantes, nossos marujos pareciam uma tripulação de merovíngios ou de reis de cabelos longos, misturados com selvagens lombardos ou longobardos, assim chamados por causa de suas longas barbas.

201 Melville provavelmente se refere ao garoto Peter, que foi encontrado em uma floresta perto de Hamelin, na Alemanha, em 1725, e transferido para a corte do rei George I, da Inglaterra, onde se tornou uma atração.

85. O GRANDE MASSACRE DAS BARBAS

O capítulo anterior preparou o caminho para o atual, no qual recai tristemente sobre Jaqueta Branca o dever de narrar um evento calamitoso, responsável por encher o *Neversink* de prolongados lamentos que ecoaram em todos os conveses e no topo de todos os mastros. Depois de me concentrar nos redundantes cachos e nas barbas triplamente nobres, eu me deteria de bom grado e deixaria aberta a sequência dos eventos, mas a verdade e a fidelidade me proíbem.

Neste momento, enquanto rondo tortuosamente e escaramuço demoradamente as fronteiras desse melancólico relato, invade-me um sentimento de tristeza que mal posso suportar. Um massacre desumano de pelos! Um verdadeiro dia de São Bartolomeu, as Vésperas Sicilianas das barbas assassinadas![202] Quem acreditaria! Por pura simpatia intuitiva, acaricio minha própria barba castanha enquanto escrevo e agradeço aos astros que cada um de seus preciosos fios estejam para sempre longe do alcance dos implacáveis barbeiros de um navio de guerra!

É necessário que esse assunto sério e triste seja devidamente explicado. Durante a viagem, muitos oficiais expressaram sua aversão à impunidade com que as mais extensivas plantações de pelos eram cultivadas debaixo de seu nariz e faziam cara feia com um desgosto ainda maior para todas as barbas que viam. Diziam que não era próprio dos marinheiros; que não era *asseado*; em suma, que era uma desgraça para a Marinha. Mas, uma vez que capitão Claret não dizia nada, e que os próprios oficiais não tinham autoridade para exortar uma guerra contra os barbudos, a velha guarda do castelo de proa continuava acariciando a barba, e os doces jovens da guarda de popa continuavam enroscando os dedos amorosamente em seus cachos.

Talvez a generosidade do capitão em permitir nossas barbas viesse do fato de ele mesmo ostentar um montículo em seu queixo imperial, o que, se os rumores fossem verdadeiros, era para esconder

202 Referências à Noite de São Bartolomeu, ocasião do massacre de milhares de protestantes franceses, em 1572, em Paris; e às Vésperas Sicilianas, massacre dos franceses que ocupavam a Sicília no domingo de Páscoa de 1282.

alguma coisa, como explica Plutarco ao imperador Adriano. Mas, para fazer justiça a ele – como sempre fiz –, a barba do capitão não excedia os limites prescritos pelo Departamento da Marinha.

De acordo com uma disposição de Washington, recente no momento do ocorrido, a barba tanto dos oficiais quanto dos marinheiros deveria ser cuidada e examinada, e o bigode de modo algum deveria cair sobre a boca, para corresponder aos padrões do Exército – regra diretamente oposta à lei teocrática estabelecida no capítulo 19, versículo 27, do Levítico, em que se ordena expressamente: "*Não danificarás a extremidade da tua barba*". Os legisladores, no entanto, nem sempre ajustam suas leis às da Bíblia.

Por fim, quando cruzamos o Trópico de Câncer e estávamos todos nos nossos postos na chamada vespertina, quando o sol poente, derramando-se por todas as portinholas, iluminava cada fio de cabelo, até que, para um observador do tombadilho, as duas longas e uniformes fileiras de barbas pareciam um denso pomar, nessa hora infeliz, deve ter sido, é que um cruel pensamento atravessou o coração do nosso capitão.

Um bando de selvagens, pensou ele, estou levando de volta para a América; as pessoas os tomarão por turcos e gatos selvagens. Ademais, agora que penso nisso, é algo que fere a lei. Não é nada conveniente. Precisam ser barbeados e tosquiados – ponto final.

Ninguém sabe, é claro, se pela cabeça do capitão passaram essas exatas palavras naquela noite, pois os metafísicos ainda discutem se nós pensamos em palavras ou em pensamentos. Mas algo parecido deve ter cogitado o capitão. De todo modo, naquela mesma noite a tripulação do navio foi surpreendida pela extraordinária notícia dada pelo segundo-contramestre posicionado na escotilha principal do convés de canhões. Descobriu-se depois que, nesse momento, ele estava ligeiramente embriagado.

"Todo mundo ouvindo aí, de proa a popa? Quem tem cabelo na cabeça pode raspar; e quem tem barba na cara pode cortar, bem curto!"

Raspar nossa cabeça cristã! E depois, colocando-a entre os joelhos, ajustar nossa adorada barba! O capitão tinha enlouquecido.

No entanto, logo depois o contramestre chegou correndo na escotilha e, após chamar severamente a atenção de seu subalterno embriagado, vociferou a verdadeira versão da ordem emitida do tombadilho. Corrigida, eis a ordem dada:

"Atenção, de proa a popa! Todos que tiverem cabelo comprido deverão cortá-lo curto; e todos que tiverem barba grande deverão apará-la, de acordo com as normas da Marinha."

Era uma correção, sem dúvida; mas que barbaridade, no fim das contas! Como? A menos de trinta dias de casa e perder nossas magníficas barbas de retorno? As barbas que cultivamos há tanto tempo? Perdê-las numa única tesourada? Por acaso os vis barbeiros do convés de canhões ceifariam nossas longas e onduladas barbas, expondo nosso queixo inocente ao ar frio da costa ianque? E nossos cachos abundantes, também seriam tosquiados? Aconteceria uma grandiosa tosa de ovelhas, como as que se dão anualmente em Nantucket, e toda nossa lã ficaria com esses ignóbeis barbeiros?

Capitão Claret! Mandando cortar nossa barba e nosso cabelo, infliges em nós o mais duro de todos os cortes! Se estivéssemos prestes a entrar em ação de guerra, capitão Claret – prestes a combater o inimigo com nosso coração em chamas e nossos braços de aço –, ofereceríamos de bom grado nossas barbas ao temeroso deus da guerra e consideraríamos a oferta como uma sábia precaução para que não fossem puxadas pelo inimigo. *Aí sim*, capitão, tu estarias seguindo o exemplo de Alexandre, que barbeou todos os macedônios para que, na hora da batalha, suas barbas não fossem agarradas pelos persas. Mas *agora*, capitão Claret, quando estamos retornando para casa depois de uma longuíssima viagem, acariciando com ternura os fios esplêndidos em nosso queixo, pensando no pai ou na mãe, no irmão ou na irmã, no filho ou na filha; cortar nossa barba *agora* – a mesma que branqueou de gelo ao passarmos pela Patagônia – é uma amargura terrível, capitão Claret! Por Deus, a isso não vamos nos submeter. Aponta teus canhões dentro do navio, deixa que os fuzileiros calem suas baionetas e que os oficiais saquem suas espadas; *nós não vamos* permitir que nossas barbas sejam ceifadas – o que no Oriente é o derradeiro insulto que se inflige ao inimigo derrotado!

Cadê vocês, proeiros da âncora de salvação? Chefes das gáveas? Segundos-artilheiros? Marujos, todo mundo? Reúnam-se com suas veneráveis barbas em volta do cabrestante e, enquanto as entrelaçam em sinal de irmandade, cruzem as mãos e jurem que repetiremos o motim de Nore; antes morrer do que entregar um único fio!

A agitação foi intensa durante toda a noite. Grupos de dez e doze homens se espalharam pelos conveses, discutindo o mandado e xingando seu bárbaro autor. O longo espaço do convés de canhões parecia uma praça repleta de vendedores que acabaram de receber uma notícia comercial terrível. Todos decidiram não sucumbir, todos juraram defender a sua barba e a do colega.

Vinte e quatro horas depois – durante a chamada vespertina seguinte –, vimos como os olhos do capitão passavam pelos homens em seus canhões – nenhuma barba estava feita!

Quando o tambor soou para desfazer as filas, o contramestre – agora acompanhado por seus quatro segundos, para dar uma solenidade maior ao anúncio – repetiu a ordem do dia anterior e concluiu dizendo que os marujos teriam 24 horas para cumpri-la.

Mas o segundo dia se passou e, durante a chamada vespertina, cada barba permanecia intocada no rosto. Imediatamente o capitão Claret chamou os aspirantes, que, ao receberem suas ordens, correram para as várias divisões dos canhões para comunicá-las aos tenentes ali posicionados.

O oficial que comandava minha divisão virou-se para nós e disse:

"Atenção, homens, se amanhã à noite eu encontrar qualquer um de vocês de cabelo grande ou barba de um jeito que viole as regras da Marinha, o nome dos infratores será colocado no relatório."

A questão agora assumia um aspecto mais sério. O capitão não estava brincando. A agitação se multiplicou por dez, e muitos marujos mais velhos, exasperados ao máximo, falaram em *matar serviço* até que a odiosa ordem fosse revogada. Para mim parecia impossível que fossem pensar seriamente numa loucura dessas, mas não sabemos o que às vezes os marinheiros de guerra são capazes de fazer sob uma provocação – vide Parker e Nore.

Naquela mesma noite, quando começou o primeiro turno de vigilância, os homens em massa expulsaram os dois segundos-contramestres de seus postos na escotilha principal e na de popa, e soltaram as escadas, cortando assim toda a comunicação entre o convés de canhões e o espardeque, do mastro grande adiante.

Mad Jack estava com o porta-voz; assim que soube do incipiente motim, saltou na frente da multidão e, misturando-se destemido aos homens, exclamou:

"O que vocês querem, homens? Não sejam idiotas! Desse jeito ninguém vai conseguir o que quer. Meia-volta, camaradas, me escutem! Segundo-contramestre, arme a escada! Caiam fora, marujos! Marchando!"

Seu jeito confiante, desenvolto e corajoso de agir, que não admitia nenhuma tentativa de motim, teve um efeito mágico sobre os marujos. Eles *caíram fora*, como pedido, e pelo resto da noite se contentaram em manifestar todo o seu desprazer contra o capitão e exaltar publicamente cada insígnia do casaco do admirado Mad Jack.

O capitão Claret por acaso estava tirando uma soneca em seu camarote no momento da confusão, que foi mitigada com tanta rapidez que ele só soube do ocorrido quando os oficiais lhe contaram. Depois correu o boato no navio de que ele havia repreendido Mad Jack por agir como agiu. Sustentou que ele deveria ter chamado imediatamente os fuzileiros e entregado os "amotinados". Mas, ainda que as palavras atribuídas ao capitão tenham sido verdadeiras, ele se absteve de dar atenção posterior ao tumulto ou de tentar procurar e punir os líderes. Foi uma atitude sábia; pois há momentos em que até o governante mais forte deve fechar os olhos para a transgressão, com o intuito de preservar no futuro as leis invioladas. Além disso, todo o cuidado deve ser tomado, naquele momento, para impedir um motim incontestável, evitando assim que os homens, por sua própria consciência de transgressão, incorram com todo o furor numa insurreição desenfreada. Então, durante um tempo, tanto soldados quanto marinheiros são invencíveis, como veio a saber o valor de César e a prudência de Germânico quando suas legiões se rebelaram. E nem todas as concessões do conde Spencer, como primeiro-lorde do almirantado, nem as ameaças e súplicas de lorde Bridport, almirante da frota – não, nem sequer a promessa de perdão plenário de Sua Graciosa Majestade puderam convencer os amotinados de Spithead (quando acabaram açoitados até o limite) a sucumbir, até serem abandonados pelos próprios companheiros de rancho e restar apenas um punhado deles no ato de transgressão.

Portanto, Mad Jack, você agiu certo, e ninguém poderia se sair melhor. Mediante sua ardilosa simplicidade, sua afável ousadia e sua atitude despretensiosa (como se nada estivesse acontecendo), você talvez tenha arrancado pela raiz uma questão muito séria e evitado a desgraça de um trágico motim para a Marinha americana, iniciado por costeletas, espuma de barbear e navalhas. Pense como seria se futuros historiadores tivessem de dedicar um longo capítulo à grande *Rebelião das Barbas* a bordo do navio *Neversink* dos Estados Unidos. A partir de então, os barbeiros teriam talhado seus bastões em espiral e substituído o emblema de sua profissão por grandes mastros em miniatura.

Encontramos nesse exemplo um ensinamento amplo sobre como os eventos de grande magnitude no mundo de nosso navio de guerra podem se originar das frivolidades mais insignificantes. Mas não há nenhuma novidade nisso; vamos dispensá-lo e seguir adiante.

Na manhã seguinte, embora não fosse dia da barbeação, observou-se que os barbeiros do convés de canhões abriram seus estabelecimentos, com as barricas já postas em seus lugares, e as lâminas à vista. Com os pincéis, erguendo uma poderosa montanha de espuma nos recipientes de estanho, observaram a multidão de homens passando na porta, convidando-os silenciosamente a entrar e serem servidos. Além de manipular esses instrumentos usuais, eles ostentavam uma tesoura imensa de tosquiar, para que os homens se lembrassem com mais vigor da determinação que deveria ser obedecida naquele dia, ou uma tragédia se abateria sobre eles.

Durante algumas horas, os marinheiros caminharam de um lado para o outro um tanto quanto mal-humorados, jurando que não sacrificariam um fio de cabelo. Antecipadamente, já haviam censurado todos aqueles que se entregariam à obediência. Mas o hábito à disciplina é mágico; assim que um velho gajeiro do gurupés foi descoberto suspenso sobre uma barrica, enquanto, com um sorriso malicioso, seu barbeiro – um camarada que, por causa de seu modo impiedoso de raspar a navalha, era chamado de Pele-Azul – o segurou pela longa barba e, com um único golpe, cortou-a e jogou-a pela portinhola atrás de si. Depois disso, esse gajeiro do gurupés ficou conhecido por um nome significativo, equivalente ao usado para repreender aquele ateniense que, nos tempos de Alexandre, antes dos quais todos os gregos usavam barba, foi o primeiro a se submeter à privação da sua. Mas, apesar de todo o desprezo demonstrado ao nosso gajeiro do gurupés, um exemplo tão prudente logo foi seguido; um instante depois, todos os barbeiros estavam ocupados.

Triste visão! Qualquer um, exceto os barbeiros e os tártaros, teriam chorado! Barbas de três anos de idade; *barbichas* que teriam honrado uma camurça dos Alpes; *cavanhaques imperiais* que provocariam inveja em conde D'Orsay; *cachos do amor* e madeixas de marinheiros de guerra que competiriam, polegada por polegada, com os mais longos cachos da Bela dos Cachos de Ouro – tudo lançado ao mar! Capitão Claret!, como consegues descansar em tua maca? Por esta barba castanha que agora ondula em meu queixo – ilustre sucessora daquela primeira barba, jovem e vigorosa, que entreguei à tua tirania –, por esta barba viril, juro que foi uma barbárie!

Meu nobre capitão, Jack Chase, indignou-se. Nem todos os favores especiais que recebera do capitão Claret, e o perdão plenário estendido a ele por ter desertado quando serviu aos peruanos, puderam conter a expressão de seus sentimentos. Mas, quando pensava friamente, Jack Chase era um homem sábio; por fim, considerou que o mais sábio era se render.

Quando chegou ao barbeiro, quase deixou que as lágrimas caíssem. Ao sentar-se pesarosamente na barrica, olhou para os lados e disse para o barbeiro, que abria e fechava a tesoura, pronto para começar:

"Meu amigo, confio que sua tesoura esteja consagrada. Não a deixe tocar nessa barba se ainda não foi banhada em água benta. Barbas são sagradas, caro barbeiro. Não sente nada por elas, meu amigo? Pense nisso", e desoladamente encostou na mão a bochecha, de um tom ruivo intenso. "Dois verões se passaram desde que barbeei meu rosto. Eu estava no porto mexicano de Coquimbo, terras espanholas, e, enquanto o agricultor semeava seus grãos outonais na Vega[203], comecei a deixar esta bendita barba crescer; e, enquanto os vinicultores aparavam suas vinhas nos vinhedos, eu a aparei ao som de uma flauta. Ah, barbeiro!, você não tem coração? Esta barba foi afagada pelas mãos alvas da adorável Tomasita de Tombez, a beleza castelhana de todo o Baixo Peru. Pense *nisso*, barbeiro! Ostentei esta barba como oficial no tombadilho de um navio de guerra peruano. Exibi-a em brilhantes fandangos em Lima. Levei-a comigo para cima e para baixo em alto-mar. Sim, barbeiro! Ela ondeou como o galhardete de um almirante no calcês desta mesma imponente fragata, o *Neversink*! Ó, barbeiro, barbeiro! É uma apunhalada no meu coração! – Não me fale de arriar suas insígnias e estandartes quando derrotado; o que é *isso*, barbeiro,

---

203 Região da ilha de São Domingos, hoje dividida entre Haiti e República Dominicana.

se comparado a arriar a bandeira que a própria natureza prendeu ao mastro?"

Aqui o nobre Jack foi dominado por seus sentimentos. Abandonou a atitude animada que seu entusiasmo havia lhe provocado momentaneamente; sua cabeça de homem orgulhoso afundou no peito, e sua barba, longa e triste, quase encostou no chão.

"Sim, arraste suas barbas com pesar e desonra, tripulação do *Neversink*!", suspirou Jack. "Chegue mais perto, barbeiro – agora me diga, meu amigo, você já foi absolvido por esse ato que está prestes a cometer? Não? Então, barbeiro, *eu* o absolverei; suas mãos serão lavadas desse pecado que não é seu, mas de outro; e, embora você esteja prestes a tesourar minha virilidade, barbeiro, eu o perdoo de livre e espontânea vontade; ajoelhe-se, barbeiro, ajoelhe-se para que eu o possa abençoar como sinal de que não guardo nenhum rancor!"

Assim, quando esse barbeiro, que era o único de bom coração de sua turma, ajoelhou, foi absolvido e depois abençoado, Jack entregou-lhe a barba nas mãos e o barbeiro, cortando-a com um suspiro, ergue-a lá no alto e, imitando o estilo dos segundos-contramestres, gritou:

"Atenção, de proa a popa! Esta é a barba de nosso inigualável Jack Chase, nobre capitão da gávea maior desta fragata."

86. OS REBELDES SÃO LEVADOS AO PÉ DO MASTRO

Ainda que naquele dia inúmeras cabeças tenham sido tosquiadas e muitas barbas notáveis, cortadas, várias pessoas resistiram e juraram defender seus pelos sagrados até que lhes restasse um último suspiro. Essas pessoas eram basicamente velhos marujos – alguns deles suboficiais – que, levando em conta sua idade ou sua patente, pensaram sem dúvida que, depois de terem sido tantos a obedecer aos comandos do capitão, *eles*, que eram apenas um punhado, estariam isentos da obrigação e ficariam de fora como um monumento da clemência de nosso mestre.

Naquela mesma noite, quando o tambor anunciou a chamada aos postos, os marinheiros dirigiram-se mal-humorados a seus canhões, e os lobos do mar que ainda ostentavam suas barbas assumiram seus lugares, austeros, desafiantes e imóveis, como se formassem fileiras de esculturas dos reis assírios, que, com suas barbas magníficas, foram recentemente exumadas por Layard[204].

No momento apropriado, seus nomes foram anotados pelos oficiais das respectivas divisões, e eles foram chamados em grupo ao pé do mastro, onde o capitão os esperava. Toda a tripulação do navio se juntou em volta do mastro, e, no meio da multidão sem fôlego, os veneráveis rebeldes avançaram e descobriram a cabeça.

Foi um espetáculo impressionante. Eles eram marinheiros velhos e veneráveis; a pele de seu rosto havia sido bronzeada em todas as latitudes, em qualquer parte em que o sol emana seus raios tropicais. Reverendos lobos do mar, todos e cada um; alguns deveriam ser avôs, com netos em cada porto do mundo. Devem ter suscitado a veneração dos observadores mais frívolos ou autoritários. Devem ter imposto respeito até mesmo ao capitão Claret. Mas um cita não se deixa comover por estímulos reverenciais e, como os que estudam Roma sabem muito bem, os próprios senadores augustos, sentados no senado no majestoso monte Capitolino, tiveram suas sagradas barbas cortadas pelo insolente chefe dos godos.

Que bela exibição de barbas! Em formato de espada, de martelo, de punhal; triangulares, quadradas, pontiagudas, arredondadas, hemisféricas e bifurcadas. Mas a principal de todas era a do velho Ushant, vetusto chefe do castelo de proa. De uma venerabilidade gótica, ela lhe caía sobre o peito como uma fluida tempestade cinza-metálico.

Ah, velho Ushant, Nestor da tripulação! Só de contemplá-lo sinto minha longevidade crescer.

Era um marinheiro de guerra da velha escola de Benbow. Usava um rabicho curto, que os piadistas da mezena chamavam de "*rabinho de porco*". Em torno da cintura havia um cinturão largo de abordagem que ele dizia usar para sustentar o mastro grande, ou seja, sua coluna; ocasionalmente reclamava de pontadas de reumatismo na espinha, consequência de dormir de vez em quando no convés durante mais de meio século de vigílias noturnas. Seu punhal embainhado era uma verdadeira antiguidade, uma peça que lembrava um podão antigo, cujo cabo, de dente de cachalote, era

---

204 Austin Layard (1817-1894), arqueólogo inglês que descobriu esculturas assírias em Nínive, no Iraque, entre 1845 e 1847.

esculpido por todos os lados com navios, canhões e âncoras. Ele o carregava no pescoço pendurado por um *riz* que ele mesmo, com suas veneráveis mãos, havia laboriosamente transformado em "nós de rosa" e "cabeças de turco".

Entre toda a tripulação, esse Ushant era o mais querido pelo meu glorioso capitão, Jack Chase, que uma vez apontou esse velho lobo do mar para mim enquanto ele descia lentamente pelo cordame da gávea do traquete.

"Veja aquilo, Jaqueta Branca! Não é aquele velho marinheiro de Chaucer[205]?

> Carreava uma adaga pendurada no pescoço
> Amarrada a um cordão de couro bem grosso;
> O sol intenso do verão bronzeara sua barba de marrom.
> Era muito sábio e muito forte, presumo eu.
> Em muitas tempestades sua barba se entorpeceu.

Dos *Contos da Cantuária*, Jaqueta Branca! Não deve ter vivido o velho Ushant na época de Chaucer para ter seu retrato assim tão bem descrito?"

87. O VELHO USHANT NO PORTALÓ

As barbas rebeldes, encabeçadas pela do velho Ushant e ondulando ao vento como uma flâmula do comodoro, permaneciam em silêncio ao pé do mastro.

"Vocês sabiam da ordem!", disse o capitão, olhando seriamente para eles. "Por que continuam com esse cabelo na cara?"

"Senhor", disse o chefe do castelo de proa, "por acaso o velho Ushant deixou alguma vez de cumprir seu dever? Alguma vez perdeu uma revista? Nunca, senhor, mas a barba de Ushant é só dele!".

"O que disse, senhor? Mestre-d'armas, leve esse homem para o buque."

---

205 Geoffrey Chaucer (*c.* 1343-1400), escritor e diplomata inglês, autor dos *Contos da Cantuária*.

"Senhor", disse o lobo do mar respeitosamente, "os três anos de viagem para os quais embarquei já acabaram; e ainda que talvez eu esteja obrigado a ajudar no trajeto até em casa, acredito que, do jeito que as coisas são, os senhores devem permitir que eu continue de barba. Só faltam alguns dias, capitão Claret".

"Levem-no para o buque!", gritou o capitão; "e vocês, seus sem-vergonha!", acrescentou, virando-se para o resto, "vocês têm quinze minutos para cortar essa barba; se não fizerem o que eu mando, vou flagelar cada um de vocês, ainda que fossem todos meus padrinhos!".

O grupo de barbudos avançou, chamou os barbeiros e seus gloriosos galhardetes deixaram de existir. Em cumprimento às ordens, se apresentaram ao pé do mastro e, dirigindo-se ao capitão, disseram:

"Senhor, arrancamos fora nossas *cordas de amarração*."

Vale deixar registrado que nenhum dos marinheiros que cumpriram a ordem geral aceitou usar as *barbas autorizadas* conforme prescritas pelo Departamento da Marinha. Não! Como heróis, gritaram:

"Barbeie rente! Se não posso ter um único fio, não vou ter nenhum!"

Na manhã seguinte, depois do desjejum, Ushant foi liberado dos grilhões e, com o mestre-d'armas de um lado e uma sentinela armada do outro, foi escoltado pelo convés de canhões até a escada de passagem para o mastro grande. Lá o esperava o capitão, firme como antes. Sem dúvida escoltaram o velho marujo para evitar que ele escapasse para o litoral, que agora estava a menos de 1.000 milhas de distância.

"Então, senhor, vai tirar a barba? Teve a noite toda para pensar, o que me diz? Não quero flagelar um lobo do mar como o senhor, Ushant!"

"Minha barba é só minha, senhor!", disse baixinho o velho marujo.

"Você vai tirá-la?!"

"É minha, senhor!", disse o velho com a voz trêmula.

"Preparem os xadrezes!", gritou o capitão. "Mestre-d'armas, dispa-o! Quartéis-mestres, amarrem-no! Segundos-contramestres, cumpram com seu dever!"

Enquanto os algozes estavam ocupados, o capitão teve tempo para se acalmar de sua irritação; quando por fim o velho Ushant foi amarrado pelos braços e pelas pernas, e suas veneráveis costas se fizeram expostas – as mesmas costas que se curvaram aos canhões da fragata *Constitution* quando capturou o *Guerrière* –, o capitão pareceu se abalar.

"O senhor é um homem muito velho", disse ele, "e eu sinto muito por usar o flagelo; mas minhas ordens devem ser respeitadas. Vou lhe dar mais uma chance; o senhor vai cortar a barba?".

"Capitão Claret", disse o velho marujo, virando-se dolorosamente até onde lhe permitiam as cordas, "o senhor pode me flagelar, se quiser; mas essa é a única ordem sua a que *não posso* obedecer".

"Golpeiem! Quero ver os ossos!", gritou o capitão num acesso de fúria.

"Por Deus!", murmurou emocionado Jack Chase, que estava por perto; "basta uma chibatada! Deixa que eu mesmo dou!"

"Melhor não", disse um colega da gávea; "é morte ou punição pior, lembra?"

"Lá vai o açoite!", gritou Jack. "Olhem só esse pobre homem! Por Deus, não consigo suportar! Vou-me embora, homens!", e com os olhos marejados Jack abriu caminho para um dos lados.

"Segundo-contramestre", gritou o capitão, "você está favorecendo esse homem! Quero escutar o barulho, senão é você quem vai apanhar com seu próprio açoite!".

Uma, duas, três, quatro, cinco, seis, sete, oito, nove, dez, onze, doze chicotadas nas costas daquele heroico lobo do mar. Ele apenas inclinou a cabeça e lá ficou, como um "gladiador moribundo".

"Soltem-no", disse o capitão.

"E agora corte sua própria garganta", sussurrou roucamente um velho proeiro da âncora de salvação, companheiro de rancho de Ushant.

Quando o mestre-d'armas avançou com a camisa do prisioneiro, Ushant, com um gesto digno de um brâmane, acenou para que se afastasse, dizendo:

"Mestre-d'armas, o senhor acha que estou ferido? Eu mesmo visto minha roupa. Não estou nada pior do que antes. Não existe desonra quando aquele que quer nos desonrar apenas desonra a si próprio."

"O que ele disse?", gritou o capitão. "O que esse velho marujo com as costas ardendo acabou de filosofar? Diga para mim, se tiver coragem! Sentinela, leve o homem de volta para a prisão. Não, espere! John Ushant, você foi chefe do castelo de proa; está rebaixado. Agora vai para o buque, e lá vai ficar até concordar em tirar a barba."

"Minha barba é só minha", disse o velho marujo tranquilamente. "Sentinela, estou pronto."

E assim voltou a ser encarcerado entre os canhões; depois de passar quatro ou cinco dias agrilhoado, chegou uma ordem para retirar os grilhões, mas ele ainda continuaria encarcerado.

Deram-lhe livros e ele passava a maior parte do tempo lendo. Mas também passava muitas horas trançando a barba e entrelaçando-a com tiras de pano vermelho, como se quisesse vestir e enfeitar aquilo que triunfou sobre toda oposição.

Continuou preso até chegarmos à América; mas, no momento exato em que escutou o ruído da corrente passando pelo escovém e sentiu o navio se mexer com o peso da âncora, ele se colocou de pé, empurrou a sentinela para o lado e, ganhando o convés, exclamou:

"Em casa, com minha barba!"

Como seu tempo de serviço havia expirado fazia alguns meses, e o navio estava no porto, ele estava fora do alcance das leis navais, e os oficiais não ousaram incomodá-lo. Mas, sem se aproveitar indevidamente das circunstâncias, o homem se limitou a pegar sua bolsa e sua maca, saltar num barco e, jogando-se na proa, foi levado até a costa sob aplausos e gritos inabaláveis de toda a tripulação. Tratou-se de uma gloriosa conquista sobre o próprio conquistador, tão digna de ser comemorada quanto a batalha do Nilo.

No entanto, como soube depois, quando Ushant foi seriamente incitado a colocar o caso nas mãos de um advogado, declinou da oferta firmemente e disse:

"Eu venci a batalha, meus amigos, e não me importa o prêmio em dinheiro."

Mas, mesmo que tivesse aberto algum processo, tendo em vista os precedentes de casos semelhantes, é quase certo que ele não receberia nem um soldo como gratificação.

Não sei em qual fragata tu navegas agora, velho Ushant; que os céus protejam tua velha barba cheia de histórias de qualquer tufão que porventura venha a soprá-la. E se algum dia tiveres de fazê-la, velho marujo, que tenhas a sorte de tê-la como a barba real de Henrique I, da Inglaterra, e que seja cortada pela reverenda mão direita de algum arcebispo de Sées.

Quanto ao capitão Claret, não pensem que aqui tentei empalá-lo diante do mundo como um homem cruel e sem coração. Isso ele não era. De modo geral, tampouco era visto pela tripulação com os sentimentos que os marinheiros de guerra às vezes nutrem por governantes nitidamente tiranos. Na verdade, a maioria da tripulação do *Neversink* – acostumada a abusos sofridos em viagens anteriores – considerava o capitão Claret um oficial leniente. É certo que em muitos aspectos ele se recusou a oprimi-los. Relatei anteriormente os privilégios que ele concedia aos marinheiros em relação ao livre jogo de damas – algo praticamente sem precedentes na maioria dos navios de guerra americanos. No que se refere a inspecionar a roupa dos marujos, ele também era notadamente indulgente quando sua conduta era comparada à de outros capitães da Marinha que, mediante regras suntuárias, obrigam seus marujos a contrair dívidas imensas com o comissário comprando roupas. Em suma, é provável que nenhum dos atos culpáveis cometidos pelo capitão Claret no *Neversink* proceda de sua insensibilidade orgânica e pessoal. A Marinha o havia transformado no que agora era. Fosse um simples homem de terra firme – um comerciante, por exemplo –, sem dúvida ele seria considerado um homem de bom coração.

Talvez alguns leitores leiam este relato sobre o Massacre das Barbas e se espantem com o fato de que a perda dos cabelos – de alguns mais, de outros menos – possa ter provocado tamanha hostilidade entre os marinheiros, fustigando neles uma raiva tão forte a ponto de quase produzir um motim.

Mas essas circunstâncias não carecem de precedentes. Para não falar das revoltas, acompanhadas da perda de vidas humanas, que ocorreram em Madri, como resistência a um arbitrário decreto do rei que proibia as capas dos cavaleiros; e para não falar também de outros exemplos que poderiam ser citados, destaco apenas o furor dos saxões quando o déspota Guilherme, o Conquistador, exigiu que seus bigodes fossem raspados – uma herança mantida havia gerações. A maioria da multidão de deprimidos pela derrota foi obrigada a obedecer, mas muitos saxões donos de terras, cavalheiros livres e vigorosos, preferindo perder seus castelos a seus bigodes, abandonaram voluntariamente o conforto de suas casas e se exilaram. Tudo isso é relatado com indignação pelo corajoso monge saxão Matthew Paris em seu *Historia major*, que começa com a conquista normanda da Inglaterra.

E que nossos marinheiros de guerra estavam certos ao desejar manter suas barbas como atributos marciais parece algo muito evidente quando consideramos que, do mesmo modo que a barba é um sinal de virilidade, ela sempre foi, em um ou outro formato, a verdadeira insígnia de um guerreiro. Os granadeiros de Bonaparte eram bigodudos corpulentos; e talvez, em batalha, esses bigodes ferozes colaborassem tanto para atemorizar o inimigo quanto o esplendor de suas baionetas. A maioria das criaturas lutadoras ostenta barbas ou bigodes; parece uma lei da mãe natureza. Vejam o javali, o tigre, o puma, o homem, o leopardo, o carneiro, o gato – todos guerreiros, todos bigodudos, enquanto quase todos os homens de tribos pacíficas têm a pele do rosto lisa.

88. FLAGELAÇÃO POR TODA A FROTA

A flagelação de um senhor como Ushant provavelmente será considerada abominável pela maioria dos homens de terra firme. No entanto, graças a circunstâncias peculiares, embora seu caso tenha gerado muita indignação entre as pessoas no *Neversink*, ninguém a denunciou tendo como base seus próprios fundamentos. Os marinheiros de guerra estão tão acostumados ao que os homens de terra firme considerariam crueldades excessivas que praticamente se conformam com atitudes menos severas.

E aqui, por mais que tenhamos falado da flagelação em capítulos anteriores, por mais que se estender sobre ela seja extremamente desagradável e repugnante, e por mais que eu seja tomado pela dor enquanto escrevo, o dever me obriga a tratar de um ramo do assunto que não foi discutido até agora. Não serei como o homem que, ao ver um pária definhando na rua, olha para o amigo ao lado e diz:

"Vamos atravessar para o outro lado? Sinto-me tão mal vendo isso que não consigo suportar."

Nesse mundo dos navios de guerra, há certas atrocidades que, pela própria magnitude, têm garantida a impunidade. Há pessoas ignorantes que preferem não acabar permanentemente com a causa da malária por medo da difusão temporária de seus efeitos nocivos. Não sejamos assim. Quanto mais repugnante e repulsivo, maior é o mal. Deixando nossas mulheres e crianças para trás, entremos livremente nesse calvário.

Havia no passado uma punição infligida na Marinha inglesa, e acho que também na americana, chamada *passar pela quilha* – expressão usada até hoje pelos marinheiros de guerra quando querem se referir a alguma vingança marcante contra um inimigo pessoal. A prática ainda se mantém na Marinha Nacional da França, embora hoje não ocorra com tanta frequência. Consiste em prender talhas às duas extremidades da verga principal e passar uma corda por baixo do casco do navio. O culpado é amarrado a uma ponta da corda e seus companheiros são obrigados a submergi-lo e emergi-lo, primeiro de um lado, depois do outro – ora fazendo-o roçar contra o casco do navio embaixo d'água, ora içando-o lá no alto, aturdido e sem fôlego.

Mas, embora essa barbaridade hoje esteja abolida da Marinha inglesa e da americana, ainda permanece outra prática que é no mínimo pior do que *passar pela quilha*. Essa herança da Idade Média é conhecida na Marinha como "*flagelação por toda a frota*". Ela só é infligida a mando de um conselho de guerra em algum transgressor considerado culpado de flagrante delito. Que eu saiba, ela nunca foi aplicada por um navio de guerra americano em um porto nacional – muito provavelmente porque os oficiais sabem que um espetáculo desse tipo provocaria uma rebelião em qualquer porto americano.

Segundo o Artigo XLI dos Artigos de Guerra, um conselho de guerra não poderá, *por nenhum delito não capital*, infligir punição que exceda cem chicotadas. Em casos "não capitais", essa lei pode ser e é citada como justificativa legal para infligir mais de cem chicotadas. Na verdade, pode chegar até mil, da seguinte maneira: um único ato de um marujo pode ser interpretado como a reunião de dez transgressões diferentes, e por cada uma delas ele pode ser legalmente condenado a cem chibatadas infligidas sem interrupção. Vemos que, em qualquer caso considerado "capital", um marujo, em virtude do artigo supracitado, pode ser legalmente flagelado até a morte.

No entanto, nem os Artigos de Guerra nem qualquer outra disposição do Congresso autorizam diretamente a extraordinária crueldade com que se inflige a punição nos casos de flagelação por toda a frota. Mas como em diversos outros exemplos, os agravantes incidentais dessa penalidade são respaldados indiretamente por outras cláusulas dos Artigos de Guerra: uma delas autoriza as autoridades de um navio – em alguns casos indefinidos – a corrigir o culpado "*de acordo com os costumes navais*".

Vejamos um desses "costumes":

Depois que toda a tripulação é chamada para "testemunhar o castigo" no navio a que pertence o culpado, sua sentença, dada pelo conselho de guerra, é lida, e nesse momento, com as solenidades habituais, inflige-se parte do castigo. Para que a severidade da punição não seja amenizada pelo menor cansaço nas mãos de quem a aplica, há um revezamento de segundos-contramestres a cada doze chicotadas.

Como a ideia principal é provocar o terror nos observadores, a maior parte das flagelações é infligida a bordo do navio do culpado; assim ele se torna um espetáculo chocante para a tripulação dos outros navios.

Concluída a primeira pena, cobre-se o culpado com sua camisa; ele então é colocado num bote ao som dos tambores, que tocam a *Rogue's March*[206], e segue até o próximo navio da esquadra. Toda a tripulação daquele navio é chamada para escalar o cordame e mais uma parte da punição é infligida pelos segundos-contramestres daquele navio. A camisa ensanguentada é mais uma vez jogada sobre o marujo, que é carregado pela frota ou esquadra até que toda a punição se complete.

Em outros casos, o lanchão – mais largo dos botes – recebe uma plataforma (como um tablado de decapitador) sobre a qual se erguem alabardas semelhantes às usadas no Exército inglês, que consistem em dois postes robustos colocados na vertical. Sobre a plataforma permanece um tenente, um cirurgião, um mestre-d'armas e os algozes com seus "gatos". O lanchão é conduzido pela frota e para de navio em navio, até que todo o castigo seja aplicado, como antes.

Em alguns casos, o cirurgião presente teve de interferir profissionalmente antes da última chicotada, alegando que, se o restante do castigo fosse infligido sem pausas, a morte do culpado seria imediata. Em casos como esse, em vez de o culpado ser humanitariamente perdoado do restante do castigo, ele passa dez ou doze

---

206 Marcha que costumava ser tocada durante a expulsão de um militar ou civil contraventor de uma agremiação ou regimento.

dias confinado à sua maca até o cirurgião alegar oficialmente que o restante de sua sentença pode ser aplicado. Shylock deve obter sua libra de carne.

Dizer que depois de ser flagelado por toda a frota as costas do prisioneiro costumam estufar como um travesseiro, ou dizer que, em outros casos, parecem ter sido tostadas pelo fogo, ou dizer ainda que é possível seguir seu rastro pela esquadra graças ao sangue nas amuradas de cada navio, seria apenas dizer o que muitos marinheiros já viram.

Várias semanas, às vezes vários meses, se passam até que o marinheiro se recupere o suficiente para retomar suas funções. A maior parte desse intervalo ele passa deitado na ala dos enfermos, gemendo dia e noite; a menos que tenha o couro e a constituição de um rinoceronte, nunca mais será o mesmo, mas sim um homem quebrado e destroçado até a medula, abatido pela morte prematuramente. Há casos de o culpado ter falecido um dia depois do castigo. Não admira que o inglês dr. Granville – que já servira como cirurgião na Marinha – declare, em sua obra sobre a Rússia[207], que nem o bárbaro "cnute" era uma tortura maior do que ser submetido ao gato de nove rabos da Marinha.

Há alguns anos, houve um princípio de incêndio no paiol de pólvoras de um navio nacional americano pertencente a uma esquadra ancorada na baía de Nápoles. Reinou o maior dos terrores. De proa a popa ouvia-se o grito de que o navio estava prestes a explodir. Um dos marujos se lançou na água, apavorado. Por fim, o incêndio foi controlado, e o marujo, resgatado. Julgado por um conselho de guerra, foi considerado culpado por covardia e condenado à flagelação por toda a frota. No momento devido, a esquadra zarpou para Argel, e nesse porto, outrora frequentado por piratas, a punição foi infligida – a baía de Nápoles, ainda que banhasse a orla de um monarca absolutista, não foi considerada um lugar ideal para a exibição do direito naval americano.

Enquanto o *Neversink* estava no Pacífico, um marinheiro americano, que havia votado no general Harrisson para presidente dos Estados Unidos, foi flagelado por toda a frota.

---

207 *St. Petersburg: a Journal of Travel* (1828), de Augustus Granville (1783-1872).

89. A SITUAÇÃO SOCIAL EM UM NAVIO DE GUERRA

Mas as flagelações no portaló, as flagelações por toda a frota, os roubos, os assaltos, os xingamentos, os jogos de azar, as blasfêmias, as trapaças, o contrabando e a embriaguez que acontecem nos navios de guerra, e que desde o início da narrativa temos citado com base na vida, de modo nenhum abarcam todo o catálogo de males. Um único caso é extremamente significativo.

Todos os grandes navios de guerra carregam soldados, chamados fuzileiros navais. No *Neversink*, havia por volta de cinquenta, sendo dois terços de irlandeses. Tinham como oficiais um tenente, um sargento alistado, dois sargentos e dois cabos, além de um tamborileiro e um pífaro. É costume que se tenha um fuzileiro para cada canhão, norma que, de modo geral, determina a escala para distribuir os soldados em navios de forças militares diferentes.

Nossos fuzileiros navais tinham de desempenhar apenas as funções marciais, salvo que, em alto-mar, faziam vigilância como os marinheiros e de vez em quando ajudavam preguiçosamente a puxar os cabos. Mas nunca colocavam os pés no cordame ou as mãos no balde de piche.

No rol de combate, esses homens não eram designados a nenhum dos grandes canhões; na lista de postos, nunca ficavam junto aos cabos. Para que estavam ali, então? Para servir ao país em tempos de guerra? Vejamos. Quando um navio entra em ação, seus fuzileiros geralmente deitam com a cara no chão atrás das bordas-falsas (os marinheiros muitas vezes recebem ordem para fazer a mesma coisa) e, quando o navio está em plena luta, geralmente se reúnem na meia-nau, como se estivessem se exibindo numa parada naval no parque. A curta distância do inimigo, seus mosquetes podem alcançar um ou dois marinheiros no cordame, mas, quando se está à distância de um canhão de longo alcance, devem permanecer passivamente em suas filas e serem dizimados quando quiserem os inimigos. Apenas em um caso em dez – ou seja, quando um grupo grande tenta abordar seu navio –, é que esses fuzileiros têm uma função essencial como combatentes: com suas baionetas, são então chamados para "repelir!".

Se comparativamente são tão inúteis como soldados, por que manter fuzileiros navais na Marinha? Saiba, então, que assim como os exércitos permanentes estão para as nações e os carcereiros estão para as prisões, esses fuzileiros navais estão para os marujos em grandes navios de guerra. Suas chaves são os mosquetes. Com eles, montam guarda na água potável; no grogue, quando distribuído; nas provisões, quando são servidas pelo segundo-mestre de navegação; no "buque" ou na cela; na porta dos camarotes do comodoro e do capitão; e, no porto, nos dois portalós e no castelo de proa.

Sem dúvida a maioria desses marinheiros, que, além de ser subordinada a tantos oficiais navais, precisa ser vigiada inclusive quando mata a sede – sem dúvida esses marinheiros de guerra são uns facínoras; ou então o serviço naval deve ser tão tirano que se teme o pior de sua possível insubordinação. Qualquer razão é válida, ou as duas, de acordo com o caráter dos oficiais e da tripulação.

Talvez seja evidente que os marinheiros de guerra olhem com maus olhos os fuzileiros navais. Chamá-los de "cavalos-marinhos" é, entre os marinheiros, uma das maiores demonstrações de desprezo.

Mas o desprezo mútuo, até o ódio mútuo, que subsiste entre esses dois grupos – ambos aferrados à mesma quilha, ambos alojados no mesmo domicílio –, é tido pela maioria dos oficiais navais como o peso da perfeição da disciplina naval. É considerado a borla que cobre o ponto mais alto do mastro grande.

O raciocínio é este: seguros desse antagonismo entre marinheiros e fuzileiros, podemos sempre contar que, se o marinheiro provoca um motim, não é preciso muito para que o fuzileiro lhe atravesse a baioneta no coração; se o fuzileiro se revolta, a lança do marinheiro não vê a hora de atacar. Vigilância mútua e equilíbrio, uma vida pela outra; *esse* é o apelo e o argumento.

O que se aplica à relação mantida entre marinheiro e fuzileiro – essa mútua repulsa decorrente de um sistema de vigilância – será também válido, até certo ponto, para toda a disciplina interna do navio de guerra. Sem nenhuma dúvida, todo esse conjunto disciplinar é um sistema de engrenagens cruel, que tritura sistematicamente, dentro de um único funil, tudo o que poderia contribuir para o bem-estar moral da população.

O mesmo se sucede com os oficiais e com os homens. Se o capitão tem uma rixa contra algum tenente, ou um tenente contra um aspirante, é muito fácil usar do tratamento oficial para torturar o inferior, o que não exporia o superior a uma sanção legal. E, se um aspirante nutre algum rancor por um marinheiro, é muito fácil para ele, mediante práticas astutas nascidas de um despeito infantil, fazer com que seja aviltado no portaló. Através de todas as infinitas ramificações de patente e posto, na maioria dos navios de guerra corre uma veia sinistra de amargura, que não é superada pelo ódio familiar que reina numa família de enteados em terra firme. Seria nauseante detalhar todas as irritabilidades insignificantes, bem como os ciúmes e as tramoias, ou as difamações e animosidades rancorosas que espreitam lá no fundo e seguem grudadas à sobrequilha do navio. É deprimente pensar nisso. As cerimônias imutáveis e a etiqueta de ferro dos navios de guerra; as barreiras espinhosas que separam os diversos níveis de hierarquia; o absolutismo sobre toda a tripulação delegado às autoridades; a impossibilidade de o marinheiro comum reclamar de abusos fortuitos; além de muitas outras coisas que poderiam ser citadas – tudo isso tende a gerar na maioria dos navios armados uma condição social geral que é o avesso exato do que desejaria qualquer cristão. Embora haja navios que, em certa medida, representam uma exceção a isso; embora, em outros navios, o problema possa estar maquiado por uma imagem externa escrupulosa e defensiva, escondendo quase totalmente a verdade dos visitantes enquanto as piores realidades relativas ao marinheiro comum são deixadas sistematicamente em segundo plano, é certo que todo o relato feito aqui sobre a vida cotidiana no interior de um navio de guerra aplica-se, em maior ou menor grau, à maioria dos navios da Marinha. Não é que os oficiais sejam tão malévolos, tampouco que os marinheiros de guerra sejam tão odiosos. Alguns desses males são gerados inevitavelmente pela operação do Código Naval; outros são absolutamente orgânicos ao estabelecimento naval e, como outros males orgânicos, incuráveis, exceto quando se dissolvem junto ao corpo em que vivem.

Essas coisas são indubitavelmente agravadas pelo fato de tantos mortais estarem confinados e apertados numa caixa de carvalho sobre o mar. Como peras fechadas numa caixa, os tripulantes apinhados apodrecem mutuamente em contato uns com os outros, e qualquer ponto infectado é contagioso. Além disso, desse mesmo confinamento – no que se refere aos efeitos sobre os marinheiros comuns – surgem outros males tão horrendos que mal poderiam ser mencionados. O que muitos marinheiros são quando estão em terra firme é bastante conhecido; mas os homens de terra firme dificilmente conseguiriam imaginar o que alguns desses marinheiros se tornam quando totalmente afastados dos prazeres litorâneos. Os pecados que causaram a ruína das chamadas "cidades da planície" ainda perduram em algumas dessas Gomorras de alto-mar, com seus muros de madeira. Muitas reclamações foram feitas ao pé do mastro no *Neversink*, de onde o oficial de convés se afastava com repugnância, negando-se a escutá-las, e ordenando que o reclamante desaparecesse de vista. Há males nos navios de guerra que, como o proibido drama doméstico de Horace Walpole, não merecem ser encenados ou lidos, e dificilmente que pensemos neles. O homem de terra firme que não leu *A mãe misteriosa*, de Walpole, nem *Édipo rei*, de Sófocles, muito menos a história romana do conde Cenci, dramatizada por Shelley,[208] que permaneça cuidadosamente protegido na ignorância de horrores piores que esses e se abstenha para sempre de arrancar esse véu.

90. O RECRUTAMENTO DE HOMENS

"A força e o mar nunca perdem o seu" é um ditado naval muito antigo; e, entre todas as maravilhosas gravuras de Hogarth, nenhuma permanece mais verdadeira atualmente do que a dramática cena do barco, em que o Aprendiz Preguiçoso, com sua testa baixa de celerado, depois de se envolver com prostitutas e se entregar a jogos de azar sobre as lápides, é finalmente mostrado quando o empurram ao mar, com um navio e uma força ao fundo. Mas Hogarth deveria ter representado os próprios mastros do navio como patíbulos, e assim, com o oceano ao fundo, encerrado a carreira de seu herói. Teria tido toda a força dramática da ópera de Don Juan, que, depois de percorrer caminhos ímpios, é levado para longe das nossas vistas num tornado de demônios.[209]

---

208 *A mãe misteriosa* (1768), do inglês Horace Walpole (1717-1797), é uma tragédia de 1768 em que um homem, sem saber, se envolve sexualmente com a própria mãe e se casa com a filha que nasce dessa relação. *Édipo rei* (427 a.C.), de Sófocles, e *O Cenci* (1819), de Shelley, também tratam do tema do incesto.

209 Melville se refere a uma gravura da série "Industry and Idleness", de 1747, do inglês William Hogarth (1697-1764); a ópera de Don Juan seria *Don Giovanni* (1787), de Wolfgang Amadeus Mozart (1756-1791).

Pois o mar é a verdadeira Tofé, abismo de muitos perpetradores de injustiças; e, do mesmo modo que os místicos alemães concebem Geenas dentro de Geenas[210], os navios de guerra são conhecidos familiarmente entre os marinheiros como "infernos flutuantes". E como o mar, de acordo com o velho Fuller[211], é um estábulo de monstros brutais, que planam de um lado para o outro como enxames indescritíveis, também é a casa de muitos monstros morais, que dividem adequadamente seu império com a serpente, o tubarão e o verme.

Os marinheiros, especialmente os marinheiros de guerra, não são cegos para o verdadeiro sentido dessas coisas. "*Vestido pelo comissário e condenado pela paróquia*" é o que dizem os marujos na Marinha americana quando um novato veste pela primeira vez a camisa de linho e a jaqueta azul, habilmente feitas para ele numa penitenciária estatal em terra firme.

Não admira que, seduzidos por algum *embaucador* a desempenhar um serviço tão aviltante, e talvez perseguidos por um tenente vingativo, alguns marinheiros arrependidos tenham realmente se jogado ao mar para fugir de seu destino, ou se colocado à deriva em mar aberto sobre os xadrezes, sem bússola nem leme.

Em um caso, um jovem rapaz, depois de quase ter virado comida de cachorro no portaló, encheu os bolsos de balas de canhão e se lançou ao mar.

Há alguns anos, estive num baleeiro ancorado num porto do Pacífico, perto de três navios de guerra franceses. Uma noite, escura e taciturna, ouviu-se um grito abafado na superfície das águas e, pensando que havia alguém se afogando, arriaram um bote e resgataram dois marinheiros franceses, quase mortos de exaustão e praticamente estrangulados por uma trouxa de roupas amarrada bem firme aos ombros. Tentaram fugir do navio dessa maneira. Quando os oficiais franceses que os perseguiam se aproximaram,

---

210 Geena designa um vale, fora dos muros de Jerusalém, onde eram depositados os corpos de pessoas consideradas indignas. Geenas, nesse sentido, são lugares de eterna tormenta. Assim como Tofé, a palavra passou a ser usada como sinônimo de inferno.

211 Thomas Fuller (1608-1661), escritor britânico, autor de um livro de ensaios e perfis biográficos chamado *The Holy State and The Profane State* (1642-1648). Melville se refere a uma passagem do perfil "The Good Sea-Captain", do qual usa também um trecho na epígrafe de *Jaqueta Branca*.

esses marujos, com a força que lhes restava, lutaram como tigres para não serem capturados. Embora essa história se refira a um navio armado francês, não é menos aplicável, até certo ponto, aos de outros países.

Misture-se aos homens de um navio armado americano e veja quantos estrangeiros existem ali, embora seja contra a lei alistá-los. Quase um terço dos suboficiais do *Neversink* nasceu a leste do Atlântico. Por quê? Porque o mesmo princípio que desencoraja os americanos de se oferecerem como criados domésticos também os impede, em grande medida, de assumir voluntariamente a servidão muito pior na Marinha. "*Procura-se marinheiros para a Marinha*" é um anúncio comum ao longo do cais de nossos portos. Eles são sempre "*procurados*". Talvez devido um pouco a essa escassez de marinheiros de guerra é que, há pouquíssimos anos, escravos negros começaram a ser regularmente alistados na tripulação de uma fragata americana, sendo seus salários pagos a seus senhores – isso contrariando uma lei do Congresso que proíbe expressamente escravos na Marinha. Essa lei diz indiretamente "escravos negros" e não menciona nada sobre os brancos. Mas, em vista do que disse John Randolph de Roanok sobre a fragata que o levou até a Rússia, e em vista do que a maioria das embarcações armadas verdadeiramente são hoje em dia, a Marinha americana não é de todo um lugar inapropriado para escravos hereditários. Todavia, o fato de serem encontrados na Marinha é de uma natureza tal que, para muitos, dificilmente parece verossímil. A incredulidade dessas pessoas, no entanto, deve ceder ao fato de que, a bordo do navio *Neversink*, dos Estados Unidos, na viagem que aqui relato, havia um escravo da Virginia registrado como marinheiro, cujos salários iam para seu senhor. Guinea – era esse seu nome entre a tripulação – pertencia ao comissário, que era um cavalheiro do Sul, e estava empregado como seu criado pessoal. Eu nunca sentia minha condição como marinheiro de guerra de forma tão aguda como quando via Guinea circular livremente pelos conveses usando roupas comuns e, influenciado pelo seu senhor, quase totalmente isento da degradação disciplinar da tripulação caucasiana. Comendo e bebendo do melhor na praça-d'armas, com o corpo robusto e a pele lisa, o rosto ébano radiante de contentamento, sempre alegre e hilário, sempre pronto para rir e fazer piadas, esse escravo africano na verdade era invejado por muitos marujos. Havia momentos em que eu mesmo quase o invejava. Lemsford uma vez destilou sobre ele toda a sua inveja:

"Ah, Guinea!", suspirou, "você vive dias serenos. Nunca abriu o livro que leio".

Uma manhã, quando todos os homens foram chamados para testemunhar uma punição, o escravo do comissário, como de costume, foi visto correndo pelas escadas rumo à praça-d'armas, com uma tristeza peculiar no rosto aflito que, nos negros, corresponde à palidez provocada pelo nervosismo nos brancos.

"Aonde vai, Guinea?", gritou o oficial de convés, um cavalheiro bem-humorado, que às vezes se divertia à custa do escravo do comissário e sabia muito bem qual seria a resposta. "Aonde vai, Guinea?", repetiu, "meia-volta; não escutou a chamada?".

"Desculpe, mestre!", disse o escravo, com uma mesura, "não suporto isso, não; não suporto isso não, senhor". Com essas palavras, desapareceu do outro lado da escotilha. Ele era a única pessoa a bordo, com exceção do enfermeiro e dos doentes na ala dos enfermos que se eximia de estar presente durante uma flagelação. Acostumado a tarefas leves e fáceis desde que nasceu, e sortudo de ter encontrado sempre donos muito gentis, Guinea – que, apesar de escravo, estava sujeito a ser hipotecado do mesmo jeito que um cavalo –, com algemas de borracha, gozava das liberdades do mundo.

Embora seu proprietário de corpo e alma, o comissário, nunca tivesse prestado atenção em mim como indivíduo enquanto servi a bordo da fragata, tampouco tivesse me prestado qualquer tipo de ajuda (dificilmente lhe seria possível), devido ao modo agradável, gentil e indulgente com que tratava seu escravo, eu sempre o considerei um homem de bom coração e nutria por ele um afeto involuntário. Quando chegamos à América, a forma como tratou Guinea, em circunstâncias especialmente calculadas para suscitar o ressentimento de um dono de escravos, aumentou ainda mais minha estima pelo bom coração do comissário.

Mencionei aqui a quantidade de estrangeiros na Marinha americana; mas não é só na Marinha americana que encontramos uma proporção tão grande de estrangeiros, ainda que em nenhuma outra essa proporção seja tão grande quanto na nossa. De acordo com uma estimativa inglesa, os estrangeiros que serviam em determinado momento nos navios do rei representavam um oitavo do total de marinheiros. Eu não saberia dizer como isso se dá na Marinha francesa, mas já naveguei com muitos marujos ingleses que serviram nela.

Nunca é demais lamentar um dos efeitos da livre introdução de estrangeiros em qualquer Marinha. Durante o período em que vivi no *Neversink*, fui arrebatado diversas vezes pela falta de patriotismo em muitos dos meus companheiros. Sim, a maioria deles era de estrangeiros que declaravam descaradamente que, não fosse pela diferença no pagamento, serviriam do mesmo modo atrás dos canhões de navios ingleses, americanos ou franceses. No entanto, era evidente que o elevado sentimento de patriotismo estava muito pouco presente na maioria de nossos marinheiros, quiçá pouco presente em todos eles. Mas, se pararmos para pensar, não admira em nada. Por causa de sua carreira itinerante e da ruptura de todos os laços domésticos, muitos marinheiros, do mundo todo, são como "soldados mercenários" que vagavam pela Europa, alguns séculos atrás, prontos para lutar nas batalhas de qualquer príncipe que pudesse comprar suas espadas. O único patriotismo possível nasce e nutre-se numa residência fixa, e sobre uma pedra do lar imóvel; mas o marinheiro de guerra, por mais que em suas travessias una os dois polos e junte as duas Índias, e por mais que viaje para onde manda sua vontade, carrega consigo seu único lar: a maca. "*Nascido sob um canhão e educado no gurupés*", segundo uma expressão só deles, o marinheiro de guerra revolve-se pelo mundo como uma onda, pronto para se misturar com qualquer mar, ou para ser sugado pela morte no redemoinho de qualquer guerra.

E mais: o temor da disciplina geral de um navio de guerra, a especial repugnância provocada pelo portaló, o prolongado confinamento a bordo, com pouquíssimos "dias de licença", e o pagamento miserável (muito menor do que se pode ganhar a qualquer momento na marinha mercante), tudo isso contribui para dissuadir a grande maioria dos melhores marinheiros a se alistar nas marinhas de todos os países. Tal fato torna-se ainda mais evidente quando examinamos as seguintes estatísticas, retiradas dos Anais de Comércio, de Macpherson. Em determinado período, num momento de paz, havia 25 mil homens no total empregados na Marinha inglesa; na mesma época, a marinha mercante inglesa empregava 118.952 homens. Mas, embora as necessidades de um navio mercante tornem indispensável que a maior parte de sua tripulação seja de marinheiros, as circunstâncias de um navio de guerra admitem que sua tripulação seja uma mistura de marinheiros de primeira viagem, soldados e garotos. De uma declaração feita pelo capitão Marryat em seu opúsculo *Sobre a abolição do recrutamento forçado* (1822), podemos concluir que, com o fim das Guerras Napoleônicas, um terço das tripulações das frotas de Sua Majestade consistia em marinheiros de primeira viagem e garotos.

Longe de subir com entusiasmo nos navios do rei quando o país estava ameaçado, a grande maioria dos marujos ingleses, aterrorizados pela disciplina da Marinha, adotava recursos insólitos para fugir dos embaucadores. Muitos se escondiam em grutas e lugares ermos terra adentro, pois temiam correr o risco de se abrigar num navio mercante com destino ao estrangeiro que os carregasse para alto-mar. Na narração verídica *John Nichol, marinheiro*, publicada em 1822 pela Blackwood em Edimburgo, e pela Cadell, em Londres, que em todas as suas páginas carrega aquela impressão espontânea de verdade, o velho marujo, da maneira mais simples, comovente e quase conformada, fala de como "se escondeu como um ladrão" durante anos no campo, nos arredores de Edimburgo, para evitar os embaucadores que se acercavam da região como bandidos e ladrões de corpos. Nessa época (das Guerras Napoleônicas), de acordo com a "lista de Steel", havia 45 centros de recrutamento forçado na Grã-Bretanha.[212]

---

212 Além dos sequestros executados no próprio país, há casos em que as fragatas britânicas, em portos amigos ou neutros, recrutaram forçadamente marujos estrangeiros, de todas as nações, retirando-os dos cais públicos. Em alguns casos, no que se refere aos americanos, quando essas pessoas tinham a "proteção" de salvo-condutos, estes eram destruídos; e, para impedir que o cônsul americano reclamasse seus compatriotas marujos, os embaucadores geralmente desembarcavam na noite anterior à partida da fragata, para que os marujos sequestrados estivessem bem longe no mar quando seus amigos notassem sua ausência. Não pretendo aqui reavivar velhas rixas. Em certo sentido, o que passou, passou. Mas essas coisas precisam ser conhecidas, pois, no caso de o governo inglês travar outra guerra com suas frotas e voltar a recorrer ao recrutamento indiscriminado para tripulá-las, é bom que os ingleses, os americanos e o mundo todo estejam preparados para rechaçar uma iniquidade tão ultrajante e insultante a Deus e aos homens. É difícil prever, no entanto, se no caso de guerra o governo inglês tentaria reavivar medidas que alguns de seus estadistas devem ter criticado desde o início, e que, atualmente, decerto pareceriam perversas à grande maioria dos ingleses. Na verdade, talvez seja de duvidar que os ingleses possam algum dia ser submetidos de novo ao recrutamento forçado. [N.A.]

Em um caso posterior, um grupo grande de marinheiros britânicos se reuniu solenemente às vésperas de uma guerra prevista e determinou que, se a guerra eclodisse, eles fugiriam imediatamente para a América para evitar o recrutamento forçado em seu país – serviço que aviltava no portaló seus próprios defensores.

Em outro momento, muito anterior a esse, de acordo com um oficial da Marinha inglesa, o tenente Tomlinson, 3 mil marinheiros, impelidos pelo mesmo motivo, fugiram para o litoral com pânico dos navios que transportavam carvão entre o porto de Yarmouth e Nore. Em outro lugar, ao falar sobre alguns dos homens a bordo dos navios do rei, disse ele que "eram indivíduos particularmente miseráveis". Essa observação é perfeitamente corroborada por outro testemunho referente a outro período. Ao aludir à lamentada escassez de bons marinheiros ingleses durante as guerras de 1808 e subsequentes, o autor de um opúsculo sobre "Assuntos Navais" diz que todos os melhores marinheiros, os homens mais constantes e de melhor comportamento, geralmente conseguiam se esquivar do recrutamento forçado. Esse escritor era, ou devia ter sido, capitão de uma frota britânica.

Agora podemos imaginar facilmente qual é o caráter moral dos homens e quem são os homens que, mesmo hoje em dia, desejam se alistar depois de adultos num serviço tão vexatório para a hombridade de quem vive em terra firme como a Marinha. É por isso que os covardes e canalhas de todo tipo que habitam os navios de guerra geralmente não são marinheiros profissionais, mas sim "vagabundos de estaleiro", homens que entram na Marinha para beber álcool todo dia e matar o tempo no notório ócio de uma fragata. Mas, se o ócio é tanto, por que não reduzir a tripulação dos navios de guerra e manter o restante razoavelmente ocupado? Impossível. Em primeiro lugar, a magnitude da maioria desses navios requer muitas mãos para bracear as vergas pesadas, içar as enormes gáveas e levantar a ponderosa âncora. E, por mais que a ocasião para o emprego de tantos homens aconteça raramente, é verdade que, *quando* ela surge, o que pode acontecer a qualquer momento, essa multidão de homens é indispensável.

Além disso, é sobretudo importante que as baterias sejam ocupadas por homens. É preciso marinheiros o bastante para trabalhar em todos os canhões ao mesmo tempo. Desse modo, para que haja um número suficiente de mortais à disposição para "afundar, queimar e destruir", os navios de guerra – além de corromperem irremediavelmente, por meio de seus vícios, os voluntários de primeira viagem e os marinheiros comuns de bons hábitos que de vez em quando se alistam – devem alimentar, à custa do dinheiro público, uma multidão de pessoas que, se não encontrassem um lar na Marinha, provavelmente sobreviveriam de ajuda beneficente ou passariam seus dias na prisão.

Entre outros, esses são os homens em cuja boca Dibdin[213] põe suas estrofes patrióticas, cheios de cavalheirismo e romancismo navais. Com exceção do último verso, podem ser cantados por marinheiros de guerra tanto ingleses quanto americanos:

As for me, in all weathers, all times, tides, and ends,
Naught's a trouble from duty that springs;
For my heart is my Poll's, and my rhino's my friends,
And as for my life, it's the king's.

To rancour unknown, to no passion a slave,
Nor unmanly, nor mean, nor a railer.[214] etc.

Não concordo com um crítico de autoridade quando diz que as cantigas de Dibdin são "canções coloquiais", pois a maioria delas respira a verdadeira poesia do oceano. Mas é notável que essas canções – que nos levariam a pensar que os marinheiros de guerra são os seres humanos mais despreocupados, satisfeitos, virtuosos e patriotas da humanidade – foram compostas numa época em que a Marinha inglesa era formada principalmente por indigentes e criminosos, como mencionado em um dos capítulos anteriores. Além disso, essas canções estão impregnadas de um sensualismo maometano, uma temerária submissão ao destino e uma devoção implícita, cega e inabalável a qualquer um que fosse mestre ou senhor. Dibdin era um homem de gênio, mas não admira que recebesse do governo uma pensão de 200 libras por ano.

---

213 Charles Dibdin (1745-1814), ator e escritor inglês conhecido por suas canções com temas navais.

214 "Não me importam o clima, o tempo, a maré, os objetivos, / Nem nada que surja do meu dever; / Meu coração é de Polly, minha grana, dos amigos, / E minha vida, do rei que me reger. / Da paixão não sou escravo, desconheço o que é rancor, / Não sou covarde, nem mau, muito menos caluniador."

Mas, apesar das iniquidades dos navios de guerra, muitas vezes encontramos neles homens tão acostumados a uma vida dura, tão adestrados e disciplinados para servir que, com uma filosofia incompreensível, parecem se resignar alegremente ao destino. Têm muito o que comer, bebidas para consumir, roupas para se aquecer, uma maca onde dormir, tabaco para fumar, um médico para lhes medicar, uma pessoa para rezar por eles; para um proscrito sem um tostão furado, tudo isso não parece um menu de luxo?

Havia a bordo do *Neversink* um gajeiro de nome Landless[215] que, embora tivesse as costas marcadas por vergões transversais e cobertas das cicatrizes indeléveis de todas as flagelações acumuladas por um marujo estouvado durante dez anos de serviço na Marinha, carregava sempre uma expressão alegre no rosto, e, quanto aos gracejos e às respostas prontas, era um verdadeiro Joe Miller[216].

Esse homem, embora vagabundo do mar, não foi criado em vão. Gozava da vida com a vivacidade de uma adolescência eterna; e, embora recluso numa prisão de carvalho, com sentinelas de vigília ao redor, ele passeava pelo convés de canhões como se este fosse tão amplo quanto uma pradaria, como se a paisagem fosse tão diversificada quanto as montanhas e os vales do Tirol. Nada o desconcertava; nada transformava sua risada em algo diferente de um suspiro. Aquelas secreções glandulares que em outros cativos muitas vezes formavam lágrimas *nele* eram expectoradas pela boca, tingidas pelo sumo doirado de uma planta, com a qual consolava e confortava seus dias vergonhosos.

"Rum e tabaco!", dizia Landless, "do que mais um marujo precisa?".

Sua canção predileta era *O verdadeiro marinheiro inglês*, de Dibdin, que começava assim:

Jack dances and sings, and is always content,
In his vows to his lass he'll ne'er fail her;

---

215 Sem-terra.

216 Joe Miller (1684-1738) foi um famoso comediante inglês.

His anchor's atrip when his money's all spent,
And this is the life of a sailor.[217]

Mas o pobre Landless quase sempre dançava no portaló, debaixo do chicote, como nas casas de dança frequentadas pelos marujos nos litorais.

Outra de suas canções, também cantada na mesma melodia de *O rei, Deus o abençoe!*, reunia os seguintes versos, entre muitos outros semelhantes:

Oh, when safely banded in Boston or 'York,
Oh how I will tipple and jig it;
And toss off my glass while my rhino holds out,
In drinking success to our frigate![218]

Durante as muitas horas de ócio com nossa fragata aportada, esse homem estava ou jogando damas na maior alegria, ou remendando suas roupas, ou roncando como um trompetista a sotavento das antenas. Quando dormia profundamente, uma salva nacional de nossas baterias mal o fazia se mover. Quer a ordem fosse subir à borla do mastro grande, correr ao barril de grogue quando soasse o tambor ou pisar nos xadrezes para ser açoitado, Landless sempre obedecia com a mesma inabalável indiferença.

Seu conselho para um jovem rapaz, que embarcou conosco em Valparaíso, contém a essência da filosofia que permite a alguns marinheiros de guerra se encher de alegria durante seu tempo de serviço.

"Ô carneirinho!", disse Landless, agarrando o jovem pelo lenço, como se o tivesse enlaçado pelo pescoço. "Carneirinho, já servi com Tio Sam, já naveguei num monte de *Andrew Millers*. Siga meu conselho e não se meta em problemas. Preste atenção, continência sempre que um patrão falar com você. Não interessa o quanto te metam a corda, bico calado; entenda logo que aqui no mar eles não gostam

217 "Jack dança e canta, sua alegria é eterna, / É sempre fiel aos votos à amada; / Sem dinheiro nenhum e de âncora içada / Essa é a vida de um marujo de guerra."
218 "Quando aportar são e salvo em Boston ou Nova York, / Vou beber e dançar, beber e cantar; / Virar o copo até meu dinheiro durar / Brindar o sucesso da nossa fragata no mar!"

de reclamação; e se te passarem um sabão, aguente firme; depois você só vai lamentar com 'Ó, senhor', ou alguns 'Meu Deus' e acabou. E depois? Você dorme umas noites e já está pronto para o grogue."

Esse Landless era um dos prediletos dos oficiais, que o chamavam de "Happy Jack". E é justamente esse tipo de Happy Jack e de Landless que os oficiais navais dizem admirar: camaradas sem vergonha, sem alma, com um nível de dignidade humana tão baixo que mal poderiam ser chamados de homem. Por outro lado, o marujo que mostra traços de sensibilidade moral, cuja conduta demonstra alguma dignidade, é justamente o homem que eles, em muitos casos, detestam indistintamente. O motivo é sentirem esse homem como uma crítica contínua a eles mesmos, como se estivesse mentalmente superior ao poder deles. Esse homem não tem função nenhuma em um navio de guerra, eles não querem homens assim. Para eles, há uma insolência na liberdade viril desse homem, há um desdém em sua postura. Para eles, ele é tão insuportável quanto seria um africano aprumado e de nobre inteligência para um fazendeiro dono de escravos.

Não se pense, no entanto, que as observações deste capítulo e do anterior se apliquem a *todos* os navios de guerra. Há algumas embarcações abençoadas com capitães intelectuais e veneráveis, com oficiais corteses e fraternais, e com tripulações dóceis e cristianizadas. Os costumes peculiares desses navios atenuam imperceptivelmente o rigor tirânico dos Artigos de Guerra; neles, não se conhece a flagelação. Ao navegarmos nesses navios quase não nos damos conta de que vivemos sob uma lei marcial, ou de que os males mencionados anteriormente existem em algum lugar.

Jack Chase, o velho Ushant e muitos outros marujos notáveis que eu poderia citar atestam verdadeiramente que, pelo menos no *Neversink*, havia mais do que um único nobre marinheiro de guerra que quase redimia todos os outros.

Ao longo desta narrativa, ali onde a Marinha americana, em qualquer um de seus aspectos, tenha sido o tema de uma discussão geral, não me permiti dizer praticamente nenhuma sílaba de admiração por aquilo que é considerado ilustre em suas realizações. O motivo é este: para mim, no que se refere ao que chamamos de renome militar, a Marinha americana não precisa de alguém que a elogie mais do que a história. Seria supérfluo que Jaqueta Branca contasse ao mundo o que todos já sabem. O ofício a mim imposto é de outra natureza, e, por mais que eu preveja e sinta que eu possa estar sujeito ao escárnio no severo juízo de alguns homens, com o apoio do que Deus me deu, aguardo tranquilamente o desenrolar dos acontecimentos, quaisquer que sejam eles.

91. CLUBE DE FUMANTES EM UM NAVIO DE GUERRA, COM CENAS NO CONVÉS DE CANHÕES, JÁ PERTO DE CASA

Diz a lenda que Júpiter inspirou um artista a pintar a cabeça da Medusa. Embora o retrato fosse extremamente realista, o pobre pintor sentiu repugnância ao ver o que seus lápis foram obrigados a desenhar. Assim, agora que chego ao final da minha tarefa, minha alma se afunda no que eu mesmo retratei. Mas vamos nos esquecer dos capítulos anteriores, se pudermos, enquanto pintamos coisas menos repugnantes.

Os cavalheiros nas cidades têm seus clubes; os mexeriqueiros interioranos, as salas de leitura; os bisbilhoteiros dos vilarejos, a barbearia; os chineses, as casas de ópio; os índios americanos, as reuniões em volta do fogo; até os canibais têm a *noojana*, ou "pedra falante", onde se reúnem de vez em quando para discutir questões corriqueiras. Não existe governo, por mais despótico que seja, que ouse negar a seus súditos mais humildes o privilégio de uma conversa sociável. Nem os Trinta Tiranos – a associação de capitães da antiga Atenas – conseguiram impedir que as pessoas parassem de falar nas esquinas. Pois o homem precisa conversar; e de acordo com nossa imortal Declaração de Direitos, que nos garante a liberdade de expressão, conversar é o que nós, ianques, vamos fazer, seja a bordo de uma fragata ou a bordo de nossas plantações em terra firme.

Nos navios de guerra, a cozinha, situada no convés de canhões, é o grande centro de mexericos e troca de notícias entre os marinheiros. Ali multidões se reúnem para jogar conversa fora durante a meia hora de descanso depois de cada refeição. A razão de ser desse lugar e nessas horas é a seguinte: somente nas proximidades da cozinha, e somente depois das refeições, é que os marinheiros têm permissão para o deleite do fumo.

Uma lei suntuária, é verdade, que impedia Jaqueta Branca, por exemplo, de um luxo ao qual havia muito ele se afeiçoara. Pois como podem as motivações místicas e os caprichosos impulsos de um fumante voluptuoso depender do comando do comodoro? Não! Quando eu fumo, que seja motivado pelo meu próprio prazer soberano, ainda que numa hora tão inoportuna eu tenha de mandar buscar um braseiro do outro lado da cidade. O quê? Fumar de hora marcada? Fumar por obrigação? Fazer do ato de fumar um negócio, um assunto, um mero chamado recorrente? E talvez, quando esses fumos sedativos tiverem induzido você ao maior dos devaneios e, um círculo atrás do outro, erguerem solenemente uma cúpula incomensurável na sua alma – bem distante, avolumando-se e elevando-se no vapor que sopra –, como se de uma das grandes marchas de Mozart se erguesse um templo, como Vênus do mar – nesse momento, sentir que todo seu Partenon se desmorona nos seus ouvidos pelo dobre do sino de bordo anunciando o fim da meia hora para fumar! Ó, Fúrias, lacerem-me com seu chicote! Tostem-me em salitre! Acerte-me, relâmpago! Ataquem-me, infinitos esquadrões de mamelucos! Devorem-me, fijianos! Mas me poupem de uma tirania como essa.

Não! Embora eu fumegasse como uma chaminé antes de embarcar no *Neversink*, essa lei suntuária era-me tão detestável que abandonei por completo o luxo de fumar em vez de confiná-lo a um horário e um local específicos. Não fiz bem, Antiga e Honorável Velha Guarda dos Fumantes do mundo todo?

Mas havia outros membros da tripulação que não eram tão exigentes quanto eu. Depois de cada refeição, corriam para a cozinha e confortavam a alma com umas baforadas.

Ora, um pacote de charutos, todos amarrados juntos, é símbolo e emblema do amor fraternal entre os fumantes. Do mesmo modo, durante um tempo, numa comunidade de cachimbos há uma comunidade de corações. Não era um mau costume que os caciques fizessem circular o cachimbo – do mesmo modo que nossos antepassados circulavam o ponche – em sinal de paz, caridade, boa vontade, sentimentos amistosos e almas solidárias. Isso é justamente o que tornava os mexeriqueiros da cozinha um clube tão adorável, enquanto unidos pelo elo da fumaça.

Era agradável observá-los. Agrupados nos recessos entre os canhões, eles conversavam e riam como fileiras de comensais nos reservados de um amplo salão de jantar. Tome dos Teniers uma cozinha flamenga cheia de bons sujeitos; acrescente de Wilkie um grupo ao lado de uma lareira, e de Cruikshank atire um esboço naval; depois enfie um cachimbo na boca de cada um deles e terá a cena dos fumantes na cozinha do *Neversink*.[219]

Não poucos eram políticos; e, como na época havia boatos de uma guerra iminente com a Inglaterra, suas discussões eram acaloradas.

"Vou dizer pra vocês o que acontece, *carneirinhos*!", gritou o velho chefe do canhão nº 1 do castelo de proa. "Pela batalha do Nilo, se nosso presidente aí não orçar ao vento, vai nos meter na maior briga naval desde que a nação ianque carregou os cartuchos e acendeu os pavios!"

"Quem está falando de orçar?", bradou um gajeiro da mezena. "Pra mim, mantemos essa nação ianque de vento em popa até cair com tudo na proa do inimigo, e depois bordejamos no meio da fumaça", e ao dizer isso deu uma forte baforada no cachimbo.

"Quem diz que o velho no timão ianque não pode dar conta do recado igual a George Washington?", gritou um proeiro da âncora de salvação.

"Mas todo mundo fala que ele é careta", gritou outro; "aí às vezes eu sonho que ele vai cortar o grogue."

"Atenção, de proa a popa!", gritou o segundo-contramestre no portaló, "tripulação, cambar por davante!".

"Assim é que se fala!", gritou o chefe do canhão nº 1 enquanto, obedecendo à chamada, todos largaram seus cachimbos e correram para as escadas, "e é isso que o presidente deve fazer – virar de bordo, camaradas, e botar a nação ianque em outro rumo".

Mas essas discussões políticas de modo nenhum constituíam o assunto habitual da conversa dos fumantes na cozinha. Questões sobre o próprio navio eram seu principal tema. Rumores sobre a vida particular do comodoro em seu camarote; sobre a do capitão no seu; sobre os vários oficiais na praça-d'armas; sobre os *rizadores* no alojamento inferior e suas brincadeiras desmioladas, e sobre milhares de outros assuntos a respeito dos próprios tripulantes; tudo isso – que

---

219 Referência aos pintores flamengos David Teniers, o Velho (1582-1649), e seu filho, David Teniers, o Jovem (1610-1690); ao pintor escocês *sir* David Wilkie (1785-1841); e ao ilustrador e caricaturista inglês George Cruikshank (1792-1878).

forma o aparte doméstico em constante mudança de um navio de guerra – constituía temas inesgotáveis para nossos bisbilhoteiros.

A animação dessas cenas se acentuou muito à medida que nos aproximamos do nosso porto, e chegou ao clímax quando se anunciou que faltavam apenas 24 horas para chegarmos à costa. O que fariam ao desembarcar, no que investiriam seus salários, o que comeriam, o que beberiam, com que moça se casariam – esses eram os assuntos que os mantinham ocupados.

"Que se dane o mar!", gritou um gajeiro do traquete. "Uma vez em terra, vocês nunca mais vão ouvir falar do velho Boombolt a bordo de outro navio. Vou me sossegar numa velaria."

"Que nossos chapéus alcatroados acabem todos no paiol dos cabos!", gritou um jovem guarda da popa; "eu vou voltar para trás do balcão."

"Companheiros, me peguem pelos braços e me usem para esfregar o embornal de sotavento, mas prefiro dirigir uma charrete a segurar no timão de um navio de novo. Que a Marinha se afunde por aí – pro mar eu não volto!"

"Camaradas, afrouxem os parafusos da minha alma se mais alguma bandeira de partida ou algum sinal de navegação forem vistos na minha proa!", gritou o chefe do porão. "Meu salário dá pra comprar um carrinho de mão, talvez até mais."

"Já tomei minha última dose de sal", disse o chefe de meia-nau, "depois daqui só quero saber de água doce. É isso aí, camaradas, temos dez marujos de meia-nau aqui que querem se juntar para comprar uma *chata*, entenderam? E se algum dia a gente se afogar, vai ser no 'canal ardente'[220]! Que se exploda o mar, companheiros, é isso que digo!".

"Não profane o sagrado elemento!", disse Lemsford, poeta do convés de canhões, inclinando-se sobre um canhão. "Pois quem não sabe, marinheiros de guerra, que os magos da Pártia consideravam o oceano sagrado? Para não profanar o Mediterrâneo, por acaso Tirídates, monarca do Oriente, não tomou um longo caminho

220 Referência ao canal de Erie, que originalmente ia de Albany, no rio Hudson, até Buffalo, no lago Erie.

por terra com o intuito de chegar a seu mestre imperial, Nero, e prestar homenagem a sua Coroa?"[221]

"Que língua é essa que você tá falando?", gritou o chefe de meia--nau.

"Quem é comodoro Tirinhas?", gritou um gajeiro do traquete.

"Escutem-me", retomou Lemsford. "Como Tirídates, eu venero o mar, e o venero tanto, companheiros, que nunca mais ousarei cruzá-lo. *Nesse sentido,* chefe de meia-nau, ecoo seu chamado."

Na verdade, era fato notável que nove a cada dez homens da tripulação do *Neversink* tivessem um ou outro plano para passar o resto da vida em terra firme, ou no máximo em água doce, depois que a viagem terminasse. Com todas as experiências daquela travessia acumuladas num único momento de intensas lembranças; com o cheiro do alcatrão nas narinas, sem avistar o litoral; com um navio robusto sob os pés e respirando o ar do oceano; cercados por todas as coisas do mar; em seus momentos sóbrios e tranquilos de reflexão; no silêncio e na solidão do mar aberto, durante as longas noites de vigilância, quando todas as lembranças de casa lhes tomavam conta do coração; na espontânea piedade e devoção das últimas horas de uma viagem tão longa; na plenitude e na franqueza de suas almas; quando não havia nada que abalasse o justo equilíbrio de seu juízo – sob a influência de todas essas circunstâncias, pelo menos nove décimos de uma tripulação de quinhentos marinheiros de guerra decidiram dar as costas para o mar. Mas os homens não odeiam sempre aquilo que um dia amaram? Não abjuram o lar e a pátria? O que haveriam então de fazer com a Marinha?

Mas, para a infelicidade do marinheiro de guerra, ainda que faça um juramento de Aníbal contra o serviço militar, viagem após viagem, e depois de renegá-lo uma vez atrás da outra, ele volta a ser levado ao barril de licor e ao convés de canhões por seu velho e hereditário amigo, o sempre diabólico deus do grogue.

Nesse ponto, chamemos à tribuna alguns tripulantes do *Neversink*.

---

221 Segundo Plínio, *História natural*, o rei Tiríades era um dos magos de Zoroastro. Como no zoroastrismo a água é elemento sagrado, acredita-se que ele evitava atravessar o mar para não profaná-lo.

Você, chefe de meia-nau!, e vocês, gajeiros do traquete!, e vocês, guardas de popa, e outros!, como terminaram aqui, nos canhões da Carolina do Norte, depois de fazerem seus solenes votos na cozinha do *Neversink*?

Todos abaixam a cabeça. Eu sei por quê, pobres camaradas! Não voltem a perjurar contra si próprios, não façam mais juramentos absolutos.

Sim, esses mesmos marinheiros – os primeiros a denunciar a Marinha, que se entregaram aos laços dos mais espantosos juramentos –, nem três dias depois de desembarcar, transitavam pelas ruas completamente bêbados e sem nada no bolso, para no dia seguinte serem vistos a bordo do *guardo*, ou barco de recrutas. Em parte, é assim que se tripula a Marinha.

No entanto, mais surpreendente que isso era algo que tendia a conferir um novo e estranho sentido para o caráter dos marinheiros, e que destruía algumas ideias havia muito estabelecidas sobre eles como grupo: muitos homens que, durante a viagem, passaram por pessoas extremamente prudentes, ou mais ainda, parcimoniosas, que negariam até mesmo um remendo ou uma agulha com um pedaço de linha, e que, por sua mesquinharia, ganharam a alcunha de *sovinas* – tão logo se viam sem rumo no porto, e sob a influência de alguns goles, seus salários ganhados em três anos voavam pelos ares; eles levavam alojamentos inteiros de marujos para o bar e pagavam todas as despesas, de novo e de novo. Excelentes sujeitos! Marujos generosos! Ao ver uma cena dessas, pensei comigo mesmo: Ora, esses marujos generosos em terra firme eram os mais mesquinhos a bordo! Generosa é a garrafa, não eles! No entanto, a ideia geral que as pessoas têm sobre os marinheiros deriva desse comportamento em terra firme, mas no solo eles não são mais marinheiros, e sim homens como qualquer outro durante algum tempo. Os marinheiros de guerra só são marinheiros de guerra no mar, e o mar é o lugar onde aprendemos o que eles são. Vimos que um navio de guerra não é nada mais que esse nosso mundo antiquado, só que flutuante, cheio de todos os tipos de personalidades, cheio de estranhas contradições; e ainda que se vanglorie de ter aqui e ali alguns sujeitos excelentes, no geral está repleto, até a beirada das escotilhas, do espírito de Belial e toda a sua maldade.

92. O FIM DA JAQUETA

Jaqueta Branca já descreveu os contratempos e inconvenientes, os transtornos e tormentos de todos os tipos provocados por aquela peça de roupa infeliz, porém indispensável. Agora cabe a ele narrar como essa jaqueta, pela segunda e última vez, por pouco não lhe serve de mortalha.

Numa noite agradável, nossa boa fragata, agora próxima dos cabos da Virginia, seguia bravamente seu rumo quando a brisa foi se dissipando pouco a pouco e nos deixou deslizando lentamente rumo ao nosso porto ainda invisível.

Encabeçado por Jack Chase, o turno de vigilância estava reclinado no cesto da gávea, conversando sobre os deleites a que pretendiam se entregar em terra firme, enquanto nosso chefe às vezes nos interrompia com alusões a conversas semelhantes que teve quando a bordo de um navio de linha inglês, o *Asia*, que se aproximava de Portsmouth, Inglaterra, depois da batalha de Navarino.

De repente foi dada uma ordem para içar o cutelo do joanete grande, e, como os cabos não estavam passados nas adriças, Jack Chase atribuiu a mim essa função. Passar os cabos pelas adriças de um cutelo do joanete grande é tarefa que demanda olhos de lince, habilidade e celeridade.

Pense que a ponta de um cabo, de uns 200 pés de comprimento, tem de ser levada até o topo, presa nos dentes, se não se importar, e arrastada até o extremo das vergas mais vertiginosas; depois de ser enroscado e serpenteado por diversos pontos intricados – dobrando-se em cantos abruptos dos ângulos mais abruptos –, o cabo é solto, livre de todas as obstruções, num fio de prumo perpendicular ao convés. No decorrer dessa atividade, há uma multiplicidade de reclamos e poleames pelos quais o cabo deve ser passado, ficando muitas vezes bem apertado, como passar numa agulha fina de cambraia um fio muito grosso. Na verdade, trata-se de uma atividade que exige muita perícia, inclusive durante o dia. Imagine, então, o que deve ser passar fios grossos por uma agulha de cambraia durante a noite, no mar, suspenso a 100 pés de altura do convés.

Com a ponta do cabo em uma mão, eu estava escalando pelos ovéns do mastro grande quando nosso chefe da gávea disse que era melhor eu tirar a jaqueta; embora não fizesse uma noite fria, eu estava havia tanto tempo no cesto da gávea que sentia um pouco de frio, então preferi não seguir seu conselho.

Depois de passar o cabo por todos os poleames inferiores, levei-o até ao extremo do lais da verga do joanete grande a barlavento, e foi quando me inclinei para passá-lo pelo poleame lá suspenso que o navio arfou devido a um marulho repentino nas águas plácidas; eu fui lançado mais adiante sobre a verga e a pesada barra da minha jaqueta foi jogada para cima da minha cabeça, cobrindo-me por completo. Na hora pensei que a vela tinha me envolvido e por isso estiquei a mão para tirá-la da minha cabeça, confiante de que a própria vela me sustentaria. O navio então arfou de novo e me lançou da verga de cabeça. Pela lufada de ar nos meus ouvidos é que eu soube onde estava, mas todo o resto era um pesadelo. Uma película ensanguentada cobriu minhas retinas, e através dela, como um espectro, vi a imagem de meu pai, minha mãe e minhas irmãs. Senti uma náusea indescritível se apoderar de mim; eu estava consciente de que respirava com dificuldade; parecia não haver oxigênio no meu corpo. De mais de 100 pés de altura eu caí – e fui descendo, descendo, com os pulmões contraídos como se prestes a morrer. Era como se eu tivesse 100 libras de munição amarradas no corpo, como se a irresistível lei da gravidade me sugasse diretamente para o inefável centro do globo terrestre. Tudo que eu havia visto, lido e ouvido, tudo que havia pensado e sentido na vida, parecia se intensificar numa única ideia fixa na minha alma. Mas, por mais densa que fosse essa ideia, ela era feita de átomos. Ao cair da ponta sobressalente da verga, tive uma consciente satisfação de que não me arrebentaria no convés, mas afundaria nas profundezas mudas do oceano.

Sem conseguir enxergar por causa da película ensanguentada que me cobria os olhos, eu ouvia um murmúrio estranho na cabeça, como se dentro dela tivesse uma vespa; pensei comigo mesmo: Meu Deus! É a morte! Mas esses pensamentos não carregavam nenhum alarme. Como a geada de que emanam luzes cintilantes e diferentes tonalidades de cor sob a luz do sol, todas as minhas emoções, misturadas e entrelaçadas, eram gélidas e tranquilas.

Minha queda parecia tão demorada que hoje ainda me lembro da sensação de imaginar quanto tempo mais demoraria para eu chegar ao fim. O tempo parecia ter parado, e todos os mundos pareciam suspensos em seus polos enquanto eu caía, com a alma tranquila, atravessando o redemoinho vertiginoso do ar.

A princípio, como disse, devo ter me precipitado de cabeça; mas por fim tive a consciência de um rápido e brusco movimento dos braços e das pernas, que involuntariamente se abriram, e eu devo ter caído como um saco de batatas. Isso é o mais provável, dada a circunstância de que, quando bati no mar, senti como se alguém tivesse me golpeado obliquamente no ombro e ao longo da minha costela direita.

Quando bati no mar, um estrondo ressoou nos meus ouvidos; senti como se minha alma me saísse pela boca. A sensação de morte me inundou junto com as ondas. O golpe do mar deve ter girado meu corpo, pois comecei a afundar com os pés voltados para o fundo numa calmaria tranquila, borbulhante e espumosa. Parecia que uma corrente me arrastava; entreguei-me em transe e deslizei ainda mais para o fundo. A profunda calma que me envolvia agora era púrpura e inexplorada, mosqueada por raios de verão atravessando o azul marinho. A náusea terrível havia passado; a película ensanguentada que me cegava os olhos agora era de um verde pálido; perguntei-me se já estaria morto, ou ainda morrendo. De repente, uma forma sem contornos esbarrou em mim – algum peixe inerte e comprido; a sensação de estar vivo de novo latejou nos meus nervos, e me atravessou um forte impulso para evitar a morte.

Por um instante, uma repulsa agonizante me dominou enquanto senti que afundava completamente. No momento seguinte, a força da minha queda se exauriu e ali meu corpo pairou, vibrando nas profundezas. Que sons impetuosos ressoavam em meus ouvidos! Um deles era um gemido suave, como das ondas baixas na praia; o outro era descontrolado e cruelmente jubiloso, como o som do mar no auge de uma tempestade. Ó, alma! Então escutas a vida e a morte, como quem, na costa coríntia, ouve as ondas do mar Egeu e do mar Jônico. Esse equilíbrio entre vida e morte não tardou a passar, e logo me vi emergindo lentamente, até meus olhos captarem uma luz bem fraca.

Fui subindo um pouco mais rápido até saltar na superfície como uma boia, e minha cabeça inteira ser banhada pelo sagrado ar.

Eu caí perpendicularmente ao mastro grande; agora estava em frente ao mastro da mezena, com a fragata deslizando lentamente como um mundo negro sobre as águas. Seu casco vasto avultava-se na noite, exibindo centenas de marinheiros nas redes do parapeito, alguns atirando cordas, outros agitando-se loucamente por sobre as macas; mas eu estava distante demais deles para alcançar o que me atiravam. Comecei então a nadar na direção do navio e imediatamente senti como se estivesse manietado num colchão de plumas; apalpei o corpo e senti minha jaqueta encharcada e inflada de água por cima do cinto apertado. Esforcei-me para retirá-la, mas estava presa em vários pontos e era impossível desfazer os laços com as mãos. Saquei rapidamente o punhal preso na cintura e rasguei a jaqueta de cima a baixo, como se abrisse uma fenda em mim mesmo. Debatendo-me violentamente, consegui me libertar dela. Pesada e ensopada, a jaqueta afundou lentamente diante dos meus olhos.

Afunda! Afunda, mortalha!, pensei. Afunda para sempre!, maldita jaqueta que és!

"Olhem aquele tubarão-branco!", gritou uma voz apavorada desde a grinalda; "vai engolir esse homem de uma vez só por sua escotilha! Rápido! Os *ganchos*, os *ganchos*!"

No instante seguinte, um feixe de arpões pontudos atravessou a desafortunada jaqueta, afundando rapidamente com ela até sumir de vista.

Estando agora à popa da fragata, nadei com todas as minhas forças até o bastão elevado de uma das boias salva-vidas que haviam lançado. Pouco tempo depois, um escaler me apanhou. Enquanto me puxavam da água e me suspendiam no ar, a rápida transição dos elementos fez todos os meus músculos pesarem como chumbo, e, sem nenhum controle sobre meu corpo, deixei-me afundar no fundo do bote.

Dez minutos depois eu estava são e salvo a bordo da fragata e, após subir rapidamente ao cesto da gávea, mandaram que eu passasse de novo os cabos do cutelo, os quais, depois de deslizar pelos poleames quando lhes soltei a ponta, desgorniram e caíram sobre o convés.

Logo o navio estava pronto, e, como com a intenção de saudá-lo, uma leve brisa começou a soprar, e o *Neversink* voltou a deslizar sobre as águas, agitando-as levemente na proa, deixando para trás uma esteira mansa.

93. AMARRA E ÂNCORA PRONTAS PARA ATRACAR

Agora que a jaqueta branca estava no fundo do mar e que acreditávamos que os abençoados cabos da Virginia estivessem diante da nossa proa – embora ainda longe da nossa visão –, nossas quinhentas almas sonham afetuosamente com suas casas, e a garganta de ferro dos canhões que rodeiam a cozinha ressoam seus hurras e canções, o que mais resta a ser dito?

Devo dizer das conjecturas conflitantes e quase malucas sobre o porto exato a que nos encaminhávamos? Pois, de acordo com boatos, nosso comodoro havia recebido ordens seladas a esse respeito, que só deveriam ser abertas quando ganhássemos determinada latitude da costa. Devo dizer como, por fim, toda essa incerteza se dissipou e muitas profecias tolas provaram-se falsas quando nossa nobre fragata – com seu longo galhardete no topo do mastro grande – avançou impulsionada pelo vento até o porto mais afastado de Norfolk, como um grande emplumado da Espanha adentrando os corredores do Escorial rumo ao salão do trono? Devo dizer como ajoelhamos no solo sagrado? Como implorei para que o velho Ushant me desse sua bênção e um precioso fio de sua barba como recordação? Como Lemsford, o bardo do convés de canhões, ofereceu uma ode como oração de Ação de Graças? Como o saturnino Nord, o magnata disfarçado, ao recusar toda companhia, se embrenhou no meio da floresta, como o fantasma de um velho califa de Bagdá? Como apertei e sacudi a mão cordial de Jack Chase e a amarrei junto da minha com um nó de ajuste? Sim, e como beijei aquela nobre mão de meu nobre senhor e chefe da minha gávea, meu sire, meu tutor dos mares?

Devo dizer como o grande comodoro e o capitão desembarcaram na ponta do molhe? Como os tenentes, sem uniforme, sentaram-se para fazer sua última refeição na praça-d'armas, e o champanhe, mergulhado no gelo, esguichava e borbulhava como as fontes termais que brotassem de um monte de neve na Islândia? Como o capelão partiu usando sua sotaina, sem se despedir de ninguém? Como o enrugado Cuticle, o cirurgião, saiu com toda a pompa pelo costado, seguido pelo camareiro que carregava seu esqueleto aramado? Como o tenente dos fuzileiros embainhou sua espada na popa e, depois de pedir vela e cera, selou o extremo da bainha com o brasão e o lema de sua família, *Denique Coelum*[222]? Como o comissário, no momento devido, juntou os sacos de dinheiro e pagou a todos nós na praça-d'armas – bons e maus, sãos e doentes, todos receberam seus salários; ainda que, para dizer a verdade, alguns marujos imprudentes e incautos, que tiveram uma vida desregrada demais durante a viagem, tinham muito pouco ou nada registrado nos livros do contador para receber?

Devo dizer da retirada dos quinhentos terra adentro – infelizmente não na formação de batalha, como durante as simulações de combate, mas todos espalhados por terra firme?

Devo dizer como o *Neversink* finalmente foi despido de vergas, ovéns e velas; como seus canhões foram içados para fora; como o paiol de pólvora, o de projéteis e as armarias foram descarregados, até não restar nenhum vestígio de combate lá dentro, desde a ponta da proa até o extremo da popa?

Não! Deixemos tudo isso passar; pois nossa âncora ainda pende da proa, ainda que suas patas molhem as unhas nas ondas impacientes. Deixemos o navio no mar – ainda sem avistar terra, ainda com a ameaçadora escuridão cobrindo a superfície das profundezas. Encantam-me demais os espaços indefinidos, o horizonte infinito – um pano de fundo vasto e agitado, que oscila em seu mistério.

É noite. A lua escassa está em seu último quarto, indicando que o fim de uma viagem está próximo. Mas as estrelas nos miram com seu brilho eterno, e *esse* é o eterno e glorioso futuro que temos sempre diante de nós.

Nós, gajeiros da gávea maior, estamos todos no topo do mastro e, em volta dele, giramos de mãos dadas, todos unidos fraternalmente. Rizamos a última gávea; apontamos o último canhão; riscamos o último fósforo; nos curvamos em reverência ao último estampido; nos entregamos ao transe da última calmaria. Tivemos nossa última revista em torno do cabrestante; tomamos nossa última rodada de grogue; pela última vez balançamos nas nossas macas; pela última vez ouvimos o som do apito, semelhante ao sibilo de uma gaivota, anunciando a guarda. Vimos nosso último homem ser flagelado no portaló; nosso último homem dar o último suspiro na ala dos enfermos; nosso último homem lançado aos tubarões. Ouvimos a

222 "Enfim, o céu", lema da família de Melville.

leitura do último artigo dos Artigos de Guerra, anunciando a pena de morte; e terra adentro, bem distante do litoral, naquela abençoada região para a qual desliza nosso navio, a última transgressão em nossa fragata não será mais lembrada; quando o galhardete do comodoro for arriado do mastro grande, quando suas estrelas cadentes despencarem do céu.

"Nove braças!", grita o grisalho prumador nas correntes. Assim, passado o equador, que divide o mundo em dois, nossa fragata finalmente atinge o fundo.

Nós, colegas de gávea, nos juntamos de mãos dadas no topo do nosso monte Fasga[223] e seguimos embalados. Sobre as ondas estreladas, projetando-se na noite ilimitada e delicadamente azulada, impregnada pela estranha doçura daquela terra que há muito ansiávamos – terra a nós predestinada durante toda a navegação, embora muitas vezes, em horas de tempestade, quase nos recusássemos a acreditar nessa costa distante – ali, projetando-se na noite perfumada, o sempre nobre Jack Chase, o incomparável e inigualável Jack Chase, estende a mão abandeirada e, apontando para o litoral, grita:

"Pela última vez, escutem Camões, meu caros!"
Podeis-vos embarcar, que tendes vento
E mar tranquilo, pera a pátria amada.
Assim foram cortando o mar sereno,
Com vento sempre manso e nunca irado,
Até que houveram vista do terreno
Em que nasceram, sempre desejado.[224]

223 Na Bíblia, Moisés vê a Terra Prometida do topo do monte Fasga. (Deuteronômio, 34.)

224 *Os lusíadas*, Canto X, 143, 1-2; 144, 1-4.

Assim como um navio de guerra navega pelo mar, esta terra navega pelo ar. Nós, mortais, estamos todos a bordo de uma fragata-mundo, veloz e que nunca afunda, da qual Deus foi o carpinteiro e que é apenas uma no meio da frota da Via Láctea, da qual Deus é o lorde grande almirante. O porto do qual zarpamos está sempre à popa. E, por mais que estejamos muito distantes da terra, durante eras e eras continuamos a navegar com ordens seladas, e nosso derradeiro destino continua sendo segredo para nós e nossos oficiais; nosso ancoradouro final, no entanto, já estava predestinado desde que partimos do estaleiro da Criação.

Navegando então com ordens seladas, somos os repositórios do pacote secreto, cujo conteúdo misterioso ansiamos conhecer. Não existem mistérios fora de nós. Mas não demos ouvidos ao papo supersticioso do convés de canhões sobre até onde navegaremos, pois, até agora, nenhuma alma a bordo sabe – nem mesmo o próprio comodoro; certamente não o capitão; até mesmo as conjecturas científicas do nosso professor são vãs. Nesse aspecto, o mais humilde camareiro é tão sábio quanto o capitão. E não acreditemos nos hipocondríacos que vivem abaixo das escotilhas, que nos dirão, por trás de um riso sarcástico, que nossa fragata-mundo não se encaminha para nenhum porto final; que nossa viagem acabará se mostrando uma infinita circum-navegação do espaço. Nada disso. Pois como pode esta fragata-mundo ser nossa morada permanente quando, em nosso primeiro embarque ainda crianças nos braços da mãe, seu violento embalar – imperceptível na vida futura – nos deixa mareados? Isso não mostra também que o próprio ar que aqui respiramos é inóspito, e só se torna suportável depois que nos acostumamos pouco a pouco com ele, e que algum ancoradouro plácido e abençoado, por mais que remoto, está reservado para todos nós?

Observemos de proa a popa nossos conveses corridos. Que tripulação fervilhante! No total, somam pouco mais de 800 milhões de almas. Governando-as temos tenentes autoritários, um oficial de fuzileiros de espada no cinto, um capelão, um professor, um comissário, um médico, um cozinheiro, um mestre-d'armas.

Oprimidos por leis iliberais, e parcialmente oprimidos por si mesmos, muitos de nossos tripulantes são ímpios, infelizes, ineficazes.

Temos covardes e inúteis em todos os cantos, e marujos de meia-nau intimidados que, por uma ninharia, fazem o trabalho miserável de nossa embarcação. Não obstante, entre nós temos valentes gajeiros do traquete, do mastro principal e da mezena lá nas alturas, que, bem ou maltratados, continuam mantendo o equilíbrio da embarcação na tempestade.

Temos um *buque* para os transgressores; um balcão junto ao mastro principal onde são acusados; um gato de nove rabos e um portaló onde são aviltados diante de seus olhos e dos nossos. Tais elementos nem sempre são usados para transformar o pecado em virtude, mas para dividi-los, e para proteger a virtude e o pecado legal do vício ilegal.

Temos uma ala dos enfermos para os feridos e incapazes, para onde os despachamos para longe de nossa visão, e, por mais que reclamem abaixo das escotilhas, ouvimos quase nada de seu sofrimento no convés; continuamos ostentando nossa alegre flâmula lá no alto. Vista de fora, nossa embarcação é uma mentira; pois tudo que é visto de fora dela é o convés limpo e reluzente, e as tábuas pintadas com frequência acima da linha d'água, ao passo que a vasta massa de nossa construção, com todos os seus paióis de segredos, desliza para sempre bem abaixo da superfície.

Quando um colega morre, rapidamente o envolvemos numa vela e lá vai atirado na água; nossa fragata-mundo segue seu rumo e nunca mais voltamos a vê-lo; ainda que, mais cedo ou mais tarde, a perpétua contracorrente o arraste até nosso próprio destino.

Temos tanto uma praça-d'armas quanto um convés de canhões em nossa embarcação; paióis de projéteis e paióis de pólvora subterrâneos; e os Artigos de Guerra formam nosso código imperial.

Ó, companheiros de mar e de mundo, de todos os cantos! Nós, do povo, sofremos muitos abusos. Nosso convés de canhões é cheio de queixas. Em vão apelamos ao capitão mediante os tenentes; em vão – enquanto estamos a bordo da nossa fragata-mundo – apelamos aos indefinidos comissários da Marinha, tão distantes de nós, onde não os vemos. No entanto, o pior dos nossos males cegamente infligimos a nós mesmos; nossos oficiais não podem eliminá-lo, ainda que quisessem. Dos males extremos criatura nenhuma pode salvar outra; portanto, que cada homem seja seu próprio salvador. Quanto ao resto, aconteça o que acontecer, que jamais apontemos nossos canhões assassinos para dentro do nosso navio; que jamais nos amotinemos com lanças sangrentas nas mãos. Nosso lorde grande almirante intervirá; e ainda que longas eras se passem e remediados não sejam nossos erros, companheiros de mar e de mundo, jamais nos esqueçamos de que

> Pouco importa o lugar, pouco importa a ameaça,
> a vida é um eterno retorno para casa!

Posfácio

Priscilla Allen

JAQUETA BRANCA: MELVILLE E O MICROCOSMO DE UM NAVIO DE GUERRA

Por trás de *Jaqueta Branca*, narrativa de Melville sobre um navio de guerra, existe uma longa lista de predecessores de um subgênero que fizera muito sucesso: a literatura de viagem. Ele não inventou o estilo, tampouco inovou ao fazer uso do microcosmo de um navio de guerra. Muitos narradores – oficiais e marinheiros – usaram essa forma antes dele. Mas nenhuma dessas observações é surpreendente. Três fatos, no entanto, são importantes: o propósito do microcosmo de Melville e de seus antecessores é mais do que decorativo; os oficiais e marinheiros usavam essa forma narrativa com diferentes fins; a função do microcosmo de Melville é fundamental para o sentido de *Jaqueta Branca*.

O que Melville queria transmitir com o microcosmo de um navio de guerra? Além dos fatos biográficos de sua curta experiência numa fragata e da sua necessidade de escrever um livro em 1849 para ganhar dinheiro, além da popularidade histórica dos temas navais, o que o levou a escolher essa narrativa naval e a elaborá-la com significados microcósmicos? Podemos responder essas perguntas depois de pesquisar a bagagem literária de Melville e examinar seu funcionamento em *Jaqueta Branca*. Por ora podemos dizer que o microcosmo de Melville, metáfora central da narrativa, é o fundamento de um argumento e de um protesto democráticos.

—

Podemos dividir os relatos pessoais de viagens marítimas em dois tipos principais, que vou chamar de "narrativa de oficial" e "narrativa de marinheiro". Esses tipos são essencialmente distintos por causa dos diferentes modos de vida das duas classes no navio. A classe dos oficiais dava a eles privilégios e liberdades que os marujos não tinham; eles eram livres, por exemplo, para desembarcar e visitar os vários países onde aportavam. Já os marujos ficavam mais confinados ao navio – quando tinham essa rara liberdade para pisar em terra firme, passavam o tempo bebendo no esquecimento. Os oficiais narravam basicamente suas viagens, ampliando-as com toda sorte de dados geográficos e científicos dos lugares visitados – o mundo inteiro era um tema. Já os marujos falavam basicamente da vida no navio: esse era o mundo deles.

A experiência de Melville como marinheiro não foi a única razão para que escolhesse essa perspectiva narrativa. Como homem instruído, ele poderia muito bem ter escrito um relato de viagem, enriquecendo sua narrativa com dados pesquisados em outros livros sobre os lugares que visitou. Na verdade, um marinheiro-narrador (seu contemporâneo, William Murrell) tentou seguir esse rumo, atribuindo os dados fornecidos a um oficial. Mas não Melville. "Neste livro, nada mais tenho a fazer com o litoral a não ser observá-lo, de vez em quando, desde o mar; somente o meu mundo no navio de guerra servirá de matéria-prima para minha escrita", diz ele no capítulo 54, e essa é apenas uma das passagens em que define seu assunto como o mundo do navio. Se há uma ironia nessa insistência, ela reside nas suas frequentes identificações, expressas ou tácitas, do mundo naval com o mundo em terra firme.

Para esclarecer a importância dessa escolha da forma, devemos explorar as diferenças qualitativas entre a perspectiva dos oficiais e a perspectiva dos marinheiros a respeito do mundo de um navio de guerra. Como os oficiais também faziam uso desse microcosmo, será útil comparar amostras representativas de como os oficiais e os marinheiros o utilizavam. E como a figura narrativa é mais rica em significados quando associada, numa sequência lógica e natural, às descrições do navio e da tripulação, vamos nos concentrar em duas narrativas que dão esse contexto: para a narrativa de oficial, *Two Years and a Half in the Navy*, de E. C. Wines; para a narrativa de marinheiro, com a vantagem de que Melville a conhecia muito bem, *Thirty Years from Home*, de Samuel Leech.[1]

As descrições de Wines nos dão uma perspectiva ampla do navio de guerra como objeto físico e como organização humana. Mas espero mostrar que suas descrições contêm um significado mais rico do que o mero poder informativo. Ele começa o segundo capítulo de uma maneira bem mecânica ("Nos dois próximos capítulos, tentarei dar ao leitor uma ideia do que se pode chamar de geografia de um navio de guerra, e também de sua organização interna"), mas rapidamente muda de rumo com um caso que promete uma visão introdutória mais interessante do assunto. Uma dama que subiu a bordo do *USS Constellation* como visitante em Gênova "bateu palmas e [...] exclamou: *Corpo di bacco! e una piccola citta*". Wines traduz devidamente a expressão em nota de rodapé ("Meu Deus, é uma cidade em miniatura") e, em tom de aprovação, amplia as observações da dama, dizendo: "Na verdade, é tanto uma cidade quanto um império – uma cidade em seu *materiel*, um império em sua *morale*".[2] A ampliação que Wines faz da cidade em império é apropriada não só à "organização interna" que ele tinha em mente quando fala da "*morale*", mas também a todo o propósito do navio de guerra. As conotações militares que ele acrescenta à percepção da moça sobre a cidade com o mundo *materiel* confirmam isso. Também é importante o uso que ele faz da palavra *morale*, em vez do termo peculiar mais comum, *personnel*, para caracterizar a organização humana do "império". *Materiel* é um termo conotativo o suficiente para caracterizar o navio como objeto, mas para sua organização humana Wines escolhe uma palavra mais conotativa que *personnel*, uma que sugere organização com disciplina, liderança e zelo.

---

1 Enoch Cobb Wines, *Two Years and a Half in the Navy* (Filadélfia: Carey & Lea, 1832); Samuel Leech, *Thirty Years from Home, or a Voice from the Main Deck* (Boston: Tappan and Dennet, 1843).

2 Wines usa os termos em francês. *Materiel* diz respeito ao material bélico e a todo o equipamento militar do navio; *morale* designa o estado de espírito, o moral dos marujos; *personnel* designa todo o corpo dos militares, a tripulação inteira do navio.

Depois do parágrafo de introdução do assunto, Wines apresenta ao leitor seu navio particular, o *Constellation*. Além de falar de suas estatísticas demográficas, idade e dimensões, ele enaltece a "beleza do casco" e "a suave curvatura e inclinação dos costados". Essas passagens dedicadas à apreciação estética dos navios são comuns nas narrativas de oficial e pouco frequentes nas narrativas de marinheiro. Para fazer esses elogios, o escritor precisava, ao que parece, nutrir sentimentos agradáveis para com o mundo dos navios de guerra. Poucos marujos conseguiam identificar seus interesses com esse mundo, por isso tendiam a assumir uma visão desencantada do navio como objeto. Nathaniel Ames descreve com prazer o *United States* navegando com o peso centrado na proa, "como um porco chafurdando o cocho com o focinho"[3], e Melville reproduz parte dessa expressão ("chafurdar") quando descreve o mesmo navio no capítulo 65, "Uma regata de navios de guerra". O enaltecimento de Wines ao *Constellation* é parte natural de sua descrição sistemática do navio. Depois de nos dizer que o navio é tanto uma cidade quanto um império, ele mostra, com orgulho de proprietário, que é dono da embarcação.

O tom da análise que se segue é determinado por construções em voz passiva, sugerindo um regime. Além das construções puramente objetivas como "é chamado", "é denominado", "é dividido" ou "é separado", necessárias à análise, encontramos um predomínio de "é permitido", "é obrigado", "é rigorosamente exigido", "são estritamente proibidos" e "é apropriado", construções que salpicam a descrição. Além dessas estruturas, apropriadas e quiçá necessárias para a análise de um ambiente permeado de regras e de uma etiqueta rígida, existem outras construções em voz passiva que revelam as limitações subjetivas do narrador. Por exemplo, há um parágrafo que começa assim: "No porto, o lado de boreste do tombadilho é reservado para o capitão e os oficiais da praça-d'armas, e o lado de bombordo para os oficiais inferiores. Já vi um marujo ser levado ao portaló e receber uma dúzia de chicotadas por caminhar em direção à popa pelo lado de boreste do convés". "Um marujo ser levado" segue "é reservado" sem nenhuma mudança de tom. A voz passiva de Wines indica que ele não vê diferença qualitativa nos dois fatos descritos. Em um incidente narrado a seguir para ilustrar como as

3 *A Mariner's Sketches* (Providence, R.I.: Cory, Marshall and Hammond, 1830).

regras eram duras contra o barulho no tombadilho, ocorre uma falha ainda maior na percepção de Wines. O narrador, o comissário e o médico são flagrados em uma "conversa um tanto animada" no tombadilho. "Não estávamos cientes", diz Wines, "da altura da nossa conversa até sermos repreendidos pelo capitão, que se aproximou de nós e disse: 'Cavalheiros, vocês estão perturbando as ordens do porta-voz'". Embora uma descrição venha logo depois da outra, Wines não está sendo irônico. Para ele, o fato de o marujo ser flagelado por um crime menos grave que o seu, que lhe rendeu uma educada reprimenda, é algo natural e objetivo na vida em um navio de guerra.

A aparente objetividade de Wines em grande parte de sua descrição do navio é consumada pela desumanização das cenas que ele relata. Por exemplo, ao descrever a ala dos enfermos, ele diz que os respiradouros para a passagem de ar "são abertos apenas no porto". Esse fato, que deixava o ar da ala dos enfermos fétido e repugnante, era mais do que mera circunstância para os marujos que experimentavam seu desconforto: era, como causa de doenças e até de morte, um dos "abusos" navais que mais geravam reclamações. Da maneira prosaica com que Wines descreve os respiradouros da ala dos enfermos, ele descreve muitas outras coisas do navio, como se não estivessem sujeitas a um ajuste humano, mas predeterminadas por algum poder superior e desconhecido. Torna-se óbvio que ele toma o *materiel* do navio como algo imutável e inflexível às necessidades humanas porque vê os marinheiros apenas como apêndices necessários ao maquinário que faz o navio funcionar. Quando começa a falar deles, depois de dar atenção individual aos oficiais e suboficiais, ele os descreve como uma classe, como se fossem ferramentas, dizendo quais os membros das várias classificações são bons para determinadas tarefas e quanto custa sua mão de obra. (Wines menciona escalas de pagamento apenas para os marujos e para as patentes de suboficiais compostas de marujos promovidos.)

Ao falar dos oficiais do navio, Wines descreve não os homens que conhecia no *Constellation*, mas abstrações. Ele diz o que um capitão "deveria ser", não se o seu capitão tinha todas as virtudes "indispensáveis" que ele enumera. Para descrever o primeiro-tenente, ele diz qual é a "combinação de qualidades" que essa patente "requer"; na verdade, ele rebaixa o primeiro-tenente do *Constellation* quando acrescenta que as qualidades necessárias são tais que "raramente um homem tem a sorte de tê-las".

O fato de Wines se refugiar em abstrações sobre os oficiais está em conformidade com o fato de ele fechar os olhos para os abusos comuns de poder dessa categoria. "O capitão e somente o capitão pode usar o açoite", diz ele, "e mesmo seu poder é limitado a doze chibatadas". Mas ele devia saber, como sabiam outros narradores (oficiais e marinheiros), que os oficiais do convés açoitavam com frequência, e que o limite legal de doze chibatadas às vezes era excedido pelo simples recurso de dividir a transgressão do marujo em dois ou três delitos. O fato de Wines ignorar esses abusos dá a ele a liberdade de fazer um elogio impassível à criatura mais odiada na tripulação do navio, o mestre-d'armas; por outro lado, ele demonstra conhecer as acusações geralmente feitas contra os comissários, pois fala da honestidade do comissário do *Constellation*. Pode-se concluir que a exposição que Wines faz do navio de guerra, embora pareça um relato lúcido e objetivo, apresenta uma seleção e uma supressão tendenciosas dos fatos. Uma leitura cuidadosa de suas descrições revela mais do que o autor gostaria.

Podemos contrastar proveitosamente a exposição de Wines com a de Leech em *Thirty Years from Home*. Leech também começa seu relato naval com uma comparação microcósmica: "Um navio de guerra contém uma pequena comunidade de seres humanos isolados, até segunda ordem, do resto da humanidade". A linguagem é mais opaca que a de Wines. A "pequena comunidade de seres humanos" é bem mais literal do que a "cidade-império". Mas a expressão passa acentuadamente por cima dos escalões hierárquicos e inclui os marinheiros na "comunidade" em termos humanos. Em seguida, Leech dá continuidade à sua exposição do ponto de vista do marinheiro. Quando descreve o funcionamento do navio, subordinando a descrição de suas partes à descrição das diversas tarefas dos marinheiros, ele menciona os oficiais apenas em conexão com os serventes ligados a eles. Fala com compaixão dos marinheiros, dando a eles individualidade, sentimentos e nomes. Eles sofrem de sonolência quando retirados de suas macas pelo apito do contramestre. "Sobressaltados" pela ponta do açoite, sentem "necessidade de liberdade". O pobre Billy Garvey, "vítima daquele sistema mortificante de recrutamento forçado", deseja voltar para a Irlanda.

Leech, bem como Wines, tem uma visão geral da comunidade do navio. Ele a encara não como um império, mas primeiro como uma comunidade de trabalho, depois como uma máquina de opressão brutal. "Em todas as ocupações do navio, desde içar a âncora a desenvergar as velas, no topo dos mastros ou no porão, na pia do rancho ou na maca – cada tarefa tem seus homens, e cada homem tem seu lugar." A metáfora de Wines sobre o maquinário humano transforma-se em Leech numa figura de protesto: "Um navio contém todo um maquinário humano, em que cada homem é uma engrenagem, uma correia ou uma manivela, todas se movendo às maravilhas com regularidade e precisão de acordo com a *vontade* do maquinista – o todo-poderoso capitão". O fato de Leech colocar em itálico a palavra *vontade* e identificar o "maquinista" como o "todo-poderoso capitão" dá o tom da passagem para o protesto, que fica mais forte à medida que ele passa da descrição do trabalho, do "sobressalto", da angústia de Billy Garvey, da comida e do grogue, para a remoção, sem nenhuma cerimônia, do cadáver do criado do capitão.

O parágrafo em que Leech termina sua exposição confirma sua tendência ao protesto. Ele queria, diz, expor os "arranjos internos" de um navio de guerra para o leitor, que pode ter visto "navios bélicos com o cordame bem esticado e as portinholas ameaçadoras", e cujo coração pode ter "se enchido de orgulho ao observar essas cidades flutuantes – representantes do caráter de sua nação em países estrangeiros". Sua conclusão nos lembra de que os marujos talvez não encarassem com orgulho genuíno e apreciação estética o navio que servia de cenário para seus sofrimentos. Ciente de que os navios eram comparados a cidades, Leech quer que o leitor saiba que tipo de cidade são os navios de guerra. Existe um apelo à consciência nacional do leitor implícito na última frase, ligada à sentença anterior por um travessão: "representantes do caráter de sua nação em países estrangeiros".

A função exercida pela descrição do navio e da tripulação na narrativa de oficial não é imediatamente aparente. Como o oficial está menos preocupado com a vida no navio do que com suas viagens internacionais, por que favorecer o leitor com um cenário desnecessário para o seu principal propósito? Essa questão não surge na narrativa de marinheiro; Leech, por exemplo, dá continuidade à sua exposição descrevendo (e protestando contra) uma flagelação – sua exposição serve de cenário apropriado para o incidente. Em algumas narrativas de oficial, detalhes não funcionais sobre o navio servem para colorir o cenário pessoal do narrador na qualidade de espectador do vasto mundo fora do navio. Alguns desses detalhes podem ser vícios do *cacoethes scribendi* do escritor (para usar uma expressão preferida dos oficiais). Mas o elogio de Wines à ordem, que aparece continuamente em sua exposição do navio, nos dá uma pista de um significado mais sério para a função dessas descrições.

Antes de dar seu relato sobre a tripulação do navio, Wines faz a seguinte declaração introdutória: "A ordem é a primeira grande regra a bordo de um navio de guerra, a regra a que todas as outras devem se submeter. É de fato o alfa e o ômega, o início e o fim, o centro e a circunferência de toda a sua organização interna". Ao concluir a descrição dos oficiais, ele diz: "Nenhuma parte do sistema a bordo do navio de guerra me interessava mais do que a distribuição de poder e a completa subordinação hierárquica. As pessoas que conhecem a vida apenas nas comunidades civis não têm ideia do que seja a perfeição do governo militar". Depois de descrever a rotina das "simulações de combate", ele diz: "Eu poderia continuar *ad infinitum* dando detalhes desse tipo, todos para mostrar a admirável adaptação a cada uma das partes e a perfeição geral de todo o sistema de política interna que impera a bordo de um navio de guerra". E como observação final: "Não sei se consegui despertar na mente do leitor o interesse e a admiração que o desenvolvimento gradual do sistema despertou em mim; mas, se consegui, posso me considerar amplamente recompensado por qualquer esforço que isso possa ter me custado".

É certo que uma admiração tão intensa e proselitista pela "perfeição" da ordem militar não poderia estar confinada apenas ao navio. Antes, o navio proporcionou a Wines um padrão para ver o mundo fora dele. Podemos ver os sintomas de sua paixão quando ele trata das cenas estrangeiras. Com a mesma complacência com que descreve "as diversões dos marinheiros" ou "seu gosto por 'contar lorotas'" (para citar o título da seção que se repete no cabeço das páginas), ele fala da "pobreza de Maó", ou do "gosto dos espanhóis por espetáculos públicos". Na verdade, existem dois tons que se alternam na narrativa de Wines: eulogístico para questões institucionais e condescendente para a descrição de seus inferiores.

Identificado com o mundo da ordem, com a hierarquia e com o poder, ele vê todos os outros mundos como indisciplinados, irresponsáveis e burlescos.

A exposição que Wines faz do navio e da tripulação expressa diretamente o que costumavam ser suposições e atitudes tácitas de outros oficiais-narradores, que, no entanto, tratam os elementos de sua descrição, seja do navio e da tripulação ou de cenas no exterior, no mesmo quadro de referência. Podemos definir sua atitude como uma agradável aceitação de um mundo estruturado injustamente pelo empreendimento, no qual eles teriam papéis vitais e superiores. A patente desses oficiais no navio revelava sua importância na estrutura total do mundo naval. Neste, eles praticavam a arte da disciplina e da liderança que já pertencia ao escopo de suas posições, e também mostravam, pelo tratamento que davam aos inferiores e pela forma de lidar com as situações, a "substância" de que eram feitos. O navio era o palco de treinamento para o mundo. O uso que os marinheiros fazem da metáfora do mundo naval é, como indicam as citações de Leech, muito diferente do uso que os oficiais fazem dela. Enquanto o oficial encontra no mundo do navio um ideal de ordem que ele gostaria de ver refletido no mundo como um todo ou imitado por este, com o marujo acontece o inverso: ele encontra no mundo naval um reflexo do mundo como um todo, e em ambos um motivo de protesto.

Existe uma inevitabilidade natural na descoberta que faz o marinheiro-narrador da metáfora do mundo naval, seja por sua imitação de uma característica cultural ou por sua estimulante realização da justeza da metáfora. Ele via todos os meios essenciais para manter a vida humana reunidos no navio, todas as habilidades necessárias para diversas artes práticas. Ele via, além disso, classes com seus interesses opostos e a opressão que as classes superiores exerciam sobre as inferiores. Se tivesse inclinações religiosas, veria a própria viagem como um emblema da vida, com início e fim.

Muitas vezes, o uso que faz do microcosmo é incoerente, ou apenas tangencial ao seu protesto, o que reflete uma ingenuidade literária ou a influência aleatória de alguma tradição antiga, como a representação emblemática cristã da viagem da alma, ou o ataque satírico aos abusos sociais. Não precisamos de documentação para entender a primeira influência. Sobre a segunda, um importante exemplo para os marujos seria a literatura de panfletos dos séculos XVII e XVIII atacando a corrupção e os abusos da Marinha Real Britânica. Desses panfletos, *Wooden World Dissected in the Character of a Ship of War*, de Ned Ward, foi tão popular que continuou sendo impresso quase um século depois de sua primeira publicação, em 1707.[4]

Foi preciso um mestre da literatura como Melville para articular as tendências isoladas e díspares da metáfora do mundo naval e uni-las numa ferramenta literária com alguma força para construir uma narrativa de marinheiro que explorasse todas as possibilidades do gênero. Melville pôde imitar a proeza de Ward em comparar o mundo naval com o mundo em terra firme. Talvez o tenha feito conscientemente no capítulo 18, "Um navio de guerra compacto e pleno como uma noz".[5] O panfleto de Ward começa com uma série de contrastes. Ele compara seu "mundo de madeira" com a arca de Noé, um castelo flutuante, uma ponte para doenças, o cavalo de madeira da natureza, o novo Bridewell, a academia do diabo, o ilustre emblema do homem vil, o grande arsenal do Belzebu etc. A lista de comparações feitas por Melville no capítulo 18 é semelhante. E a palavra "noz" no título do capítulo pode ter sido sugerida pela observação de Ward a respeito dos "habitantes dessa maravilha de madeira": "São uma estranha geração de mortais, isso é certo; pois se alimentam e dormem dentro de uma casca, como vermes numa noz; e, quanto mais comem, mais dilatam seu espaço".

Mas também vale destacar que a função e o propósito do microcosmo de Melville são bem diferentes dos de Ward. O microcosmo de Melville não é um jogo de palavras feito para aferroar os poderes vulneráveis, mas sim um conceito profundo que constitui a pedra angular de sua narrativa, aflorando com todo seu esplendor. Ele

---

4 Edward Ward, *Wooden World Dissected in the Character of a Ship of War*, Londres: R. Bragge, 1707.

5 Em *The Tailoring of Melville's White-Jacket* (Evanston: Northwestern University Press, 1970), Howard P. Vincent compara esse capítulo de Melville a duas passagens de *Life in a Man-of-War*, de Henry Mercier, fonte conhecida para alguns eventos de *Jaqueta Branca*. Outro trecho pode ter sua referência na narrativa de Bulkeley-Cummins sobre o naufrágio do *Wager*, ao qual Melville faz uma alusão no capítulo 18, na seguinte passagem: "Se naufragado um navio de guerra numa costa deserta, sua tripulação, por conta própria, fundaria facilmente uma Alexandria [...]". [NOTA DA AUTORA]

é mais sério e ao mesmo tempo tem uma força maior de protesto. Comparado ao microcosmo de Ward e ao de outros narradores, o de Melville tem um funcionamento mais consistente, ramificações mais amplas e significados mais profundos. O microcosmo de *Jaqueta Branca* é um exemplo do restabelecimento imaginativo e da amplificação de uma convenção quase moribunda.

O fator ainda mais importante do microcosmo naval de *Jaqueta Branca* é atestado pelo subtítulo da obra. No entanto, não precisamos nos valer dessa indicação ampla para comprovar sua operação contínua na narrativa. A metáfora do "mundo em um navio de guerra" é apropriada não só no sentido de um mundo separado e diferente daquele conhecido pela maioria das pessoas e delineado pela narrativa, mas também no sentido metafórico mais elaborado do microcosmo – a projeção de um mundo amplo em um mundo menor. Em *Jaqueta Branca*, as referências, generalizações, adoções de princípios e discussões de questões relevantes para o mundo em terra firme, por extensão microcósmica, são tão importantes quanto a narrativa de superfície dos eventos no mar e dos argumentos sobre os abusos navais.

Apesar do subtítulo amplamente indicativo, as comparações explícitas que Melville faz do mundo naval com o mundo em terra firme nos lembram continuamente da importância do microcosmo e direciona nossas inferências a partir dele. Melville nos dá uma pista geral ao narrar uma torna-viagem de El Callao até Norfolk, o que por si sugere alegoria. Suas muitas alusões a lugares em terra – Espanha, Rússia, Gólgota, Newgate etc. – e a constante repetição de expressões como "em terra" e "em terra firme" para explicitar algum contraste ou paralelo naval nos levam a inferir identidades.

Também vale ressaltar o uso que ele faz das questões navais como análogas a questões gerais amplas de sua época, ou como oportunidades para discuti-las. No âmbito deste ensaio, no entanto, poderei apenas nomear essas questões, pois a explicação de seu funcionamento na narrativa requer uma contextualização histórica mais ampla. As questões são estas: flagelação (ainda praticada em terra e no mar na década de 1840); codificação jurídica (ainda procedente em todos os níveis do governo – federal, estadual e local); guerra e impacto das forças armadas na sociedade civil democrática; crime (tratado em *Jaqueta Branca* não como um problema sociológico ou psicológico, mas como um aspecto da luta de classes). O tratamento de Melville a essas questões daria um novo ensaio. Neste, vou me concentrar em seu uso mais específico do microcosmo.

Podemos classificar as diversas conexões explícitas que Melville faz entre o mundo do navio de guerra e o mundo como um todo em três tipos: gerais, analíticas e anedóticas. O primeiro tipo funciona como uma comparação descritiva geral dos mundos, caracterizando-os como lugares de crueldade, corrupção ou maldade. Quando Melville compara o navio de guerra a uma cidade flutuante (capítulo 18), ele rapidamente substitui armas por árvores, o tombadilho por um parque e a cabine do comodoro por um palácio. Quanto à cidade, as fragatas se parecem muito com "cidades altas, muradas e fortificadas, como Quebec, onde quase todas as ruas são bastiões e os cidadãos pacíficos encontram sentinelas armadas em todas as esquinas". Outras comparações gerais enfatizam o tamanho e a brutalidade dos navios de guerra. "Todos os navios de guerra são valentões em alto-mar", diz Melville (capítulo 31). Em duas ocasiões, a vida no navio de guerra é comparada à vida numa prisão estadual, e para tal ele usa apenas epítetos pejorativos. O navio de guerra é inóspito, feio, confuso, opressor, gigantesco e cruel. Essa caracterização do mundo naval não é uma visão misantrópica do mundo todo, mas sim, espero mostrar, uma visão específica de um aspecto central do mundo como um todo.

O segundo tipo de comparação explícita entre os dois mundos diz respeito a suas respectivas partes e correspondentes. Por exemplo, depois de descrever a intimidade do capelão com o capitão, ele observa: "Se pararmos para refletir, isso também não é de admirar; afinal, em todos os governos despóticos, é conveniente que trono e altar se deem as mãos" (capítulo 38). A contrapartida do comissário consiste no "ministério das finanças"; depois Melville observa que, embora o capelão seja oficialmente honrado, na verdade ele tem uma função subordinada, e o comissário, embora não oficialmente importante nas questões puramente materiais, ocupa uma "posição de comando" nas questões do navio (capítulo 48). Talvez não haja necessidade de enfatizar essa anomalia.

A referência de Melville a hospedarias parisienses "invertidas" talvez pareça uma comparação exagerada para descrever as partes de um navio de guerra. Ele considera a comparação adequada porque as duas estruturas abrigam diferentes classes de cidadãos: "o primeiro piso, ou convés, alugado por um senhor; o segundo, por um seleto grupo de cavalheiros; o terceiro, por multidões de artesãos; o quarto, por uma multidão de gente comum" (capítulo 18). A localização da casa é de suma importância, além da forma como ela ilustra a divisão da tripulação. Isso ficará aparente quando examinarmos os "homens do porão", contrapartida naval da "multidão de gente comum".[6]

Com os postos de trabalho dos marinheiros, Melville criou, em parte como brincadeira, uma analogia espiritual do mundo. Nessa hierarquia da alma, os oficiais não têm lugar. Os gajeiros da gávea do traquete, do mastro grande e da mezena, os primeiros citados no capítulo sobre as divisões da tripulação, fazem parte da nata – têm cargos mais altos e espírito de humanidade superior ao de quaisquer outros marujos. Em outro momento, eles são caracterizados como "de coração mais aberto", mais grandiosos, alegres, divertidos, flexíveis, aventureiros e dados a brincadeiras e gracejos (capítulo 12) do que quaisquer outros membros da tripulação. Na conclusão de *Jaqueta Branca*, eles são retratados como "colegas de gávea", "de mãos dadas no topo do nosso monte Fasga".

Abaixo dos gajeiros, literal e figurativamente, apesar das grandes virtudes do venerável Ushant, estão os proeiros da âncora de salvação. São veteranos semiaposentados, que repetem todos os velhos casos e cantam todas as velhas canções. Quase todos já foram gajeiros e estão velhos e cansados demais para subir ao topo dos mastros com os mais jovens. No mesmo convés que eles, mas a ré, ficam os guardas de popa, cujas funções os mantêm associados ao tombadilho, consequentemente aos oficiais, e talvez justo por essa razão lhes falte o espírito dos gajeiros. Abaixo dos proeiros da âncora de salvação

6 A descrição da casa por acaso corresponde a uma hospedaria específica mencionada por Eugène Sue em *Os mistérios de Paris* (publicado na França entre 1842 e 1843), que descreve os quatro andares da casa no número 17 da *rue* du Temple, lugar de extrema importância na trama do romance-folhetim. A outra casa que Melville menciona no capítulo 18, "uma casa de três andares numa parte alta da cidade, com um porão de profundidade indefinida e uma série de sujeitos feiosos espiando pelas janelas", pode ter sido inspirada por outra casa fundamental na trama do romance de Sue, cenário de assassinatos e tentativas de assassinato. Em determinado momento, o porão da casa é inundado e os que estão encarcerados nos calabouços morrem afogados. [N.A.]

e dos guardas de popa, no convés de canhões, estão os marujos de meia-nau, "uns miseráveis que nunca botaram os pés num enfrechate". Eles são os pobres coitados que cuidam das galinhas e dos porcos, função quase irrelevante à marinhagem. São os inferiores de espírito: "aquele que não é bom para mais nada é bom o suficiente para ser *marujo de meia-nau*" (capítulo 3).

Em outro sentido, os marujos de meia-nau não são os marinheiros mais inferiores; depois de apresentá-los, Jaqueta Branca nos leva dois pavimentos abaixo do convés de canhões para nos apresentar os homens que trabalham no porão do navio. Embora estejam posicionados abaixo dos marujos de meia-nau, os homens do porão não são descritos com o mesmo desprezo. Por fazerem parte dos mistérios das profundezas do navio, eles continuam sendo "estranhos" durante toda a viagem de três anos; são comparados aos mineiros da Cornualha (famosos por sua intransigência) e aos capitães de Paris durante o massacre dos Três Dias de Setembro (capítulo 3). São colocados na mesma classe que os ocupantes do último andar da hospedaria parisiense, a "multidão de gente comum". Por trabalharem nos porões do navio onde ficam os paióis de pólvora, eles são associados ao perigo que estes representam e, por extensão microcósmica, aos "materiais inflamáveis" contidos na barrica do planeta. Quando Jaqueta Branca fica sabendo das idas regulares do oficial de artilharia aos paióis para virar de cabeça para baixo os barriletes de pólvora, ele pensa em Guy Fawkes e sente alívio ao descobrir que o oficial de artilharia não é católico (capítulo 31). A chave usada para abrir o paiol de pólvoras, dizem-lhe, é tão grande quanto a chave da Bastilha. Essas alusões a nomes historicamente famosos por conspirações e revoluções formam um padrão em *Jaqueta Branca*. Melville está aludindo às potencialidades revolucionárias das pessoas comuns. Podemos ver que a ameaça que elas representam não é necessariamente ruim quando ele diz que os homens do porão se embrenham no meio da tormenta para salvar o navio de uma tempestade, do mesmo modo que os capitães durante os Três Dias de Setembro.

O terceiro tipo de referência microcósmica que Melville faz em *Jaqueta Branca* é na forma de breves morais retiradas de uma situação ou incidente, como a conclusão do narrador depois de amarrar sua maca num nível diferente: "Por fim, de bom grado voltei ao nível anterior e interpretei moralmente a tolice, em todos os governos arbitrários, de lutar para se colocar *acima* ou *abaixo* daqueles a quem a legislação colocou em pé de igualdade" (capítulo 20). Ao apresentar o assunto da flagelação por toda a frota, ele diz: "Nesse mundo dos navios de guerra, há certas atrocidades que, pela própria magnitude, têm garantida a impunidade" (capítulo 88). O motim que quase aconteceu no *Neversink* por causa de uma ordem dada para que todos se barbeassem provou "como os eventos de grande magnitude no mundo de nosso navio de guerra podem se originar nas frivolidades mais insignificantes" (capítulo 85). Depois de falar sobre a ordem dada aos marinheiros para que passassem a noite toda com uma bala de 24 libras nas mãos "para equilibrar cientificamente o navio" durante uma regata de navios de guerra, Jaqueta Branca conclui que "o conforto e o consolo de todos os contrapesos são como pó na balança dos que governam o mundo do nosso navio de guerra" (capítulo 65). A lista de exemplos em que a expressão "mundo do nosso navio de guerra" ou "mundo em um navio de guerra" enfatiza o microcosmo poderia se estender por páginas e páginas.

Há ocasiões em que a alusão ao microcosmo aparece sem o uso da expressão. Por exemplo, durante a flagelação de um marujo negro, Jaqueta Branca exclama consigo mesmo: "Ó, oficiais de todo o mundo [mentalmente, unimos a expressão com "do mundo de nosso navio de guerra"], se chegaram a vestir essa cara de tombadilho, jamais a troquem por outra, nem que seja para mostrá-la um instante" (capítulo 66). Depois de muitos outros exemplos, certamente temos razão ao interpretar o microcosmo nessas passagens como o que conclui a moralização de Jaqueta Branca sobre a queda de Baldy do mastro da mezena: "E assim, para que o comodoro na popa seja glorificado, quem sofre é a *ralé* do convés de canhões." (capítulo 46). Na verdade, a atmosfera do microcosmo é tão dominante que somos tentados a ver até mesmo a história pessoal de Jack Chase como uma peculiaridade comum de sua classe, sendo Jack Chase o seu Emblema – ou pelo menos ver a luta dos sul-americanos por liberdade como relevante para a causa dos marujos, e reciprocamente ver a luta dos marujos como relacionada às aspirações revolucionárias dos sul-americanos.

Embora sejam apenas representativos, esses poucos exemplos do texto servem para indicar o poder informativo do microcosmo de *Jaqueta Branca*. No tratamento de Melville, o mundo em um navio de guerra torna-se um lugar mais amplo e familiar do que qualquer um descrito por outras narrativas de navios de guerra. Com uma dimensão e uma história praticamente tão abrangentes quanto nossa "embarcação de popa arredondada" que viaja pela Via Láctea, para usar um dos tropos de Melville, o *Neversink* é tanto o mundo em um navio de guerra quanto o mundo como um navio de guerra.

—

Em *Jaqueta Branca*, Melville criou um tipo especial de mundo. O fato de esse mundo ser masculino é a primeira diferença óbvia entre esse microcosmo literário e o de outros autores. Com exceção da esposa e da filha do emissário peruano, que viajam como passageiras durante parte do trajeto, não há mulheres no *Neversink*, e, como passageiros, o emissário e sua família não fazem parte de fato do mundo do *Neversink*. A divisão dos seres humanos numa fragata não era feita por sexo, como disse Horace Greeley[7] uma vez, mas sim entre "Oficiais e Homens". Essa divisão, enfatizada em todo o *Jaqueta Branca*, é apropriada para a representação das diferentes classes no mundo como um todo, e o que Melville reproduz no microcosmo do *Neversink* é uma diferenciação de *classes*. Personagens individuais, quando descritos em detalhes (por exemplo, Jack Chase, capitão Claret, Bland), são muito significativos como representantes das classes ou dos níveis dentro das classes. Embora Selvagee e Mad Jack nos sejam apresentados como "tipos", eles não são tipos sociais – Melville nos diz que eles são tipos de oficiais, "lordes e nobres".

Como o navio de guerra é um símbolo de poder em si, sua "organização interna", ou hierarquia, expressa a relação de poder entre as classes. O mundo masculino da fragata é, obviamente, apropriado para representar sua relação de poder interior. O que é mostrado no *Neversink* não é a sociedade em geral, mas um aspecto dela: o governo, o Estado. A estrutura autocrática da Marinha deu a Melville a representação perfeita do poder do Estado; é a autocracia que ele retrata como inóspita, feia e cruel.

Os temas e o tom do corpo das narrativas de marinheiro expressam um protesto democrático contra a autocracia. Melville, ao

7 Em "Flogging in the Navy", do livro *Hints Toward Reform* (Nova York: Harper's, 1850).

escolher essa forma narrativa, segue a tradição do protesto. Quando as implicações lógicas dessa metáfora se apresentam, ele escapa simplesmente por contestá-las, interpondo em seu argumento distinções entre o navio e o microcosmo do navio, separando deliberadamente os regimes de terra e mar. Para condizer com a ideia geral de que a autoridade é necessária nos navios, ele troca o modo alegórico pelo literal. Por exemplo, no decorrer de um argumento contra a flagelação, ele diz: "Certamente as necessidades das marinhas exigem para seu governo um código mais rígido do que a lei que governa a terra, mas esse código deveria estar em conformidade com o espírito das instituições políticas do país que o promulga; não deveria converter em escravos alguns dos cidadãos de uma nação de homens livres" (capítulo 35). Ou, ao debater o Código Militar, ele diz que Jaqueta Branca "não ignora que [...] um oficial naval no comando deveria ser dotado de um grau de autoridade e discrição inadmissíveis em qualquer senhor em terra firme" (capítulo 72).

Talvez essa seja uma maneira desdenhosa de tratar uma metáfora constitutiva, mas Melville vai ainda além dessas negações eventuais, chegando ao ponto radical e supremo de afundar os navios, se for preciso, nos quais se baseia seu emblema. Suas propostas para reformar a Marinha, citando uma questão central, não se resumem a um paliativo, como abrir as patentes de comando mais altas para todos os candidatos, independentemente de sua classe. Esse tipo de reforma costumava ser elogiado por pessoas como Horace Greeley e talvez pareça implícito em alguns dos incidentes e protestos contidos na narrativa de Melville. No entanto, ele vai além da ideia de livre iniciativa do que seja a liberdade. Acredita que permitir que marinheiros se tornem comodoros não vai contra a natureza tirânica essencial do navio de guerra. Por fim, ele questiona a existência de navios de guerra em si e, ao fazê-lo, retorna a uma posição sustentada antes em sua carreira. No capítulo 29 de *Ommo*, Melville faz uma nota de rodapé sobre o flagelo naval, em que repudia a prática por parte do "sistema", mas reconhece sua necessidade com uma ressalva que poderia ser facilmente ignorada: "enquanto a Marinha for necessária". Essa afirmação é elaborada em *Jaqueta Branca*. Em vários momentos da narrativa, Melville fala, tanto em linguagem milenarista quanto em termos mais prosaicos, de um futuro em que os navios de guerra deixarão de existir.

Além disso, em seu argumento contra a flagelação naval, ele propõe seriamente a destruição da Marinha dos Estados Unidos, se necessário for, para acabar com a prática da flagelação.

Se, no final de *Jaqueta Branca*, ele parece aconselhar a resignação às necessidades do mundo do poder, isso não se deve a um respeito maior pela oligarquia no comando. Suas condenações, ao contrário, tornam-se ainda mais absolutas. Mas, fiel à sua crença de que o mundo, e principalmente os Estados Unidos, devem ser governados pela cooperação e pela caridade cristã, no último capítulo ele pede a seus "companheiros de mar e de mundo" que não usem seu poder coletivo em rompantes violentos. Isso não mostra que Melville não era democrata. No entanto, preocupado por ele mesmo estar à procura da democracia, com as nuvens da vindoura guerra civil pairando sobre a cabeça de todos, Melville escreveu *Jaqueta Branca* para expor o mundo do poder e para combatê-lo por meios propagandistas, na esperança de incitar a mente (e talvez as mãos) das pessoas contra esse mundo.

Embora ele faça um uso liberal, para fins de comparação, das estruturas de classe e das figuras de poder que pertencem a várias nações e épocas, o principal interesse de Melville era seu próprio país. Por mais que haja uma falta de clareza na correspondência entre a hierarquia do *Neversink* e a estrutura de poder nos Estados Unidos, podemos ter certeza de que Melville propunha uma identidade entre elas. O *Neversink* é um navio de guerra norte-americano disfarçado ficcionalmente, comandado por norte-americanos e servindo aos interesses norte-americanos. Assim como o povo dos Estados Unidos, a "ralé" do *Neversink* é uma extração poliglota da Europa. Oficialmente mantido pelos Estados Unidos e governado pelo Código Militar dos Estados Unidos, o *Neversink* é, nas palavras de Melville, "um pedaço de *terra firma* recortado do continente" (capítulo 6), ou nada mais que "esse nosso mundo, antiquado, só que flutuante" (capítulo 91). Por extensão, o *Neversink* representa todos os países do mundo onde a autocracia se opõe ao igualitarismo. Essa extensão é natural, uma vez que tanto o despotismo quanto a luta contra ele são universais. Mas, embora Melville passe de um nível do microcosmo para o outro, sua ênfase recai sobre os Estados Unidos.

Melville descreve ou fala de dois Estados Unidos diferentes em *Jaqueta Branca*. Se compararmos seus elogios patrióticos às suas indignadas condenações, entenderemos essa divisão subjacente. O país exemplificado no *Neversink* era o Estado real, uma configuração de poderes que se expressam em privilégio, patronagem e escravidão; uma civilização para a qual o Código Militar era o verdadeiro índice (capítulo 70). Foram os Estados Unidos que deram margem para as práticas do "passado", vestígios "dos piores tempos de uma aristocracia feudal bárbara" (capítulo 35). Os outros Estados Unidos existiam como um ideal, em conflito com o mundo "antiquado". Eram "o espírito de nossas instituições democráticas", a "arca" que os norte-americanos, os novos israelenses, carregam no deserto. Jaqueta Branca ressalta a idealidade desses Estados Unidos com declarações do tipo: "num país como o nosso, que ostenta a igualdade política de todas as condições sociais" e "nossas instituições *se dizem* baseadas em princípios de igualdade e liberdade política" [grifos meus]. Em seu apelo mais fervoroso a esses Estados Unidos, no capítulo 36, ele rejeita o passado morto como "manual dos tiranos" e saúda o futuro como a "Bíblia dos homens livres". Esse futuro existe para nós, diz ele, "mesmo na antecipação". Os Estados Unidos corporificados numa herança revolucionária e nas tradições de uma independência igualitária são mencionados em todo o livro, em oposição aos Estados Unidos que se refletem no *Neversink*.

O próprio nome da fragata é um indício da identidade a que visava Melville. O fato de "Neversink" ser hoje um "codinome" ou um nome falso para designar couraçados em documentos navais é uma coincidência interessante que serve para ilustrar mais uma vez como Melville usa a tradição de maneira irônica.[8] Ou, se pensarmos em *Jaqueta Branca* como um *roman à clef*, podemos considerar seu disfarce do navio *United States* como uma tentativa trivial de anonimato.[9] Mas eu sugiro uma motivação primária diferente: em vez de anonimato, Melville buscava a universalidade. Ele queria apresentar o *United States* como *todos* os navios de guerra norte-americanos, e não como navio *nenhum*. Apenas essa compreensão bastaria para

8 De acordo com uma nota de Daniel W. Greene em *American Notes and Queries*, 5 (dezembro de 1966), é possível que o nome "Neversink" já fosse usado como codinome na época de Melville. [N.A.]

9 Ver a introdução de Hennig Cohen à edição da Rinehart para *White-Jacket* (Nova York: Rinehart and Winston, 1967). [N.A.]

seus propósitos microcósmicos e para sua intenção declarada, no prefácio da edição inglesa, de "retratar a vida em geral na marinha de guerra".

Além disso, ele queria identificar o couraçado universal com seu país de origem, os Estados Unidos. O nome do verdadeiro navio, embora pareça realizar seu fim, referia-se de maneira sólida e específica a uma embarcação famosa e real. Desse modo, Melville fez a identificação microcósmica por uma figura de linguagem convencional, a sinédoque. Afinal, o nome "Neversink" não é apenas o codinome de couraçados nos documentos (um fato que pouquíssimos leitores deviam saber na época); ele não tem apenas o tom promissor oportuno tanto para a nomenclatura do encouraçado quanto para as causas políticas que Melville expôs; Neversink era também o nome da primeira terra avistada pelos tripulantes a bordo dos navios que chegavam a Nova York, dos "verdes cumes de New Jersey" que Melville descreve tão vigorosamente em *Redburn: Neversink Highlands*. Embora o nome seja a corruptela de uma palavra indígena (geralmente grafada "Navesink"), e embora ela esteja escrita de diferentes formas em obras do século XIX, costumava-se pronunciá-la como "Neversink" – e sem dúvida era pronunciada dessa maneira, qualquer que fosse a grafia.[10]

---

10 Se aceitarmos a grafia de F.E. Fryatt para a palavra indígena "Neve-sinck", então Navesink é uma corruptela do original na língua lenape. Ver "The Navesink Highlands", *Harpers New Monthly Magazine*, 59 (setembro de 1879), p. 541-53. Exemplos do uso de "Never-sink" são mais numerosos do que Greene sugere (ver nota 8) com sua oposição ao uso que faz Philip Freneau e Walt Whitman de "Neversink" e "Navesink" respectivamente. Para mencionar algumas das várias fontes contemporâneas de Melville: Joseph G. Clark, *Lights and Shadows of Sailor Life* (Boston: B. B. Mussey, 1848), p. 254; Charles Briggs, *The Adventures of Harry Franco* (Nova York: F. Saunders, 1839), II, 187; II, 267; carta de Sarah Grinké para Dr. Harriot Hunt, citada em Catherine H. Birney, *The Grimkê Sisters – A Biography* (Boston: Lee and Shepard, 1885), p. 272.

Melville sugere a importância tanto prática quanto emotiva de Highlands como primeira terra avistada com palavras que valem ser citadas. Quando o navio de Redburn se aproxima de Nova York, ele diz: "Aqui, os longos e tortuosos rastros deixados na água desde a Europa, a África, a Índia e o Peru convergiam numa linha que entrelaçava todas num único rastro.

"Bem diante de nós, sob o sol e o céu do meridiano, dançavam e tremulavam os verdes cumes de New Jersey; por uma ilusão de ótica, o mar azul parecia fluir embaixo deles" (*Redburn*, capítulo 60). [N.A.]

Assim como os rochedos de Dover representam figurativamente a Inglaterra, as Neversink Highlands (ou Atlantic Highlands, como são chamadas hoje) podem representar figurativamente os Estados Unidos. Com essa sinédoque consciente, Melville respaldou a visão microcósmica do regime do *Neversink* e garantiu aos norte-americanos que estava apresentando não só mais uma retratação da vida em um navio de guerra, mas sim o seu mundo, um mundo de ideais igualitários e de luta de classes, de princípios democráticos e de opressão brutal.

PRISCILLA ALLEN é autora de *The Major and Minor Themes of Melville's White-Jacket* (Cornell University, 1966). Este texto foi publicado originalmente na revista *American Quarterly*, vol. 25, de março de 1973.

Mapa

Percurso de Herman Melville a bordo da fragata *USS United States*, na viagem que inspirou o romance *Jaqueta Branca*, de acordo com seus biógrafos:

1 Honolulu, Havaí
2 Baía de Taiohae, Nuku Hiva, Ilhas Marquesas, Polinésia Francesa
3 Baía de Matavai, Taiti, Ilhas Sociedade, Polinésia Francesa
4 Ilha de Más Afuera (atual ilha Alejandro Selkirk), arquipélago de Juan Fernández, Chile
5 Valparaíso, Chile
6 El Callao, Peru
7 Mazatlán, México
8 El Callao, Peru
9 Rio de Janeiro, Brasil
10 Boston, Estados Unidos

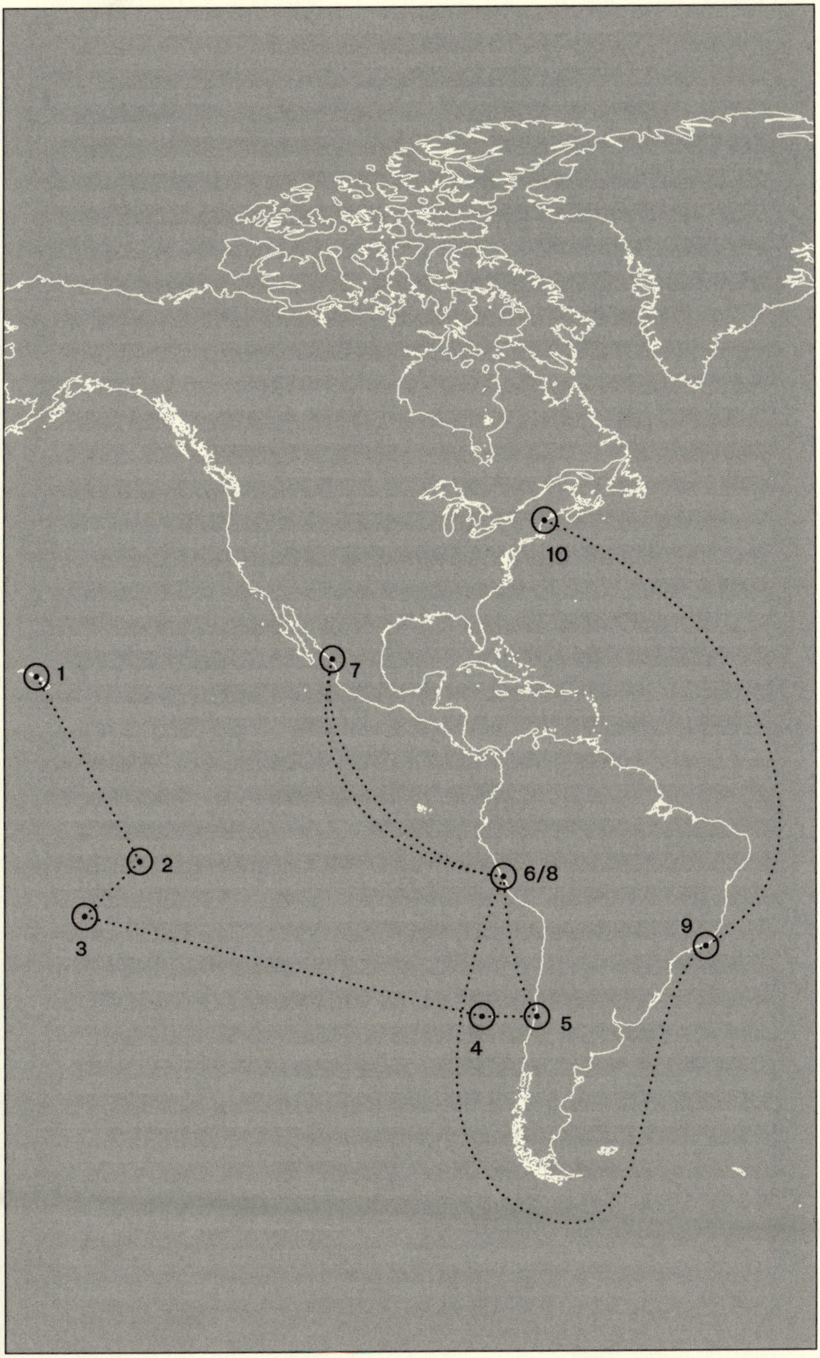
1
2
3
4
5
6/8
7
9
10

Glossário

Abita
Estrutura formada por várias peças de madeira, presas ao convés, usada para segurar a volta dos cabos enquanto o navio está fundeado; também pode ser uma peça formada por dois cabeços ou colunas de ferro por onde a amarra dá uma volta.

Adriça
Cabo ou corda que se utiliza para içar velas, vergas, bandeiras, roupas etc.

Aduchar os cabos em pandeiro
Enrolar cabo ou corda de modo que cada volta fique sobreposta à anterior, dando ideia de um pandeiro.

Aducheiro
Responsável, no porão ou no paiol dos cabos, por acomodar a amarra ou os cabos à medida que são recolhidos.

Alforje
Nos antigos navios armados, saliência projetada na popa e em parte do costado que servia tanto de adorno como de dependências para os comandantes.

Alheta
Parte curva do costado, de um e de outro lado, junto à popa.

Amantilho
Cada um dos cabos que vão da ponta das vergas até a cabeça do mastro ou mastaréu

e servem para sustentá-las na posição horizontal ou para movimentá-las na vertical.

Amarra
Corrente de elos reforçados, grossa e pesada, que prende a âncora ao navio.

Andarivelo
Cabo usado para içar mataréus e vergas de joanete.

Antepara
Tabique ou estrutura vertical rígida que subdivide o espaço interno do navio em vários compartimentos. Ela também tem a função de aumentar a resistência do casco.

Apeadeira
Originalmente é um tronco ou pedra que serve de apoio na hora de montar nos cavalos. Por analogia, designa uma plataforma acima do convés, na altura do parapeito, usada pelos oficiais para dar ordens.

Arganéu
Peça metálica geralmente de forma circular, às vezes triangular ou em oito, presa a um olhal e usada para engatar talhas, amarras, correntes ou espias.

Armaria
Depósito das armas.

Armeiro
Designa tanto o responsável por cuidar das armas quanto o lugar onde elas são guardadas.

Arriador
Responsável por arriar os cabos.

Aspira
Redução de "aspirante".

Bailéu
Plataforma ou pavimento parcial no porão do navio, abaixo do último pavimento contínuo, onde ficam os paióis ou outros compartimentos semelhantes.

Barlavento
É tanto a direção de onde o vento sopra quanto o lado da embarcação em que o vento bate (antônimo: sotavento).

Bolinar
Trazer a proa da embarcação para perto da linha do vento.

Bombordo
Lado esquerdo da embarcação quando visto da popa para a proa, ou de ré para vante.

Bordo
Cada uma das duas partes iguais em que o casco da embarcação é dividido longitudinalmente; um e outro lado da embarcação.

Boreste
Lado direito da embarcação quando visto da popa para a proa, ou de ré para vante.

Braçola
Chapa de metal ou prancha de madeira colocada na borda de uma escotilha, acima do convés, para impedir a entrada de água ou a queda de objetos no compartimento inferior.

Bragueiro
Cabo usado para conter o recuo violento (coice) do canhão, quando disparado.

Brandal
Nos navios a vela, cada um dos cabos que seguram a mastreação às bordas, puxados um pouco para ré, evitando, assim, que os mastros tombem para vante.

Breu
Espécie de bote usado para vender frutas à tripulação.

Brigue
Veleiro armado, de dois mastros, muito usado no início do século XIX.

Brulote
Embarcação carregada de materiais explosivos ou inflamáveis usada para atear fogo nos navios inimigos.

Bujarrona
A maior das velas de proa, triangular, içada num estai que se prende a um mastaréu chamado “pau da bujarrona”.

Buque
Compartimento ou espaço no navio que serve de prisão temporária aos tripulantes infratores.

Cabo-guia
Cabo de pequena circunferência, preso ao chicote de uma amarra, para ajudar a içar a âncora sem que a amarra se enrole no cabrestante.

Cabrestante
Mecanismo para içar âncoras, suspender vergas ou deslocar grandes cargas, que consiste num eixo vertical em torno do qual gira um tambor.

Calabrote
Cabo ou pedaço de cabo de pequena bitola.

Calcês
Parte no extremo superior do mastro ou mastaréu por onde passam os cabos; topo do mastro.

Cambar
Mudar a disposição das velas para o lado oposto; mudar o rumo do navio, de um bordo para outro.

Candeliça
Sistema usado para içar objetos de pouco peso; pode designar também a adriça usada para içar bandeiras.

Capitânia
Em um conjunto de navios, a capitânia é aquele em que viaja o chefe da força (capitão), ou onde esteja içado seu pavilhão.

Carangueja
Nos navios de três mastros, é a verga da mezena, voltada para ré.

Caronada
Canhão de ferro fundido, curto, mas de grande calibre, usado na artilharia naval como arma de curto alcance.

Cartas de marca
Chamadas também de “cartas de corso” ou “licenças de corso”, são autorizações dadas por escrito pelo Estado beligerante para que particulares armem seus navios por conta própria e ataquem o inimigo. Os comandantes desses navios eram chamados “corsários”.

Castelo de proa
Parte do convés que se eleva acima do restante, formando uma superestrutura a vante do navio.

Cavilha
Haste de metal ou madeira que une peças na construção do navio.

Cesto da gávea
Nos navios a vela, plataforma instalada na altura do calcês para espalhar as enxárcias e sustentar os gajeiros que manejam as velas. Essa plataforma por vezes é referida apenas como “topo” ou “gávea”.

Clíper
Veleiro comprido e estreito, de três ou mais mastros altos, muito veloz.

Coberta
Espaço entre os conveses situados abaixo do convés principal destinado a abrigar a população, bem como armamentos, combustíveis etc. No *Neversink*, designa o terceiro convés, abaixo do convés de canhões.

Contramestre
Oficial que comanda e controla o trabalho da tripulação relacionado ao cordame, âncoras, cabos etc. Também é seu dever reunir os marujos para que cumpram suas tarefas.

Convés
Qualquer dos pisos ou pavimentos de um navio, especialmente

aquele a céu aberto, que recebe o nome de "convés principal".

Convés de canhões
Convés abaixo do principal, guarnecido de canhões de ponta a ponta.

Corveta de guerra
Navio de guerra a vela, menor que a fragata, que carregava até dezoito canhões.

Cunho
Peça de madeira ou metal, em forma de bigorna, que se fixa na amurada das embarcações e é usada para dar volta a um cabo.

Cutelo
Vela suplementar usada para aumentar a superfície do pano nas situações em que o vento está favorável.

Diamante
Agulha metálica com que se desobstruía o ouvido das peças de artilharia.

Embornal
Abertura no costado do navio, rente ao convés, para escoamento de água.

Enfrechate
Cada um dos degraus de uma enxárcia, feitos de cabo, madeira ou ferro, formando uma escada que dá acesso ao mastro.

Enora
Abertura no convés do navio onde se fixa um mastro ou o eixo de um cabrestante.

Enxárcia
Conjunto de ovéns e enfrechates que sustenta os mastros da embarcação e permite acesso às vergas.

Escaler
Embarcação pequena, de proa fina e popa larga, movida a remo ou vela, usada para executar serviços de transporte, reconhecimento etc.

Escota
Cabo de laborar que segura uma vela pela ponta e permite estendê-la por completo.

Escotilha
Abertura retangular ou quadrada, de tamanho médio ou grande, feita em convés ou coberta, para passagem de ar, pessoal, luz ou carga.

Escovém
Abertura tubular, no costado da proa do navio, por onde passa a amarra da âncora quando desce ou é içada.

Escovilhão
Escova grande e cilíndrica usada para limpar a boca dos canhões.

Eslinga
Anel ou rede de corda que se passa em volta de cargas pesadas para içá-las.

Espardeque
Convés superior que se estende sem interrupção de proa a popa.

Espeque
Peça de madeira que serve de escora.

Espia
Cabo grosso usado para segurar uma embarcação a outra, ao cais, a uma boia etc.

Esquife
Pequena embarcação usada para o serviço a embarcações maiores.

Estropo
Pedaço de cabo ou lona cujas pontas foram ligadas por nó ou costura, formando um anel que pode ser usado para diversos fins.

Ferrar
Colher a vela e amarrá-la com cabos a uma verga.

Gajeiro
Marinheiro que tem a seu cargo o serviço de um mastro, suas velas e vergas.

Galhardete
Bandeira triangular ou trapezoidal, estreita e comprida, geralmente usada para sinalização.

Gávea
Palavra que, quando usada sozinha, é o nome do mastaréu que espiga imediatamente acima do mastro grande, a verga que cruza esse mastaréu, ou ainda a vela que pende dessa verga. Quando se refere aos mastaréus e vergas que espigam acima dos outros mastros, é chamada de gávea do mastro da mezena ou do traquete.

Gaxeta
Trançado feito de cabo usado para diversos fins.

Giba
Vela de proa, de forma triangular, presa ao pau de mesmo nome, que fica mais para fora do gurupés, no sentido longitudinal da embarcação.

Granadeiro
Soldado encarregado de lançar granadas.

Grinalda
Parte superior do painel da popa.

Guarda de popa
Grupo dos *guardas de popa*, marujos posicionados no tombadilho que cuidam das velas de popa, além de auxiliar em outras tarefas.

Gurupés
Mastro colocado no bico de proa dos navios, apontando para a frente, inclinando-se a cerca de 35º acima do plano horizontal.

Joanete
Cada um dos mastaréus, vergas e velas que se aparelham sobre o mastaréu da gávea, recebendo a denominação do mastro correspondente.

Lais
Cada uma das extremidades de uma verga.

Lambaz
Espécie de vassoura de fios de carreta usada para enxugar os conveses, as anteparas etc.

Lanada
Instrumento usado para limpar o interior das peças de artilharia. É uma haste com um chumaço de lã de carneiro numa das pontas.

Leme
Peça de madeira ou metal, que mergulha na água, ligada à popa por um eixo para que possa girar para um ou outro lado, determinando a direção da embarcação.

Malagueta
Pino de metal ou madeira que se prende verticalmente num mastro, numa antepara, num turco etc., usado para dar uma volta nos cabos de laborar. Designa também cada um dos pinos salientes presos à roda de leme, em continuação de seus raios e em toda a sua volta, usados para manobrá-la.

Mastaréu
Mastro suplementar que completa para cima o mastro real.

Mastro da mezena
Mastro de ré (popa).

Mastro do traquete
Mastro de vante (proa).

Mastro grande ou principal
Maior e mais elevado. Nos navios de três mastros, é o do meio. É nele que se instala o *cesto da gávea*.

Meia-nau
Parte situada entre o mastro grande e o mastro do traquete.

Merlim
Cabo fino usado para amarrações que exijam bom acabamento.

Mesa das enxárcias
Pranchão de madeira disposto horizontalmente à borda do navio, no qual se prendem as enxárcias.

Mestre-d'armas
Oficial responsável pela ordem, disciplina e administração do navio.

Mezena
Vela quadrangular que se enverga no mastro da mezena.

Mezena de capa
Vela de dimensões menores e de tecido mais resistente, usada com vento forte ou mau tempo.

Mialhar
Cabo fino, branco ou alcatroado, usado para diversos fins.

Michelo
Pequeno cabo com que se prende a amarra ao cabo-guia para içar a âncora.

Molhe
Paredão nos portos marítimos, a modo de cais, que protege as embarcações das ondas do mar.

Molinete
Guincho usado para suspender amarra de âncora ou para puxar espias e cabos de laborar.

Oficiais da mestrança
Termo geral usado para designar o grupo de oficiais técnicos do navio, que ocupam posição de mando.

Oficial do convés
Oficial responsável pela operação do navio, durante determinado turno, na ausência do capitão.

Olhal
Qualquer anel metálico, fixo em diversas partes da embarcação, usado para engatar aparelho ou amarrar cabo.

Ostaga
Cada um dos cabos usados para içar as velas dos cestos das gáveas.

Ovém
Cada um dos cabos que sustentam mastros e mastaréus para os bordos e para a ré, formando as enxárcias.

Pega
Peça de madeira usada para prender o mastaréu ao mastro.

Pelouro
Bala esférica de pedra ou ferro usada em peças de artilharia.

Penol
Lais da carangueja.

Poleame
Peça de madeira ou ferro usada para passar cabos fixos ou de laborar.

Poleeiro
Indivíduo que fabrica poleames.

Portaló
Abertura no casco de um navio, ou passagem junto à balaustrada, por onde se passa carga leve e por onde as pessoas embarcam e desembarcam.

Porta-voz
Cone usado para ampliar a voz.

Praça-d'armas
Refeitório dos oficiais.

Proeiro
Marinheiro que vigia ou trabalha à proa da embarcação.

Quartel-mestre
Oficial encarregado da navegação e da manutenção de equipamentos e instrumentos, bem como das instruções dadas aos timoneiros e vigias.

Rabo de macaco
É como os marujos chamavam uma alavanca ou vara de ferro usada para apontar os canhões.

Rancheiro
Oficial que administra o rancho.

Rancho
Grupo de militares que fazem suas refeições juntos, lugar onde são servidas as refeições ou a provisão de mantimentos embarcados para alimentação do pessoal de bordo. Pode designar também o lugar, na proa, onde os marinheiros dormem.

Ré
Parte de trás do navio.

Reclamo
Peça de metal ou madeira, fixada em lugares variados, usada para mudar a direção dos cabos.

Riz
Cada um dos cabos finos usados para diminuir a área exposta das velas.

Rizador
Indivíduo responsável por colher os rizes.

Rizar
Amarrar com rizes parte de uma vela, depois de enrolada ou dobrada, diminuindo a superfície exposta ao vento.

Roda de proa
Peça de madeira ou metal que forma o prolongamento da quilha na proa, fechando por fora a ossatura do navio.

Sobrejoanete
Verga que cruza, nos mastaréus de joanete, por cima das vergas de joanete; designa também as velas que correspondem a essas vergas.

Sobrequilha
Peça (ou conjunto de peças) de madeira ou ferro que, no interior dos navios, cobre a quilha de proa a popa para fortalecer as cavernas.

Sotavento
É tanto a direção para onde sopra o vento quanto o lado da embarcação contrário àquele de onde sopra o vento (antônimo: barlavento).

Sovela
Instrumento formado por uma espécie de agulha reta ou curva, com cabo, usado por sapateiros para furar couro.

Talha
Aparelho de força usado a bordo para içar cargas ou puxar cabos.

Talinga
Feixe de fios torcidos como uma corda.

Tanoeiro
Pessoa que fabrica barris.

Timoneiro
Indivíduo que controla o timão, ou leme.

Tombadilho
Superestrutura erguida sobre o convés principal, estendendo-se de um a outro bordo e do mastro da mezena até a popa, destinada a câmara e alojamento de alguns oficiais. Designa também o pavimento dessa superestrutura.

Torna-viagem
Regresso do navio ao porto de origem.

Traquete
Designa tanto o mastro de vante quanto a vela que pende de sua verga.

Vante
A parte da frente do navio.

Varredoura
Vela quadrangular que serve de suplemento ao traquete.

Vau
Viga transversal destinada a sustentar os pavimentos do navio.

Velacho
Vela redonda do mastro de vante, logo acima da vela do traquete.

Vela de capa
Ver *mezena de capa*.

Veleiro
Indivíduo responsável por confeccionar e consertar as velas.

Verga
Peça de madeira ou metal que cruza um mastro ou mastaréu, de onde pende uma vela.

Vergueiro
Cabo ou vergalhão preso ao longo de uma verga no qual se amarram os fiéis das velas.

Virar em roda
Passar com a popa da embarcação pela linha do vento, mudando de rumo.

Primeira edição
© Editora Carambaia, 2017

Esta edição
© Editora Carambaia
Coleção Acervo, 2021

Posfácio
Allen, Priscilla. "*White-Jacket*: Melville and the Man-of-War Microcosm." *American Quarterly* 25:1 (1973), 32-47. © 1973 Trustees of the University of Pennsylvania. Translated and reprinted with permission of Johns Hopkins University Press.

CIP-BRASIL. CATALOGAÇÃO NA PUBLICAÇÃO / SINDICATO NACIONAL DOS EDITORES DE LIVROS, RJ /
M486j / Melville, Herman 1819-1891 /
Jaqueta Branca: ou O mundo em um navio de guerra / Herman Melville; tradução Rogério Bettoni; posfácio Priscilla Allen. [2. ed.] São Paulo: Carambaia, 2021. 448 p; 20 cm.
[Acervo Carambaia, 15] /
Tradução de: *White-Jacket or The World in a Man-of-War*
ISBN 978-65-86398-46-5
1. Estados Unidos – História naval – Ficção. 2. Navios de guerra – Estados Unidos – Ficção. 3. Ficção americana.
I. Bettoni, Rogério, 1978-. II. Allen, Priscilla. III. Título. IV. Série.
21-73627 / CDD 813 / CDU 82-3(73)

Meri Gleice Rodrigues de Souza
Bibliotecária – CRB-7/6439

Título original
White-Jacket or The World in a Man-of-War
[Londres, 1850]

Revisão
Ricardo Jensen de Oliveira
Camila von Holdefer
Vanessa Gonçalves
Paulo Sergio Fernandes

Projeto gráfico
Bloco Gráfico

CAR
AMB
AIA

Editorial
Diretor editorial Fabiano Curi
Editora-chefe Graziella Beting
Editora Livia Deorsola
Editora de arte Laura Lotufo
Editor-assistente Kaio Cassio
Assistente de coordenação editorial Karina Macedo
Produtora gráfica Lilia Góes

Comunicação e imprensa Clara Dias

Administrativo e comercial
Lilian Périgo
Marcela Silveira
Fábio Igaki (site)

Expedição
Nelson Figueiredo

Fontes
Untitled Sans, Serif

Papel
Pólen Soft 80 g/m²

Impressão
Eskenazi

Editora Carambaia
Av. São Luís, 86, cj. 182
01046-000 São Paulo SP
contato@carambaia.com.br
www.carambaia.com.br

ISBN
978-65-86398-46-5